우리말로
학문하기의
고마움

우리말로 학문하기의 고마움

초판1쇄 인쇄 | 2009년 2월 20일
초판1쇄 발행 | 2009년 2월 28일

지은이 | 우리말로 학문하기 모임
펴낸이 | 서채윤
펴낸곳 | 채륜

표지디자인 | 표지디자인 창

주 소 | 서울특별시 동대문구 장안동 153-22
전 화 | 02) 6080-8778
팩 스 | 02) 6080-0707
등 록 | 2007년 6월 25일(제7-830호)
이메일 | chaeryunbook@naver.com

ISBN 978-89-960140-7-2 93800
값은 뒤표지에 있습니다.

우학모 글모음 두 번째

우리말로 학문하기의 고마움

우리말로 학문하기 모임

우리말로 배워 글 쓰는 일의 어려움과 즐거움

『우리말로 학문하기의 고마움』 출간에 붙여

2008년, 작년에 이어 우리는 〈우리말로 학문하기〉의 둘째 학술지를 펴낸다. 이 모임을 7년 동안 부지런히 좇아다니면서 나는 퍽 행복하였고 즐거웠다. 처음 시작할 때의 웅성대던 열기와 마땅히 해야 할 일에 대한 뜨거운 주장들이, 지금은 퍽 빛없이 바랜 것처럼 보이기는 하였지만, 전과 조금도 다름없이 질기고 즐거운 모임의 웅성댐이 이어져왔음을 나는 지금 다시 확인한다. 있는 듯이 없고 없는 듯이 있는 것, 그게 무엇일까? 나는 그것을 문화의 심, 뼈대라고 생각한다. 마땅히 할 일인데도 열의가 없거나 다른 급한 일들이 눈앞을 흐리고 있기 때문에 빠지지 않고 나서기가 어려운 것이야말로 이런 문화 지키기이고 자기를 찾아나서는 일이다. 자기, 내 '나됨'의 바른 길을 찾는 일이야말로 죽을 때까지 해야 할 일이겠지만, 정말 그 일에 바로 나서기는 여러 이유로 어렵다. 가난이라는 덫! 돈이라는 덫! 이런 것들은 우리들 나날의 삶을 위협하는 무서운 어둠이다. 이 어둠 속에서 진짜 나를 찾아 나서기는 여간 어려운 게 아니다. 이 모임은 그런 어둠을 걷어줄 아무런 힘도 없이 모였지만 이렇게 끈질기게 이어왔다. 퍽 자랑스럽다!

철학, 역사학, 문학, 언어학 또는 다른 갈래의 학문 쪽에서 말글을 갈고 닦는 이들은 따지고 보면 모두 다 자기가 누구인지를 찾아 나선 이들이다. 있었던 것들을 있던 그대로 베껴 뒷사람들에게 보임으로써, 삶의 바른 길을 찾도록 도움을 주겠다는 것이 역사 쪽 사람들의 할 일이라면, 철학이란 무엇일까? 그랬으면 좋겠다는 '바른 길' 찾기의 잣대 만들기가 그들의 할 일이었던 것이 아닌가? 남의 '의견학'을 가지고 철학이나 문학이나 역사학, 또는 사회학, 언어학, 또는 어떤 학문이라고 착각하여 왔던 한국 학문 풍토에서 〈우리말로 학문하기〉 모임은 없었던 것처럼 몸을 숙였으면서도, 가장 뚜렷한 자기 목소리로, 자기 길을 찾는 일로 웅성거리며 꿈틀대는 뜨거운 만남을 가져 왔다.

이것이 오늘 이 책 『우리말로 학문하기의 고마움』이라는 이름으로 내보이는 자랑스러운 배워 갈고 닦은 말글 쓰기 열매들이다. 이 모든 열매는 오직 이 모임을 처음 시작할 때부터 오늘날까지, 마음 바꾸지 않고 꾸준히 밀고 끌어오면서 글을 발표하고 써주신, 학자들의 꿈틀댄 마음 씀 덕이다. 이 학자들에게 사무치는 고마움의 깊은 뜻을 전한다. 이 책에도 국립국어원 이 상규 원장님의 따뜻한 보살핌의 힘은 들어 있다. 이 해에 시인이자 국어학자이신 이 상규 원장은 원장 임기를 마치고 학계로 돌아갔다. 이 어른이 내게 전한 말 한마디를 여기 넣고 싶다. "내가 만난 우리말 키우기 문제에서 〈우리말로 학문하기〉모임은 가장 뜻있는 일이었다. 이 모임은 어떤 일이 있더라도 반드시 이어가야 한다." 무언가를 정말 제대로 읽는 눈길 앞에 고개가 숙여질 뿐이다. 김 옥순 박사님의 깊은 마음 씀에도 고마움의 뜻을 밝힌다. 앞으로도 이 모임은 아마 더욱 눈에 띄는 모임으로 나아갈 것이지만 나는 눈에 띄는 그런 열매에만 그렇게 큰 바람을 갖지 않는다. 왜냐하면 이 모임이야말로 우리나라 배우미들이나 닦으미들이 사는 깊은 우물 속에서 정말로 진짜 값진 열매들로 익어갈 것이기 때문이다. 채륜 출판사의 서 채윤 사장에게도 고마움의 뜻을 전한다. 다시 〈우리말로 학문하기〉 모임의 여러 앞뒤 임원들과 회원 여러분의 뜨거운 끌밀이에 고마운 뜻을 보내어 인사한다.

2009년 1월 30일
우리말로 학문하기 회장 정 현기 절하며 모심

01

첫째 벼리

외침

외침

첫째 벼리

새 정부의 언어 정책을 꾸짖는 외침

우리말로 학문하기 모임

1. 최만리 상소문 다시보기

언어 사대주의의 내력

조선 세종 25년(1443) 12월 세종 임금(1397~1450)은 훈민정음이라는 새로운 글자를 완성해서 우수한 선비들을 모아 조선 왕조의 역사와 미래를 밝히고 다지기 위한 노래 〈용비어천가〉를 짓고 한자 읽기를 표준화하기 위한 〈동국정운〉을 짓게 하면서 새 글자의 가치를 실험하고 있었다. 1년 남짓 지나는 동안 이를 멀찍이 지켜보던 집현전 부제학 최만리 등 높은 신하들은 마침내 세종 26년(1444) 2월 20일 훈민정음 만들기를 반대하는 건의서를 임금에게 올렸다.

1. 창업 때부터 큰 나라 중국의 문화와 제도를 본받고 섬기는 처지에서 아무 근거도 없는 언문을 만드는 것은 중국 사람들의 비난을 받을 부끄러운 일이다.
2. 중국에 버금가는 문화 수준을 가진 나라에서 한자가 아닌 다른 글자를 만드는 것은 고유한 글자가 있어도 오랑캐에 불과한 변두리 나라들처럼 문명을 크게 퇴보시키는 일이다.
3. 신라 설총이 만든 이두는 중국 글자에서 나왔기 때문에 수천 년 동안 우리네 장부와 계약 등에 잘 쓰이면서 높은 중국 학문을 배우기에도 유리한 반면에 언문은 너무 쉽고 신기한 재주일 뿐이며 중국 글자와 아무 연결성이 없이 생경한 것이라 이 쉬운 글자에 끌려 나라의 학문은 날로 처질 것이고 관리도 한자를 쓰는 자와 언문을 쓰는 자로 분열할 것이니 정치적으로도 무익하다.
4. 어리석은 백성들이 억울한 형벌을 당하는 것은 말과 글이 일치하는 중국에서도 흔한 일인 만큼 자세한 사정을 밝힐 글이 없어서가 아니라 더러 공평치 못한 관리들의 자질 문제이니, 글자를 새로 만들 이유가 되지 못한다.
5. 새 글자를 만드는 일은 나라에 큰 변혁을 가져오는 일인 만큼 온 나라의 높고 낮은 모든 국민이 뜻을 모으고 오래도록 따지며 임금들의 승인을 받아야 하며 중국에도 거리낌이 없어야 하고 오랜 세월 지난 뒤에 나타날 성인의 인정도 받고 나서야 가능한 법인데, 여론을 묻기는커녕 갑자기 여나문 관리들을 훈련시켜서 고전적인 운서를 경솔히 고치고 난데없는 언문을 덧붙여 인쇄공 수십 명으로 급하게 간행하려 하니, 나중 세상의 평가가 어떠하겠는가? 임금이 청주에 요양하러 갈 때 여러 가지 공무는 다 줄이면서도 급할 것도 없는 언문 따위를 들고 가는 것도 이해할 수 없다.
6. 아직 어려서 학문을 심화하고 지도자의 기개와 인격을 함양해야 할 왕세자가 언문 작업에 관여하는 것은 취미와 오락에 불과하며 국가적으로 아무런 도움이 되지 않는다.

최만리(1394?~1445)는 세종 임금을 가까이 모신 조선 왕조 전성기의 청백리로서 오늘날 서울역 뒤의 "만리동"에 그 이름을 남길 만큼 학식이 높고 인격이 고결한 사람이었다. 그는 집현전의 부제학으로서 직제학 신석조, 직전 김문, 응교 정창손, 부교리 하위지, 부수찬 송처검, 저작랑 조근 등 7명의 대표가 되어 위의 건의서를 냄으로써 세종의 훈민정음 창제에 대한 강력한 반대 여론을 반영한 역사적인 인물이 되었다. 그러나 같은 집현전 안에서도 훈민정음 해설을 지을 만큼 적극적으로 협력한 정인지, 최항, 박팽년, 신숙주, 강희안, 이개, 이선로, 성삼문 등 8명과 대조된다.

최만리 등은 첫째로 당대 중국의 정치적인 힘과 규모와 문화 수준에 완전히 압도되어 있었다. 건의 사항 여섯 가운데 다섯이 중국 중심이다. 위대한 나라 중국을 본받고 섬기는 것밖에 다른 길은 생각할 수도 없고, 중국과 달라지는 것은 바로 망하는 길이다. 이두가 다소 불편하기는 해도 중국 글자와 학문을 배우는 징검다리가 되니 따로 글자를 만들 필요가 없고, 억울한 송사는 중국에도 흔히 있는 일이니 새 글자로 해소될 리가 없다. 심지어 새 글자를 굳이 만들더라도 중국에 대해 거리낌이 없도록 배려해야 한다. '큰 나라 중국 섬기기[事大慕華]'가 이들의 철석같은 가치관이었다.

둘째로, 이들은 어떤 개혁도 이해하거나 받아들일 수 없을 만큼 완고한 보수주의자들이었다. 우선 억울한 송사를 당하는 어리석은 백성들의 처지를 동정하지 않았다. 세계의 으뜸인 중국에서도 흔히 볼 수 있는 일이며, 새로운 글자 따위로 해결될 문제가 아니었다.

셋째로, 세계사에 다시 없는 언어학 천재가 깨달은 언어와 글자의 괴리에 대해 최만리 등은 억만 분의 일도 이해할 수 없었다. 궁색하고 난삽하기 짝이 없는 이두만으로도 수천 년 잘살았고 중국말과 학문을 배우기에 유리하니 족하다 했다. 과학적인 소양이 전무한 사람들이었음을 알 수 있다.

넷째로, 스물여덟 개만으로 무한히 조합되어 소리마디를 이루는 훈민정음의 신묘막측함은 성리학에 빠진 그들에게 한가한 선비의 오락 거리에 불과했다. 반천 년이 지난 오늘날 그것이 한국말을 쓰는 사람들에게 얼마나 유익한 생활의 도구가 되고 지구촌에 어떤 명예와 위세를 떨치게 될는지 그 실용적이며 미래적인 가치를 눈곱만큼도 짐작할 수 없었다.

그러나, 이명박 정부가 정권 인수 위원회를 통해서 주창하는 영어 공교육 강화 정책은 564년 전 중국 문물에 중독된 탓으로 역사의 반동자가 되어 버린 최만리 등의 주장과 상통하는 점이 아주 많다. 한 가지 다른 것은 '중국'이 '미국'으로 바뀌었을 뿐이다. 왜정 때 일본이 영구히 발전하고 팽창할 줄만 알았다고 변명하던 친일파 위인들의 현실주의적인 선택과 조금도 다를 바 없다.

2. 이명박 정부의 언어 정책

1. 민주 국가 창업 이래로 큰 나라 미국의 정치 체제를 본받고 그 군사적, 경제적인 원조를 받으며 친미 정책으로 발전해 온 처지에서 언어와 문화가 미국과 다르기를 힘쓰는 것은 미안하고 부끄러운 일이다.
2. 세계 제일의 문화 수준을 가진 미국과 다른 언어와 문화를 고집하는 것은 미국을 멀리하는 나라들처럼 결국은 스스로 퇴보하는 길이다.
3. 자식들에게 영어를 가르치기 위해 어떤 희생도 마다하지 않는 한국 사람들, 미국에 가장 많은 유학생을 보내는 한국 사람들 가운데 극소수가 고유한 언어와 문화를 자랑하며 내세우는 것은 자가당착이며 정서적인 국수주의에 불과하므로 무시해도 좋을 것이다.
4. 로마자가 한국말에 맞지는 않아도 이미 온 세계를 정복한 문자인 만큼 한글로 대항할 수 없고, 기업체와 주요 언론 기관 등 대중 매체들이 선도적으로 로마자 개명을 시작했으니, 참여 정부에 이어서 우리 정부도, 모든 지자체도 각종 표지와 홍보물을 로마자로 장식하며 로마자 문명권으로 하루바삐 몰입하는 것이 세계화에 유리한 선택이다.
5. 영어는 세계 제일의 공용어로서 확고부동한 만큼 영어 교육 하나에 국가

와 정권의 운명을 걸고 돌진할 것이며, 선택과 집중이라는 경영 원리에 따라 국어 교육은 병행하지 않을 것이다.

6. 영어가 제일인 시대인 만큼 국어의 특성보다는 영어의 특성에 맞추어 외래어 표기법도 근본적으로 바꾸어야 하고, 영어를 잘하기 위한 성형 수술에는 의료 보험의 적용도 검토할 만하며, 한글은 궁극적으로 영문에 종속된 구결 노릇이나 하다가 인류 문화사에 특이한 문자의 하나로서 박물관에 보존되면 족할 것이다.

이것은 차라리 미국의 식민지가 되기를 자원하는 듯한 새로운 한국 정부의 언어 정책을 간추려 보이려고 최만리 등의 상소문을 번안한 것이다. 경제만 살려 주면 만족하겠다는 절반에 가까운 국민들의 비손질이 새 정부의 권력 기반이다. 금송아지보다 언어와 문화가 더 귀한 줄 아는 대통령은 우리 생전에 만날 수 없을 것 같다. 나라가 기울면 말이 기울고 말이 오르면 나라가 오른다 하던 주시경 스승 밑에서 말과 글을 지키며 희생된 제자들의 나라가 돈에 무너지고 있다. 경제 때문에 천하에 다시없는 한글날이 밟히고, 하찮은 영어 발음 하나로 한국의 언어학이 우롱을 당하고, 영어에 미친 경박한 정부가 온 겨레의 자존심을 마구 꾸기며 나라의 명예를 훼손하는 것을 언제까지 참을 것인가? 멸종하는 동식물은 사람이 막을 수 있지만, 언어와 문화의 멸종은 제삼자가 막아 줄 수 없다. 그 언어와 문화의 상속자들이 스스로 깨닫고 협력하는 길밖에 없는데, 언중 다수가 자기 언어의 위기를 느끼지 못하므로 더욱 위태한 형편이다.

이를 어쩌나? 이 절망을 어찌하나? 국권을 잃은 날 제 목숨을 끊은 어느 매운 선비를 반의반만이라도 흉내라도 내면 집권자들이 조금 움찔할까? 그날 어느 어른이 그랬듯이 목 놓아 큰 소리로 울면 누가 달려와 손이라도 잡아 줄까? 범에게 물려 가도 정신만 차리면 산다 했으니, 뜻을 같이하는 이들이 모여 한마음으로 힘을 모아, 그게 비록 작은 소리로 들린다 할지라도, 먼 뒷날 이 시대가 저질렀던 어리석음을 밝혀내는 말 빛으로 다음과 같은 외침을 항의의 뜻으로 밝혀 둔다.

3. 〈우리말로 학문하기 모임〉의 외침

1. 인류 역사에 영원한 제국은 없었다. 미국美國이 언제까지나 '아름답고 미더운 나라'일 것으로 기대하지 말라. 이명박 정부가 미국 치우치기 정책으로 유혹하는 경제 성공도 필연코 한 세월에 그칠 것을 가지고 국민을 영어 능력만으로 계급화하며 스스로 노예화하지 말라. 이 명박 정부의 자발적인 미국 식민지 되기 정책은 이미 세계가 경멸하며 조롱하고 있음을 알라.
2. 돈을 돌 같이 바라볼 줄도 알고 지닌 것보다 베푼 것으로 행복을 삼는 이들이 적지 않은 나라의 품격을 돈으로 미혹하며 천박한 부자 놀음으로 더럽히지 말라. 갖은 풍상 속에 지켜 온 동방예의지국의 문화와 전통을 5년짜리 권력으로 실개천 파듯 경제 제일주의 하나로 뒤집고 파헤칠 수 있다고 자만하지 말라. 모든 외세를 견딘 항체 집단이 대기하고 있음을 알라.
3. 이명박 정부의 영어 미치광이 정책을 이끌고 동조하는 이들은 그 정책이 한겨레의 언어와 문화와 자긍심에 영속적으로 끼칠 모든 폐해에 대해서 무한 책임을 지라. 그대들은 지난 수천 년 중국을 섬기며 자족한 사대주의자들과 지난 몇십 년 일본에 국권을 넘긴 매국노들과 그 후손들이 대대로 받는 것보다 결코 가볍지 않은 수치와 책벌을 받아야 할 것이다.

첫째 벼리

모두 잠깨어 일어날 때, 눈을 반짝 뜨고 바라볼 때

–열네 번째 우학모 말나눔 잔치를 여는 인사 말–

정현기

우리를 둘러친 여러 생각의 뜰에는, 우리들이 쉽게 알고 깨달을 수 없는 수많은 생각의 꽃들이 피어올라, 어리둥절할 수밖에 없는 생각뭉치들에게 떠밀리면서 너도나도 그 뭉치들에게 밀침 당해 곤두박질을 칠 수밖에 없습니다. 게다가 정권은 바뀌어 정치적 외침이 별로 새롭지도 않는 '선진화를 향한 대전진'의 해로 떠올리면서, 뭔가 우리들이 지켜왔던 모든 생각의 틀이 까딱하면 저 바깥으로 밀려나갈지도 모를, 막밀이 정치가 이루어질 것 같은 분위기로 가득 차오르고 있습니다. 우리말로 학문하기라는 그야말로 높깊고 커다란 말머리를 가지고 시작한 이 모임은 벌써 일곱 해나 되어가고 있습니다만, 이 일의 무게와 그 크기에 대한 깊은 이해를 받아 우리 한국사람 모두가 다 떨쳐 일어나 우리말로 학문하는 그런 울림의 물결을 이루지는 못하고 있습니다. 그러나 맑고 깨끗한 물은 언제나 깊은 땅 밑에서 도도하게 조용히 흐르고 있다는 것을 저는 믿습니다. 우리 한국 민족은 그렇게 호락호락하고 천한 민족이 아님을 또한 저는 굳게 믿고 있습니다.

하기는 오늘 우리가 그동안 준비하여 김정수 교수님께서 오늘에 빗대어 다시 갈고 다듬은, 600여 년 전 세종임금께 보내는 상소문과 같은 생각 틀이 오늘날에도, 그 생각의 큰 힘으로 나대고 뒹굴어 있음을 생각해 볼 때, 아득한 느낌을 멈출 수가 없기는 합니다. 세종임금이 새로운 글자를 만들어 퍼뜨리려고 외로운 싸움을 벌였던 당시는 말할 것도 없고, 오늘날 따져 묻는 배우미들이 어째서 우리 스스로 가지고 있는 커다란 보배인 말글을 갈고 다듬는 일에 생각의 닻을 내리려고 하지를 않는지 도무지 알 수가 없습니다. 영어로 말하고 듣고 쓰는 것이야말로 귀중한 삶의 길이라는 생각의 틀이 오늘 우리를 괴롭히는 이상한 생각몰이라는 것은 한국의 어린이들뿐만 아니라 서양의 깨어 있는 사람들조차 모두 다 아는 일입니다. 그런데도 이 나라 지도자들이라는 사람들은, 밑도 끝도 없는 영어몰입이니 영어마을이니 하는 터무니없는 정책 세움으로, 엄청난 돈을 써버릴 뿐만 아니라 한국 사람들을 어리석음 속으로 빠뜨려가고 있습니다. 오늘날 영어제국주의에 의해 여러 다른 나라 말들은 꾸준히 죽어가고 있습니다. 우리는 이렇게 죽어가는 다른 말들에 대해서뿐만 아니라 우리가 오랫동안 지켜 써온 우리말이 어떻게 살아남을 것인지에 대해서도 깊이 생각해 봐야 합니다. 나아가서 우리는 이제 한글마을을 세워 우리 말글을 지켜야 할 급박한 위기에 처해 있다는 점도 기억해야 합니다.

이렇게 잘못되고 천한 가치에 중독된 사람들이 날치는 시대란 틀림없이 어둡고 천한 끝판으로 갈 수밖에 없습니다. 우리는 이런 천하고 잘못된 생각의 흐름을 막아야 할 무겁고 힘겨운 짐을 짊어진 사람들입니다.

우리말글을 지키고 갈고 닦으며 그 편하고 귀한 자신의 아름다움을 지켜가야 할 사람들이 우리말로 학문하기에 뜻을 모으는 사람들임을 저는 압니다.

지금으로부터 40년 전, 1968년에 유럽과 남미 미국 등 모든 나라에서는, 그동안 이미 지키고 있었던 여러 썩어빠진 가치들에 맞서는 혁명의 소리들로 온통 지구가 꿈틀거리면서 웅성거렸었습니다. 비틀즈와 밥 딜런의 노래가 세계 모든 젊은이들을 열광시켰었고, 히피족들의 반항의 꿈틀거림과 마약 쓰기, 동성애자들의 있음 값 외침 등의 가치 부정 몸짓, 알다시피 그 당시 한국의 젊은 김민기가 부른 뜨거운 노래들이 우리를 열광케 한 것도 그 당시 일이었습니다. 소련 탱크에 맞선 체코 프라하의 젊은 지성인들이 전 세계로 뛰쳐나와 외쳤던 것도 다 그때의 일이었습니다. 언제나 각 나라마다 일부 부라퀴들에 의해 저질러지는 독선과 폭력은 우리가 말없이 받아들여야 할 일이 아니라는 것이 그들의 외침이었습니다. 아르헨티나의 의과대학 졸업반 학생이었던 체 게바라는 졸업기념 여행 중에 맞닥뜨린 미국 기업의 더러운 착취와 폭력에 맞서 쿠바 혁명의 대열에 서서 굽히지 않는 열기로 세계인들의 가슴을 울렸습니다. 그 혁명의 물줄기는 곧 오늘날 우리들 삶의 가치를 따지는 물음법에 대한 빛나는 거울로 살아남았고, 우리 삶이란 결코 누구에게도 매이지 않는 우리들 자신의 우리 됨에 있음을 밝혀 주었습니다.

오늘날 우리는 꾸준히 죽어가는 세계인과 그들의 말글에 대한 소문을 듣습니다. 그런 현상은 곧 우리 앞에 가로놓인, 끔찍한 말글 죽임의 여울로 다가서고 있습니다. 영어로만 말하고 글쓰고 생각한다는 것은 곧 우리 말글의 죽임뿐만 아니라 우리들 살아있음의 가치 죽임과 깊게 매어져 있습니다. 우리는 이런 말글 죽임의 흐름을 꿰뚫어 읽는 슬기가 필요한 것이고, 그래서 우리는 마음의 잠을 깨어 눈을 반짝 떠서 우리 앞에 흘러 다니는 더럽고 천한 가치에 대해서 묻고 묻는 정신을 차려야 할 때입니다. 오늘 이 발표 모임에서 우리 모두가 이런 깨우침의 눈 밝히기가 이루어지기를 빕니다. 오늘 발표와 토론을 맡아 주신 여러 선생님, 최봉영 선생님, 조남철 선생님, 구연상 선생님, 윤성우 선생님, 김정수 선생님, 최경옥 선생님, 김영옥 선생님, 이하배 선생님, 김원명 선생님, 한학성 선생님, 김보원 선생님들께 깊은 고마움의 뜻을 전합니다.

그리고 전 교육부 장관을 맡아 하셨고 철학과 교수였던 박영식 전 장관께서 오늘 우리말로 학문하기의 높고 깊은 뜻을 밝혀주시기로 하여 그 원고를 보내주셨습니다. 오전 앞자리에 말씀해 주실 것으로 차례를 짰었지만 학술원 회의 관계로 오후 마지막 발표에서 말씀해 주시게 되었습니다. 모쪼록 이 귀한 자리에 오신 여러 분들께서 이 자리가 뜻 깊은 말씀 나누기로 꽃피워가기를 빕니다, 고맙습니다.

2008년 2월 29일 정현기

외침

첫째 벼리

왕명에 의해 만들어진 훈민정음이 공용문서로 쓰이지 못한 이유

-열다섯 차례 우리말로 학문하기 말 나눔 잔치를 여는 말-

정현기

우리말글에 대한 생각을 깊이 하다 보면 볼수록 신기한 느낌에 빠져드는 경우가 종종 있다. 분명 1446년도에 세종임금이 직접 『훈민정음』을 만들어 널리 공포하였음에도 불구하고, 조선왕조실록이나 정부 문서는 여전히 한문글자로 씌어져 왔다. 도대체 이것은 무슨 까닭일까? 우리가 옛 고전 문서나 작품 번역본들을 읽을 때마다 느끼는 곤혹스러움은 이루 말할 수가 없다. 그만큼 말글 무늬(문화) 사로잡힘의 무게란 그렇게 단단하고 질기다는 확인 때문이다. 한글이 만들어진 지 벌써 662여 년에 이르는 해로 넘어가고 있다. 이제 확실한 것 하나가 눈을 찌른다. 순 한글로 된 글쓰기가 우리들 삶속에 거센 물결로 흐르고 있다는 뚜렷한 현상이 바로 그것이다. 지금은 어떤 논문이나 저술의 문장에 다음과 같은 한문자로 쓴 글은 찾아보기 어렵다.

"第四章 庶流階級의 構成

李朝社會에 一大重要問題를 惹起한 「庶流禁錮法」의 淵源은 太宗十五年 徐選의 上言에서 시작된다. 卽 太宗實錄第二十九券, 太宗十五年 六月庚寅條에 '右副代言徐選等六人陳言宗親及各品庶孼子孫不任官職事以別嫡妾之分議得依陳言施行이라' 記錄된 것이 그것이다."

1974년에 출간한 구자균具滋均의 「조선평민문학사朝鮮平民文學史」(서울 : 民學社, 1974), 24쪽에 나오는 글이다. 1970년대면 최인훈, 김승옥 외 작가들을 거쳐, 조세희, 윤흥길, 황석영, 이청준, 김주영, 김원일 등 빼어난 70년대 작가들이 자기 시대 삶의 험한 민중살이들의 아픔과 설움, 그 절망을 널리 알리는 외침을 아주 큰 용틀임의 한글쓰기로 이루어 놓던 때였다. 그런데도 국문학 쪽에서는 이렇게 한문의 딴딴한 덫에서 벗어나지 못한 채 학문이랍시고 써 놓고 있었다. 아마도 지금 이런 글쓰기는 여간한 출판사에서 내기 힘들어 할 것임에 틀림이 없다. 그런데도 아직도 그때의 한문 글쓰기에 대한 미련을 벗지 못한 지식인들은 여기저기 있는 모양이다. 아니, 지금은 영어로 글쓰기가 한국인을 세계(?)에 알리는 중요한 뜀틀이라는 중얼거림들이 여기저기에서 우웅우웅 번지고 있다. 참으로 얄궂다는 느낌을 벗어날 길이 없다. 조선조에 첩 자식들을 관리에 뽑아 쓰지 않겠다는 한문 글쓰기 법규는 왕권을 유지하기 위한 미묘한 정치적 꾀부림과 맞물려 있었을 터인데, 지금 한글로 글쓰기를 알게 모르게 억누르고 그 물길흐름을 지우려하는 핏대 세움은 어떤 엉큼한 꾀부림에서 나온 것일까? 각 대학교에서 영어로 강의하는 선생에게 강의료를 더 얹어준다는 은밀한 꾐의 떡밥이라든지, 석박사 논문을 영어로 쓰는 것을 의무화한다든지, 영어공용론 따위의 정부쪽 물살 거스름은 어딘가 흉한 폭력이나 권세부림 말고는 달리 생각할 수가 없는 짓거리임에 틀림이 없다. 권세 맛들임은 곧 한글살이를 막는 뚜렷한 핑계이다.

말글살이의 질기고 단단한 뿌리가 어떤 것으로 한국 사람들 마음속에

내릴지는 불을 보듯 빤한 것이다. 우리들의 힘찬 말글살이는 이미 한글 글쓰기로 뻗어나가고 있음을 우리가 알고 세계인들이 안다. 몇몇 권세에 맛 들인 패들의 영어 이야기 장난질은 때가 되면 곧 사그라지고 말 한 바람이라는 믿음이 오늘 우리 우리말로 학문하기 열다섯 차례 말나눔 잔치에서는 더욱 빛나는 소리로 좔좔 흘러갈 것이다.

2008년 8월 29일

우리말로 학문하기 회장

첫째 벼리

직업, 학문, 문학, 교육

-2007년도 〈우학모〉 말 꽃 잔치-

정현기

1. 드는 말

대학원 학생 시절에 읽은 막스 베버의 「직업으로서의 학문」이라는 책을 읽으면서 이 책 앞 장에서 강조한 내용이 지금도 눈을 찌른다. 학문을 하려는 첫째 조건은 돈이 있어야 한다였고, 둘째 조건 또한 학문을 뒷받침할만한 재정적 자산이 있어야 한다는 것이었다. 그리고 나서야 재능이라든지 학문에 대한 열정이라든지 따위의 조건이 첨부되었던 것이다. 가난을 배경 삼아 학문을 하겠다고 결심하고 시작한 나의 행보 앞에서 그 말은 그야말로 맑은 하늘의 날벼락인 셈이었다. 이 무슨 해괴한 뚱딴지 소리란 말인가? 동양에서 학문과 재산은 별개의 것으로 아예 재산을 우습게 여기는 전통이 있어오지 않았나? 아하 서양이란 이렇게 다르구나! 직정적이고 솔직하게 이런 조건을 내세운 이면에는 분명 학문에 드는 여러 자료수집이나 생활 걱정이 없는 학문 탐구환경을 전제로 한 그런 주장이었을 터이다.

근본적으로 서양식 생각방법과 동양식 생각방법에는 엄청난 차이가 있었던 것이다. 그런데 일단 우리가 대학교 학부시절이나 대학원 시절부터 학문을 한답시고 나선 학도들은 모두 서양 책으로 된 것들만 읽고 강의를 듣게 되어 학문 방법은 물론이고 글쓰기 원리나 논문 작법 따위 모든 걸 서양식으로 읽고 쓰고 익히도록 교육받는다. 역시 해괴한 현실이지만 무턱대고 서양 것 익히기에 온 힘을 쏟아 서서히 서양인처럼 생각하고 서양식 학문의 길로도 나아가게 되었다. 그래서 누가 영어나 불어 독어 원서를 많이 읽고 정확하게 읽을 수 있는가가 능력을 재는 척도가 되기에 이르렀다. 너도나도 원서를 사서 읽고 그것을 지껄이는 능력이 늘어나면 금세 눈에 띄는 재원이 되고 뛰어난 학자가 되는 것으로 평가받기에 이른다. 이 시기에 우리를 그렇게 만드는 데 중요한 말이 있었는데 그게 바로 '보편성원리'라는 괴물용어였다. 서양은 보편적인 진리를 학문의 길에 쟁여놓았다는 것이었다. 한국인만의 특별한 사유법이나 진실 내용은 모두 보편성에 닿지 못하는 특수원리에 지나지 않는 것임으로 하루 빨리 그런 생각으로부터 벗어나 넓은 진리의 서양 제국 대양으로 나아가야 한다는 그런 등밀이였다. 현대 한국의 인문학적 학문 풍토란 바로 이런 몬도가네식 서구 학문의 제국주의적 침략행위에 속절없이 겁탈당하고 있었던 것이다.

1960년대 이후로부터 한국 사람이 학문이나 교육을 담당하는 일이란 우선 다음과 같은 두 개의 통로의 길을 걷지 않을 수가 없도록 되어 있었다. 그 하나가 미국식 학문방법을 재빠르게 익힘으로써 남보다 앞서 서양지식을 학문의 무기로 삼는 길이었다. 또 하나의 길은 독자적인 자기 이론을 내세워 스스로 한국문학의 가치와 의미를 찾는 엄연한 잣대를 찾는 일이었다. 이 두 쪽의 문학연구 길들에 대해 좀 살펴보면 대강 이렇게 정리될 수 있다.

우선 서양 문학이론 익히기 문제. 서양에서 벌어지는 이야기는 그야말로 황금빛이 도는 엄청난 빛으로 다가들어서 도무지 그 방향으로 가지 않을 수가 없도록 학교에서의 글 읽는 분위기는 그렇게 짜여 가고 있었다. 그 길을 가기 위해서 나는 닥치는 대로 서양 책들을 사 모았고 그것을 읽어 이해하거나 소화하려는 노력을 기울였었다. 모두 알다시피 우리가 한국의 각 대학교 국문학과 문학교실에서 강의하는 내용들을 되돌아보면 바로 이런 피어린 노력의 발자취로 이루어진 가르침의 내용들을 앎의 내용으로 삼아왔던 것이다. 입만 열면 그리스의 플라톤이나 아리스토텔레스의 「국가론」과 「시론」, 당대 사대 비극 시인들의 작품과 그 작가 이야기, 트로이 전쟁, 펠로폰네소스 전쟁사, 희극과 비극의 역사 따위로 시작하여 러보크, 이 엠 포스터, 에드윈 뮈어, 띠보데 들의 소설이론 책들을 줄줄이 사탕 먹듯이 읽어 그들이 만들어 낸 이야기란 무어냐? 구성이란 무어냐? 소설의 종류는 어떤 것들이 있느냐? 따위 이야기로 열심히 침깨나 튀기며 열강에 빠지곤 하였던 것이다. 「소설의 기술」, 「소설의 양상」, 「소설의 구조」, 「소설의 미학」에다가 「소설의 이론」이며 「역사소설론」, 「도스토예프스키 시학」, 「비평의 해부」 등 현란하기 짝이 없는 이야기 구성들을 읽어 그들이 예시한 서양 문학작품들에 관해 이해하려고 가진 노력을 다 기울여 왔었다. 영어영문학과 영문학 비평사 강의들 듣는다, 프랑스 문학과에 수강신청을 하여 「프랑스 비평사」 강독을 따라 읽는다. 그런 따위로 세월을 먹어대자 영문학 쪽에서는 드라이든이다 시드니다 알렉산더 포우프다, 피코크, 고쓴, 셀리 등의 이름에 친숙해 있었고 프랑스 문학 쪽에도 많은 이름이 내 머리 속을 장식하여 입만 열면 그들이 줄줄이 따라붙어 젊은 학생들이 놀랄 정도는 되어 있었던 셈이다. 그런 덕분에 대강 대학교수로서 체면을 유지하거나 그럭저럭 한 세상을 교수직으로 문학평론가로 여기저기 글들을 써서 원고료도 받아 챙기고, 책이랍시고 몇 권씩이나 묶어 체면치레를 해왔던 것이다. 생각해 보면 끔찍한 세월의 나날들이었음을 알 수가 있다. 아아 이 치욕스럽고도 부끄러운 자화상이라니!

2. 의견학과 철학, 문학, 교육의 문제

이른바 학문을 한다고 대학교에 들어 온 이래 나는 아주 많은 스승과 동료, 후배 학자들을 만났다. 동료, 후배 학자들 또한 모두 내게는 스승이니 나의 학문적 자산이나 교육적 질료는 모두 이들 스승의 덕을 보지 않는 것이 없다. 나의 나됨이란 결국 이렇게 남이 쌓은 앎의 말씀으로 된 탑과 무관할 수가 없다. 그러니 오늘날 우리가 직면하고 있는 나와 세상 읽기의 방법론이 서양식 학문과 그 생각방법인 말 타래를 떠난 학문이나 교육이란 생각조차 할 수 없을 수도 있다. 나와 네가 다를 수 없는 존재이니 나를 둘러싼 이웃의 생각방법이나 삶의 길 찾기 방법은 서로 뒤섞일 수 있다. 그러므로 내 삶의 길 찾기가 뚜렷하지 않을 때 별다른 내주장 없이 내 앞에 밀려든 서구식 학문방법을 흡수하려는 것은 필연적인 어떤 것일 수도 있다. 그러나 그럼에도 불구하고 나의 나됨을 찾는 일은 반드시 남의 것만을 좇아 하는 일과는 다른 어떤 것이어야 한다. 나는 본래 나이고자 하는 본성과 동시에 남이고자 하는 본성도 있을 터이기 때문이다. 한 예를 들어 이 문제를 좀 살펴보려고 한다.

내 마음속에 살아계시는, 동료 후배 학자 스승들 말고도, 윗세대의 스승들은 여러분이 계시다. 만우 박영준 선생을 비롯하여 외솔 최현배 선생, 한결 김윤경 선생, 포명 권오돈 선생, 연민 이가원 선생, 무애 양주동 선생, 최석규 선생, 혜산 박두진 선생, 전규태 선생, 신동욱 선생, 나손 김동욱 선생님들이 모두 내게는 스승이시다.

이 어른들 가운데 최석규 선생님은 우리 학문인 문학과는 거리가 있는 학문으로 이름이 높으신 언어학자이시다. 이 어른은 1960년 당대 연세대학교의 천재급 선배이며 학자들 가운데 한 분이었는데 8개 국어를 자유자재로 쓰고 말하고 논문을 발표하였던 분이다. 지금도 프랑스에 계시는 나이 드신 학자이다. 우리가 대강 알고 있던 국제적 언어학자로 이름 높은 쏘쉬르와 그의 후계자 마르띠네를 잇는 유일한 동양학자로 프랑스 인문학의 최고 교육기관인 고등교육학교(Ecole Pratique des Haute Études=쏘쉬르, 마르티네 최석규 등이 프랑스 교수급 언어학자들을 상대로 강의한 교육기관)에서 평생 강의를 하였던 언어학자이다. 그의 「기표론」이나 「비알파벳 음운론」 등은 독창적인 학설로 이름난 분이다. 연세대학교 제1회 철학과 출신이며 대학원도 철학과 1회 동문이며 연세대학교에서 오랫동안 불어와 영어 언어학을 강의하면서 철학을 강의하셨던 분이다. 나는 이 어른에게서 초급불어와 고급불어를 배웠지만 지금도 인상적인 강의 내용은 「20세기의 지적 모험」을 쓴 알베레스의 원서 강독시간에 사르트르 항목으로 된 강의 내용이었다. 이 강의에서 그는 나의 나임과 나됨의 문제를 고심하여 찾고 있었던 사르트르에 대한 깊이 있는 해석을 보여주었다. 남의 눈에 비친 자기를 진짜 자기로 착각하려는 인간의 비겁한 자기 도피성향을 사르트르는 속물이라고 규정하여 멸시하였다. 남의 눈길 앞에서 석화되어 굳어버리는 인간!

연세대학교를 떠나 프랑스 거주 기간이 아주 오래된 3~4년 전, 한국에 1년여 기간 거주하셨던 이 어른과 나는 자주 만나 그의 책과 옛 책꽂이 등을 물려받았는데 만나면 대여섯 시간 동안 당신의 학문에 대한 이야기를 여러 차례 들었다. 나는 이때 들었던 이야기를 가지고 학문의 여러 갈래에 대한 배움을 말하려고 한다. 당신이 6·25 사변 때 연세대학교가 부산으로 피란을 갔을 때 연세대 분교가 임시로 부산에 세워져서 강의를 할 때 그는 연희대학교 철학과 제1회 졸업생으로 석사시절 철학과 교수로 임용되어 강의를 하였는데 그때 당신이 교재로 잡은 것이 아리스토텔레스의 「니코마코스 윤리학」이었단다. 그는 그때부터 이미 이탈리아어를 완벽하게 쓰고 읽던 학자였다. 그렇게 한 학기를 지내고 나서 그는 학교에 사표를 내었다고 하였다. 그 까닭인 즉, 아리스토텔레스의 「니코마코스 윤리학」이란 그리스 시대 한 학자의 의견을 학생들에게 알려주는 그야말로 의견학에 불과하다는 것을 알았다는 것이다. 당시 그의 철학과 스승이며 주임교수였던 정석해 교수(이 어른도 독일에서 10년 동안 수학과 철학을 전공하였고 프랑스에서도 10여 년 동안 철학을 전공한 그야말로 쟁쟁한 학자였다.)에게 사표를 내자 정석해 교수는 그를 영문학과로 발령 내고 언어를 가르치기를 권하였다고 했다. 철학전공학자가 언어학자로 바뀌던 계기였다. 그는 힘주어 말하였다.

철학이란 남의 의견학과는 다르다. 그것은 오직 자기 삶의 문제를 자기말로 구성하는 이론이어야 하고 깨우침이어야 한다. 남은 어쩔 수 없는 나의 날개이지만 철학함이란 내가 지닌 나의 날개 빛깔과 느낌, 생각을 구성하는 말길을 만드는 것이다. 그것이 그의 철학에 대한 철저한 믿음이었고 생각이었다. 아주 쉬우면서도 가장 어려운 학문하기의 원리를 나는 그 어른에게서 다시 깊이 있게 확인하였다.

오늘날 우리나라 대학교에서 이루어지고 있는 학문은, 자연과학은 두말할 필요도 없고, 인문학의 허리뼈에 해당하는 철학과 문학조차도 대체로 이런 서양 이론가들의 의견학에서 몇 발자국도 떨어져 나아가지 못하는, 고식적이고 치열한 자기질문이 사라진, 논의에 멈추어 있다고 나는 판단하고 있다. 내가 전공하고 있는 문학연구 또한 이런 의견학 적용으로 해결될 문제가 아니라는 점을 나는 이 자리에서 좀 더 살펴보려고 한다.

1) 한국 문학이론의 의견학 확장실태

문학이론을 강의하면서 우리가 가장 먼저 만나는 이론가와 저술이 그리스의 아리스토텔레스 「시학」과 플라톤 「국가론」이다. 뿐만 아니라 그들에 대한 글들도 실은 영어나 프랑스어로 된 장물이론인 것이 확실하다. 예컨대 18세기 영국의 신고전주의 시대의 문학론인 미메시스 이론이나 적절성(데코룸) 이론, 시·중·종 원리, 고전주의 이론의 핵심은 모두 로마제국주의의 거대한 흡수과정을 거치면서 영국이나 프랑스 독일 등이 훔쳐갔거나 빌려다가 곱게 닦은 장물이론에 지나지 않는 것들이다. 그 같은 시기인 18-9세기 상대주의(인문주의) 이론을 만들던 때에 이르러 비로소 영국이나 프랑스, 독일 쪽 유럽인들은 자기 목소리를 내기 시작하면서, 여러 삶의 문제에 대한 철학적 글쓰기나 문학적 글쓰기로 자기 의견이라고 외치기 시작한 것들이다. 그것을 나는 장물이론이라고 이름 붙일 생각이다. 철학과 문학의 장물이론, 그것은 유럽이 이집트나 그리스, 중동 제국으로부터 빼앗거나 훔쳐다가 자기 것으로 만들어 낸 유럽의 문학이론으로 우리에게 비록 신기하고도 완벽한 것처럼 보일지라도 우리들 자신에게 그것은 독창적인 것일 수는 없는 것이다.[01] 그런데도 우리는 그들 제국주의 원리에 맞춘 침식을 당하면서 서양 것은 무조건 완전하고 훌륭한 것으로 받아들이는 흉내질에 이골이 나 있다. 서양의 남 베끼기질을 흉내 내기 시작한 일본제국주의 침탈과 함께 한국 근세 역사는 서양 닮기의 발자취를 따라나선 발걸음이었다.

1920~1930년대 왜정 시대에 러시아 문예이론인 사회주의적 사실주의 이론 몰래 읽기가 유행이었던 사정과 1970년대에 다시 러시아나 프랑스, 독일의 사실주의 문예이론 읽고 읽힌 사정 또한 우리에겐 의견학 확장의 중대한 지적 풍토로 볼 수 있다. 마르크스와 엥겔스, 레닌, 루니찰스키, 이시첸코, 루카치, 골드만, 바흐찐, 바르트, 바실라르, 프라이 등 러시아나 서양의 문예이론 등은 한국 문학교실 문학비평 현장에서 무차별적으로 차용되거나 원용되어 한국 문학 작품들을 재는 잣대로 활용되어 왔다. 1920~1930년대 한국 문학비평 서적들을 읽으면 모두 러시아나 서양 문

예이론을 얼마나 이해하였는가 하는 쪽에 초점이 맞추어져 있다. 팔봉 김기진이나 박영희, 양주동 등의 논전에서 벌인 문학비평의 무기는 모두 일본이 수입하여 용어화한 러시아 사회주의 사실주의 이론이나 서양의 문예이론들을 옮겨 온 것들이었음을 확인할 수 있다. 독자적인 한국지식인의 이론은 아무리 보아도 눈에 띄지 않는다.

1890년대 후반으로부터 이루어진 남 닮기의 발걸음은 이른바 개화파들이라 일컫는 일본 유학생들에 의해서 주도되었다.[02] 이것 또한 내 눈에는 장물이론의 하나일 뿐이라고 읽힌다. 그렇게 장물이론 수입에 나선 우리는 정말 누구인가? 근세 일본지식 주도세력들이었던 의양학파들은 미국 닮기를 주도적으로 실천함으로써 일체의 자기 것 드러냄을 두 번째 할 일로 실행해 가고 있었던 데 비해 한국 지식사회에서는 아예 그들 일본 유학파들에 의해 지적 풍토가 주도됨으로써 일본 닮기와 서양 닮기는 마땅한 당위론으로 자리 잡혀왔다. 그것은 일본의 고도의 악랄한 정치적 책략에 따라 한국적 생각법이나 문화 파괴를 향해 주도면밀하게 한국지식 사회의 지적 내용을 일본식으로 물들여 왔던 것이다.

고구려, 고구려사람, 신라, 신라사람, 고려, 고려사람, 또는 조선, 조선사람 한국, 한국사람, 그들은 15세기 이전 오랜 동안 중국의 한자 문화권 속에서 그들 생각하는 법, 세상 읽는 말 눈길, 오래된 버릇(문화), 자기의 나됨 찾기 방식 따위의 학문적 전통을 전수하여 왔고 그들의 문화를 닮도록 노력해 왔다. 그러나 일단 1443년 훈민정음이 만들어진 해(15세기)부터 이미 나의 나됨 만들기는 한국 사람으로서 우리 글로 나됨을 찾는 문학적 말 자취 남김의 치열함을 보여주었다. 장물이론으로부터 자기이론 찾기의 험난한 길은 그로부터 본격적으로 시작된 것이다. 19세기 이후로부터 우리는 잘 알다시피 36년 동안 일본 제국주의의 패권에 밀려 우리들, 나의 나됨 찾기로부터 심한 억눌림으로 어둠 속에 잠기는 수모를 겪어야 하였다. 1945년 8월 15일 드디어 광복! 자존의 빛을 찾은 우리는 그러나 또 다른 미국 세력에 의해 서서히 나의 나됨 찾기를 억압당하는 수모를 당하기 시작하였다.

미군이 한국 남한 지역에 주둔하기 시작한 1945년 이후로부터 우리는 여러 꼴로 존재의 독자적 특성 개발에 억압을 당하기 시작하여 근 60여 년의 세월을 그런 관념에 휘둘려왔다. 남북이 쪼개진 상태로 근 60여 년 동안 남한 정부는 미국 정부의 눈치를 살피는 정치, 경제, 군사, 문화, 교육정책의 틀을 짜왔다. 그것은 의도하였든 하지 않았든 미국의 제국주의 정책입안자들에 의해 교묘하고도 섬세하게 짜여진 교육 정책의 결과였다. 미국 유학생들의 우리나라 각 대학교 교수 비율을 읽으면 이 결론이 틀리지 않다는 것을 금방 알 수가 있다. 서울대학교나 연세대학교 고려대학교, 서강대학교 기타 이름난 서울 소재 각 대학교 강단에 선 교수들의 유학 고향 실태를 보면 7-80퍼센트 이상이 미국 각 지역 대학교의 유학출신들임을 알 수가 있다. 서울 대학교가 근 90퍼센트에 육박한다는 통계와 그것에 대한 서울 대학교에 포진한 지식인들 사이에 아무런 자문이나 반성이 없다는 것은 무엇을 뜻하는가? 그들이 이미 모두 미국시민권을 얻고 있거나 그들의 지적 하수인, 숙주에 지나지 않는다는 것이 아닌가? 달리 해석하면 이 현상은 한국 각 대학교는 이 대학교 자체 안에서 교육을 완결 짓지 못한다는 자기 비하와 패배감 이외에 아무것도 보여주는 것이 없다. 한국 인문학의 의견학적 헐크 됨이 더는 돌이킬 수 없는 지경으로 악화일로에 이르렀다.(*2006학년도 2학기부터 연세대학교 대학원 입학생들이 영어로 논문을 써야 한다는 의무규정은 무엇을 뜻하는가?)

2) 문학의 자기이론 만들기 문제

학문적 글쓰기에는 과연 몇 가지 길이 있는가? 문학비평이론 앞머리에서 다루는 이른바 원본비평 방법은 이 학문적 글쓰기의 가장 첫 번째로

꼽히는 노력에 속한다. 역사주의라고 부르는 이 비평방법 가운데서도 역사문제를 작품 속에서 찾아내기 위한 작업으로 가장 먼저 치러야 할 일이 원본확정 문제일 것이어서, 이 노력은 한 학자로 하여금, 그 찾는 시대나 작가, 작품들 범위에 따라서는 평생 동안 노역을 치러야 할지도 모른다. 역사학자가 역사자료 채취를 위해 현실바다 깊숙이 들어갔다가 거기 펼쳐진 엄청난 자료에 빠져 그만 바다 위로 올라오는 일을 잊는 경우도 가끔씩 생겨날 수가 있다.

원본확정 작업은 그 판본을 가지고 해석과 판단을 가하기 위한 자료점검에 속한다. 그런데 그 작업으로만 평생을 보낸다면 그것도 엄청난 내공을 쌓는 일이기는 하나 학자로서는 좀 지루한 노력임에도 틀림이 없다. 그래서 야심에 찬 젊은 학자들은 그 작업을 거치지도 않은 채 곧바로 해석과 평가 작업에 들어가 마음 놓고 자기주장을 펼치기도 하고 당당하게 콩이니 팥이니 하는 평가와 판단을 내지르기도 한다. 그런데 문제는 그 젊은 학자는 자기 잣대를 가지지 못해 남의 이론을 빌려다가 함부로 재단하는 경우가 우리 학계에는 만연해 있었다. 무애 양주동 선생께서 그 생전에 「고가연구古歌硏究」, 「여요전주麗謠箋注」를 강의하면서 늘 덧붙인 것은 이 학문적 업적이야말로 내 다음 글쓰기를 위한 준비 작업이라는 내용의 언급이었다. 이 업적 다음에 당신은 이 원본을 기초로 하여 반드시 당대 문학의 역사, 그 철학적 실체를 해석하는 진짜 해석의 글쓰기로 나아갈 것이라는 말을 반드시 짚고 넘겼었다. 이런 덧붙임 말들은 프랑스 작가 미셸 트루니에와 김화영 교수가 오랜 교류 끝에 나누던 대화의 한 토막도 실은 이 문제와 이어진 것이다. 김 교수는 트루니에의 작품을 여럿 번역한 바 있었고 그를 인터뷰하여 한국 독자들에게 소개한 바가 있었다. 그 인터뷰 자리에서 트루니에는 이렇게 말하였다. 정확한 말법은 그의 책 어디엔가 있지만 대강의 요지는 아래와 같다.

'나는 20여 년 동안 남의 작품을 프랑스어로 번역하는 일을 하여왔다. 이런 옮김의 작업은 결국 내 글쓰기를 위한 준비 작업이었노라! 당신도 아마 프랑스 문학작품들을 한국어로 많이 옮기는 모양인데 당신도 곧 자기 작품을 써라!'

문학을 연구하는 학문의 길에는 어느 나라를 막론하고 반드시 이 문제가 불거져 나온다. 학문의 본(本)과 끝[末]이 과연 어떻게 다를지는 우리가 쉽게 단안내릴 수가 없는 것이지만, 남의 글, 남의 학설, 이론은 그것을 옮겨오거나 빌려오는 주체에게는 버거운 남의 것일 뿐이다. 내가 읽은 세상, 내가 본 사람, 내 눈으로 확인한 역사사실들, 내 가슴 속에서 번쩍이는 진실을 자기 말로 옮기는 글쓰기야말로 학자 된 사람들이 지닌 진정한 꿈이 아닐 것인가? 적어도 글쓰기의 언어적 단계에서 4차 언어(1차 언어=창작품, 2차 언어=창작품 번역이나 해설, 3차 언어=해석평가, 4차 언어=1차 언어와 동급의 이론)에 해당하는 글은 누구나 다 쓰고 싶어 하는 꼭대기임에 틀림이 없다. 창작품과 맞먹는 그런 도저한 학술적 이론 세우기란 그렇게 호락호락한 일이 아니기 때문이다. 그렇게 대단한 언어감각을 가지고 세상의 말을 통한 세상읽기를 시도하였던 프랑스 국가 박사학위 소지자였던 언어학자 최석규 교수도 만년에는 당신이 문학작품 해석으로 학문일생의 끝을 내겠다고 반복하여 내게 말하곤 하였다. 쏘쉬르와 마르티네의 기표이론을 확장하여 새롭게 이 이론을 정리한 그조차도 결론은 문학작품으로 숨겨진 삶의 진실을 찾아내는 일로 학문일생을 마감하고 싶었던 것이다. 이 어른이 한 자기 학문과 자기 학문생애에 대한 말들은, 여러 날 동안 진행된 만남에서, 녹음하여 내가 보관하고 있다. 뿐만 아니라 그의 비알파벳 음운 이론03은 그의 스승격인 마르티네에 의해서 도용되어 원작자의 이름이 사라진 그런 형편이기도 하다.

학문의 자발적이고 독창적인 학설 세우기란 아주 어렵다. 그러기에 우리들 범상한 학자들은 남의 학설을 빌려다가 일생동안 학생들에게 소개하여 가르치거나 그것을 이용하여 작품해석이나 평가에 써먹는다. 그것도 정확하게 이해하고 소화한 차용이라면 그래도 수준급에는 속할 판이다. 이론의 잘못된 변종은 아마도 이런 차용 버릇에서 오는 학문사회 현상일 터이다. 이제는 정현기 본인인 내가 어떤 경로를 통해 자기 이론이라고 주장할만한 문학읽기 학설을 만들어 내보였는지를 드러내 보일 차례이다.

3. 존재의 날개이론 관련 학설

1) 날개이론

모든 존재는 날개가 있다. 이 이론은 이번 정년퇴임 기념강의를 하면서 내가 공식적으로 쓴 말이지만 실은 지난 학기 내내 이 이론을 학생들에게 가르쳐 온 내용이다. 날개, 그것은 몸통을 떠받치는 두 깃 한 쌍으로 된 새들, 잠자리의 경우 두 쌍으로 된 깃털이거나 그물망, 가늘고 가벼운 뼈나 줄기로 얽어진 복잡한 구조의 날개들이 있다. 그러면 사람은 어떤 꼴로 이 날개를 지니고 있는가? 일종의 상징이긴 하지만 사람은 관계에 의해 날개가 달린다.[04] 선생이나 스승, 교수는 그 짝인 학생 배우는 이라는 한 짝 날개가 없으면 설 수 없는 말이다. 애인, 남편, 아내, 동생, 형, 아버지 어머니, 아들, 심지어 정현기라는 이름조차도 그 기표가 이르는 기의가 없으면 이름으로 일어설 수가 없다. 나르는 새나 물속을 헤엄치는 물고기, 산을 헤집는 짐승들, 돌멩이나 먼지, 나무나 풀들, 이 세상에 가득 찬 모든 존재는 거기 있음 꼴의 날개가 달려야만 비로소 인식이 가능한 존재 꼴로 선다. 그것은 있음 꼴의 태깔이고 균형을 잡는 중심축이기도 하다. 아내 없이 남편으로 설 수가 없고 남편 없이 아내 홀로 설 수가 없다. 친구도 또한 마찬가지로 홀로 설 수 없는 있음 꼴이다. 존재의 실상, 그 실체가 없이 말만 있는 경우, 그것을 우리는 무엇으로 규정해야 할까? 도깨비, 귀신 영혼 따위 이미지로만 존재하는 있음 꼴도 일단 말로 된 다음에 그 존재의 있음 꼴이 만들어지곤 한다. 요즘 환상문학이 유행한다. 환幻, 아른댐, 있음 꼴의 이런 아른댐도 실은 이런 범주에서 살펴져야 한다고 나는 판단한다.

2) 집짓기 공리

모든 존재는 집을 짓는다. 나는 이 집짓기 공리라는 이론을 가지고 박경리의 「토지」나 김승옥의 「생명연습」, 오정희의 「중국인 거리」 등 여러 작가 작품들을 해석하는 데 써먹은 적이 있다.[05] 다 자란 청춘 남・녀의 만남과 거기서 생긴 자녀를 뭉뚱거려 하늘의 집짓기 기초라 규정하고, 지상에 짓는 집을 땅의 집이라 하였다. 민족의 집짓기, 우주의 집짓기로 읽어 우리들 삶을 보면 아주 적절한 삶이 이 공리 속에 안온하게 정리되어 해석하고 평가하며 읽을 수가 있었다. 한 민족 집단이 남에게 먹히고 나면, 그래서 그의 노예로 떨어지고 나면, 제대로 된 집짓기란 정말로 어렵게 되어 있다. 박영준의 「일년」, 염상섭의 『삼대』, 채만식의 『탁류』, 『태평천하』, 조세희의 『난장이가 쏘아올린 작은 공』, 윤흥길의 『일곱 켤레 구두로 남은 사내』 등 1930년대 한국 문학 판도나 1970년대 한국의 문학 판도가 모두 이런 악당집단. 상품신의 노예인 숙주들에 의해 점거당한 흉하고도 더럽혀진 삶 판이었다. 전쟁이 집짓기를 깨뜨리며 부추겨진 생존경쟁 또한 집짓기를 온전하게 할 수 없게 만든다. 사람은 누구나 안온한 집짓기를 꿈꾼다. 안온한 집, 가정과 가옥, 하늘의 집과 땅의 집, 이 모든 것이 개발이념을 내세운 자본주의의 나쁜 발걸음에 의해 더럽혀졌고, 파괴되었다. 요즘 우리 사회에서 뭔가 시끄럽게 떠들썩한 집값 문제들이나 이혼율 급증 및 남녀관계의 변종 따위 모든 현상은 바로 이런 더

럽혀진 가치 체계가 장악한 시대의 피할 수 없는 실상이다. 집을 짓는 사람들은 모두 이런 사막지역에 노출되어 자기 날개를 잃었다.

나는 이 현상을 이론으로 만들어 우리들 존재가 지닌, 자유를 향한 날개 짓과 그 활력을 날개 이론으로 발전시킬 필요가 있다고 생각하여 지난 학기 내내 그것을 중요한 생각의 뜀 판으로 설정하였다. 집짓기 공리가 한 세계읽기이며 문학작품 속에 드리워진 존재의 그림자들과 그 울림을 해석하는 이론의 한 틀이라면 '날개론' 또한 문학작품을 해석하는 데 상당한 이론적 밑받침이 될 수 있다고 나는 판단한다. 우정의 문제나 애정, 가정사 속에 드리운 각종 문제와 일에 대한 해석 말길을 제공할 수 있다고 나는 생각하고 있다. 아직도 이 이론을 가지고 작품해석에 직접 적용하지는 않았지만 조만간 그런 비평적용은 시도해 볼 생각이다.

3) 청빈론

2000년 12월, 〈토지문화관〉에서 「자연과 예술」이란 주제를 놓고 행한 토지문화재단 국제 심포지엄에서는 외국의 학자, 예술가, 작가들이 여럿 초청되어 열띤 주제발표와 토론이 벌어졌었다. 철학 관련논문을 박이문 교수가 맡아 하였고 문학 관련 논문을 내가 발표하였다. 「한국문학의 생태론적 사유와 청빈론」이 내가 발표한 제목이었는데 이때 나는 청빈론이라는 문학적 해석 틀을 만들어 처음 이것을 논증하는 노력을 하였었다. 청빈론淸貧論!06

다섯 나라에서 온 작가 화가 시인들과 함께 발표한 발제논문에서, 청빈사상의 기본골격을 나는 18세기 작가 연암 박지원의 작품 「예덕선생전穢德先生傳」 내용에서 찾아 그 논거로 삼았다. 동양에서는 예로부터 문학의 중요한 재료가 가난淸貧임을 우리는 알고 있다.

가난살이와 예술 창작! 가난은 곧 예술의 밥이다! 이 공식이 동양에서는 물론이고 서양 일부에서조차 이 덕목은 필수적인 어떤 것이라고 나는 믿었고, 그 믿음은 이 날 발표한 장소에서 벌인 토론과정에서 여러 외국 예술가들로부터 옳다는 것을 확인받았다. 오스트레일리아, 캐나다, 독일, 일본 등지에서 온 예술가들은 하나같이 모두 이 청빈 이론은 동양, 특히 한국에서만 통용되는 그런 주장일 수 없는 보편적인 진리를 담고 있다고 확인하였다. 이 이론은 우선 가난을 예찬하는 것이 아님을 전제로 하여 논의를 시작하였다. 그 대강을 요약하면 이렇다.

청빈이란 첫째 자기 분수에 맞지 않는 재부를 거부할 수 있는 용기이며 정신의 한 틀이다. 가난이 비록 엄청난 질곡임에도 불구하고 이 현실을 두려워하지 않는 정신이 있다는 것은 기이하고도 놀라운 일이다. 이런 내용들을 우리는 고전 작품들 속에서 확인할 수 있다.

청빈의 둘째 요건은 사람의 마음을 우주와 합일시켜 화해하려는 정신이며, 자연을 자연 그대로 인정함으로써 자연이 지닌 존귀함을 인격과 동일시하려는 한 마음가짐이다. 인간의 존엄성은 우주의 운행원리와 자연법칙이 정한 내용들로 규정된다. 조용하던 자연환경이 무자비하게 박해받아 신음하는 형국에 자연을 자연 그대로의 존엄성으로 인정하는 사람들이 가난하거나 박해 속에 놓이게 된 것은 어쩌면 필연적인 귀결일 수도 있다.

청빈의 셋째 요건은 개인 스스로 지닌 몸의 기운을 응축함으로써, 남을 향해 뻗어나가 폭력으로 작용하는 힘을 억제하는 정신을 극대화하려는 마음가짐이다.[07] 「예덕선생전」에 나오는 주인공의 직업은 서울 시내 외곽에 널려 있던 밭에 오물을 퍼다가 거름으로 주는 일꾼이다. 똥 푸는 직업을 지닌 이 사람의 입을 통해 발설되는 사람살이의 참 주장이란 '분수에 맞지 않는 재물을 꺼리는 정신'을 일컫는다. 분수에 넘치는 재물을 지닌 사람이 맞는 천격의 문제를 나는 박지원이 우리 문학의 전통 속에서 찾아 이론화하였던 것이다. 고려 때 이규보의 글쓰기 원리나 18세기

이옥李鈺, 한문학자 송준호 교수가 증언하는 원리는 바로 이런 청빈론에 닿아 있다고 나는 읽었다. 우리가 알다시피 1930년대의 소설작품이 지닌 위대성의 토대는 바로 이런 청빈을 고귀한 가치덕목으로 여기는 사람들에 대한 칭양과 그 위대성 부각에 있었다. 당대에 물질적 재부를 누리는 사람이거나 정치적으로 성공하여 높은 벼슬자리에 나아간 사람들을 작가들은 성공한 인물로 형상화하지 않는다. 그들에게서 도무지 사람됨의 지극한 격조를 찾기란 어렵기 때문이다.

이 이론은 이른바 개발 이념으로 세계 공략을 선언하였던 1949년 1월 미국 투르만 대통령의 야심찬 개발이념 공표,08 제국주의 야욕으로 뒤덮인, 세계 전체가 추구하던, 물적 재부 쌓기에 정면으로 맞서는 내용이다. 더욱 1970년대로부터 한국에서 불기 시작한 개발 이데올로기와 물신 숭배 생각 법은 사람의 사람됨을 돈 버는 기계로 만들어 상품의 노예로 전락시켜왔다. 근대성 또는 현대성이라는 말의 내포의미에는 필연적으로 폭력이 들어 있다. 자연에 가하는 폭력과 함께 인간에게 가하는 폭력은 이중 삼중으로 겹쳐 우리를 둘러싸고 있다. 대량생산 체제로 만들어 물품을 대량생산하면 필연적으로 이 물건은 상품이 되어 그것을 살 사람이 필요해진다. 그래서 시장개척은 경쟁적으로 이루어지고 이 시장 보호국가의 문호를 열게 하기 위해서 가진 위협수단을 동원하게 되는데, 가장 자주 쓰이는 수단이 무력제재이고 금융제재이다.09 유엔 기구를 통해 꾸준하게 로비를 벌이는 다국적 거대 곡물 식품 제조업자 카길 소속 사장들의 공공연한 공언들은 우리를 공포에 떨게 하기에 충분하다. 이 거대한 공룡 기업인 미국 주재 기업인 카길이 공공연하게 주장하는 내용은 그들의 공공적은 첫째가 생계형 농업이고 둘째 자급자족, 자립형 생활 패턴. 셋째 카길 글로벌 시스템에 저항하는 대안농업 등이다.10 우리나라 각 대학교에서 펼쳐 보인 세계화 노래, '오라 우리 ××대학으로, 가자 세계로!' 따위의 자기물음 없는 구호들이 대학교 교문에 더덕더덕 붙어 있곤 한다.

청빈론은 이렇게 세계를 덮고 있는 붉은 용들의 포위관념에 대응하는 중요한 삶의 태도를 밝히는 이론이다. 모든 존재는 그 자체로 내부에 힘을 지니고 있다. 격렬한 욕망, 성적 충동, 아무 때나 튀어나올 태세로 몸속에 누워 있는 우리 존재의 기운, 힘, 에너지는 우리가 몸에 지니고 있는 잠재력이다. 그것을 로오렌스는 용이라 불렀고 바로 그 힘의 유체인 용龍은 삶의 중요한 존재원리로 뭉쳐 삶의 길 찾기나 또는 존재의미 해석으로 쓰려고 드러낼 때, 그 원리의 본으로는 푸른 용이다. 청빈론은 푸른 용의 용틀임을 상징하는 삶의 태도를 강조하는 이론이다. 붉은 용들의 악행에 대응하는 문학 해석 이론 청빈론!

그러나 그것이 점점 확장되어 잘못 적용되기 시작하면 붉은 빛을 띠우고 독한 뱀으로 바뀌어 사람들을 괴롭히는 괴질의 붉은 용으로 바뀐다.[11] '보이지 않는 거인'으로 전 세계를 먹이사슬로 묶어 부리려는 다국적 기업들의 냉혹한 남의 나라 짓밟기는 오늘날 우리를 옥죄는 엄청난 포위관념을 퍼뜨린다. 이들 거대자본가들은 붉은 용에 해당하는 나쁜 힘이다. 게다가 그들이 뒷힘으로 거느린 무기상들의 엄청난 파괴력과 금전 패권을 등에 진 정치패들의 지원은 가히 두렵고 가증스럽다. 이런 시대적 분위기 속에서 분수 지키기나 거기 맞지 않는 재부를 거부할 수 있는 지적 용기의 덕목을 중시하는 삶 자리 해석 원리란, 중요한 한 대안이기는 하지만, 무척 어렵고 역설적으로 이중적인 고통을 수반하는 이론이기조차 하다. 고통은 한 사람이 사람됨을 찾고자 할 때 반드시 맞을 수밖에 없는 삶의 질료이다. 거대한 악의 힘에 의해 휘둘리는 노예로 되는 삶 또한 고통임은 지식인에게 필연적이다. 어떤 고통을 택하느냐는 바로 우리들 지식인들이 가려나서야 할 길이다. 현대문명이 바로 그렇기 때문에 이 고통을 짊어진 운명의 등짐원리는 우리가 그 고통을 짓밟고 넘어서야 하는 길이라고 나는 주장하고자 하였다. 청빈론! 가난이나 고통이 문학의 진정한 먹이이고 밥이라는 이론, 청빈론!

4) 작품읽기의 마디이론

장장 신국판 크기의 700여 쪽짜리 16권에 달하는 박경리의 『토지』를 놓고 웬만큼 서양 의견학에 길이 든 지식인들은 당장 아리스토텔레스의 처음-가운데-끝 원리나 카스텔베트로의 3통일법칙을 머리 속에 떠올리며 이야기 문학의 잘못됨을 중얼거릴 것이다. 작품이 그렇게나 길면 언제 그걸 다 읽고 또 기억하느냐? 예술이란 어쩌고, 저쩌고, 중얼중얼, 실제로 나는 그런 출판사 사장을 만나 그런 말을 들은 적이 있다. 프랑스 문학을 전공한 유수의 출판사 사장이 그런 말을 중얼거렸던 것이다. 그런 의견학 이론으로 해석하는 바람에 초기에 박경리 『토지』는 여러 쪽에서 비판받아 폄하되곤 하였었다. 가족사 소설도 아니고, 농민소설도 아니며. 충실한 비판적 사실주의 작품도 아닌 이 길고 긴 문학작품을 해석하는데 그 잣대를 서양 것으로는 쓰기에는 도무지 역부족이었던 셈이다. 여전히 그렇게 많은 독자로 하여금 감탄을 불러일으키는 긴 이야기 내용을 지니고 있으며, 각계각층, 남녀노소 가림 없이 열렬한 독자층들을 모두 거느린 이 작품 『토지』 해석에는 정말 어떤 이론 틀이 적절할 것인가?

나는 이 작품을 반복해 읽으면서 이야기 읽기의 틀을 마디로 잡았다. 우리의 눈 너비란 실로 그렇게 넓거나 길지가 않다. 그렇다면 저렇게 긴 작품을 어떻게 따라 읽어야 하는가? 우리는 눈앞에 펼쳐진 사물이나 사건, 공경 따위를 보이는 대로 보고, 보고 싶은 것만 골라서 본다. 『토지』는 특이하게도 이야기가 잘게, 잘게 끊어져 있다. 그러면서도 길게, 길게 또한 이어져서 우리를 끌고 간다. 거기 긴장을 주는 핵심에는 마디 그 자체가 지닌 활력과 말 쓰는 법의 독특한 생동감이 있다. 거기에는 적어도 '존엄성 공리'라든지, '운명에 대한 질문공리' 그리고 '사랑 곧 창조 공리'가 있어서 너와 나, 나와 그, 그리고 나와 그들의 관계로 성립할 강하고도 치열한 사랑이 버티고 있었던 것이다. 우리는 작가 박경리가 찾아

나선 운명 질문이나 우리가 마땅히 보장받아야 할 존엄성 공리, 사랑이 창조라고 읽는 존재원리를 따라 숨 가쁘게 다가서게 되어 있다. 문제는 그걸 읽는 순서이고 방법이다. 그것을 나는 '마디이론'이라는 읽기 공식으로 정리하였다. 수많은 마디와 마디, 이야기 마디들이 겹치는 동안 생겨나는 긴장과 갈등, 흥분과 분노, 감동과 마음 저림, 이런 것들이 『토지』를 읽게 하는 중요한 끈끈이었음을 밝히려고 하였다.[12]

5) 밀정문학론

모든 작가는 그가 속한 나라가 있고 그가 오랫동안 익혀 온 문화감각을 지니고 작품 활동을 한다. 그런데 다른 나라와의 관계에서 한 나라로부터 침략을 당하는 경우 발쇠꾼(밀정)은 여러 꼴의 방향에서 활동을 벌인다. 남의 나라를 침략하려고 할 때는 반드시 침략 대상 국가의 믿음 체계나 문화감각을 마비시키려는 공작을 꾸민다. 이럴 때 발쇠꾼들은 침략대상국가에 소속된 사람들을 가려 뽑아 일정한 이익을 제공하면서 침략대상국가의 정신적 탯줄을 도려내거나 없애기 위한 책략에 앞장선다. 왜정제국주의가 서구로부터 그 침략의 전범을 본받아 조선을 침략하였을 때, 그 왜국 앞잡이로 활약한 수많은 발쇠꾼들이 있었다. 그 가운데 국초 이인직 같은 인물은 한국문학사에서 빼놓을 수 없는 발쇠꾼이었다. 그가 1900년 일본 유학을 하고 귀국하여 작품으로 써서 한국사회의 모든 어려움을 해결하는 주체를 왜국에 두고 작품 활동을 벌인 내용은 정말로 웃긴다. 그가 창작하여 신소설의 시조라는 이름으로 한국정신 싹을 도려내는 데 앞장선 내용은 그의 작품들을 꼼꼼히 읽으면 금세 드러난다.

청일전쟁의 시대적 배경을 작품 배경으로 한 「혈의 누」나, 한국 가정 내의 문제를 다룬 「치악산」은 모두 한국의 사회, 정치 질서를 바로잡기 위해서는 오로지 일본을 본받아야 할 뿐만 아니라 일본에 유학하는 길밖에 없다는 전망으로 결론을 맺은 작품들이었다. 그에 뒤이은 이광수의 「무정」 또한 이 발쇠꾼(밀정) 문학의 범주에서 벗어나지 않는 내용들로 이루어져 있다. 나는 이들의 작품 세계를 해석하려고 할 때 반드시 발쇠꾼 문학론의 이론적 틀이 필요하다는 것을 주장하려고 하여 왔다. 이 발쇠꾼 문학론이야말로 우리가 앞으로 더욱 발전시켜 그 논리를 확장할 필요가 있다.[13]

4. 직업, 학문, 교육 그리고 나

직업의 종류는 많다. 학문을 직업으로 생각하는 것은, 앞에서 밝혔듯이, 서양식 생각법이다. 적어도 동양, 전통적인 생각법으로, 특히 한국에서 학문을 한다는 것은 선비의 길을 간다는 뜻으로 써왔다. 선비의 길을 닦아 나아간다는 길목에 분명 관로官路에 나아간다는 인재 양성과 관련이 있을 뿐만 아니라, 왕권시대의 출세가 놓여 있었음은, 삼국 시대로부터 고려조 조선조에서 시행하여 왔던, 관료정책으로 이미 다 아는 일이다. 그러나 오늘날과 같은 형태로 학문을 직업으로 생각하게 된 것은 서구식 대학이 한국 안에 생기기 시작한 때부터이다. 일정한 수준의 학문적 업적을 쌓은 학자들은 대학교에서 정식으로 가려 뽑아 학생들을 가르치는 한편 학문적 논문을 쓰고 저술활동을 하게 되면서, 대학교로부터 월급을 받아 생계는 물론 학문 연구에 필요한 자금으로 쓴다. 학문이 정식 직업으로 나아간 발자취이다.[14] 막스 웨버가 학문을 하려는 사람이 지녀야 할 자산으로 집안에 재산이 있어야 한다는 말을 하게 한 것은 적어도 다음과 같은 이유로 발설된 것으로 파악된다. 그것은 첫째 학자란 대학이나 기타, 다른 연구비 지급처로부터 자유롭게 소신껏 학문 방향을 정하고 자기 믿음에 따른 연구결과를 찾아나서야 한다는 것이다. 둘째, 학자는, 당대 정치권력이나 자산가들로부터, 일정한 억압이나 강제로부터 독자적인 존엄성을 지켜야 한다. 셋째 학문이란 그것 자체의 절대적인 연구가 목표이지 결코 일정한 집단이나 이념에 맞는 시녀일수가 없다. 그는 이런 학자적 소신 때문에 그런 발언을 하게 된 것으로 나는 판단한다.

사람들이 택한 직업, 그 직장에서는 일정한 도덕적, 법적 제약을 직장인 등에 올려놓는다. 대학교의 경우 월급을 주는 만큼 학자들에게 요구하는 사항이 있다. 적절한 시간을 바쳐 강의를 하게 함으로써 교육의무를 수행케 한다. 교육과 학문, 그리고 사회봉사 따위의 등짐이 오늘날 우리나라 각 대학교에 근무하는 학자들에게는 지워져 있다.

그런데 문제는 바로 학자들이 활동하는 이 교육장소 대학교가 정부의 정치적 교육방침에 모두 묶여 있다는 점에 있다. 대학교 교수 쳐놓고 교육부 방침에 신경 쓰지 않는 학자란 거의 없다. 각종 제재 틀은 대학교마다 다르지만 비슷한 꼴로 정해져 있다. 교수 충원을 위한 학교원칙이나 월급수준, 강좌에 임하는 교수 자질문제, 승진원칙 등이 모두 교육부로부터 지원받는 지원금 규모, 지원 원칙 따위 모두가 국가교육으로 이루어져 있다. 그렇기 때문에 학자들의 독자적인 학문 창안은 거의 불가능하다. 정부 또는 교육부로 이름을 바꾼 정치적 이념에 맞도록 학자들은 학문의 길을 열어야 한다. 근래 들어 영어로 강의하기라든지 2006년 2학기부터 대학원에 입학하는 학생들부터 논문을 영어로 써야 한다는 의무 조항 원칙 따위는 모두 우리들 이 당대에 우리를 덮어씌우고 있는 포위관념의 무거운 억압일 뿐이다. 우리글이 얼마나 과학적인 조직으로 짜여 있는지 그 쓰임범위가 얼마나 넓고 훌륭한지를 강의하는 인문학자들의 자발성은 점점 제한되어 좁혀올 뿐만 아니라 거세고도 강력하게 조여오고 있다.[15]

이런 피동형 학문은 자발성이나 독자성과는 거리가 멀다. 한국 지식사회 전체 지식인들 가운데 거의 절반 이상은 서양식, 특히 미국식으로, 그 앎의 미국 활주로를 따라 미끄럼을 타고 있는 실정이다. 오늘날 누구도 이런 활주로 타기로부터 자유로운 인사는 없다. 교육의 문제 또한 이 활주로 타기와 무관할 수가 없다. 이미 한국 학문에서 독자적 자아는 없어져 버렸다.[16] 무슨 내용의 삶의 문제를 젊은이들에게 가르칠 것인가? 내가 누구인지? 나는 왜 사는지? 나의 나됨이란 어떤 꼴로 이루어져 있는지를 묻는 질문법은 이미 훤하게 나있는 정답으로 이 사회는 온통 뒤덮여 있다. 잘 사는 문제에 대한 정답이 나와 있다. 자본주의의 등을 탄 모든 상품가치는 오늘날 최고의 값을 지닌 채 우리 지식사회에 횡행하고 있다. 이 상품가치에 의해 변질된 사용가치 및 도덕가치나 생명가치 미적가치 모두를 교환가치로 바꿈으로써 삶의 진정성이나 아름다움의 진정성까지 모두 상업주의 악당들에게 저당 잡혔다. 이 저당권 설정문제로부터 우리 학자, 지식인들은 엄청난 저항을 해야 하고 자아 나됨의 진정성을 찾아나서야 한다. 20세기 초 인도의 간디가 학교교육의 폐해를 꿰뚫어 읽고 인도 젊은이들에게 외친 내용들이 실은 우리에게도 와 닿는 것이나 아닌 것인지 우리는 냉철하게 살펴봐야 할 판이다. 남을 뜯어먹는 방법이나 남을 이겨 그 위에 올라앉는 방법들이나 가르치는 일은 현대교육이 이미 숨겨진 어느 거인에게 종속된 노예상태로 나아갔음을 뜻한다.

한국 지식사회에서 지식인들의 능동적인 자아 만들기란 거의 불가능해 보인다. 남의 노예 상태를 못 이기는 척 눈 감은 채 여기저기 떠도는 앎의 말들을 중얼거리면 되는, 게다가 서양 책들에 기록되어 있는 모든 앎의 체계를 그대로 옮겨 지껄이면, 최고의 지성(?)이 되는 풍토 속에 우리는 놓여 있다. 이것은 참된 뜻의 학문도 아니고, 철학적, 문학적, 교육적 질문의 발걸음도 아니다. 의견학을 주인으로 삼아 자아의 나됨을 착각하는 그런 지식사회 속에 우리는 놓여 있다. 그것이 내가 오랜 기간 찾아 헤맨 나의 길, 앎의 여로 그 산꼭대기에서 만난 결론이다. 절망한다는 것은 이런 것을 일컬음일 터이다. 안다고 안 것이 모두 진짜가 아니라 남의 것이었다는 깨우침! 그것은 실로 참담한 노력의 결과였고 허망한 앎의 발걸음이었던 셈이다. 다시 이 자리에서 물을 수밖에 없다. 학문이란 과연 무엇인가? 그리고 가르침이란! 직업은?

5. 끝말

나는 정말 무엇일까? 나는 무엇이고 누구이길래 이런 길을 밟아 여기까지 와서 이렇게 서성거리고 있을까? 아무도 내가 이런 길을 걷도록 미리 이야기해준 적도 없고 갈 길을 제시해준 적도 없는 이 길을 나는 살면서 걸어왔다. 나는 끊임없이 나의 나임을 확인하려고 하면서 동시에 나의 너 됨 또는 나의 그 됨을 꿈꾸면서 생각하고 그리워하고 바라면서 무언가를 남기려고 애써왔다. 그러나 막상 무엇을 남긴다는 것은 정말 무엇인가를 진정으로 물어보면 그것 또한 무척 부질없는 어떤 것이리라는 답이 나온다. 윤동주의 시 한 편 「길」에서 나는 오늘날 내가 겪는 삶의 부질없음과 그 참담한 길 찾기의 허둥댐을 내보이고자 한다.

잃어버렸습니다.
무얼 어디다 잃었는지 몰라
두 손이 주머니를 더듬어
길에 나아갑니다.

돌과 돌과 돌이 끝없이 연달아
길은 돌담을 끼고 갑니다.

담은 쇠문을 굳게 닫아
길 위에 긴 그림자를 드리우고

길은 아침에서 저녁으로

저녁에서 아침으로 통했습니다.

돌담을 더듬어 눈물짓다
쳐다보면 하늘은 부끄럽게 푸릅니다.

풀 한 포기 없는 이 길을 걷는 것은
담 저쪽에 내가 남아 있는 까닭이고

내가 사는 것은, 다만
잃은 것을 찾는 까닭입니다.

-「길」 전문(2005년도 연세대학교 판본, 44쪽)-

1941년도 9월에 쓴 시이니까 당대 왜정의 폭력이 얼마나 엄청났으리라는 점은 충분하게 알 수가 있다. 한 나라 백성들이 모두 일거에 이름도 말글도 빼앗긴 상태란 어떤 질곡을 말하는 것일까? 유달영 선생의 증언에 의하면, 그것은 '갖지도 않은 인간들로부터 짐승만도 못한 대접을 받는 수모!'라고 하였다. 이런 시대에도 우리 선인들은 살아있었고 또 그런 시대의 어둠을 내몰기 위해 지식인들이 목숨을 걸고 싸워 그 자기 지키는 전통을 물려주었다. 이제 앞으로 이런 전통 되살리기가 바로 우리들 등 위에 짐 지워 놓여 있고 어떻게 그것을 우리가 소화해 낼 수 있을지를 우리는 깊이 생각하고 다그쳐야 한다. 학문과 교육의 일선에서 일단 물러서는 이 자리에서 나는 비로소 내 일생이 결코 순탄하지만은 않은 미끄럼틀 타기의 시소 위에 올라앉아 있었음을 알았다. 이런 약간의 앎을 젊은 여러 학자들에게 전하게 되어 다행으로 생각한다. 부끄러운 이 말들을 좋은 마음가짐으로 받아주기를 바란다. 고맙다.

첫째 벼리

우리말로 학문하기

박영식

1. 문명의 핵 : 언어와 종교

"우리말로 학문하기"라는 논제에는 두 가지 뜻이 담겨 있는 것으로 보인다. 하나는 우리가 아직도 우리말로 제대로 학문하고 있지 않음이고, 다른 하나는 현재 우리말이 다른 말에 의하여 위협당하고 있음이다. 이것은 둘 다 마땅히 바로 잡아야 할 매우 중요한 과제이다.

문명의 핵은 언어와 종교이다. 어떤 문명을 규정할 때, 언어와 종교로써 설명하고 있다. 우리가 중국 문명을 말할 때는 한문과 유교로, 인도문명은 힌두어와 힌두교로, 이슬람 문명은 아랍어와 이슬람교로 설명하는 것이 이를 입증한다.

20세기 초반 한때 서구 문명이 세계를 석권하듯 하고 있을 때, '보편문명'이란 용어가 대두하였다. 보편문명이란 가장 이상적인 문명, 다른 문명들이 그 문명을 지향해야 할 문명을 말하는데, 서구 문명을 보편문명으로 해야 한다는 것이었다. 그러나 그 의도가 성사되지 못한 이유가 언어와 종교 때문이었다. 당시 서구 문명의 종교라고 할 수 있는 기독교를 믿는 신자가 세계인구의 29.9%(2000년 추정)에 불과했고, 서구 문명의 언어라고 할 수 있는 영어를 제대로 사용하는 사람이 세계인구의 9.8%(가장 높을 때인 1958년 추정)에 불과했기 때문이다. 결코 서구 문명이 보편문명으로 될 수 없었다고 한다.

종교와 언어가 문명의 핵이기 때문에 어떤 종교와 언어에 다른 종교나 다른 언어가 많이 가미되면 그 문명은 정체성에 상처를 입게 되고, 그 문명권에 있는 민족의 정체성도 불투명하게 된다. 그리고 각 문명이 그들의 종교와 언어를 지키려고 하기 때문에 어떤 종교가 세력을 확장하는 일은 결코 쉬운 일이 아니다. 로마시대 이후 기독교가 그 세력을 가장 크게 확장한 것은 16~17세기로 서구 세력이 북미와 남미로, 그리고 아프리카로 침투할 때였다. 당시 그 지역에는 체계화된 종교다운 종교가 없었기 때문이다. 20세기 후반에 기독교가 가장 크게 세력을 확장한 곳은 한국이다. 일본에는 기독교가 거의 세력을 넓히지 못한 데 비하여 한국에서는 인구의 20% 이상이 기독교를 믿는다고 하니 놀라운 일이 아닐 수 없다.

2. 세계어는 가능한가

우리의 역사에는 지배적 강국이 있었고, 그 강국의 언어가 세계어의 구실을 하였음을 알고 있다. 그리고 그 세계어의 습득은 생존을 위한 수단으로, 그리고 지식인 계층에 진입하기 위한 수단으로서 필요한 것이었다. 그러나 강국의 흥망에 따라 세계어도 운명을 같이하였으니 소위 세계어란 것도 영구한 것이 아니고 일시적인 것에 불과한 것임을 보여준다.

그리스 문명이 지중해 세계에서 빛을 발하고 있을 때는 그리스어가 세계어였고 주변 나라들은 그리스어 습득에 열을 올렸다. 초기 로마의 황제들도 그리스어 배우기에 열을 올렸고, 그리스어 쓰기를 즐겨 하였는데, 그것은 그가 야만인이 아니고 문명인임을 자임하기 위해서였다.

로마가 서구세계의 중심국가로 등장하면서 로마어가 세계어의 구실을 하게 된다. 로마어는 라틴어라 불리게 되고, 서구 여러 나라 말의 바탕말이 되어 그 말들을 하나의 언어군으로 얽어매는 역할을 하게 된다. 라틴어는 서구에 근대 국민국가들이 형성되어 자국어를 사용하게 될 때까지 세계어의 구실을 하게 되었다. 그러나 서구의 국가들은 자기나라 말로 말하고 학문하게 되면서 그리스와 로마의 문화와 학문을 자기 것으로 만들기 위해 그 고전문헌들을 자기나라 말로 창조적으로 옮기는 지혜를 발휘하였다. 우리는 라틴어 다음에는 스페인어가, 불어가, 그리고 영어가 세계어의 역할을 하고 있음을 알고 있다.

우리는 식민주의 시대에 강국들이 식민지의 언어를 말살하고, 제국의 언어를 사용하게 하였으나, 식민지에서 벗어나 독립하게 되면서 바로 그들 고유의 언어를 되찾는 데서나, 구소련에서도 소련에 합병된 나라들과 그 위성국들이 러시아말을 사용하였으나 소련이 붕괴된 후에는 그 굴레에서 벗어난 나라들이 그들 고유의 언어를 되찾는 노력을 보고 언어의 세계화가 얼마나 어려운 일인가를 알 수 있다. 그리고 국민의 80% 이상이 영어로 대화가 가능한 네덜란드나 스웨덴 덴마크 등에서 영어를 공용어로 하자는 말이 나오고 있지만 그것이 실현되지 않고 있음에 유의할 필요가 있다.

현재 세계무역기구에서는 영어, 프랑스어, 중국어, 스페인어를 세계어로 정하고 있다. 그러나 그들 중에서도 영어가 가장 위세를 크게 발휘하고 있는 것이 현실이다. 이것은 미국이 세계에서 가장 강한 나라이고, 그 영향력이 가장 크기 때문일 것이다. 그러나 앞으로 중국이 세계에서 가장 강한 나라가 될 때는 중국어가 세계어로 될 것인지? 세계어란 국가의 성쇠에 따라 춤추는 일시적 현상에 불과한 것이라고 말할 수 있을는지?

3. 영어숙달의 어려움

하나의 외국어를 제대로 익히기는 결코 쉬운 일이 아니다. 특히 인도 유로피언 어족에 속하는 영어를, 그 어족에 속하지 않은 한국어를 사용하는 우리가 숙달하는 일은 어려운 일이 아닐 수 없다.

iBT영어시험에서, 영어에 사교육비 15조원(삼성경제연구소 추정)을 쏟아 붓고 있는 한국이 147개국 중 111위를 차지하고, 세계 2위의 경제대국이라는 일본이 137위에 멈춘 것이 이를 여실히 보여 준다고 하겠다. 이렇게 영어숙달이 어려운 일임에도 불구하고 오늘 우리사회를 뜨겁게 하고 있는 영어 열풍의 원인은 무엇인가. 그 원인으로 다음 둘을 들고자 한다.

하나는 1945년 이후 우리사회에서 소위 출세한 사람들의 대부분이 영어 잘하는 사람들이라는 사실이다. 1950년대, 그 어려운 시기에 부유한 집의 자녀들이나 간혹은 좋은 장학금을 받은 학생이 고등학교를 졸업하고, 유학에서 돌아와 그 영어를 바탕으로 주요 외국 대사들이나 그 주변 사람들과 테니스를 치는 등으로 친분을 쌓아, 그 정보력으로 정부요직에 발탁되어 출세하는 사례를 많이 보아왔기 때문이다. 다른 하나는 우리사회에서 영어가 차지하는 비중이 너무 크기 때문이다. 소위 명문대학에 입학하기 위해서는 물론이오, 대기업에 입사하기 위해서도 영어 능력의 비중이 크기 때문이며, 입사한 후에도 영어가 부족하면 찬밥신세이고, 영어 능력이 뛰어나면 여러 가지 프로젝트에 참여하게 되어 실력을 발휘할 기회를 가지게 되어 승진의 가도가 밝아지기 때문이다.

세계화가 확대일로에 있는 오늘, 세계시장을 무대로 하여 먹고 살아야 하는 한국으로서는 어쩌면 불가피한 일인지도 모른다. 요즈음 조기유학 바람이 초등학교에서부터 거세게 불고 있다. 조기유학의 사유도 크게 보면 둘이다. 하나는 보다 좋은 교육을 받기 위해서이고, 다른 하나는 미국의 주립대학을 나오더라도 영어 하나는 숙달하게 될 것이고 그것이면 한국에서 살아가는 데 크게 도움이 된다는 이유이다. 영어가 생존의 도구로써 필수적이라는 생각을 가지게 된 때문이다. 하지만 영어에 숙달하는 일은 결코 쉬운 일이 아니다. 우선 원어민 수준의 영어를 구사하기 위해서는 12세를 전후하여, 다른 말로는 초등학교를 졸업하면서 바로 유학해야 한다는 것이다. 이에 대한 사례로 미국 국무장관을 지낸 H.키진저Henry Alfred Kissinger 형제의 이야기가 자주 입에 오르내린다. 15세에 독일에서 미국으로 이민한 H.키진저는 끝내 그의 영어에서 독일어 악센트를 버리지 못하는데, 두 살 아래의 동생은 완전한 원어민 영어를 구사한다는 것이다.

미국에서 4~5년 공부해서 박사학위를 취득하고 돌아온 한국 유학생의 경우에도, 독신으로 가서 미국학생과 룸메이트하며 지낸 사람은 영어를 제대로 구사하게 되는데, 결혼하여 가족과 함께 유학한 사람은 끝내 영어를 제대로 구사할 수 없게 된다. 그리고 박사학위를 하고 돌아온 사람도 그 후 영어를 사용할 기회가 거의 없는 환경에서 몇 년 지나다 보면 혀가 굳어져 영어를 말할 수 없게 된다. 언어는 습관이다. 반복적으로 계속 말하지 않으면 서툴러지거나 잊어버리게 되는 것이 언어인 것이다.

요즈음 이명박 정부 인수위원회가 영어 교육에 대한 획기적 방안을 제시하여 논란의 대상이 되고 있다. 2010부터 고교의 영어 수업을 영어로 하고, 수능영어시험을 한국형 토플로 대체하겠다는 것이다. 그 속뜻을 이해하지 못하는 바는 아니지만 이것에도 두 가지 문제점이 지적될 수 있다.

하나는 그 실효성이다. 그 수많은 고등학교 학생들의 영어 수업을 모두 영어로 하려 한다니, 그 교사들을 어떻게 구할지, 그에 따른 비용을 어떻게 감당할지 걱정스럽지 않을 수 없다. 그리고 비록 학교에서 영어 수업을 그렇게 받는다 할지라도 학교 바깥의 환경이 이를 뒷받침 하고 있지 않아, 다시 말하면 학교 밖에서는 거의 영어를 말할 기회를 갖지 못하기 때문에 그 실효성에 의문이 가지 않을 수 없다. 우리사회가 영어 교육을 시작한 지, 1945년을 기점으로 60년이 지났다. 중・고등학교에서 영어 수업시간을 늘리고, 대학에서 듣기 말하기를 위한 영어 교육을 실시한지도 오래되었다. 그러나 영어 교육은 학교교육만으로는 부족하다. 부족하다기보다는 불가능하다. 영어 교육은 본인이 스스로 영어 방송을 듣고, 카세트를 귀에 끼고, 학원에서 영어회화를 배우는 등 필사적으로 노력하지 않는 한, 영어에 숙달될 수 없다는 사실을 지난 60년의 학교 영어 교육이 말해 주고 있다. 이러한 영어 교육의 한계를 넘어서기 위해 인수위원회에서 획기적인 영어 교육 방안을 제시하게 된 것으로 보이지만, 여전히 사회환경이 이를 뒷받침 하고 있지 않기 때문에 그 실효성이 의문시된다.

한편 영어 교육에 이렇게 몰입할 경우 그것이 한국의 정체성에 어떤 부정적 영향을 미칠 것인지를 깊이 성찰해야 한다. 그렇지 않아도 지금 우리사회에는 영어가 무분별하게 범람하고 있다. 거리의 간판들은 거의 모두 엘칸토, 스타벅스, Cameo 등 외국어(특히 영어)로 표기되어 있고, 회사의 이름들도 KB, CJ, GS, KT&G 등으로 되고 있으며, 심지어는 자국의 대통령의 이름들이 YS, DJ, MB로 불리고 있으니, 다른 나라들에서도 이런 일이 있는지, 국가 의식마저 의심된다. 앞으로는 더 나아가 중학교 학생까지 영어몰입교육을 해야 한다고 나설 것이니, 과연 한국이 어디로 가고, 어떻게 될 것인지 걱정이 앞서지 않을 수 없다.

영어에 숙달하는 일은 매우 어려운 일이다. 시간도 많이 걸리고 돈도 많이 들어가는 과정이지만 그 성과는 매우 의문시된다. 그럼에도 불구하고 영어몰입교육을 과연 모든 학생을 대상으로 해야 하는지? 영어는 영어를 필수적으로 필요로 하는 사람만 해야 하는 것은 아닌지? — 영어가 공용어로 되어 있다시피 한 인도에서도, 인도를 남북으로 여행할 경우에는 영어보다는 힌두어가 더 잘 통한다고 하는데 — 우리가 지난날 영어에 기울인 시간 · 돈 · 노력을 생각하면 아쉬울 때가 많다. 그 시간과 열정을, 영어라는 도구보다 다른 지적 탐구에 바쳤더라면 보다 생산적이 아니었을는지? 지식도 안목도 인품도 성숙되지 않았을까? 라는 생각을 하게 된다. 이렇게 볼 때 영어는 영어를 필수적으로 필요로 하는 사람들, 예컨대 항공사 · 관광안내인 · 스튜어디스 · 무역종사자 · 통역사 · 번역사 · 영어교사 · 외교관 등이 집중해서 하고 그밖의 사람들은 그들을 활용하는 방안을 만들면 될 것이다. 요즈음에는 세계 대부분의 국제회의도 동시통역으로 진행하기 때문에 별다른 불편 없이 회의에 참여할 수 있다.

2005년 6월 일본의 동경대학에 들려 그 대학 부총장과의 대화에서 한국의 어떤 명문대학이 영어강의를 현재의 30% 수준에서 앞으로 50%로 올리겠다고 열을 올리고 있는데 동경대학은 어떠하냐고 물었더니, "나도 들어 알고 있다."면서도 웃을 뿐 답하지 아니하고서, "우리 대학에서는 그 비중이 매우 낮다."고만 하였다. 그리고 일본 대학의 경우 교수들의 국내 · 외 박사학위의 비례를 물었더니 일본 박사가 95%, 외국 박사가 5% 정도 된다고 하였다.

4. 우리말로 학문하기

우리는 불행히도 우리말로 학문하지 못하였다. 한자에 의존한 우리의 학문하기는 오랫동안 계속되었다. 1945년까지 계속되었다 해도 과언이 아니다. 세종께서 "나라말이 중국과 달라, 문자와 서로 통하지 않아. ……" 백성들을 위해 훈민정음을 창제하였으나(1446년) 이것이 문사의 글이 아닌 안방글에 불과한 것으로, 진서가 아닌 언문으로 낮춰져 널리 쓰이지 못했기 때문이다. 훈민정음이 그 긴 잠에서 깨어나 문법적으로 다듬어지기 시작한 것은 1900년대에 들어 주시경(1876~1914)에 의해서이다.

주시경은 "말이 그 나라의 정신"이라는 일념으로 『국문문법』(1905), 『국문연구』(1909), 『국어문법』(1910) 등의 저술을 통해 한글('한글'이란 말은 1913년경 주시경에 의하여 처음 사용된 것으로 전해지고 있음)을 문법적으로 체계화한다. 주시경이 학교와 조선어강습원 등에서 길러낸 제자들이 최현배, 신명균, 김두봉 등 550명에 이른다. 이들이 후에 주시경학파를 이루게 되고, 이들을 중심으로 1921년 '조선어연구회'가 결성된다. 1931년 '조선어학회'로 개명하여, 1933년에 '한글맞춤법통일안'을 마련하고, 1942년에는 『조선어사전』의 일부를 완성하여 출판사에 넘겨 인쇄하던 중 일경이 조선어학회를 독립운동을 꾀하는 불온한 민족주의 단체로 낙인찍어 이 단체를 해산하고, 1942년 10월 이중화 장지영 최현배 등 33인을 구속 송치하는 등의 조선어학회사건으로 말미암아 그 큰 뜻을 이루지 못하게 된다. 조선어학회는 1949년 '한글학회'로 이름을 바꾸어 오늘에 이르고 있다. 그러나 주시경과 그의 후학들에 의하여 전개된 한글연구는 한글을 문법적으로 체계화하는 일이었고 한글을 널리 보급하기 위한 한글운동이었지 한글로 학문하기까지 나가지는 못했다 할 것이다.

중국, 일본, 한국 등 동양의 세 나라가 서구 학문을 받아들이게 된 것은 개항을 통해서였다. 그리고 그 세 나라의 개항은 강압과 치욕으로 이루어졌다. 중국은 영국이 의도적으로 유도한 아편전쟁(1838~1840)에서 치명적으로 패전한 후 영국에 의하여 개항되었고, 일본은 1853년 페리 제독의 위압에 눌려, 아편전쟁의 전철을 밟지 않기 위해 미국에 의하여 굴욕적으로 개항되었으며, 한국은 1876년 일본이 유인한 운양호사건에 의하여 일본에 의하여 치욕적으로 개항하게 된다. 한국은 운양호사건으로 맺은 병자수호조약을 단초로, 일본이 청일전쟁(1895)과 러일전쟁(1904~1905)에서 아시아의 주도권을 잡게 되자 1905년의 을사조약으로 일본의 지배를 받게 된다. 따라서 우리의 서구 학문 접촉은 일본을 통해서 간접적으로 이루어질 수밖에 없었다. 불행히도 우리의 현대적 의미의 학문하기는, 이러한 배경으로 이때부터 시작되었다고 할 수 있다.

5. 맺음

1900년에서 1945년에 이르는 45년간은 우리말로 학문하기의 암흑기였다고 할 수 있다. 일본 교육을 받았고, 우리말로 학문할 여건이 아니었으며, 서구 학문을 일본을 통해서 간접적으로 받아들일 수밖에 없었기 때문이다. 서구 학문을 수용하는 초창기가 우리가 우리말로 직접 할 수 없었던 암흑기였다는 것은 불행한 일이 아닐 수 없다.

1945년에서 1975년에 이르는 30년간은 우리가 정신없이 맹목적으로 구미의 학문을 수용한 시기였다. 이때 일본이 옮긴 용어를 그대로 사용할 수밖에 없는, 우리에겐 아직 그것의 잘잘못을 따질 안목이 없었다고 할 수 있다. 더구나 이때 대학의 학과는 거의 모두가 구미적인 것이었다. 이공계 학과는 말할 것도 없고, 인문학 계통의 학과들도 서양 학문으로 편중되어 있었다. 국어국문학과를 제외하고는, 심지어 사학과에서 동양사나 한국사를 전공하는 학생, 철학과에서 동양철학이나 한국철학을 전공하는 학생들마저도 극소수에 불과하였다. 그리고 당시 대학의 교과 과정은 미국 어느 대학의 교과 과정을 그대로 복사한 것이었다. 이때 이미 하나의 문제로 제기되었던 것이 있었으니, 그것은 사회 전반과 학문 분야에 만연되어 있는 일본의 잔재를 어떻게 청산하느냐 하는 것이었다. 앞으로도 우리말로 학문하기에서 가장 큰 과제는 우리의 학문에 아직도 깊고 넓게 박혀 있는 일본의 잔재를 어떻게 씻어내느냐의 일이라고 할 것이다.

1975년에서 2000년에 이르는 25년간은 주체 의식에 눈뜨기 시작한 시기라고 할 수 있다. 산업화가 어느 정도 궤도에 올라 배고픔에서 벗어나기 시작하면서 자기를 되돌아보게 된 시기라고 하겠다. 이때는 지난 30년간의 지적 축적에 의하여 안목도 생기고, 지금까지의 학문하는 자세를 반성하게도 되고, 다른 나라의 학문을 뒤따라가는 일에 회의를 느끼게 되어, 우리의 학문을 해야겠다는 자각, 다시 말하면 학문의 독립성에 눈뜨게 되었다고 할 수 있다. 그리고 2000년 이후에는 몇몇 학자들이 구체적으로 우리말로 학문하기에 착수하여 그 본보기의 성과를 나타내고 있기도 하다. 오늘의 이 학술행사가 열세 번째에 이르고 있는 것으로도 '우리말로 학문하기'의 연조가 오래되고 있음을 보여주고 있다.

여기서 우리는 다음 셋에 마음을 써야 한다. 하나는 한자로 쓰인 우리의 고전 고문서 서책 등을 우리의 소중한 문화적 학술적 유산이요 자산으로 삼아야 한다는 것이다. 그리고 그 광맥에서 학술적 문화적 보석들을 캐내려고 해야 한다는 것이다. 그리고 한자로 된 그 자료들을 한글로 옮길 때는 한자를 한글로 문자적으로 옮기는 것이 아니고, 뜻에 따라 옮겨야 할 것이나, 한글화의 욕심에 가려 비행기를 날틀로, 대학교를 큰 글방으로 옮기는 어리석음을 저질러서는 안 될 것이다.

그 둘은 외국서적을 옮길 때도 물론 글자를 글자로 직역해서는 안 될 것이요, 일본 번역이나 중국 번역에 맴돌아서도 안 될 것이다. 그 책을 충분히 이해하고 소화하여 문장 하나하나를 우리의 말로, 사고로, 느낌으로, 논리로 풀어 옮기는 창작적 노력을 기울여야 할 것이다. 번역이 제2의 창작이라는 말이 실감나게 해야 할 것이다.

그 셋은 우리말로 학문하기가 '언어적 단계'에 머물러서는 안 되고, 학문의 수준으로 올라가야 한다는 것이다. 남의 이론을 이해하고 해석하는 단계에서 벗어나 우리의 이론을, 학설을, 사상을 세워 펴나가는 수준이 되어야 한다는 것이다. 우리말로 학문하기가 궁극적으로는 우리의 학문을 세계에 내놓는 일에 맞닿아야 할 것이다.

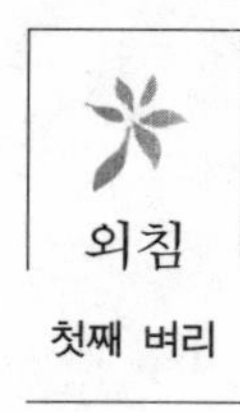

외침

첫째 벼리

우리말로 철학하기의 밑그림

박영식

1. 불행한 새 학문의 시작

우리는 학문하기의 긴 잠에서 깨어나고 있다. 100년의 긴 잠에서 깨어나고 있는 것이다. 우리는 학문하기를 새로 시작해야 할 시점에 서 있다. 그러나 물론 이 말이 우리의 지난날의 학문하기가 헛된 일임을 말하는 것은 아니다. 우리가 학문하기를 새로 시작해야 한다는 이 자각이 그동안의 학문적 반성에서 나온 것이요, 우리가 그동안 쌓은 학문적 축적이 우리가 새로 학문하는 데 자료와 방법으로 크게 활용될 것이기 때문이다.

우리의 새 학문新學問은 어둡고 불행한 시기에 시작되었다. 우리의 새 학문은 개화기에 시작되었다. 그러나 우리의 개화는 우리가 주체적으로 한 것이 아니고 운양호사건을 빌미로 일본과 체결한 병자수호조약(1876)으로 강제로 된 것이었다. 강제된 개화는 우리에게 불행한 역사를 낳게 했다. 일본의 병력이 고종高宗을 감금한 상태에서 영의정 김홍집으로 하여금 단행하게 한, 근대적 개혁이라고 할 수 있는 갑오경장(1894~1895)은 일본의 정치적, 경제적 간섭과 침투를 용이하게 하려는 의도가 담겨 있었고, 전통적 통치체제를 근대 서양과 일본의 그것에 맞춘 것은 왕권을 약화시키려는 의도에서였다고 할 수 있다. 일본은 청일전쟁(1894~1895)과 러일전쟁(1904~1905)에서 승리하여 그 여세를 몰아 1905년에 을사조약을 맺고, 1910년에는 국권상실의 비극을 낳게 한다. 위에서와 같이 일본에 의하여 강제로 개화되고, 갑오경장이란 이름으로 정치적 경제적 사회적 간섭을 받다가 드디어 1910년에 국권을 상실하게 되는 어둡고 불행한 시기에 우리가 새 학문을 시작하게 되었기 때문에 우리는 새 학문을 우리 생각이나 우리 방식으로 할 수 없었던 것이다.

1880년대에 개항과 더불어 전국적으로 사립학교가 세워지기 시작한다. 개인이 설립한 학교도 있었지만 미국의 장로회와 감리회가 설립한 학교가 대종을 이루었다. 한말에 세워진 몇몇 사립학교를 들면 1883년 원산학사, 1886년 배재학당 이화여학교 경신학교, 1890년 정신여학교, 1897년 숭실학교, 1898년 배화여학교, 1903년 숭의여학교, 1904년 호수돈여숙, 1905년 보성학교 양정의숙 휘문의숙 등이다. 갑오경장 때 "교육입국"의 조서가 발표되고, 서양식 근대 교육제도가 도입되면서 학교설립의 열기가 뜨거워진다. 을사조약(1905) 이후 학교설립은 절정에 이르게 된다. 기울어져 가는 나라를 되찾을 길은 교육을 통한 인재 양성밖에 없다는 자각에 의해서였던 것으로 보인다. 그 후 불과 3~4년 사이에 전국적으로 3천여 개의 학교가 세워졌던 것으로 되어 있다. 당시 학교의 교육내용은 서양의 학문과 사상, 이른바 신식 학문과 우리의 역사 지리 국어가 중심을 이루었다. 서양의 새 학문과 민족 교육을 병행시킨 것이라고 할 수 있다. 그러나 일본은 이러한 교육의 열기를 내버려 두지 않았다. 이 열기가 항일운동과 연결될 것을 염려하여 이를 탄압하기 시작하였다. 1908년 "사립학교령"을 제정하여 통감부의 인가를 받도록 하였고, 교과서도 검정 받은 것만 사용하도록 통제하였다. 그 후 1945년까지 학교교육은 일본말로 일본식으로 진행되었기 때문에 학교교육에서 민족정신이나 민족적 특성을 살릴 길이 철저하게 봉쇄되었던 것이다.

위에서와 같이 우리가 근대적 새 학문을 우리말로, 우리 생각과 방식으로 교육하지 못하고, 교육이 일본의 손에 장악되었다는 것은 역사적 불행이 아닐 수 없으며, 오늘에야 우리말로 학문하기를 말하게 되는 사유가 여기에 있다 할 것이다.

2. 1950년대 한국의 학문 풍토

1945년 해방과 더불어 우리는 학문을 우리 생각과 우리 방식으로 할 수 있게 되었다. 그러나 우리는 그렇게 하지 못하였다. 말만 우리말로 바뀌었을 뿐 종전대로, 종전의 방식과 종전의 내용으로 계속하였다. 오히려 종전보다 한층 구미歐美적인 것으로 기울어지게 되었다. 그 이유로 다음 둘을 들 수 있다. 하나는, 학교 이전의 서당에서는 천자문을 가르치고 동몽선습 격몽요결 논어 소학 대학 사서삼경 등을 가르쳤다. 그러나 학교에서는 새 학문이란 이름으로 서구의 근대 학문을 가르쳐야 하는데, 우리에게 그러한 학문이 없었기 때문이요, 더구나 새 학문을 우리 방식으로 다룰 방법도 없었고, 축적된 지식도 없었기 때문이다.

다른 하나는, 1945년 태평양전쟁에서의 일본에 대한 미국의 승리는 우리를 일본의 압제에서 벗어나게 해주었으며 미국은 우리에게 해방의 은인으로 다가서게 된다. 그리고 2차 세계대전이 끝나면서 미국은 세계의 강자로 우뚝 서게 된다. 그리고 우리는 구미의 힘이 그들의 근대 과학을 위시한 새 학문에 있다고 보았기 때문에, 우리가 힘을 갖기 위해서는, 우리가 다시 남의 지배를 받지 않기 위해서는 그들의 학문을 배워야 하고 그들의 수준으로 올려서야 한다고 생각하게 되었다. 그래서 1950년대 한국의 학문 풍토는, 대학의 조직 학과 교과 과정 등은 미국 대학의 그것을 모방한 것처럼 되어 있었다. 근대적 의미의 이학 공학 의학은 우리에게 없었기 때문에 말할 것도 없고, 법학 경영학 행정학 등의 응용학문은 물론이요 심지어는 문학 사학 철학과 정치학 경제학 사회학 등의 기초학문도 구미적 성격의 것이었다. 한마디로 대학의 조직 학과들 교육내용이 구미적인 것 일색으로 되어 있었다고 할 수 있다. 한국적 성격의 학문으로 숨 쉬고 있은 것은 국어학 국문학 한국사 동양철학 등이었고, 그것을 전공하는 학생의 수도 매우 적었다. 이러한 대학의 학문 풍토는 1960년대 후반까지 지속되다가 1970년대에 들어서면서 변화가 일어나기 시작하였다. 1950~1560년대의 이러한 학문 풍토에 대해서 당시의 대학과 사회는, 그것을 시대적 흐름으로, 거기에 우리의 살길이 있는 것으로, 자연스러운 것으로 받아들였을 뿐, 그것에 저항하거나 반발하거나 그것을 부끄럽게 생각하는 낌새도 거의 없었다고 할 수 있다.

3. 학문적 주체성의 각성

1970년대에 들어서면서 우리 것에 대한 관심과 각성이 일기 시작하였다. 우리의 학문과 문화를 되찾아 내세워야 한다는 생각이 드러나기 시작하였다. 당시 대통령의 뜻에 따라 문화적 주체성이 앙양되기 시작했다고 할 수 있다. 당시의 문교부는 국어학 국문학 국사학 한국철학 동양철학 등과 한국적 사회과학을 전공하는 교수들에게 많은 연구비를 제공하기 시작하여 그 방면의 학문들이 활기를 띠게 되었다. 오랜만에, 정말 오랜만에 어두웠던 쥐구멍(?)에 햇빛이 들기 시작한 것이다. 대학에 국악서클이 생겨 사물놀이패들이 캠퍼스를 시끄럽게 하기 시작한 것도 이때부터의 일이라고 할 것이다.

이와 때를 같이하여 1970년대 초에 정부 주도로 "새마을 운동"이 전개되기 시작한다. 새마을 운동은 지역사회개발의 기치를 들고 있었다. 수백년 동안 가난을 벗어나지 못한 채 엎드리고 있던 농촌 지역을 개발하고, 그늘진 도시 주변 지역의 개발에 초점을 맞추고 있었다. 그러나 그것보다는 1965년에 착수된 근대화라는 이름의 산업화가 궤도에 오르면서 산업화라는 물리적 운동에 병행해서 정신 운동을 전개해야겠다는 생각으로 전개된 것이 새마을 운동이라고 할 수 있다. 새마을 운동은 근면 자조 협동의 정신을 진작하기 위한 정신 운동이었다. 그것은 수원의 새마을운동 중앙본부 건물에서 시행한 새마을 운동의 성공사례발표와 사회적 지도자들을 대상으로 한 정신강화훈련에서 잘 드러나고 있다.

1970년대에 생겨난 우리의 학문과 문화를 창달하려는 다른 하나의 대표적 사례로 우리는 한국정신문화연구원의 설립을 들 수 있다. 한국정신문화연구원의 영문명칭이 "한국학연구소"였다는 점이 이 사실을 입증하고 있다. 한국정신문화연구원도 청와대 주도로 1977년 1월에 그 설립안이 확정되어 1978년 6월에 개원하게 된다. 이 기관이 한국문화 한국학 분야에 관한 연구와 교육을 수행하는 기관임을 표방하고 있으며, 그것을 통해 우리의 국민 정신을 드높이고 민족 문화 창달에 기여함을 목적으로 하고 있음에서도 그것이 한국의 학문과 문화를 되찾아 창달하려는 운동의 하나임을 드러내고 있다 할 것이다.

1970년대 말에 우리의 민족문화를 발굴·정리하려는 사업이 시작되었으니 그것이 바로 『한국민족문화대백과사전』의 편찬이다. 이 사전의 편찬은 1979년 9월에 한국민족문화대백과사전 편찬사업추진위원회 규정이 공포되고, 그 업무를 한국정신문화연구원에 위탁하게 된다. 한국정신문화연구원은 1980년 4월 15일 그 안에 한국민족문화대백과사전 편찬부를 발족시켜 그로부터 12년간의 노력 끝에 1991년 9월에 27권으로 완간하게 된다. 이 사전은 그 발간 취지를 "한민족의 문화유산을 집대성하여 민족의 자긍심을 높이고 새로운 문화창조의 기틀을 마련한다."에 두고 있다.

1970년대에 일기 시작한 우리의 학문과 문화를 되찾아 일으키려는 기운은 1980~1990년대에 서양 학문 일색의 우리의 학문 풍토에 반성 자괴 자성의 소리를 내게 하고, 우리의 학문하기에 대한 새로운 방향을 모색하게 한다. 철학의 경우 그동안 우리는 구미의 철학을 이해하고 소개하는 것으로, 그것을 얼마나 정확히 이해하고 잘 소개하느냐로, 구미의 철학책을 번역하고, 논문을 쓰고, 책을 저술하는 것으로 철학자의 소명을 다하는 것으로 생각하여 왔다. 우리가 많은 돈을 들여 구미의 이름난 철학자를 초빙하여 그의 강연을 들을 때나, 그 사람과 대담을 할 경우에도, 일방적으로 그의 사상을 듣거나 그 사람이 사용한 용어나 진술에 대해서 보다 자세한 설명을 요구하는 일에 그쳤을 뿐, 그의 사상을 비판적으로 논의하거나, 그의 사상과 우리의 사상을 대비하여 논의하거나 논쟁하는 일은 거의 없었다.

우리는 이러한 우리의 서양철학하기에 대해서 1970년대 중반 이후 꾸준히 회의하고 불만하고 자성하기 시작했다고 할 수 있다. 언제까지 우리가 구미의 철학을 이해하고 소개하는 데 그쳐야 하느냐, 우리가 구미 철학을 시작한 지도 반세기에 접어들었는데 우리의 서양철학하기에는 한 걸음의 진전도 없이 답보 상태를 유지하고 있으니, 우리가 언제까지 서양 철학의 전령에 그쳐서야 되겠느냐, 우리도 우리의 철학을 할 때가 되지 않았느냐는 자성의 소리가 나오고 있었다. 그러나 자성의 소리만 밑으로 감돌고 있었을 뿐 구체적인 형태로 불거져 나오지 못하였다. 그 이유는 다음 둘에서 찾을 수 있다. 하나는 이미 너무 오랫동안 그러한 철학하기에 젖어 있었기 때문에 헤어 나올 힘도 없고, 헤어 나와 다른 것에서 성과를 거둘 의욕도 자신도 없었기 때문이다. 그리고 다른 하나는 한국의 철학사상에 관한 고전적 문헌들, 그리고 중국의 철학 사상에 관한 고전적 문집들이 우리말로 잘 번역되어 있지도 않고, 한국철학과 중국사상을 쉽게 풀이한 책도 별로 없기 때문에, 여태껏 서양철학에 전념한 사람들이 그것들에 접근하기가 용이하지 않았기 때문이라 할 것이다. 어쨌건 1980~1990년대에는 지금까지의 철학하기에 대해서 반성하고 각성하면서 새로운 길을 모색하려는 기운이 일고 있었으나 구체적인 형태로 나타나지는 못하였다. 그러나 2000년대에 들어서면서 그동안의 암중모색에서 하나의 출구가 나타나기 시작하였으니 『우리말 철학사전』이 그 하나의 구체적 형태라고 할 것이다.

4. 『우리말 철학사전』, 우리말로 철학하기의 길잡이

『우리말 철학사전』은 제1집이 2001년에 간행되고 제5집이 2007년에 간행되어 그 1차 계획이 6년 만에 완료되었다. 『우리말 철학사전』은 이기상 교수를 위원장으로 하는 '우리말 철학사전 편찬위원회'에서 펴내었다. 여기서 이기상 위원장의 글('이 책을 펴내며')을 통해 그 편찬동기 편찬철학 편찬목표를 살펴보기로 한다.

> 철학은 인간이 살아가면서 부대끼는 삶의 문제들을 해결하기 위해 생겨난 것이다. 그래서 시대마다 민족마다 문화권마다 서로 다른 철학이 나오게 된다.…… 그런데 우리에게 그러한 철학이 있느냐, 유감스럽게도 없다.…… 우리에게는 우리가 주체적으로 우리의 삶의 세계를 반성하여 철학적으로 붙잡은 우리말로 된 '철학사전'도 우리의 철학적 삶의 이야기를 기술한 '철학사'도 없다.…… 그 까닭은 우리에게 주체적인 사유 자세가 없었기 때문이며, 스스로

철학함 없이 그때그때 유행하는 구미의 철학이론을 수입해서 그것을 되뇌이며 팔았을 뿐이기 때문이요.…… 마치 그것이 우리들의 문제이고 우리들의 철학인 양 포장하여 팔았기 때문이다.…… 따라서 우리는 철학에서 식민성을 벗어나지 못하였다.…… 이러한 까닭으로 이 땅에서는 앎과 삶, 학문과 일상, 철학과 생활의 괴리가 더욱 커져 가기만 했던 것이다.……

21세기는 서로 다른 문화의 꽃들이 만발해야 할 세기이고, 서로의 차이를 인정하는 문화의 세기로 되어야 한다. 따라서 이 세기에 우리는 우리말로 사유한 우리 고유의 꽃을 피워 세계에 내어 놓아야 한다. 이를 위해 우리가 먼저 해야 할 일은 우리말로 된, 우리말로 사유한, 우리의 '철학함'이 담긴 우리말 철학사전을 만들어 내는 일이다.…

우리말 철학사전은 "우리말로 철학하기, 주체적으로 사유하기"를 서술의 원칙으로 하였으며, 철학개념이 서양에서 어떻게 통용되고 있는가를 소개하는 것이 아니고, 이 시대 이 땅에서 살면서 고민하는 한국 철학인의 '철학함'이 배어 있는 살아있는 철학사전이기를 표방하며,… 이 철학사전을 통해 우리 고유의 철학을 펼칠 수 있고, 우리가 주체적으로 철학하는 일이 가능하게 되기를 기대하고 있다.

『우리말 철학사전』은 1945년을 기점으로 해서도 철학을 한 지가 60년이 넘었으면서도 우리의 문제를 다룬 철학이 정립되지도 않았고, 세계에 내놓을만한 철학자도 나오지 못하였으며, 우리말로 된 철학사전도 없는 것이 편집의 동기라고 할 수 있고, 우리말로 철학하고, 주체적으로 사유하게 하자는 것이 편집의 철학이라고 할 수 있으며, 궁극적으로는 우리말로, 우리의 문제를 주체적으로 사유하고 '철학하여' "우리의 철학"을 만들어 내는 것이 편집의 목표라고 할 수 있다.

5. 우리말로 철학하기

앞서 말한 바와 같이 『우리말 철학사전』은 우리말로, 우리의 문제를 주체적으로 사유하고 '철학하여' "우리의 철학"을 세우는 것을 목표로 하고 있다. 그러나 『우리말 철학사전』은 우리의 철학을 위한 기초 자료이고 길잡이이지 그것에서 바로 우리의 철학이 나오는 것은 아니다. 따라서 『우리말 철학사전』은 우리의 철학을 향한 첫 번째 단계를 마련했다고 할 수 있다. 그러면 우리의 철학을 향한 두 번째 단계는 무엇인가. 나는 그것으로 현재 철학에 넓고 깊게 침투해 있는 일본식 철학 개념(용어)을 우리의 용어로 바꾸는 일이라고 생각한다(『우리말 철학사전』이 주로 이 작업을 한 것으로 알지만). 물론 이것은 간단한 과제가 아니다. 어떤 일본식 철학 용어는 우리에게 매우 익숙해진 것들도 있고, 마땅히 다른 용어로 대체하기 어려운 것들도 있기 때문이다. 그러나 우리는 시간을 두고서라도 철학 용어를 우리말로 바꾸는 일에 힘을 기울려야 한다. 그리고 서양식 철학 용어의 경우도 마찬가지이다. 우리는 서양철학에 나타난 철학 용어를 우리말로 옮길 때 깊이 고심하지 않고, 이를 우리말로 만들어야겠다는 깊은 의식이나 고심없이 적당한 선에서 한글로 옮긴 것이 많이 있기 때문에 서양식 철학 용어도 다시 한번 깊이 생각하고 고심해서 우리말로 옮길 필요가 있다. 이러한 사정은 비단 개념이나 용어의 경우만이 아니고, 진술(statement)이나 문장(sentence)의 경우에도 동일한 과정을 밟아야 할 것이다. 이러한 관점에서는 우리가 지금까지 번역한 외국 서적이나 우리가 저술한 책들도 "우리말로 철학하기"의 정신에서 다시 번역하거나 저술하는 일이 필요하다 할 것이다. 한마디로 현재 통용되고 있는 철학 용어 진술 문장 나아가서는 번역과 저술 전반에 걸쳐 우리말로 철학하기의 과정이 진행되어야 한다는 것이다.

우리말로 철학하기의 세 번째 단계는 한국의 사상적 철학적 문집들이나 중국의 유교 불교 노장과 그 밖의 사상들에 관련된 사상적 철학적 문집들이 우리말로, 주체적으로 번역되어야 한다는 것이다. 그 번역이 여러 차례 반복되어 날이 갈수록 쉽게 읽히면서도 책의 진수를 담아낼 수 있는 그러한 번역으로 되어야 한다. 서양 철학에서도, 예를 들어 플라톤의 「국가」는 오늘까지도 계속 다시 번역되고 있다. 고대 그리스 철학자 중세의 철학자 근·현대의 철학자들의 작품들이 각 나라말로 계속해서 번역되고 있는 것이 그것이다. 그러한 번역이 이루어질 때 누구나 쉽게 그 사상에 접근할 수 있는 것이다.

나아가서 한국철학사와 중국철학사가 우리말로 주체적으로 쓰여져야 한다. 그리고 한국사상가와 중국사상가에 관한 개별적 연구서도 많이 나와야 한다. 그리하여 한국철학과 중국철학에 대한 접근의 길이 쉽게 그리고 깊이 있게 마련되어야 한다. 이러한 일이 가능하기 위해서는 현재 한국철학과 중국철학을 전공하고 있는 철학자들이 많은 업적을 내어놓아야 할 것이요, 그것도 앞선 사상가들의 사상을 조술하는 데 그치지 않고 그것을 비판적으로 서술하고, 그 사상이 후대로 내려오면서 어떻게 비판되고 어떻게 발전되어 왔는가를 보여 줄 수 있어야 한다. 그리고 앞으로는 많은 학생이 동양학을 전공하여 한국철학과 중국철학의 판이 질적으로나 양적으로 풍성하게 되어야 할 것이다.

우리말로 철학하기의 네 번째 단계는 대학의 교과 과정이 근본적으로 바뀌어야 한다는 것이다. 1945년에서 오늘에 이르는 지난 60년 동안 한국의 대학 철학과의 교과 과정은 서양철학이 주가 되고 동양철학이 종으로 되어 왔다. 점차로 그 비율이 달라지고 있긴 하지만 지금까지도 서양철학이 70%, 동양철학이 30%라고 할 수 있다. 서양철학이 중심부에 있고 동양사상이 주변부에 있는 것이다. 이제는 그 위상이 역전되어야 한다. 동양철학이 중심부로, 서양철학이 주변부로 그 자리를 바꾸어야 한다. 때가 늦었지만 이제는 바뀌어야 한다. 넓은 의미의 우리의 철학을 중심으로 하는 철학을 해야 한다는 것이다.

우리말 철학사전을 길잡이로 하여 철학 용어를 우리말로 바꾸고, 넓은 의미의 우리의 고전을 우리말로 옮기고, 대학의 교과 과정을 우리의 철학

중심으로 바꾸어야 하는 것이다. 그래야만 우리말로 철학하기가 본궤도에 오르게 될 것이요, 그때 세계철학자대회에서 우리의 철학을 갖고 다른 나라 철학자들과 서로 다른 시각과 관점에서 대화하고 토론하고 논의할 수 있게 될 것이다.

나의 이러한 주장에 대해서 다음과 같은 반론이 제기될 수 있을 것이다. 하나는 세계화 시대에, 세계가 하나로 수렴되는 시대에, 교과 과정을 우리 것 중심으로 하는 것은 시대의 흐름에 역행하는 것이 아니냐는 것이다. 이에 대해서 우리 것을 70%로 하고 서양철학을 30%로 하면, 그 개방성에서도 충분할 수 있다는 것이다. 그리고 세계화는 양면성을 갖는다. 하나는 열어 하나로 나가는 것이고, 다른 하나는 내 것을 지키고 가꾸는 것이다. 내 것을 갖고 다른 것과 접촉하여 주고 받자는 것이다. 세계화도 차이를 인정하는 세계화, 문화적 상대성을 수용하는 세계화로 되어야 하는 것이다.

서양의 역사가나 철학자들은 오래전부터 그들의 역사와 철학을 서구 중심으로 정리하여 왔다. 자기들 것 중에서 좋은 점만 골라 뽑아 이를 미화하고 정돈하여 서구중심주의를 구축하고 있다. 우리도 우리 것에서 좋은 점을 골라 뽑아, 그것을 잘 정리하면 한국중심주의나 동양중심주의를 세울 수 있을 것이다. 우리의 것을 묻어 두고 남의 것에 휘둘려야 할 이유가 없는 것이다. 대학 철학과의 교과 과정을 우리 것 중심으로 하자는 것은 결코 학문의 폐쇄성을 의도하는 것이 아니다. 지금까지의 행태에서 벗어나자는 것이고, 우리의 사상을 찾아 다듬어 보자는 것이며, 이를 통해 학문적 식민과 굴종에서 벗어나야 한다는 것이다. 동양과 서양이 묻고 답하는 형국이 아니고 서로 대담하는 위상으로 나아가자는 것이다. 우리는 우리의 학문과 문화 속에서 그러한 여력을 찾을 수 있다고 믿고 있기 때문이다.

다른 하나는 대학 철학과의 교과 과정을 우리 것으로 2 / 3를 채울만한 학문들이 있느냐는 것이다. 우리에게도 철학사가 있고 형이상학과 인식론이 있으며, 윤리학도 미학도 있으며, 그 밖의 다른 과목들도 얼마든지 마련할 수 있을 것으로 본다. 우리에게 없는 것이 있으면 30%의 구미적 교과 과정에 그런 것들을 포함시키면 될 것이다. 따라서 우리 것을 중심으로 하는 교과 과정을 마련할 수 있을 것이요, 구미적인 교과목을 위해 30% 열어 놓는다면 개방적 철학교육을 위해서도 부족함이 없을 것이다. 우리가 이러한 비율로 교과 과정을 편성하여 철학교육을 하면 앞으로 반세기 후에는 우리의 철학자와 서양의 철학자가 대등한 자리에서 철학을 논의하게 될 것이요, 우리의 철학자가 구미에 초빙되어 강연을 하게 될 것이며, 그들도 그들의 철학적 활로를 위해 우리의 철학에 귀를 기울이게 될 것이다. 우리가 우리말로 우리의 문제를 갖고 주체적으로 사고하고 철학하여 "우리의 철학"을 하고자는 이유가 바로 여기에 있다고 할 것이다. 우리말로 철학하기가 이러한 목표를 향해 힘차게 걸어가기를 기대하는 바이다.

외침

첫째 벼리

우리말로 문화 읽기가 필요한 몇 가지 이유

임재해

1. 학문운동으로서 '우리말로 학문하기'

'우리말로 학문하기 모임'은 '학문운동' 모임이다. 학자들은 누구나 학문활동 모임인 여러 학회에 소속되어 회원으로서 다양한 학문활동을 하고 있지만, 학문운동 모임에 참여하여 학문운동을 공동으로 하고 있는 경우는 매우 드물다. 그런 까닭에 학문활동을 하는 학회는 상당히 많지만 학문운동을 하는 모임은 '우리말로 학문하기 모임(우학모)' 외에 별로 없다. 따라서 학문활동 모임은 '학회'라는 이름을 가지고 있으나, 학문운동 모임을 나타내는 이름은 따로 없다. 학회와 변별하여 '모임'이라 할 따름이다.

'학문운동'이란 말은 시민운동, 환경운동, 인권운동, 문화운동처럼 익숙하지 않고 상당히 낯선 말이다. 실제로 학문운동을 표방하며 학문활동을 하는 보기를 찾기 어렵다. 『우리학문의 길』을 창조학에서 찾아야 한다는 논의[01]와, 『인문학문의 사명』에서 우리 학문에서 거둔 창조학이 일반이론 구실을 하는 세계학문으로 나아가야 한다는 논의[02]는 사실상 학문운동이나 다름없는 학문활동이다. 그렇지만, 구체적으로 학문운동을 표방하지는 않았다. 현실적인 학문위기를 극복하기 위해 이론 창조를 통한 세계학문의 혁신을 겨냥하는 『이 땅에서 학문하기』에서 비로소 '학문운동'을 본격적으로 표방했다.[03] 따라서 실제로 학문운동을 한 역사는 더 오랠 수 있지만, 학문현장에서 구체적으로 학문운동을 표방하며 적극적으로 학문활동을 한 보기는 그리 오래지 않다. 그런 까닭에 다른 운동과 달리 '학문운동'이란 말은 낯설 수밖에 없다.

그런데도 '우학모'를 굳이 학문운동 모임으로 규정하는 것은 '학문활동' 모임인 예사 학회와 분별하기 위해서만이 아니라, 학문활동과 달리 학문운동을 적극적으로 해나가기 위해서이다. 일반 학회의 학문활동과 '우학모'의 학문운동은 같으면서 다르다. 모두 연구활동의 발전을 목적으로 한다는 점에서 같지만, 학회의 학문활동이 연구대상을 공유하는 동질성을 지닌 데 비해서, 우학모의 학문운동은 연구방법과 연구목적을 공유하는 동질성을 지녔다.

따라서 학문활동을 하는 학회들은 대부분 같은 분과학문 중심으로 활동을 하면서 구체적으로 연구분야나 연구영역을 공유하는 특징을 지닌다. 그러나 학문운동을 하는 모임은 분과학문을 넘어서서 연구방법과 연구목적을 중심으로 모인다. 이것이 우학모의 장점이자 특징이다. 연구 방법과 목적은 분과학문의 한계를 넘어선다. 우리말로 학문을 하는데 특정 분과학문에 한정될 필요가 없다. 그러므로 우학모에는 인문학문과 사회학문, 때로는 자연학문 전공자들까지 참여한다. 우리말로 학문하는 방법과 목적에 동의하기 때문이다.

학문'활동'은 학자들이라면 누구라도 하게 마련이지만, 학문'운동'은 그렇다고 말하기 어렵다. 학문활동은 개별적으로 제각기 해도 그만이긴 하나, 학문운동은 그렇게 할 수도 없고 그렇게 해서는 학문운동이 되지 않는다. 일정한 학문적 경향성을 드러내서 표방하며 여러 동료학자들과 더불어 그러한 뜻을 지속적으로 펼치며 학문사회에 영향과 충격을 줄 수 있을 정도로 힘써 확산해야 마침내 성과를 거둘 수 있는 까닭이다. 그러므로 학문운동을 학문활동처럼 해서는 그 성과를 거두기 어렵다. 학문활동과 다른 학문운동으로서 특성을 살려야 한다.

그렇다고 하여 학문의 운동과 활동이 배타적인 관계에 있는 것은 아니다. 그것은 '활동'과 '운동'의 관계와 같다. 사람은 기본적으로 생명활동을 하지만, 특별히 운동을 하는 것은 평소의 생명활동을 한층 활성화하여 더 건강한 삶을 누리기 위해 강화된 활동을 집중적으로 하는 것이다. 달리 말하면, 일상활동과 달리 특별한 목적을 이루기 위해 그와 관련된 활동을 더 집중적으로 하는 강도 높은 활동이 바로 운동이다. 따라서 활동 없는 운동이 없듯이 운동 없는 활동도 없다. 생명활동이 곧 최소한의 생명운동이라면, 생명운동은 생명활동을 최대한으로 왕성하게 하는 활동이다. 그러므로 모든 활동은 어느 정도의 운동성을 지녔으며, 모든 운동은 일상적인 활동을 특별히 강화하여 변혁적 결과가 일어나기를 기대하는 것이다.

학문운동과 학문활동도 마찬가지다. 학문운동 없는 학문활동이 없으며, 학문활동 없는 학문운동도 있을 수 없다. 어떤 학문활동도 소극적이나마 일정한 학문운동성을 지니고 있으며, 학문운동도 반드시 학문활동을 통해서 이루어지게 마련이되, 궁극적으로는 학문활동에 중요한 변화를 겨냥하고 있는 것이다. 그러므로 학문운동은 학문활동을 통해서 이루어져야 하는 동시에 학문활동의 올바른 발전과 바람직한 변혁을 목표로 실천되어야 한다. 더 구체적으로 말하면 학문운동은 학문활동에 의한, 학문활동을 위한, 학문활동의 변혁운동이라고 할 수 있다.

학문을 하려면 학문운동을 해야 한다. 그래야만 학문을 제대로 하는 길을 함께 찾을 수 있다. 학문운동을 하려면 학문을 실제로 해야 한다. 그래야만 학문운동에서 주장하는 바가 헛되지 않는다.04

학문운동이 따로 있는 것이 아니라 학문활동이 운동성을 갖추면 학문운동으로 성숙하는 것이다. 학문운동이 예사 학문활동과 다른 점은 운동성을 의도적으로 갖추어 학문활동을 해야 한다는 점이다. 결국 학문운동을 결정하는 변수는 학문활동을 통해서 발휘되는 운동성이라 할 수 있다. 운동성은 일반적으로 네 가지 요건을 갖추어야 온전하게 발휘된다. 하나는 이념적으로 일정한 경향성을 지녀야 하고, 둘은 시간적으로 지속되어야 하며, 셋은 사회적으로 확산되어야 하며, 넷은 주체들이 공동체를 이루어서 더불어 활동해야 한다.

우리말로 학문하기 모임은 이 네 가지 요건을 제대로 갖추었는가? '우리말로 학문을 한다'는 경향성은 뚜렷하다. 그런 점에서 첫째 요건을 갖추었다고 하겠다. 운동의 경향성은 이루고자 하는 목적에 사무쳐야 두드러진다. 『우리말로 학문하기의 사무침』05이 운동의 경향성을 충분히 드러낸다. 둘째, 시간적으로 지속성도 지녔다. '우학모'가 2001년에 꾸려져서 지금까지 8년간 활동이 이어지고 있을 뿐 아니라 앞으로도 지속될 전망이어서, 이 모임은 일시적인 활동이나 하나의 사건(event)이 아니라 지속적인 운동(movement)으로서 충분한 요건을 갖추었다.

다만 학계에 널리 확산되지 않고 있는 점이 한계이다. 그리고 '모임'으로서 일정한 공동체를 이루긴 했지만, 공동체답게 모임이 활성화되지 않아서 학계에서는 소수자 모임 정도로 머물고 있는 현실도 문제이다. 그러므로 운동성을 확보하기 위해서는 공동체로서 참여주체의 외연을 더 넓히고 학문사회에 널리 확산되도록 하는 노력이 필요하다.

그러한 운동성은 모임의 홍보와 섭외 활동으로 이루어지지 않는다. '우학모'가 학문공동체이자 운동공동체답게 거듭나는 것이 긴요하다. 우리말로 학문하기의 목적에 밀착된 연구활동을 적극적으로 해서 학계에 공감을 얻고 파급력을 높여야 한다. 취지의 주장이나 당위성의 호소보다 학문적 성과를 통해서 설득력을 획득하게 되면 학계의 관심이 자연스레 높아질 수밖에 없다. 수준 높은 연구와 왕성한 학문활동이 운동의 확산은 물론 공동체의 외연도 넓게 확보해주기 때문이다.

학계를 움직이는 힘은 학문적 공감대 형성에서 나온다. '우학모'에 참여하는 학자들의 학문적 성과가 독창적이고 그러한 경향성을 표방한 연구가 질적 수준을 확보하는 연구결과로 이어질 때, 운동역량이 내부적으로 다져지는 동시에, 학문사회에 미치는 영향의 폭과 깊이도 자연스레 커질 것이다. 학문운동은 학문활동의 수준과 역량의 실천으로 이루어지고 그 결과에 비례해서 운동 효과도 나타날 것이다.

학문운동의 주장은 누구라도 쉽게 할 수 있다. 하지만, 실제 학문활동으로 실천하고 운동의 효과를 입증하기란 쉽지 않다. 학자라면 누구나 학문활동을 하지만 학문운동을 하기란 어려운 것과 같다. 주체적인 문제의식과 사무친 마음이 학문활동의 운동적 성과로 수준 높게 나타나서 학계에 보기를 보여야 하기 때문이다. 따라서 말로만 하는 학문운동은 쉽지만 실천으로 하는 학문운동은 어렵다. 학문활동에서 운동성을 이끌어 낼 수 있어야 하는 까닭이다.

학문활동은 개별적으로 하면 되지만 학문운동은 더불어 해야 운동성이 살아난다. 학문활동은 다양하게 제각기 해도 상관없으나, 학문운동은 학자들이 함께 일정한 학문 경향성을 발휘해야 한다. 학자들 가운데 문제의식을 자각하고 운동 지향적으로 학문활동을 하는 사람이 있는가 하면, 무의식적으로 같은 문제의식을 지니고 자기 연구에 충실한 학자들도 적지 않다. 그러므로 학문운동의 외연을 넓히고 운동공동체로서 연대성을 강화하여 학문사회를 변혁시키려면 이러한 학자들을 널리 끌어들여서 함께 가야 한다.

잠재적으로 뜻을 같이하는 학자들을 적극 동참하게 하려면, 우학모의 운동성이 자기 학문의 독창성과 수준을 높이는 데 크게 도움이 될 뿐 아니라, 학문발전에도 널리 이바지한다는 사실을 공유할 수 있도록 만들어야 한다. 실제로 연구한 성과가 기존 학문의 틀을 깨고 새로운 틀을 만들어가는 창조적 길잡이 구실을 하게 되면, 학자들의 관심은 높아질 수밖에 없다.

따라서 우학모가 지향하는 연구 방법과 목적의 당위성만 거듭 주장할 것이 아니라, 그러한 준거로 학문활동을 실제로 해서 거둔 성과를 학계에 계속 제출해야 설득력을 높이게 된다. 그러므로 학문운동 모임으로서 우학모의 운동성을 강화하려면, 우리말로 학문하기가 지향하는 운동 목표를 정확하게 인식하고 그에 따른 연구성과를 보여주는 학문활동의 보기들이 실감나게 제시될 필요가 있다.

2. 우리말로 학문하는 네 가지 길과 이유

'우리말로 학문하기 모임'의 학문운동은 무엇을 표방하는가? 어떤 학문활동을 지향하고 있는가? 학술용어를 우리말로 하자는 말인가? 우리말이라면 영어와 일본어 등 외국어와 외래어를 배격하자는 말인가? 한자말까지 배격하고 순수한 우리말로만 연구논문을 쓰자는 말인가? 이 모임의 이름으로 봐서는 우리말로 연구하고 글쓰기를 하자는 뜻으로 읽히게 된다. 그러므로 학문적 사유와 표현을 우리말과 글로 하자는 것이 기본적인 목적이다.

학문 이전에 예사사람들의 생활말이 우리말과 글로 이루어져도 아무런 불편이나 불이익이 없어야 한다. 이것이 독립된 국가의 국민이라면 당연한 기본 권리이다. 그런데 지금 우리는 영어를 모르면 학생으로서 학습의 자유도 크게 제약받으며, 일자리를 얻으려고 할 때 취업의 자유도 크게 침해받고 있다. 그러므로 『국어해방론』[06]의 시각에서 우리말 운동의 목표를 두 가지로 잡는다.

1) 제 나라 제 땅 안에서 제 나라 사람끼리의 일에 제 나라 말만을 쓴다고 해서 어떠한 불이익도 받아서는 안 된다.
2) 제 나라 제 땅 안에서 제 나라 사람끼리의 일에서 다른 나라 말을 모른다고 해서 어떠한 불리한 평가도 받아서는 안 된다.[07]

학문활동이라고 하여 민중의 생활말과 다르지 않아야 한다. "학자가 학문하며 부려 쓰는 말도 모름지기 어린이나 무식쟁이나 모두 알아들어야 바람직하다."[08]고 여기며, 이러한 말글운동으로 학문활동을 실천한 뚜렷한 보기로 『배달말꽃-갈래와 속살』[09]을 들 수 있다. 이미 갈래라는 말은 『배달문학의 길잡이』[10] 이래 학계에서 일반화되어 이제 '장르'라는 불어는 더 이상 쓰지 않게 되었다.

이러한 말글운동의 논리에 따라 『배달문학의 갈래와 흐름』[11]이 발표되었으며, 마침내 문학을 '말꽃'이라는 우리말로 쓰자고 하는 단계로까지 나아갔다. 『배달말꽃-갈래와 속살』에서는 말꽃 논리에 따른 말꽃 갈래의 이치를 다루었다. 문학이란 말 대신에 '말꽃'이라고 쓰자 '갈래'와 달리 따라 쓰기는커녕 흉보는 이가 적지 않다. 수군거리는 뒷말에 『말꽃타령』에서 보기와 조리를 갖추어 대꾸도 했다.[12] 그러므로 이 두 책을 읽으면 왜 우리말로 학문을 해야 하는가, 우리말로 학문을 하면 어떤 성과를 낼 수 있는가 하는 문제를 쉽사리 짐작하게 된다.

학문활동에서 우리말과 글을 표현수단으로 여기지 않고 아예 우리말을 연구해서 우리 문화와 철학을 연구한 성과도 있다. 우리말 자체를 연구대상으로 주목함으로써 새로운 문화읽기와 철학하기를 실천하는 대표적인 보기로 『본과 보기 문화이론』[13]을 들 수 있다. '본'과 '보기'의 말을 틀거리로 삶의 '본질 · 현상 · 이상'을 체계적으로 논리화하여 새로운 문화이론을 수립한 것이다. 이어지는 『한국 사회의 차별과 억압』[14]도 우리말의 존비어체계를 대상으로 한국사회의 권위주의가 지닌 모순을 비판적으로 분석하고 비판적인 해체를 시도한다. 우리말과 말문화로 우리 문화와 사회 체제를 독창적으로 분석하는 연구는 더 이어질 전망이다.[15]

우리말로 학술용어를 쓰고 표현하는 학문운동과, 우리말 자체를 분석하고 해석하는 우리말문화 연구 수준의 학문운동은 누가 뭐라고 해도 '우리말로 학문하기'라 할 수 있다. 그런데 우리말 자체에 얽매이지 않고 우리 학문을 주체적으로 창조하자는 학문운동도 이와 만난다. 이때 우리말은 하나의 은유이자 상징이다. 우리문화를 우리 시각과 방법으로 연구해야 세계학계에 독창적인 학문으로 인정받을 수 있다는 생각이다. 서구이론과 수입학에 휘둘리지 말고 우리학문을 우리학문답게 독창적으로 하자는 견해인데, 우리말로 글쓰기를 하거나 우리말을 문화적으로 연구하는 데서 더 나아가 창조적인 우리학문 운동을 하자는 것이다.

실제로 우학모 회원들의 글이나 책을 보면, 가능한 우리말로 쓰고 우리말을 통해서 학문을 하기로 하지만, 모든 학술용어를 애써 우리말로 바꾸어 표현하려 들지는 않는다. 실제로 그것은 여간 어려울 뿐 아니라, 그만한 학문적 성과를 내기도 어렵다. 따라서 우리말을 언어적 차원이 아니라 학문적 주체성으로 받아들여서 독창적인 학문의 길을 개척하고자 한다. 우리말글을 쓰기보다 우리만의 고유한 말뜻을 정립하여 쓰는 것을 선결과제로 여기는 셈이다. 우리사상연구소에서 엮어내는 『우리말 철학사전』[16]은 그러한 학문운동의 보기이다.

우리말로 철학하기 운동에 앞장선 우리사상연구소는 한국철학계의 문제를 주체적인 사유의 결여에서 찾는다. 따라서 외국철학을 번역한 철학사전이 아니라 우리의 철학함이 담긴 우리 철학사전을 펴내는 데 목표를 두고, 중장기 계획을 세워서 5년 동안 60개의 기본 낱말을 풀이해낸 것이다. 이 사전은 '우리말로 철학하기'와 '주체적으로 사유하기'를 표방하지만,[17] 이때 우리말은 한자어를 포함한 넓은 범주의 우리말이며, 우리 철학의 실천에서 일구어낸 주체적 사유의 뜻매김을 표방한다.

그러므로 이 사전이 뜻하는 우리말은 말하기나 글쓰기의 문제가 아니라 우리 철학의 주체적 실천 내용에서 비롯된 뜻매김의 문제에 초점을 맞춘 것이라 하겠다. 이를테면 언어의 랑그langue와 파롤parole 또는 시니피에signifie와 시니피앙significant의 두 국면 가운데 상대적으로 랑그와 시니피에에 더 많은 관심을 기울이는 것이다. 랑그와 파롤 어느 쪽에 관심을 기울이느냐에 따라 우리말로 학문하기의 방향도 달라지지만, 우리말과 우리 학문의 전통을 어디까지 잡느냐에 따라 우리말로 학문하기의 폭과 깊이도 다르다.

한자말과 한문학을 우리 문화와 학문의 소중한 전통으로 이어받아야 한다고 여기는 사람들은 한글전용론자들의 '우리말로 나타내며' 학문하기에 회의를 품는다. 한자말도 우리 언어문화로서 적극 활용해야 한다고 여기는 까닭이다. 한문으로 된 조선조의 철학 성과와 학문 전통을 이어받으려면 한자말을 제쳐두고 온전한 학문을 할 수 없기 때문이다. 한문학의 전통과 선비들의 철학적 성과를 이어받아야 한국학이 성장할 수 있다고 여기는 까닭에 한자말과 한문문장을 기피하지 않는다. 한자말과 한문도 우리학문운동의 세계에서 적극 끌어안아야 할 우리말로 인정된다. 자연히 학문을 나타내는 용어에서부터 쟁점이 된다.

'학문學問은 조상 전래의 용어'이므로 '과학science'이라는 말을 배격하여[18] 인문과학이나 사회과학, 자연과학이라는 용어 대신에 인문학문, 사회학문, 자연학문이라는 용어를 쓴다. 이렇게 번역어가 아닌 한자어를 우리 용어로 받아들여서, '과학'을 표방하는 유럽학문의 한계를 비판하고 통찰의 '학문'을 표방하는 우리 인문학문의 새로운 길을 제시한다.[19] 그러므로 한문학이 우리 문학이듯이 한문문화 시대부터 널리 써왔던 한자어와 한문용어도 우리말로 인정하지 않을 수 없다.

우리말로 애써 표현하지 않고 우리말을 연구대상으로 학문하지 않더라도, 주체적이고 창조적인 학문활동을 '우리말로 학문하기'의 중요한 방향으로 설정해야 한다고 여긴다. 따라서 우리말보다 우리 학문이론을 독창적으로 수립하는 창조적인 이론학을 더 중요한 학문운동으로 여기며 학문론20을 펼치기도 한다. 학문용어로서 우리말 쓰기보다 방법과 이론 개척을 더 소중하게 여기는 이론학문운동이다. 그렇다고 이러한 경향들은 서로 배타적인 관계에 있는 것은 아니다. 우리말로 나타내기도 우리 방법과 이론을 추구하며, 우리 방법과 이론 개척을 겨냥한 연구도 우리말로 나타내기에 힘쓴다. 그러므로 서로 다른 경향성을 어느 정도 인정하면서 가능한 우리의 '말'과 '방법'과 '이론'이 함께 가도록 하는 것을 최선의 목표로 삼아야 할 것이다.

우학모 회원들 사이에도 다양한 진폭을 가지고 이 운동에 참여하는 까닭에, 우리말로 학문하기를 저마다 다르게 받아들인다. 가) 우리말로 나타내기, 나) 우리말로 연구하기, 다) 우리말문화를 연구하기, 라) 우리 방법과 이론 개척하기로 다양하게 받아들이게 된다. 연구활동의 비중을 보면 오히려 가)보다 나)와 라)에 더 많은 관심을 기울인다. 결국 우리말에 얽매이지 않고 우리학문을 독창적으로 하는 데 더 무게 중심을 두는 셈이다. 따라서 라)의 경우는 우리말의 범위도 한자말까지 끌어들일 뿐 아니라, 우리말로 나타내거나 우리말을 통해서 무엇인가 연구하는 데 집착하지 않는다.

우리말 쓰는 것을 바람직하게 여기긴 하지만, 더 집중적인 관심인 독창적인 이론창조와 세계적인 한국학 만들기를 겨냥한다. 우리말보다 우리학문에 무게 중심을 두는 것이다. 이러한 연구는 굳이 '우리말로' 학문하기를 표방하지 않는다. '우리학문'을 표방하거나 창조적 학문 자체를 추구한다. 창조적 학문은 학문 일반의 이상이자 목표이다. '우리학문' 운동에서 '이론창조운동'으로 나아가는 셈이다.

'우리말로 학문하기'도 말 자체에 집착하지 않는다. '우리말'은 '우리 학문', 나아가서 '창조적 학문' 하기와 만난다. 따라서 가)와 나), 다), 라)는 제각기 존재하는 것이 아니라 서로 긴밀하게 어울려 있으며, 또 서로 어울릴수록 더 바람직한 학문운동에 이른다. 우리말로 우리 역사와 문화를 보면 그동안의 고정관념을 깨고 독창적인 해석에 이를 수 있을 뿐 아니라 우리 문화의 독창성을 세계화할 수 있다. 남의 말이나 번역어로는 불가능한 연구의 새 지평을 열 수 있다. 우리말에서 나아가 우리문화의 맥락에서 우리 문화와 역사를 읽으면, 우리문화의 정체성이 제대로 포착된다. 우리학문의 세계성과 함께 우리문화의 세계성을 확보할 수 있다.

따라서 나는 '우리말로 나타내기'보다 '우리말로 연구하기'를 통해, '우리문화의 정체성'과 '우리학문의 독창성'을 확보하는 데 관심을 기울인다. '우리말'이 목표가 아니라 우리말을 매개로 우리문화와 우리학문의 입지를 세우는 것이 더 중요하기 때문이다. 그렇다고 하여 우리말로 나타내기를 소홀히 할 수 없다.

'우리말'이 없으면 그러한 작업이 무척 힘들거나 아예 불가능할 수도 있다. 왜냐하면 우리의 독자적인 문화현상은 우리말로 나타내지 않으면 그 독자성을 인정받을 수 없기 때문이다. 따라서 논문의 서술적 표현보다 연구대상이 되는 우리 문화현상을 우리말과 말뜻으로 보고 나타내는 데 힘을 기울인다. 우리말로 연구하면 자연스레 우리 시각과 방법으로 연구하게 되고 우리말로 나타내게 된다.

그러므로 나)의 방법을 중심으로 '우리말로 연구하기'를 표방하며, 다른 두 가지 방법과 어울림 효과를 내는 것이 목표이다. 다시 말하면 우리말로 학문하기 운동의 목표를 우리말글로 나타내기에 두지 않고 우리말글로 연구하기에 두어 민족문화의 정체성 찾기와 독창적 학문하기에 이른다는 말이다. 그러한 과정에 자연스레 우리말 용어를 쓰게 되고 우리말로 세상을 읽고 우리말로 연구결과를 나타내게 된다. 어느 것이나 우리말을 떠나서 쉽게 이루어질 수 없는 목표들이기 때문이다.

여기서는 이러한 연구경험 네 가지를 소개하려 한다. 그것은 곧 우리말로 학문하기의 네 가지 길이자, 우리말로 우리문화를 읽는 네 가지 이유이기도 하다. '우학모'의 운동성을 살리고 공감대를 확산하여 운동 역량을 키워내려면, 이러한 학문경험들이 거듭 제기되고 그 성과가 설득력 있게 학계에 제출되어 학문공동체에서 널리 공유될 필요가 있다.

첫째는 한자어나 영어가 아닌 우리말로 우리문화를 읽으면 우리문화를 읽는 독창적인 길이 열린다는 것이다. 곧 우리말뜻으로 독창적 문화 읽기이다. 상대적으로 남의 말과 말뜻으로 우리문화를 해석하는 것을 경계한다. 순수 우리말과 말뜻에 가치를 둔다.

둘째는 우리말을 그 자체로 존중해야 우리 역사와 문화를 주체적으로 해석할 수 있다는 것이다. 곧 우리말 중심으로 주체적 문화 읽기이다. 상대적으로 우리말을 남의 말인 것처럼 여겨 남의 말을 끌어들여 우리문화를 해석하는 일을 비판한다. 이해되지 않은 우리말을 외래어로 간주하는 폐단을 극복한다. 외래어의 영향론을 거부하고 우리말의 자생설에 가치를 둔다.

셋째는 번역어가 아닌 우리말로 우리문화 현상을 나타내야 우리문화의 정체성이 올바르게 드러날 수 있다는 것이다. 곧 우리말로 우리문화의 독창성 부여하기이다. 고유한 우리문화를 우리말이 아닌 외국어로 번역하여 국제사회에 통용시키는 일을 문제삼는다. 우리말로 우리문화를 나타내야 본디 우리문화의 고유성이 살아나기 때문이다.[21] 우리말의 세계화와 우리문화의 세계화에 가치를 둔다.

넷째는 우리말로 일컫는 우리문화 현상으로 연구방법을 수립하는 것이다. 곧 우리말로 연구방법 만들기이다. 독창적인 문화 연구방법을 우리말로 나타내어 외래어나 외국말로 일컫는 것을 극복한다. 우리말과 함께 개척한 문화연구 방법을 문화일반의 연구로까지 확장할 수 있도록 한다.

연구방법의 일반화에 가치를 둔다.

첫째 단계에서 넷째 단계로 갈수록 연구가 더 복합적이고 수준도 높다. 뒤로 갈수록 앞 단계의 연구를 포함할 뿐 아니라 연구방법의 일반화는 쉽지 않기 때문이다. 이 논의에서는 글의 분량을 고려해서 첫째와 둘째 단계까지만 구체적으로 다룬다. 셋째와 넷째 단계에 관한 논의는 별도의 논문으로 발표할 계획이다.

3. 우리말뜻으로 독창적인 문화 읽기, '가면과 탈'

말과 문화는 함께 간다. 특정한 문화를 나타내는 말 속에 그 문화의 의미가 내포되어 있다. 어떤 문화가 있으면 그것을 나타내는 말도 함께 있게 마련이다. 말은 있는데, 그것이 뜻하는 문화적인 내용이 없는 경우는 없다. 만일 그렇다면 그것은 말이 아니라 단순한 소리일 따름이다. 일정한 문화가 있는데, 그것을 나타내는 말이 없는 경우도 찾아보기 어렵다. 만일 그렇다면 그것은 문화현상이라 할 수 없다. 말로 나타낼 수 없는 현상이라면 문화가 아니라 단순한 사실일 따름이다. 그러므로 말이 있으면 그것이 뜻하는 문화가 있고, 문화가 있으면 그것을 나타내는 고유한 말이 있게 마련이다.

'어처구니없다'는 말뜻은 '어처구니'를 알아야 한다. 어처구니는 문화적 산물이다. 맷돌의 손잡이이기 때문이다. 자연히 맷돌문화를 알아야 어처구니없다는 말을 제대로 이해할 수 있다. 고장에 따라서는 어처구니를 쉽게 맷돌짝에서 빼내거나 꽂을 수 있다. 손잡이를 빼버린 맷돌은 맷돌로서 무용지물이자, 맷돌을 쓰고자 하는 이에게는 기가 찰 만한 충격이다. 따라서 어처구니없다는 말과 맷돌의 손잡이 문화는 함께 간다. 탈부착 가능한 맷돌의 손잡이 문화가 '어처구니없다'는 말을 만들어냈다. 그러므로 우리말이 있는 문화현상은 우리말이 지닌 본디 뜻으로 해석되어야 제대로 해석될 수 있다.

탈춤 또는 탈놀이는 우리 겨레 고유의 문화 양식이자 민속문화의 중요한 보기이다. 따라서 '탈'이라는 우리말 이름이 분명하게 전승되고 있다. 그러므로 "탈이라는 말만 제대로 알아도 탈과 탈춤 공부는 거의 끝낸 셈이다."[22] 그런데도 한때는 민속학계에서 우리말을 쓰지 않고 탈을 가면, 탈춤을 가면극이라 일컬었다. 일제강점기의 영향이다. 탈춤을 일본에서는 가면극假面劇이라 하고 중국에서는 면구희面具戱라 한다. 탈을 한자말로 가면 또는 중국어로 면구라 일컬었던 까닭이다.

'가면'은 거짓얼굴이라는 뜻으로서 영어의 mask를 번역한 말이다. mask는 영어에서 false face로 풀이되기 때문이다. 따라서 가면극이란 말은 영어 mask drama 또는 mask theatre를 번역한 일본식 한자말인 셈이다. 이처럼 가면이 영어를 번역한 일본식 한자말이라는 사실을 알면, 가면 또는 가면극이라는 말로 우리 탈과 탈놀이를 제대로 해석하기 어렵다는 사실을 어렴풋이나마 짐작하게 될 것이다.

가면은 그야말로 가짜 얼굴이자 거짓얼굴이다. 가면극은 거짓얼굴을 쓰고 하는 연극이다. 가면이란 말뜻으로 우리 탈과 탈놀이를 해석하게 되면 탈이 가진 진면목을 제대로 해석할 수 없다. 왜냐하면 탈은 사회적으로 탈난 사람의 모습을 조형적으로 형상화해서 보여주고, 탈놀이는 사회적으로 탈난 사실의 관계를 극적으로 형상화하여 드러냄으로써 구경꾼들과 더불어 신명풀이를 하고 사회적인 모순을 해결하려는 변혁의지를 담고 있기 때문이다.

그런데 탈을 가면의 말뜻으로 가짜얼굴이라고 하면, 민중들의 시선으로 포착한 위선적인 상층사회의 모순과 허위로 가려져 있는 사회적 부조리의 숨은 진실을 드러내서 웃음거리로 삼는 탈놀이의 본디 뜻이 드러나지 않는다. 오히려 거짓이자 가상적으로 꾸며낸 것으로서 사회적 진실과

거리가 먼 한갓 허구적 환상으로 해석할 가능성이 높다. 가면이란 말은 서구사회의 귀족들이 자신들의 본능적 욕망을 충족시키기 위해 벌이는 가면무도회에나 어울리는 말이다. 귀족들이 평소에 존중하던 도덕적 규범을 스스로 벗어 던지고 자신과 다른 가면의 얼굴이 되어 질펀하게 본성적인 놀이를 즐기는 것이다. 따라서 그들의 가면과 가면무도회는 우리 탈과 탈놀이와 근본적으로 다르다.

중국어의 면구는 가면이나 마스크처럼 그 뜻이 부정적이지 않다. 가면이 거짓얼굴이란 뜻의 가치 부정적 용어라면 면구는 얼굴 가리개란 뜻의 가치 중립적 용어라 할 수 있다. 따라서 탈과 탈춤을 거짓된 것으로 보지 않으려면 오히려 면구 또는 면구희라는 중국어가 더 적절하다. 그러나 '얼굴가리개'라는 뜻의 면구로는 우리 탈과 탈춤의 정체를 제대로 나타내기 어렵다. 얼굴을 가리는 세상의 모든 구조물을 나타내는 데는 면구가 적절한 말이지만, 민중들 생활세계 속에서 전승되는 민속문화로서 탈의 내용을 개성 있게 나타내는 데는 적절하지 않다. 그러므로 우리 탈과 탈춤의 형상성은 '탈'이라는 본디 말뜻으로 해석되어야 온전하게 이해될 수 있다.

탈을 곧 가면이나 마스크 또는 면구의 우리말로 받아들여서는 한국 민속탈과 민속탈놀이의 실체를 온전하게 해석하고 적절하게 나타낼 수 없다. 탈이라 할 때 탈의 뜻이 무엇보다 중요하다. 왜냐하면 문화현상을 나타내거나 해석할 때는 말의 기표(signifiant)보다 말의 기의(signifie) 곧 말의 소리값보다 말이 지닌 뜻이 더 중요하기 때문이다. 아무리 탈이나 탈놀이라 일컫더라도 그 뜻을 가면이나 가면극으로 받아들여서는, 우리 탈과 탈놀이를 해석하는 독창적인 논리를 발견할 수 없다. 면구라는 뜻으로 우리말 탈을 써도 마찬가지이다. 여전히 탈을 얼굴가리개 수준으로 해석하게 마련이다.

탈이 지닌 우리말 뜻은 허물이나 변고, 또는 질병이나 재앙을 나타낸다. 배가 탈났다고 할 때 '배탈'은 배의 병통을 말한다. 아무개는 술버릇이 '탈'이라고 할 때는 아무개가 지닌 허물이나 문제점을 뜻한다. 갑자기 '탈'이 나서 오지 못한다고 할 때는 '뜻밖의 변고'를 나타낸다. 자동차 엔진에 탈이 났다고 하면 '고장'났다는 말이다. 가뭄이나 홍수를 탈이라고 할 때는 자연 재앙을 뜻한다. 따라서 탈은 고장, 변고, 허물, 질병, 재앙 등 다양한 국면의 문제 상황을 나타낸다. 이때 고장이나 변고, 허물, 질병, 재앙은 서로 통하는 말이다. 몸의 질병과 같은 것이 기계의 고장인 것처럼, 병적인 버릇이 탈이며, 일처리에 병이 난 것이 탈이다.[23]

우리 민속극의 탈을 보면 온전하게 생긴 것이 드물다. 사회적으로 탈난 것, 곧 사회적 부조리를 얼굴 모습으로 형상화한 까닭에 그 인상도 부조리하게 생긴 것이다. 한마디로 탈난 얼굴 모습이 탈의 형상이다. 조선시대 탈에서는 지배층인 양반과 숭고한 중일수록 그 조형성이 실상과 어긋나 있다. 입이 언청이거나 얼굴색이 새카맣다. 부조리한 얼굴 조형으로 문제가 많은 인물임을 드러낸다.

고려시대의 하회탈은 초랭이와 이매처럼 피지배층 탈일수록 입이 비뚤거나 턱이 없다. 각시탈은 입이 열려 있지 않아 말을 할 수 없고 부네탈은 콧구멍이 막혀 있어 숨도 제대로 쉴 수 없다. 이처럼 인물 조형으로서 탈난 현상을 통해서 인물이 겪는 문제 상황과 사회적 처지를 읽어낼 수 있다. 온전하게 생기지 못한 탈의 형상 자체가 사회적인 모순을 부조리하게 나타내고 있는 것이다.

탈은 인간의 질병과 나쁜 버릇, 결점, 사회의 모순과 부조리, 자연의 재앙 등을 나타내지만, 한편으로는 탈을 드러내서 문제삼는 일, 곧 '트집'을 나타내기도 한다. 남의 허물을 애써 드러내서 따지거나 문제삼는 일을 '탈 잡는다'고 하는데, 달리 말하면 트집 잡는 일이다. 샌님탈을 언청이로 나타낸 것도 세습되는 신분제의 모순을 치명적인 유전병으로 은유하여 나타낸 것이다. 사실 탈은 인물의 문제점을 트집잡아 조형한 형상이기 때문에 부조리하게 보이며, 비정상적인 형상이 대부분이다. 초랭이탈은 입이 비뚤고 이매탈은 턱이 없다. 사회적으로 탈난 것을 트집잡아 형상화한 까닭이다. 그러므로 나는 이러한 탈의 형상성을 '트집의 미학'이라 일컬었다.[24]

탈놀이 내용도 사회적으로 탈난 것, 또는 큰 허물이 되는 일을 애써 드러내서 널리 문제삼는 까닭에 비판적 희극을 이룬다. 실제로 탈놀이의 내용을 보면 사회적으로 문제된 탈들이 잘 드러난다. 사회의 구조적인 탈이 바로 체제 모순이다. 양반들의 신분적 특권의 횡포를 비판하는 양반마당, 중의 헛된 관념을 웃음거리로 만드는 노장마당, 남성의 성적 횡포를 비판하는 미얄마당은 신분모순과 성속모순, 남녀모순을 차례로 형상화하고 있다. 이 세 가지 문제가 탈놀이의 가장 중요한 내용이자, 당시 사회의 기본적인 모순이고, 사회적 질병이며, 청산해야 할 부조리이자 트집거리인 탈들이다. 민중들이 탈놀이를 통해서 사회적 모순을 풍자하며 비판적 민중의식을 드러낸 것이다. 그러므로 탈놀이를 탈광대들이 탈마당에서 탈을 쓰고 세간에서 탈난 것을 탈 잡아 노는 놀이라 할 수 있다.

탈놀이마당의 구경꾼들은, 무대 밖에서 숨죽이고 구경만 하는 일본의 가면극 '노오のう(能)'나, 탈마당에 뛰어들지 못하고 멀찍이 둘러서서 환호만 하는 중국의 면구희와 달리, 탈판에 함께 뛰어들어 탈광대들과 어울려 춤을 추며 신명풀이를 더불어 즐기는 독창성을 지니고 있다. 그러므로 가면극이나 면구희가 아니라 탈춤[25]이나 탈놀이[26]라 해야 제격이다. 춤대목이 별도로 있어서 광대들과 구경꾼들이 함께 춤추는 신명풀이 판을 제대로 나타내려면 '탈춤'이라 하지 않을 수 없다. 그리고 탈광대들이 탈놀이판을 벌이기 전에 길놀이를 하는가 하면 극적인 행위 외에 여러 가지 놀이를 더불어 하는 까닭에 '탈놀이'라 일컬을 만하다.

영어권에서도 drama와 theatre 이전에 Play가 있었고, 아직도 Play가 연극을 나타내는 용어로 일컬어지고 있다. 특히 민속극을 양식에 따라 나타낼 때는 mask play 또는 puppet play로 나타내는 경우가 많다. 우리

탈춤과 탈놀이도 민중들이 실제 민속 전승 현장에서 일컬어지는 우리말일 뿐 아니라, 실제 내용도 '극'이라기보다 '춤'과 '놀이' 양식이 특징을 이룬다. 따라서 놀이는 연희와 연극을 나타내는 본디 우리말일 뿐 아니라 이러한 발전된 양식까지 포함하는 말이다.

서구의 극적 갈등과 다른 갈등구조를 지니고 있는 춤이자 놀이로서 연극이다.[27] 연극의 우리말 용어가 바로 '놀이(play)'이자, 우리말 놀이가 원초적 연극 양식을 나타낸 것이다. 따라서 문학 갈래를 나눌 때, 연극을 '놀이'로 일컫는다.[28] 그러므로 우리말을 제쳐두고 굳이 일본용어인 '가면극'을 쓸 필요가 없다. 실제로 가면극이 아니라, 탈춤이나 탈놀이라는 뜻으로 연구대상을 주목해야 탈놀이의 춤사위가 제대로 드러나고, 탈춤의 미학으로서 신명풀이가 더 잘 포착된다. 탈춤은 신명풀이 연극으로서 '관중의 참여로 이루어지는 놀이이자 행동이다.'[29]

남사당패는 탈과 탈놀이를 덧뵈기라고 한다. 덧뵈기는 탈을 씀으로써 본디 얼굴 위에 덧붙여 새 얼굴을 보여주는 기능을 뜻한다. 실제로 탈은 면구나 마스크, 가면처럼 자기 얼굴을 가리는 것이 아니라, 탈을 쓴 사람의 얼굴에 덧보태어서 본디 얼굴 외에 다른 얼굴을 더 보여주기를 하는 것이다. 본디얼굴+탈의 얼굴을 보여주는 것이 '덧뵈기'이다. 따라서 덧뵈기는 거짓얼굴이거나 단순한 얼굴 가리개가 아니라 뭔가 덤으로 더 보여주는 창조적인 얼굴인 것이다. 사회적 제약 때문에 드러내지 못한 얼굴을 제대로 강조해서 드러내는 얼굴이 덧뵈기이자 탈이다. 우리 탈은 그러한 덧뵈기 구실을 한다. 탈을 쓰고 세상을 보면 세상의 탈난 것이 더 잘 보이기도 한다. 그런 뜻에서 탈은 덧뵈기이자 돋보기이기도 하다.

하회탈의 각시나 초랭이처럼 사회적으로 소외된 인물 탈은 여성의 고난과 극복의지, 또는 하인의 핍박과 저항의 뜻을 담고 있다. 따라서 각시탈은 좌우 눈의 불균형을 통해 각시에게 주어진 사회적 제약의 눈과 본성적인 극복의 눈을 '내리깐 눈'과 '바로 뜬 눈'으로 형상화해 두었다. 현실에서는 볼 수 없는 부조리한 눈을 변증법적 조형기법으로 나타낸 것이다. 초랭이의 입도 상전에게 복종하는 웃는 입매와 상전에게 저항하는 화난 입매를 변증법적으로 통일시켜 형상화하였다. 그러므로 탈의 조형 이치를 분석적으로 보면 사회적 모순이 더 두드러지게 보인다. 덧보이는 것이자 돋보이는 것이 우리 탈의 형상성이다.

탈놀이도 마찬가지이다. 평소에는 드러나지 않거나 가려져 있던 지배 집단의 여러 가지 거짓을 숨김없이 드러낸다. 웃음거리로 만들기 위해 양반과 중, 영감의 모순된 행위가 실제보다 과장되어 폭로되기 일쑤이다. 따라서 탈뿐만 아니라 탈놀이도 사회적 질병과 모순을 탈잡아 덧보여주는 구실을 한다. 거짓을 드러내서 가려진 진실을 과장하여 보여주는 탈놀이를 가면극이나 면구희라 하면 탈놀이의 진정성을 제대로 드러낼 수 없다. 그러므로 탈놀이 또한 '덧뵈기'라 일컬어야 제격일 뿐 아니라, 덧뵈기의 말뜻으로서 분석해야 제대로 해석할 수 있다.

탈은 가면이나 면구와 달리, 탈난 것이자 덧뵈기이기도 하지만 얼굴이기도 하다. '사람의 탈을 쓰고서 어찌 짐승만도 못한 짓을……'이라고 할 때, 탈은 얼굴을 나타낸다. '사람의 얼굴을 하고서' 또는 '사람의 낯짝을 하고서' 어찌 그런 짓을 했는가 하고 개탄하는 말이다. 인면수심을 나타낼 때 인면은 곧 사람의 탈이자 얼굴이다. '탈'은 짐승탈이나 사람탈 모두에게 해당되는 말이다. 특정 종이나 개체의 얼굴이 아니라 모든 동물의 얼굴을 나타내는 말이 탈이다. 더 정확하게 말하면 탈은 사람이든 짐승이든 낯짝을 일컬을 때 쓰는 말이다.

따라서 탈은 얼굴 또는 낯짝의 본디 우리말일 수 있다. 탈보다 더 좁게 쓰는 것이 '쪽'이다. '쪽 팔린다'고 할 때 쪽은 낯짝을 뜻한다. 부끄러운 일로 낯짝이 여러 사람에게 알려지는 일을 일컬을 때 특히 '쪽'이라고 한다. 탈이 실제와 다른 얼굴의 다양한 겉면을 나타낸다면, 쪽은 인간의 실제 얼굴 겉면을 나타낸다. 탈은 쪽을 가리거나 바꾸어 쓸 수 있는 것이지만, 쪽은 고정된 것이다. 쪽 팔리지 않기 위해 탈을 쓰기도 한다. 가면무도회의 탈은 특히 그런 기능을 적극적으로 한다.

그러므로 사람의 안면 곧 낯을 나타내는 우리말에는 탈과 쪽, 낯짝, 얼굴 등이 있다고 하겠다. 탈과 쪽, 낯짝은 얼굴 표면을 나타내지만, '탈'은 본디 얼굴을 가리는 얼굴이며, '쪽'은 본디 얼굴을 본의 아니게 드러내는 얼굴이며, '낯짝'은 드러내지 말아야 하는 상황인데도 의도적으로 자기 얼굴을 드러내는 좀 뻔뻔한 얼굴이다. 그러나 낯과 얼굴은 더 깊은 뜻이 있다. 사람다운 인품과 영혼이 깃들어 있는 말이다. '낯을 들 수 없다'거나 '낯이 난다'고 할 때, 사람됨과 연관되어 있다. '낯이 서다', '낯을 낸다'고 할 때도 인격과 연관되어 있는 것이다. 흔히 말하는 체면치레와 만나는 말이어서 사람의 품격을 변별하는 구실을 하는 셈이다.

그런데 얼굴은 곧 인물의 품격을 대표한다. 아무개는 우리 회사의 '얼굴'이라고 할 때, 회사를 나타내는 대표성을 지닌다. '낯'이 특정 개인의 정체를 드러내는 데 머문다면 '얼굴'은 특정 공동체의 정체를 상징하는 대표성까지 지닌다. '낯'이 겉으로 드러나는 안면 자체를 나타낸다면, '얼굴'은 인간존재의 내면과 그 속에 갈무리되어 있는 정신을 함께 나타낸다. 따라서 얼굴은 인간의 존재 자체를 상징하기도 한다. '그 작품은 나의 얼굴이다'라고 할 때, 그 작품은 나의 존재와 인격, 사람됨을 대표하는 상징성을 뜻하는 것이다.

따라서 이때 '얼굴'은 겉으로 나투어지는 낯이 아니라 그 속에 깃들어 있는 정신 곧 인격 속에 배어 있는 '얼'까지 나타낸다. 그러고 보면 얼굴이란 말은 얼을 강조하는 뜻이 담겨 있다. '얼'이 깃들어 있는 '굴'이 '얼굴'이다. '굴'은 생명이 서식하는 집의 원시적 형태이다. 옛말에는 '얼골'이라 했다. 골짜기와 마을, 고을을 나타내는 '골'은 '굴'보다 더 큰 공동체를 나타낸다. 집이 모여서 마을이 되듯이 '굴'이 모여서 '골'이 된다. 그러므로 얼굴 또는 얼골이란 말은 낯이나 탈과 달리, 인간의 얼이 깃들어 있는 집이자 공동체이며, 사람됨을 나타내고 정신세계를 담아내는 인간 존재의 대표적 상징이라는 뜻을 지녔다. 이처럼 얼굴을 우리말로 이해하면 한자말이나 영어로 나타낼 수 없는 아주 다양한 국면의 얼굴을 포착할 수 있다.

탈의 경우도 마찬가지이다. 탈의 뜻으로 탈춤과 탈놀이를 해석해야 우리 탈놀이다운 점을 제대로 읽을 수 있다. 이 주장을 위해 탈을 얼굴과 관련하여 논의하다가, 마침내 우리말 '얼굴'의 뜻을 두고 영혼의 집을 나타낸다는 사실까지 터득하게 되었다. 가면을 그 기능에 따라 탈과 덧뵈기로 제각기 나타내듯이, 사람의 안면도 탈, 쪽, 낯짝, 낯, 얼굴 등으로 제각기 나타내면서 얼굴의 자질을, 드러난 형상의 겉 얼굴에서부터 속 깊은 정신세계의 자질까지 다양한 층위로 나타내는 말이 있다.

'얼굴'을 '얼의 집'으로 표현할 만큼 인격의 상징성과 대표성을 나타내는 독특한 얼굴문화가 있었던 셈이다. 탈도 얼굴문화의 하나이다. 탈을 가면이나 면구로 나타내서 우리 탈놀이의 본디문화를 제대로 이해할 수 없듯이, 얼굴을 한자말로 면面이나 안顔, 안면 등으로 나타내서는 얼굴에 관한 우리 조상들의 인식을 제대로 이해할 수 없다.

4. 우리말로 민족문화의 원류 찾기: '거서간과 칸'

우리 문화를 남의 말뜻이 아니라 우리말뜻으로 읽고 나타내야 할 뿐 아니라, 우리말을 근거로 우리 역사와 문화를 읽어야 한다. 그런데 아예 우리말을 무시하거나 우리말 자체를 남의 말에서 온 것으로 여긴다. 결국 남의 말을 끌어와 우리말을 부정하는 데까지 나아간다. 달리 말하면 우리말을 우리말로 여기지 않고 남의 말처럼 읽는 것이 문제이다. 가장 대표적인 것이 우리말의 뿌리를 남의 말에서 찾으면서 우리 고유어를 부정하는 데서 비롯된다.

얼굴이나 가면을 나타내는 우리말 '탈'을 한국 고유어가 아니라 '한쪽 면面이나 생김새(feature)'를 뜻하는 몽골어 탈에서 온 것이라 하여, 산대놀이를 동몽골 유목문화의 영향으로 형성된 것으로 해석한다.[30] 현재 몽골에서 얼굴을 나타내는 말은 탈이 아니라 누르nuur이다. 따라서 현대어로 '체면'이나 '면목'을 '누르 탈'이라고 하는데, 이 말을 두고 누르도 얼굴, 탈도 얼굴이라고 해석한다.[31] 결국 체면이나 면목을 나타내는 몽골어는 '얼굴(누르) 얼굴(탈)'의 중첩어로 규정하며, 우리 탈이 몽골어 탈에서 온 것처럼 주장한다.

과연 몽골인들이 '얼굴(누르) 얼굴(탈)'처럼 '얼굴'이란 말을 중첩어로 써서 면목이나 체면이라는 뜻의 말을 사용했을까? 아니면 현대어 그대로 얼굴을 뜻하는 '누르'와 '면이나 생김새'를 나타내는 '탈'을 합성어로 써서 '얼굴(누르) 생김새(탈)', 또는 '얼굴(누르) 면(탈)'으로 나타냈을까. 면목에 어울리는 말은 '얼굴얼굴'이 아니라 '얼굴 생김새'이거나 '얼굴 면' 곧 '얼굴 쪽'이다. 그야말로 체면이나 면목없는 상황 곧 '쪽 팔리는 상황'을 나타내는 말이 '얼굴 면(쪽)'이 아닌가. 그러므로 몽골어 '탈'을 그들의 말뜻 그대로 '생김새'로, 또는 '쪽'이나 '면'으로 해석해야지, 얼굴이라는 말 '누르'가 별도로 있는 데도 굳이 탈을 또 '얼굴'이라 하여, 면목을 뜻하는 몽골어 '누르 탈'을 중첩어로 규정하거나, 한국어 탈이 몽골어 '얼굴'을 뜻하는 말에서 왔다고 추정하는 것은 무리이다.

우리말 탈이 얼굴을 뜻하는 몽골어 탈에서 온 것이라면 네 가지 사실이 입증되어야 한다. 하나는 우리말 탈이 가면을 뜻하는 것이 아니라 본디 얼굴을 뜻한다는 사실, 둘은 몽골어 탈이 면(쪽)이나 생김새가 아니라 얼굴을 뜻한다는 사실, 셋은 몽골어 탈이 우리말 탈에 선행한다는 사실, 넷은 몽골어 탈이 우리말에 전래되어 우리말 탈이 형성되었다는 사실을 모두 입증해야 한다. 넷 가운데 어느 것이나 추론과 짐작일 뿐 분명하게 입증할 수 없다. 특히 몽골어가 영향을 미치기 전에 우리말에는 얼굴을 나타내는 말이 없었다고 해야 전파 가능성이 있는데, 설득력이 아주 낮다.

더 나아가 탈을 일컫는 우리말 '탈박'이나 '탈바가지'라는 말도 '박'과 '바가지'는 몽골어에서 각각 '가면' 또는 '도구'를 뜻하기 때문에 몽골에서 온 것처럼 해석한다. 그러나 박과 바가지도 우리 토박이말로 널리 쓰인 한국 고유어의 하나이다. 그런데 '탈박'이나 '탈바가지'라는 말이 본디 우리말이 아니라 몽골어로서 '얼굴 가면' 또는 '얼굴을 가리는 도구' 곧 가면이라는 뜻이라고 한다. 그 근거를 두 가지 든다. 하나는 티베트와 몽골의 라마사원에서 연행되는 가면극인 '참'의 가면을 '참박'이라고 한다는 것이고, 둘은 바가지로 만든 탈을 탈바가지로 일컫는데, 그것은 '바가지탈'이라 해야지 '탈바가지'라는 표현은 용례에도 없고 우리 언어 관습에 맞지 않다는 것이다.[32]

만일 라마사원에서 연행되는 참박에서 '박'을 가면의 뜻으로 쓴다면, 박은 몽골어가 아니라 티베트어일 가능성이 더 높다. 몽골의 라마교와 라마사원, 라마사원의 탈놀이는 모두 티베트의 영향에 의해서 형성된 것이기 때문이다. 실제로 몽골 라마사원의 탈은 티베트의 탈과 아주 흡사하다. 따라서 이 주장이 설득력을 지니려면 우리말 탈박이나 탈바가지는 몽골에서 온 것이 아니라 티베트에서 왔다고 해야 한다.

그러나 몽골이 티베트의 라마교를 받아들인 것은 16세기 말이다. 따라서 몽골의 참박은 17세기 이후에 형성되었을 것이다. 우리탈의 역사를 보면, 하회탈은 이미 고려 중기에 만들어졌고 처용탈은 신라 후기에 궁중 탈춤으로, 황창탈은 신라 초기에 세간에서 탈춤으로 전승되었다. 암각화나 발굴유물에서 보이는 탈을 보면 훨씬 더 오랜 역사를 지니고 있다. 그러므로 17세기 이후 몽골어가 들어오기 천여 년 전부터 탈과 탈춤, 탈에 관한 문화가 세간에는 물론 궁중에까지 있었다는 점을 고려하면 몽골어 기원설은 역사적 선후의 당착에 빠져 있다고 하지 않을 수 없다.

탈의 재료를 나타내서 일컫는 말도 '나무탈'이나 '종이탈'처럼 나타내야지 '탈나무', '탈종이'라는 말이 없는 것처럼, 바가지로 만든 탈도 '바가지탈'이라 해야지 '탈바가지'라 할 수는 없다는[33] 주장도 문제이다. 용례 하나만 알고 둘은 모른다. 다시 말하면 '바가지+탈'만 알고 '탈+바가지'라는 용례는 의도적으로 무시한 것이다. 왜냐하면 오히려 '바가지+○'의 용례보다 '○+바가지'가 더 많기 때문이다.

'바가지탈'과 '탈바가지'는 다른 말이다. 그것은 '나무집'과 '집나무'가 다른 뜻인 것과 같다. 나무집은 나무로 만든 집이고 '집나무'는 집을 짓는 데 쓰는 나무 곧 '집재목'을 뜻한다. 바가지탈이 바가지로 만든 탈을 뜻한다면, 탈바가지는 탈로 쓰는 바가지라는 뜻이다. 이때 바가지는 재료만 뜻하는 것이 아니라 옹근 그릇을 뜻한다. 그릇의 뜻으로 일컫는 바가지는 재료가 아니다. '삼신바가지'는 삼신을 모시는 그릇을 뜻한다. 그런데도 '바가지삼신'은 말이 되고 '삼신바가지'는 말이 안 된다고 할 수 있는가. '박'도 바가지와 같은 논리로 쓰인다. '함지박', '통박', '뒤웅박', '두레박', '조롱박' 등도 재료가 아닌 그릇의 양식을 뜻한다.

바가지는 재료와 그릇을 뜻하는 외에 '덤터기'란 뜻도 지니고 있다. '바가지를 썼다'고 할 때, 실제로 얼굴이나 머리에 바가지를 쓴 상황을 나타낸 말일 수도 있고, 덤터기를 쓴 사실을 은유한 말일 수도 있다. 바가지는 무엇을 담는 그릇 기능 외에 얼굴에 덮어쓰는 탈 기능도 지녔다. 그러므로 '바가지탈'은 바가지로 만든 탈을 뜻하지만, '탈바가지'란 말은 탈로 쓰이는 바가지를 뜻한다.

그러한 뒤의 용례는 얼마든지 있다. '탈바가지'처럼 '○+바가지'란 말은 바가지 앞에다 바가지의 기능을 나타내는 표현이다. 따라서 물그릇으로 쓰일 때는 '물바가지',[34] 쌀을 담는 바가지는 '쌀바가지'라 하는 것처럼, 탈로 쓰는 것을 '탈바가지'라 한다.[35] 이 밖에도 신성한 '삼신바가지'에서 천박한 '똥바가지'에 이르기까지 용도를 나타내는 뜻으로 탈바가지처럼 쓰이는 낱말들이 상당히 많다. 따라서 탈로 쓰는 바가지를 '탈바가지'라 일컫는 것은 당연하다.

더군다나 바가지로 쓰는 재료에 따라 '박바가지'와 '나이롱바가지', '통바가지'란 말들이 있을 뿐 아니라, 바가지 모양이나 덮어쓰는 기능을 은유로 끌어온 '해골바가지'나 '고생바가지', '주책바가지'와 같은 다양한 쓰임새들이 얼마든지 있다. 뒤웅박, 표주박, 조롱박도 모두 식물의 열매인 박과 연관되어 있는 말이다. 그러므로 '탈바가지'란 말이 용례로서 성립되지 않는다고 하며, "탈박의 '박'과 탈바가지의 '바가지'는 식물의 열매인 '박'이나 '바가지'와는 관계가 없다."[36]고 하며, 마치 박과 바가지라는 말이 몽골 말인 것처럼 주장하는 것은 우리말은 제대로 알지도 못하고 알려고 하지도 않으면서 단편적인 몽골말을 억지로 끌어다 붙여서 해석하는 자가당착이라 하지 않을 수 없다.

탈바가지는 사실상 해골바가지나 고생바가지와 같은 구조의 말이다. 해골바가지는 해골을 나타내는 데 그 형상이 바가지와 같기 때문이다. 탈바가지도 굳이 바가지가 아니라도 탈의 형상이 바가지와 같다는 말이다. 우리 탈놀이 가운데에는 바가지탈이 가장 흔하다는 사실도 '탈바가지'라는 말을 가능하게 한다.

삼신바가지는 삼신을 모시는 데 쓰는 바가지이자 삼신을 모셔 둔 그릇이다. 때로는 삼신을 담은 그릇으로서 바가지 자체를 나타내지만, '고생바가지'는 고생 덤터기를 말한다. 이때는 바가지를 그릇이 아니라 뒤집어쓰는 도구로 여기는 것이다. 바가지의 재료와 아무런 관련이 없다. 바가지의 2차적 기능을 나타내는 말이다. 탈바가지도 탈로 쓰는 바가지란 뜻 외에 뒤집어쓰는 도구로서 바가지를 뜻한다. 그러므로 탈바가지란 말을 '바가지'의 재료적 의미로 국한하여 용례를 부정하는 것은 자의적 해석이다.

자생설을 배격하고 민족적 창조력을 부정하며 외래문화 전래설을 펴는 사람들은, 우리말 '탈바가지'의 어원을 몽골어에서 찾는 것처럼, 우리 문화와 역사를 나타내는 중요한 열쇠말들조차 무엇이든 외국어에 끌어다 붙이는 경향이 있다. 이른바 북방문화 전래설이나 시베리아 기원설을 펴는 사람들은, '탈바가지'와 같이 본디 우리말이자 고유한 말뜻을 지니며 다양한 쓰임새도 있는데, 일부 쓰임새를 근거로 다른 쓰임새나 말뜻을 배제해 버린 채, 필요한 부분만 가져와서 외국어와 관련을 지은 뒤에 외국문화 전래설을 펴는 것이다.

이처럼 북방문화 전래설에 매몰된 이들은 우리 사료에 분명하게 밝혀 둔 기록조차 인정하지 않고 무리하게 외래어와 줄긋기를 시도한다. 김알지의 이름 '알지'를 『삼국유사』에서 아기를 뜻하는 말, 『삼국사기』에서는 슬기로운 이를 나타내는 말이라고 설명을 붙여 두었는데도, 아랑곳하지 않고 금을 나타내는 '알타이'어 'altai'에서 비롯된 것이 바로 알지라는 것이다. 따라서 김알지란 이름은 '금+금'의 뜻을 지녔다고 한다.[37] 그러므로 신라 김씨 왕조의 시조인 김알지는 본디 신라사람이 아니라 초원지역의 알타이 출신으로 해석한다.[38]

> 김알지의 이름인 알지(Alji)는 알타이 언어에 속하는 모든 종류의 언어에서 금을 의미한다. 즉 알타이 언어의 알트, 알튼, 알타이가 아르치〉알지로 변한 것이다. 그러므로 『삼국유사』에서 '알지'를 '아기'의 뜻으로 해석한 것은 틀렸다고 볼 수 있으며, 김알지는 금+금(Gold+Gold)의 의미로 해석해야 한다. 그렇기 때문에 김알지의 출생과 관련된 토템이 알타이 언어 문화권과 일치하는 나무와 새인 것이다.[39]

『삼국유사』에는 김알지의 성씨 '김'은 곧 '금'을 나타내고 이름 '알지'는 아기를 나타내는 말[40]이라고 명백하게 기록해 두었다. 경북 토박이말에도 아기를 일러 '알나-(알낳아)' 또는 '얼나-'[41]라고 하여 '알○' 또는 '알○○'라는 말은 아기를 나타내는 말과 여러모로 만나고 있다. 제주도 삼성시조인 고을나, 부을나, 양을나도 고씨 아기, 부씨 아기, 양씨 아기라는 뜻이다. 을나, 알나, 얼나는 모두 아기를 나타내는 고어이자 토박이말이다. 알과 아기, 새끼는 모두 같은 말이다. 짐승의 아기는 '새끼'이고 날짐승의 아기는 '알'이다. 양주동은 소의 아기를 송아지라고 나타내며 어린아이를 아기 또는 아지라고 한 사실을 보기로 들었다.[42] '알=아기' 또는 '알=아이'의 새삼스러운 해석이 아니다. 그러므로 알지는 아기를 뜻하는 '알'을 어근으로 한 말이라 할 수 있다.

계룡鷄龍의 옆구리에서 태어나 닭의 부리를 한 알영부인의 이름도 알을 뜻하는 난생 상징을 지니며 아기를 뜻한다. 알영을 일러 아리영娥利英, 아이영娥伊英, 아영娥英이라고도 일컬었는데, '영'을 제외하고 '알'에 해당되는 이름만 보면 '아리', '아이', '아'만 남는다. '아', '아이', '아리'는 모두 아기를 뜻하는 말로서 '알'에 해당된다. 따라서 '알=아', '알=아이', '알=아리'는 모두 등가 개념이라 할 수 있다. 그러므로 알과 아기의 우리말 뿌리는 동일하다 하지 않을 수 없다.

『삼국유사』에서 밝힌 것처럼 알지는 곧 아기를 뜻하는 말이다. 김병모의 주장처럼 김알지의 이름이 금을 뜻하는 알타이이므로 김알지의 핏줄까지 알타이족인 것처럼 추론하는 것은 더욱 문제이다. 김알지의 이름은 박혁거세의 고사에 따라 석탈해가 지은 것이기 때문이다. 박혁거세 신화에 의하면, 혁거세가 세상에 나타나 처음 입을 열어 스스로 말하기를 "'알지거서간閼智居西干이 한번 일어난다.'고 하였다."[43] 석탈해는 박혁거세의 이 말을 가슴에 새기고 있었으므로 탈해신화에서, 탈해왕은 시림의 금궤에서 나온 아이 이름을 지을 때 혁거세의 고사에 따라 '알지'라 일컬었다[44]고 했다.

이와 같이, 박혁거세 신화에 이미 '알지'의 출현을 예언하는 내용이 나올 뿐 아니라, 알지는 석탈해에 의해서 발견되고 혁거세 신화에 따라 이름을 김'알지'로 지어서 세자로 책봉하였던 것이다. 따라서 알지를 알타이어라고 하는 것은 박혁거세도 알타이어로 말했으며, 탈해도 알타이말을 알아듣고 알지를 그렇게 이름지었다는 말이다. 그렇다면 김씨뿐만 아니라 박씨와 석씨도 알타이계라 해야 할 것이다. 그런데 이런 주장을 하는 경우는 박혁거세와 석탈해, 김알지 신화가 서로 연결되어 있는 이야기라는 사실도 알지 못한다. 따라서 알지는 알타이어에서 탈해는 몽골어 탈한에서 왔다고 한다.[45] 그러므로 알지를 근거로 신라 김씨 왕조의 찬란한 금관은 물론, 김알지의 혈통까지 시베리아 알타이족에서 비롯된 것처럼[46] 해석하는 것은 잘못이다.[47]

이러한 잘못된 해석은 일제강점기 이래로 역사학계에서 상당히 폭 넓게 자리잡고 있어서 민족사를 시베리아 역사에 가져다 바치고 민족문화를 시베리아 문화의 아류로 자리매김하기 일쑤이다. 그 가운데 가장 억지가 금관의 시베리아 기원설이다. 5세기 신라의 빛나는 순금 왕관을 19세기 시베리아의 철제 무당 모자에서 찾는 것이다. 게다가 가장 늦게 등장한 '굽은 줄기 곧은 가지' 세움장식을 사슴뿔 모양이라고 하여 기원으로 삼는 억지가 지금까지 통용되고 있다.[48]

시베리아에는 5세기에 신라처럼 세습왕조와 수도를 제대로 갖춘 왕국 자체가 없었을 뿐 아니라 왕관문화와 금붙이문화도 없었다. 하지만, 신라는 당시에 일본이 황금의 나라로 일컬을 정도로 황금왕국을 이루었다. 신라가 2세기부터 '금은주옥'을 널리 장신구로 사용했던 국가라는 사실은 『삼국사기』[49] 뿐만 아니라 일본 고대사서에서도 두루 보인다. 『일본서기日本書紀』에 "한향韓鄕에는 금은이 있다."[50]고 했는데, 여기서 한향은 신라와 가야 지역을 뜻한다. 『고사기古事記』에도 신라에는 '금은으로 다채롭게 장식한 것이 많이 있다'고 하거나 '금은을 근본으로 삼는 나라' 또는 '금은이 많은 나라[金銀蕃國]'라 하여 아예 '금은의 나라[金銀之國]'로 서술한다. 『일본서기』 신공왕후神功皇后 조에도 신라를 금은의 나라로 일컬을 뿐 아니라, 재국財國이라 하여[51] 금은문화가 화려한 경제적 부국으로 높이 평가하고 있다.

실제로 경주에서는 전세계 순금왕관의 60% 이상이 집중적으로 출토되었다.[52] 그리고 금관과 같은 양식의 금동관이 20여 점이나 발굴되었다. 고분 발굴을 더 하게 되면 아직 얼마나 많은 금관이 더 쏟아질지 알 수 없다. 한마디로 신라는 금관왕국이자 경주는 금관의 수도라 할 만하다. 그런데도 신라왕들의 순금 왕관이 시베리아 무당들의 사슴뿔 관에서 비롯되었다고 하며, 우리 민족문화의 원류를, 근대까지 러시아에서 돌아보지 않거나 유배지로 삼았던 시베리아 유목문화에서 찾는 자가당착에 빠져 있다.

더 억지는 신라의 왕호가 몽골어 '칸Khan'에서 비롯되었다고 하는 것이다. 신라에서 일컬었던 거서간居西干이나 차차웅, 이사금尼師今, 마립간麻立干의 왕호는 어느 것이나 우리말의 본디 뜻을 지닌 신라 고유의 왕호들이다. 한마디로 신라 토착어이자 신라인들의 토박이말로서 왕 또는 사제왕(priest king)을 일컫는 말이 바로 거서간, 차차웅次次雄, 이사금, 마립간 등이었던 것이다. 그런데 왕호를 일컫는 3음절의 낱말을 의도적으로 '○○간干(Kan)'과 '○○금今(Kum)'으로 양식화하고, 알타이어로 군장 또는 샤먼을 칭하는 보통명사인 '칸Khan'과 같은 뜻의 말이라고 해석하고 있다.[53]

이때 '칸'은 몽골어에서 왕을 뜻하는 영어 표기 'khan'을 우리 식으로 소리낸 것에 지나지 않는다. 'khan'에서 K는 소리내지 않는 묵음이다. 따라서 몽골어 '칸'에서 '거서간'이 왔다고 하는 것은 우리말 '칼'에서 영어 knife라는 말이 생겼다고 하는 것보다 더 억지이다. 우리는 무턱대고 징기스칸이라 하지만, 몽골사람들은 아무도 그렇게 발음하지 않는다. 분명하게 '칭기스한' 또는 '칭키스항'이라 한다. 몽골을 몽고라고 하는 것이 잘못인 것처럼 칭기스한을 징기스칸이라 하는 것도 잘못이다. 그러므로 '칸'에서 거서간이나 이사금이 왔다는 것은 처음부터 잘못되었다. 굳이 몽골에서 어원을 찾으려면 '한'에서 찾아야 한다.

'샤먼'이란 말도 몽골어가 아니라 퉁구스어이다. '샤먼'과 '칸'은 전혀 발음이 다를 뿐 아니라 샤먼은 왕이 아니라 사제를 뜻하는 말이다. 최근의 현지조사 보고에 의하면 시베리아 알타이의 무당들조차 '샤먼'이라 하지 않고 '깜kam'이라고 한다.[54] 바이칼 주변의 브리야트족 무당은 '버' 또는 '뵈'라고 일컬어진다. 몽골어 '한'과 알타이어 '깜', 부리야트어 '뵈', 퉁구스어 '샤먼'은 모두 사제자를 나타내는 말이지만 그 소리값은 전혀 다르다. 시베리아 지역 안에서도 군장이나 사제자를 일컫는 말이 종족에 따라 이처럼 제각각인데, 완전히 다른 문화권에 속해 있는 신라에서 굳이 몽골어 '한' 또는 '칸'의 영향을 받아 그와 같은 왕호를 썼다고 할 수 있을까.

만일 몽골어 왕호 '한'을 빌려서 사용했다면 박혁거세는 '거서간', 그 아들인 남해는 '차차웅', 그 손자인 유리는 '이사금' 등으로 제각기 일컬을 수 없다. 어떻게 몽골어 '칸'을 빌려와서 썼는데, 이처럼 왕호가 제각기 다를 수 있겠는가. 왕호가 정립되지 않았고 특정한 보기가 없기 때문에 왕마다 적절한 왕호를 그때마다 통용어로 사용했던 것이다. 만일 알타이어나 몽골어에서 빌려 썼다면, 왕호가 이처럼 3대에 걸쳐 저마다 제각각일 수 없다.

몽골어로 왕은 '한'이 아니라 '칸'이라 하고, 이것이 신라어 '간' 또는 '금'으로 바뀌었다고 하자. 그렇다고 하더라도, '간'이나 '금'으로 신라왕의 호칭을 쓴 일은 없다. 신라 역사상 어느 시기에도 왕을 '간'이나 '금'으로 일컬은 적이 없다. 신라 초기에 왕을 '거서간'이나 '차차웅' 또는 '이사금'이거나 '마립간'이라 일컬었을 따름이다.

한 음절로 된 '한'이라는 말이 세 음절의 '○○간'이나 '○○금'이 될 까닭이 없다. 비록 몽골어 '한'이 한반도에서 우리가 '칸'으로 발음하였다고 하더라도, 우리말 '거서간'이나 '마립간', '이사금'과 같은 말이라고 할 수 없다. 소리값과 음절수가 전혀 다른 까닭이다. '차차웅'은 더 이를 필요도 없다. '거서간'이나 '마립간'이 '칸'에서 왔다거나 '이사금'이 '금'에서 왔다고 하는 것은 아무리 비슷한 것을 끌어와 연결시키는 작업이라 하더라도 지나치다 하지 않을 수 없다.

만일 거서간과 칸의 영향관계를 필연적으로 인정한다면 오히려 그 전파의 방향은 '칸→거서간'이 아니라 '거서간→칸'이라 해야 더 합리적이다. 따라서 몽골어 왕호 '한'은 오히려 우리말 '거서간' 또는 '거서한居西汗', '거슬한居瑟邯'에서 비롯된 것이라 해야 옳다. 『삼국유사』에도 거슬한이나 거서간이라고 한 것은 박혁거세 스스로 그러한 칭호를 썼기 때문에 왕호로 일컫게 되었다는 사실을 분명하게 기록해 두었다. 뿐만 아니라, 시대적으로도 신라 왕호들이 몽골 왕호 '한'보다 훨씬 더 앞선다.

몽골에서 왕호를 '한'이라고 널리 쓰기 시작한 것은 12세기에 테무진鐵木眞(1162~1227)이 몽골지역의 각 부족을 정벌하여 평정하고 처음 몽골국을 세우면서 비롯되었다. 테무진이 몽골국의 왕으로 추대되자 이름을 '사해를 차지한 최고의 수령'이란 뜻으로 '칭기스'로 바꾸고 왕호로 '한'을 사용했던 것이다. 그러므로 몽골의 왕호 '한'은 칭키스한 이후, 다시 말하면 몽골건국 이후에 비로소 왕호를 사용하기 시작한 것이다.

그런데도 서기전 1세기부터 사용한 신라의 왕호 거서간을 13세기에 비로소 국가를 수립한 몽골의 왕호 '한'에서 비롯되었다고 하는 것은, 마치 금관의 세움장식 가운데 가장 후대에 나타난 것을 보기로 역사적 기원을 찾는 것이나, 5세기 순금왕관을 19세기 민속품인 시베리아 철제 무관에서 기원했다고 주장하는 것과 같은 당착이다. 이러한 주장에 대해 아주 궁벽한 자료를 끌어와서, 돌궐의 한 씨족인 아사나阿史那의 족장이 552년에 '일리가한伊利可汗'을 칭했다고 반론을 편다.[55] 이 반론에는 세 가지 문제가 있다.

하나는 여전히 거서간을 비롯한 이사금, 마립간 등의 신라 고유 왕호들을 북방 유목민족의 왕호인 '칸'에서 왔다고 여기는 점이다. 이러한 편견과 고정관념 탓에 부당한 증거자료를 들며 마치 학술적인 논거인 것처럼 제시하고 반론의 자료로 삼고 있다. 한번 굳어진 고정관념은 깨기도 어렵지만, 스스로 벗어나기는 더욱 어려운 모양이다.

둘은 유목민족의 말 가운데 12세기가 아니라 5세기에 '가한'이라는 말이 있었으므로, 서기전 1세기의 거서간이라는 말이 '칸'에서 비롯되었을 것이라고 주장하는 점이다. '칸'이라는 말이 5세기가 아니라 1세기에 쓰였다 하더라도 역사적으로 늦게 나타난 문화현상을 기원으로 해석하는 당착에 빠져 있다는 사실을 알지 못한다. 기원은 시간적 선후문제에서 벗어날 수 없는 데 가장 기본적인 전제를 무시하는 오류에 빠져 있다.

셋은 북방민족이 쓴 말이라면 어느 민족이 언제 썼든 상관없이 우리 민족은 따라 쓰게 되어 있다고 믿는 점이다. 돌궐이나 철륵鐵勒의 한 씨족인 아사나족의 족장 칭호 '가한'을 왜 신라 왕실에서 왕호로 써야 하는가에 대한 아무런 문제의식이 없다. 그것은 마치 500년 뒤의 '가한'이라는 말을 서기전 1세기 왕호의 기원이라고 제시하는 것과 같은 수준의 당착이다. 서기전 2세기에 몽골고원을 제패하고 최초의 왕국을 세운 흉노의 왕호 '선우單于'도 한반도 사람들이 따르지 않았는데, 이름 없는 한 씨족의 족장 칭호를 신라왕실에서 왕호로 따를 까닭이 없지 않은가.

마치 몽골이 민족문화의 기원인 것처럼 여기며 몽골 역사와 문화를 연구하는 현대 학자들조차 몽골과 몽골말을 제대로 잘 모른다. 아직도 몽골의 영웅 '칭기스한'을 '징키스칸'이라고 일컫고, 몽골인들의 천막 게르를 '파오'라 일컫는가 하면, 누석단 '어워'를 '오보'라 일컫는다. 최근 20년 전까지만 해도 국호 몽골을 몽고라 일컬었던 처지이다. 이른바 세계화시대에 과학적 학술활동을 한다는 현대의 학자들조차 몽골의 나라 이름조차 정확하게 알지 못하는 지경인데, 어떻게 서기전 1세기의 신라사람들이 당대에 몽골 대륙을 석권한 제국의 왕호조차 모르면서 그보다 500년이나 뒤에 생겨난 이름 없는 소수민족의 왕호를 따라 쓸 수 있었을까. 차라리 유럽의 왕호 '킹'에서 거서간이 왔다고 하는 것이 '칸'보다 더 설득력이 있겠다.

굳이 신라 왕호를 시베리아나 몽골 지역의 유목문화에서 끌어다 붙이려면 신라 건국과 비슷한 시기의 흉노족 왕호로부터 가져와야 할 것이다. 몽골고원을 석권한 최초의 유목국가는 흉노였다. 서기전 2세기에 처음 나라를 세운 흉노의 지도자는 탱리고도선우撑犁孤塗單于이다. '탱리撑犁'는 하늘을 뜻하는 '텡그리Tengri'의 음역이며 '고도孤塗'는 아들이란 뜻이다.[56] '선우單于'는 드넓은 몽골고원을 뜻하는 것[57]으로서 흉노의 군주 칭호로서 왕호에 해당된다.

흉노국 왕호 '선우'는 중국 문헌에서 '하늘의 아들'이라 설명한 경우도 있는데, 그것은 중국 '천자天子'와 같은 신성한 정치지도자로 여겼던 까닭이다.[58] 따라서 박혁거세를 비롯한 신라왕들이 북방의 유목민족으로부터 왕호를 따오려면 13세기 몽골의 왕호 '한' 또는 '칸'이 아니라, 당시의 몽골지역 흉노국 왕호 '선우'에서 따와야 할 것이다. 그러므로 신라 초기 왕들이 동시대의 흉노국 왕호로서 천자를 뜻하는 '선우'를 두고 굳이 신라가 망하고 난 뒤에 널리 쓰기 시작한 몽골 왕호 '한' 또는 '칸'의 영향을 받아서 신라시조의 왕호를 썼다고 하는 것은 억지라 하지 않을 수 없다. 그때 이미 신라는 고려에 복속한 뒤이기 때문이다.

억지를 무릅쓰고 기어코 신라의 박혁거세 왕호인 '거서간'이나 차차웅, 이사금, 마립간을 몽골어 '한' 또는 '칸'에서 왔다는 사실을 인정해 보자. 남해차차웅의 '차차웅' 또는 '자충'은 '한'에서 왔다고 할 수 있는가? 그리고 박혁거세거서간 다음에 차차웅이라는 칭호를 쓰고, 바로 그다음에 이사금을 칭호로 써서 시조왕에서 3대왕까지 왕마다 모두 서로 다른 칭호를 썼다. 그러면 신라 초기 왕은 왕이 바뀔 때마다 제각기 다른 나라 언어를 빌려 와서 그 직위를 나타냈다고 할 수 있을까. 그것도 혁거세거서간의 아들이 남해차차웅이고, 남해차차웅의 아들이 유리이사금인데, 3부자가 왕위를 세습하면서 저마다 부왕과 다른 나라의 언어로 된 왕호를 빌려다 썼다는 것이 말이나 되는가.

이처럼 3중의 모순에 빠져 있는 것이 신라 왕호의 몽골어 '칸' 기원설이다. 정작 몽골과 붙어 있는 고조선이나 고구려에서는 몽골어 왕호가 나타나지 않았는데도 신라의 왕호에 한해서 전래설을 펼친다. 더군다나 이사금은 뒤에 잇금, 임금이 되어 왕을 뜻하는 우리말로 정착하지 않았는가. '임금'이란 말은 신라인들의 왕호나 신라지역 사람들의 방언에 머물지 않고 지금까지 한국인들이 널리 쓰는 일상적 생활말이다. 이사금이나 임금이라는 말이 알타이어나 몽골어에서 왕을 뜻하는 말인가. 우리는 반만년 역사를 지니고 단군이라는 왕호를 고조선부터 가지고 있었는데, 신라시대까지 왕을 일컫는 우리 고유의 말이 없어서 알타이나 몽골어를 빌려 썼다는 것은 정치사는 물론 문화사의 맥락에서도 납득할 수 없는 주장이다.

정작 중요한 사실은 우리 사료에 신라 왕호들이 신라 고유어라는 사실을 일일이 밝혀두고 그 뜻까지 자세하게 풀이해 두었다는 점이다. 신라사를 연구하는 데 가장 중요한 사료인 『삼국사기』와 『삼국유사』에 신라 왕들의 네 가지 왕호가 모두 신라 고유어라는 사실을 해당 왕의 기사마다 밝혀 두었기 때문에 움직일 수 없는 증거 구실을 한다. 따라서 애써 몽골의 칸 기원설을 부정할 필요도 없다. 해당 기록들만 옮겨와 정리해 보면 아래와 같다.

거서간: 혁거세의 위호(位號)를 거슬한(居瑟邯) 또는 거서간(居西干)이라고 한다. 거서간은 그가 처음 입을 열어 스스로 말할 때 "알지거서간이 한번 일어난다." 하였으므로 거서간이라 했는데, 이때부터 왕의 존칭이 되었다.[59]

진인(辰人)은 호(瓠)를 박이라 한다. 그러므로 최초로 큰 알이 마치 박과 같은 까닭에 성을 박씨로 하였다. '거서간'은 진나라 사람들의 말로서 왕이라는 뜻이다.[60]

차차웅: 차차웅(次次雄)은 자충(慈充)이라고도 한다. 김대문은 "이는 방언(邦言)에 무당을 이르는 것으로 사람들은 무당이 귀신을 섬기고 제사를 숭상하는 까닭에 이를 두렵게 여기고 공경하다가 마침내 존경받는 어른을 자충이라 부르게 되었다."고 하였다.[61] 차차웅은 존장을 칭하는 말인데, 오직 이 남해왕만을 일컫는다.[62]

이사금: "듣건대 성스럽고 지혜로운 사람은 이가 많다 하니 시험합시다"하고, 떡을 물어 이를 시험해보니, 유리의 잇금(齒理)이 많은지라, 군신들은 유리를 받들어 임금으로 모시고 이사금이라 하였다. 이사금은 이질금(尼叱今), 치사금(齒師今), 치질금(齒叱今)이라고도 한다. 옛날에 전하는 말은 이와 같으나, 김대문이 이르기를 "이사금은 방언으로서 치리(齒理) 곧 나이의 순서를 말한다."고 했다. 옛날 남해왕이 돌아가시려 할 때, 아들 유리와 사위 탈해에게 이르기를 "내가 죽은 뒤에는 너희들 박(朴)씨 석(昔)씨 두 성 가운데 연장자가 임금의 자리를 이으라." 하였다. 그 뒤에 김씨 성이 또 일어나 세 성씨 가운데 나이 많은 사람으로 임금자리를 이었던 까닭으로 이사금이라 칭하였다고 한다.[63]

마립간: 김대문이 말하기를 "마립(麻立)이라는 말은 방언으로 말뚝 곧 궐(橛)을 말하는 것으로서 시조(試操) 곧 말뚝표는 자리를 정하여 둔다는 뜻이다. 그리하여 왕궐(王橛)은 주(主)가 되고, 신궐(臣橛)은 그 아래에 벌려 있게 되는 것이므로, 임금을 마립간이라 한다."고 하였다.[64]

위에 옮겨놓은 것처럼『삼국사기』와『삼국유사』에 신라 왕호의 유래에 관해 자세한 풀이를 해두었다. 다양한 사례와 해석의 근거는 물론, 왕호의 언어를 '방언邦言'이라 하여 다른 나라 말이 아니라 신라 말임을 분명히 밝히고 있다.

그런데도 우리 역사의 기록을 전적으로 무시하고 신라 고유의 왕호인 '거서간'과 '마립간' 가운데 끝음절만 따내어 마치 몽골어에서 온 것처럼 주장하는 것이다. 그것도 신라 왕호보다 1천여 년이나 뒤인 12세기의 몽골 왕호에서 비롯된 것으로 해석한다. 논리를 전혀 모르는 사람이라도 조금만 사려 깊게 생각하면, 논리적 모순 이전에 심각한 추론의 오류에 빠져있는 사실을 단박 알아차릴 수 있다.

사가들은 왕호를 신라말 그대로 '거서간'이나 '차차웅' 등으로 기술하는 것이 후대에 그 뜻을 알지 못해서 문제될 수도 있다고 여겼다. 그래서 제각각 쓰는 왕호를 나라말로 여기지 않고 엉뚱한 말을 끌어들여 해석하는 문제가 발생될 것을 미리 알고 자세한 풀이로 본디 뜻을 밝혀놓았다.

같은 생각과 우려에서 『삼국사기』의 저자는 아래와 같이 신라 고유 왕호에 관하여 자세한 내력을 기록해 두었다. 다시 말하면 왕호에 관한 오해를 줄이기 위해 별도로 '왕호론'을 펼친 것이다.

> 사신(史臣)은 논한다. 신라왕으로 거서간이라 칭한 이가 하나요, 차차웅이라 한 이가 하나요, 이사금이라 한 이가 열여섯, 마립간이라 한 이가 넷이다. 신라 말의 명유(名儒) 최치원은 『제왕연대력(帝王年代曆)』을 저술할 때, 모두 무슨 왕, 무슨 왕이라 칭하고 거서간 등의 칭호는 말하지 않았는데, 그것은 말들이 야비하여 족히 칭할 것이 못 된다고 생각한 까닭일까. 좌전(左傳)과 한서(漢書)는 중국의 사서로, 오히려 초어(楚語)의 곡어토(穀於菟)와 흉노어의 탱리고도(撑犁孤塗) 등의 말을 그대로 남겨 두었다. 지금 신라의 사실을 기록함에 있어 그 방언을 그대로 두는 것도 좋을 것이다.[65]

『삼국사기』의 저자가 지증의 왕호 '마립간'을 쓰면서, 왜 최치원처럼 중국의 용례에 따라 모두 '왕'이라 일컫지 않고 굳이 '마립간'이라고 하는 신라 방언의 왕호를 그대로 쓰는가 하는 이유를 밝힌 것이다. 신라의 역사를 기록할 때에는 신라의 방언을 그대로 두는 것이 옳다고 판단하여 '마립간'의 왕호도 그대로 쓴다는 말이다. 만일 마립간이 몽골어라면, 또는 거서간이 알타이어라면 신라의 방언이라 할 까닭이 없다.

좌전과 한서에 나오는 '곡어토'와 '탱리고도'라는 말까지 제각기 초나라 말과 흉노말이라고 하는 언어의 국적을 밝혀 두었는데, 신라의 왕호를 나타내는 말이 몽골어나 알타이어라면 당연히 그렇게 밝혀 두었을 것이다. 중국의 사서에 초어와 흉노어를 그대로 남겨둔 채 한어漢語로 고쳐 쓰지 않은 것처럼, 신라의 사서에도 신라말의 왕호를 한어로 쓰지 않고 그대로 두어야 역사적 사실에 충실하다는 사신史臣으로서 엄정성을 밝힌 것이다. 그러므로 거서간, 차차웅, 이사금, 마립간 등은 모두 신라 고유의 언어일 뿐 결코 몽골어 '칸'이나 '한'에서 비롯된 말이 아니라는 사실이 명백해졌다.

우리말을 남의 말인 것처럼 해석하는 것은 남의 말로 우리 문화를 해석하는 것보다 더 문제이다. 남의 말을 끌어와서 우리 문화를 읽는 것은 이해의 지평을 대조적으로 넓히는 효과도 있고 우리말로 풀지 못하는 문화 일반의 수수께끼를 풀어내는 효과도 있을 수 있다. 그러나 우리말을 남의 말이라고 규정하고 그러한 전제 속에서 우리말과 문화를 해석하는 것은 우리문화는 물론 우리말조차 부정하는 것이다. 왜냐하면 우리 민족을 말하는 존재로서 인간의 가장 기본적인 문화능력조차 인정하지 않는 것이기 때문이다.

전래설을 펴는 학자들의 의식 밑바닥에는 우리 민족은 몽골말이나 알타이말을 배우기 이전에 자기 말이 없고 자기 신화와 문화도 없다는 전제가 깊게 깔려 있는 것 같다. 더 따져 보면, 그들은 우리말과 문화만 부정하는 것이 아니라 우리 역사와 겨레의 혈통까지 부정한다. 김알지의 이름 알지가 알타이 말이라고 주장하기 위해, 슬기로운 사람이나 아기를 뜻하는 우리말에서 비롯되었다는 『삼국사기』와 『삼국유사』의 기록을 허위로 규정하는 것은 물론 신라 김씨 왕실의 후손들을 모두 알타이 사람인 것처럼 몰아간다.

결국 우리말을 우리말로 여기지 않은 채 남의 말을 끌어와서 해석하게 되면, 문화적 식민지는 물론 민족적 정체성마저 부정하는 꼴이 되고 만다. 우리 문화와 역사뿐만 아니라 우리말조차 스스로 만들어 쓰지 못했다는 주장을, 문헌사료까지 부정하면서 부당한 논리와 불충분한 자료를 증거로 거듭 강변하는 것은 정상적인 학술활동이라 하기 어렵다. 그런데도 이러한 주장이 거듭되는 까닭은 어디에 있을까. 세 가지로 생각할 수 있다.

하나는 일제강점기에 주입된 식민사학의 고정관념에서 해방되지 못한 탓이다. 여전히 식민지 지식인으로서 종속적인 학문활동에 만족하는 까닭이다. 일본학자들의 주장을 남 먼저 끌어다가 써먹는 일을 학문적 능력으로 여기는 이들이다. 학계에서 은퇴한 노령기 학자들 다수가 여기에 속한다.

둘은 일찍이 배운 스승들의 주장과 교과서적 지식에 매몰되어 스스로 동어반복한 주장을 잘못된 학문적 자존심 때문에 바로잡지 못하는 탓이다. 학자로서 성찰적 연구보다 자기의 학문적 오류가 어디서 비롯되었든 그 견해를 끝까지 고수해야 자기 입지가 확립된다고 여기는 까닭이다. 스승의 학문적 오류에 대한 비판을 금기로 여길 뿐 아니라 자기 주장에 대한 비판도 금기로 여겨 감정적으로 대응하는 이들이다. 아직도 학계에 기득권을 누리고 있는 고참 학자들 다수가 여기에 속한다.

셋은 북방민족의 유목문화 전래설이 언제 어디서 비롯되었는지 식민사학의 뿌리를 알지 못한 채 실제로 그렇게 신념처럼 믿고 있는 탓이다. 학문을 주어진 전제와 신념으로서 하는 것처럼 잘못 알고 기존연구의 오류를 비판적으로 극복하는 도전학문의 모험을 독창적으로 할 수 없는 까닭이다. 바이칼호를 중심으로 한 시베리아 대륙이 우리 민족의 시원지로 알고 실제 현지여행을 하여 비슷한 문화는 곧 거기서 온 것이라고 단정하는 이들이다. 해외 여행 기회를 많이 가진 장년층 학자들 다수가 여기에 속한다.

이러한 세 부류의 학자들은 우리말과 문화와 역사가 북방 유목문화의 주변부 문화로 존재한다는 근거 없는 사실이 뒤집어질까봐 우리말로 학문하기 활동을 경계할 수밖에 없다.

5. 우리말로 북방문화 기원설 극복하기: '단군과 텡그리'

우리말로 학문한다는 것은 남의 말을 가져와서 우리 문화를 엉뚱하게 해석하는 한계를 극복하는 데서 머물지 않는다. 남의 이론으로 우리 문화를 해석하는 것도 물론 극복해야 할 과제이다. 결국 남의 말과 이론에 의존하지 않고 우리 학문을 한다는 것은 결국 우리 문화를 우리 역사의 현장과 우리 문화의 맥락 속에서 해석하는 것을 말한다.

그런데 우리 학자들은 우리 땅에 있는 우리 역사와 문화를 한결같이 북방문화에다 끌어다 붙여 해석한다. 자연히 그 원류도 북방문화에서 찾는다. 북방문화에서 찾을 근거가 마땅찮으면 남방문화에서 찾는다. 최근에는 남방기원설이 새로 득세하는 경향이 있다. 석장승이나 고인돌이 남방문화에서 비롯되었다고 한다. 전래설에 의존하면 해당 문화에 관한 해석도 스스로 하지 못한다. 북방문화를 해석한 외국학자들의 연구성과를 가져와서 우리 문화에 고스란히 써먹기 일쑤이다. 문화 전래설은 자력적 연구의 길을 막고 외국학자들의 연구에 의존하는 타력적 연구에 머물도록 한다. 그러므로 외국학자들이 해석하지 않은 문화현상은 아예 해석하려들지 않는다. 해석 불가능하다고 판단하는 것이다.

우리말로 학문하기 운동을 굳이 하지 않아도 어떤 문화의 기원을 찾으려면 먼저 그 문화가 있는 현장을 주목해야 하는 것이 기본이다. 그런데 문화가 있는 곳은 제쳐두고 멀리 떨어져 있는 곳에서 기원을 찾는다. 아예 그런 문화가 없는 곳을 원류라고 하기도 한다. 신라 금관의 원류를 금관이 많이 출토되고 있는 경주에서 찾지 않고 금관이 없는 시베리아에서 찾는 것처럼, 우리 문화의 원류를 우리 조상들이 누대로 살아온 곳에서 찾지 않고 엉뚱한 시베리아 벌판에 가서 찾는 것이다. 이른바 유럽학자들의 해묵은 이론인 전파론을 펴는 셈인데, 실제로는 전파론의 이론적 준거들을 제대로 알지 못할 뿐 아니라, 사실은 전파론도 아닌 전래설을 펼치고 있다는 사실조차 알아차리지 못한다.

유럽학자들의 전파론은 자국의 우수한 문화가 열등한 주변지역으로 전파되었다는 데서 비롯된 학설인데, 우리 학자들의 북방문화 전래설은 전파론과 거꾸로 간다. 북방의 초원지대에서 한반도로 문화가 들어왔다는 것이다. 북부의 초원지역 유목문화에서 중부의 온대지역 농경문화가 비롯되었다는 것이다. 문화의 중심부와 주변부, 문화발전의 수준, 문화발생의 선후를 뒤집어 놓은 것이 한국학계의 북방문화 전래설이다.

전파론이 선진국의 자문화 중심주의다운 학설이라면, 전래설은 후진국의 종속주의적인 학설에 해당된다. 일제강점기에 일본학자들에 의해 주도된 북방문화 전래설은 이제 아무도 강요하지 않는 학설인데도 우리 학자들은 여전히 존중하며 고스란히 답습하고 있다. 이를테면, 거서간이 몽골어 칸에서 비롯되었다고 주장하는 종속적 전래주의자들의 문제를 비판하고 한계를 극복하기 위해 문화 전파와 교류에 관해 이론적 준거와 연구의 과정적 절차를 새로 수립할 필요가 있다고 생각한다.

두 문화 사이의 닮은 점을 근거로 영향이나 전파 관계를 입증하려면, 그래브너Fritz Graebner가 제기한 형태의 준거, 계속의 준거, 양적 준거를 갖추어야 한다.[66] 나는 이 세 가지 준거 외에 상징의 준거, 생태학적 준거까지 더 갖추어야 전파를 입증할 수 있다고 주장한다.[67] 그리고 이웃나라에 우리와 닮은 문화가 있다고 하더라도 섣불리 영향관계를 단정하는 것은 위험하다. 왜냐하면 문화는 반드시 전파되어서 존재하는 것이 아니라 그 자체로 생겨날 수 있기 때문이다.

다시 말하면 두 문화가 서로 닮은 점이 있다고 해서 영향받은 것도 아니며, 영향을 받았다고 하여 문화가 거기서 기원했다고 하기도 어렵다. 그런데도 닮은 점만 들어서 전파론을 펼치는 것이 유럽학자들의 전파론적 연구이다. 전파론은 선진국 학자들의 자문화중심주의에서 비롯된 편견과 만난다. 따라서 일원발생설에 매몰된 전파론의 한계를 비판적으로 극복하는 기원론으로 다원발생설(polygenesis)과 독립발생설(independent invention)이 출현했다. 학계는 일원발생설의 전파론에서 나아가 다원발생설의 독립발생설을 받아들이고 있다. 그러므로 나는 이러한 이론적 동향에 따라 다음 네 단계의 과정을 거치면서 자문화의 발생과 기원을 연구해야 한다고 여기며, 실제로 이러한 과정을 거쳐 연구를 진전시켜 왔다.

첫째, 우리 문화 현상은 우리 선조들이 살아온 문화권 안에서 발생했을 것이라는 전제로 연구한다. 한국문화의 뿌리는 한반도와 만주지역을 포함한 몽골지역 일부의 고조선 경역 안에서 찾는다. 다시 말하면 우리 문화는 우리 민족이 자력적으로 창조했을 것이라는 가설을 가장 우선하여 연구하는 것이다. 비록 다른 나라에 닮은 문화가 있어도 그것에 의존하지 않고 주체적인 시각으로 자문화의 맥락 속에서 해당 문화의 형성과 의미를 해석한다.

둘째, 이웃나라에도 우리 문화와 비슷한 현상이 있으면, 우리 문화처럼 이웃나라 사람들도 스스로 만들어 누리는 문화일 것이라는 전제로 연구한다. 왜냐하면 인간은 누구나 스스로 자기문화를 창조할 수 있는 역량을 지녔기 때문이다. 문화가 서로 비슷한 것은 인간의 보편성에서 비롯된 것이므로 반드시 전파론이나 영향론으로 해석할 필요가 없다. 그러므로 비교연구를 하더라도 문화의 선후와 우열에 따른 전파론에 매몰되지 않은 채 두 문화를 대등하게 견주어 서로 같고 다른 점을 따져서 인류문화의 보편성을 확인하고 민족과 환경에 따른 문화적 특수성을 분석한다.

셋째, 독립발생설로 이해하기 어려울 정도로 우리 문화와 쏙 빼닮은 문화 현상이 있어서 전파론을 펴려면, 전파주의의 이론적 준거에 따라 먼저 우리 문화가 이웃나라로 전파되었을 것이라는 전제로 연구한다. 전파론은 문화가 우수한 곳에서 낮은 곳으로 흘러가고 전파과정에 원형이 훼손되며, 문화의 주변지역일수록 더 고형이 전승된다는 것이다. 그러므로 전파론적 비교연구는 이러한 원칙에 따라 먼저 우리 문화가 이웃나라로 전파되었을 것이라는 전제로 연구하는 것이 올바른 순서이다.

넷째, 독립발생설에 따른 연구를 받아들일 수 없어서 전파론적 비교연구를 하였으나 우리 문화가 이웃나라에 전파되었다는 사실을 이론적 준거에 따라 입증하기 어려운 경우가 있다. 전파의 다른 조건들을 잘 갖추어도, 이웃나라 문화가 역사적으로 앞서거나 발전 수준이 더 높을 때는 우리문화의 전파설을 주장하기 어렵다. 그렇다면 오히려 이웃나라 문화가 한반도로 전래되어 왔을 가능성이 높은 것이다. 이때는 이웃나라 문화가 전래되었을 것이라는 전제로 전래주의적 비교연구를 시도한다. 전래주의적 비교연구도 전파의 방향만 반대일 뿐 전파론의 원칙과 준거에 따라야 한다.

비록 일원론적 발생론에 따라 전파주의에 매몰되어 있는 학자라 하더라도, 자문화와 이웃문화의 영향관계를 따지는 비교연구를 한다면, 위와 같은 네 가지 이론적 원칙과 논리적 준거를 알지 못하는 수준에서도, 으레 자문화가 이웃문화로 갔을 가능성을 전제로 연구하는 것이 자연스러운 질서이자 올바른 순서이다. 그런데도 우리 학계는 으레 우리 문화는 북방지역 유목문화에서 비롯되었을 것이라는 전제로 바로 넷째 단계의 연구를 한다.

셋째와 넷째 연구는 모두 전파론에 바탕을 둔 연구이지만 넷째 단계의 연구는 셋째의 전파주의적 연구와 문제의식이 전혀 다르다. 민족적 창조력을 스스로 부정하고 자민족 문화의 독창성을 인정하지 않는 종속주의적 비교연구이다. 따라서 비록 전파론을 공유하더라도 넷째 단계의 연구를 전파주의와 구분하여 전래주의적 비교연구로 일컫는다.[68] 두 문화의 영향관계를 따지는 연구이므로 일종의 비교연구이나 문화의 역사적 선후, 지리적 중심과 주변, 수준의 우열을 전제로 하기 때문에 비교주의와도 구분된다.

특히 신비교주의(new comparativism)는 두 문화를 대등하게 보고 일정한 비교모형을[69] 근거로 같고 다른 점을 체계적으로 해석하여 문화의 보편성과 특수성을 포착해내는 것이다. 비교주의는 둘째 단계의 연구이다. 그러나 가장 중요한 것은 비교하기 이전에 자문화를 그 자체로 해석하는 자력적 연구가 충분히 이루어져야 한다. 자력적 연구는 첫째 단계의 연구이다. 모든 연구는 자문화를 자문화의 현장상황 속에서 주체적 사유와 독창적 논리로 해석하는 자력적 연구에서 출발해야 한다.

첫째 단계의 자력적 자문화 연구에서 출발하여, 둘째 단계의 비교주의적 비교연구, 셋째 단계의 전파주의적 비교연구, 넷째 단계 전래주의적 비교연구로 나아가야 한다. 전래주의적 비교연구는 가장 문제가 많은 연구인데, 그것도 앞의 세 단계를 거친 다음에 비로소 하게 되는 마지막 단계의 연구이다. 그런데 이러한 과정을 거치지 않고 바로 넷째 단계로 가서 시베리아 기원설에 매달리는 동어반복 연구가 문제이다. 일제강점기 이후 언어학, 역사학, 고고학, 미술사학, 민속학 등 분과학문의 분별없이 시베리아 기원설, 알타이 기원설, 몽골기원설, 유목문화 기원설, 북방문화 전래설이 휩쓸고 있다. 최근에 해외학술답사가 자유로워지자 신진학자들조차 전래주의적 비교연구로 북방문화 전래설을 펴느라 분주하다.

나는 그동안 첫째 단계로 자력적 연구를 하다가, 둘째 단계의 비교주의 연구[70]를 한 끝에 마침내, 셋째 단계의 연구를 하게 되었다.[71] 둘째 단계에서는 '농경 / 유목 문화 비교모형'을 수립했으며, 셋째 단계에서는 우리 문화가 북방지역 유목문화에서 온 것이 아니라 오히려 우리문화가 북방지역 문화에 영향을 미쳤을 것이라는 연구를 하였다. 그것은 단군신화의 내용을 중심으로 '신화'의 우리말 '본풀이'를 중심으로 '단군'이라는 우리말과, 고조선문화의 중요한 성격인 농경문화, 채식문화, 좌식문화, 토기문화를 중심으로 펼친 연구이다.[72] 이 가운데 우리말 '단군'과 몽골어 '텡그리'를 비교 검토한 내용만 소개하기로 한다.

단군과 텡그리의 비교 검토 이전에 거서간과 게사르gesar의 논의부터 보자. 앞에서 거서간과 칸의 논의에서 몽골왕호 칸 전래설을 비판하고, 만일 두 문화가 비슷하고 서로 영향을 주고받았다면, 전파론의 원리에 따라 오히려 문화가 앞서고 고대국가 건설도 빠른 신라의 왕호가 주변국가인 몽골에 영향을 미쳤을 가능성이 더 높다고 했다. 실제로 몽골학계에서는 우리 학계와 반대로 신라의 거서간이 몽골어 게사르gesar의 어원이라는 연구가 발표되었다.

몽골의 한국학 전공자 수미야바타르Sumiyabaatar는 서미달徐美達이라는 한자이름을 쓰는데, 몽골과 한국 두 나라 역사용어를 비교하는 사전을 만드는 작업을 하면서, 오히려 신라어 거서간이 몽골어 게사르의 기원이 되었다고 한다. 몽골어 게사르 또는 게세르는 영웅서사시 주인공인 위대한 통치자의 이름이고, 티베트와 공유한 말인데, 신라 왕호 '거서간'에서 비롯된 말이라는 것이다.

그동안 게사르 서사시의 전파론적 연구 성과는 티베트에서 몽골로, 몽골에서 다시 한국으로 전달된 것처럼 해석되었는데, 그러한 해석은 연대를 보아 전혀 부당하다고 본다. 그러므로 거서간이란 말이 한국에서 몽골로 가서 티베트까지 영향을 미쳤다고 하여 기존학설을 뒤집은 것이다. 이러한 내용을 러시아어로 논문을 발표하여 학계의 인정을 받았다고 한다.[73] 학술회의에서 이런 주장을 한 몽골학자 서미달과 의문을 제기한 조동일의 토론 내용을 옮기면 아래와 같다.

> 듣고서 내가 말했다. 'gesar'와 '居西干'을 연결시키는 것은 처음 듣는 말이고 생각해보지도 못했다. 'gesar'에 관한 널리 알려진 견해는 그 말이 로마의 'Caesar'에서 왔다는 것이다. 티베트 사람들이 자기네 민족서사시의 주인공을 중국의 천자보다 더욱 위대하다고 하려고 유라시아대륙을 횡단해온 그 말을 받아들였다고 한다. 티베트에서 몽골로, 몽골에서 다시 한국으로 전달되어 신라의 '居西干'이 생겼다고 한다면 연대를 보아 전혀 부당하다. 이런 사실을 고려하고 'gesar'와 '居西干'이 같은 말이라고 하는가 하고 물었다.
>
> 이렇게 대답했다. 'gesar'가 무슨 뜻인지 몽골이나 티베트 문헌에는 밝혀 놓은 것이 없는데, 한국의 『삼국사기』에서는 "居西干 辰言王 或云呼貴人之稱"이라고 해서 의문을 풀어준다고 했다. 그 말이 한국에서 몽골로 가서 티베트까지 이르렀다고 했다.[74]

처음단락은 거서간에 게사르가 비롯되었다는 서미달의 주장에 대한 조동일의 질문이고, 다음단락은 질문에 대한 서미달의 답변이다. 이러한 견해를 입증하는 연구는 최근에 한국학계에서도 이어지고 있다. 티베트와 몽골, 브리야트 등 유목민족들 사이에 널리 전승되는 '게세르'는 그동안 '티베트발생론', '몽골 중심론', 그리고 '티베트→몽골→브리야트'의 전파론으로 해석되었다. 그런데 구체적인 판본을 비교연구 한 결과, 이러한 전파론은 "구체적으로 검증되기 어려운 추정에 불과한 것"[75]으로 해석되었다.

> 〈게세르〉 연구가 이러한 시각에 머무는 한 생산적인 연구결과를 내기 어렵다. '영향설'이나 '전파설' 등에 초점을 맞추었던 기존 연구태도에서 벗어나 작품 내에 장치된 다양한 성격의 모티프들을 구체적으로 분석하고 비교하는 텍스트 중심의 접근이 시도될 때 〈게세르〉 연구는 보다 더 생산적인 결론으로 나아갈 수 있을 것이라고 생각한다.[76]

실제로 게세르와 단군신화를 비교연구 해 본 결과 판본의 선후가 재조명되었다. 종래에는 지역적으로 티베트에서 몽골→부리야트→만주→한반도로 전파된 것으로 해석되었으며,[77] 구체적인 작품으로 보면 '게세르→마나스', '게세르→알타이 바트이르라르', '게세르→장가르', '게세르→단군신화'로 확산된 것으로 해석되었다.[78]

그러나 판본을 자세하게 비교해 보면 가장 오래된 것으로 추정되던 티베트계 판본이 19세기, 몽골계 판본이 18세기 초에 비로소 채록되었다. 그런데 단군신화는 13세기 이전에 채록된 것으로 추론되며,[79] 그 내용도 가장 순수성을 지닌 부리야트인의 게세르와 가장 유사하다.[80] 따라서 단군신화가 게세르 계열의 영웅서사시 판본들 가운데 가장 오래되었으며 가장 순수한 세계관과 신화의 시공을 갈무리하고 있다는 것이다.[81] 그러므로 만일 이들 신화가 전파에 의해서 같은 유형의 서사구조를 이루고 있다면, 오히려 한국의 단군신화에서 북방지역 유목문화의 게세르 신화가 형성되었다고 하지 않을 수 없다.

달리 말하면 신라 왕호 거서간에서 몽골의 게세르가 형성되었으므로, 몽골어 칸에서 거서간이나 이사금, 마립간이 왔다는 주장은 더 이상 설득력을 지닐 수 없다. 비슷한 말을 두고 연구를 제대로 할수록 오히려 우리 문화가 몽골이나 시베리아로 갔을 가능성이 더 높다는 사실이 하나 둘 드러나고 있다. 그러한 보기를 단군과 텡그리에서도 찾을 수 있어 매우 흥미롭다.

그동안 단군은 마치 몽골어 텡그리에서 비롯된 것처럼 해석되었다. 최남선이 일찍이 단군을 몽골어 텡그리와 같은 말로 밝힌 이래, 일부 학자들은 텡그리에서 단군이 왔다는 전제로 몽골문화 기원설이나 유목문화 전래설을 펼치고 있다. 최남선은 '불함문화론'에서 단군을 하늘과 무당을 나타내는 몽골어 Tengri와 관련짓는 논의[82]를 하고, 계속해서 단군신화에 관한 여러 편의 글을 상당히 풍부하게 발표하면서 단군을 흉노어 '탱리撑犁'와 몽골어 '텅거리騰格里' 또는 '텅걸', 그리고 우리 무당을 가리키는 당굴, 당골네와 연관짓는 일을 되풀이했다.[83]

최근에는 텡그리라는 말이 시베리아 유목민족은 물론 터키어까지 '하늘' 또는 '천신'을 나타내는 말로 쓰인다는 사실이 학계에 널리 보고되었다. 전래설을 펴는 사람들은 텡그리를 근거로 단군의 고조선문화가 북방의 유목문화에서 비롯된 것으로 해석하기도 한다. 유목문화 기원설을 펴기에 안성맞춤인 자료이다. 그러나 단군과 텡그리의 공통조어를 인정하더라도 이 전래설에는 두 가지 모순이 있다.

하나는 단군신화에서 하늘을 뜻하거나 천신을 뜻하는 말은 환인과 환웅이 별도로 있다는 점이다. 따라서 하늘의 신이나 하늘에서 하강한 환인과 천제는 곧잘 환인천제桓因天帝, 환웅천왕桓雄天王으로 표기된다. '환인'은 불교에서 하늘을 뜻하기도 하고, 또 아예 환인이 아니라 본디 '환국桓國'으로 기록되었다는 자료도 있으나, 제석 또는 천제로서 천상의 제왕을 나타내는 것이 틀림없다. 그리고 환웅은 지상의 천왕으로 일컫는다.

그러므로 환웅본풀이에서 말하는 하늘 또는 천신은 '단군' 또는 '텡그리'가 아니라 환인과 환웅에 해당된다.

하늘과 천신을 나타내는 우리말은 본디부터 있었다. '하늘' 또는 '하느님'이다. 신을 나타내는 '서낭' 또는 '서낭님'이라는 말도 별도로 있다. 게다가 "천제와 천왕 곧 하느님과 그 아들을 일컫는 옛 우리말이 '환인(환님, 하느님)'과 '환웅(화눙, 하늘)'의 소리값에 가까웠다고 할 수 있다."[84] 따라서 본디 우리말을 두고 텡그리라는 외래말을 가져올 까닭이 없다. 환인과 환웅은 하느님 또는 하늘을 나타내는 천신 상징의 왕호였다. 그러므로 '단군'을 곧 몽골어나 알타이어 '텡그리'에서 비롯된 것으로 생각하는 것은 잘못이다. 음운은 비슷하되 의미가 전혀 다른 까닭이다.

둘은 텡그리를 천신의 뜻으로 쓰며 텡그리를 섬기는 유목민족에게는 환인이나 환웅과 같은 말이 별도로 없다는 점이다. 텡그리와 같은 말이라고 하는 단군은 사실상 환웅과 곰네 사이에서 태어난 인간이자 지상의 왕이었다. 따라서 천신의 후손인 단군과 텡그리는 같은 존재를 나타내는 것이 아니라, 천신과 인간을 나타내는 전혀 다른 층위의 말이다. 단군은 어디까지나 천신 환웅의 후손으로서 나라를 처음 세운 건국시조이다. 천신 환인이 하늘의 황제로서 천제天帝라면, 인세의 뜻을 둔 천신 환웅은 하늘과 지상을 오르내리는 천왕天王이며, 단군은 인간세상에서 사람으로 태어나 왕이 된 왕검王儉이다. 그러므로 천제, 천왕, 왕검은 세 부자의 위상을 잘 변별해 주고 있다.

단군은 천신의 후손이긴 해도 천신은 아니다. 천신의 후손이 건국시조로 등장할 수는 있지만, 천신 자체가 지상에서 나라를 세우고 건국시조가 되는 신화는 찾아보기 어렵다. 환웅이 신시를 연 것이 특별한 보기이다. 실제로 유목문화에서 천신 텡그리가 신화에 등장하는 경우에도 천지창조신화에서 천신으로 등장할 뿐[85] 건국신화에서 시조로 등장하지 않는다. 텡그리는 천신이기 때문에 지상의 왕이 되지 않는다.

단군신화의 내용을 고려하면, 우리 민족은 단군 이전에 천왕인 환웅신이 있고 그 이전에 천제인 환인신이 있었다. 다시 말하면 '환인'과 '환웅', '하늘', '하느님' 등의 말은 '단군'이나 '텡그리'라는 말 이전에 형성된 말이자 더 상위 개념으로 형성된 말이다. 따라서 만일 단군과 텡그리가 서로 영향을 주고받았다면, 텡그리에서 단군이 온 것이 아니라 단군에서 텡그리란 말이 생겨날 수밖에 없다.

텡그리는 그 계보가 불분명하지만 단군은 환인과 환웅으로부터 이어지는 계보가 분명한 까닭이다. 『삼국유사』에서 인용한 중국의 『위서』에도 환인이나 환웅의 신시神市 기록은 없고 단군의 조선에 관한 기록만 있다. 따라서 고조선 이전의 신시는 알지 못하고 고조선 이후의 역사적 사실만 알고 있다. 당시 동북아의 문화 교류와 세계 인식의 한계이다. 따라서 중국처럼 북방민족들도 환인이나 환웅의 존재를 알지 못했을 것이다. 그러므로 단군이 고조선을 세우고 왕호를 널리 사용하기 시작하면서, 단군이라는 말이 북방의 유목민족에게 영향을 미쳐서 텡그리라는 말이 생겼을 가능성이 높다.

그것은 두 가지 이유 때문이다. 첫째는 단군이 환웅천왕의 아들로서 천자의 혈통과 지위를 누리고 하늘에 제사하는 제천의식의 사제권을 누렸기 때문이다. 따라서 이웃나라들은 환웅천왕 이후부터 고조선 시기까지 줄곧 하늘에 제사를 지낼 수 있는 유일의 지도자로서 단군을 천자와 같은 존재로 인식했을 것이다. 고대사회 질서의 중심은 바로 제천의식의 사제권을 쥔 천자였다. 단군은 바로 중국의 천자와 같은 왕호였다. 고조선 건국과 더불어 단군이라는 왕호가 일반화되면서 북방민족들도 천손인 단군의 영향을 받아 단군 곧 텡그리를 천신으로 일컬었을 가능성이 높다.

둘째는 고조선의 국가 위상이 대단했기 때문이다. 환웅의 신시시대에는 성읍국가 수준이었으나 단군의 고조선 시대에는 고대국가 수준으로 그 문물이 이웃나라에 크게 영향을 미쳤을 것이다. 고조선의 갑옷[86]을 비롯한 복식도[87] 상당히 앞선 까닭에 동북아 지역에 영향을 미쳤다. 고조선의 강역도 북쪽 유목문화지역까지 대단히 넓게 영향을 미쳤다.[88] 당시에는 중국도 동이문화의 영향을 받았다. 중국이 동이東夷를 동경할 정도로 동이문화가 압도적으로 우수했는데,[89] 북방의 다른 민족이라고 하여 동이문화의 영향을 받지 않을 수 없다. 그러므로 제천의식의 사제권을 누린 고조선의 단군이 여러 북방민족에게 영향을 미쳐 텡그리라는 어휘가 형성되었을 가능성이 높다.[90]

이러한 주장은 우리 문화가 이웃문화에 영향을 미쳤을 것이라는 셋째 단계의 비교연구에서 비롯된 것이다. 다시 말하면 종래의 북방문화 기원설을 뒤집고 북방문화의 한반도기원설을 편 셈이다. 이러한 주장은 공연한 것이거나 국수주의적 편견에 의한 것이 아니다. 몽골학자 서미달이 이미 게사르의 한반도 기원설[91]을 펼쳤으며, 러시아에서 10여 년 동안 현지연구를 한 양민종 교수도 단군신화가 몽골을 비롯한 시베리아 지역의 게사르신화에 영향을 미쳤을 것이라는 논문[92]을 발표했다. 이른바 북방문화 전래설 곧 시베리아 기원설을 뒤집는 연구이다. 몽골학자도 거서간에서 게사르가 비롯되었다는 연구로 오히려 몽골문화의 한반도 기원설을 편다.

더 흥미로운 사실은 시베리아 학자들의 견해도 이와 다르지 않다는 점이다. 자기들의 문화가 한반도문화에서 왔을 것이라는 주장을 편다. 연구논문에서는 물론 현장에서도 직접 그러한 주장을 들을 수 있다. 도리어 한국학자들이 왜 기존학설을 뒤집어보려 하지 않느냐고 답답해하는 것이다. 문화적 친연성을 두고 몽골기원설을 펴는 한국학자들을 앞에 두고, 브리야트계 학자인 러시아 과학아카데미 바자로프 원장은, “북방에서 한반도(남쪽을 의미)로 건너갔다는 고정 관념 말고, 한반도 인근에서 북방으로 건너왔다는 설명도 할 수 있지 않느냐.”고 반문했다. 곁에 있던 다른 학자들도 “한국인이 부랴트에서 기원한 게 아니라 부랴트 사람들이 한국인으로부터 왔는지도 생각해봐야 하지 않느냐.”고 입을 모았다고 한다.[93]

고고학자들은 여기서 더 나아가 우리 학자들의 시베리아 기원설과 반대로 오히려 한반도 전래설을 적극적으로 제기한다. 고고학자인 니콜라이 이메노호예프는 아예 "거란이 일어났을 때(BC 907년 무렵) 한반도 부근의 한민족이 북단의 유목세계인 바이칼로 이동했을 수도 있다."는 추론을 했다.[94] 이르쿠츠크 국립대학 고고학 전공의 메드베제프 교수도 "바이칼 인근의 문화가 한반도와 유사한 측면을 갖고 있다면 한반도의 문화가 바이칼 인근으로 이동해온 것으로 봐야 맞을 것"이라고 주장한다.[95]

실제로 이러한 견해를 뒷받침하는 논문들이 계속 발표되고 있다. 시베리아의 소수민족 문화가 우리문화의 기원이며, 바이칼 지역이 우리 민족의 시원인 것처럼 여기는 고정관념이 일제강점기 이후 일본인에 의해 한국 지식인들에게 이식된 하나의 편견이자 환상이라는 사실이 입증되고 있다. 고대의 역사유적이나 문화유적은 물론 경주나 개성, 부여와 같은 고대왕국의 도읍지도 없으며, 고고학적 유물이나 인골도 발견되지 않을 뿐 아니라, 현지 러시아학자들의 연구는 이 지역 소수민족들의 역사도 2000년을 넘지 않는다고 한다. 오히려 그들의 종족적 기원을 중앙아시아에서 찾는가 하면 문화적 기원은 동아시아의 영향으로 해석하기까지 한다.

비교민속학회 주최로 러시아 이르쿠츠크공대에서 개최한 '러시아와 동아시아의 민속문화'를 주제의 '2008 한·러국제학술대회'에서 생태학적 고고학자와 발굴고고학자들의 논문들이 중요한 보기이다. 특히 다음 두 유형의 고고학자들이 발표한 연구가 주목된다. 먼저 생태고고학 및 고식물학 연구자들이 공동연구한 논문의 내용을 보자.

바이칼 파톰스크 구릉지대에서 발견된 사슴유목민-사냥꾼들의 집단거주지를 생태고고학 방법으로 연구한 결과, 러시아인들이 이곳에 이주해오기 전에 에벵키인과 야쿠트인들이 300~850년 전에 비로소 거주하면서 순록유목생활을 했다는 것이다.[96] 결론적으로 에벵키인들이 이 지역에 진출한 시기는 중세 초기로 추정한다. 그 이전의 원주민은 알 수 없으나 마라강 유역에서 발견된 여성 인골의 편년은 1880(±40)년 정도로 추정될 따름이다.[97] 그러므로 서기전 24세기까지 거슬러 올라가는 우리 민족의 시원을 기껏 850년 전에 인간이 거주하기 시작한 바이칼 지역이나 이 지역 소수민족에서 찾는 것은 어리석은 일이다.

발굴고고학자 카린스키Kharinsky A.V. 교수가 바이칼 지역의 고분 형태와 매장된 주검의 특성을 중심으로 연구한 바이칼 지역 문화사 해석도 흥미롭다. 고분의 매장 풍속을 중심으로 서기전 1000년부터 서기 1500년 사이의 시대구분을 하는데, 이 지역 고분발굴 성과에 따르면 서기전 3세기부터 서기 17세기까지 3단계로 구분된다고 한다. 달리 말하면 가장 초기의 매장양식도 서기전 3세기를 넘어서지 않는다는 것이다. 목곽분이 등장한 것도 서기 12세기 이후라고 한다.[98]

중요한 것은 바이칼 주변 지역 고분의 매장풍속이 다른 까닭은 서로 다른 문화를 지닌 지역의 주민들이 이 지역으로 이주해온 까닭으로 해석하는 점이다. 더 구체적으로 보면, 주로 남쪽에서 북쪽으로 이주가 일어났다고 추정하여, 한국학계의 북방전래설과 달리 시베리아 문화는 남방전래설에 의해 형성된 것으로 해석한다. 서기전 5세기에서 서기 원년까지 약 5세기 동안, 중앙아시아의 영향이 바이칼지역의 문화와 원주민의 생활방식에 집중적으로 미쳤다고 할 뿐 아니라, "바이칼 지역 문화에 대한 동아시아의 영향도 지대한 것"[99]으로 판단하였다. 그러한 보기로 매장풍속의 유사성을 들고 있다. 이를테면, 주검을 옆으로 누워 매장하는 방식은 발해인의 방식과 같다는 것이다. 다시 말하면 한반도의 발해문화가 바이칼 주변 지역문화에 영향을 미쳤을 가능성이 높다는 말이다.

"한반도의 문화가 바이칼 인근으로 이동해온 것으로 봐야 맞을 것"이라고 한 메드베제프 교수와 같은 주장이다. 학술회의에서 발표를 하고 저녁만찬 자리에 마주 앉은 에시포프Esipop V.V. 교수도 한반도문화의 시베리아 기원설을 입증할 아무런 고고학적 근거가 없다고 했다. 제일 중요한 것이 두상학인데, 시베리아지역에서 고대인의 인골 출토가 거의 없을 뿐 아니라, 발굴된 인골의 외모를 복원한 경우에도 몽골로이드와 닮긴 해도 한국인과 닮았다고 할 수 없다는 것이다.[100] 그러므로 있는 자료를 근거로 하지 않은 추론은 믿을 수 없다고 했다.

철저한 자료 검증과 과학적 분석 위에서 문화의 기원과 전래 문제를 다루는 러시아 학자들은 시베리아 기원설을 부정하거나 오히려 시베리아 문화의 한반도 기원설을 펴고 있어서 우리 학계의 연구와 퍽 대조적이다. 구체적인 자료와 전거 없이 일제강점기 이후 제기된 시베리아 기원설의 식민지적 고정관념에 사로잡혀 있는 우리 학계는 귀납적인 분석 이전에 선험적 전제에 사로잡혀 있는 한계를 극복해야 한다. 그리고 다음 두 가지 문제를 더 성찰할 필요가 있다.

하나는 전파론의 이론적 준거를 제대로 이해하고 그러한 준거를 과학적으로 입증한 다음에 비로소 전래설을 펴야 한다는 점이다. 둘은 시베리아 문화와 관련성 연구를 하려면 한 세기 전에 이루어진 일제강점기 일본학자들의 식민사학 논리를 따를 것이 아니라 현대 러시아학자들이 밝히고 있는 생생한 과학적 문화연구 결과를 참조해야 한다는 점이다. 시베리아문화와 한반도 문화의 연관성을 밝히는데, 1930년대 일본학자들의 연구를 따를 것인가, 아니면 21세기 러시아학자들의 연구를 참조할 것인가 하는 것은 길게 따져보지 않아도 지리적 러시아문화 인식을 고려하든, 연구사적 학문수준을 고려하든 뒤의 견해를 더 설득력 있는 연구성과로 주목해야 하지 않을까 생각한다.

6. 우리말로 민족문화를 읽어야 하는 학문적 이유

사료와 자료의 근거를 갖추지 않은 맹목적 추론도 문제지만, 있는 자료를 거꾸로 해석하는 비논리적 해석은 더 문제이다. '단군과 텡그리'의 관계는 '거서간과 칸'의 관계와 달리 서로 다른 유사성을 지닌다. 단군과 텡그리는 음운론적 유사성을, 거서간과 칸은 의미론적 유사성을 지니다. 달리 말하면 단군과 텡그리는 의미론적 유사성이 없고 거서간과 칸은 음운론적 유사성이 없다는 말이다. 음운론적 유사성이 없는 말로 전파론을 펴는 것만큼 자가당착에 빠진 논리도 없다. 왜냐하면 세상 언어들은 음운과 상관없이 의미는 서로 유사한 말이 널리 있게 마련이기 때문이다.

그런데 언어의 전파를 주장하려면 의미와 음운이 모두 유사해야 한다. 그러나 언어의 유사성을 근거로 전파론을 펼칠 때는 음운, 곧 소리값의 동질성을 전제로 한다. 왜냐하면 어느 나라말이라도 영향 관계없이 뜻이 같은 말은 물론, 소리값이 같은 말도 얼마든지 있기 때문이다. 그러나 전파론의 기본적인 전제는 음운의 유사성을 근거로 성립된다. 하지만 소리값이 같아도 뜻이 다르면 영향관계를 주장할 수 없다. 그것은 나라와 나라 사이에만 그런 것이 아니라 같은 나라 말 안에서도 마찬가지이다.

소리값이 같되 뜻이 다른 말은 아주 많지만 서로 영향관계를 이루지 않는 것이 언어현실이다. 말言과 말馬, 말斗, 말(수초)은 모두 같은 음운의 말이지만 서로 다른 뜻을 지녔기 때문에, 이 네 낱말은 서로 아무런 영향관계 없이 그 자체로 성립된 말이다. 하물며 나라와 나라 사이의 말은 더 이를 필요조차 없다. 그런데도 음운조차 다른 말을 영향관계로 해석하는 것이 문제이다.

언어의 전파도 모든 문화의 전파 방향처럼 역사적 선후가 절대적인 기준이다. 역사적 기원은 연대기적 선행이 필수적인 조건이다. 역사적 선후의 문제는 논리라 할 수도 없다. 그런데 단군이 텡그리에서 왔다는 텡그리 전래설은, 마치 거서간이 칸에서 유래되었다고 하는 것처럼, 문화의 전파 원칙을 뒤집어 해석한 것이다. 다시 말하면 시간적 선후를 거꾸로 적용한 주장이다. 가장 늦게 형성된 세움장식을 근거로 금관의 기원을 시베리아 사슴뿔 무관에서 찾는 것처럼, 텡그리가 등장하는 게사르 신화는 단군신화의 후대형인 데도 텡그리를 근거로 단군신화의 북방문화 전래설을 펴는 것은 도무지 납득할 수 없다.

시베리아 기원설이 비논리적이라 판단하기 전에 얼마나 맹목적인 주장인가, 또 이 주장을 정설처럼 믿고 북방문화 전래설을 거듭 펼치는 것은 얼마나 어리석은 연구를 되풀이하는가 하는 것을 알 수 있다. 역사적 선후관계와 문화적 우열 논리로 전파설을 펼치면, 오히려 거서간에서 칸으로, 단군에서 텡그리로, 거서간에서 게사르로 전파되어 갔다고 해야 마땅하다.

이 연구의 목적은 우리 문화의 선행성이나 한반도 문화의 우수성을 입증하려는 데 있지 않다. 따라서 우리문화가 이웃나라로 전파되어 영향을 미쳤다는 사실은 중요하지 않다. 중요한 것은 우리말이나 문화가 어디서 왔다고 하는 주장을 하지 않아야 올바른 연구가 가능하다는 것이다. 우리말을 도무지 우리말로 여기지 않고 남의 말로 여길 뿐 아니라 우리문화의 유래를 남의 문화에서 찾으려는 것이 문제이다. 이러한 부당한 전제를 극복하지 않고서는 우리문화가 우리 역사와 문화의 맥락 속에서 제대로 연구될 수 없다.

전파론이든 전래설이든 문화의 오고간 문제에 과도하게 집착하게 되면 특정 문화가 놓여 있는 현장상황 속에서 문화를 맥락적으로 해석할 수 없다. 우리 문화가 갔다는 우월주의에 빠지거나, 다른 문화가 왔다는 종속주의에 빠져서 그 문화가 살아 움직이는 사회 속에서 문화가 지닌 의미나 발휘하는 기능을 제대로 포착하기 어렵다. 그러므로 시베리아 기원설을 비판적으로 극복해야 우리 문화를 우리말과 눈으로 보고 우리 힘으로 우리 문화를 연구하는 방법과 이론을 개척할 수 있다.

이를테면, 금관이 시베리아 무관에서 비롯된 것이라는 데서 해방되어야 금관을 만든 신라인의 창조력과 당시의 역사적 상황과 문화적 역량은 물론 금관의 신화적 상징성을 제대로 해석할 수 있다. 만일 시베리아 무관 기원설을 존중하게 되면, 금관은 신라 왕실의 찬란한 문화유산이 아니라 한갓 시베리아 샤머니즘의 유산으로 취급되게 마련이다. 실제로 신라 금관은 홀로 국립중앙박물관 1층 역사관의 무속실에 전시되어 있어서, 주변 전시품과 전혀 어울리지 않는 것은[101] 물론, 황금문화의 나라 신라 왕실의 문화적 수준을 한껏 깎아내리고 있다.

문화계에서는 국제사회에 가장 자랑스러운 문화유산으로 금동미륵반가사유상과 신라 금관을 든다.[102] 그런데도 세계에서 가장 독창적인 금관 문화유산을 학자들 스스로 왕관이 아니라 데드마스크라고 깎아 내리고, 국립박물관은 전시를 통해서 시베리아 샤먼의 모자와 같은 유물로 하찮게 자리매김하고 있는 것이다. 시베리아 무관 기원설은 결국 금관을 쓴 신라왕들을 한갓 무당으로 간주하게 되었으며, 세계적인 문화도시 경주와 찬란한 고대국가 신라를 한갓 무당도시 또는 무당국가로 격하시키는 데까지 몰아간 것이다.

우리말로 학문을 하지 않는 폐단이 이 지경에까지 이르렀다. 학문의 타력성은 물론 문화와 역사의 종속화까지 조장하는 셈이다. 중국의 동북공정이나 일본의 역사왜곡이 문제가 아니라 우리 안에 있는 학문적 종속성과 왜곡된 해석이 더 큰 문제이다. 우리 스스로 문화와 역사를 연구하여 이웃나라에 진상하고, 우리 역사를 우리 스스로 더 심각하게 왜곡하고 있는 까닭이다. 그러므로 우리 사상은 물론 우리 문화와 역사를 제대로 연구하려면 우리말로 학문을 해야 한다는 것을 실감하게 된다.

우리말로 학문을 하지 않는다는 것은 곧 우리 역사와 문화로 우리 학문을 하지 않는 것과 같다. 우리 역사와 문화로 학문을 하지 않으면, 마침내 세계사에 당당한 우리 민족사를 외세에 자진해서 가져다 바치고 스스로 못난 역사로 폄하하는가 하면, 세계적으로 화려한 민족문화를 스스로 하찮은 문화로 격하시켜 한갓 변방의 아류문화로 규정짓는 일을 자기도 모르게 저지르게 된다.

학술적 근거가 될 만한 문헌 기록과 고고학적 유물을 사료로 제시하지 않는 것은 물론, 우리 사서에 명백하게 밝혀둔 사료의 기록까지 잘못된 것으로 부정하며, 번쩍거리는 5세기의 황금 왕관을 눈으로 보고도 19세기 시베리아 철제 무관에서 왔다고 우기는 것이다. 잘못된 전래설을 주장하기 위하여 고대 사가들의 역사 기록까지 틀렸다고 하는 것은 학문적 횡포이다. 왜냐하면 사료의 귀납적 해석을 통해 논리적으로 결론을 추론하지 않고, 거꾸로 선험적인 자기 결론에 맞추어 사료의 정당성 여부를 소급하여 판정하는 까닭이다. 시베리아의 19세기 문화 현상으로 1천5백년 전의 신라 문화유산의 기원을 주장하는 것은 역사와 학문을 모독하는 일이다. 왜냐하면 논리의 왜곡이 아니라 역사의 선후를 부정하는 억지 주장을 예사로 하는 까닭이다.

반도문화는 시베리아에서 전래했다는 식민사학의 굴레에 사로잡혀 있지 않고서는 일제강점기 일본학자들의 억지 추론을 학문의 이름으로 고스란히 되풀이할 수 없다. 외세가 강요하지 않는 데도 스스로 굴종하고 복속하는 비주체적인 식민사학으로 어떻게 우리 학문을 세계적으로 성장시킬 수 있겠는가. 남의 말과 눈으로, 그리고 남의 문화와 역사를 빌려와서 우리 역사와 문화를 규정하려는 순간 우리 학문은 식민지학의 굴레에서 결코 해방될 수 없다.

그러므로 우리 학문을 식민사학에서 해방시키고 현대 학문답게 학술적으로 성숙시키기 위해서는 물론, 민족사의 체계를 올바르게 정립하고 민족문화의 뿌리와 줄기를 온전하게 밝히기 위해서도 우리말로 학문하기 운동을 벌이지 않을 수 없다.[103] 우리말로 학문하기는 곧 우리 역사와 문화로 학문하기이자, 우리철학으로 학문하기이다. 달리 말하면, 우리 문화의 맥락 속에서 우리 방법과 이론으로 학문을 하는 것이 바로 우리말로 학문하기의 바른 길이다.

외침

첫째 벼리

영국 종교개혁에서 토착어*(영어)의 역할

양권석

1. 시작하면서

지금 생각해 보니 정말 무모한 결정이었습니다. 이 귀한 모임의 성격도 제대로 이해하지 못한 채, 그저 공감하는 바가 있다는 이유만으로 이런 초청을 선뜻 받아들인 저 자신이 너무 미워집니다. 우리의 말과 문화의 깊이에서 학문적 사유의 새로운 길을 찾고 있는 여러분들의 노력에 비하면 저의 생각들은 너무나 부끄럽고 보잘 것 없습니다. 그리고 제가 여기서 언급하려 하는 주제가 여러분의 노력에 어떤 보탬이 될지에 대해서도 확신이 부족합니다. 그저 한 사람의 낯선 손이 우연히 찾아 들었다 생각하시고, 그 사람이 전하는 이야기를 통해서 그가 사는 동네 사람들이 무슨 생각을 하고 사는지 짐작해 주시기만 해도 저는 대 만족입니다.

제가 오늘 여러분과 함께 나누고자 하는 내용은 16세기 영국[01]에서 일어난 종교개혁의 언어적 성격에 관한 것입니다. 제가 알고 있는 범위에서 보면, 영국 종교개혁의 언어적 성격에 대해서 많은 관심을 가져왔던 두 가지 분야가 있다고 생각합니다. 하나는 민족주의의 기원을 연구하는 학자들인데, 이들은 16세기 유럽과 영국의 종교개혁이 유럽 제 민족들의 민족 정체성이나 문화적 언어적 정체성을 형성하는데 중요한 역할을 해왔다는 점을 지적해 왔습니다.[02] 그중에서도 아드리안 해스팅스Adrian Hastings 같은 영국 역사학자는 민족주의 또는 민족 국가의 형성에 종교개혁의 역할을 특별히 중요하게 평가하고 있습니다.[03] 지금까지 민족주의에 대한 논의는 그 기원을 프랑스 혁명과 같은 파국적 사건에서 읽어 내려고 노력해왔습니다. 공동체와 문화의 정체성 형성에서 종교의 역할이 결정적으로 약화되고, 민족주의가 그 역할을 대신하게 되는 시점이 바로 프랑스 혁명이라고 보았던 것입니다. 하지만 최근에는 아드리안 해스팅스를 포함한 많은 학자들이 민족주의의 기원을 프랑스 혁명 이전의 르네상스와 종교개혁의 역사에 이르기까지 소급하고 있습니다. 특히 영국 종교개혁이 토착어인 영어를 학문적 종교적 언어로 승격시킨 점에 대해서 많은 관심을 갖습니다. 그 당시까지 학문적 종교적 언어는 라틴어 밖에 없었습니다. 영어는 학문적 종교적 진리를 담을 수 없는 그릇으로 여겨졌고, 야만인들의 원시적 의사소통 수단이라는 의미에서 토착어에 불과했던 것입니다. 하지만 이미 15세기부터 성서번역과 문학 작업에 영어를 동원하려는 모험적 시도들이 이어졌고, 영국 종교개혁과정을 통해서 영어가 공식적으로 학문적 종교적 언어로 자리를 잡을 수 있게 되었습니다. 종교개혁 과정에서 왕권과 종교개혁자들이 결탁하여 영국 전 지역에서 영어예배를 사용하도록 강제하게 되는데, 이것이 향후 영국인들의 민족적, 문화적 정체성 형성을 위한 중요한 기초가 되었다고 봅니다.

영국 종교개혁의 언어적 성격과 관련해서 지속적인 관심을 가져왔던 또 다른 사람들은 영어의 역사, 또는 영어문학의 역사를 다루는 사람들이었습니다. 언어사에서 근대 초기(early modern)의 영어가 등장한 시기는 16세기 영국 종교개혁의 시기와 겹치는데, 달리 설명하자면, 영어가 종교적, 학문적, 문학적 언어로 자리 잡는 시기입니다. 언어와 문학의 역사를 연구하는 사람들은 이 근대 초기의 영어를 형성하는데 결정적으로 기여한 세 가지 문학작품에 대해서 말합니다. 여러분이 이미 짐작하는 세익스피어의 문학작품이 그중에 하나이고, 다른 두 가지는 종교개혁의 산물로, 영국의 종교개혁자 토마스 크랜머Thomas Cranmer가 1549년에 만든 영어 공동기도서(The Book of Common Prayer)와 1604년부터 번역 작업이 시작되어 1611년에 첫 출판이 된 흠정역성서(Authorized King James Version)입니다. 이렇게 영어가 근대 언어로 성장하는 과정에 결정적인 영향을 끼친 두 가지 문학 작품이 바로 영국 종교개혁의 산물이었고, 세익스피어의 문학작품들이 바로 영국 종교개혁 시대의 산물이라는 점을 생각하면, 영어의 발전과정과 종교개혁의 역사는 깊은 관련이 있다고 할 수 있습니다.

하지만 오늘 제가 말씀드리려고 하는 내용은, 영국 종교개혁이 유럽의 한 토착어인 영어를 발전시키는데 기여했다는 일반론을 말하려는 것은 아닙니다. 오히려 영국 종교개혁 그 자체의 언어적 성격에 대해서 헤아려 보고자 하는 것입니다. 제가 보기에는 영국 종교개혁은 일종의 언어적 투쟁과정이었다고 생각합니다. 로마교회로부터 분리를 추구했던 영국을 포함한 유럽의 종교개혁을 여러 측면에서 읽을 수 있을 것이라고 생각합니다. 정치나 경제적 관점에서 왕권이나 지역적 정치권력들이 교황권으로부터 독립을 추구했던 운동으로도 볼 수 있습니다.[04] 그리고 신학적 종교적 관점에서 보면, 교권과 교리의 매개를 거치지 않고 직접적으로 성서와 만날 수 있고, 그래서 개인적인 차원에서 진리에의 접근 가능성을 열어 놓은 일종의 인식의 대전환이요 각성이라고도 할 수 있을 것입니다.[05] 하지만 언어적 측면에서 읽어보면, 종교개혁은 제국의 언어에 대한 토착어의 저항이라는 측면을 분명히 보여줍니다. 그리고 제국의 언어에 대한 토착어의 저항이라는 관점에서 본 종교개혁의 역사는 우리 시대에도 의미 있는 가르침들을 줄 수 있다고 생각합니다. 지구화의 시대에 영어는 과거 라틴어와 마찬가지로 제국의 언어, 세계의 언어가 되어 가고 있습니다. 이렇게 영어의 역할이 확대되면서 다양한 주요 언어들과 토착언어들은 심각한 위협에 직면해 있습니다. 비록 16세기 상황과는 매우 다르겠지만, 다양한 지역 언어들과 토착어들이 지배적인 언어에 맞서서 역할을 찾고 발전의 길을 모색해야 하는 상황은 여전히 계속되고 있고, 오히려 상황은 더욱 복잡하게 얽혀 가고 있기 때문입니다. 지금은 지배적인 언어가 된 영어의 과거 역사가 이러한 우리 시대의 물음들을 향해서 의미 있는 무엇인가를 보여 줄 수 있으리라 기대해 봅니다.

2. 영국 종교개혁의 정치적, 종교적, 언어적 성격

먼저 우리가 상식적으로 알고 있는 종교개혁의 역사와 성격에 대해서 잠시 상기해 보고자 합니다. 유럽의 종교개혁시대는 대체로 마르틴루터Martin Luther가 1517년 10월 31일에 독일 비텐베르크Wittenberg 성의 교회 대문에 연옥에 대한 가르침을 악용하여 면죄부를 팔고 있는 로마교회와 교황을 비판하는 95개조 반박문을 내 걸면서 시작되었다고 알려져 있습니다. 루터가 처음 포문을 열 때만 해도 로마교회와 완전히 결별하겠다는 계획은 없었던 것으로 보입니다. 하지만 루터가 일으킨 사건의 전개과정은 이미 14세기서부터 지속되어 온 로마교회와 교황에 대한 비판과 개혁 운동이 결정적으로 실패하였음을 보여주게 됩니다. 다시 말해 내부로부터 개혁이 더 이상 가능하지 않다는 인식을 갖게 했던 것입니다. 그래서 이후에는 로마로부터 분리를 추구하는 운동들이 격렬하게 이어졌으며, 한 세기에 걸쳐서 교황권을 비호하는 세력과 개혁파들 사이에 잔인한 전쟁으로 이어지게 됩니다. 우리가 잘 아는 독일의 30년 전쟁, 화란과 스페인 사이의 80년 전쟁이 바로 종교개혁 시대를 이끌어 온 두 전쟁입니다. 그리고 1648년에 이 두 전쟁이 소위 말하는 웨스트팔리아 평화협정(Peace of Westphalia)의 체결과 함께 끝나면서 종교개혁과 전쟁의 한 세기가 마감하게 되는 것입니다.

한국의 신학자들이나 종교학자 중에는 유럽의 종교개혁과 영국의 종교개혁을 구분하여 유럽의 종교개혁을 신학적, 종교적 개혁인데 반해서 영국의 종교개혁은 위로부터 이루어진 정치적 종교개혁이라고 설명하는 경우가 종종 있습니다. 하지만 이것은 한 시대의 역사적 사건을 지나치게 편협한 눈으로 보는 것이라고 생각합니다. 유럽에서의 종교개혁도 인문주의의 발전과 새로운 신학적 발견들이 깊이 결합되어 있었고, 또한 그것이 다양한 지역 권력들의 정치적 요구와 깊이 결합해 있었습니다. 말하자면 종교개혁은 아래로부터의 신앙적 영적 각성과 위로부터 정치나 경제 권력들의 요구가 결합해서 일어나고 있었다는 것입니다.

영국의 경우에도 종교개혁은 크게 다르지 않습니다. 헨리 8세가 캐더린 왕비Catherine of Aragon와 이혼하고 앤 볼린Anne Boleyn과 재혼하기 위해서 교황과 다투는 이야기로 잘 알려진 이 비극적이고 잔인한 이야기는 로마의 지배로부터 벗어나려는 영국왕권의 투쟁과정에서 일어난 한 사건에 관한 것입니다. 로마와 영국 왕가의 권력 투쟁은 곧 영국의 사람들과 경제적 자산에 대한 지배권을 누가 가질 것이냐를 결정하는 중요한 싸움이었던 것입니다. 그런 점에서 영국의 종교개혁의 시작은 분명히 신학적이기보다는 정치적이고, 또한 위로부터 시작되어 아래로 흘러 온 운동이라 할 수 있습니다. 하지만 영국에서 종교개혁을 향한 신학적 종교적 운동은 14세기부터 끊이지 않고 지속되어왔습니다. 성서를 영어로 번역하려는 노력들, 그리고 위클리프John Wycliffe(1324~ 1384) 같은 사람들이 이끄는 개혁운동들이 계속 이어졌고, 종교개혁의 열망이 아래로부터 성숙해 가고 있었다고 볼 수 있습니다. 아울러 대륙의 인문주의와 루터의 종교개혁 사상에 영향을 받은 옥스퍼드와 케임브리지의 지식인들이 때를 기다리고 있었습니다. 물론 처음부터 옥스퍼드의 개혁신학자들이 헨리와 결합했던 것은 아닙니다. 이후 종교개혁의 선봉적 역할을 했던 많은 사람이 헨리 8세와 로마 사이에 이루어지는 정치적 대결과 협상에 큰 관심을 갖지는 않았습니다. 하지만 헨리 8세와 로마 사이의 관계가 정치적 협상의 여지가 없이 대결로 치닫게 되었습니다. 그 결과 종교개혁자들의 열망과 헨리의 열망이 서로 결합할 수 있는 길이 만들어졌고 대륙의 종교개혁 사상에 깊은 영향을 받은 토마스 크랜머Thomas Cranmer 같은 사람이 캔터베리 대주교가 되어 영국의 종교개혁을 이끌어 가게 되었던 것입니다.

이러한 영국 종교개혁에서 주목할 결과는 두 가지라고 할 수 있는데, 하나는 왕이 영국 영토와 백성들에 대해서 확고한 지배권을 확보했다는 것입니다. 이것을 교회에 적용하면 영국교회의 수장이 더 이상 교황이 아니라 왕이라는 것입니다. 영국 왕이 영국 내에 있는 교회에 대한 수장권을 획득하는 문제는 영국이 교황으로부터 독립된 공동체임을 가장 명백하게 표현하는 길이었습니다. 그래서 헨리 8세로부터 엘리자베스에 이르기까지 오랜 기간에 걸쳐서 수많은 사람을 희생시켜 가면서 이 수장권을 성취해 나가게 되는 것입니다.[06] 이 수장권이 국가 권력의 독립성을 강화하는 다분히 정치적인 개혁이고, 또 위로부터의 개혁의 결과라면, 종교적 문화적 언어적 개혁의 성격을 갖는 다른 한 가지가 있습니다. 그것은 토착어인 영어로 성서를 번역하고, 모든 종교적인 의식을 영어로 만들어진 예식서에 따라서 수행하게 했다는 것입니다. 1549년에 토마스 크랜머가 영어로 공도기도서(The Book of Commmon Prayer Book)를 만들게 되고, 1559년에 왕과 의회는 통일령(The Act of Uniformity)이라는 법령을 만들어서 이 영어 기도서를 왕의 통치범위 내에 있는 모든 백성들과 교회에서 사용하도록 하였습니다.[07] 또한 성서가 영어로 번역되면서, 보다 많은 사람이 성서와 종교생활에 직접 참여할 수 있는 길이 열리게 됩니다. 이러한 종교개혁의 결과들은 국가와 왕권에 대한 이해에 혁명적 변화를 가져왔을 뿐만 아니라, 나아가 문화적 언어적 정체성을 새롭게 수립하는 과정이 되었으며, 새로운 국가의 종교적 문화적 삶에 직접 참여하는 시민적 주체들을 형성하는데 크게 기여하였을 것이라는 점은 충분히 짐작할 수 있을 것입니다. 그리고 이러한 개혁과정의 핵심은 토착어인 영어를 정치적, 종교적, 문화적 언어로 발전시켜 냄으로써 라틴어의 지배를 성공적으로 극복해 냈다는 사실에 있다고 생각합니다.

3. 라틴어에 대한 토착어(영어)의 저항으로서 영국 종교개혁

(1) 로마의 특권은 라틴어의 특권으로부터 온다.

베네딕트 앤더슨Benedict Anderson이 말했듯이, 교황의 권위는 사실상 라틴어를 사용하는 성직계층이 만들어내는 것이었고, 이들이 가진 라틴어와 토착어 사이를 매개하는 특권에 의해서 유지되는 것이었습니다.[08] 라틴어는 중세 유럽의 지적, 종교적 삶을 지탱하는 배타적 특권적 언어였습니다. 그런데 라틴어는 이미 죽은 언어였습니다. 하지만 이 죽은 언어가 오히려 성스러운 언어, 진리를 담을 수 있는 언어, 신적인 신비를 담을 수 있는 언어로 여겨지고 있었던 것입니다. 라틴어가 이렇게 특권적 언어가 될 수 있었던 것은 역설적이지만 보통 사람들이 일반적 의사소통에서 사용하지 않고 있다는 점, 그래서 쉽게 이해할 수 있는 언어가 아니라는 점 때문이었습니다. 재미있는 사실은 종교개혁에 반대했던 사람들과 성서와 예배를 토착어로 번역하는 것에 반대했던 사람들의 논리를 보면, 토착어는 그 소통성 또는 투명성 때문에 오염에 노출되어 있고, 하느님의 신비를 담기에는 부적절한 언어라는 주장이었습니다.[09] 다시 말해 라틴어가 가진 불투명성, 불명료함, 또는 의사소통능력의 결핍이 오히려 그 언어를 특권적이고 권위적 언어가 되게 한다는 것입니다.

라틴어는 그 불투명성으로 인해 성직자들과 보통 사람들 사이의 분명한 격차를 만들어 줄 수 있는 언어였고, 인간과 하느님 사이에 건너 뛸 수 없는 격차를 유지 시킬 수 있는 언어였고, 그래서 하느님의 신비를 담을 수 있는 언어라고 여기고 있었던 것입니다. 그리고 이 라틴어의 불투명성에 기인하는 특권이 결국 소수의 성직 계층에 의한 종교적 문화적 권력의 독점을 가능하게 하고, 로마와 교황에게 미신적인 권위를 부여하는 결과를 가져왔던 것이라 할 수 있습니다.

영국의 종교개혁자들은 교황의 권위가 라틴어의 권위와 직접적으로 연결되어 있다는 것을 잘 인식하고 있었던 것 같습니다. 당시의 문헌들 속에서 라틴어 미사에 대해서 격렬하게 비판하는 글들은 얼마든지 찾을 수 있습니다. 존 브래드포드John Bradford 같은 사람은 라틴어 미사는 로마 교회가 반 그리스도적인 교회임을 보여주는 상징이라고 보았고, 로마교회가 영어로 들이는 예배와 미사를 이단이라고 주장하는 것은 로마교회가 선과 악을 분간 못 하고 있음을 보여주는 증표라고 말하기도 했습니다.[10] 또한 라티머Hugh Latimer 같은 사람은 라틴어로 하는 미사는 악마의 예배이고, 토착어 곧 영어를 사용하는 예배는 선한 예배라고 말하면서, 라틴어가 그것을 사용하는 성직자들에게는 많이 배운 사람이라는 특권을 만들어주지만, 일반 평민들을 오히려 무시하게 된다는 점을 지적하고 있습니다.[11] 영국 종교개혁자들이 보기에 라틴어는 교회와 교황의 타락을 가리는 장막이었으며, 교황이 토착어 성서와 예배를 억압하는 것은 유럽의 제 민족들을 자신의 통치하에 두려는 의도 때문이라고 보았던 것입니다. 이런 인식하에서 영국의 종교 개혁자들은 로마와 로마 언어(라틴어)의 지배에 맞서서 영국과 영국의 언어(영어)를 내세우고 발전시키는 것을 자신들의 과제로 받아들였던 것입니다.

(2) 토착어가 진리를 담는 그릇이다.

1549년에 토마스 크랜머가 만든 영어 공동기도서를 보면, 라틴어에 대항해서 토착어를 고양시키려는 노력은 매우 의식적이고도 용의주도하게 이루어졌다고 생각됩니다. 토착어인 영어로 만들어진 기도서를 공식적으로 처음 모든 교회가 사용하도록 한 날이 바로 기독교에서 오순절 또는 성령 강림절로 지키고 있는 날입니다. 성서에 보면 언어와 관련된 두 가지 사건이 전해지고 있는데, 하나는 구약성서 창세기에 나타나는 바벨탑 이야기[12]이고, 다른 하나가 신약성서 사도행전에 나타나는 오순절 성령강림 이야기입니다. 이미 여러분이 잘 알고 있는 이야기지만 잠깐 생각해 보면, 바벨탑 이야기는 사람들이 하나의 언어를 가지고 같은 말을 사용하기 때문에 교만해져서 하늘에까지 닿는 거대한 탑을 쌓으려 하자, 하느님이 언어를 혼란케 하고 사람들을 흩어지게 했다는 것입니다. 말하자면 언어적으로 통일된 인간들이 가질 수 있는 자만을 벌하고 고치기 위해서 언어의 다양성을 확대했다는 이야기입니다. 신약성서의 오순절 이야기는 이 바벨탑 이야기보다 훨씬 구체적입니다. 영어로 예배를 드린 첫날 예배에 참석한 모든 영국인이 읽었던 사도행전 2장을 여기서 잠깐 인용해 봅니다.

오순절이 되어서, 그들은 모두 한 곳에 모였다. 그때에 갑자기 세찬 바람이 부는 듯한 소리가 하늘에서 나더니, 그들이 앉아 있는 온 집안을 가득 채웠다. 그리고 그들에게 불길이 솟아오르는 것과 같은 혀들이 갈래갈래 갈라지면서 나타나더니, 각 사람위에 내려앉았다. 그들은 모두 성령에 충만해서, 성령이 시키는 대로 각각 다른 방언으로 말하기 시작하였다. 예루살렘에는 경건한 유대사람이 세계 각국으로부터 와서 살았다. 그런데 이런 말소리가 나니, 많은 사람이 모여와서, 각각 자기 지방의 말로 제자들이 말하는 것을 듣고서, 어리둥절하였다. 그들이 놀라서, 신기하게 여기며 말하였다. "보십시오, 말하고 있는 이 사람들은 모두 갈릴리 사람이 아니오? 그런데 우리 모두가 저마다 태어난 지방의 말로 듣고 있으니, 어찌 된 일이오? 우리는 바대 사람과 메대 사람과 엘람 사람이고, 메소포타미아와 유대의 갑바도기아와 본토의 아시아의 브루기아의 밤필리아와 이집트의 구레네 근천 리비아의 여러 지역에 사는 사람이고, 또 나그네로 머물고 있는 로마 사람과 유대 사람과 유대교에 개종한 사람과 크레타 사람과 아라비아 사람인데, 우리는 저들이 하느님의 큰일을 우리 각자의 말로 이야기하는 것을 듣고 있소."(사도행전 2:1-11)

복음이라는 것은 결국 피조물들의 구원에 관한 이야기인데, 그 구원사건이 어떻게 일어날 것인가에 관해서, 또 그 구원사건의 언어적 성격에 대해서, 성령강림절 사건 이야기는 회화적으로 잘 보여 주고 있는 것입니다. 여기서도 언어의 다양성이 확대되고 있습니다. 그러나 여기서 언어가 다양해지고 확대되는 이유는 바벨탑 이야기에서처럼 인간의 자만에 대한 징벌은 아닙니다. 오히려 전체 세계가 하느님의 진리의 말씀과 만나게 되는 과정을 적극적으로 말하고 있는 것이라고 생각합니다. 여러 언어를 길게 열거하는 이유를 생각해 보면, 첫째로는 하느님의 구원계획은 특정한 정치적 언어적 집단이 진리를 독점하게 하는 방식으로 이루어지지 않는다는 것을 말하고 있다고 볼 수 있습니다. 진리가 세상에 드러날 때는, 또 기독교가 세상에 모습을 드러낼 때는 필연적으로 다 언어적이고 다민족적인 현상으로 드러날 것임을 보여주는 것입니다. 그렇게 보면, 이 사도행전이 전하는 성령강림절 사건 이야기를 통해, 개혁자들은 하느님의 구원 계획이 다양한 민족과 언어들을 통해서 이루어질 것이라는 확신을 가질 수 있었을 것입니다. 둘째로는 특정한 지역에 특정한 언어가 있음을 말하고 있는 것이라 볼 수 있는데, 그 지역의 언어를 중심으로 지역 공동체 또는 민족 공동체가 통일되고 정체성을 가질 수 있음을 긍정하는 내용으로 읽을 수 있습니다. 특정한 지역 내에 통일된 하나의 언어가 있기 때문에 그 안에서 언어적, 종교적, 문화적으로 독특한 정체성을 가질 수 있다는 이야기도 되는 것입니다. 말하자면 로마교회와 분리된 영국교회, 영국민족의 언어와 정체성을 가질 수 있다는 것입니다. 셋째로는 진리와 언어의 관계에 대해서 단순히 특정한 언어만이 독점할 수 있는 것이 아니며, 언어들 사이에도 정해진 계층질서가 있는 것이 아니라는 점을 분명히 말하고 있는 것입니다. 뿐만 아니라, 진리와 만나는 길도, 신비한 불명료함을 통해서가 아니라, 토착어가 가진 명료함을 통해서 이루어진다는 인식을 가질 수 있었을 것입니다. 한마디로 언어의 다양화는 물론이요, 종교와 문화생활이 다양하게 지역화하고, 맥락화 할 수 있는 가능성을 이 성서 본문에서 볼 수 있는 것입니다.

중요한 사실은 위에서 본 성서본문이 말하는 구원사건의 언어적 성격에 대해서 영국 종교개혁자들이 깊이 인식하고 있었으며, 토마스 크랜머가 만든 공동 기도서는 그러한 인식을 숨김없이 드러내고 있다는 점입니다. 국가의 법적 강제력 하에서, 전체 교회와 백성들이 영어 공동 기도서를 처음 사용하던 그날 위에서 보았던 사도행전의 본문을 읽게 했을 뿐만 아니라, 그날 사용한 기도문 안에도 각 민족들에게 그들의 언어를 만들어 주어서, 복음의 진리를 받아들일 수 있게 한다는 사실을 분명히 말하고 있습니다.[13] 뿐만 아니라, 개혁자들은 토착어로서 영어가 복음의 진리를 담고 전할 수 있는 라틴어와 동등하거나 그보다 더 나은 매체임을 강조하고 있습니다.[14]

(3) 라틴어는 복음의 본래적 의미를 왜곡시켰다.

영국 종교개혁자들의 문헌들을 읽어 보면 라틴어보다는 영어가 성서의 본래적 의미를 더 잘 살려 낼 수 있다는 주장들이 자주 등장하는 것을 볼 수 있습니다. 최초로 성서를 영어로 번역했다고 알려져 있는 윌리암 틴데일William Tyndale과, 존 폭스John Foxe 그리고 토마스 크랜머의 글들 속에는 이러한 주장들이 거침없이 전개되고 있습니다.

이러한 주장들의 배경에는 라틴어가 독점적인 권위를 누리는 동안, 라틴어는 자신의 특권을 유지하기 위해서 다양한 전통과 전승들을 끌어들였고, 이들 전승과 전통들에 의해서 오염된 라틴어가 복음의 진리를 왜곡하여 설명하거나 번역하고 있다는 것입니다. 그래서 토마스 크랜머는 영어 공동기도서를 만들면서, 자신의 노력은 로마교회와 라틴어의 전통에 의해서 오염된 예배와 신학을 초기 교회에 보다 가깝게 복원하는 것이라고 설명하고 있으며,[15] 윌리암 틴데일의 경우에는 라틴어 보다는 영어가 성서의 본래적 의미를 되살리기에 천배는 더 좋은 언어라고 주장하였던 것입니다.

물론 영국 종교개혁자들의 주장은 성서의 본래적 의미, 다시 말해 히브리어나 그리스어로 기록된 성서의 의미를 복원하는데 영어가 더 유용하다는 주장입니다. 하지만 보다 적극적으로 이들을 해석할 필요가 있다고 여겨집니다. 토착어인 영어가 복음의 진리를 전할 만한 언어라는 주장을 넘어서, 라틴어가 복음의 진리를 왜곡했다는 주장으로 나아간다면, 이것은 토착어의 능력에 대해서 한층 깊은 인식에 이미 도달해 있음을 보여주는 것입니다. 영국 종교개혁자들은 라틴어로 되어 있는 성서와 예배를 단순히 영어로 번역하려고만 했던 것이 아니었습니다. 오히려 라틴어를 통해서 개념화된 복음의 진리들을 비판적으로 재검토하였으며, 영어를 통해서 복음의 진리들을 재개념화(reconceptualization)하고 재형식화(reformulaiton)하려고 노력하였습니다. 토마스 크랜머를 포함한 영국의 개혁자들은 영어로 된 성서와 예배를 만드는 일을 초대교회가 가지고 있던 예배와 성서의 본래적 의미에 더 가깝게 복원하는 작업이라고 했는데, 근원으로 돌아간다는 말은 복음을 영어를 통해서 재개념화하고 재형식화한다는 말과 다르지 않다는 것입니다. 한 걸음 더 나아가서 말하면 토착어가 성서와 예배와 신학을 번역할 수 있는 언어일 뿐만 아니라, 성서와 예배와 신학을 새롭게 구성할 수 있는 언어임을 말했다고 볼 수 있습니다. 토착어로서의 영어의 라틴어에 대한 저항은 영어의 번역 가능성에 대한 주장을 넘어서 영어를 통한 진리의 재맥락화(recontextualization)를 주장하고 있다고 보이는 것입니다.

(4) 영어(토착어)를 사용하는 개인들을 인식의 주체로 세운다.

지금까지는 영국의 종교개혁이 종교생활을 토착어화 하는 노력이었음을 말했고, 이러한 라틴어로부터 토착어로의 이동이 집단적 측면에 국가와 백성들에게 가져온 변화들에 주목하였습니다. 그리고 영어 예배를 국가적으로 통일하여 시행함으로써, 영토적 민족적으로 자신들의 정체성을 형성해 가는데 종교개혁이 중요한 역할을 하였다는 점을 살펴보았습니다. 하지만 토착어로의 중심의 이동은 그것을 사용하는 개인들의 삶에도 큰 변화를 가져왔습니다.

앞에서 라틴어가 불투명하고 불명료한 죽은 언어이며, 이 죽은 언어의 불명료성이 교권에 의한 정치적, 경제적, 문화적 독점을 가능하게 했다고 설명했습니다. 이러한 권력의 독점은 집단적 차원에서 뿐만 아니라 개인의 차원에도 깊은 영향을 미치고 있는 것이었습니다. 기본적으로 라틴어는 신자 개인들의 인식 능력 밖에 있는 진리를 표현하는 배타적 언어였습니다. 라틴어 예배에 참여하고 있는 보통의 사람들은 그 예식의 내용이 무엇인지 사실은 정확히 알지 못합니다. 그리고 그 불명료함 때문에 그곳에 신비한 무엇이 일어나고 있다고 여겼던 것이며, 성직자들이 그 불명료한 과정을 매개하는 것이 당연하다고 생각했던 것입니다. 결국 라틴어를 모르는 일반 신자들이 성서의 말씀과 진리에 접근할 수 있는 가능성은 없는 것이고, 인식의 주체로서 취급되지도 않았을 것이며, 단지 신비 앞에 두려워하는 존재로만 있었던 것입니다. 그렇게 보면, 라틴어 예배 안에는 복잡한 중세의 정치적, 신학적, 경험적 질서가 그대로 녹아 있었다고 볼 수 있고, 나아가 라틴어 예배는 교권을 중심으로 한 중세의 질서를 개인들 안에 내면화시키는 가장 핵심적 문화 정치적 장치였다고 생각할 수 있습니다. 면죄부나 연옥의 교리가 설득력을 가질 수 있었던 것도 이러한 배경에서 이해할 수 있는 것입니다.

그런데 라틴어가 그 불명료함과, 실체를 가리는 장막효과로 인해서 진리를 지시하는 기호가 될 수 있었다면, 영어는 정반대로 자신의 언어적 정당성을 주장해야 했습니다. 말하자면 영어를 사용하는 사람들이 그 영어라는 장막이 아닌 창을 통해 명료하게 실체를 볼 수 있다고 주장해야 했던 것입니다.[16] 이런 생각은 자연스럽게 토착어를 사용하는 보통 사람들이 제도의 매개를 거치지 않고 진리를 볼 수 있다는 주장으로 발전하는 것입니다. 그리고 직접 성서를 읽고 성서 안에서 진리를 발견하는 일에 개인이 참여할 수 있는 길이 열리게 됩니다. 그리고 구원의 문제는 근본적으로 제도의 개입의 문제가 아니라 개인의 문제가 되는 것입니다. 이것이 자연스러운 발전과정이라고 본다면, 종교개혁자들이 제도와 교회의 전통이 아니라, 성서와 개인의 믿음에 최고의 권위를 두게 되는 것은 라틴어에 대항해서 토착어를 승격시켜 내는 일과 정확하게 일치하는 과정입니다. 이처럼 라틴어로부터 토착어로의 이동은 종교생활을 제도와 교권으로부터 개인에게 초점을 맞추는 방향으로 움직이게 했습니다. 물론 이런 변화가 급격하게 일시적으로 일어났던 것은 아닙니다. 각 개인이 진정한 인식과 권리의 주체로 등장하기까지는 아직도 수세기를 더 필요로 하는 상황이었음이 분명합니다. 하지만 라틴어에 대항한 토착어의 저항 안에서 이미 그러한 변화는 시작되었던 것입니다.

개혁자들 중에는 급진적인 평등주의적 해석학을 전개했던 사람들도 있었던 것 같습니다. 존 폭스가 전하는 바에 의하면 윌리암 틴데일은 제도에 얽매인 사람들(성직자들)보다는 농사일을 하는 한 소년이 성서를 제대로 더 많이 알 수 있다는 주장을 펴기도 했습니다.[17] 그리고 낮은 지위에 있는 사람들과 성직자들 사이에 성서에 대한 논쟁이 벌어지고, 마침내 낮은 지위에 있는 사람들이 성직자들을 조롱하게 되는 이야기가 많이 전해진다는 점도 생각해 볼 필요가 있습니다. 아직은 논리적으로 충분히 발전된 이야기는 아니지만 향후 훨씬 급진적인 평등주의로 발전할 가능성을 이미 배태하고 있었던 것입니다. 그리고 이러한 발전은 이미 또 하나의 권력이 되고 있던 개혁자들과 그 개혁을 지지했던 정치권력들에게는 위험스러운 것으로 보였을 것입니다. 예배와 공적인 생활에서 영어의 사용을 지지하면서 개혁을 지원했던 헨리 8세가 이러한 위험을 경고하면서 우려를 표명하였다는 사실은 매우 흥미롭습니다.[18] 권력자는 토착어를 통해서 열린 자유가 결국은 자신의 권력마저 위협할 수 있음을 이미 예감했던 것인지도 모릅니다. 사실은 종교개혁 이후 왕권과 급진적 개혁자들 사이의 대결이 17세기 전반기에 전쟁으로까지 발전한다는 사실은, 라틴어로부터 토착어로의 이동이라는 영국 종교개혁의 정신 안에 배태된 긴장, 즉 제도의 통제와 개인의 자유 사이에 있는 긴장의 표출이라고 할 수 있을 것입니다.

지금까지 몇 가지 측면에서 영국 종교개혁의 언어적 성격에 대해서 살펴보았습니다. 하지만 영국 종교개혁을 통해서 영어가 토착어로서의 열등감을 완전히 벗어났던 것은 아닙니다. 사실은 영국 종교개혁의 가장 큰 역할은, 그 과정에서 국가 권력이 영어를 공식적인 민족의 언어로 만들어 갈 수 있었다는 점입니다. 이후의 역사과정을 통해서 영국인들은 자신들의 언어가 가진 열등감을 극복하기 위해서 많은 노력을 하였고, 19세기에 이르러 매우 적극적으로 영어에 대한 자신감을 표현하게 됩니다.

4. 제국의 언어가 된 영어 앞에서 토착어의 책임

요약해보면 영국의 종교개혁은 라틴어에 대항한 토착어인 영어의 투쟁이었다고 볼 수 있으며, 종교를 포함한 제도와 문화를 토착어화(영어)하는 과정이었다고 할 수 있습니다. 라틴어에 대해서 토착어인 영어를 종교적 학문적 문학적 언어로 승격시켜 가는 과정이었고, 유럽의 기독교 문명을 영어의 맥락으로 재맥락화하고 지역화하는 과정이었습니다. 그런 만큼 종교개혁 시대에 토착어를 향한 열정은 다분히 원심력적이고, 다양한 언어와 다양한 민족적 정체성들의 존재를 평등하게 인정하는 방향으로 흘러가고 있었다고 생각됩니다. 하지만 제국주의적 확장의 시대를 통해 우리가 만난 영어는 더 이상 하나의 토착어가 아니었습니다. 오히려 중세의 라틴어처럼 권위적이고 야만에 대해서 문명을 독점하는 언어였습니다. 식민주의 시대 기독교 역사를 살펴보면, 신학의 교리와 개념들을 향한 토착어의 도전들은 철저히 배제당하거나, 때로는 이단으로 정죄받기도 했습니다.[19] 뿐만 아니라 영어의 개념이나 가치체계와 충돌하는 언어들을 야만적 언어로 폄하하기도 했습니다.[20] 그리고 오늘날 영어는 지구적 시장에서 국가와 개인의 경쟁력을 판단하는 척도가 되고 있습니다.

분명히 중세시대나 종교개혁 시대에 라틴어가 가지고 있던 지배력과는 다른 성격을 가지고 있는 것이겠지만, 영어의 지배력은 곳곳에서 토착어의 생존을 위협하는 상황을 보여주기도 합니다. 이처럼 영어를 중심으로 한 언어적 문화적 동질화가 강력한 힘을 얻고 있는 시대에, 토착어로서 영어가 지배적이고 독점적인 언어에 저항하면서 자신의 정체를 만들어 가던 과정을 생각해 보는 것은 의미가 있다고 생각합니다.

앞에서 인용했던 성서의 바벨탑 이야기나 성령 강림절 이야기는 오늘의 상황에서도 여전히 의미 있는 요청을 담고 있다고 생각합니다. 인류가 추구하는 어떤 보편적인 가치가 목표라 할지라도 그것이 하나의 언어에 의해서 독점될 때는 매우 위험한 상황을 초래할 수 있다고 생각합니다. 그런 점에서 지구화가 곧 영어화는 아니어야 한다고 생각합니다. 보편이라는 것은 맥락적, 지역적 표현들을 통해서만 자신을 실현시킬 수 있는 것입니다. 보편적인 가치나 목표는 끊임없이 다양한 언어들로 번역되어야 할 뿐만 아니라, 오히려 지역의 언어를 통해서 그러한 가치나 목표를 새롭게 다듬어 내는 노력이 필요하다고 생각하는 것입니다. 만약 언어들 사이의 이러한 활력적 관계가 사라진다면, 인간과 세계의 미래는 매우 황폐한 것이 될지도 모릅니다.

서양 학문인 신학을 우리말로 해야 하는 저 같은 사람의 입장에서 소망해 왔던 것을 말한다면, 서양의 언어나 개념을 번역하거나, 한국의 언어와 문화를 가지고 서양의 언어와 개념을 치장하는 수준을 정말로 넘어가고 싶습니다. 우리말이 이미 만들어져서 전해진 개념들을 향해서 치밀하게 도전할 수 있게 되기를 바랍니다. 더 나아가 다른 언어와 함께 하는 평등한 대화자로서 인류의 미래를 위해 새로운 가치와 개념들을 만들어 가는 책임 있는 역할을 하게 되기를 진심으로 바라고 있습니다. 서양 예

수가 우리말을 하게 하려는 노력을 넘어서서, 우리말이 예수를 말하는 그 날을 기다립니다.

첫째 벼리

메이지기 “individual”이 “個人”으로 번역되기까지*
-한중일의 용례를 중심으로-

최경옥

1. 들어가며

‘메이지明治 유신’이라는 일본 근대사의 새로운 장이 열리면서 일본은 봉건적 막번幕藩체제를 폐지하고 중앙집권적 통일 국가와 자본주의로의 변화를 시도한다. 이 과정에서 일본은 기존의 봉건주의와는 전혀 다른 이질적인 서구 자본주의 문명을 수용하게 되며, 신시대에 어울리는 새로운 국가 만들기에 매진하게 된다. 이 글은 이와 같은 메이지 유신을 통한 일본의 근대화의 변화의 단면을, 서양어의 수용과 정착이라는 측면을 통해 고찰하고자 한다.

메이지라는 새로운 시대, 일본의 신문명론자들은 국가 발전의 동력을 이루는 주요 분야에서 기존의 봉건적 논리와는 전혀 다른, 신시대의 사상에 맞는 새로운 방향이 논의되고 제시되어야 한다고 보았다.[01] 예를 들어, 시대 발전의 근간이 되는 학술 연구 분야에서는 "진리眞理"는 어떻게 추구해 가야 하는가 하는 기본적인 문제에 대한 논의가 이루어져야 하며, 이들을 논의하는 방편으로 "논리학論理學"의 가치가 고양되어야 한다고 보았다. 또한, 신문명론자들은 서구자본주의 체제의 정수를 파악하기 위하여서는 "자유自由"에 대한 논의가 빈번해 져야 하며, 더 나아가 "종교宗教의 자유自由"와 같은 세분화된 분야에서의 "자유"의 문제까지도 활발히 논의되어야 한다고 보았다. 이러한 과정 속에서 자연스럽게 메이지기 일본에서는 신문명론자들을 중심으로 서구자본주의의 수용을 위한 신문명 용어가 일본어로 번역되어 만들어지게 된다.

이러한 일련의 과정 속에서 일본의 신문명론자들은 신시대적 서구 문명을 일본에 소개하고 전파하기 위한 번역어에 한자漢字를 그 도구로 이용하게 되며, 이는 근대번역한자어의 탄생을 가져오게 된다. 신문명론자들은 이들 번역한자어를 창조하고, 더 나아가 이를 일본 사회에 유통시키고, 정착시켜 일본인의 서구 문명에 대한 의식을 높이는데 공헌하고자 한다. 뿐만 아니라. 이들 번역한자어는 한자漢字로 만들어졌다는 이유로 한자문화권에 속하는 한국이나 중국에도 그대로 받아들여져, 결과적으로 동양 사회에서 서구 문명을 수용하는 근본 동력이 됨과 동시에, 동양 사회 내에서 새로운 우승열패의 질서를 낳은 초석이 되기도 한다.

이러한 맥락에서 근대번역한자어의 실태를, 그것도 구체적인 번역한자어에 입각하여 그 성립과 수용의 관계를 명료화하는 것은 한자문화권에 있어서의 근대화의 문제를 푸는 기초 작업으로 필수불가결한 과정이라고 할 수 있다.

이 글에서는 이러한 취지에서 메이지기 일본에서 만들어진 번역한자어 가운데, 자본주의 문명의 근간을 이루는 개념이라 할 수 있는 'individual'이 어떠한 과정을 거쳐 일본에서 "개인個人"으로 번역되었으며, 또 그것이 개화기 한국(조선)에는 어떠한 과정을 거쳐 수용되었는지에 대하여 고찰해 보고자 한다.

2. 번역어 "개인個人"의 성립

1) 중국어의 "개인個人"

"개인個人"은 근대 이전부터 중국 한적에서도 사용하던 단어로, 많은 중국 고전에서 그 용례를 발견할 수 있다. 『대한화사전大漢和辭典』에서 "개인個人"의 표제어를 찾아보면 다음과 같이 설명되어 있다.02

1. かのひと。あのひと。彼人の意。
2. 一人。社会。又は公衆人に対して一人をいふ。(『大漢和辭典』의 個人)

즉, 중국 고전에서의 "개인個人"은 '그 사람. 저 사람'을 나타내는 단어로, "개인個人"이라는 단어가 하나의 독립적 명사로 사용되고 있다기보다는, "개個"가 명사를 수식하는 지시사로 사용되어 있는 경우가 많았다.

箇人無賴是橫波 : 그 사람이 무뢰한 것은 물결이 가로 치는 것과 같다.[隋煬帝(569~618)의 시]

또한 "개인個人"이라는 명사를 굳이 사용하지 않더라도, "개個"라는 한 글자만으로, '하나, 한 개'(ひとり、ひとつ)라는 의미를 나타낼 수 있었다.

卻繞井欄添箇箇 : 하물며 우물의 난간을 둘러싸고 하나 하나 첨가하니 [杜甫03(712~770)의 시, 見螢火]

명대 말기에 이르면 중국에는 서양 선교사에 의해 서양 학문[洋學]이 전래하게 된다. 선교사들은 전도 상 필요한 기독교 교의教義는 물론, 세계지리, 자연과학 등 당시 중국에는 전혀 알려지지 않았던 미지의 세계에 대한 새로운 서양 지식을 소개한다.

17세기 초반에 이르자, 서양 선교사들은 포교 활동에 대역 언어 사전(외국어와 중국어)이 필요함을 느끼게 된다. 이러한 상황에서 선교사들에 의해 많은 대역사전이 편찬되게 되는데, 이때 중국에서 편찬된 대역사전으로 로버트 모리슨Robert Morrison(선교사, 1782~1834)에 의해 출판된 『영화자전英華字典』(1815~1822)이 있다.[04] 모리슨의 『영화자전』에서 individual을 찾아보면 다음과 같이 설명되어 있다.

> Individual, 單, 獨, 單一個
> (例) there is but a single individual there.
> 獨有一個人在那處 : 단, 독, 단일개
> (예) 단독으로 일개인이 도처에 있다.
> (Robert Rorrison, 『英華字典』, 1815~1822)

여기에서 보는 바와 같이, individual은 "일개인一個人"이라는 형태로 번역되고 있음을 알 수 있다. 모리슨의 사전보다 약 20년 후에 출판된 1840년대의 대역사전에서 individual을 찾아보면 다음과 같다.

> Individual, 單身獨形, 獨一個人, 人家 : 단신독형, 독일개인, 인가
> my individual self, 本家 : 본가
> individuality, 獨者, 獨一者 : 독자, 독일자
> (W.H. Medhurst, 『英漢字典』, 1847~1848)

여기에서 보는 바와 같이 "독일개인獨一個人"이라는 형태로 "개인個人"이 나타나고 있는데, 이는 후술하는 메이지기의 individual의 번역어 중, 1870년대 메이지기 일본에서도 등장했던 번역어라는 점에서, 일본 메이지기의 번역어가 중국측 대역사전의 번역법의 영향 하에 있었다는 것을 증

명해 주는 것이라 할 수 있다. 메드허스트의 사전보다 20년 후인 1860년대에는, 중국뿐만 아니라, 당시의 일본에서도 널리 애용되고 있었던 최고最高의 대역사전이 편찬되게 된다. 이것이 로브샤이드의 『영화자전英華字典』(1866~1869)인데, 동 사전에는 individual이 다음과 같이 설명되어 있다.

Individual, 單, 獨. : 단. 독.
an individual man, 一個人 : 일개인
an individual article, 一件野 : 하나의 항목
Individual, a single human being, 獨一個人, 獨一者 : 독일개인. 독일자
an individual animal, 一隻獸 : 한 마리의 동물
(W. Lobschied, 『英華字典』, 1866~1869)

여기에서 보는 바와 같이 로브샤이드의 사전에서도 individual의 번역으로 "일개인一個人" "독일개인獨一個人"을 사용하고 있음을 알 수 있다.

중국에서 "개인個人"이라는 단어가 단독으로 사전에 등재되는 것이 확인되는 가장 이른 시기의 것은 1934년 『대사전大辭典』에서이다.

individual, 個人, 小己. 獨一者 : 개인, 자기자신, 독일자
(下中彌三郎, 平凡社, 1934)

현대 중국어에서는 individual의 번역어로 "개인個人"을 사용하고 있으며, "개인個人"은 "개인주의", "개인책임제", "개인전용전뇌"05와 같은 파생어까지도 만들어질 정도로 사용 빈도가 매우 높은 일상 단어로 인정받고 있다.

이상을 통하여 이 글에서는 중국에서의 번역어 "개인個人"의 성립에 대하여 다음과 같이 추정한다. "개인個人"은 중국 고전에서도 사용되던 단어로, 고전에서는 '그 사람', '저 사람', '한개', '하나'를 나타내는 의미로 사용되고 있었다. 명대 말기 이후 중국에 서방의 선교사들이 서구 문명을 소개하고 포교 활동을 하게 되는데, 이때 많은 대역사전이 편찬된다.

1820년대 대역사전에 individual이 "일개인一個人"이라고 번역되는 것을 시작으로, 1860년대 후반까지의 대역사전에서 individual은 "일개인一個人", "독일개인獨一個人"으로 번역되고 있었다. 이후 여기에서 각각 '일一'과 '독일獨一'이 빠진 "개인個人"의 형태가 나타나게 된다. 다만 이러한 "일개인一個人", "독일개인獨一個人"이라는 번역의 형태는 1870~1880년대 메이지기 일본에서 individual의 번역어로 등장한 적이 있다는 점에서 중국 측의 번역이 메이지기 번역에 상당한 영향을 미치고 있었다는 것을 알 수 있다.

2) 메이지기 일본의 "개인個人"

1860년대까지만 해도, 일본에서는 individual에 대해 주로 '한 사람', '혼자', '하나의 물건'으로 번역되고 있었다.[06]

一体。 一物。 一人。: 하나의 몸, 하나의 물건, 혼자[『英和對譯袖珍辭典』[07](1862)]

1860년대를 대표하는 대표적 대역사전인 『화영어림집성和英語林集成』(1867, 초판)에도 표제어 individual은 다음과 같이 설명되어 있다.

Individual, n. hitotsz; hitori; ichi-nin
: 一つ、一人、いちにん
: 하나, 한사람, 혼자(『和英語林集成』(1867))

즉, 1860년대 일본에서는 'individual'의 번역으로 '한사람(一人)''혼자(独り)'등으로 번역되고 있었던 것이다. 그러나 이러한 'ひとり(一人、独り : 한사람, 혼자)'라는, 단어는 메이지 이전부터 일본어에 사용되고 있었던 단어였기 때문에, 근대적 의미의 'individual'의 번역어 'ひとり(一人、独り)'와는 구별되어야만 했다.[08]

실제로 서양어에서 'individual'이라는 개념은, "신神에 대한 대응 개념으로서의 인간" 또는 "society의 대응 개념으로서의 인간"을 나타내는 것이다. 다시 말해, 단지 '하나의 사람'이라는 의미에 머무르는 것이 아니라, 우주를 구성하는 하나의 큰 구성 요소의 지위를 갖는 인간을 의미하는, 매우 근대적 의미인 것이다.[09] 그러므로 메이지기 이전부터 사용하고 있던 '한 사람'('一人', '独り')이라는 단어로는 'individual'의 근대적 의미를 나타내는 데는 부족함이 있을 수밖에 없었던 것이다. 이러한 점을 고민하고 있던 메이지기 신문명론자들은 1870년대에 들어 'individual'의 번역어로 한자어를 이용한 번역어를 만들어 내기 시작한다. 나카무라 마사나오中村正直(1832~1891)는 『자유지리自由之理』[10]에서 다음과 같이 'individual'을 번역하고 있다.

> 中間會所 卽チ 政府ニテ、 人民各箇ノ上ニ施コシ行フ權勢ノ限界ヲ論ズ間テ曰ク然政府ニテ一箇人民ノ上ニ加フル權勢ノ當然ナル限界ハ、如何ニゾヤ。
>
> : 중간회소 즉 정부에서 인민각개 위에 시행하는 권세의 한계를 논한다. 묻노니, 그러하다면 정부에서 일개인민 위에 가해지는 권세의 당연한 한계는 어떠한가.
>
> [『自由之理』, 中村正直(1872)]

여기에서 보는 바와 같이 나카무라 마사나오中村正直는 정부와 대립되는 막대한 권위를 가진 한 사람의 "개인"을 '한 사람'('一人' '独り')으로만 번역한다면, 그 의미가 너무 미약해진다고 파악했던 것이다. 그래서 당시까지 사용되던 '한 사람'('一人' '独り')이라는 번역어를 사용하지 않았고, 더욱이 당시 번역어에 많이 사용되던 2자 한자어 패턴에 머무르지 않고 4자 한자어를 사용하여 individual의 의미를 보다 정확히 전달하고자 했던 것이다. 한편, 후쿠자와 유키치福沢諭吉(1834~1901)는 「一身의 自由를 論한다」[11]라는 논설문에서 다음과 같이 'individual'을 번역하고 있다.

人の一身は他と相離れて一個の全体を成し、自から其身を御し自から其心力を用ひ、天に対して其責に任ず可きものなり。故に、人各々身体あり。

：사람의 일신은 서로 떨어져, 일개의 전체를 이루고, 스스로 그 몸을 제어하고 스스로 그 마음을 이용하여, 하늘에 대해 그 책임을 질 수 있는 것이다. 그런고로 사람각각은 신체가 있다.

(「一身の自由を論ず」, 福沢諭吉, 메이지초기)

위에서 보는 바와 같이 후쿠자와 유키치福沢諭吉는 'individual'의 번역어로 "人各々"(사람 각각)이라는 일본고유어를 사용하고 있다.[12] 이는 나카무라 마사나오中村正直의 입장과 매우 대조적이라 할 수 있다. 즉, 나카무라 마사나오中村正直가 4자 한자어라는 거창한 방법을 사용한 반면, 후쿠자와 유키치福沢諭吉는 일상적인 일본어를 번역어로 번역하고 있는 것이다. 그러나 곧이어 후쿠자와 유키치福沢諭吉도 『문명론지개략文明論之概略』(1875)에서는 'individual'의 번역어로 "독일개인獨一個人"이라는 4자字 한자어를 사용하게 된다.

人民の間に自家の権利義を主張する者なきは固より論を俟たず …(中略)… 亂世の武人義勇あるに似たれども、亦獨一個人の味を知らず。

：인민 사이에 자기의 권의를 주장하는 자 없은 물론이다 …(중략)… 난세의 무인은 용기는 있을지언정, 역시 독일개인의 의미를 알지 못한다.

[『文明論之概略』(1875)]

일본 고유어를 번역어로 사용하던 후쿠자와 유키치福沢諭吉가 이렇게 번역의 태도를 바꾼 것은, 일상적인 일본어를 사용하여 서양어를 번역하는 것은, 일반인에게 쉽게 다가갈 수 있어 좋기는 하지만, 전달하려는 서양 원어의 정수를 전달하는 데에는 부족하다고 판단했기 때문으로 추정된다.

어쨌든 'individual'의 번역어에 대하여 후쿠자와 유키치福沢諭吉마저도 한자어를 사용하자, 1870년대 후반 일본에서는 individual의 번역어로 더 이상 고유 일본어를 사용한 예는 나타나지 않는다. 이후 individual은 "獨一個人"에서 "獨"이 빠진 "一個人"의 형태로 널리 사용되게 되게 되는데, 이는 당시의 서양어 번역에서 많이 사용되던 방법은 2자한자어였기 때문에, 4자의 한자어로 이루어진 번역어가 왠지 부담스러운 느낌이 있었기 때문이었을 것이다.

國土ハ、一個人ノ所有ニ非ズシテ、大社會、卽チ社會之ヲ保持スベシ。
: 국토는 일개인의 소유로 하지 않으며, 대사회 즉 사회가 이를 맡아야한다.
[『社會平等論』13(1881)]

급기야, 1890년대가 들어와서는 "一個人"에서 "一"이 빠진 "個人"으로 간략화되어, 당시의 번역한자어의 전형적 패턴인 2자한자어의 틀 속으로 들어가게 된다. 드디어 'individual'의 번역어에 "個人"이 등장하게 된 것이다.

individualisme, 獨立派 獨立論 個人主義
: 독립파, 독립론, 개인주의
[『佛和辭林』改訂版, 中江兆民(1891)]

이상의 고찰을 통하여 메이지기 일본에서 번역어 "개인個人"의 성립을 다음과 같이 추정할 수 있을 것이다. 1860년대 중반까지 'individual'은 일본에서 '한 사람, 혼자'(独り, 一人)로 번역되고 있었다. 그러나 '한 사람, 혼자'(独り, 一人)로는 즉, 기존의 일본 고유어로는 individual의 개념의 정수를 제대로 전달하기 힘들었다. 그래서 1870년대에는 "獨一個人", "人各々", "人民各箇" 등과 같은 무거운 번역어가 등장하게 된다. 1880년대 들어서는 'individual'의 번역어 중 하나인 "獨一個人"에서 '獨'이 빠진 형태인 "一個人"의 형태로 사용되었고, 1890년대에는 "一個人"에서 다시

"一"이 빠진 "個人"이라는 2자한자어의 형태로 사용되기 시작하여 오늘날에 이른 것으로 추정된다.

3) 개화기 한국의 "개인個人"

중국이나 일본에서와 마찬가지로 번역어 "개인個人"이 수용되기 이전, "개個"는 한국에서 '하나, 한개'의 의미로 사용되고 있었다. 조선 후기 대표적인 한자어휘집인 『광재물보廣才物譜』에는 다음과 같이 "개個"를 설명하고 있다.

> 箇　　數物之稱
> : 물건의 수를 지칭하는 말.(廣才物譜14)

한국에서 individual의 번역어로 "개인個人"이 나타나기 시작하는 것은 1900년대 초엽이다. 한국 측 자료에서 지금까지 발견된 용례 중 가장 앞선 시기의 "개인個人"은 1903년 초등학교 교과서인 『초목필지』이며, 1800년대의 개화기 자료에서는 현재까지 "개인個人"이 발견되고 있지 않다. 실제로 1800년대의 대역사전에서도 individual의 번역어로 "개인個人"은 아직 나타나 있지 않으며, 다만, '놈'이라고 번역되어 있을 뿐이다.

> individual, 놈.
> (English-Corean Dictionary(제임스 스코트), 1891)

주목할 만한 것은 위에서 말한 바와 같이 1903년 『초목필지』에서 "개인個人"이 발견된 이후, 1905년 『고등소학독본』, 1906년 『초등소학』, 1907년 『유년독습』, 1908년 『부유독습』, 『신찬초등소학』 등, 1900~1910년대 학부에서 편찬한 대부분의 교과서에서 "개인個人"이 사용되고 있다는 점이다.

1903 초목필지 : 特異ᄒᆞᆫ者幾個人을記錄ᄒᆞ노니이ᄂᆞᆫ몸이비록田土에 잇스나天品이非常ᄒᆞ고ㅅ도愛國性이잇셔일홈이後世에

1905 고등소학독본 : 凡我學生이여一家ᄂᆞᆫ個人家族의集合ᄒᆞᆫ所이오 一國은全體家族의集成ᄒᆞᆫ者ㅣ라故로

1906 초등소학 : 放ᄒᆞ야 奢靡에濫費ᄒᆞᆷ이無ᄒᆞ오此ᄂᆞᆫ오작一個人에만 必要ᄒᆞᆯㅅ분아니라一國의 生存을 爲ᄒᆞᄂᆞᆫ大許가되ᄂᆞ이다

1907 유년독습 : 나라라ᄒᆞᆷ은여러사ᄅᆞᆷ이合ᄒᆞ야된것이니나의 一身이비록젹으나곳나라ᄅᆞᆯ 맨드ᄂᆞᆫ一個人이라

1908 부유독습 : 無ᄒᆞᆯ지라 我先我一個人의力을熱切히擔當ᄒᆞᆯ시니何必 一分子의職分을減ᄒᆞ리오一分子ᄂᆞᆫᄒᆞᆫ목

1908 신찬초등소학 : 此等事業은 一個人의資力으로ᄒᆞᆯ것이아니오 一般人民이負擔ᄒᆞ야其義務ᄅᆞᆯ盡ᄒᆞᄂᆞᆫ 것이니

그런데 이들 1900년대의 학부 편찬 교과서들은 일본과의 대외 관계가 점차 밀접해지는 과정에서 간행된 것이라고 할 수 있다. 1895년 갑오개혁이 조선 정부에 의해 단행된 이후, 학부편제가 새롭게 개편되게 되고, 이에 맞추어 소학교령이 반포되고, 관립 소학교를 설립하게 된다. 또한 이곳에서 사용할 교과서를 학부 편집국에서 간행하게 된다. 이러한 과정에서 조선 정부는 서양식 학부 제도를 수용함에 있어, 기존의 일본의 학부 체제를 중심으로 개편하고자 했다. 이의 일환으로, 교과서 간행의 고문으로 일본인 고문관까지 학부에 초청하여 편찬에 참여하도록 하였다. 이러한 면에서 1890년대 후반기 이후 간행된 교과서와 대부분의 정부 측 편찬물에는 일본의 영향이 지대하였으며, 이 과정에서 메이지기 일본에서 만들어지고 사용되던 많은 근대 번역한자어가 일본으로부터 수용되었을 것으로 본다. 그러므로 번역어 "개인個人"도, 일본의 영향이 지대하였던 1900~1910년 무렵, 일본의 영향 하에서 만들어진 교과서에서 다수 발

견되고 있는 점으로 미루어, 필시 일본으로부터 수용되었을 것이다. 이후 "개인個人"이 한국에서 사전에 등재되어 시민권을 가지게 되는 것은 이로부터 불과 10년이 넘지 않는 1910년대 초중반경이다. 이러한 사실에서 당시의 한국의 번역어 수용이 얼마나 급격하게 그리고 일방적으로 이루어지고 있었는가를 알 수 있는 것이다.

1911 韓英字典, 게일
개인개인 箇人箇人 Each person; each; one by one.
개인뎍 箇人的 Each man's desire; an object for each to attain to.
개인 箇人 Each person
일개인 一個人 one single person.

1914 英韓字典, 존즈
individual n. 일개인(一個人): (single) 단독(單獨): 개인(個人)
individualism n. 개인주의(個人主義)

이상의 점을 통하여 한국에서 "개인個人"이라는 번역어의 수용 시기를 다음과 같이 추정할 수 있을 것이다. "개인個人"은 1900년-1910년대 학부를 중심으로 간행된 개화기 교과서를 통하여 급격하게 한국어에 침투된 것으로 추정한다. 이는 당시 일본과 관계가 밀접한 학부 간행 교과서에 사용되면서 일반인에게 수용된 것을 의미하는 것으로, 이는 당시 일본식 번역어가 한국어에 급격하게 수용되고 있었다는 것을 보여주는 실례라고 하겠다. 이후 "개인個人"은 1910년경에는 대역사전에 등재되는 등, 한국어에 완전히 정착하게 된다.

3. 마치며

이상 이 글에서는 근대 서양사상의 기초적 개념이라고 할 수 있는 "individual"이 "개인個人"으로 번역되기까지의 과정을 한중일 자료의 용례를 중심으로 고찰해 보았다.

메이지기의 번역은 시간의 흐름 속에서 완성된 서양 사회의 문화, 사상을 일본의 상황에 적절히 맞추어 일본적으로 재현한 것이다. 일본의 경우, 하나의 서양 개념어가 일본어로 번역되기까지 약 30~40년의 시간을 거치게 되는데, 결과적으로 이러한 과정은 등장한 다수의 번역어를 경쟁하게 하여, 자연스럽게 사회적 합일을 이루는 시간적 여유를 제공하였으며, 일반인들에게 서양에 대한 인식을 높이는 계기를 만들어 주었다. 당시 번역을 통하여 서양을 볼 수밖에 없었던 일반 국민들에게 있어서 번역의 중요성은 현대인에 있어서의 번역의 의미와는 비교할 수 없을 정도의 중요성을 지닌다. 예를 들어, "개인個人"의 경우, "개인個人"라는 개념이 일본 풍토에서 충분히 이해될 수 없던 상황, 즉 천황제 절대 권력체제 속에서, 상상할 수 없는 일반 백성의 "개인個人"이라는 개념을 드러낸다는 것은 어떤 의미에서는 천황 체제에 대한 도전이라고도 할 수 모험이었던 것이다. 그러나 서양의 것을 수용하고 국가의 힘을 한데 모아, 하루빨리 서양식으로 일본의 체제를 전환하여야 한다는 신문명론자들의 열정은 이러한 개념은 반드시 수용되어야 한다고 판단한 것이다. 이러한 점을 통하여 당시의 서양어 번역은 신문명론자들의 사회적 응집력과 도전 정신이 언어로 정화된 것이라고도 할 수 있을 것이다.

02

둘째 벼리

불림

글쓰기와 사무침(구연상)　한국인에게 아름다움은 무엇인가(최봉영)　'예 철학하기'의 방법에 대한 한 애벌 그림 그리기─우리철학하기를 위한 하나의 시론─(이하배)

불림

둘째 벼리

글쓰기와 사무침

구연상

1. 영어몰입교육과 글쓰기 문제

영어 문제와 글쓰기 문제의 연관을 잠깐 살펴보는 것으로 이 글을 열어 보자. 이명박 정부 인수위가 제안한 뒤 일주일 만에 철회한 영어몰입교육정책은 영어 교육의 내실화에 대한 국민적 바람을 등에 업고 있다. 오늘날 한국에서 영어문제는 단순한 언어문제가 아니다. 영어 능력은 '계층 결정'의 주요 변수로 작동한다. 즉 영어로 대변되는 교육격차(education divide)가 사회적 부나 지위를 정당화하는 잣대로 활용된다. 따라서 영어 교육의 문제는 사회적 양극화 해소를 위해서도 매우 중요한 사항임에 틀림없다. 이런 상황에서 인수위가 영어문제를 공적 담론談論의 차원에서 부각시킨 점은 높이 평가할 만하다.

그런데 영어 과목뿐 아니라 다른 과목들까지 영어로 수업을 진행시키려는 몰입교육은 어느 정도 그리고 실제로는 누구에게 필요한가? 미국에 가서 오렌지를 사기 위한 정도의 필요성을 즉흥적으로 제안하는 것만으로는 국민들의 코웃음만 살 뿐이다. 영어몰입교육의 필요성은 우선 세계화 시대를 맞이하여 다양한 영역에서 '영어 의사소통 능력'이 절실해지고 있다는 점을 꼽을 수 있고, 다음으로 한국사회의 '언어적 소통 과정'에서 영어의 비중이 날로 높아지고 있다는 점을 언급할 수 있을 것이다.

첫 번째 경우, 즉 한국의 많은 기업들과 개인들이 전 세계를 무대로 활동하는 기회가 늘어나고 있고, 그 활동의 성패가 영어 능력에 크게 좌우되는 경우, 영어몰입교육의 필요성이 어느 정도 인정될 수 있어 보인다. 그러나 정말 그러한가? 아니다!

비록 세계적 활동가의 경우에도, 그가 학문의 전반을 영어로 교육 받아야 할 이유는 없다. 그는 대개 자신의 분야에 필요한 만큼의 영어 능력을 갖추면 그만이다. 만일 그가 그 이상의 영어소통 능력을 필요로 한다면, 나중에 보충하면 된다. 이는 모든 교육의 기초 사실이다. 필요할 때 필요한 만큼 가르치고, 심화 교육이 필요할 때 더 깊은 지식을 가르치면 된다. 전문 영역에서 영어로 의사소통을 원활히 하기 위해서는 현재의 공교육의 틀 안에서 영어 교육의 내실을 다지는 것만으로도 충분하다. 만일 영어 교사가 수업을 영어로 진행한다면, 학생들의 영어소통능력은 몰입교육이 필요 없을 정도로 좋아질 것이다. 영어몰입교육의 필요성 문제는 영어 교육이 정상화된 뒤에 검토해도 전혀 늦지 않다.

영어몰입교육과 같은 생각은, 한마디로 말해, 모든 교과목을 영어 교육의 연장으로 보겠다는 획일적 교육관에서 나온다. 영어는 현재 최강대국 미국의 주요 언어이고, 세계에서 그 영향력이 가장 큰 언어임에 분명하다. 영어를 배우고 익히는 것은 미국과 세계로부터 우리가 얻을 수 있는 이익을 극대화할 수 있는 첫걸음처럼 보인다. 그러나 그로써 우리의 교육이 균형을 잃게 되는 문제가 발생한다. 보다 심각한 문제점은 공교육이 소수 또는 한 시대의 필요를 위해 강제되거나 왜곡된다는 점이다. 영어능력을 키우기 위한 목적에서 강제되는 영어몰입교육이 실시된다면, 교육의 형평성과 선택권은 크게 줄어들고 만다. 이는 모든 학생이 세계적 활동가를 꿈꾸지도, 또 그렇게 될 수도 없는 상황을 크게 왜곡한 것일 뿐 아니라, 교육의 현실을 전혀 고려하지 않은 몽상에 불과하다.

두 번째 경우, 즉 한국사회에서 영어의 비중이 점차 높아지고 있는 경우에는 영어몰입교육이 필요하지 않겠는가? 우선 영어의 세계적 위상이 한국어에 비해 훨씬 높다는 것은 사실이다. 그리고 한국의 전문가 집단의 경우 영어의 사용 빈도가 매우 높고, 심지어 영어가 주된 소통의 언어가 되는 경우도 늘어나고 있으며, 한국어 가운데 영어 낱말의 수가 급증하고, 새로운 영역에서 쓰이는 대개의 용어가 영어로 정착되고 있다. 좀 과장해서 말하자면, 한국어의 영어 식민지화가 곳곳에서 빠르게 진행되고 있다. 한국사회에서는 이제 영어를 모르면 소통에 어려움이 생기기까지 한다. 그렇기 때문에 영어몰입교육을 통해 보다 원활한 의사소통이 가능하도록 해야 하는가?

이러한 발상은 앞뒤가 뒤바뀐 어처구니없는 생각이다. 먼저 해야 할 것 또는 바탕으로 삼아야 할 것과 나중 해도 되는 것 또는 바탕 위에 올려놓아야 할 것이 뒤바뀔 때 큰 혼란이 생긴다는 것은 자명하다. 한국인 모두가 함께 쓰는 한국어의 소통성이 떨어지기 시작했다면 그 소통력을 높이기 위해 그 문제의 원인을 진단하고, 소통의 부실을 보완하기 위한 철저한 개선책 마련이 먼저 필요한 것이고, 그러한 바탕 위에서 그 부실의 임시방편적 보완책으로 영어 교육의 개선책을 나중에 검토하는 게 올바르다고 할 수 있다. 소통성을 키우기 위해서는 번역의 문제, 조어법 문제, 낱말 통일의 문제, 토론 중심의 교육 문제 등이 해결되어야 한다.

과거를 돌이켜 보자. 영어몰입교육 정책은 조선시대 한문몰입교육 내지 일제 강점기 일본어몰입교육과 크게 다르지 않아 보인다. 이러한 언어정책의 공통점은 시대적 필요에 따라 위로부터 강제된다는 점이다. 이때 강제의 목적은 권력 계층의 이익을 지키기 위한 것이다. 이렇게 외국어 교육을 외국어 교육으로 다루려 하지 않고, 특정 외국어를 모국어 대신으로 사용하기 위해 일종의 외국어몰입교육을 하려는 집단은, 국민이 스스로의 말하고자 하는 바를 어디에서든 자유롭게 말할 수 있는 상황을 제한하는 셈이고, 이런 의미에서 국민을 식민지 백성으로 전락시킨다. 조선시대까지 지속된 한문몰입교육은 기존의 정치제도나 신분제도와 같은 사회 구조를 정당화하는 원리로 작동했다. 이러한 구조 때문에 지배층 자신들도 언어교육의 고통에 시달려야 했고, 피지배층은 문맹의 고통을 당해야 했다. 김철범은 한문몰입교육의 현실을 "쇠판에 콩을 튀기다"는 말로 풍자하고 있다.

> 사대부로서 명색을 유지하려면 과거를 통해 관계에 진출해야 했듯이, 사대부의 체신을 지키려면 漢詩(한시) 한 수 정도 지을 수 있어야 하고, 尺牘(척독)에 草書(초서)로 안부 정도는 물을 줄 알아야 하며, 잘은 못하더라도 祭文(제문) 한 편 정도나 틀에 박힌 墓誌(묘지)문자라도 지을 줄 알아야 했던 것이다. 문학적 재능이나 취향을 가진 전문 문인이 아니더라도 한문 글쓰기는 사대부들의 교양으로 학습되었다. 박지원의 『양반전』을 보면 사대부가 되는 필수 요건의 하나로 한시로는 당시품휘 산문으로는 고문진보를 쇠판에 콩이 튀듯이 줄줄 외워야 한다고 했다.[01]

뿐만 아니라 외국어몰입교육의 폐해는 공부하는 개인의 고통 차원을 넘어 정치적 또는 경제적 무능으로 이어져 결국 사회적 문제로 커질 수밖에 없다. 홍길주洪吉周(1786~1841)는 조선의 선비가 생원시와 진사시 그리고 문과시 등의 과거시험에 합격하기 위해 글귀를 형식과 격식에 짜 맞추는 사장詞章 위주의 글짓기만을 연습함으로써 경세치용의 글쓰기로부터 멀어지게 되었다고 진단하면서 이를 '곡식의 비유'로써 꾸짖고 있다.

종이 위의 곡식을 모두 가져다가 태워버린 뒤에야 곡식은 백성들의 식량이 될 수 있고, 백성들은 서로 보존하며 살아가게 되며, 나라도 이 백성들이 있음으로써 이 곡식을 생산할 수 있을 것이다.[02]

더 나아가 한문몰입교육은 결국 조선의 학자들에게 중국에 대한 사대주의 사상을 낳았다고 할 수 있다. '사대事大'가 비록 얼마 전까지 동아시아 세계에서 통용되던 하나의 정치 질서였을지라도 한문몰입교육의 수혜자들이 앞장서 사대를 부추겼다는 사실은 언어와 사상의 관계를 깊이 반성해 보게 만든다.

『삼국사기』「상대사시중장上大師侍中狀」에서 최치원은 고구려와 백제를 오나라와 월나라 그리고 유주와 연나라와 제나라와 노나라를 침범한 "중국의 큰 좀벌레"로 비하했고, 최만리는 "중국과 동문동궤同文同軌를 이룬 이 마당에 새로운 언문諺文을 만듦이 사대모화에 부끄럽다."고 항변했으며, 퇴계 이황도 일본 좌무위 장군 미나모도에게 보낸 편지에서 "하늘에 두 개의 해가 없고 인류에 두 임금이 없다.…우리 조선은 아득히 먼 데 떨어져 있으면서 중국을 종주국으로 모시고 있다.… 단군에 대한 기록은 허황하여 믿을 수가 없고, (중국인) 기자箕子가 와서 조선을 통치하게 되어 비로소 문자를 알게 되었다."고 말하고 있으며, 율곡 이이 또한 명나라 가정제嘉靖帝(명 세종)를 위한 제문에서 스스로를 "명나라를 모시는 하복"이라 칭하면서 명나라에 대해 "옛날 황제黃帝가 용을 타고 승천할 때 용의 수염에 붙었다가 떨어진 자처럼 지성을 다할" 것을 맹세하고 있다. 물론 박지원이나 허균 그리고 정약용 등의 주체적 글쓰기를 시도한 학자들이 없는 것은 아니지만 대개 조선의 학자들은 중국의 사상과 글쓰기 법도法度를 추종했다고 할 수 있다.[03]

영어몰입교육 정책은 그것이 비록 한국인의 현실적 필요를 충족시키는 부분이 있긴 하지만 실제로는 소수 권력 계층의 세계관에 기초한 빗나간 언어 정책일 뿐 아니라,[04] 세종대왕의 훈민정음 창제와 반포에 적극 반대했던 양반층의 어리석음을 답습하는 꼴이라고 볼 수 있다. 말글은 단순한 소통수단의 지위만 갖는 게 아니다. 본래적 의미의 말글은 사람의 삶의 자유에 절대적이다. 자유를 잃을 때 사람은 노예가 된다. 자유인이 스스로의 자유도가 낮다고 자유도가 높은 노예가 되기를 자청하는 것은 우습다.

김매순(1776~1840)은 "자구字句를 모방하고 자취를 흉내내는 가운데 깊은 뜻은 사라지게" 된다고 말하고,[05] 홍석주洪奭周(1774~1842)는 "문필징실文必徵實" 즉 "문은 반드시 실을 밝혀야 한다."고 주장했을 뿐 아니라 "즉심위문卽心爲文" 즉 "학문과 실천을 통해 스스로 얻게 된 마음으로써 글을 짓는다."고 말했다.[06] 노예는 자신에게 필요한 것을 얻기 위해 말글을 흉내 내지만, 자유인은 스스로의 깨달은 바를 자신의 말과 글로써 함께 나눈다. 과연 조선의 지식인들과 한국의 지식인들이 처한 상황이 얼마나 다른가? 아니면 점점 동일해지고 있는가?

만일 한국인이 영어로 철학 강의를 해야 하는 경우를 생각해 보자. 영어 강의의 목적은 크게 두 가지일 것이다. 하나는 수강생들에게 철학과 관련된 영어 능력을 키우기 위한 것이고, 다른 하나는 자신의 고유한 철학을 영어로 소개하기 위한 것이다. 만일 전자라면 그것은 영어몰입교육이지 철학 교육이 아니게 되고, 반대로 후자의 경우에 영어는 소통의 수단이 되고, 따라서 고유한 철학이 전제되어야 한다. 이 후자의 경우 한국의 유명한 철학자가 자신의 이론을 영어권 수강생들에게 설명하는 경우가 될 터이다. 전자의 경우에는 유창한 영어 실력이 중시되므로 영어 강의가 어려운 교수는 언어에 대한 엄청난 중압감을 느낄 것이지만, 후자의 경우에는 영어를 떠듬거려도 흉이 되지 않을 것이다. 오히려 그 더듬는 말투가 문화 충격의 강도를 높일 수도 있고, 그로 인해 영어권 청자들로 하여금 더욱 심혈을 기울여 듣게 만들 수도 있다.

영어몰입교육은 근본적으로 말글의 문제, 즉 말하기 문제와 글쓰기 문제이다. 말하기 문제와 글쓰기 문제의 맨 밑바탕에는 '하기와 쓰기'의 문제, 즉 "왜 말을 하고, 왜 글을 쓰는가?"와 같은 원초적 문제가 깔려 있다. 말글은 민족의 정체성에도 큰 영향을 미칠 뿐 아니라, 개인의 창의성을 위해서도 매우 중요하다. 개인의 성공을 위해서는 시대의 언어를 능숙하게 통달하는 게 필요하다. 그러나 로마인들은 문화적으로 열등했던 자신들의 모국어 라틴어를 버리는 대신 그리스어 저술들을 끊임없이 번역해 들임으로써 그 수준을 높여 나갔고, 나중에는 그리스어 원전 없이도 자신들의 모국어로써 모든 언어 행위가 가능해질 정도에 라틴어를 풍요롭게 만들었다. 오늘날의 영어 또한 마찬가지의 길을 걷고 있다. 영어몰입교육은 개인적 또는 계급적 차원에서는 유용한 정책일지 몰라도 공동체 또는 민족의 차원에서는 반역反逆의 정책이다.

그런데 영어몰입교육이 주장될 수 있는 배경에는 현재 한국에서 말하기교육과 글쓰기교육에 관한 합의된 이념이 없다는 사실이 깔려 있다. 아니 오늘날 수행되는 말하기글쓰기 교육의 현실이 영어몰입교육을 주장할 수 있도록 해 준 셈이다. 어쩌면 한국의 교육 현실 전체와 관련된 문제일 수도 있다. 교육이 일종의 출세를 위한 수단으로 전락해 버렸기 때문에 출세자들의 필요에 따른 교육정책이 강제되는지도 모르겠다. 하지만 말글은 사람을 사람이게 해 주는 핵심 가운데 하나로서 '나와 너' 또는 '우리 서로'가 서로를 함께 나눌 수 있도록 해 주는 근원이자 지평이다. 말하기 또는 글쓰기의 근본 목적이 올바로 정립된다면 잘못된 언어정책에 대한 비판도 보다 쉬워질 것이고, 반대로 올바른 언어정책을 이끌어내는 데 큰 도움을 줄 것이다.

여기서 나는 말하기의 문제는 제쳐두고 주로 글쓰기의 목적에 한정해 이야기하려 한다. 우리가 글을 쓰는 까닭은 어디에 있는가? 이 물음이 여기서 다루어질 문제이다. 이 문제 속에는 글의 본질에 대한 물음이 함께 던져지고 있다. 글은 단순히 "문장의 기록"으로 그치는 게 아니다. 이는 말이 단순한 발성에 그치지 않는 것과 같다. 글의 본질에 관한 문제는 스치듯 지나갈 것이다.

글의 본질은 '말하고자 하는 바를 알림'에 있다. "알림"은 일종의 대화이다. 글이 무엇인가를 말할 수 있기 위해서는 대화對話의 형식, 즉 '말 함께 나누기'의 꼴을 갖춰야 한다. 즉 누군가 한 편의 글을 읽을 때 그는 그 속에 담긴 바를 들을 수 있어야 한다. 이러한 방식의 알림을 위해 글은 그것을 읽는 사람이 들을 수 있는 말로 변신할 수 있어야 한다. 말은 들음을 통해 이해된다. 말의 주고받음에는 "환경과 표정"과 같은 것이 곁들여진다. 글에서는 말할 때 곁들여져 있던 '말의 들러리들'이 떨어져 나간다. 글이 말로 바뀐다는 것은 자기 대화의 과정에서 저 들러리들이 되살아나는 것을 뜻한다. 글은 문자로 하는 말과 같다.

이미지의 형태로부터 소리나 생각의 꼴로 변환된 글은 일종의 울림의 성격을 띤다. 글은 읽힘으로써 마음이나 심금을 울리기도 하고, 생각이나 기억을 불러일으키기도 한다. 읽으미[읽는 사람]는 그 울려나오거나 떠오르는 심상이나 생각들을 맞아들이거나 지나치는 방식으로 마음속에 새긴다. "어떤 것을 어떤 것으로서 새김"은 언제나 이미 해석학적 지평에서 이루어진다. 즉 우리가 만나는 모든 어떤 것은 이미 "어떤 것"으로서 해석되어 있어야 한다. 따라서 "글이 말한다."는 현상은 "글이 해석된다."는 것과 같다. "해석解釋"을 "알림풀이", 즉 신호나 상징 등을 통해 알려지는 바를 나름의 체계를 통해 풀이하는 것이라고 할 수 있다면, 글의 본질로서의 알림 또는 말함은 '작품 이해'나 '암호 풀이'의 경우와 비슷하게 '글의 알리는 바가 풀어져 나옴'을 뜻한다. 말을 한다는 것이 '들을 수 있게 해 줌'을 위한 것이라면, 글의 말함은 읽으미(독자)에게 글 자체가 알리고자 하는 바를 들을 수 있게 해 준다는 것을 뜻한다.

글은 말과 달리 일종의 결정체이다. 글은 수많은 말하기 가능성 가운데 하나하나를 그 말하고자 하는 전체와의 연관을 고려하여 신중히 선택해 나간 결과물이다. 글쓰기는 '정제된 말하기', '말의 작품화' 또는 '말하기의 예술화'로 간주될 수 있다. 글은 말이 눈에 보일 수 있는 상징 형태로 탈바꿈된 것이지만, 이러한 탈바꿈을 위해서는 하나의 예술 작품이 탄생하는 것과 같은 창작의 고통이 따른다. 글은 생명체와 같다. 머리와 몸통과 꼬리를 갖는다. 글은 언제나 전체적이려 한다. 그렇기 때문에 글쓰기는 부분과 전체를 유기적으로 설계하는 힘든 작업을 요한다.

우리는 왜 이러한 고통에도 불구하고 글쓰기를 포기하지 않는가? 그것은 우리가 무엇인가를 작품의 방식으로 말하고자 하기 때문이다. 작품은 제작된 것 또는 고정된 것이라고 볼 수 있다. 그로써 작품 속에 새겨지는 내용은 물질의 안정성과 지속성을 얻게 된다. 글이라는 작품 속에 담길 수 있는 것들은 셀 수 없이 많다. 삶의 기록일 수도 있고, 생각이나 상상의 집을 짓는 일일 수도 있으며, 복잡한 어떤 사건을 분석하거나 종합해 놓은 것일 수도 있다. 어쨌든 우리가 글 속에 담는 것은 글과 함께 보존될 수 있다. 글쓰기는 이러한 보존을 통해 글 속에 담긴 내용을 시간과 공간의 제약을 극복해 누군가에게 전달하려는 목적을 갖는다. 그 누군가는 흔히 "독자"라고 불린다.

말을 하거나 글을 쓰기 위해서는 말과 글이 앞서 주어져 있어야 한다. 말글이 없다면 우리는 말글을 할 수 없고, 말글이 있을지라도 '하고자 하는 말글'을 갖고 있지 않다면, 말글을 할 이유가 없다. 우리는 보통 할 말이 생길 때 말을 하게 되고, 할 말이 없을 때 침묵한다. 말이 하고 싶을 때 말을 만들기도 하지만, 말하고자 하는 욕망이나 필요가 말 자체에 의해 촉발되거나 조절되기도 한다. 또 말과 생각은 떼려야 뗄 수 없을 정도로 하나로 맺어져 있다. 생각은 기분이나 느낌을 떠나 따로 일어날 수 없다. 느낌은 몸에 기초해서 가능하고, 몸은 맘과 따로 떨어져 있을 수 있는 게 아니다.

말하기와 글쓰기의 목적은 일단 말글 속에 담고자 하는 모든 것, 즉 생각, 뜻, 사건, 기억, 기분, 느낌 등 모두를 소리나 이미지 속에 새기고, 그로써 그것을 자기 자신이나 다른 "누군가"와 함께 나누고자 하는 데 있다고 할 수 있다. 나는 이러한 사태를 나중에 "사무침 함께 나누기"라는 말로 부를 것이다. 이러한 글쓰기 목적은 기존의 글쓰기 이론에서 글쓰기 목적으로서 주장되는 "뜻의 전달"이나 "의사소통"과는 그 차원이 다르다. 이 글의 목적 가운데 하나가 바로 이러한 차원의 다름을 보이는 것이다.

나는 이러한 차이를 보이기 위해 우선 기존의 제도적 글쓰기 또는 글쓰기 교육에서 제시되었던 '글쓰기 목적'을 살펴볼 것이다. 이를 위해 먼저 기존의 제도적 글쓰기에서 제시되는 글쓰기 목적을 살펴본다. 해방된 뒤부터 2000년까지 국어 교과목에서 가르친 글쓰기 목적은 주로 '바른 문장을 구성하는 것' 또는 표현력의 신장이다. 하지만 2000년대부터 글쓰기 교육에 큰 전환이 일어났고, 다양한 글쓰기 교육이 시도되어 글쓰기 방식과 목적에 대한 새로운 규정들이 생겨났다. 그 큰 흐름에 이끌려 글쓰기의 목적에 대한 규정도 "문장의 바름"과 표현력 신장을 넘어 비판적 사고력 증진, 의사소통 능력 향상 등으로 다변화했다. 이 글에서는 이러한 변화를 그 제도적 측면에서 살펴볼 것이다.

글쓰기의 전환은 "뜻의 전달"이 강조되는 쪽으로 이루어지고 있다. 이것은 인문학의 위기와 그에 대한 비판과 밀접히 관련된다. 이러한 관련을 드러내기 위해 글쓰기에 대한 새로운 인식과 그에 기초해 제안된 글쓰기 이론들을 살펴볼 것이다. 새로운 글쓰기 이론의 주창자들은 서구적 글쓰기 또는 논문적 글쓰기에 대해 비판적이지만, 그렇다고 동양적 글쓰기를 일방적으로 두둔하지도 않는다. 즉 그들은 글쓰기에서의 창조적 종합의 필요성을 역설한다.

하지만 이러한 전환이 과연 글쓰기의 본질을 새롭게 드러내 주는지는 의문이다. "뜻의 전달"을 강조하는 글쓰기 이론은 19세기 조선의 달의론을 통해서도 이미 주장된 바 있다. 달의론은 "이도위문以道爲文" 대신 "즉심위문卽心爲文", 달리 말해, 도道 대신 의意를 글쓰기의 핵심으로 삼아야 한다는 주장이다. 의意는 저마다 스스로 터득한 도道의 의미意味를 뜻한다. 현대와 과거의 글쓰기 이론에서 주장된 "뜻의 전달"은 바로 그 "뜻"의 뜻하는 바가 무엇인지를 근본적으로 제시해 주지 못함으로써 공허함을 낳는다.

기존의 글쓰기 이론은 글쓰기의 목적을 제대로 드러내지 못하고 있다. 나는 그 까닭이 글쓰기의 구조를 앞서 드러내지 못한 데 있다고 본다. 글을 쓴다는 것은 "구조화된 행위"에 속한다. "누군가", "누군가에게", "무엇에 대해" 글을 쓸 때면 언제나 두 갈래의 말나누기가 일어난다. 첫째는 자기 대화이고, 둘째는 독자와의 대화이다. 글쓰기에서의 대화는 마치 물음과 대답의 이어달리기 방식으로 진행된다. 글쓰기는 주어진 물음에 대해 자신이 생각하고 알고 있는 바를 다른 사람에게 알리기 위해 글로써 갈무리하는 행위이다.

나는 글쓰기의 구조를 포괄할 수 있는 '글쓰기 목적'으로 "사무침"을 제안한다. 사무침은 누군가 직접 또는 간접으로 스스로 겪어 가진 경험 일체를 나타내는 말이다. 사무침이 깊을수록 말글은 더욱 감동적이게 되고, 심금을 울려 공감을 불러일으키기 쉽다. "나랏 말쌋미 中國에 달아 文字와로 서르 ᄉᆞ뭇디 아니ᄒᆞᆯ씨." 이 말은 우리나라의 말과 그 씀씀이가 전혀 다른 한자로써는 '우리'가 "서로 사무칠 수 없다."는 사태를 단적으로 잘 표현하고 있다. 사무침은 말이나 글을 통해 서로의 뜻이나 생각뿐만 아니라 느낌이나 기분과 같은 것까지 함께 나눌 수 있는 방식의 소통을 말한다. 사무침은 서로를 흐뭇하게 하고, 그로써 서로를 함께 나눌 수 있게 해 준다.

글쓰기의 목적이 사무침에 있다는 주장은 그것의 반대 사태인 먹먹함의 현상을 통해서도 입증될 수 있다. 알아들을 수 없는 말과 글로써는 서로의 생각이나 느낌 또는 마음을 제대로 전달할 수 없다. 바른 문장과 전달 가능한 뜻을 담고 있는 말과 글일지라도 그것이 서로 사무칠 수 없는 사람들에게는 그저 막막하거나 먹먹할 따름이다. 소통은 사무침이 이는 곳에서만 열리지만, 소통이 막히면 사무침도 흐려진다. 사무침의 규정은 바른 문장과 뜻의 전달을 부정하지 않고 그것들을 기초로 한다는 점에서 글쓰기의 보다 포괄적이고 근본적인 규정이라 할 수 있다. 사무침은 글쓰기의 근본 기분이자 근본 목적이다.

2. 글쓰기 제도에서의 글쓰기 목적

1940년에 출간된, 소설가 이태준의 『문장강화』는 국어 문장의 작법을 본격적으로 다룬 최초의 책이다. 모두 9강으로 되어 있다. 이태준은 "문장작법文章作法"을, 글을 "전체적이요 생명체적인 것"이 되도록 만들기 위해 "말에서보다 더 설계하고 더 선택하고 더 조직·개발·통제하는 공부와 기술"로 규정한다.07 한마디로 말해, 글을 말보다 더 말다운 말로 만드는 작업이 곧 "문장작법"임을 뜻한다. 이태준은 조선시대 선비들이 비판 없이 글(한문)을 모방했던 것을 질타하면서 새로운 문장작법의 원리를 세 가지로 제시한다.

첫째, 말짓기를 해야 한다. 우리가 글로써 표현하려는 것은 마음이요 생각이요 감정이다. 이러한 것은 글보다는 말로써 전하기 쉽다. 그러므로 우리는 글을 어떻게 다듬을까에 주력하기보다 먼저 말을 살리는 데, 즉 감정을 살려놓는 데 주력해야 한다. 글쓰기는 글을 짓는 것이기보다 "말 곧 마음"의 태도로써 말을 짓는 일에 가깝다.08

둘째, 자신만의 것을 표현해야 한다. 개인적인 감정, 개인적인 사상을 교환할 수 있는 문장작법의 방법을 탐구해야 한다.09

셋째, 새로운 문장을 지을 줄 알아야 한다. 글쓰기는 나날이 새로워지는 생활에서 부딪치는 새것을 새것답게 표현할 수 있어야 한다. 새로운 생각이나 감정을 만족스럽게 표현할 수 있어야 한다.[10]

이태준은 말할 때의 생생함을 그대로 전할 수 있는 글쓰기를 강조하고 있다. 문장가는 이러한 생생함을 표현해야 한다. 표현할 수 없는 생생함은 어둠의 그림자로 남는다. 이태준은 문장가의 임무를 "표현할 수 없는 어두운 면을 타개하는 데" 두었다. 이를 위해 문장가는 "말의 채집자, 말의 개조 · 제조자"가 되어야 한다.[11] 이태준이 특히 강조한 점은 "하나밖에 없는 말", "그 경우에 꼭 쓸 말", "그 사람의 때가 묻은 말", "최적의 말"을 찾아서 문장을 지으라는 것이다.[12]

이태준은 표현의 유일성과 생생함 그리고 감동 등을 중시하는 문장관을 세웠다. 풍부하면서도 주옥같은 예문들로 가득 채워진 『문장강화』는 문장작법을 기본적으로 언어 표현의 문제로 접근하면서 문장의 종류에 따른 작법의 요령과 퇴고의 요령 그리고 문체의 문제를 다루고 있다. 한마디로 말해 이태준은 글쓰기의 목적을 언어적 표현법에 근거하여 개성 있는 문체를 구사하는 것으로 보았다. 이는 주로 문학적 글쓰기에 적합하다. 물론 세부적으로는 논설문을 비롯한 다양한 글쓰기 기법이 제시되고는 있다. 그럼에도 자신의 개성을 표출하는 새로운 표현을 만들어내는 것을 문장가의 의무로 본다는 점에서 이태준의 문장작법은 문학적 글쓰기에 초점이 맞춰져 있다고 할 수 있다.

그러나 해방 뒤 이태준의 『문장강화』는 잊히고 만다. 문장의 본질, 문장작법의 원리, 문장의 종류, 문체론 등에 대한 후속 연구가 일어나지 않았다. 대학에서 처음 글쓰기 과목으로 개설된 '대학 국어'는 이러한 연구 없이 해방 뒤 10여 년 동안 별도의 교재 없이 주로 고전 문장 가운데 모범이 될 만한 것을 가려 뽑아 주석을 다는 방식으로 교육되었다. 1950년대에 들어 고전 문장뿐 아니라 현대 문장을 갈래별로 나누어서 교과서를 편찬하였고, 1960년대 중반부터 작문과 독본이 분리되기도 했다. 당시의 '대학 국어'의 강의 내용이 국문학과 국어학 영역의 교양 지식에 관한 것이었기 때문에 '교양 국어'라 불리기도 했다.[13]

교양 국어에서의 글쓰기 목표 내지 목적은 바른 문장을 쓰는 데 놓인다. 이는 글쓰기의 목적을 "개성적 표현력 키우기"로 보았던 이태준의 규정에도 못 미치는 것이다. "바른 문장 쓰기"의 교육은 교훈적이고 유명한 문장들을 외우게 하거나 그 문장들의 뜻을 깨닫도록 하는 게 주목적이었을 뿐 학생 스스로 자신의 글을 쓰도록 하는 일은 뒷전으로 밀려나 있었다. 이는 마치 "술이부작述而不作"의 전통을 계승하는 바와 다름없는 것이다. 이런 의미에서 '바른 문장을 짓는 것'은 글쓰기의 '반쪽 목적'이라고 할 수 있다. 바른 문장을 짓는 일은 어느 정도의 연습을 통해 쉽게 도달할 수 있다. 그러나 바른 문장을 구사할 줄 아는 사람도 글쓰기를 힘겨워할 수 있는데, 이는 글쓰기의 목적이 '바른 문장의 구성'에만 놓이는 게 아님을 말해 준다. 글쓰기는 문법 지식의 올바른 활용 이상의 것을 필요로 한다.

글쓰기의 목적이 '바른 문장을 작성하는 데' 놓이는 순간 글쓰기 자체가 일종의 오류 수정의 한 방식으로 전락한다. 글의 종류나 주제 영역에 따라 오류의 종류나 빈도가 달라지므로 글쓰기 교육은 주로 형식적 틀을 제대로 갖추는 쪽으로 이루어진다. 글쓰기 형식이 강조되면서 글쓰기에 대한 재미나 흥미는 억압되고, 글쓰미[글 쓰는 사람] 자신은 글을 쓰는 주체로 자리하지 못한 채 글쓰기로부터 소외된다. 특히 학술적 글쓰기의 강압을 받는 글쓰미는 개인적 흥미, 필요성, 동기에 따라 글을 쓰는 대신 형식화 가능한 주제, 즉 일종의 인용이나 요약을 통한 글쓰기를 선택하기 쉽다.

1990년대 이전까지 대학 국어의 교과 과정은 여전히 문법이나 문장력 또는 표현력 중심의 문학적 수사를 위주로 진행되었다. 1990년대 초반

'대학 국어'가 교양 필수에서 교양 선택으로 바뀌기 시작했다. '대학 국어'는 존립을 위해 국어국문학의 울타리에서 벗어나 일종의 '기초 과목'으로 변신을 꾀했다. '대학 국어' 속으로 '학문적 글쓰기(논문 쓰기)', '문어적 추론을 위한 글쓰기' 등의 요소가 첨가되었다. 1994년 새롭게 개편된 서울대학교의 『대학국어 작문』이 그 한 예라고 할 수 있다. 그 목차를 살펴보면, 첫째 단원: 대학생활과 학문, 둘째 단원: 연구 자료의 이해와 활용, 셋째 단원: 작문의 절차와 방법, 넷째 단원: 논문 작성의 실제 작업으로 이루어져 있다.[14]

글쓰기 문제는 이제 단순한 문장 기법의 문제가 아니라 종합적인 언어 수행 능력의 문제로 확대되긴 했지만 실제로는 '논문 쓰기'와 같은 '학술적 글쓰기'에서의 글쓰기 문제로 제한되었다. 글쓰기의 전체적인 틀은 자료의 이해와 활용, 개요 짜기, 주제문 작성, 서론 쓰기, 본론 쓰기, 결론 쓰기, 주석 달기와 참고 문헌 제시 등으로 짜여 있다. 이는 '학술적 글쓰기'를 모델로 한 것임을 금방 알 수 있다. 여기서 글쓰기의 목적은 주어진 문제에 대한 '학술 논문'을 작성하는 데 놓인다. 이러한 목적은, 여기에는 비록 자료나 주제 또는 글쓰미의 관점 등이 첨가되어 있기는 하지만 근본적으로는 '바른 문장 작성'의 목적과 크게 다르지 않다.

2000년대에 들어오면서 글쓰기의 방향은 크게 달라지고 있다. 그 가장 큰 원인은 글쓰기의 사회적 위상을 크게 높였던 수능 논술의 출제 경향이 통합논술의 방향으로 바뀌었고, 더 나아가 대학에서의 교양 논술이 본격적으로 시행되면서 글쓰기는 이제 비판적 사고력, 문제 해결 능력, 대인 관계 능력 등을 높이기 위한 수단으로 확대되었기 때문이다. 글쓰기는 일종의 공부법으로까지 간주되어 모든 학문 분과에 소용되는 '교양 기초'의 지위를 굳히기 시작했다. 글쓰기의 범위가 철학, 심리학, 사회 과학, 더 나아가서는 자연 과학과 법학까지 확대되면서 글쓰기 과목은 일종의 학제적인 과목으로 자리매김하고 있다. 대학에서 '대학 국어'가 폐지

되고 대신 국어국문학 전공자와 철학, 사회 과학, 교육학 전공자를 담당 교수로 하는 학제적 기초 교양 과목으로서의 글쓰기 과목이 탄생하고 있다.[15]

이러한 글쓰기들의 목적은 '바른 문장 작성', '표현력 신장', '비판적 사고력 증진', '의사소통 능력 향상' 등에 놓인다. 이로써 글쓰기는 교양의 기초로서 핵심적 기초 교양 과목으로 자리 잡았고, 대학들은 이를 효과적으로 운영하기 위해 대학 차원에서 전임 교원을 확보하고 있으며, 그에 따라 글쓰기 강좌의 종류와 질이 급속히 늘어나고 있다. 연구자의 증가와 더불어 글쓰기에 대한 학문적 연구 방향도 논리력과 사고력을 기르기 위한 철학적 측면, 표현력을 키우기 위한 문학적 측면, 그리고 '지능발달'과 관련한 인지심리학적 측면 등으로 다변화되고 있다.

최근의 글쓰기의 변화 방향을 가늠해 보기 위해 잠시 수능논술을 비롯한 여러 글쓰기 제도에서의 글쓰기 목적이 어떻게 설정되어 있는지 살펴보자.

수능 논술은 대입 수험생을 평가할 목적으로 치러진다. 수능 논술은 평가를 위해 "글쓰기보다 글읽기" 위주로 출제되고 있다. 수능 논술의 목적은 주어진 문제에 대한 독창적 생각을 진술하는 능력을 기르는 데 놓이기보다 제시문들에 대한 비판적 분석과 그것에 기초한 타당한 추론을 거쳐 주어진 질문에 올바르게 답변하는 능력을 갖추도록 하는 데 있다. '비판적 사고력 증진'의 목적 아래 시행되는 수능 논술은 제시문에 대한 분석력을 기초로 하기 때문에 당연히 영역별로 세분화될 수밖에 없다. 수능 논술의 가장 포괄적 목적은 건전 타당한 추론 능력을 키우는 데 놓인다.

이러한 목적의 글쓰기는 '본래적 의미의 교양 쌓기'와 '리더십 키우기' 등의 목적을 위해서는 아무런 도움도 줄 수 없다. 이러한 한계를 극복하기 위해 출제의 다변화를 꾀하기도 한다. 하지만 정치 사회적 현안에 대한 글쓰기나 갈등 상황이 촉발되는 쟁점 중심의 글쓰기는 현실 인식에 취약한 고등학생들에게는 신문 기사나 논술 예상 문제 답안지를 외우는 또 하나의 암기 과목에 불과하게 된다. 그리고 글쓰기를 오직 비판적 사고력을 증진시키기 위한 도구로 간주하는 태도는 글쓰기의 다양한 방식들을 논증문의 형식으로 획일화할 위험이 있다.

공학인증제에서의 글쓰기는 대학의 이공계 전공자를 위해 시행되는 글쓰기를 말한다. 이 제도는 한국 대학의 이공계 출신자들에 대한 기업의 불만에서 비롯되었다는 점에서 특이하다. 현행 대학입시제도에 따를 때 자연계와 인문계는 큰 단절 현상을 보이고 있다. 이공계 학생들은 인문학 전반, 특히 역사와 사회 그리고 철학 등의 기초 학문에 매우 취약하다. 이는 조직 사회의 근간을 이룬다는 점에서 기업 활동에 큰 단점이 된다. 공학인증제 글쓰기는 글쓰기 경험이 부족한 이공계 학생들의 표현력 향상을 목적으로 한 글쓰기로서 "사고와 표현" 등의 필수 과목으로 교수된다. 최근에는 이와 관련한 좋은 교재가 출간되고, 연구자들도 늘어 사정이 나아졌지만, 그럼에도 그 내용은 주로 미국의 글쓰기 이론을 소개하는 데 머물거나, 아니면 글쓰기를 위한 조언 정도에 그치고 있다.

논술인증제에서의 글쓰기는 중·고등학교에서의 논술 과목을 담당할 교사를 기르기 위한 교과목에서 시행되는 글쓰기를 말한다. 여기서는 논술 답안을 쓰는 요령을 가르치는 게 아니라, 좋은 논술을 작성하는 방법, 그러한 방법을 교수하기 위한 방안, 좋은 글을 쓰기 위해 필요한 책읽기와 생각하기 그리고 대화하기 등의 다양한 부분들이 포괄적으로 가르쳐진다. 하지만 이에 대한 체계적 연구물이나 교수진 그리고 교과목 등은 턱없이 부족한 형편이다. 이 분야가 주로 '인문학적 글쓰기'에 해당한다.

"인문학적 글쓰기"라는 표현은 글쓰기의 영역을 인문학이라는 테두리 내로 제한해야 하는 듯한 인상을 낳는 것처럼 보인다. 실제의 글쓰기에서는 다양한 영역의 제한과 주제의 제약을 피할 수 없지만, "인문학적 글쓰기"가 나아가는 방향은 삶의 전 영역이 되어야 한다. 즉 "인문학적 글쓰기"와 관련된 과목에서 던져지는 글제들은 삶의 전 영역을 망라할 수 있어야 한다. 이는 "만학의 왕"이라는 철학의 옛 기능을 되살리는 것에 다름 아니다. 이를 위해 "통합적 글쓰기"—우리가 흔히 가장 넓은 의미로 쓰는 "문학"의 관점에서 시도되는 글쓰기—가 요구된다.

로스쿨 글쓰기는 2009년 개교하는 로스쿨(법학전문대학원)을 준비하는 수험생들이 치러야 하는 법학적성시험(Legal Education Eligibility Test · LEET) 과목—언어이해와 추리논증, 논술—에 적용되는 글쓰기를 말한다. 논술 영역은 요약 능력과 제시문을 통한 추론 능력 그리고 견해 구성 능력으로 구성된다. 이 세 가지는 글쓰기의 기본이다. 요약은 주어진 제시문의 관점이나 중심 생각을 정확히 읽어내고, 그것을 자신의 것으로 만드는 기술이고, 추론은 서로 다른 주장들을 평가하는 능력을 말하며, 견해 제시는 스스로의 생각을 비판적이고 체계적으로 구성하는 글짓기를 뜻한다. 로스쿨 글쓰기는 주어진 자료를 주어진 기준(법)에 맞춰 독자적으로 평가하는 능력을 기르기 위한 목적을 갖는다.

이와 같은 제도 글쓰기에서 제안된 글쓰기 목적은 '앞서 주어진 글'에 대한 올바른 읽기와 건전 타당한 추론 그리고 그와 관련해 주어지는 문제에 대해 타당하게 대답하는 능력을 기르는 쪽으로 모아진다. 이를 위해 '바른 문장 작법'을 배워야 함은 물론이고, 문제의 출제자가 의도하는 의도와 방향을 정확히 파악할 줄 알아야 하며, 학술적 또는 논리적으로 글을 구성할 줄 알아야 한다.

제도적 글쓰기의 과정에서는 자신의 감정을 토로한다든지 논리적 비약을 감행한다든지 주어진 문제 자체를 부당한 것으로 여긴다든지 하는 일은 금기시된다. 이는 자신의 모름을 문제 삼고, 그 문제를 해결하기 위해 적절한 방법을 고안하며 새로운 앎을 찾아내는 글쓰기의 본질을 오히려 부차적인 것, 아니 불필요한 것으로 간주하기 때문에 빚어지는 일이다.

대신 대부분의 제도적 글쓰기에서는 "논리적 글쓰기"가 기본으로 강조된다. 이때 "논리"란 말은 "다양한 이치를 따져 밝힌다."는 본래의 뜻으로 쓰이지 못하고 "바른 추론"이라는 매우 좁은 뜻으로 사용된다. 글쓰미의 개성과 주체성은 억압되고, 자율적인 글의 전개와 구성은 탈락된다. "바른 답"을 마련하는 일이 중요하기 때문에 제시문에 기초한 "타당한 추론"만이 강조될 뿐이다. 결국 글쓰기의 목적이 시험의 객관적 평가에 맞춰진 셈이다.

3. 글쓰기의 목적에 대한 새로운 인식

그런데 인문학의 위기와 더불어 논리적 또는 합리적 글쓰기에 대한 비판이 일어났다. 이는 글쓰기의 목적이 변화하고 있다는 것, 즉 글쓰기의 목적에 대한 새로운 인식이 자라나기 시작했음을 뜻한다. 한국에서 인문학이 위기에 처하게 된 이유와 글쓰기 변화 사이에는 긴밀한 관련이 있으므로 그 원인 몇 가지를 꼽아 보기로 한다.

인문학 위기론은 IMF 경제위기 직전부터 불기 시작한 신지식 운동에서 불거져 나왔다. 정보 지식 사회의 등장과 더불어 "정보가 곧 돈"이라는 신념이 싹텄고, 가치 창출로 이어질 수 있는 지식만을 진짜 지식으로 간주하는 사람들이 늘어났다. 지식의 개념이 바뀐 것이다. 실용지식의 중요성에 대한 정치사회적 요구는 거셌지만, 한국의 인문학자는 급격히 변화하는 한국 사회의 현실을 제대로 설명할 수도, 아니 설명하려 하지도 않는다는 의심을 받게 되었다. 인문학자는 무한 경쟁의 현실에도 아랑곳하지 않은 채 대학이라는 무풍지대에서 무위도식하기만 하는 현대판 '양반 계층'으로 비난받게 되었다.

심지어 한국의 인문학은 인문학 무용론에 대해서조차 적극적으로 대응하지 않고 그저 수수방관으로 일관했다. 인문학자들은 인문 정신을 가볍게 여기는 세상을 조롱하는 것으로 만족해했다. 이러한 풍조의 밑바탕에는 '물신숭배의 세계관'이 깔려 있음에도 인문학은 이러한 시대적 사조에 맞서 싸우기커녕 스스로 '직업으로서의 학문'으로 타락해 버렸다. 결국 인문학은 멸종위기에 처한 동식물처럼 정치적으로 보호를 받음으로써만 명맥을 유지하기에 이르렀다. 타력에 의해 생존을 유지하는 학문에게 사회적 계몽이나 비판의 힘이 있을 리 만무萬無하다. 인문학자의 본보기는 내세우지 못한 채 연구비를 타기 위해 이리저리 몰려다니는 연구자들만 우후죽순으로 늘어날 뿐이다.

결정적으로 인문학의 위기는 현대 과학기술문명의 결실로부터 첨예화되고 있다. 뉴미디어의 등장으로 이 세계는 온통 이야기 세상이 되었다. 이야기의 차원이 다종다양해지고, 직접적 대화의 채널도 기하급수적으로 늘어났다. 사람들은 필요한 지식과 상식 그리고 지혜를 배우기 위해 인문학의 두껍고 먼지 수북한 책 대신 인터넷(온누리그물)을 연결한다. 인터넷에는 한줄쓰기, 댓글달기, 토론방에서의 이어달리기, 특정 주제나 관심에 따라 토론하기, 광고, 소비자 후기, 그리고 새로운 글쓰기 형식이라고 할 수 있는 '창고형 글쓰기'(위키피디아), '스크랩 글쓰기'(블로그), '접펼침 글쓰기'(하이퍼텍스트), '미디어 글쓰기' 등을 통해 생산되는 셀 수 없을 정도로 다양한 글들이 넘쳐난다. 게다가 사용자가 제작한 동영상(UCC)의 등장으로 글쓰기뿐 아니라 말하기를 통한 정보전달도 가능해졌다.

온누리그물(인터넷)을 통해 접하게 되는 정보들은 서술적 글쓰기를 포함한 '콘텐츠 글쓰기'의 형태를 갖추고 있기에 재미가 있고, 그 내용이 최근의 것이며, 상호작용성이 뛰어나 친근하고, 구체성과 카운슬링의 능력을 갖추고 있기도 하다. 사람들은 이제 한국 인문학자의 이야기에 큰 흥미나 재미를 느끼지 못한다. 뉴스에서부터 연예인과 각종 오락 또는 취미나 예술 등에 이르기까지 온갖 내용을 전하는 뉴미디어가 인문학을 능가하는 담론 생산자 노릇을 해 온 지 이미 오래다.

시대의 문제로부터 동떨어지고, 자신의 전통에서마저 멀어졌으며, 심지어 현실의 새로운 담론 질서로부터도 밀려나기 시작한 채 자기 전공에 매몰된 글쓰기로 일관하는 인문학은 대중과 소통할 수 없다. 세상과 단절되고 세상에서 고립된 인문학은 뿌리 잘린 나무처럼 결국 말라 죽게 마련이다. 인문학이 삶의 정체성을 제대로 모색하고, 그러한 모색의 결과를 소통 가능한 글로써 제시할 수 있을 때 인문학도 일상 세계에서 되살아날 수 있다. 따라서 인문학 위기와 맞물려 인문학적 글쓰기에 대한 다양한 이야기가 봇물 터지듯 흘러나온 것도 놀랄만한 일은 결코 아니다. 이러한 글쓰기에 대한 새로운 인식은 서구적 학문 정신을 반영한 '논문쓰기'에 대한 반성으로부터 촉발되었다.[16]

최신일은 '서구의 근대 이성과 합리성'에 기초한 글쓰기 패러다임의 변화를 강력히 요구하고 나섰다. 그는 이러한 글쓰기 패러다임의 변화 요구에는 근본적으로 세계 이해 내지 해석의 문제가 놓여 있고, 여기에는 다시금 서구적 또는 근대적 합리성에 대한 반성이 놓여 있다고 보았다.[17] 현대적 사회와 세계를 토대주의 인식론에 기초해 설명하는 것은 더 이상 불가능하다. 현재 우리가 처한 상황은 변화된 세계를 올바로 바라볼 수 있는 "새로운 철학적 패러다임"이 요구되는 상황이고, 보다 구체적으로 말하자면, 우리의 현실을 어떻게 바라보아야 하고, 우리 현실이 다른 현실들과 어떻게 공존할 수 있는가의 문제에 직면한 상황이다. 절대 정신에 기초한 보편적 진리를 주장하는 서구적 근대적 합리성은 더 이상 쓸 수 없을 정도로 낡았다. 우리는 근대적 이성의 통제에서 벗어나 다원주의적으로 생각하고 글을 써야 한다.

김영민이 제안하는 새로운 글쓰기는 법고창신法古創新의 태도, 풀어 말해, 옛것에 토대를 두고 새것을 만들어 내는 정신에 기초한 글쓰기이다. 김영민은 이를 "우리 삶의 행로와 그 역사가 일구어온 이치들을 이 시대에 알맞게 창의적으로 계승하는 것"이라고 규정한다.[18] 이는 구체적으로 보자면 스스로의 삶의 체험에 솔직한 말하기와 글쓰기의 전통을 쌓아나가야 한다는 것을 뜻한다. 주체 의식 또는 역사 의식에 기초한 말글하기가 곧 '근본根本을 잃지 않는 새로움'을 담아낼 형식이라고 할 수 있다.

하지만 홍성욱은 '우리 의식'에 기초한 글쓰기가 곧바로 '우리 것'에 대한 눈먼 집착으로 치닫는 것을 경계한다. 서양의 학문에 그저 각주나 다는 수준의 글쓰기, 외국어 책이나 논문에서 필요한 부분들을 조각조각 따와 번역하여 짜깁기하듯 이어 맞추는 글쓰기, 우리의 전통을 절대시하거나 '우리의 정서'에 호소하거나 선문답 같은 이야기를 늘어놓는 식의 글쓰기 모두 피해야 한다. 홍성욱은 집착 대신 치밀한 분석을, 꿈같은 상상력 대신 비판적 훈련을, 모호한 주장 대신 컨텍스트적 사유를 권한다.[19] 이러한 글쓰기 제안은 글쓰기의 수준 자체를 높일 것을 주문하는 것이고, 이를 위해 무엇보다 '생각의 해석학적 지평'을 넓혀 나갈 것을 요구하는 것이며, 동양과 서양을 이분법적으로 구분하거나 그 가운데 어느 하나를 편들지 않는 학자적 양심을 촉구하는 것이다.

안장리는 '비판정신을 바탕으로 한 새로운 글쓰기의 필요성'을 강조한다.[20] 글쓰기가 생활의 표현이고, 생활 모습이 시대에 따라 달라지게 마련이라면, 글쓰기의 모습 또한 그에 따라 바뀌어야 할 것이다. 인문학의 근본 정신이 비판에 있다면, 인문학적 글쓰기 또한 비판적이어야 할 것이다. 만일 인문학적 글쓰기가 스스로의 비판 능력을 상실한 채 특정한 이론이나 사상을 소개하는 데 그친다면, '인문 글쓰기'는 자멸할 수밖에 없을 것이다.

글쓰기에 대한 이러한 반성의 초점은 '논문 쓰기'에 대한 비판으로 모아진다. 김현, 조동일, 김용옥, 김영민, 강준만, 김진석 등은 현행의 '논문 쓰기'가 '우리의 시각'에서 봤을 때 '타율적 강요에 의해 덧씌워진 형식'이라고 판단한다.[21] 학문적 주제에 대한 논증을 기술하는 것을 목표로 하는

'논문 쓰기'는 서구의 합리성에 기반을 둔 '제도적 글쓰기'로서 '규범적 맥락과 실천적 지향'으로부터 멀어진 '자연과학적 글쓰기 모델'이라고 할 수 있다. 물론 문제의 핵심은 논문 자체라기보다 논문 형식의 글쓰기만이 학술적 가치와 의의를 실현할 수 있다고 믿는 '논문중심주의'에 있다.

신광현은 논문이 객관적 합리성에 기반을 두기 때문에 자연히 '경험적이고 실증적인 것'을 중시하는 "자연과학적 지식 모델"에 맞춰지게 되며, 그에 따라 인문학적 사고의 영역이나 "대상세계의 상호연관성, 복합성, 다차원성, 중첩성, 역사성" 등을 표현하기 어렵게 되었다고 말한다.[22] 달리 말하자면 '논문 쓰기'는 그 형식적 차원 때문에 일종의 폭력성을 띤다는 것이다. '논문 쓰기'에서는 그 주제가 어떠한 것이든 상관없이 그것이 학술적 글이 되기 위해 '논문 문체'가 강요된다. 논문의 문체에 맞지 않는 것들은 잘려지거나, 아니면 구겨 넣어진다. 논문의 틀에 찍힌 내용들은 마치 객관적 성격과 논증적 성격을 갖는 것처럼 보인다. '논문 쓰기'에서는 '논리적 연결'이나 '명쾌한 문체' 또는 투명성이 강조되는데, 이는 그 반대급부로서 공속성이나 순환성 또는 다차원성과 변증법적 차원 그리고 은유나 비유의 세계[23] 등을 배제하려는 경향을 부추긴다.

이러한 비판과 아울러 새로운 글쓰기에 대한 모색이 시도되어 왔다. 전성기의 조사를 주로 하여 그 제안된 주장들을 요약해 본다. 먼저 최재목의 편집술을 꼽을 수 있다. 이는 우리들에게 쌓여 있는 구슬들을 스스로 꿰는 방식으로 글을 써야 한다고 제안하는 것이다. 우리에게 주어진 수많은 '정보 구슬들'을 보배가 될 수 있도록 꿰는 방법이 곧 "편집술"인 셈이다. 이에 따를 때 글쓰기의 성패는 그 주제보다는 꿰는 방법에 놓인다. "정보는 편집술에 의해 새로운 주제로 재생될 수 있다." 인문학의 창조성은 새로운 편집기술을 통해 생겨난다. 이황의 "성학십도"도 "그의 순수한 저작이 아니라 그때까지 있어온 타인의 저작을 창의적 발상에 의해 열 가지로 훌륭하게 편집해 놓은 것"으로 평가한다.[24]

신광현은 논문의 형식과 내용은 추상적일지라도 그 글쓰기의 주체는 결코 추상적일 수 없고, 언제나 "다원적이고 일상적이고 가변적인 현실적 주체"일 수밖에 없다는 점을 지적한다.[25] 조혜정은 한국 대학의 식민지적 풍토를 개선하고자 한다. 조혜정은 서구에서 창작된 '남'의 이야기를 무조건으로 수용하여 학생이나 독자에게 일방적으로 주입하는 방식의 글쓰기에는 '삶의 주체'가 빠져 있기 때문에 독서를 통한 '진정한 해방감'을 선사하지 못했다고 진단한다. 서구이론의 일방적 전달자인 학자들과 입시위주의 주입식 교육 속에서 '자유로운 생각'과 창의력을 잃어버린 학생들에게는 '스스로의 삶에 대한 치열한 반성'이 결여되어 있다는 공통점이 있다. 즉 말과 삶이 서로 되먹임 되지 못한 채 '겉도는 말'과 '헛도는 삶'으로 따로 놀고 있다. 이것은 곧 식민지 상황에 다름 아니다.[26]

장석주는 글쓰기의 현실적 주체가 "지금-여기"의 현실에서 반향된 글쓰기를 하기 위해서는 "잡종적 글쓰기", 즉 "다양성, 복잡성, 현장성을 고스란히 담아내기 위한 글쓰기"를 해야 한다고 말한다. "잡종적 글쓰기"는 '무형식의 글쓰기'이고, 타율적 강박의 형식에서 자유로워진 글쓰기이다. 이는 '나-됨'을 겹으로 감싸고 있는 현실에 대한 주체적 통찰에서만 발현될 수 있고, 그런 점에서 "탈식민성의 글쓰기"라고 할 수 있다. 이러한 글쓰기의 결과물로서의 "잡문雜文"은 "학문과 예술, 논문과 창작, 인식과 표현, 논리와 감성의 접경지대에 놓인 독특한 글쓰기의 양식"을 말한다.[27]

새로운 글쓰기 제안자들은 한결같이 독자 또는 청중을 강조한다. 이는 텍스트 수용자의 측면이 그동안 크게 주목받지 못했다는 것에 대한 반증이기도 하다. 김영민은 글쓰기의 주체와 청중이 모호한 글쓰기를 "식민적 글쓰기"라고까지 부른다.[28] 이때의 청중은 일반 청중 또는 '보편 청중'으로 이해될 수 있다. '보편 청중'의 동의를 얻을 수 있도록 글을 쓰기 위해서는 무엇보다 글 자체가 쉬워야 한다. 쉽다는 것은 수준의 정도를 말하는 게 아니라 '읽힐 수 있음'을 뜻한다. 글은 "읽혀야 한다."는 당위 또는 규범에서 결코 자유로울 수 없다. 글쓰기가 본디 읽힘을 의무로 갖는 "소통의 행위"라면, 흔히 말하는 "원전지상주의" 또는 "비전적 글쓰기" 등은 그 자체로 이미 '글쓰기 규범'을 깨뜨리는 '비도덕적 행위'라고 볼 수 있다.

이러한 규정은 논리의 비약처럼 보인다. 하지만 이 문제는 "도덕"의 의미에 따라 결정되는 문제이다. 만일 전달을 목적으로 하는 모든 글쓰기가 사회적 행위이고, 모든 사회적 행위가 도덕과 관계된다면, 글쓰기 또한 도덕과 무관하지 않다. 다른 사람을 존중하고, 그를 나와 같이 여기며, 수단으로 대하지 않고 목적으로 대하고, 거짓되지 않은 참된 마음으로 그를 대할 때 우리의 행위는 "도덕적"이라고 할 수 있다. 만일 누군가 독자를 무시하거나 업신여기거나, 독자의 무지를 감안하지 않는 오만한 글을 썼다면, 그의 행위는 비도덕적이라고 할 수 있다.

이 문제를 잠깐이나마 근거 있게 다루기 위해 "군자 주이불비 소인 비이부주君子周而不比 小人比而不周"[29]라는 말을 끌어들여 본다. 이 말을 옮기면 "군자는 두루 하여 치우치지 않고, 소인은 치우쳐 두루 하지 않는다."고 할 수 있다. 한 걸음 더 나아가 군자君子는 "자신의 이익보다 사회 전체의 공익을 우선적으로 생각하는 인간유형"을 뜻하고, 따라서 "사회적으로 지도적 위치에 있어야 하는 사람"이라면, 소인은 그 반대가 된다. 여기서 경제와 도덕은 결코 분리될 수 없다. 사회적 빈곤이나 가난은 균均과 화和의 상실에서 비롯하고, 그것은 곧 불안을 낳고, 불안은 결국 위기를 불러들여 세상이 어지러워진다.[30] 대도大道를 행하는 이를 일러 군자君子라 할 수 있다면, 군자는 대동의 사회를 실현하는 사람을 말한다.[31] 모두가 한데 조화를 이루어 더불어 잘 사는 사회를 만들어 가는 사람을 군자라 한다면, 자기와 주변 사람들끼리 잘 살면 그만이라고 여기며 자신들의 이익만 챙기는 사람을 소인小人이라 할 수 있다.

우리가 큰사람(군자)을 도덕적 행위자의 대표로 보고, 잔사람(소인)을 비도덕적 행위자의 대표로 볼 수 있다면, 모두에게 두루 소통될 수 있도록 글을 쓰는 사람을 "큰사람"이라 할 수 있고, 자기들끼리만 알 수 있는 글로 글을 쓰는 사람을 "잔사람"이라 할 수 있을 것이다. 큰 사람으로서의 군자는 '모두에게 두루 소통될 수 있는 글'을 쓸 테고, 잔 사람으로서의 소인은 '자기의 이익만 차리는 방식'으로 글을 쓸 것이다. 군자의 지위에 선 사람의 말과 글은 모두에게 큰 영향력을 끼치게 마련인데, 그러한 사람이 몇몇만 알아들을 수 있는 말과 글을 쓴다면, 그는 이미 '참다운 군자'라 할 수 없을 것이다. 글쓰기가 바로 그 사람의 됨됨이를 닮는 까닭에 글 자체는 바로 글쓰미의 얼굴이라고 할 수 있다.

새로운 글쓰기 주창자들은 소수에게만 해당하는 보편적, 객관적, 전문적 글쓰기를 넘어 공동체 모두에게 두루 통용될 수 있는 역사적, 경험적, 주체적 글쓰기를 제안한다. 한마디로 말해 모두가 서로 소통할 수 있는 글쓰기를 제안한다. 이러한 글쓰기는 "공동체적 소통 가능성"을 목표로 한다는 점에서 "도덕적"이다. 반면 조선시대의 한문 글쓰기는 그 밑에 계급 지배의 의지가 배어 있을 뿐 아니라 특정 계층만을 소통 대상으로 삼고 있다는 점에서 이미 "비도덕적"이다. 오늘날 "외국어로 글쓰기"를 자랑하거나 대부분의 한국인이 알아들을 수 없는 외국어 낱말 풀이로써 자신을 뽐내려 하는 현대 한국의 인문학자들 또한 "비도덕적"이기는 마찬가지이다. 글에는 사랑이 담겨야 한다. 이 사랑이 곧 어짊이고 양심이며 도덕이다. 글이 도덕적이지 않다면 그것은 어떤 의미에서는 이미 글이 아닌 셈이다.

4. 글쓰기의 근본 목적

이제까지 글쓰기의 다양한 목적들을 살펴보았다. 먼저 글쓰기 제도에서 추구된 글쓰기 목적은 '바른 문장 쓰기'로 분석되었고, 다양하게 제시된 '새로운 글쓰기 주장들'에서 추구된 글쓰기 목적은, 하나로 통합시키기는 어렵지만, '뜻의 전달'로 규정할 수 있다. 무엇보다 서양의 근대적 합리성에 기초한 "논문적 글쓰기"는 '우리'의 역사와 전통 그리고 '우리'의 삶과 생각을 제대로 담아낼 수 없고, 그렇기 때문에 과거의 '우리'를 미래의 '우리'에게 제대로 전달할 수 없다. 따라서 이제는 '우리'에게 어울리는 글쓰기 틀이 요구된다. 즉 '우리들' 서로가 자유롭게 소통할 수 있는 글쓰기를 해야 한다. 외국어 원전의 지나친 인용과 삽입 등으로 얼룩진 '소개식 글쓰기'를 피하고 우리들 누구나가 이해할 수 있는 글쓰기가 요구된다.

한국어 문법에 어긋나지 않는 바른 글을 쓰는 것은 '한국어로 글쓰기'의 기본이 될 것이고, 글쓰미 자신이 말하고자 하는 뜻을 올바로 세워 그 뜻을 다른 사람들에게 전달하는 것은 '글쓰기 일반'의 토대가 될 것이다. '바른 글'이 궁극적으로 그 글에 담긴 뜻을 다른 사람에게 두루 전달하기 위한 것인 한, 이제까지 살펴본 글쓰기의 목적은 결국 뜻의 전달에로 집약되는 셈이다. 공동체 내에서 상대방을 설득하기 위한 말의 기술을 연구했던 고전수사학이나 소통 장애에 대한 치유를 목적으로 하는 신수사학조차도 글의 목적이 '뜻의 전달'에 있다는 것은 반대하지 않는다. 글의 다양한 위상의 변화에도 불구하고 글쓰기의 목적이 뜻의 전달에 놓인다는 사실은 변함이 없는 듯 보인다.

뜻의 원활한 전달을 위해서는 역사적 맥락에 대한 공유, 처해 있는 상황이나 현실에 대한 공감, 주고받는 언어의 소통성, 그리고 말글을 함께 나눌 사람에 대한 깊은 이해가 요구된다. 이는 글쓰기의 새로움이 바로 주체성의 발견과 일맥상통한다는 것과 같다. 19세기 조선에서 전개되었던 달의론達意論 또한 이러한 사실을 잘 보여준다. 고려의 이규보李奎報(1168~1241)에 의해 주창되었던 주의론主意論을 이어받은 조선의 달의론은 과거문체의 형식적이고 몰개성적인 글쓰기를 비판하고 나왔을 뿐 아니라, 조선 시대에 수용되었던 의고문풍擬古文風과 도학문풍道學文風의 글쓰기에 대한 비판과 반성을 포함한다.[32] 이 주장은 '의意'를 중시하는 당송고문 계열의 문인들이 펼쳤다. 홍석주는 달의론의 요지를 다음과 같이 말한다.

> 글은 생각을 전달하는 것[達意]을 위주로 하고, 생각[意]은 이치에 합당하는 것이 중요하다.[33]

"달의達意"란 "생각 또는 뜻의 전달"을 말한다. 윗 글월에 따를 때 글의 주된 목적은 생각이나 뜻을 전달하는 데 놓인다. 여기서 "의意"라는 낱말의 해석이 문제된다. 당대의 문장론에 대한 정식화 "이도위문以道爲文"을 버리고, "즉심위문卽心爲文"을 주장한 데는 글쓰기 목적에 관한 일대 변화가 일었음을 나타낸다. 왜냐하면 의意는 도道와 달리 학자마다 스스로의 학문을 통해 갖추게 되는 견식해오見識解悟, 즉 글쓰미 자신의 주체적 자각을 통해 얻게 되는 진리 — 자득自得한 진眞 — 를 뜻하기 때문이다. 도道가 온세계[天地]의 모든 사물事物을 규정하는 근본원리라면, 의意는 도道에 대한 저마다의 해석을 의미한다. 이는 글쓰기를 모방이 아닌 창작, 그것도 주체적 창작으로 이해하려 했다는 것을 뜻한다.[34]

홍석주는 이렇게 글 속에 세워 담겨진 뜻을 전달하기 위한 원리로서 우선 "문종수순文從辭順"[35]을 꼽았다. 이는 글의 문체란 그 뜻을 알아보기 쉽도록 해 주어야 하고, 글의 꾸밈이란 논리적이어야 한다는 것을 말한다. 다음으로 "사필기출詞必己出"을 들었는데, 이는 문장을 구성할 때 고문의 이곳저곳에서 자신이 말하고자 하는 바와는 아무 상관도 없는 글귀들을 이것저것 따오지 말고 자신만의 독창적인 표현을 사용하라는 것을 말한다.[36]

그러나 견식해오見識解悟로서의 의意와 사필기출詞必己出에 의한 달達에 관한 홍석주의 주장 자체가 오늘날의 우리에게는 제대로 소통되기 어렵다. 글쓰기의 일차적 목적이 의사소통이나 '뜻의 전달'에 있다고 주장하는 학자가 '자기들'만의 언어(한자)로 글을 썼다는 것 자체가 "글쓰기의 길"에서 벗어난 것이다. "달의"와 "소통"을 강조하는 글쓰기 연구가들이 정작 그 뜻이 전달되거나 소통될 세계를 주의 깊게 살피지 않는다는 것은 매우 놀라운 일이다. 세계의 망각은 곧 그 세계 속에서 살아가는 사람들에 대한 경시를 뜻한다는 점에서 서글픔을 낳는다.

달의론과 의사소통론에서는 세계와 사람에 대한 성찰만 간과되는 게 아니라 "뜻"과 "의意" 그리고 "의미意味"와 "의의意義" 등과 같은 '바탕낱말'도 제대로 해명되지 않고 있다. 말이 나온 김에 이 낱말들을 짧게 구별해 보자. 먼저 '뜻'은 어떤 것이 특정한 관점에 따라 두드러져 나와 우리에게 뚜렷해진 것을 말한다. 여기서 "관점"은 "낱말"과 같은 것을 뜻한다. "붉은 꽃"이라는 말은 어떤 것(꽃)을 붉음의 범주에서 보게 해 주는 하나의 관점이다. '뜻'은 낱말과 같은 것에 의해 '가리켜진 사물'을 일컫거나 '그러한 방식[낱말을 통해]으로 드러난 모든 것'을 일컫는다. 다음에 '의意'란 '뜻으로써 나타내고자 하는 바'를 말한다. 방금의 보기로써 말하자면, '붉은 꽃'은 사랑의 뜨거움을 나타낸다. 이때 "사랑의 뜨거움"과 같은 것이 의意이다. "의意"는 토박이말로써 말하자면 "뜻하는 바"라고 할 수 있다. 그리고 "의미意味"는 구체적으로 경험한 의意 즉 내용을 말한다. 말하자면 "뜻의 맛" 또는 "뜻맛"이라고 할 수 있다. 다시 앞의 보기로써 말하자면, 붉은 꽃으로서의 장미를 사랑하는 연인에게서 선물로 받았을 때 직접 경험하게 되는 '사랑의 뜨거움'을 말한다. "의미意味"가 사람마다 개별적으로 맛볼 수 있는 의意를 말한다면, "의의意義"는 떳떳하거나 객관적인, 달리 말해, 모두에게 공통된 의意를 말한다.

이러한 구별만으로도 글을 통해 전달하고자 하는 '뜻'의 개념과 위상이 어느 정도 드러났을 것이다. '뜻'은 우리에게 뚜렷해진 것, 말하자면, 곤란한 문젯거리, 돌이킬 수 없는 사실, 뼈저린 현실, 피할 수 없는 현상,

벌어진 사태, 진정한 실제 등과 관계한다. 그러나 이 '뜻'은 언제나 특정의 해석학적 지평을 전제하고, 이 지평은 다시금 이해의 차원을 전제한다. 이때 전제되는 내용은 사람들에게 두루 공유될 수 있는 만큼이나 근본적으로 저마다에게 고유할 수밖에 없다. 그렇기 때문에 누군가 자신의 뜻을 밝힌다는 것은 공감共感 만큼이나 반감反感을 살 수 있다는 것을 의미한다. 뜻을 통해 우리는 서로 차이가 날 수 있다. 이 차이는 우리를 저마다의 개인으로 두드러지게 만들고, 결국 외톨이가 되게 할 수도 있다. 글은 차이를 두드러지게 하고, 명시적으로 평가하도록 유도하며, 서로 다른 이해와 해석을 촉구한다. 글쓰미는 차이의 갈등을 떠맡아야 한다. 글을 쓴다는 것, 그것은 서로의 불화不和까지를 책임지는 결단이다.

글쓰기의 일차적 목적이 의사소통이나 '뜻의 전달'에 있다 손치더라도 "뜻"의 의미가 제대로 해명되지 못하고 있는 한, "뜻의 전달"이라는 규정은 글쓰기의 목적에 대한 온전한 해명이 될 수 없다. "뜻의 전달"이 글쓰기의 근본 목적이 되려면 "뜻"과 "의意" 그리고 "의미意味", 더 나아가 "의의意義" 등이 옳게 구별되어야 할 뿐 아니라 무엇보다 그 구별의 마당 또는 지평이 앞서 드러나야 한다. 아울러 "전달"의 의미도 함께 해명되어야 한다. 전달해야 할 것으로서의 뜻이 모호한 채로 남는 한 "뜻의 전달"이라는 규정은 공허할 뿐이다.

비록 "뜻의 전달"이라는 규정이 문제가 있을지라도, 이 규정 자체는 거부될 수 없다. 누가 이러한 규정을 거부할 수 있겠는가? 만일 말과 글이 뜻을 전달하기 위한 것이라면, 말과 글의 구조에는 '뜻의 전달'과 같은 요소가 포함되어 있어야 한다. 이를 확인하기 위해 우리가 글을 쓸 때 일어나는 현상에 주목해 보자.

글은 "누군가", "누군가에게", "무엇에 대해" 쓴 것이다. 여기에 언제, 어디서, 왜 등의 의문사를 더 첨가할 수도 있다. 앞의 "누군가"는 글을 쓰는 사람 자신을 말한다. 글을 쓸 때 글쓰미는 '자기'와 말을 나눠야 한다. 스스로의 생각을 묻고, 스스로의 경험을 길어 올리고, 스스로의 지식을 끊임없이 참조해야 하고, 스스로에게 솔직해지기 위해 애를 써야 한다.

글을 쓰기 위해 글쓰미가 '스스로 묻고 대답해야 한다.'는 이 사태는 그리 낯선 게 아니다. 이러한 사태는 곧 '앎의 사태'에 다름 아니다. 글을 쓰는 행위는 일종의 앎을 만들어 가는 과정이라고도 할 수 있다. 앎을 얻기 위해서는 먼저 모름을 깨뜨려야 한다. 하지만 모름은 쉽게 깨뜨려지는 것도 아닐 뿐 아니라, 알아나갈수록 더 커지기도 하며, 끝내 결코 제거할 수 없는 심연과도 같다. 더 나아가 우리가 비록 앎을 얻었을지라도 그것을 체계화하는 것은 '허물어질 수밖에 없는 집을 짓는 것'과 같다. 앎의 과정과 글쓰기의 과정은 이처럼 끝없는 고통을 낳는다.

글쓰기는 자기와의 대화록을 작성하는 것과 같다. 이러한 사태를 우선 "사무침"이라는 말로 규정해 보자. 가슴 절절이 사무치는 바, 즉 자기 대화의 절박한 주제, 보기를 들어 몸소 겪은 바 있는 경제적 가난살이는 그 경험자에게는 글로 쓸 게 많을 것이다. 또는 글이 저절로 쓰일 것이다. 반면 사무치는 게 아무것도 없는 주제에 대해 우리는 글을 쓸 수가 없을 것이다. 이때 우리는 베껴 쓰기, 외워 쓰기, 뽑아 쓰기(인용) 등의 방식을 활용한 글쓰기를 할 것이다. 글을 쓰기 위해서 글쓰미는 이미 '스스로에게 사무친 바' 또는 '겪은 바'를 앞서 갖고 있어야 한다. 사무침 없는 글을 쓴다는 것은 그 자체로 이미 글쓰기에 대한 반역이거나 배반이 된다. 글쓰기는 스스로에게 사무친 바를 글로써 드러내어 다른 사람들에게 전달하려는 행위이다. '뜻'은 '스스로에게 사무친 바' 속에서만 전달될 수 있다.

한번은 글쓰기 수업 수강생들에게 발표를 전제로 하여 "올바른 삶"이라는 주제에 관해 글을 쓰도록 했는데, 많은 학생이 글을 어떻게 써야 할지 몰라 막막해했다. 심지어 어떤 학생은 나눠 준 흰 종이를 그대로 냈고, 반면 어떤 학생은 우연적으로 떠오른 첫 문장에 자신의 글 흐름을 완전히 내맡긴 채 "손 가는 대로 둔다."는 바둑의 격언처럼 생각나는 대로 마구잡이로 글을 쓰고는 자신이 무슨 내용의 글을 썼는지조차 몰랐다. 게다가 많은 학생은 자신의 글에 대한 조그마한 반박 앞에서 곧장 무릎을 꿇거나 비판자의 논지를 그대로 수용해 버렸다.

물론 이런 학생들도 친구들과는 막힘없는 대화를 즐길 뿐 아니라, 자신의 말하는 논지를 잘 파악하고, 쉽게 자신의 주장을 꺾지 않는다. 그들이 "올바른 삶"에 관한 글쓰기를 힘들어 한 까닭은 주어진 주제에 대해 아무런 고민이나 사무침이 없었기 때문이다. 물론 글 쓰는 훈련이 없었을 수도 있다. 그러나 보다 큰 원인은 사무침의 탈락에 있다. 글을 쓰기 위해 스스로에게 주제에 대해 물었는데, 그 '스스로'가 아무 말도 해 주지 않는다면 우리는 글을 써나갈 수 없거나, 위의 학생처럼 생각나는 대로 아무렇게나 써 나가게 될 것이다. 스스로에게 해 줄 '할 말'이나 이야기가 많은 사람, 또는 그 '할 말'과 이야기의 두께가 두꺼운 사람은 스스로의 물음에 대해 대답해 줄 게 많을 것이고, 따라서 글을 쓰기가 상대적으로 쉬울 것이다.

사무침은 사람마다 고유하다. 하나의 낱말이나 한 떨기의 꽃에 대해서도 그 사무치는 바는 사람마다 다를 수 있다. 글쓰기가 자기 대화의 성격을 갖는다면, 사무침이 하나도 없는 말로써 말하거나 글을 쓰는 일은 떨어진 나뭇잎으로 밭을 갈려 하는 것과 같은 고역苦役이고, 아무런 사무침도 일지 않는 꽃에 대해 말을 하거나 글을 쓰는 일은 말라버린 우물에서 물을 푸려는 것과 같은 노역勞役이지만, 그러한 일은 그 자체로 이미 글쓰기에 대한 반역反逆이자 배반背反이다. 글쓰기는 스스로에게 사무친 바를 글로써 드러내어 다른 사람들에게 전달하려는 행위이기 때문이다. 글쓰미가 글을 통해 전달하고자 하는 바는 '스스로에게 사무친 바'이다. 이때 뜻은 글이 사무침을 올바로 전달하기 위해 갖추어야 할 핵심 요소 가운데 하나가 된다.

그런데 사무침은 전달될 수 없다. 글과 같은 물질적 형태를 갖춘 것들은 전달할 수 있지만, 세상 속에서 삶을 살아가면서 제 마음속에 사무친 바들은 일종의 응어리 또는 뭉텅이 또는 어떤 덩어리와 같은 형태로 이루어져 있기도 하거니와 그 있음의 방식 때문에도 다른 사람에게 직접적으로 전달될 수 없다. 그 '사무침 덩이'에는 생각과 느낌은 말할 것도 없고, 스치는 것들, 어렴풋한 것들, 또렷하지만 맥락이 잘 잡히지 않는 것들, 즉 알 수 없는 수많은 것들이 한데 뒤섞여 있다.

글쓰기는 바로 이러한 뒤엉킨 실타래를 풀어내는 것과 같다. 말은 사무침 뭉치를 풀어내기 위한 물레이다. 말없이 사무치는 바를 풀어내는 일은 매우 어렵다. 자신의 '사무침 덩어리'에 적합한 말을 찾지 못했을 때 풀어내는 말 자체는 서로 엉키게 되고, 사용 가능한 낱말들이 너무 낡았을 때 풀어내는 말은 그 맛과 멋을 제대로 내지 못하며, 엉뚱한 말로 풀어냈을 때는 그 '사무친 바'가 심하게 찌그러지거나 일그러지고 만다. 게다가 글쓰기는 이러한 풀어내기의 과정으로 끝나는 게 아니다. 거기에는 마름질하여 옷을 만드는 과정도 함께 속한다. 사무침의 실타래를 끝까지 풀어내고, 그 풀어낸 실로 옷감을 짜고, 다시 옷감으로 옷을 짓는 직녀織女의 작업으로서의 글쓰기는 고통스러울 수밖에 없다.

그럼 우리는 왜 이러한 창작의 고통을 달게 받으며 글을 쓰는 것일까? 우선은 자신의 생각과 느낌 또는 기분이나 주장 등을 뚜렷하게 밝히고 싶기 때문이다. 글을 쓰는 과정에서 우리는 스스로에게 사무친 바를 꿰뚫어 볼 수 있게 되고, 그것을 나름의 형태(글월 / 문장)로 앉힐 수 있게 되며, 그러한 작업作業을 통해 비로소 자신이 '누구'인지를 알아가게 된다. 뿐만 아니라 스스로에게 사무친 바의 근원을 추적해 갈 수도 있다. 사무침의 근원은 '참의 사태', 즉 진리의 사태와 연결되어 있다. 앞에서 우리는 사무침을 풀어내는 일로서의 글쓰기가 앎을 일구어 가는 과정과도 같다는 점을 이미 암시한 바 있다. 글은 우리의 이해와 경험을 마름질하는 것으로서의 말[37]의 작품화로서 사무침의 영역과 말의 영역을 한데 모아준다.

글은 한편에서는 글쓰미 자신의 사무침의 세계를 드러내 주고, 다른 한편에서는 말에 의해 마름질되어 있는 방식을 나타낸다. 읽으미가 한 자락의 글을 막힘없이 읽고 그 뜻을 알아챘다면, 그는 그와 더불어 그 글 속에 깃들인 사무침의 세계를 함께 이해했을 것이다. 글을 쓸 때 글쓰미가 스스로에게 사무치는 바에 맞춰 글을 써나가듯 읽으미 또한 글을 읽을 때 그 글의 뜻을 알아가는 것과 더불어 낱말과 글의 틀 그리고 문체와 배열 등을 통해 드러나는 사무침의 세계로 젖어든다. 글을 통해 글쓰미(저자)와 글읽으미(독자)는 서로에게 사무치는 바들을 공유公有하게 되는 것이다. 글을 쓴다는 것은 서로에게 사무치는 바를 함께 나누기 위한 일이다. 글쓰기의 근본 목적이 바로 여기, 즉 '서로의 사무침을 함께 나누기'에 있다.

함께 나누기의 자리에서 요구되는 말하기나 글쓰기의 원칙은 화백和白의 원리, 즉 '고루 말하기'의 원리이다. 이는 오늘날의 표현으로 말하자면 "자유로운 의사소통의 공간"이라고 할 수 있다. 말할 수 있는 기회가 빠짐없이 주어지고, 말해져야 할 바가 빠짐없이 말해져야 한다. 관련된 주요 내용이 빠짐없이 언급되고 토론되고, 누구나 자율적으로 자신이 하고자 하는 말을 마음껏 할 수 있을 때가 바로 "서로 함께 나누기"의 참다운 자리를 이룬다. 이러한 자리가 바로 "말 나눔 잔치"이다.[38] 이러한 자리에서만 말이나 글로써 드러난 바가 들으미나 읽으미의 가슴 속까지 스며들어 마음을 움직여 그 말해진 바나 쓰인 바에 따르도록 할 수 있다. 이것이 진정한 의미의 소통이다.

5. 사무침

우리가 글을 쓰는 까닭은 '사무치는 무엇인가를 글로써 말하기 위함'이다. 말한다는 데에는 '드러내 보게 해 줌(제시)', '차차로 풀이함(서술)', '함께 나눔(전달)' 그리고 '함께 가짐(보존, 작품화)' 등이 있다. 말은 '말해진 바'를 '함께 가짐'으로써 그 속내(내용 / 뜻)를 '함께 나눌' 뿐 아니라, '차차-풀이(서술)'의 방식으로 말해진 '말거리'를 '말 짜임새(언어적 구조)'에서부터 '드러내어 보게 해 주는 것'이다. 말의 '몸통 목적'은 말거리를 드러내어 보게 해 주는 데 있다.

그러나 말하기와 글쓰기의 목적이 이러한 '드러내 보게 해 줌', 즉 말함이나 알림으로 끝나는 것은 아니다. 뜻을 갖춘 소리들과 글자들을 서로 주고받았다고 실질적 소통이 이루어지는 것은 아니다. 소통疏通은 서로의 사이가 막혀 있지 않고 트여 있어 오고갈 수 있는 상태, 또는 길이 열려 있거나 뚫려 있는 상태를 말한다. 우리는 서로의 뜻과 생각[意思]을 주고받는 것 이상을 추구한다. 즉 서로의 마음이 하나가 되거나, 누군가에게 감동을 주어 그의 삶을 바꿔 놓거나, 스스로가 겪은 바를 느낌의 차원에서 함께 나눌 수 있기를 바란다. 누군가의 말만 알아듣고 마는 게 아니라, 그의 처지와 살아온 과정 그리고 그 자신의 깊은 데까지 동감同感으로 받아들여지는 상태가 펼쳐지기를 바란다.

나는 투명한 말글하기, 또는 의사소통이 원활한 말글하기의 모든 요소들이 한데 잘 어우러져 있을 뿐 아니라, 그것을 통해 목적하는 바, 즉 느낌과 기분과 삶의 전 차원을 그대로 전달하여 그 함께하고자 하는 바에 직접 도달導達할 수 있게 해 주는 "소통 방식"을 "사무침"이라 부르고자 한다. 사무침은 말글의 모든 구성 요소가 탈락하지 않은 채 그 안에 간직되어 있으면서 동시에 말글로써 함께 나누고자 하는 바가 막힘없이 전달되는 상태를 말한다. 사무침의 상태는 소통이 막히거나 제대로 뚫려 있지 못한 상태에서는 도달할 수 없을 뿐 아니라, 단순한 '의사 소통'만으로 달성할 수도 없다. 이는 다음의 글월에서 잘 드러난다.

나랏 말ᄊᆞ미 中國에 달아 文字와로 서르 ᄉᆞᄆᆞᆺ디 아니ᄒᆞᆯᄊᆡ[39]

이 말은 우리나라의 말 쓰이는 씀씀이가 중국의 그것과 달라 한자로써는 서로 소통할 수 없다는 뜻이다. 15세기 조선인 가운데 한자로써 서로 사무칠 수 있는 사람은 그리 많지 않았다. 만일 사무침이 말이나 글을 통해 서로의 뜻이나 생각을 함께 나누는 것뿐만 아니라 느낌이나 기분과 같은 것까지 함께하는 방식의 소통을 말한다면, 한자로써 사무칠 수 있는 조선인은 극히 드물었다고 말할 수 있다. 외국어로서의 한문으로써는 조선인 또는 현재의 한국인은 서로를 사무칠 수 없다. 사무침의 낱말에 본디 "투명한 소통성"의 뜻이 간직되어 있었다는 사실은 그 낱말의 옛 모습에서 읽어낼 수 있다.

"사무치다"의 옛말은 "ᄉᆞᄆᆾ다" 또는 "ᄉᆞᄆᆽ다"인데 이는 "통通"의 번역어로 주로 쓰였다. 그 뜻은 "멀리까지 미치거나 깊이 꿰뚫다."이다. "通達ᄋᆞᆫ ᄉᆞᄆᆞᄎᆞᆯ씨라."[40]라는 보기말에서 "사무침"은 '막힘없이 환히 아는 정도의 소통 상태'를 말한다. "사무침"에는 앎의 뜻 말고 다다름과 꿰뚫음(투명성)의 의미도 속한다. "達 ᄉᆞᄆᆞᄎᆞᆯ 달"[41]이나 "透 ᄉᆞᄆᆞᄎᆞᆯ 투"[42]의 예문이 그 증거가 될 수 있다. 게다가 "사무침"은 '끝까지 이어짐'의 특징도 나타낸다. 사무침은 단순한 앎의 차원을 넘어 삶 전체에로 넓혀지는 소통 능력을 말한다. 사무침은 서로의 마음과 환경과 사정까지 속속들이 깊이 미루어 헤아리는 것, 즉 말이나 글로써 드러난 것과, 그 드러난 것을 통해 짐작할 수 있는 숨겨진 것을 한데 아울러 생각하는 것을 일컫는다. 사무침은 머리와 가슴 그리고 가슴까지 미치는 소통성을 말한다. 그렇기 때문에 사무침에서는 기분이나 감정이 강조될 수밖에 없다.

사무침이 '두루 그리고 고루' 일어날 수 있는 말은 대체로 그 쓰임이 오래된 것이기 십상이다. 그 쓰임의 역사가 깊은 말일수록 그 말 자체에 담긴 뜻도 그 말을 쓰는 보다 많은 이들에게 사무치기 쉽고, 그렇게 보다 많은 이들에게 써 먹힐 수 있는 말일수록 매우 자연스럽게 말해진다. 말 쓰임의 자연스러움은 말과 말하미[말하는 사람]가 하나가 될 정도로 가까워졌을 때 가능하다. 이때 말의 마디는 매끄럽고 부드러워 원하는 방향대로 자유자재로 휘어질 수 있다. 우리는 자유로운 말을 통해 자기를 마음껏 나타낼 수 있다. 사무치지 않는, 국물도 없는, 맛이 없는, 가슴으로 와 닿지 않는, 삶이 녹아들어 있지 않은, 달리 말해, 머리로만 주고받는 말은 자기를 제대로 드러낼 수 없다. 즉 서로 사무칠 수 없다.

사무침 가운데 일어나는 말하기와 글쓰기는 한낱 의사소통만을 목표로 하는 게 아니다. '사무치는 말글하기'는 '서로를 함께 나누기' 위한 것이다. 이는 말글하기를 통해 서로의 처지와 형편 그리고 마음을 투명하게 이해하는 가운데 상대의 말하는 뜻을 올바로 받아들이는 것을 말한다. 이와 달리 사무침 없는 말은 인정사정을 봐주지 않는, 또는 이해타산에 따라 손톱만큼의 어긋남도 없이 야멸치게 주고받는 말을 말한다. 사람의 삶에 대한 깊은 이해를 깊이 끌어들이려 하기는커녕 오히려 잘라 내버리려는 '말하기 태도'는 사람을 사물처럼 대하는 객관적이고 냉정한 태도로 간주되고, 상대를 머리로는 납득시킬 수 있을지 몰라도 가슴으로까지 설득시키기는 어려운 태도이다.

사무치는 말글은 상대를 감동시킬 수 있다. 사무침에 의한 감동을 나는 흐뭇함이라 부른다. 흐뭇함은 어떤 기대치가 차고도 남도록 아주 넉넉하게 달성되었을 때의 상태를 나타낸다. 이는 열매가 잘 익었을 때, 또는 삶고자 하는 것이 푹 고아져 잘 익었을 때와 관련된다. 이러한 때의 특징은 너와 나, 이것과 저것을 따로 나누던 껍질이나 경계가 허물을 벗듯이 허물어져 곤죽처럼 풀어진 상태가 된다는 데 있다. 우리는 흔히 누군가 선행을 베풀었을 때 흐뭇한 마음이 되곤 한다. 흐뭇함은 경계심이 사라지고, 이해타산의 마음이 봄눈 녹듯이 녹아 서로가 하나 되는 상태를 말한다. 서로 사무치면 서로 흐뭇해진다. 이는 기쁨이나 슬픔으로 하나 되어 서로 얼싸 안는 것과 같다. 우리가 가슴 깊이 사무치는 말과 글을 접할 때 우리는 그 말글이 말해 주는 바 속으로 흠뻑 젖어들게 된다. 이 때 빨려들어 가는 것을 깊이라 할 수 있다면, 사무침은 "깊지만 투명한 소통성"을 뜻한다.

말할 것도 없이 '사무치는 말글하기'는 슬픔이면 슬픔, 아픔이면 아픔과 같은 다른 마음들에 대해서도 흠뻑 젖어들게 만든다. 사무침은 젖어듦이고, 젖어듦은 '스며들어 제 몸 속에 배는 것'을 말하는데, 이러한 뱀은 축축한 무게가 되어 우리의 삶을 짓누를 수도 있고, 반대로 삶의 자양분이 되어 우리를 자라게 할 수도 있다. 사무치는 말글은 들으미[듣는 사람]를 끌어당기는 방식으로 흔들어놓는다. 들으미는 그 말글의 울림에서 벗어나기 힘들다. 즉 함께 울리게 된다. '함께 울림'은 말글을 주고받는 사람들이 저마다 그 말글이 말하는 바에 따라 행동한다는 것을 뜻한다. 사무치는 말글의 울림을 들은 사람은 그 울림에 젖은 만큼에 따라 응답한다.

사무침의 젖어듦을 통해 흐뭇하게 된 사람들은, 그들이 젖어든 바가 무엇이든 상관없이, 한데 어울리기 쉬워진다. 이는 같이 울고 같이 웃으며 살아온 사람들끼리 서로 마음이 잘 통하는 바와 같다. 자신의 삶 속에 젖어든 말글이 닮은 사람들은 삶의 방식까지도 비슷해지고 만다. 사람은 그가 사무치게 쓰는 말글에 따라 세상을 마름질하고, 그 결과물을 입고 살아간다. 옷이 몸에 잘 맞으면 옷을 잃듯이 말글이 삶에 잘 맞으면 우리는 말글을 잃는다. 이때의 잃음은 '자유자재로 써먹음'을 뜻한다. 우리의 몸과 마음에 사무치는 말글만이 우리에게 말글의 자유를 줄 뿐이다.

사무침의 반대는 먹먹함이다. 먹먹함은 먹어 버린 상태, 또는 삼켜 버린 상태, 따라서 밖으로 나오지 않아 그 정체를 제대로 알 수 없는 상태,

그러므로 말의 경우에는 그 뜻을 도무지 알아챌 수 없는 말을 들었을 때의 상태를 나타낸다. 먹먹한 말글은 우리를 먹통으로 만들거나 또는 불통 상태에 놓이게 한다. 먹먹한 말글에 대해 응답해야 한다는 것은 막막하다. 즉 아득하다. 막막漠漠함은 사막에서 바늘찾기와 같을 때의 상황을 말한다. 어떤 일을 하려 하지만, 그 일을 어디서부터 어떻게 그리고 언제까지 해야 할지조차 감을 잡을 수 없을 때 우리는 막막한 상황에 놓인다. 이때 모든 것은 막혀 버리고 만다.

우리는 뜻이 먹혀 버려 감조차 잡을 수 없게 된 '먹먹한 말글'로는 아무것도 소통할 수 없다. 그러한 말글은 서로의 사이를 감감하게 또는 캄캄하게 만들 뿐이다. 낯선 사이라면, 그러한 말글은 불안감이나 두려움 또는 무서움을 낳을 수조차 있다. 보기를 들어, 영어를 할 줄 모르는 사람이 갑작스레 지나가던 외국인으로부터 어떤 말을 들었다 치자. 그때 그 사람은 무척 당황스러울 것이고, 속수무책일 테고, 따라서 빨리 그 자리에서 벗어나려 할 것이다. 물론 용기 있게 외국인에게 나름의 방식으로 소통을 시도할 수도 있을 것이다. 하지만 그 말 자체는 우리에게 아무것도 알려주지 못할 것이다. 하물며 사무칠 수는 없다.

우리는 모르는 말에 대해 공포를 느낀다. 그것은 단순한 무지에 대한 기분이 아니라, 낭떠러지에 대한 감정이다. 누군가의 먹먹한 말은 들으미를 절벽으로 떠민다. 모든 사무침이 떨어져 나간, 더 나아가 그 어떠한 언어적 소통마저 끊겨버린 '막막한 상황'은 캄캄한 어둠에 갇히는 것과 같다. 사무치는 말이 '따뜻한 빛'을 던져 주는 것이라면, 먹먹한 말은 무서운 어둠으로 그 빛을 둘러막는다. 그 아찔한 순간에 처하면 말문마저 꽉 닫히고 만다. 모든 말은 혀끝에서 뱅뱅거릴 뿐 입 밖으로 나오지 못하거나, 심한 경우 정신까지 아뜩해지고 만다. 이때 우리는 서로 답답할 뿐이다.

글쓰기가 본디 사무침을 목적으로 하는 행위라면, 그것의 본질은 곧

빛을 던져 주기 위한 그리고 두려움을 떨쳐 버리기 위한 사랑인 셈이다. 사랑이 미움을 완전히 제거하지 못하듯 사무침 또한 먹먹함을 완전히 사르지는 못한다. 비방의 말글이나 상처를 주고받는 말글도 어떤 점에서는 사무침이 큰 말글이다. 한恨의 정서 또한 사람의 가슴에 크게 사무치는 것 가운데 하나이다. 글쓰기의 근본 목적은 "바른 문장 짓기"나 "뜻의 전달"을 넘어 "사무침 함께 나누기", 즉 사랑의 실천에 놓인다고 할 수 있다.

6. 칸막이 글쓰기와 참 글쓰기

사무침이 말글하기의 근본 목적이라면, 그것을 달성한 글쓰기는 "참글쓰기"라고 부를 수 있다. 이때 "참"은 "가득 채워진 상태"를 뜻한다. '참글쓰기'는 사무치는 바를 서로 투명하게 함께 나누고자 하는 모든 글쓰기를 가리킨다. 이것을 "진정한 글쓰기"라 불러도 좋다. 물론 모든 것을 가득 채울 수 있는 글쓰기는 가능하지 않다. 모든 글쓰기는 모난 글쓰기일 수밖에 없다. 따라서 참을 추구하는 글쓰기를 시도하는 일은 죽을 수밖에 없는 자가 영원한 삶을 구하는 것과 같다. 문제는 영원 또는 '보다 오래 삶' 등과 같은 시간성을 이해할 수 없는 사람은 자신의 죽음을 알지 못하고, 거꾸로 자신이 죽을 수밖에 없다는 사실을 깨닫지 못한 사람은 영원성의 의미도 제대로 맛볼 수 없다. 이와 비슷하게 자신의 글쓰기가 모날 수밖에 없다는 한계를 직시하지 못하는 사람은 결코 '참글쓰기'를 희망할 수 없다.

그런데 현대 사회가 소통 중심의 사회가 됨으로써 되레 이러한 참글쓰기에 대한 추구가 더욱 어려워지고 있다. 참으로 아이러니한 사실이다. 오늘날의 정보사회는 소통의 끝없는 확대를 향해 나아가고 있다. 미디어의 지속적 발전으로 말미암아 세상과의 소통은 더할 나위 없이 원활해져 가고, 그 덕분에 삶의 분야와 경계는 상상할 수 없을 정도로 다채로워지고 있다. 하지만 소통의 속도가 빨라지고 그 영역이 넓어질수록 정작 소통의 깊이는 얕아지고, 그 연관성도 느슨해지고 만다. 자신의 삶의 공간을 함께 살아가는 다수의 사람이 우리에게 이방인이 되고, 그 가운데 극소수의 사람만이 말글을 함께 나누는 이웃이 됨으로써 우리는 갈수록 낯선 세계 속에서 서로에 대해 무관심하게 살아간다. 삶의 몸피가 너무 커져 버린 데 따른 삶의 쪼그라듦이 외로움을 낳고, 공허감을 불러일으킨다.

사무침의 깊이가 문제이다. 사무침이 작아질수록 상대를 받아들일 수 있는 기분 또한 잘 일어나지 않는다. 기분이 일지 않으므로 마음과 몸을 움직일 힘이 없게 된다. 대신 우리는 저마다의 자리에 안전하게 머물면서 머리로 서로의 생각이나 뜻을 간접적으로 파악하고, 그에 따른 적절한 대응책을 강구하는 가운데 자신의 이익을 추구할 뿐이다. 이렇게 사무침이 줄어드는 시대에는 말하기나 글쓰기의 사무침도 그 빛이 바랜다. 철저한 남남의 세상에서는 누구의 말이든 글이든 아무에게도 아무 상관이 없게 마련이다.

사무침이 적은 말이나 글로써 소통을 시도할 때 기분이나 감정적 차원에 대한 고려는 줄어든다. 기분이나 감정 또는 느낌은 전체를 직접적으로 받아들이는 문門이다. 기분의 문을 통해 주어지는 바들은 목이 마를 때 물을 마시면 잠시 목마름이 가시지만 이내 목마름이 이는 것처럼 일시적일 뿐 아니라, 불에 타들어가는 종이처럼 한시적이고, 어린아이처럼 변덕變德스러우며, 손에 쥔 물처럼 저장하거나 붙잡아 둘 수 없다. 불안감에 사로잡힐 때 세계 전체가 불안하게 보일 수 있는 것처럼 기분은 자신이 처한 세계를 필요 이상 과도하게 지배하곤 한다. 기분이나 감정은 흔히 소통의 장애를 일으키곤 한다. 기분이나 감정이 상할 때 우리는 흔히 싸움을 벌이거나 마음의 문을 닫아 버린다.

기분의 문제를 피하기 위해 우리는 전체를 직접적으로 받아들이기 위한 문을 조절하거나 통제한다. 전체는 이성적 필요에 따라 분절되고, 세상은 부분과 부분의 관계로 처리된다. 기분이 억제됨으로써 현실 전체에는 칸막이들이 세워지고, 그 분할된 칸마다 다시금 더 작은 칸들이 생겨난다. 나눠진 칸들은 필요에 따라 합슴하거나 없애거나 할 수 있다. 세상은 분석과 종합의 방식으로 연결된다. 세계는 논리적이 된다.

논리적이지 않은 문장들은 거짓으로 선언되고, 시인들은 추방된다. 사무침이 메말라 감에 따라 글도 무미건조해진다. 하지만 그만큼 가벼워져 유통과 소통에는 편리한 글들이 양산된다. 독자와의 충돌 가능성은 철저히 방지된다. 글은 노골적으로 내용 중심으로 구성되고, 방법론적으로 기술된다. 글은 일종의 보고문이 되거나, 설명문 또는 논증문이 된다. 글은 비약을 막기 위해 지루할 정도로 세밀해지고, 쪼개지며, 전체와의 연관성을 잃고 토막으로 잘린다. 이러한 글쓰기를 "칸[막이]-글쓰기"라 부르기로 한다.[43]

'칸막이 글쓰기'는 사무침이 크게 떨어지는 글쓰기로서 감정적 충돌을 잠재울 수 있을지는 모르지만, 서로의 뜻과 생각을 깊이 이해하고 해석하는 길을 가로막을 뿐 아니라, 쓰인 글을 통해 서로를 함께 나누는 일을 매우 어렵게 한다. 더 나아가 '칸막이 글쓰기'는 사물과 세계를 바늘구멍으로 보려는 것과 같다. 칸막이 글쓰기는 수많은 제약조건에 구속된 글쓰기일 뿐 아니라, 일종의 '빈 칸에 알맞은 말을 채워 넣기'와 같은 방식의 글쓰기 또는 '주관식 시험을 보는 것과 같은 글쓰기'이다.

칸막이 글쓰기에서는 정답을 제시하는 게 중요하다. 쓰고자 하는 글의 주제에 알맞은 기호들을 틀리지 않게 채워 나가는 것이 이러한 글쓰기의 목표이다. 써야 할 주제와 채워 넣어야 할 기호 집합이 거의 정해져 있기 때문에 글쓰미는 크게 고민하지 않아도 된다. 쓰인 기호들은 소통에 아무런 걸림이 없으면 그만일 뿐 사무칠 필요까지는 없다. 아니 사무침은 금지된다. 글쓴이의 주관적 생각이나 감정 또는 주장을 해서는 안 된다. 누구나 받아들일 수 있는 내용만을 서술해야 한다. 말하고자 하는 바를 말하기 위해 논리의 비약을 감행하느니 차라리 쓰잘데없이 자질구레한 내용을 차곡차곡 늘어놓는 게 좋다.

칸막이 글쓰기에서 소비되는 기호記號들은 고유성이 빠져나간 뻔한 상징象徵들이자, 감정의 촉촉함이 메말라 버린 가볍고 얇은 약호略號들이다. 파편화된 기호는 사람들 사이로 빠르게 전달될 수 있다. 오늘날에는 기호조차 무겁게 느껴진다. 기호도 무게를 가질 수 있고, 사무칠 수 있다. 하지만 디지털 신호信號는 우리에게 어떠한 무게도 사무침도 줄 수 없다. 디지털 신호를 통한 정보 전달의 속도는 기호의 그것과는 비교할 수조차 없을 정도로 빠르고, 디지털 저장 매체는 무한대의 정보를 기록할 수 있다. 하지만 디지털 신호만으로는 아무 의미가 없다. 신호는 기호로, 기호는 상징으로 변환될 수 있어야 하고, 그렇게 변환된 상징은 우리에게 사무치는 말을 건넬 수 있어야 한다. 이러한 변환 구조를 갖춘 디지털 세계만이 우리에게 환영을 받는다.

신호를 빛의 속도로 전달하는 통신 체계가 사무침의 세계를 추방하는 것은 아니다. 사실은 그 정반대가 문제다. 디지털 세상에서의 환상성 또는 조작성! 오늘날 디지털 세상에서는 무차별적으로 유통되는 다양한 형식의 정보들로 말미암아 우리의 사무침이 탈맥락적으로 시달림을 받는다. 삶의 자리에서 사람이 서로 함께 나누어야 할 사무침의 기회는 줄어들었지만, 사무침을 담은 정보물은 통신망을 통해 사람들의 가슴속까지 마구 휘젓고 다닐 수 있게 되었다. 문자, 이미지, 동영상 등으로 된 갖가지 유통물은 끈 떨어진 연처럼 '차가운 매체'를 통해 사람들 위를 유령처럼 흘러다닌다. 그러나 얼굴을 마주 대할 수 없는, 달리 말해, '숨은 가면'의 제작자들은 사람들의 사무침을 요리조리 편집한다. 그들은 사무침을 이용해 정보 소비자들의 마음을 낚는 셈이다. 우리는 스스로에게 사무친 바에 대해서는 둔감해지는 반면 편집된 사무침에는 점점 민감해지고 있다.

참다운 글쓰기는 사무침의 이러한 뒤틀림을 바로잡을 수 있어야 한다. 사무침은 '서로를 함께 나누는 때와 곳'에서 일어나는 근본 기분이다. 서로의 사무치는 바를 서로가 함께 나눌 수 있을 때 사무침의 세계도 올바르게 된다. 왜곡된 사무침에서는 조작과 편집이 난무하지만, 올바른 사무침에서는 서로의 진실한 모습이 공개된다. 우리가 거짓과 가식假飾 그리고 위선僞善의 틀에서 벗어나 참되고 자유로운 투명성을 갖출 때 우리는 서로의 사무침을 함께 나눌 줄 아는 참다운 글쓰기를 펼쳐갈 수 있다.

뜻이 막힘없이 소통될 수 있고, 서로의 참다움이 투명하게 드러나는 사무침 글쓰기를 하려 할 때 주요한 바는 우리가 '우리의 말글'로써 '우리'의 사무침을 함께 나눌 수 있어야 한다는 점이다. '우리 스스로에게 사무치는 말글'로써 말글살이를 이루어 갈 때 우리는 비로소 서로를 보다 잘 사무칠 수 있게 될 것이다. 한국어가 현재 우리의 사무침을 다 담아내지 못하는 것은 사실이다. 그렇기 때문에 국민의 계급화와 계층화를 불러오고, 그로써 수많은 사회적 갈등과 고통을 낳을 영어몰입교육과 같은 정책도 제안될 수 있다. 그러나 우리는 사무침의 질을 떨어뜨리는 방향으로 대응해서는 안 된다. 이는 곧 공동체 의식의 약화, 역사성의 약화, 집단적 분열을 낳을 뿐이다. 우리는 '우리의 말글'인 한국어를 더욱 키워나감으로써 우리의 사무침을 온전히 표현할 수 있도록 하는 방향으로 결단해야 한다.

우리가 우리말글로써 일상생활뿐 아니라 모든 학문적 생활까지를 사무치도록 표현할 수 있을 때 우리는 진정한 자유인이 되는 것이다. 학문의 종속은 학문에서의 독립 포기와 같다. 철학을 하기 위해 자신이 쓰던 일상의 말을 버리고 새로이 독일어와 영어 등의 외국어를 배우고, 그러한 외국어로 쓰인 원전을 경전처럼 떠받들어 외우고 해설하는 일은, 그러한 작업들이 자신의 일상어에게 영향을 주고, 그 일상어에로 되먹임 되어 들어가며, 그렇게 일상어의 사무침의 깊이와 너비 그리고 촘촘함을 키울 때 큰 보람을 낳지만, 반대로 주로 해설자 자신의 권익을 키우는 데만 이바지할 뿐 되레 서로의 사무침을 가로막게 될 때 보람이 되기커녕 오히려 소통의 통로를 어지럽히는 골칫덩어리가 되고 만다.

오늘날 '우리'의 사무침 얼개(구조)가 매우 복잡하다는 것은 누구나 인정하고 있다. 한국사회는 전통의 힘이 크게 약화되어 있을 뿐 아니라 많은 부분에서 전통의 단절이 심화되고 있는 반면, 정치 · 경제 · 문화 · 교육 등 거의 모든 분야에서 이루어진 급속한 서구화로 말미암아 계층 간, 세대 간, 지역 간, 더 나아가 종교 간 큰 불균형 상태에 놓여 있다. '우리'가 서로 사무칠 수 있기 위해서는 한국사회 전반으로 번져가는 칸막이 현상을 허물어야 한다. 혈연, 학연, 지연 등의 연고주의와 같은 패거리 주의를 벗어나야 한다. 많이 배웠거나 높은 자리에 앉은 사람들끼리만 소통 가능한 '영어 섞어 쓰기'와 같은 차별화 논리를 없애야 한다. 아니 더 나아가 서양과 동양, '우리'와 '그들'이라는 식의 벽 쌓기 태도를 버려야 한다. 우리는 더불어 살아가는 모든 사람과 서로 사무칠 수 있어야 한다.

참글쓰기는 "서로가 서로의 사무침을 함께 나누기 위한 글쓰기"를 말한다. 우리의 실제 글쓰기가 비록 언제나 모날 수밖에 없을지라도 우리가 참글쓰기를 목표로 하는 한 우리들 서로는 '좋은 이웃'이 될 수 있다. 이를 위해 우리는 동서양의 글쓰기 전통에도 깊은 관심을 기울일 필요가 있다. 아시아가 서양의 좋은 이웃이 되기 위해서는 서양에서 추구된 사무침 글쓰기의 전통을 살펴볼 필요가 있다.

서양의 글쓰기 전통이 오직 비판적이고 논리적 형태를 띠고 있었던 것은 아니다. 서양의 글쓰기 전통 가운데 하나인 수사학은 "감정에 호소하는 논변을 통해 상대방의 판단을 흐리게" 하는 대신, "논리적, 윤리적, 심리적 그리고 미학적 토대"에 기초한 판단 능력으로써 "사태에 대한 청중의 동의를 얻는 방법"을 탐구해 왔다.[44] 흔히 수사학을 설득의 학문이라 하는 까닭이 여기에 있다. 수사학적 설득은 청중이 어떤 선택이나 결의를 하도록 만드는 것을 말한다. 설득說得(persuasion)은 그 반대자들의 반론을 물리쳐야 하고, 대중의 동의를 얻어야 하는 어려운 과정이다. 그 어려움은 법정에서 펼쳐지는 검사와 변호사 사이의 공방을 떠올릴 때 실감이 날 것이다.

서양의 수사학 전통에서는 공동체 의식, 즉 '우리 사이의 사무침'이 중시되어 왔다. 따라서 다양한 기분이나 행복 그리고 사람의 성격이나 사회적 관계 등에 대한 통찰이 강조된다. 그러나 설득에는 어쨌든 '이길 목적'이 전제된다. 설득은 말이나 글을 함께 나누는 여러 목적들 가운데 하나이다. 설득을 목표로 하는 수사학은 말하자면 논쟁의 산물로서 '폭력이 아니라 말을 통한 승리'를 목적으로 하는 셈이다. 상대의 논리를 제압하여 자신의 말에 따르도록 하는 대화에는 언제나 전투적 충동이 숨겨져 있다. 그것은 말로써 펼치는 전쟁이다. 크로스화이트는 수사학을 다양한 갈등을 평화적으로, 즉 이성적으로 해결할 목적으로 제안된 학문으로 본다.[45] 설득이 갈등 또는 논쟁의 상황에서 비롯되었기 때문에 설득을 당한 자는 일종의 패자로서 상처를 입게 마련이다.

임상수사학臨床修辭學(clinical rhetoric)은 이러한 언어적 의사소통의 과정에서 발생하는 갈등과 부조화 그리고 그로 인한 상처를 진단하고 처방하며 치료하는 학문이라고 할 수 있다.[46] 여기서는 오해, 갈등, 비난, 비방 등의 현상을 발견하고, 그 원인을 탐색하여 '소통상의 문제'를 해결할 처방을 내려주는 일을 한다. 이는 잘못된 인식구조나 가치관 또는 비논리적 사고방식 등에 의해 야기된 "철학적 병"을 진단하고 치료하는 "임상철학"과 그 맥을 같이한다고 할 수 있다.[47] 이러한 태도가 곧바로 글쓰기에도 적용될 수 있다. 이는 말하기와 글쓰기에서 그 소통의 상황이나 여건, 말하자면, 주제의 역사성과 맥락성을 충분히 고려해야 한다는 것을 뜻한다.

참글쓰기는 설득說得의 원리보다 화백和白의 태도를 중시하고, 글쓰기의 목적을 논쟁論爭으로부터 화쟁和諍에로 돌려놓는다. 논쟁과 화쟁은 둘 다 논증論證의 방식을 사용하긴 하지만 그 목적이 크게 다르다. 논쟁적 논증은 서로의 갈등과 대립 또는 대결을 첨예화하고, 그로써 극단화된 서로의 입장을 충돌시켜 상대를 굴복시키려 한다. 논쟁이 비록 설득과 합의를 목표로 하는 논증이긴 하지만, 논쟁에서는 사무침이 크게 탈락되는 사건이 벌어진다. 즉 지나치게 객관적이고 추론적인 방식이 모든 논증을 이끈다.

반면 화쟁적 논증은 비판이나 설득을 목표로 하지 않고 이해와 조화를 목표로 한다. 화쟁의 근본 정신은 서로의 다름을 인정하는 동시에 그 다른 것들이 일심一心, 즉 '한 마음'에서 비롯되었다는 사태를 깨닫는 데 있다. 화쟁은 서로를 첨예하게 대립시키는 대신 그 둘이 공존할 수 있는 길을 찾고자 한다. 이는 서로 다른 너와 나를 '하나'로 묶어 주는 '우리'로 승화시키는 것에 빗댈 수 있다. '한 우리' 속에서 '너와 나'는 서로 이웃이 된다. '이웃'이란 장소적으로나 삶의 차원에서나 서로 긴밀히 이어진 관계를 말한다. 이는 마치 화성和聲, 즉 '하나로 어우러진 소리'나 꽃밭처럼 서로의 다름이 제대로 존중받으면서 동시에 저마다의 다름이 따로 흩어지지 않고 잘 어우러지는 상황을 떠올리게 해 준다. 이로써 우리의 글쓰기 전통에 대한 연구의 위상도 어느 정도 가늠할 수 있을 것이다.

사람은 서로가 '서로에게 사무칠 수 있는 말글'을 할 수 있을 때 자유롭다. 사무침의 바탕 위에서만 우리는 비로소 뜻을 올바로 전달(의사소통)할 수 있고, 생각과 앎을 즐겁게 가르치고 배울 수 있으며, 더 나아가 서로의 마음을 깊이 함께 나눌 수 있게 된다. 물론 사무침이 하나의 근본 기분인 한 사무침에도 그 셈여림과 단계가 있다. 사무침의 단계가 낮을수록 우리의 사이는 꽉 막히게 되지만, 높거나 깊은 사무침 상태에서는 모두가 한데 어우러질 수 있게 된다. 가장 높은 참글쓰기는 아름다운 글쓰기이다. 아름다운 말글을 듣거나 읽을 때 우리의 마음은 한없이 맑고 흐뭇해진다. 그것은 사무침의 울림이 온 세상에 물결치기 때문이다.

불림

둘째 벼리

한국인에게 아름다움은 무엇인가

최봉영

1. 왜 아름다움인가?

한국인은 어떤 것이 잘 어울리는 상태에 있을 때, '아름답다'라고 말한다. 한국인은 아름다움에 이끌리는 까닭에 아름다운 얼굴, 아름다운 몸매, 아름다운 마음, 아름다운 옷, 아름다운 집, 아름다운 삶, 아름다운 세상 등을 바란다. 이 때문에 한국인은 바라는 바를 겉으로 드러낼 때, '아름다움', '아름다운', '아름답다', '아름답게'와 같은 낱말을 많이 사용한다.

한국인은 아름다움에 이끌려 몸, 마음, 얼굴, 옷, 집, 삶, 세상 등이 아름다운 상태에 있기를 바라지만 정작 아름다움이 무엇을 뜻하는지 묻고 따지는 일에는 큰 관심을 보이지 않았다. 미학을 전공하는 학자들조차 한국어 속에서 이러한 낱말들이 어떻게 엮여 있는지 정밀하게 따져보지 않은 상태에서 '아름다운 것은 아름다운 것이다'라고 말하는 수준에 머물러 있다. 이 때문에 이들은 주로 외국어에 바탕을 둔 '美', 'beauty', 'aesthetics' 등에 비추어 아름다움을 설명하고 있다.

한국어에서 아름다움은 '아름'과 '다움'이 합쳐서 이루어진 낱말이다. 아름과 다움을 둘러싸고 있는 맛, 멋, 떨림, 울림, 낱, 모두, 어울림, 그위 등이 엮여서 아름다움의 뜻을 만든다.

이 글은 아름과 다움을 둘러싸고 있는 맛, 멋, 떨림, 울림, 낱, 모두, 어울림, 그위 등을 분석하여 한국인에게 아름다움이 무엇을 뜻하는지 밝히고 있다. 이로써 아름다움은 개체인 아름이 떨림과 울림을 통해서 안팎으로 잘 어울려 있는 상태에 이르렀음을 뜻함을 알 수 있다. 이는 사적인 존재인 '나'가 어울림을 통해서 공적인 존재인 '우리'가 되는 일이 아름다움임을 말한다. 낱낱의 '나'가 중요한 것은 어울림을 통해서 '우리'를 이루어나가는 바탕이기 때문이다. 그러나 '나'는 '나'에 머물러서는 안 되고, 반드시 '우리'로 나아가 더욱 '큰 사람'이 되어야 한다. 이것이 바로 한국인이 '클 德', '클 仁', '클 義'로 말해온 '큰 사람'이 되는 길이다.01

2. 아름과 다움

1) 아름

오늘날 한국인이 일상으로 말하는 아름은 '한 아름', '두 아름' 등으로 말하는 아름이다. 아름은 어떤 것의 둘레 또는 그것에 해당하는 묶음의 숫자를 헤아리는 기준으로 사용되는 낱말이다. 즉 아름은 사람이 두 팔을 벌려서 어떤 것을 껴안았을 때, 안쪽에 포함되는 둘레의 크기를 말한다. 사람들은 어떤 것이 한 아름에 꼭 드는 크기일 때, '아름드리=아름들+이'라고 말한다.

그런데 사람마다 몸통과 팔의 길이가 다르기 때문에 아름의 크기 또한 사람에 따라 달라진다. 어른에 비해 아이는 몸집이 작기 때문에 아름 또한 작을 수밖에 없다. 그리고 어른이라도 몸집에 따라 아름이 큰 사람과 작은 사람으로 나뉜다. 따라서 한국인이 아름으로 크기나 수량을 헤아릴 때는, 누구를 기준으로 삼는지 알아야 그것의 구체적인 내용을 헤아릴 수 있다.

한국인이 아름처럼 개인의 신체를 기준으로 크기나 수량을 헤아리는 것에는 길, 발, 뼘, 마디, 움큼 등이 있다. 길은 사람이 반듯하게 선 상태에서 머리끝에서 발끝까지의 길이를 말하고, 발은 사람이 두 팔을 반듯하게 편 상태에서 이쪽 손끝에서 저쪽 손끝까지의 길이를 말한다. 길과 발은 아름처럼 사람이 신체를 최대한으로 펼친 상태에서 크기나 수량을 헤아리는 단위이다. 한편 뼘과 마디와 움큼은 신체의 일부인 손을 기준으로 크기나 수량을 헤아리는 단위를 말한다. 뼘은 손바닥을 반듯하게 편 상태에서 엄지의 끝에서 중지의 끝에 이르는 길이를 말하고, 마디는 손가락의 한 마디를 말하고, 움큼은 손바닥을 오므려서 담을 수 있는 양을 말한다. 그런데 사람마다 몸통, 머리, 목, 다리, 팔, 손의 크기가 다르기 때문에 길, 발, 뼘, 마디, 움큼의 크기 또한 달라진다.

한국인에게 아름, 길, 발은 '나'의 개별성을 바탕으로 삼는다. 한국인은 이러한 개별성을 기준으로 스스로 생각하고 행동하는 것을 '나름'이라고 말한다. 한국인이 '나름대로 잘 한다', '생각하기 나름이다' 등에서 말하는 '나름'은 '나'의 개별성에 기준을 두고 스스로 생각하고 행동하는 것을 말한다. 그리고 한국인은 이러한 '나름'이 개체로 닫혀져 있음을 강조할 때 '따름'이라고 말한다. '~일 따름이다', '~할 따름이다'에서 '따름'은 '나름'이 개체로 닫혀져 있음을 강조하고 있다.[02]

한국인은 '나'의 개별성에 바탕을 둔 아름, 길, 발과 달리 모두에게 적용되는 공공公共의 기준을 자, 되, 저울 등으로 부른다. 자는 길이, 되는 부피, 저울은 무게를 재는 공공의 기준이다. 이것들은 동일한 형식을 바탕으로 크기의 단위가 일정하게 정해져 있어서 모든 사람이 공동의 기준으로 삼을 수 있다. 이렇게 볼 때, 한국인은 어떤 것의 크기나 수량 등을 헤아릴 때 두 가지 기준, 즉 '낱낱'의 개별성에 바탕을 둔 기준과 '모두'의 공공성에 바탕을 둔 기준을 함께 사용한다.

오늘날 한국인이 '아름답다', '아름답게', '아름다운', '아름다움'에서 말하는 '아름'은 한 아름, 두 아름에서 말하는 아름과 뿌리를 함께하고 있다. 옛말에서 한 아름, 두 아름의 아름은 아름이나 아놈으로, 아름다움의 아름은 아름이나 아ᄅᆞᆷ으로 표기하였다. '아름'과 '아놈'은 '두 팔을 벌려서 품에 안을 때 생기는 둥근 모양'과 연결되어 있으며, '아름'과 '아ᄅᆞᆷ'은 '둥근 모양으로 닫혀 있는 낱낱의 것'과 연관되어 있다. '아름다움'에서 말하는 '아름'은 '아놈'과 '아ᄅᆞᆷ'의 성격을 아울러 갖는 낱말이라고 할 수 있다.

옛말에서 아름은 아ᄅᆞᆷ과 더불어 '私' 또는 '私事'를 뜻하였다. 이두吏讀에는 '私事로이'를 '私丁', '私音丁'으로 쓰고 '아람져', '아ᄅᆞᆷ뎌'로 읽었다.03 또한 『신증유합』에서는 '私'를 '아ᄅᆞᆷ 私'로 새기고 있다. 옛사람들은 '私有物'을 '아ᄅᆞᆷ 것', '私室'을 '아ᄅᆞᆷ 집', '私事'를 '아ᄅᆞᆷ 일', '私意'를 '아ᄅᆞᆷ 쁟'으로 일컬었다. 이때 '아름'은 자신의 느낌이나 앎을 기준으로 스스로 생각하고 행동할 수 있는 개별 주체를 말한다. 그런데 한문지식인들이 아름이라는 낱말보다 '私', '私事', '私事롭다'를 즐겨 쓰게 되면서, 개별 주체를 뜻하는 아름은 점차 쓰이지 않게 되었다.

'아름답다'에서 '아름'은 '알'과 '음'을 합친 것을 이어서 소리낸 낱말이라고 말할 수 있다. '알'은 '알', '씨알', '알맹이' 등에서 볼 수 있듯이 특정한 범주에 속하는 낱낱의 개체를 말한다. 사람들은 이러한 알을 바탕으로 '포도가 알알이 영글었다', '포도가 알차게 열었다', '포도가 알맞게 익었다'라고 말한다. 그리고 '아름'에서 '음'은 개체가 지니고 있는 속성을 가리키는 명사형 토씨에 해당한다. 이러한 '음'은 나름, 따름, 이름, 노름 등에서도 동일하게 쓰이고 있다.

'아름답다'처럼 '알'에 바탕을 두면서 뜻도 비슷한 낱말로 '아리땁다'가 있다. '아리땁다'의 옛말은 '아릿답다', '아릿답다', '알이답다'이다. '아릿답다', '아릿답다', '알이답다'는 '알ᄋᆞ / 알이'와 '답다'를 합친 낱말로서 '알이 알다운 상태에 있음'을 말한다.[04] '아리땁다'는 주로 '嬌'로 새겼는데, 밖으로 드러난 생김새나 꾸밈새가 아름다운 상태를 뜻한다.

한국인이 '아름'을 '私'나 '私事'로 새길 때, 아름은 대략 다음과 같은 세 가지 뜻을 담고 있다.

> 첫째, 아름은 '나'라는 특정한 개체를 기준으로 어떤 것을 헤아림을 뜻한다. 즉 우리가 어떤 것을 한 아름, 두 아름으로 헤아리는 것은 특정한 개체인 '나'의 아름을 기준으로 크기나 수량을 헤아리는 것을 말한다.
>
> 둘째, 아름은 '나의 것'이라는 지님의 뜻을 갖고 있다. 즉 아름은 '내가 끌어안고 있는 것'으로서 내가 어떤 것을 품에 지니고 있음을 뜻한다. 사람들은 흔히 어떤 것이 나의 것임을 보이고자 할 때, 두 팔로 끌어안는 시늉을 한다. 이러한 아름은 사람이 어떤 것을 지니게 되는 출발점을 이룬다.
>
> 셋째, 아름은 헤아리고 지니는 주체인 '나'가 스스로 할 수 있는 '개별 영역'을 뜻한다. 이때 아름은 낱낱에 바탕을 둔 '私'로서 모두에 바탕을 둔 '公'과 맞선다. '公'은 낱낱의 아름을 넘어서 '그 위에 위치한 공공 영역'이 된다. 이런 까닭에 옛 사람들은 '公'을 '그위 公'으로 새겼다.[05]

2) 다움

한국어에서 '답다'는 '사람답다', '남자답다', '부모답다', '꽃답다', '아름답다'처럼 사람, 남자, 부모, 꽃, 아름 등과 같은 명사에 붙어서 그것이 가장 좋은 상태에 놓여 있음을 나타낸다. 즉, 한국인은 사람, 남자, 부모, 꽃, 아름처럼 어떤 것을 범주로 묶을 수 있을 때, 그것이 가장 좋은 상태에 놓여 있다고 생각하는 경우에 '답다'라는 토씨를 붙여서 '~답다'라고 말한다.

한국인이 '사람답다', '남자답다', '부모답다', '꽃답다'라고 말할 때 사람, 남자, 부모, 꽃은 자신의 힘을 바탕으로 '~다움'으로 나아갈 수도 있고, 그렇지 않을 수도 있는 가능성의 주체를 말한다. 주체가 가능성을 온전하게 실현하여 '~다운 상태'에 이르렀을 때, 사람들은 그것을 두고 '~답다'라고 말한다. 반면에 한국인은 자신의 힘으로 스스로 '~다움'에 이를 수 없는 것들, 즉 산, 바위, 집 등에 대해서는 '산답다', '바위답다', '집답다'와 같이 말하지 않고, '산이 아름답다', '바위가 아름답다', '집이 아름답다'라고 말한다. 산, 바위, 집이 아름다운 것은 자신의 힘으로 스스로 아름다워진 것이 아니라 여러 가지 조건들이 어울려 그렇게 된 것임을 말한다.

한국어에서 '답다'라는 형용 어미는 '다하다'라는 동사에 뿌리를 두고 있다.[06] '다하다'는 모두를 뜻하는 '다'와 함을 뜻하는 '하다'가 합쳐진 낱말로서 '모두 함'을 뜻한다. 곧, '힘을 다하다', '마음을 다하다'에서 '다하다'는 '있는 것을 모두 함으로써 더 이상 남아 있지 않음'을 뜻한다. 이러한 '다하다'는 한자 낱말 '盡'과 짝을 이루어 '힘을 다하다[盡力]', '마음을 다하다[盡心]', '충성을 다하다[盡忠]' 등으로 쓰인다. 이러한 '다하다'를 바탕으로 '어떤 것을 모두 다하여 같아진 상태에 이른 것'을 뜻하는 '답다', '답비', '닿다', '다히' 등이 쓰이게 되었다.[07]

'답다'는 '다하는 것' 가운데서 오로지 '본디의 성질을 다한 상태'만을 말한다.[08] 이런 까닭에 사람들이 '다움'에 대한 느낌을 갖기 위해서는 먼저 '본디의 성질'을 전제해야 하고, 이것을 바탕으로 '본디의 성질을 다하고 싶은 욕망'을 갖고 있어야 한다. 이 때문에 사람들은 본디의 성질을 전제하지 않거나 또는 않으려는 것들, 즉 거지, 쓰레기, 강도 등에 대해서는 '거지답다', '쓰레기답다', '강도답다'라는 말을 쓰지 않는다. 따라서 사람이 말을 배워서 '본디의 성질'에 대한 개념을 형성하기 이전에는 다움에 대한 욕망이 생겨날 수 없고, 따라서 다움에 대한 느낌 또한 가질 수 없다. 개와 같은 경우에는 말을 배울 수 없어서 '본디의 성질'에 대한 개념을 형성할 수 없기 때문에 다만 '좋음'과 '나쁨'에 대한 느낌만을 가질 수 있을 뿐이다.

한국인에게 '~답다'는 본디의 성질을 다한 상태로서 좋음의 뜻을 지닌다. 예컨대 사람들이 '芳年'을 '꽃다운 나이'라고 새기는 것은 '꽃과 같은 좋은 나이'라는 뜻을 지니고 있다. 이런 까닭에 한국인은 '~다운' 상태에 가까이 다가가 비슷해지는 것을 좋은 것으로 여긴다. 이러한 것을 잘 드러내는 낱말이 '근사하다', '이슷하다'와 같은 낱말이다. 사람들이 '이것은 근사하다'고 말하는 것은 '이것이 본디의 성질에 가깝거나[近] 비슷하기[似] 때문에 좋은 상태에 있음'을 뜻한다. 그리고 옛말에서 '이슷ᄒᆞ다', '이셧ᄒᆞ다', '이셧다'는 '비슷하다'를 뜻했는데, '이슷ᄒᆞ / 이셧ᄒᆞ / 이셧'의 '이'에 바탕을 둔 '이대'는 '잘'이나 '좋이'를 뜻했고, '이로이'는 '족히'를 뜻했다.[09]

한국인이 '다움', '이슷함', '근사함'을 모두 '좋음'으로 생각하는 것은 사물이 갖고 있는 '본디의 성질', 즉 본성이나 본질을 착한 것으로 보기 때문이다. 한국인은 본성이나 본질을 착한 것으로 보기 때문에 같거나 가깝고 비슷한 상태로 나아가는 것을 곧 좋은 상태로 나아가는 것으로 생각한다.

3) 다움에 대한 욕망

사람은 생각하는 힘을 갖고 있는 까닭에 지각하는 마음에 바탕을 두고 있는 욕구를 문장을 통해서 욕망으로 전환하여 생성하고 실현한다.[10] 이로써 사람은 배가 고프면 그저 무엇이나 먹으면 되는 자연 상태를 벗어나 밥을 지어서 그릇에 담아 밥상을 차려서 먹어야 된다고 생각하는 문화 상태로 넘어가게 된다. 이 때문에 사람은 밥이 아니면 먹지 않고, 밥이라도 그릇에 담기지 않으면 먹지 않고, 그릇에 담기더라도 밥상에 제대로 차려지지 않으면 먹지 않는 일을 벌일 수 있게 된다.

사람은 생각하는 힘을 바탕으로 갖가지 문장으로 온갖 욕망을 꾸며내고, 그것을 이룰 수 있는 정교한 기술들을 개발하여 상상할 수 없을 정도로 고도의 문화를 이룩해왔다. 오늘날 사람들은 생각할 수 있는 모든 것을 욕망의 대상으로 끌어들여 문화로 삼켜버리는 까닭에 자연이 자연으로 남아 있기 어려운 문화만능의 시대를 살아가고 있다. 이런 까닭에 사람이 지극히 유한한 능력과 자원을 갖고 있음에도 불구하고 욕망을 무한으로 부풀려 완전한 실현, 무궁한 발전, 무한한 행복 등을 일상으로 꿈꾸며 살아간다.

한국인이 생성하고 실현하는 욕망에는 크게 세 가지가 있다. 즉 하고 싶음, 되고 싶음, 답고 싶음이다.

첫째, 하고 싶음에서 주체는 낱낱의 행위에서 얻는 재미를 목적으로 삼는다. 이때 주체는 재미를 얻을 수 있는 가장 쉬운 방법을 찾는다. 낱낱의 행위를 넘어서는 더 이상의 목표가 존재하지 않기 때문에 주체는 하고 싶은 대로 할 뿐이다. 예컨대 영아나 유아가 행위 그 자체에 몰두해 있을 때, 흔히 볼 수 있다. 주체는 낱낱의 행위를 기준으로 삼아서 하고 싶으면 하고, 그렇지 않으면 하지 않는다.

둘째, 되고 싶음에서 주체는 어떤 것을 하는 것에 머무르지 않고 어떤 것이 되는 것을 목표로 삼는다. 즉, 주체는 사람, 부모, 형, 학생, 과장, 사장 등과 같은 사회적 자격을 가짐으로써 부모, 형, 학생, 과장, 사장 등과 같은 사람이 되는 것을 목적으로 삼는다. 이런 까닭에 주체는 사회적 자격을 가질 수 있는 가장 효과적인 방법을 찾는다. 이 때문에 주체는 되는 것에 이끌림으로써 사회적으로 용납되지 않는 방법으로 사회적 자격을 가지려는 모순에 빠지기도 한다. 주체는 되고 싶음을 이루기 위해서 낱낱의 행위들을 전체적으로 묶어서 관리하게 된다. 주체는 되고 싶음을 이루기 위해서 하고 싶지 않아도 해야 하는 상황에 놓일 수 있다.

셋째, 답고 싶음에서 주체는 어떤 것이 되는 것에 머무르지 않고 '나'라는 존재를 실현하는 것을 목표로 삼는다. 이를 위해서 주체는 존재가 무엇인지 알아내야 하고, 그것의 실현에 필요한 바람직한 방법을 찾고 따라야 한다. 주체가 부모, 형, 학생, 과장, 사장 등이 되는 것은 존재를 존재답게 이루는 과정의 일부일 때에만 타당성을 갖는다. 이런 까닭에 주체가 존재를 실현해나가는 일은 목표와 방법에서 매우 제한되어 있다. 주체는 존재를 존재답게 실현할 수 있도록 낱낱의 행위들을 전체적으로 묶어서 관리하게 된다. 주체는 답고 싶음을 이루기 위해서 하고 싶은 일은 물론이고, 되고 싶은 일까지 포기해야 하는 상황에 놓일 수 있다.

사람이 답고 싶음에 대한 욕망을 갖는 것은 문장을 통해서 '보다 좋은 상태'나 '더욱 나은 상태'를 꿈꿀 수 있기 때문이다. 즉, 사람은 눈앞에 놓인 '이것'을 넘어서 '더욱 좋은 것', '더욱 나은 것'을 생각할 수 있기 때문에 '가장 좋은 것'에 생각이 미칠 수 있게 되고, 이를 바탕으로 본디의 성질을 완전히 다한 상태를 꿈꿀 수 있다. 사람은 이러한 이상적 상태를 꿈꾸면서 그것에 대한 모자람을 충족하기 위해서 다움에 대한 욕망을 생성하고 실현하게 된다.

사람이 '본디의 성질을 완전히 다한 상태'를 지향하게 되면 '밖으로 드러나 있는 온갖 것들'의 바탕에 놓여 있는 존재 그 자체에 관심을 갖게 된다. 사람은 존재로부터 본디의 성질을 이끌어내고, 이를 바탕으로 본디의 성질을 다한 상태로 나아가고자 한다. 따라서 완전, 무궁, 무한, 존재, 본질 등에 대해 관심이 없는 사람은 다움에 대한 욕망 또한 생겨나지 않는다.

다움은 문장을 통해서 생성되고 실현되는 욕망의 한 형태이기 때문에 문장에 대한 태도에 따라 다움에 대한 욕망 또한 크게 달라진다. 예컨대 어떤 사람은 다움에 대한 욕망이 매우 강한 반면에 어떤 사람은 매우 약하다. 경우에 따라서 다움에 대한 욕망을 아예 가질 수 없는 사람도 있고, 가질 수는 있지만 아예 포기해버린 사람도 있다. 다움에 대한 욕망을 포기하고 살아가는 사람의 경우에는 전혀 사람답지 않은 일을 아무런 거리낌도 없이 저지를 수 있다.

한편 우리가 다움에 대한 욕망을 제대로 실현하기 위해서는 무엇보다도 다움에 대한 욕망이 무엇인지 알아야 하고, 그것을 바탕으로 이러한 욕망을 적극적으로 끌어내고 이루어나가야 한다.

다움에 대한 욕망은 주체가 현상의 바탕에 놓여 있는 존재의 본모습으로 나아가 그것과 같아지고자 하는 욕망을 말한다. 따라서 주체는 끊임없이 존재의 본모습을 탐구하고 실천하고자 한다. 이 때문에 다움을 추구하는 주체는 알아내고 알아주고 알아 하는 과정을 통해 앎과 함을 쌓음으로써 나날이 더욱 큰 사람으로 새로워지는 삶을 살아가게 된다. 한국인이 예부터 덕德을 '클 德'으로 새겨온 것은 바로 이 때문이다. 사람이 덕을 쌓는 일은 다움을 추구하는 일로서 깨달음과 어짊을 통해서 나날이 더욱 큰 사람으로 나아감을 뜻한다. 이러한 사람이 이루고자 하는 욕망은 나라는 존재를 나답도록 만드는 일, 즉 나다움을 실현하는 일에 초점이 놓여 있다.

다움에 대한 욕망은 본디의 성질을 바탕으로 순수하고 완전한 상태를 추구하기 때문에 그렇지 못한 상태와 심각히 부딪힐 수 있다. 먼저 개인의 차원에서 다움에 대한 욕망은 하고 싶음이나 되고 싶음에 대한 욕망과 부딪쳐 여러 가지 문제를 낳을 수 있다. 또한 개인과 개인, 개인과 집단, 집단과 집단이 다움에 대한 욕망을 추구하면서 그것의 내용, 과정, 결과를 놓고 서로 부딪쳐 여러 가지 문제를 일으킬 수 있다. 이 때문에 사람들이 맹목적으로 다움에 대한 욕망에 이끌리는 경우에 그것이 독선과 교조로 흘러서 자신 또는 다른 사람과 심하게 갈등할 수 있다. 이 때문에

다움에 대한 욕망이 도리어 다움으로부터 벗어나는 일이 벌어지게 된다. 역사적으로 집단들이 갖고 있는 다움에 대한 욕망이 서로 부딪혀 많은 갈등을 불러왔다.

한국인은 일찍부터 '하고 싶음'과 '되고 싶음'과 '답고 싶음'의 틀을 바탕으로 다움에 대한 욕망을 정교한 방식으로 가꾸어 왔다. 예컨대 『논어』에서 공자가 '군군신신君君臣臣, 부부자자父父子子'라고 거칠게 말한 것을 한국인은 다움에 대한 욕망에 기초하여 '임금은 임금답고 신하는 신하다우며, 아버지는 아버지답고 자녀는 자녀다운 것'으로 정밀하게 새겨왔다.[11] 한국인은 마음에 다움에 대한 욕망이 강하게 자리하고 있어서 '~다운' 것과 그렇지 않은 것을 엄격하게 구분하려고 한다. 한국인에서 볼 수 있는 순수, 결백, 격정, 신명 등은 다움에 대한 욕망과 밀접하게 연관되어 있다.

한국인의 다움에 대한 욕망은 '본과 보기의 구조'에 잘 드러나 있다.[12] 한국인은 사물의 바탕에 놓여 있는 본디의 성질을 '본'으로, '본'이 만남을 통해서 구체적으로 드러난 현상을 '보기'로, '본'이 완전하게 '보기'로 드러난 모습을 '본보기'로 말한다. 이때 본보기는 본디의 성질이 완전하게 현상으로 드러난 '~다운 상태'를 말하고, '본을 보이는 것'은 '~다운 상태'를 보여주는 것을 말하고, '본을 보는 것'은 '~다운 상태'를 따르는 것을 말한다. 따라서 한국인에게 아름다움은 본디의 성질이 완전하게 현상으로 드러나 있는 가장 좋은 상태를 말한다.

'~다운' 상태를 바라는 사람들은 본디의 성질이 완전하게 현상으로 드러나 있는 본보기를 찾아서 길잡이로 삼으려 한다. 이 때문에 다움에 대한 욕망을 추구하는 일에서 본보기는 욕망이 지향하는 구체적 길잡이로서 매우 중요하다. 한국인이 사람다운 사람이 되기 위해서 흔히 '본이 되어라', '본을 보여라', '본을 봐라', '본을 받아라'고 말하는 것은 바로 이 때문이다.

한국인이 '본'을 바탕으로 '~답다'라고 말하는 것은 아래와 같은 몇 가지 전제를 깔고 있다.

첫째, 한국인이 '~답다'라고 말할 때, '~'이 본디의 성질을 갖고 있음을 전제하고 있다. 이는 한국인이 '본디의 성질을 바탕으로' 또는 '본디의 성질에 비추어' 사물을 바라보는 것을 말한다.

둘째, 한국인이 '~답다'라고 말할 때, '~'가 갖고 있는 본디의 성질이 바람직한 것임을 전제하고 있다. 이는 한국인이 사물이 갖고 있는 본디의 성질을 착한 것으로 믿고 있음을 말한다.

셋째, 한국인이 '~답다'라고 말할 때, '~'가 갖고 있는 본디의 성질이 완전하게 밖으로 드러날 수 있음을 전제하고 있다. 이는 한국인이 본질과 현상의 완전한 일치가 가능함을 믿고 있음을 말한다. 단지 본디의 성질이 완전하게 드러날 수도 있고, 그렇지 않을 수도 있을 뿐이다.

'다움'의 바탕에 놓여 있는 '본과 보기의 구조'는 한국인이 가꾸어온 문화적 바람의 핵심을 이루고 있다. 한국인에게 문화는 다움의 바탕인 본을 밝혀서 본보기로 드러내는 일을 말한다. 따라서 한국인에게 문화를 가르치고 배우는 일은 가르치는 사람이 배우는 사람에게 '다움'에 대한 열망을 일깨우고 자라게 함으로써, 배우는 사람이 스스로 본을 밝혀서 보기로 드러내는 일을 배우고 익혀서 더욱 큰 사람으로 나아가고자 힘쓰도록 만드는 일을 말한다.

3. 아름다움

한국인은 '아름'과 '답다'를 합쳐서 '아름답다'라고 말한다. '아름답다'는 아름이 다움의 상태에 있음을 말한다. 이는 사람들이 아름다움을 느끼기 위해서는 먼저 아름이 느낌의 대상이 될 수 있도록 밖으로 드러나 있어야 함을 말한다. 아직 전혀 느낌의 대상으로 드러나 있지 않은 아름, 즉 아직 보거나 들은 적이 없는 것에 대해서는 '아름답다'라는 말을 할 수 없다.

'아름답다'에서 '아름'은 단지 개체로 나뉘어 있음을 나타낼 뿐, 아직 어떠한 알맹이도 지니고 있지 않다. 이 때문에 아름은 낱낱으로 드러난 모든 것들, 즉 '사람', '바위', '마음', '솜씨', '본 것', '먹는 것', '말한 것' 등에 두루 적용될 수 있다. 이런 까닭에 한국인이 '아름답다'라고 말할 때는 언제나 구체적으로 존재하는 개별 단위를 문장의 주어로 삼아서 '바위가 아름답다', '솜씨가 아름답다', '본 것이 아름답다', '말하는 것이 아름답다' 등의 형식으로 말한다.

한국인은 생각의 주체로서 아름이라는 대상을 만났을 때, 그것이 '~다운' 상태에 있다고 느끼면 '~이 아름답다'라고 말하고, 그것에서 얻는 느낌을 '아름다움'이라고 말한다. 따라서 한국인이 말하는 아름다움은 주체와 대상의 만남에서 주체가 대상에서 얻는 느낌에 바탕을 두고 있다. 이런 까닭에 아름다움은 언제나 주체와 대상의 구체적인 만남과 느낌을 전제하고 있다.

한국인에게 아름다움은 주체와 대상의 만남에서 생겨나는 어울림의 과정과 결과에 바탕을 두고 있다. 따라서 주체와 대상이 만나서 어울리는 방식에 따라 아름다움이 다양하게 나타날 수 있다. 즉, 주체와 대상이 어떻게 만나고 어울리느냐에 따라 아름다움이 다르게 나타난다. 이 때문에 사람들이 아름다움을 느끼는 일에서 가장 중요한 것은 어울림에 대한 태도이다. 예컨대 어울림에 대한 태도에 따라 길가에서 흔히 볼 수 있는 풀 한 포기를 두고서 어떤 사람은 이루 말할 수 없는 아름다움을 느끼는 반면에 어떤 사람은 아무런 아름다움도 느끼지 못한다. 이런 까닭에 주체는 만남과 어울림의 방식을 달리함으로써 아름다움에 대한 가능성을 여러 가지로 열어갈 수 있다.

주체가 본디의 성질을 말로써 완전하게 드러내는 것은 불가능하기 때문에 아름다움을 말로써 완벽하게 규정하는 일 또한 불가능하다. 따라서 사람이 아름다움을 이루는 것은 본디의 성질을 더욱 잘 알고, 그것을 더욱 잘 실현하려는 열려 있는 마음을 바탕으로 삼는다. 아름다움은 주체가 열려 있는 마음으로 끊임없이 더욱 나은 상태로 나아가려는 욕망을 말한다.

주체가 아름다움을 찾아가는 일과 진리를 찾아가는 일은 느낌을 바탕으로 삼는 점에서 비슷하지만 말에 대한 태도에서 근본적인 차이가 있다. 아름다움을 찾아가는 일은 말로써 느낌을 피워내는 일인 반면에 진리를 찾아가는 일은 느낌을 말에 담아내는 일이다. 이런 까닭에 주체가 느낌을 앎의 형식에 담아서 진리로 삼게 되면, 욕망의 세계를 넘어서 진리의 세계로 나아가게 된다. 이로써 마음 또한 열린 상태로 아름다움을 찾아가는 것에서 닫힌 상태로 진리를 따라가는 것으로 바뀌게 된다. 이런 점에서 욕망의 세계에서 열린 마음으로 느낌을 추구하는 아름다움과 진리의 세계에서 닫힌 마음으로 믿음을 실천하는 종교는 서로 길을 달리한다. 종교가 아름다움을 바탕에 둘 때, 열린 마음으로 모든 이들을 아우를 수 있게 된다.

한국인에게 아름다움은 주체와 대상이 만나서 어울리는 이곳과 이때를 바탕으로 삼다. 아름다움의 근거인 느낌이 생생하게 살아있는 곳과 때가 바로 이곳과 이때이기 때문이다. 과거에 있었던 일에 대한 아름다움은 추억으로, 미래에 있을 일에 대한 아름다움은 오로지 상상으로 존재하기에 이곳, 이때에 살아있는 생생한 느낌과는 거리가 멀 수밖에 없다. 이런 까닭에 아름다움을 추구하는 사람들은 이곳, 이때에서 얻는 느낌을 무엇보다도 소중하게 여긴다.

4. 맛과 멋

1) 느낌과 맛

사람은 몸으로 느낌을 가질 수 있기 때문에 마음으로 대상과 만날 수 있게 되며, 이를 바탕으로 느낌의 근거인 대상이 무엇인지 알아가게 된다. 사람은 이러한 과정을 거쳐 느낌의 원인, 과정, 결과에 대한 앎을 쌓아간다. 이 때문에 사람이 갖고 있는 앎에는 언제나 대상에 대한 느낌을 담고 있다.

한국인은 주체가 대상에서 얻은 느낌을 맛이라고 부른다. 즉 꿀맛, 돈맛, 살맛에서 꿀, 돈, 삶은 대상을 말하고, 맛은 대상에서 얻는 느낌을 말한다. 이러한 맛은 주체와 대상의 만남에서 비롯한다. 한국인은 주체가 대상을 만나면 저절로 맛을 알게 되는 것과 더불어 맛의 맞음과 맞지 않음을 가름하게 된다고 여긴다. 따라서 만남과 맛남과 맞음은 하나로 이어져서 이루어진다. 이런 까닭에 한국어에서 '만나다'와 '맛나다'와 '맞다'는 뿌리를 같이하고 있다. 즉, 옛말에서 만남은 '맛나다 / 맞나다 / 만나다'로, 맛남은 '맛나다'로, 맞음은 '맛굿다 / 맛갑다'로서 모두 '맛'에 뿌리를 두고 있다.[13]

주체와 대상의 만남에서 맛이 생겨나기 때문에 어떤 것을 맛으로 느끼기 위해서는 먼저 대상으로 드러나 있어야 한다. 예컨대 '꿀'이라는 대상이 드러나 있어야 '꿀맛'이 있을 수 있고, '돈'이라는 대상이 드러나 있어야 '돈맛'이 있을 수 있다. 이때 꿀맛과 돈맛은 꿀과 돈이라는 대상에 대한 느낌인 동시에 앎을 뜻한다.[14] 한국인은 대상에 대한 이러한 앎을 바탕으로 맛을 '알고', '보고', '내고', '찾고', '들일' 수 있게 된다. 이런 까닭에 맛에는 언제나 대상에 대한 최소한의 앎이 전제되어 있다. 대상에 대한 아무런 앎도 전제되지 않은 느낌은 단지 느낌으로 그칠 뿐 맛이 되지 못한다. 이 때문에 한국인은 '맛을 느낀다'고 말하는 동시에 '맛을 안다'고 말한다.

한국인에게 맛은 느낌과 앎이 어우러진 것이기 때문에 어떤 것을 맛보는 일은 곧 어떤 것을 경험하는 일과 같다. 이 때문에 한국인은 흔히 '경험하다'를 '맛보다'라고 말한다. 특히 한국인은 최초의 경험을 위해서 제공하는 '볼거리', '먹거리', '일거리' 등을 '맛보기'라고 말한다.

한국인은 맛을 느끼는 단계에서 맛을 알아가는 단계로 나아가고, 맛을 알아가는 단계에서 맛을 찾아가는 단계로 나아간다. 한국인은 사람이 맛을 찾아서 대상으로 나아가는 것을 특별히 뜻이라고 말한다. 뜻이 맛에서 비롯하는 까닭에 한국어에서 맛과 뜻은 하나로 이어져 있다. 예컨대 옛말에는 맛과 뜻이 함께 쓰이는 일도 많았다. 이두에서는 '하는 뜻'을 '爲乎味'라고 쓰고, '하는 맛'으로 읽었다. 이때 '뜻'과 '味'와 '맛'은 하나로 이어져 있다. 오늘날 한국인이 '뜻'으로 새기는 '意味'라는 낱말 또한 '뜻이 맛에 뿌리를 두고 있음'을 잘 보여주고 있다. 뜻은 '맛이 겉으로 떠올라 어떤 것을 구체적으로 지향하는 상태'라고 말할 수 있다.

나무나 풀처럼 몸만 가진 주체는 몸으로 맛을 느끼지만 마음으로 맛을 알거나 뜻을 낼 수가 없다. 반면에 나비, 개, 사람처럼 몸과 마음을 아울러 가진 주체는 몸으로 맛을 느끼는 동시에 마음으로 맛을 알고 뜻을 낼 수 있다. 특히 사람은 나비나 개와 달리 생각하는 마음을 갖고 있기 때문에 문장을 빌려서 다양하고 현란한 방식으로 맛을 알고, 뜻을 낼 수 있다. 이로써 사람은 '미치도록 보고 싶어서 하염없이 눈물만 흘리는 맛'을 알고 느낄 수 있으며, 이를 바탕으로 '무슨 일이 있어도 온갖 방법을 다해서 달려가고자 하는 뜻'을 내고, 두고, 할 수 있다.

한국인은 사람의 성질이나 성격이 맛을 바탕으로 삼는다고 보아서 '性味'라는 한자 낱말을 독자적으로 만들어 사용해왔다. 한국인은 사람들이 성질이나 성격에서 다른 것은 '性의 맛', 즉 '性味'가 다르기 때문이라고 생각한다. 또한 한국인은 사람마다 성미가 다르기 때문에 성의 갈래, 즉 성깔(性+갈)이 생겨나는 것으로 생각한다.[15] 그런데 오늘날 한국의 학자들은 서구어 character를 성미나 성깔로 부르는 대신에 일본인이 번역한 성격으로 부르는데 앞장서고 있다.

한국인은 사람이 일상으로 느끼는 맛을 크게 두 가지, 즉 살맛과 죽을맛으로 나누어 말한다. 한국인은 이러한 맛을 더욱 여럿으로 나누어 밥맛, 돈맛, 손맛, 일하는 맛, 노는 맛, 자는 맛, 부리는 맛 등으로 말한다. 그리고 한국인은 사람이 어떤 것에 뜻을 두게 되는 바탕을 맛으로 설명한다. 즉 '어떤 일에 맛이 일어나는 것'을 흥미興味, '어떤 일에 맛을 들여서 하고 싶어 하는 것'을 취미趣味, '어떤 일에 강하게 맛을 느껴 이끌리는 것'을 재미-滋味, '문장에 담아 놓은 뜻의 맛'을 의미意味 등으로 말한다. 사람들은 흥미, 취미, 재미, 의미 등을 알고 느끼기 때문에 뜻을 내고, 두고, 할 수 있어서 문화를 일구며 살아갈 수 있다.

사암 정약용은 맛의 바탕인 느낌에 주목하여 생명의 본성을 기호嗜好, 즉 맛으로 설명하였다.[16] 그는 모든 생명이 좋아하고 싫어하는 맛을 좇아서 생명을 실현해 나간다고 보았다. 맛은 생명의 주체가 느끼고, 알고, 하는 힘으로서 생명을 생명다울 수 있도록 만드는 바탕이다. 그는 파는 닭똥을 좋아하고, 꿩은 숲을 좋아하고, 노루는 평지를 좋아하는 맛을 본성으로 갖고 있다고 말하였다. 그런데 사람은 꿩이나 노루처럼 지각에 바탕을 둔 맛을 갖고 있는 동시에 특별히 생각에 바탕을 둔 맛을 갖고 있어서 도덕, 지식, 기술, 예술 등에 대한 욕망을 계발하고 발전시켜 고도의 문화를 일굴 수 있었다. 그 결과 인간은 다른 생명체와 다른 특수한 지위에 놓이게 되었다.

정약용은 생명의 본성에 바탕을 둔 맛과 이것과 저것의 관계에 바탕을 둔 이치理致를 엄격히 구분하면서 성리학에서 생명의 본성을 이치理致로 말하는 것을 비판하였다. 느낌에 바탕을 둔 맛은 오로지 생명에서만 볼 수 있는 것인 반면에 이것과 저것의 관계에 대한 이치는 모든 사물에서 두루 볼 수 있는 것이다. 따라서 모든 사물에 두루 미치는 것으로써 생명에서만 특별히 일어나는 것을 설명하는 것은 생명의 특성을 제대로 설명할 수 없다. 이는 돌멩이가 부딪히는 이치로써 사람들이 다투는 이치를 설명하는 것과 같아서 군색함을 벗어날 수 없다. 그는 생명의 본성을 맛으로 설명할 때, 생명의 주체를 한층 명확하게 드러낼 수 있다고 보았다.

정약용이 사람의 본성을 맛으로 설명하는 것은 한국인이 사람의 성격이나 성질을 '性味'나 '성깔'로 말해온 것과 같은 논리이다. 맛은 생명이 삶으로 드러나는 통로와 같아서 생명체는 맛을 느낄 수 있어야 살아갈 수 있고, 그렇지 못하면 죽고 만다. 이런 까닭에 생명에서 볼 수 있는 갖가지 것들, 즉 주체와 대상, 만남과 어울림, 느낌과 앎, 본성과 습성 등은 모두 맛으로 이어져 있다.

2) 지음과 멋

한국인이 바라는 것은 모든 것이 아름다운 상태, 즉 아름다운 몸, 아름다운 마음, 아름다운 옷, 아름다운 집, 아름다운 이웃, 아름다운 세상에 이르는 것이다. 따라서 한국인이 누리고 싶은 가장 으뜸인 맛 또한 바로 아름다움에 대한 맛이라고 할 수 있다. 이런 까닭에 한국인은 배고픔의 맛을 해결하고 나면 금강산의 아름다움을 구경하는 맛으로 나아가려고 한다. 한국인은 금강산의 아름다움을 맛봄으로써 개나 돼지와 달리 사람으로서 세상을 벗하게 된다.

한국인은 아름다움의 대상을 두 가지로 구분한다. 하나는 하늘의 별처럼 그냥 생겨 있는 자연 상태의 아름이고, 다른 하나는 바다의 등대처럼 사람이 지어놓은 문화 상태의 아름이다.

먼저 자연 상태의 아름은 사람의 뜻이 개입하지 않은 상태에서 그냥 그대로 있는 대상을 말한다. 한국인이 자연 상태의 아름을 아름다운 것과 그렇지 않은 것으로 가름하는 것은 주로 드러난 생김새를 바탕으로 이루어진다. 한국인은 모습, 소리, 냄새, 감촉 등으로 생김새를 느끼고 아는 과정에서 아름다움에 대한 느낌과 앎을 갖게 된다.

다음으로 문화 상태의 아름은 사람이 뜻으로 지어서 있게 된 대상을 말한다. 한국인이 문화 상태의 아름을 아름다운 것과 그렇지 않은 것으로 가름하는 것은 주로 뜻에 담겨진 짜임새와 쓰임새를 바탕으로 이루어진다. 한국인은 모습, 소리, 냄새, 감촉 등으로 짜임새와 쓰임새를 느끼고 아는 과정에 아름다움에 대한 느낌과 앎을 갖게 된다. 그런데 문화 상태의 아름도 사람이 담아놓은 뜻이 흐려지거나 지워지게 되면, 서서히 자연 상태의 아름으로 옮아가게 된다.

한국인은 사람이 뜻을 바탕으로 지어놓은 문화 상태의 대상으로부터 느끼는 아름다운 맛을 특별히 멋으로 구별해서 부른다. 한국인은 사람이 지어 놓은 집, 옷, 행동, 말, 글 등을 멋의 대상으로 삼는다. 또한 한국인은 돌, 나무와 같은 자연 상태의 대상일지라도 그것을 문화로 끌어들였을 때에도 멋의 대상으로 삼는다. 예컨대 사람들은 수반에 놓인 수석이나 정원에 심어놓은 나무를 보고 멋있다고 말한다. 이런 까닭에 한국인이 욕망으로 문화를 일구는 일은 곧 뜻을 바탕으로 멋을 내거나 짓는 일이다. 한국인은 욕망의 주체로서 멋을 내거나 짓기 위해서 갖가지 일을 꾸미고 벌인다.

한국인이 욕망을 바탕으로 멋을 내거나 짓는 까닭에 욕망에 담긴 뜻의 참과 거짓에 따라 멋 또한 참과 거짓의 갈래가 생겨나게 된다. 한국인은 겉의 아름다움과 속의 아름다움이 일치하는 멋을 부릴 수도 있고, 그렇지 않은 멋을 부릴 수도 있다. 한국인은 겉의 아름다움이 속과 일치할 때 '참멋-속이 차 있는 멋'으로 말하고, 일치하지 않을 때 '겉멋-겉에만 있는 멋'으로 말한다. 겉멋만을 아름답게 꾸며서 다른 사람들을 속이거나 홀리는 경우에는 여러 가지 문제가 일어날 수 있다.

3) 맛대로와 마음대로와 제대로

한국인이 아름다움의 바탕으로 삼는 아름에는 크게 두 가지가 있다. 하나는 흙이나 돌처럼 그냥 생긴 그대로 있는 아름이고, 다른 하나는 소나무나 개처럼 스스로 맛대로 할 수 있는 힘을 갖고 있는 아름이다. 그냥 생긴 그대로 있는 아름은 그냥 생긴 그대로 어울리는 반면에 스스로 맛대로 할 수 있는 힘을 갖고 있는 아름은 힘을 바탕으로 스스로 어울리게 된다.

한국인은 스스로 맛대로 할 수 있는 힘을 가진 아름을 '산 것'으로 일컫는다. '산 것'은 '살아 있는 것' 또는 '살아가는 것'으로서 풀, 나무, 벌레, 짐승, 사람처럼 스스로 맛대로 할 수 있는 힘을 바탕으로 생명을 실현해나가는 주체이다. 이들이 스스로 맛대로 할 수 있는 힘을 잃어버리게 되면 살아가는 '주체'로부터 그냥 생긴 그대로 있는 '것'으로 돌아간다. 이 때문에 생명체는 스스로 맛대로 할 수 있는 힘, 즉 주체성을 지키고 키우기 위해서 갖은 애를 쓰게 된다.

생명체는 몸과 마음을 이루는 방식에 따라 스스로 맛대로 할 수 있는 힘에서 큰 차이가 있다. 예컨대 풀이나 나무는 대사하는 몸만 갖고 있어서 감각조차 이루어지지 않는 까닭에 스스로 맛대로 할 수 있는 여지가 매우 적다. 따라서 이들은 어울릴 때에도 주로 다른 것들에 따라서 어울리게 된다. 이들이 어울리는 것은 어떤 곳에 자리를 잡고 뿌리를 내리느냐에 따라 크게 달라진다. 그러나 벌레나 짐승은 대사하는 몸과 감각하는 몸, 그리고 지각하는 마음을 아울러 갖고 있기 때문에 스스로 맛대로 할 수 있는 여지가 매우 크다. 이들은 스스로 자리를 옮아가면서 여러 가지 방식으로 갖가지 것들과 어울린다.

한국인은 벌레, 짐승, 사람처럼 마음을 갖고 있는 주체가 스스로 맛대로 하는 것을 '마음대로'라고 말한다. '마음대로'는 마음을 가진 주체가 마음의 힘을 바탕으로 맛대로 하는 일을 말한다. 그런데 이들이 마음대로 할 수 있는 여지는 마음의 종류에 따라 크게 달라진다. 예컨대 개구리의 마음과 개의 마음이 다르기 때문에 마음대로 할 수 있는 여지가 다르며, 개구리의 경우에도 올챙이의 마음과 개구리의 마음이 다르기 때문에 마음대로 할 수 있는 여지가 다르다.

사람은 생각하는 마음으로 갖가지 문장을 꾸며서 엄청난 힘을 만들어낼 수 있기 때문에 마음대로 할 수 있는 여지가 매우 크다. 이 때문에 사람들은 일찍부터 스스로 사람을 모든 것의 우두머리, 즉 만물의 영장으로 불러왔다. 그런데 사람은 생각에서 끌어낸 마음의 힘을 어떻게 쓰느냐에 따라 마음대로 하는 목표, 방향, 방법 등에 큰 차이를 낳는다. 예컨대 사람은 마음을 먹기에 따라서 참말을 하는 일과 거짓말을 하는 일, 다른 이를 위해 나의 목숨을 바치는 일과 나를 위해 다른 이의 목숨을 빼앗는 일을 할 수 있다. 또한 사람은 기술을 이용하여 깊은 땅 속이나 바다 밑에서 물자를 끌어다 쓰는 일, 지구를 벗어나 저 멀리 우주를 탐험하는 일, 심지어 자신들이 살아가는 지구의 앞날을 전혀 다른 모습으로 바꾸어놓는 일조차 할 수 있다.

사람이 마음대로 할 수 있는 여지가 크다는 것은 그만큼 '~에 대해' 자유로울 수 있음을 말한다. 이는 사람이 생각에 따른 판단과 실천의 주체로서 이렇게도 저렇게도 어울릴 수 있는 자유로움을 많이 갖고 있으며, 이를 바탕으로 아름답게 어울리거나 그렇지 않게 어울릴 수 있는 가능성이 매우 큼을 말한다. 이 때문에 사람이 자유로움에 이끌려 그냥 마음대로 어울리게 되면 아름다움에 이를 수 없는 일이 일어나게 된다. 따라서 사람이 아름다움에 이르기 위해서는 마냥 자유로움에 이끌려 마음대로 어울리는 것을 넘어서는 것이 필요하게 된다.

한국인은 사람이 아름다움에 이르기 위해서는 마음대로 해서는 안 되며, 본디의 성질을 다할 수 있도록 해야 한다고 생각한다. 한국인은 본디의 성질을 다할 수 있도록 하는 것을 '제대로'라고 말한다. 한국인이 '제대로 하다', '제대로 되다', '제대로 이루어지다' 등으로 말할 때, '제대로'는 '저가 저를 다한 상태'로서 '아름이 본디의 성질을 다하도록 하는 일'을 말한다.[17] 따라서 한국인에게 제대로 하는 일과 제대로 되는 일은 곧 아름다움으로 나아가는 일과 같다. 이런 까닭에 한국인은 낱낱의 아름이 나아가야 할 제대로 된 모습을 설정해 놓고 아름다움을 적극적으로 계발하고 창조하려고 한다.

한국인은 갖가지 아름들이 제대로의 상태로 나아가 아름다움에 이르는 것에는 두 가지 길이 있다고 본다. 하나는 '금강산이 아름답다'고 말할 때처럼 금강산이 그냥 제대로의 상태로 나아가 아름다움에 이르는 것이고, 다른 하나는 '불국사가 아름답다'고 말할 때처럼 누군가의 뜻에 따라 불국사가 지어짐으로써 제대로의 상태로 나아가 아름다움에 이르는 것이다. 한국인은 모든 것이 제대로의 상태로 나아가 아름다움에 이르는 세상을 꿈꾸며 살아간다.

5. 어울림

1) 어울림

한국인이 아름다움을 느끼는 것은 이것과 저것의 어울림에서 비롯한다. 어울림에서 '어'는 이것과 저것으로 이루어진 짝을 말하고,[18] '울리다'는 서로 울려 있는 상태를 나타낸다. 어울림은 이것과 저것이 짝을 이루어 서로 잘 울리는 상태에 놓여 있음을 말한다. 이때 이것의 저것이 어울림은 이것과 저것이 놓여 있는 방식에 따라 두 가지의 '울힘'으로 이루어진다.[19] 하나는 이것과 저것이 서로 붙을 수 있거나 붙어 있는 경우로서 서로 감싸 안는 '울힘'을 통해서 어울림으로 나아가게 되며, 다른 하나는 이것과 저것이 떨어져 있어서 서로 붙을 수 없는 경우로서 소리나 끈 등으로 전해진 '울힘'을 통해서 어울림으로 나아가게 된다. 한국인은 이것과 저것이 서로 '울힘'의 상태에 놓여 있도록 만드는 것을 '어우르다'라고 말한다.

한국인은 이것과 저것이 잘 어울려서 맛 또는 멋있는 상태에 이르면 아름답다고 여기고, 그렇지 않으면 아름답지 않다고 여긴다. 이때 어울림과 맛/멋과 아름다움은 짜임새와 쓰임새와 생김새로서 하나로 이어져 있다. 이러한 것은 멋있는 상태를 나타내는 한자 낱말인 '嬌'를 '얼울' 또는 '아릿다움'으로 새겨온 것에서 잘 드러나 있다. 예컨대 최세진은 『훈몽자회』에서 '嬌'를 '얼울 嬌'로, 유희춘은 『신증유합』에서 '嬌'를 '아릿다올 嬌'로 새기고 있다.[20] 최세진은 멋스러움의 생김인 어울림을 강조하여 '얼울 嬌'로 새긴 반면에 유희춘은 멋스러움의 짜임새인 아름다움을 강조하여 '아릿다울 嬌'로 새겼음을 알 수 있다. 이는 생김새에 바탕을 둔 어울림과 짜임새에 바탕을 둔 아름다움이 하나로 통합되어 맛과 멋이라는 쓰임새를 만들어내고 있음을 말한다.

한국인이 이것과 저것의 어울림을 느끼는 것은 주체와 대상의 만남에서 볼 수 있는 두 개의 관계에 바탕을 두고 있다.

첫째, 주체가 대상을 만날 때, 주체는 자신과 대상의 관계에서 생겨나는 어울림에 대한 느낌을 갖는다.

주체가 대상을 만나면 서로 어울리는 관계로 들어가면서, 주체는 먼저 자신의 필요, 처지, 상태 등에 비추어 대상이 자신에게 어떻게 어울리는지에 대한 느낌을 갖는다. 이러한 느낌은 '나'라는 주체가 놓여 있는 지금의 필요, 처지, 상태 등에 따라 크게 달라진다. 이 때문에 주체가 아무리 아름다운 대상을 만나더라도, 그것을 달갑게 받아들일 수 없는 상황에 있으면 그것을 아름답게 느끼는 것이 어렵거나 불가능하다. 예컨대 사막

한가운데서 목이 말라 물을 애타게 찾는 사람은 물 이외의 것에서 어울림의 느낌을 갖는 일은 매우 어렵거나 불가능하다.

둘째, 주체가 대상을 만날 때, 주체는 대상 그 자체를 놓고 대상의 이쪽과 저쪽의 관계에서 생겨나는 어울림에 대한 느낌을 갖는다.

주체는 마주하고 있는 대상 그 자체의 생김새, 짜임새, 쓰임새 등을 놓고 이쪽과 저쪽이 어떻게 어울리는지에 대한 느낌을 갖는다. 주체는 자신의 필요, 처지, 상태보다는 자신과 대상을 아우르는 전체 속에서 대상 그 자체를 바라봄으로써 이러한 느낌을 갖는다. 사람들이 일반적으로 어떤 것을 아름답다고 말하는 것은 주로 이런 종류의 느낌에 바탕을 두고 있다. 사람들은 이런 종류의 느낌을 바탕으로 아름다움의 보편적 기준을 탐구하거나 설정하려고 한다.

주체가 대상에서 아름다움을 느끼는 것은 언제나 두 개의 어울림, 즉 주체와 대상 사이에서 생겨나는 어울림과 대상 그 자체의 이쪽과 저쪽에서 생겨나는 어울림이 하나로 어우러진 상태에서 이루어진다. 하나로 어우러져 있는 까닭에 두 개의 어울림은 '서로 다른 것이지만 결코 나누어질 수 없는 관계'에 있다. 따라서 아름다움의 근거를 오로지 주체 또는 대상에서 찾는 것은 불가능하다. 특히 아름다움을 대상 그 자체의 어울림으로 말하는 것은 옳지 못하다. 우리가 아름다움을 느끼는 것은 주체와 대상의 만남에서 생겨나는 모든 어울림이 함께 해서 이루어지는 까닭에 아름다움에는 어쩔 수 없이 '제 눈에 안경'이라는 말이 따라다닌다.

한국인이 주체와 대상의 만남에서 빚어지는 모든 일을 어울림으로 이해하는 것은 모든 것이 본디 어울려 있다고 보기 때문이다. 한국인에게 '누리(세상-세계-우주)'는 '누리는 곳'으로서 모든 것이 서로 어울려 누리는 바탕을 뜻한다. 이런 까닭에 한국인에게 사람의 몸과 마음은 떨림을 통해서 울림으로 나아가는 어떤 것과 같다. 즉 사람의 몸과 마음은 고픔, 추위, 슬픔, 기쁨 등에 떠는 동시에 부지런, 수선, 아양, 허풍, 수다, 푼수

등을 떨어서 끊임없이 울림을 만들어낸다.

한국인은 서로 울림을 주고받음으로써 어울림 속으로 들어가 하나의 '우리=울이'를 이룬다. 그런데 한국인이 이루는 '우리' 가운데 가장 중요한 것은 계집과 사내가 하나로 어울리는 일이다. 한국인은 계집과 사내가 시집을 가고 장가를 가서 어울리게 되면 하나의 완전한 '우리', 즉 '하나의 마음으로 같은 몸을 이루는 것[一心同體]'으로 말한다. 사내와 계집이 어울려 가정을 이룸으로써 어른으로서 사람의 구실을 제대로 할 수 있게 되는 동시에, 자녀를 낳고 길러서 더욱 큰 우리를 만들어간다. 이런 까닭에 옛말에는 사내와 계집이 어울려 하나가 되는 것을 '어르다', '얼이다', '얼리다'라고 말하고, 이렇게 한 사람을 어른 즉 '어룬', '얼운', '어론', '얼운 사름'으로 불렀다.[21]

한국인은 서로 어울리는 관계에 있는 '이것'과 '저것'을 낱낱으로 부를 때, '쪽' 또는 '조각'으로 말한다. '쪽'이나 '조각'은 하나로 어울려 있는 전체의 한 부분을 일컫는 말이다. 옛말에서 '쪽'과 '조각'은 모두 '족'으로 표기되었는데, '족'은 전체를 이루고 있는 낱낱의 부분들을 말한다. 오늘날 사람들이 '일이 하는 족족 실패로 돌아갔다'고 말할 때 족족은 일 속에 있는 낱낱의 일을 뜻한다.

한국인에게 아름은 조각들이 모여서 이루어진 것이다. 이때 아름은 개체로서의 독자성을 지니는 반면에 조각들은 아름을 이루고 있는 낱낱의 부분들에 지나지 않는다. 그렇지만 조각은 아름을 있게 만드는 바탕으로서 모든 것의 기초를 이룬다. 이 때문에 한국인은 모든 것의 바탕인 조각을 가장 근원적인 것으로 보았다. 옛말에서 조각은 사물이 생겨나거나 놓여 있는 기틀, 사물의 바탕을 이루는 겨를 또는 틈, 사물을 움직이는 줏대인 고동을 뜻하였다.[22]

한국인이 아름을 이쪽과 저쪽의 어울림으로 보는 것은 아름이 놓여 있는 바탕인 곳 — 공간과 때 — 시간이 이쪽과 저쪽으로 서로 어울려 있기 때문이다. 즉 한국인에게 아름이 놓여 있는 자리는 눈앞에 닿아 있는 이곳과 눈앞에서 벗어나 있는 저곳이 서로 어울려 있으며, 아름이 모습을 드러내는 때는 눈앞에 와 있는 이때와 눈앞에서 사라진 저때가 서로 어울려 있다. 이곳과 저곳이 이때에서 저때로 옮아가면서 빚어내는 곳과 때의 끊임없는 어울림을 바탕으로 아름이 자리하고 드러나게 된다.

한국인은 곳과 때의 옮아감에서 빚어지는 전체적인 어울림 속에서 빛, 소리, 냄새, 감촉 등으로 빚어지는 앞과 뒤, 아래와 위, 안과 밖, 속과 겉 등의 다름을 바탕으로 특정한 아름의 이쪽과 저쪽의 어울림에 대한 느낌을 갖는다. 한국인은 이쪽과 저쪽이 서로 잘 어울리면 아름답게, 그렇지 않으면 아름답지 않게 느낀다. 그런데 한국인이 특정한 아름에서 느끼는 어울림의 바탕에는 언제나 곳과 때의 전체적인 어울림이 깔려 있다. 이런 까닭에 한국인은 특정한 아름에서 느끼는 어울림을 곳과 때에 바탕을 둔 우주적인 어울림으로 넓혀 나가는 일이 가능할 수 있다.

한국인이 낱낱의 아름을 바탕으로 아름다움을 느끼고 아는 것은 크게 세 가지가 있다.

첫째, 한국인은 낱알로서 드러나 있는 아름을 바탕으로 아름다움을 느낀다. 예컨대 어떤 사람이 하나의 구슬을 낱알로서 아름답다고 느끼는 것과 같은 경우이다. 이때 구슬은 개체성을 지닐 수 있는 최종 단계에 있다. 만약 구슬을 억지로 나눈다면 개체성을 지닐 수 없는 조각이 되고 만다. 한국인은 이러한 방식으로 나누는 것을 '쪼개다' 또는 '깨지다'라고 말한다.

둘째, 한국인은 낱알들로 이루어진 모두에서 아름다움을 느낀다. 예컨대 어떤 사람이 예쁜 구슬들로 이루어진 목걸이를 보고서 아름답다고 느끼는 것과 같은 경우이다. 낱낱의 구슬들이 개체성을 지니고 있는 상태에서 목걸이라는 전체가 또 하나의 아름으로서 개체성을 지닌다. 따라서 목걸이가 끊어지더라도 낱낱의 구슬들은 아름으로서 개체성을 지닐 수 있다.

셋째, 한국인은 낱낱의 조각들로 이루어진 모두에서 아름다움을 느낀다. 예컨대 어떤 사람이 날카로운 유리조각들로 이루어진 무더기를 보고서 아름답다고 느끼는 것과 같은 경우이다. 낱낱의 유리조각들은 아름답지 않지만, 그것들이 모여서 하나의 무더기를 이루고 있음으로써 아름답게 느끼게 된다.

2) 그위와 공반

한국인이 이쪽과 저쪽의 어울림을 놓고서 생김새, 짜임새, 쓰임새 등을 따져서 아름다움을 가름하는 것은 아름이 갖고 있는 본디의 성질에 바탕을 두고 있다. 한국인은 본디의 성질을 좇아서 이쪽과 저쪽이 잘 어울릴 때 아름다운 것으로, 그렇지 않으면 아름답지 않은 것으로 말한다.

한국인은 아름이 갖고 있는 본디의 성질은 같은 무리에 속한 모든 아름에게 같다고 생각한다. 따라서 아름을 아름답게 만드는 어울림의 기준 또한 모든 아름에게 같다. 한국인은 이러한 기준을 '그위'로 보아 '公'을 '그위 公'으로 새겼다. '그위'는 '그'와 '위'가 합쳐진 낱말로서[23] '그'는 '이'와 '저'의 상태가 아닌 '그'의 상태를 말하고, '위'는 '아래'가 아닌 '위'를 말한다.[24] '그위'는 '이 위'와 '저 위'를 넘어서 둘을 모두 아우를 수 있는 '그 위'의 자리를 말한다.

한국인은 '그위'에 있는 공公이 공共으로 드러난 것을 공공公共으로 말한다. 공공公共은 '그위 公'과 '한가지로 共'으로 이루어진 낱말로 '그위를 잣대로 모두가 하나같이 되는 것'을 뜻한다. 한국인에게 공공公共은 아래에 있는 '낱낱의 사람들(아름들)'이 하나같이 그위를 향해서 나아가는 것을 뜻하는 동시에 그위에서 아래에 있는 '낱낱의 사람들(아름들)'을 하나처럼 이끄는 일을 뜻한다. 아래에 있는 낱낱의 아름들이 그위를 향해서 나아가는 일은 아름이 몸과 마음을 닦는 일로 나타나고, 그위에서 아래에 있는 아름들을 하나처럼 이끄는 일은 그위에서 아름들을 다스리는 일로 나타난다.

한국인은 닦음과 다스림의 잣대인 公, 즉 그위를 통해서 서로 다른 낱낱의 아름들이 하나같이 될 수 있다고 생각한다. 이것이 바로 아름이 아름다워지는 일이다. 낱낱의 아름들은 서로 다를 수밖에 없지만, 아름다움으로 나아감으로써 하나에 이를 수 있다. 이 때문에 아름이 아름다움으로 나아가는 것은 바로 公共으로 나아가는 것을 말한다. 이런 까닭에 '하나의 사람(-아름)'이면서 '사람다움(-아름다움)'을 온전하게 이룩한 사람, 즉 성인聖人은 모든 사람이 한결같이 따라야 하는 공공公共의 지위를 갖는다. 성인聖人은 몸소 공公을 공共으로 실현한 본보기로서 공공公共의 길잡이로 구실한다.

아름을 아름답게 만드는 어울림의 잣대인 그위에는 두 가지가 있다. 하나는 '다움'에 바탕을 둔 그위이고, 다른 하나는 '우리들'에 바탕을 둔 그위이다.

첫째, 다움에 바탕을 둔 그위는 낱낱의 아름이 갖고 있는 본디의 성질에서 비롯한다. 사람들은 본디의 성질을 실현하여 아름다움에 이르려는 욕망에서 그위를 설정하고 따른다. 사람들은 본디의 성질을 전제함으로써 그것을 제대로 이루려는 욕망을 그위로 설정할 수 있게 된다. 예컨대 조선시대 선비들이 도道, 리理, 천리天理, 본성本性 등으로 불러온 그위가 그것이다. 선비들에게 도道, 리理, 천리天理, 본성本性 등은 본디의 성질인 동시에 모두가 따라야 할 공공公共이다. 그런데 선비들은 그위를 다움에 대한 욕망으로 보지 않고, 본래의 이치로 보았기 때문에 천리天理와 인욕人欲, 공公과 사私를 이치와 욕망으로 엄격히 나누게 되었다. 이에 따라 그위(-公)가 아름(-私)에 뿌리를 두고 있음에도, 그위와 아름이 뿌리를 달리하는 것처럼 보이게 되어, 그위와 아름의 관계가 흐릿해지게 되었다.[25]

우리는 다움에 바탕을 둔 공공성을 '미적美的 공공성公共性(esthetical publicity)'이라고 부를 수 있다. 미적 공공성은 아름이 본디의 성질을 다함으로써 '참으로 착하고[眞善]', '참으로 멋있는[眞善]' 상태에 이르는 것을 말한다. 낱낱의 아름들이 제각각으로 흩어져 있는 아름됨의 상태를 넘어서 본디의 성질에 맞는 아름다움의 상태로 나아가는 것은 곧 공공公共으로 나아가는 것을 말한다. 이러한 공공성은 아름이 놓여 있는 모든 곳과 때에 함께 한다. 따라서 아름이 아름다움으로 나아가는 한, 어느 한순간도 이러한 공공성을 떠날 수 없다. 우리가 이러한 공공성을 실현하기 위해서는 끊임없이 모든 것을 아름답게 만들어나가는 수양과 수행의 삶을 살아야 한다.

둘째, 우리들에 바탕을 둔 그위는 낱낱의 아름들로 엮여진 집단의 요구에서 비롯한다. 사람들은 더불어 살아가는 집단의 요구를 실현하려는 욕망에서 그위를 체제와 규범으로 제도화한다. 사람들은 제도를 전제함으로써 그것을 제대로 이루려는 욕망을 그위로 설정할 수 있게 된다. 예컨대 조선시대 선비들이 국國, 가家, 예禮, 법法, 관습, 풍속 등으로 불러온 그위가 그것이다. 선비들은 이러한 공공성을 대표하는 기관을 국가로 생각하여 공공公共을 그위로 부르는 동시에 국가에서 이루어지는 일 또한 그위로 불렀다. 즉 선비들은 공공의 일을 '그윗일', 공공의 업무를 수행하는 집을 '그윗집', 공공의 업무를 보는 사람을 '그위실하는 사람'으로 불렀다.[26]

우리는 우리들에 바탕을 둔 공공성을 '집단적 공공성(collective publicity)'이라고 부를 수 있다. 집단적 공공성은 내가 나를 넘어서 나와 너 또는 나와 너와 그로 이루어진 우리들의 세계로 나아가는 것을 말한다. 한국인은 집단적 공공성을 통해서 나의 욕망을 우리들의 욕망에 일치시키려고 한다. 한국인은 나를 우리들에 일치시키는 일을 '착함'으로 말한다. 착하다는 것은 내가 우리들의 욕망을 기준으로 생각하고 행동하는 것을 말한다. 따라서 내가 오로지 착함만을 생각하고 행동하는 경우에는 나라는 주체가 우리들 속으로 빨려들어 사라질 수 있다. 이 때문에 사람들은 나라는 주체의 사라짐을 경계하는 뜻에서 '그는 착해 빠져서 속는 줄도 모르고 있다', '그는 착해 빠져서 제 앞가림도 할 줄 모른다'와 같은 말을 하게 된다.

집단적 공공성은 우리들로써 엮여 있는 사회 영역에서만 적용된다. 이러한 공공성을 기준으로 개인이나 집단에 대한 사회적 보상과 처벌이 이루어짐으로써 우리들의 질서가 유지될 수 있다. 그런데 집단적 공공성은 우리들의 이해관계에 바탕을 두는 까닭에 개인이나 개인들이 갖고 있는 힘의 크기에 따라 기준이 달라질 수 있다. 때에 따라 힘을 많이 가진 개인이나 개인들은 공공에서 벗어난 것을 공공이라고 우기며 강제할 수도 있다. 특히 국가 기구를 주도하는 이들이 이러한 일을 저지르는 경우가 많다. 이 때문에 국國, 가家, 예禮, 법法, 관습, 풍속 등에 담겨진 집단적 이해관계가 공공으로 가려져서 본래의 모습을 드러내지 않는 일이 많다. 예컨대 조선시대에 평생 학문에 종사한 선비들의 경우에도 많은 이들이 주인과 노비, 적자와 서자의 관계를 천리에 바탕을 둔 공공의 발로라고 믿고 따랐다. 그러나 시대가 바뀌어 주인과 노비, 적자와 서자의 이해관계가 밖으로 드러나게 되자, 스스로 무식하다고 생각하는 사람들조차 이러한 관계를 공공에서 벗어난 잘못된 관계로 비난하는 일이 일어나게 되었다.

집단적 공공성이 정당성을 갖기 위해서는 우리들의 합의에 바탕을 두어야 한다. 한국인이 우리들의 합의에 이르는 방법으로 이용해온 것으로는 신라의 '和白', 조선의 '公論' 등을 들 수 있다. 화백和白은 글자 그대로 '고루[和] 말하기[白]'를 뜻한다. 화백和白은 모임에 함께한 모든 사람이 고루 말할 수 있도록 한 상태에서 합의를 통해서 일치에 이르는 방식을 말한다.[27] 그리고 공론公論은 글자 그대로 '고루[和-公] 그리고 두루[周-公] 따지기'를 말한다. 공론公論은 논의에 참여한 모든 사람이 고루, 그리고 두루 따져서 공공의 기준, 즉 '공의公義'를 찾고 따르는 방식을 말한다.

한국인은 아름을 아름답게 만드는 공공성, 즉 미적 공공성을 모든 공공성의 바탕으로 삼는다. 이 때문에 한국인은 집단적 공공성도 미적 공공성에 기초하여 설정되어야 한다고 생각한다. 즉, 한국인은 '우리들'에 기초한 집단적 공공성이 '나(아름)'를 '나답게(아름답게)' 또는 '나(아름)를 사람답게(아름답게)' 만들 수 있는 미적 공공성의 일부로서 자리해야 한다고 생각한다. 한국인은 집단적 공공성이 미적 공공성을 벗어나면 공공의 근거를 잃게 됨으로써 '나'와 '너'가 아름다운 삶을 살아가는 일이 어려워지거나 불가능하다고 본다. 이 때문에 한국인은 집단적 공공성이 미적 공공성을 벗어났다고 생각하는 경우에는 그것을 공공성으로 여기지 않은 상태에서 곧바로 제대로 된 기준을 새롭게 찾아 나서려고 한다. 많은 이들이 한꺼번에 새로운 기준을 찾으려고 나서게 되면 엄청난 폭발력을 갖는 집단행동을 낳게 된다.

생활 속에서 미적 공공성과 집단적 공공성은 일치할 수도 있고, 그렇지 않을 수도 있다. 한국인은 이들이 반드시 일치해서 하나가 되어야 한다고 생각하기 때문에 하나가 될 수 있도록 많은 애를 쓴다. 한국인이 이러한 일치를 위해서 애를 쓰는 일은 크게 두 가지로 이루어진다.

첫째, 한국인은 사람이 사람다움으로 나아갈 수 있는 것은 아름이 아름으로 자리할 수 있도록 아래서 받쳐주는 밑이 있기 때문이라고 생각한다. 이러한 생각은 '밑'과 '믿음'이라는 말에 잘 드러나 있다.

옛말에서 '밑'과 '믿음'은 '믿 底'와 '믿 本'과 '믿을 信'으로 뿌리를 같이하고 있다. 먼저 '믿 底'에 '믿'은 아름이 자리를 잡을 수 있는 밑을 말한다. 어떤 것이든 밑이 있어야 자리를 잡고, 일어설 수가 있다. 밑이 없는 것은 자리를 잡는 일이 불가능하고, 따라서 서거나 세우는 일도 불가능하다.[28] 이 때문에 밑은 어떤 것이 자리해서 설 수 있도록 만드는 존재의 바탕과 같다. 그리고 한국인은 이러한 밑을 바탕으로 '本'을 '믿 本'으로 새겨왔다. '믿 本'에서 '믿'은 아름이 아름으로 자리를 잡고 설 수 있도록 만드는 바탕을 말한다. 예컨대 밥그릇은 밑을 가짐으로써 밥그릇으로 자리를 잡고 설 수 있다. 사람들은 밑을 아래로 하여 밥그릇을 서도록 함으로써 밥그릇이 제 구실을 할 수 있도록 만든다. 이 때문에 사람들은 밥그릇의 밑이 아래로 가지 않고 옆이나 위로 가게 되면 '넘어졌다', '쓰러졌다', '엎어졌다'고 말하면서 그릇으로 구실할 수 없음을 말한다.[29] 모든 것은 밑을 바탕으로 삼으면 바로 서게 되고, 그렇지 않으면 넘어지고, 쓰러지고, 엎어지게 된다. 이런 이유에서 한국인이 신信을 '믿을 信'으로 새겨왔다. '믿을 信'에서 '믿다'는 '밑 底'와 '밑 本'에 뿌리를 두고 있다. 사람들에게 믿음은 '아름이 아름으로 자리를 잡고 설 수 있도록 밑이 확실하게 뒷받침되어 있다'고 여김을 말한다. 사람들은 이러한 믿음을 바탕으로 앉고, 눕고, 걷고, 먹고, 말하고, 함께하는 것에 대해 뜻을 내고, 두고, 할 수 있다.

한국인은 사람이 살아가는 것은 두 개의 밑, 즉 자연이 깔아놓은 밑과 사람이 문화적으로 깔아놓은 밑을 바탕으로 이루어진다고 보았다. 사람이 사람답게 살기 위해서는 두 개의 밑이 확실하게 뒷받침되어야 한다.

한국인은 사람이 문화적으로 깔아 놓은 밑을 대표하는 것을 말이라고 본다. 즉, 한국인은 사람이 말을 밑으로 삼아 문화를 일구어 사람다움을 이루어나간다고 생각한다. 따라서 사람이 말을 말다울 수 있도록 하는 것은 사람답게 살아가는 근본인 동시에 모든 사람이 나아가야 할 공공의 길이다. 한국인은 이러한 길을 충실히 따르는 사람을 곧고 어진 마음, 즉 양심良心을 가진 사람으로 말한다. 곧고 어진 마음은 속에 있는 말과 밖으로 드러내는 말을 일치시켜 말을 곧고 믿게 하여 나와 네가 하나의 우리를 이루는 것을 말한다. 아름이 말을 곧고 믿게 하는 것은 우리들에 바탕을 둔 집단적 공공성을 미학적 공공성에 일치시켜나가는 일이다.

둘째, 한국인은 사람이 사람다움으로 나아갈 수 있는 것은 아름이 아름으로 살아갈 수 있도록 위에서 보살피는 다스림이 있기 때문이라고 생각한다. 이러한 생각은 다스림이라는 말에 잘 드러나 있다. 옛말에서 '다스리다'는 '다슬이다'로 표기되었는데, '다슬이다'는 '다'와 '슬다'가 합쳐진 말로서 '모두 사르다' 또는 '모두 태우다'의 뜻을 지니고 있다.[30] '다슬이는 것'은 '사람이 스스로 가진 것을 살라서, 다른 사람들이 가진 것도 다 사르도록 하여, 모두 함께 잘 살도록 보살피는 일'을 말한다. 이는 하늘 높은 곳에 자리한 해나 달이 스스로 가진 것을 살라서 다른 모든 것들이 살아갈 수 있도록 도우는 것과 같다. 따라서 한국인에게 다스리는 사람은 해나 달처럼 높은 곳에 자리하여 아래에 있는 사람들이 사람답게 살아갈 수 있도록 도와주는 사람을 말한다. 이들이 하는 일은 곧 집단적 공공성을 미학적 공공성에 일치시키는 일이다.

한국인은 아름을 아래에서 받쳐주는 밑과 위에서 보살피는 다스림이 모두 그위에서 비롯하는 것으로 보았다. 그위는 '이 위'나 '저 위'가 아닌 '그 위'의 자리로서 '이'와 '저'를 넘어서 있다. 그위는 거룩한 감을 지닌 사람들, 즉 상감, 대감, 영감 등이 자리하여 모든 백성을 다스리는 곳이다.[31] 이들은 단순히 위에 있는 사람이 아니라, 그 위에 있는 사람으로서 구실에 걸맞는 감을 지니고 있어야 한다. 즉 임금은 '임금의 감', 대신은 '대신의 감', 수령은 '수령의 감'이 되어야 한다. 한국인은 이들을 '그위실하는 사람'으로 불렀고, 또한 '벼슬하는 사람'으로 불렀다. 벼슬하는 사람은 그위실의 일을 하는 사람이 해, 달, 별처럼 빛나는 지위에 있음을 말한다.

한국인은 '나'에 바탕을 둔 미적 공공성과 '우리들'에 바탕을 둔 집단적 공공성의 일치를 위해서 나와 우리들의 경계를 허물어 하나의 '우리'로 통합하려고 한다. 우리는 본디 '울이'로서 '울+이=어울려 하나가 된 사람'을 뜻한다. 나와 네가 어울려 '우리'로서 하나가 되면, 나와 너를 아름답게 만드는 일은 곧 '우리'를 '우리답게 만드는 일'이 되어, 나와 너에 바탕을 둔 미적 공공성이 우리들에 바탕을 둔 집단적 공공성과 하나를 이룬다. 한국인이 '나'를 둘러싸고 있는 모든 것을 '우리'로 말하는 것은 미적 공공성을 통해서 더욱 큰 아름다움으로 나아가기 위한 것이다. 이러한 과정에 한국인은 끊임없이 우리에 집착하는 모습을 보이게 된다.

한국인은 그위라는 잣대를 좇아서 모두를 한가지로 하는 구체적 방법을 '고루'와 '두루'로 보았다. 즉 한국인은 이쪽과 저쪽이 고루하고 두루하는 관계에 있을 때, 서로 잘 어울려 아름다움에 이르는 것으로 보았다. 이는 고루와 두루의 쓰임에서 잘 드러나고 있다. 이두에서는 '고루'를 '公'으로 보아 '고루고루'를 '公反'으로 표기하고 공반, 공번, 공변으로 읽었다. '公反'에서 '公'은 고루함을, '反'은 반복함을 뜻하였다. 그런데 고루를 반복하여 고루하고 고루하게 되면 자연히 이쪽과 저쪽을 모두 아우르는 두루함에 이르는 까닭에 공반公反을 두루함의 뜻으로 썼다. 예컨대 1742년 영조가 당쟁을 경계하기 위해서 성균관 입구에 세운 탕평비蕩平碑에 '두루하면서 끼리하지 않는 것은 군자의 공정한 마음이고, 끼리하면서 두루하지 않는 것은 소인의 사사로운 뜻[周而弗比 乃君子之公心 比而弗周寔小人之私意]'이라고 쓴 것이나 1864년 천주교에서 펴낸 『성교요리문답聖教要理問答』에서 공번에 대해 '공번되다 홈은 만방과 만셰에 있다는 말'이라고 한 것에서 公과 공번은 모두 고루에 바탕을 두루임을 말하고 있다. 이러한 것은 무당이 '그 위에 있는 귀신의 말'을 사람에게 전할 때, 그것을 '공반'라고 말하는 것에서도 잘 드러나고 있다.[32] 공반은 '그 위에 있는 귀신이 내리는 말이 고루하고 두루하는 것'임을 말하고 있다.

한국인이 어울림을 통해서 아름다움에 이르는 일은 고루하고 두루함을 통해서 이루어진다. 한국인은 고루를 '고를 調', '고를 和', '고를 均', '고를 平' 등으로 새겨왔고, 두루를 '두루 周', '두루 普', '두루 遍-徧' 등으로 새겨왔다. 한국인에게 고루함과 두루함은 조화調和, 화평和平, 균형均衡, 형평衡平, 보편普遍에 이르는 길로서 어울림을 알맞고 알차게 만들어 아름다움으로 나아가는 바탕이다.

한국인이 고루하고 두루하는 일은 수양과 수행을 통해 더욱 큰 사람이 되어가는 일을 말한다. 이를 위해서 한국인은 깨달음을 통해서 나의 앎을 키우는 일과 어짊을 통해서 우리와 어울리는 일을 쉼 없이 이루어, 나를 더욱 큰 사람으로 만들어 나아가야 한다. 이런 까닭에 한국인은 더욱 큰 사람으로 나아가는 바탕인 덕德과 인仁을 '클 德', '어질 德', '클 仁', '어질 仁'으로 새겨왔다. 사람이 인仁에 기초하여 덕성을 기르고 덕행을 쌓는 일은 더욱 큰 사람이 되는 일이다. 이러한 일을 충실히 하는 것은 곧 '크게 사람들을 돕는 일', 즉 홍익인간弘益人間을 이루는 일이다.

6. 맺음말

한국인에게 아름다움이 무엇을 뜻하는지 여러모로 살펴보았다. 그것을 요약해보면 다음과 같다.

첫째, 아름다움은 아름이 다움의 상태에 이른 것을 말한다. 주체는 마주하고 있는 아름이 잘 어울리는 상태에 있다고 느끼면 '~이 아름답다'고 말하고, 그렇지 않으면 '~이 아름답지 않다'고 말한다.

둘째, 아름다움은 '하고 싶음', '되고 싶음', '답고 싶음' 가운데서 답고 싶음에 이르려는 욕망을 말한다. 아름다움은 아름이 지닌 본디의 성질을 완전하게 실현한 '~다운 상태'에 대한 욕망이다.

셋째, 아름다움은 본디의 성질이 뿌리하고 있는 존재 그 자체에 대한 관심을 불러일으킨다. 존재 그 자체에 대한 관심에서 비롯하지 않는 아름다움은 겉멋의 상태에 머무르고 만다.

넷째, 주체가 본디의 성질을 문장으로 완전하게 드러내는 것이 불가능한 까닭에 아름다움을 문장으로 완벽하게 규정하는 일 또한 불가능하다. 사람이 아름다움으로 나아가는 것은 열려 있는 마음으로 본디의 성질을 더욱 잘 알고 실현하려고 노력하는 태도와 과정으로 나타난다.

다섯째, 주체가 대상에 대한 앎을 바탕으로 아름다움에 대한 느낌을 갖는다. 즉 주체는 대상을 알아보고, 알아듣고, 알아채는 일을 통해서 알아내고, 알아주고, 알아하는 과정과 결과로서 아름다움을 느낀다. 이 때문에 아름다움에는 언제나 앎과 느낌이 함께한다. 따라서 주체는 아름다움에 대한 느낌을 앎의 형식으로 말할 수 있지만, 그것이 아름다움을 온전하게 담아낼 수 있는 것은 아니다. 이런 까닭에 아름다움을 느낌과 앎 가운데 어느 하나로 환원하는 것은 불가능하다.

여섯째, 아름다움으로 나아가는 일은 아름이 지니고 있는 본디의 성질을 실현하는 것이기 때문에 누구에게나 같다. 이 때문에 주체가 아름다움을 추구하는 일은 모두가 함께하는 공공성으로 나아가는 일과 같다.

일곱째, 주체가 추구하는 공공성은 다움에 대한 욕망에서 비롯하는 미적 공공성과 우리들의 사회적 요구에서 비롯하는 집단적 공공성으로 나눌 수 있다. 집단적 공공성은 미적 공공성에 바탕을 두어야 하지만 둘은 같을 수도 있고, 다를 수도 있다. 사람들은 둘을 일치시켜 이상적 상태에 이르려고 애쓴다.

여덟째, 주체가 추구하는 공공성이 자리한 곳은 '그 위'이고, 공공성을 가름하는 기준은 '고루(調, 和, 均, 平)'와 '두루(周, 普, 遍)'이다. 주체는 '이 위'나 '저 위'가 아닌 '그 위'에 자리하여 고루함과 두루함을 통해서 이것과 저것을 서로 잘 어울리게 함으로써 공공성에 이를 수 있다.

둘째 벼리

'예 철학하기'의 방법에 대한 한 애벌그림 그리기

-우리철학하기를 위한 하나의 시론-

이하배

1. 들어가는 말

이 땅에서 함께하는 사람 삶은 빈부나 계급, 계층, 직업, 성, 나이, 문화, 가치, 언어, 정치적 신념, 가문, 민족, 학벌, 종교, 외모, 지역 등에서 다양한 내용과 방식의 위 / 아래, 큼 / 작음 또는 좋음 / 나쁨, 같음 / 다름 등으로 나누어지면서 '본래적' 삶으로부터 많이 분리된다.('제1분리') 이런 분리(Trennung, Spaltung) 현실은 이 땅에서 함께하는 사람 삶에 많은 어려움들을 가져온다.

일반적으로 말해, 이 땅에서 철학하기는 동양철학은 '이때'보다 '저때'(동양과거, '동양'은 협의)를 그리고 서양철학은 '이곳'보다 '저곳'(서양)을 더 물으면서 동양철학과 서양철학은 '이때 · 이곳'으로부터 — 적어도 '많이' —

분리된다.('제2분리') 그리고 이러한 '제2분리'의 한 효과로서 동양철학과 서양철학은 서로 분리된다.('제3분리')

이 책의 4부는 1, 2, 3부를 요약종합하고 이 땅의 철학이 나아갈 방향을 하나의 방식으로 찾아보려 한다. 4부는 이 땅의 이러한 이론적 실천적 '삼중 분리'의 삶 현실을 보다 구체적으로 묻고 대답할 수 있는 '예 철학하기' 방법론의 모색에 대해 말한다. 이는 진정한 '우리철학하기'의 한 방법을 찾으면서 이 땅에서 철학하기의 주체성과 정체성을 확보하고 나아가 이 땅에서 함께하는 '삶 키우기'에 구체적으로 기여하려는 목적을 생각하는 것이다.

예 철학은 이 땅의 철학이 이때·이곳의 삼중 분리 속의 함께하는 실천적 이론적 삶 현실을 '더' 물어야 하고 '스스로' 물어야 한다는 기본 전제에서 출발한다. 더 묻는 일은 보다 새로운 시각과 새로운 개념장치를 요구하는데, 이것은 물음이 현실은 물론 동서의 철학과 다른 개별과학들에 활짝 열릴 때 가능하다. 그동안 필자는 예 개념을 중심으로 우리의 과거와 현재의 이론적 실천적 삶의 현실 또는 예 사회화 현실을 지속적으로 물어오면서 우리철학하기의 길을 하나의 방식으로 고민해왔다. 4부는 이런 작업의 계속이면서 동시에 중간 매듭짓기의 성격을 지닌다.

2. 왜 '예 철학하기'인가?

1) 이 땅의 철학현실과 현실철학

전 지구적 경향이라고도 할 수 있는 인문학의 — 일시적 — 위기는 독자적인 우리학문하기의 풍토가 아직 정착되지 못한 이 땅에서 더 심하게 나타난다. 이 땅의 인문학 위기는 무엇보다 동양학 전공자들은 이때보다

'저때'(과거)를 그리고 서양학 전공자들은 이곳보다 '저곳'(서양)을 더 주목하고 더 물으면서 이들 간에도 서로 분리되는 이중 분리의 성격에서 찾아진다고 할 수 있을 것이다. 이러한 이중의 분리는 '전통중심주의'와 '서구중심주의'의 한 표현이라 할 수 있다.

이 땅의 여러 인문학과 다양한 생활 영역에서 만연한, 알게 모르게 사람과 삶을 서구 중심주의 아니면 전통 중심주의적으로 생각하고 실천하는 문제를 경계할 필요가 있다. 지금·여기의 이론적 실천적 생생한 현실을 묻고 보고 살아가는 것을 하나의 방식으로 '과거화'하려는 것도 문제지만, 그 방식과 성격을 달리한다고 하여도, 이를 하나의 방식으로 '서구화'하려는 것도 문제이기 때문이다.

그간 이 땅의 철학은 식민지와 분단, 개발독재 등 여러 어려움들 속에서도 괄목할 만한 성장을 했지만, 진정한 한국철학의 정립 등을 포함하여 아직 풀어야 할 문제들을 많이 안고 있는 것도 사실이다. 진정한 한국철학 또는 우리철학을 정립하기 위하여 제일 먼저 필요한 것은 이 땅에서 철학하기의 이중 분리를 넘어서는 일이라 생각한다.

철학도 현실의 '사회적 삶의 제 실천들'(gesellschaftliche Lebenspraxen)에서 나온다. 이런 '나옴'이 현실을 아주 '떠-나옴'으로 될 때 문제는 심각해진다. 우리철학의 이중 분리 상황은 우리의 철학이 하나의 방식으로 우리의 삶 현실을 '떠-나온' 결과다. 현실과 철학 사이 그리고 동양철학과 서양철학 사이의 소통트기를 통한 진정한 우리철학의 정립을 말할 때, 두 철학의 이중 분리를 넘어서는 문제가 우선 절실한 과제로 다가온다. 그리하여 우리의 철학이 우리의 현실에 보다 큰 관심을 가질 때, 우리의 삶 현실의 분리('제1분리') 질서를 외면하기는 어려울 것이다. 예 철학은 하나의 '현실철학'으로서 이러한 이중 분리와 이것의 원인이자 동시에 결과라 할 수 있는 우리 현실의 삼중 분리 질서에 주목한다.

2) 기존의 예 담론

예 개념은 우리의 삶을 강하게 규정해온 유교의 핵심 개념이다. 예는 유교적 사회구성의 기초 원리다. 그리고 지금여기의 우리 사회는 하나의 방식으로 유교적으로 구성되고 있다. 전통적으로 예는 이러한 사회적 삶을 만남 개념으로 묻고 접근하려 한다. '사람만남의 법'이라 할 수 있는 예는 사람 만남에 끼어들어 사람만남을 하나의 방식으로 거르면서 매개하는 하나의 거르개(filter)이기도 하다.

예는 원래 사람과 초인간적 힘을 갖는 존재 또는 신적인 존재 사이를 매개하고 만나게 하는 방식이요 절차였다. 힘 없는, 힘 적은 사람들이 가뭄이나 질병, 공포 등 자신들의 삶을 작게 하고 어렵게 하는 제 문제들을 힘 있는, 힘 센 존재에 의지하여 풀어나가는 차원에서 하나의 제사 의식, 제례로서 예가 이야기된다. '초인간적 힘(示)'들을 사람들이 일정한 방식으로 최고의 정신자세와 최고의 물질로 만나는 것을 나타내는 '禮(예)' 자와 '祭(제)' 자 사이의 거리는 멀지 않다.

신적 존재와 사람 사이의 이러한 만남의 법식과 법칙으로서의 예는 이후 모든 종류와 방식의 사람 만남으로 파고들고 퍼져 우리의 삶 하나하나를 간섭하게 된다. 이런 전통 또는 관습에 유교가 의미를 부여하고 거르고 정리하면서 유교의 사회 / 정치 / 윤리 철학이 시작된다고 할 수 있다.

유교는 공자와 그의 제자와 후학들에 의해 정리된 하나의 실천적 철학체계다. 그 기본 관심은 '사람'에 혹은 사람들이 사회적으로 함께하는 '좋은 삶'에 있다. 여기에서 사람관계, 사람만남이 강조된다. 유교는 유교 발생 당시에 사람들 사이를 '잘못 분리하는' 혹은 다양한 종류의 '위아래(上下)' 사이에서 '잘못 만나는' 사람만남의 현실에 대한 하나의 반응 방식이었다. 유교의 정치적, 윤리적 프로젝트인 '사람들이 함께하는 사회적 좋은 삶'은 사회적 '크기(행동능력의 크기)'와 '자리' 혹은 역할에서 서로 다른 사람들이 '각자 제자리에 잘 머물 줄 알면서' 싸우지 않고 같이 '조화롭게' 살아가는 것을 가치로 추구한다. 이것이 '예사회화' 혹은 '예군禮羣', 즉 '예적으로 함께하는 사회적 삶의 조직 · 실천'의 개념이다. 예사회화 개념은 기본적으로 사회적 삶의 실천들 전체에 끼어들 수 있다.

유교적 사회구성 원리로서의 예의 출발은 '나눔 / 나뉨(分 / 別)'이다. 그리고 이 나눔은 수직적 나눔이요, 힘/권력에서 비대칭적인 나눔이다. 유교는 하나의 '올바른 분리' 또는 '수직적 분리 속에서의 사회적 조화로운 공존'인 '예군'을 지향한다. '올바른' 사람관계, 사람만남을 묻는 유교적 사회화의 담론에서 수신修身 또는 '예-주체 구성(Li-Subjektskonstitution)'은 핵심 관심이다.

수신 또는 '극기克己'는 예 주체 구성에서 중심 과정이다. 극기는 내적 세계에서 자기가공 · 자기싸움 · 자기정화라 할 수 있는 '자아노동'을 통하여 하나의 '이상적인' 위아래의 힘 관계를 형성하는 과정이다. 그리하여 예 주체 구성은 외적 세계에서 남들과 싸우지 않기 위해 내적 세계에서 자신과 미리 싸우는 논리다. 여기에서 '외-분리'의 외적 위아래 분리관계와 '내-분리'의 내적 위아래 분리관계 사이의 변증법적 상호작용을 묻는 일이 중요하다.(1 · 2장 참조) 이러한 예 주체 구성의 문제는 우리의 사람 크기 / 세상 크기 / 삶 크기의 (재)생산 문제와 직접 이어진다. 이 이어짐의 방식을 물을 필요가 있다.

일반적으로, 철학사 속의 동양철학('동양철학 1') 안에서든, 이런 전통에 '충실한' 현재의 동양철학('동양철학 2') 안에서든, 예학 · 예론 · 예설 등 기존의 예 담론의 시대적 학문적 한계는 무엇보다 위아래 수직주의 속에서 '위'에 치중하는 방법과 '개인의 내면' 또는 정신이나 당위에 치중하는 방법에서 찾을 수 있으며, 나아가 '옛 성현' 내지 전통에 일정한 거리를 두지 못하고 그 속에 매몰되고 마는 방법에서 찾을 수 있다. '위'에 갇히고 '내면'에 닫히고 '전통'에 갇히는 '갇힌 예', '닫힌 예' 혹은 '갇히는 예', '닫히는 예'는 지금 이 땅에서 구체적으로 일어나는 사회적 인간관계들 혹은 인간적 사회관계들을 '더' 묻고 비판적으로 묻는 일에 힘이 달린다.

그러므로 우리가 우리문제를 스스로 생각하고 물어가고 풀어가는 우리 철학하기의 한 대안을 모색하고 이 땅의 인문학의 위기를 넘어서는 하나의 길을 찾아보기 위한 '예 철학하기'의 방법을 찾는 시도는 기존 예 개념의 비판적이고 엄밀한 걸러냄과 재구성을 전제한다.

3) 물음-틀 바꾸기

(1) 예 개념의 학문화

'저때'(과거)에 치우치고 '저곳'(서양)을 더 묻는 이 땅의 철학은 이제 '이때'·'이곳'을 더 물을 수 있어야 한다. 이때와 저때 사이, 이곳과 저곳 사이를 잇는 일을 통하여 철학과 현실 사이를 이으면서 이때·이곳을 더 잘 묻고 이때·이곳의 '작은 삶'을 넘어서서 하나의 '큰 삶'을 찾아가기 위해서는 하나의 패러다임 전환이 필요하다. 이것은 '남의 말', '남의 철학'을 내용-적으로, 체계-적으로 이해하여 수입하고 전달하는 일에 치중하는 것이 아니라, 자신의 문제를 '자신의 말'로 스스로 묻고 말하는 '자신의 철학'을 하는 일에서 찾아진다. 예 철학하기는 진정한 우리철학 / 한국철학을 찾아가는 맥락에서 이해될 수 있다.

전통적 예 개념을 이 땅에서 포기하지(aufgegeben) 않고 지양해야(aufgehoben) 하는 이유가 있다. 그것은, 무엇보다 이 개념이 한 시대의 사회적 삶 전체의 맥락을 사람관계, 사람만남의 개념으로 사회적 삶 내재적으로 물을 수 있다는 것과 또 이 땅의 삶 속에 전통적 예 요소들이 하나의 방식으로 섞여 작용하고 있다는 데에서 찾아진다. 우리는 과거와 현재의 우리 삶에 깊숙이 파고들어 이론적으로 실천적으로 우리 삶을 규정해온 예를 더 묻고 밝힐 때, 지금여기 우리의 삶, 우리의 예사회화 현실을 더 잘 묻고 더 많이 밝힐 수 있을 것이다.

예 개념을 방법론적으로 살리면서 우리의 삶을 잘 물어낼수록, 우리의 삶을 '작게' 하는 문제들은 그만큼 잘 드러나고, 또 이들은 드러나는 만큼 작아질 수 있다. 만남 개념은 어떤 절대적, 본질적 혹은 정신적 실체보다 변화 속의 관계를 구체적으로 주목하는 것이기에, 사람과 사람의 삶을 사회적 삶의 전체적 (재)생산 기재로부터 고립되거나 정적인 시각으로 보지 않고 역동적으로 함께하는 사회적 사람관계들의 전체적 작용맥락 속에서 "정치적-윤리적으로"(politisch-ethisch, Gramsci) 주목하고 물을 수 있게 한다.

시대에 제한된 기존의 예 개념은 사회적 삶의 '만남'이나 '(사람) 관계'들을 전체적으로 묻는 장점에도 현실 삶의 인식, 비판, 대안의 기능에서 '작기' 때문에, 이때 · 이곳의 '작은 삶'을 인식 · 비판하고 보다 '큰 삶'의 대안을 찾아가는 방법으로 '키워져야' 한다. 만남의 개념으로 함께하는 사회적 삶의 전체 작용맥락을 일정한 방식으로 아우르며 물을 수 있는 기존의 예 개념은 이때 · 이곳의 '삼중 분리'(현실의 분리, 철학의 현실에서의 분리, 현실에서 분리된 철학의 동서 분리)의 일상예문화 현실의 문법을 비판적으로 묻고 읽어내기에 '유능한' 새로운 예 개념으로 충분히 계속 키워질 수 있다고 본다.

(2) 우리말 살려 쓰기

사람들은 자신의 모국어로 가장 쉽고 정확하게 생각하고 말하고 전달하고 이해할 수 있으며 학문적 이론화 작업을 창조적으로 수행할 수 있다. '수입학문', 학문의 식민지성을 벗어나 우리학문을 모색하면서 이때 · 이곳 우리의 삶 방식을 구체적으로 묻고 이해하고 키우려는 예 철학하기를 위해 우리말을 최대한 살려나가는 일이 중요하다.

우리학문은 우리가 우리문제를 우리말로 스스로 묻고 생각하고 말하기를 기초로 한다. 우리말로 생각하기, 학문하기, 철학하기는 우리 문제를 '제대로' 묻고 답할 수 있게 해준다. 우리말 없이 우리 개념 없이 우리철학하기는 없다고 할 것이다. 이는 아래에서 등장할 '생각 열음 / 생각 나눔 / 생각 키움'의 방법과 모순되지 않는다. 이는 이들과 오히려 서로를 전제하는 관계에 있다.

시간적으로 공간적으로 가까워진 지구촌의 시대에 외국어를 우리말로 정확하고 쉽게 번역하는 일은 우리말, 우리학문, 우리문화, 우리의 정체성을 살리는 하나의 중요한 길이다. 외래어보다는 고유어 혹은 외래어 가운데에서도 우리말에 보다 동화된 외래어를 골라 쓸 때보다 쉽고 정확하게 소통할 수 있을 것이다. 무절제한 외래어 쓰기는 물론 우리말이라 해도 문법에서 벗어나고 소통이 어려운 급조된 신조어를 경계하여야 할 것이다. 학문용어에든 아파트 이름에든, 외국어 선호에는 하나의 권력관계가 숨어있다고 할 수 있다.

3. '예 철학하기'의 방법

1) '이중 분리' 속의 철학현실

예 철학하기가 이중 분리 속의 철학현실에 가지는 방법론적 방향에서, 첫째 인식관심을 우선 '이때 · 이곳'으로 돌려 이때 · 이곳의 구체적 삶의 방식으로부터 물음을 시작하려는 것과, 그다음 '저때 · 저곳'에 열려 이들의 학문적 업적을 거르면서 우리의 이론화 작업에 창조적으로 통합하려는 것이 중요하다. '저때'를 묻는 동양철학이 '이때'로 이어지고 '저곳'을 묻는 서양철학이 '이곳'으로 이어질 때, 저때와 저곳의 간극에 의한 동서 철학의 상호분리도 이때·이곳에 매개되어 이어질 것이다.

예 철학은 이때에서 출발하지만 저때에 열려 인식이나 비판, 대안 찾기의 차원에서 우리 전통의 물음과 통찰 방식을 십분 원용하면서 이를 현재를 묻고 접근하는 이론화 작업에 통합해간다. 고전 속의 예 담론의 본질을 밝히고 예사회화 질서를 보는 눈의 장단점을 정밀하게 드러내기 위하여, 사회적 삶을 구성하는 사람만남·사람관계의 핵심원리를 유교를 중심으로 읽어내되, 노자나 장자, 묵자, 한비자 등의 인접 철학도 함께 면밀히 읽어가는 일이 중요하다.

또한 예 철학은 이곳에서 출발하지만 저곳에도 열려, 함께하는 삶을 예 개념으로 묻는 예 철학을 하나의 방식으로 '키워줄' 수 있는 서양의 정치적-윤리적 사회화의 이론적 전통을 거르면서 이때·이곳의 삼중 분리를 묻는 예 철학하기의 접근 방법에 유용한 요소들을 통합하고 키워간다. 여기에서 물론 '저곳'은 서양으로 한정할 필요는 없다.

이런 맥락에서, 예 철학은 전반적인 '이데올로기 비판'이나 '문화 비판'을 위해 "Argument(아아구멘트)" 학파(Haug)나 "비판이론"(Lukacs, Adorno, Marcuse), "사회기호학"(Bachtin, Rossi-Landi)과 "권력"(Marx, Weber, Foucault), "헤게모니"(Gramsci), "주체"(Althusser), "소외"(Marx), "문화"(Hall, L`evi-Strauss) 등의 기초이론 혹은 기초개념들과, "기호"(Saussure, Peirce, Eco), "상징"(Cassirer, Lacan), "시뮬라크르"(Baudrillard), "신화"(Barthes), "의사소통행위"(Habermas), "담론윤리학"(Apel), "구별 짓기" / "상징자본"(Bourdieu), "영향사"(Gadamer), "중층결정"(Freud, Althusser), "몸의 언어"(Goffman) 등의 이론과 개념들의 핵심을 예 철학적 물음의 방향 안에서 꾸준히 검토해 나가야 할 것이다.

'이때·이곳'에 대한 관심과 물음 속에 저때가 이때로 이어지고 저곳이 이곳으로 이어지면서, 동양철학과 서양철학 사이의 소통도 자연스럽게 시작될 것이다. 서로 다른 사유 전통을 가지는 이들은 나아가 방법론적으로 서로를 키워주고 결국 — 물음이 지금·여기의 '우리의 삶'으로부터 시작하되 소통 가능한 개념들로 접근하고 소통한다는 의미에서 ―'같은 문제'를 '함께' 고민하고 물을 수 있게 할 것이다.

현실을 읽어온 결과이면서 현실을 계속 읽을 방향으로서의 예 철학하기의 방법은 이때·이곳의 삼중 분리의 현실 삶을 묻고 분석한 산물이자 이런 현실을 계속 묻고 분석하는 것의 시작이라고 할 수 있다. 따라서 이런 예 철학하기의 방법은 하나의 완성된 닫힌 체계가 아니라, 끊임없이 완성을 향해 나가야 할 하나의 열린 방법이 된다.

2) '삼중 분리' 속의 삶 현실

(1) '예사회화'와 '예문화'

우리는 이 순간에도 다양한 종류와 방식의 만남들 속에서 함께하는 삶을 구성해가고 있다. 사람과 자연 사이의 만남을 사람 사이의 만남으로, 혹은 사람 사이의 만남을 사람과 자연 사이의 만남으로 매개하는 함께하는 사회적 삶은 보이는 / 안 보이는, 직접적 / 간접적, 정신적 / 물질적, 같은 시간의 / 다른 시간의, 같은 곳의 / 다른 곳의, 아는 / 모르는, 유언의 / 무언의 만남 등 다양한 종류와 방식의 사람만남들 또는 사람관계들로 구성된다. 사람만남으로, 사람만남 속에서 그리고 사람만남을 위해 사람 삶의 물질적, 정신적 제 수단들이 일정한 방식으로 생산·분배·교환·소비되면서 사람들이 함께하는 삶은 진행된다.

이러한 만남들 속에서 삶의 물질적 제 수단들을 확보하고 나누고 소비하면서 살아가는 가운데 다양한 제도 또는 관습·언어·법·도덕·종교·학문 등의 삶의 정신적 제 수단들이 생겨나게 된다. 사람들이 일정한 방식으로 자연과 사람을 만나면서 물질적, 정신적 삶의 제 수단들을 끊임없이 생산하면서 소비하고 소비하면서 생산해 가는 과정이 사람들의 사회적 삶일 것이다.

'만남'은 어원적으로 마주하다 · 맞이하다 · 마주보다 · 마주앉다 · 맞서다 · 맞대결 · 맞선 등의 밑말인 '맞다(對, 中)'와 나오다 · 나가다 · 나서다 · 낳다 · 내다 등의 밑말인 '나다(出, 生)'의 합성어 '맞-남'에서 나왔다고 본다. 그 일차적 의미는 둘 혹은 그 이상의 행동주체가 '서로에게 향해 나서서 마주하는' 혹은 '마주 나서는' 행위라 할 수 있을 것이다. 여기서 상대로 향하는 것이 중요한데, 이는 외적으로 몸이 향하는 것이라기보다 의식, 관심, 생각 등 마음이 향하는 것을 말한다.

몸들이 서로 향하여도 혹은 가까이 있어도 향하는 마음이 없으면 (협의의) 만남이 아닌 데에 비해, 몸들이 서로 떨어져 있어도, 서로 딴 곳을 향해 있어도 마음이 서로에게 향하고 그들 간에 하나의 방식으로 소통(Kommunikation), 교통(Verkehr), 교환(Tausch)이 있으면 만남이라 할 수 있을 것이다. 예를 들어 하나의 상품을 소비하는 소비자는 소비자를 겨냥하는 생산자를 하나의 방식으로 만나고 있다고 할 수 있다.

지식정보 사회의 디지털 환경에서 신속하고 다양한 만남의 기술적 조건은 혁명적인 발전을 이루었다. 그러나 광의의 만남 개념은 무의식적 만남, '일방적' 만남은 물론, 떠남도, 자연과의 교통도 포함할 수 있다. 따다, 떼다, 떨다 등의 밑말인 '뜨다'와 '나다'가 결합되어 생긴 '떠-남'은 하나의 방식으로 만남을 전제하기도 한다는 점에서도 만남관계, 만남문화의 한 핵심개념으로 된다.

선진제자先秦諸子의 사상을 총 정리하면서 유교를 종합하는 순자는 함께하는 삶을 개념적으로 표현하여 "羣(군)"으로 불렀다. 우리에게 『상품미학비판』 등으로 알려진 독일의 철학자 하욱W. F. Haug은 이 '함께하는 삶'을 "Vergesellschaftung(훼어게젤샤프퉁)" 혹은 "사회화"로 표현한다. 우리의 실천적 이론적 삼중 분리의 현실에 주목하는 예 철학에서 사회화 개념은 "삶의 전 영역에서 일어나고 있는 사람 상호 간의 사회적 제 관계들의 구성과 실천"(Haug) 혹은 사회적 삶의 실천적 제 사람관계들의 총합으로 정의되는데, 이 개념은 모든 '삶의 실천 행위들'을 포괄할 수 있다. 이 "관계들"을 하나의 방식으로 '만남들'로 번역하여 구체화할 수 있을 것이다.

여기에서 하욱의 "사회화" 개념이 사람들이 함께하는 사회적 삶의 모든 종류를 포용할 수 있는 유개념임에 비해, 순자의 "羣" 개념은 뚜렷이 위아래 속에서 위아래를 추구하는 '이데올로기적 사회화'로 한정된다. 사회화의 한 종개념으로서의 유교의 예사회화가 이데올로기적인 이유는 이것이 다양한 종류의 사회적 '위'가 사회적 '아래'의 물질적, 정신적 삶을 '조화' 속에서 혹은 조화를 수단으로 규정하고 지배하는 것을 당연시하고 나아가 이상으로까지 삼는 방법론이기 때문이다. 위아래 간 '분리 속의 만남' 또는 '만남 속의 분리' 개념이 이 논리의 기초를 이룬다. 이데올로기적 사회화의 핵심적 원리는 '다 함께 그러나 분리 속에서'(合而分) 또는 '분리 속에서 그러나 다 함께'(分而合)라 할 수 있다. 여기에서 분리는 '수직적' 분리이지 '수평적' 분리가 아니다.

다양한 내용과 방식의 사람관계들, 사람만남들 속에서 예의 원리나 형식으로 사회적 제 관계들을 구성하고 실천하는 '예 사회화'에서 문화적 측면을 강조하여 표현하는 '예문화' 개념이 '드러나든 감추어지든, 직접적으로든 간접적으로든, 진실이든 거짓이든, 예의 원리나 형식 속에 진행되는 다양한 사람만남들의 이론적 실천적 전체 작용맥락'으로 정의될 때, 예 철학은 예사회화 혹은 예문화를 하나의 방식으로 묻는 방법이라고도 할 것이다.

여기에서 예를 이론적 규범적 차원으로서의 '이론 예'와 그 실천적 경험적 쓰임(Gebrauch) · 적용(Anwendung)으로서의 '실천 예' 또는 '현실 예'로 개념적으로 구분해 볼 필요가 있다. 기존의 주된 접근 방식에서처럼 어떤 예의 내용이 '진짜'냐 '가짜'냐 당위차원에서만 사변적으로 묻는 일은 문제를 구체적으로 제기하고 정리하는 데에 별 도움이 안 된다. 담론에서 '진짜 예'가 무엇을 지시하는지도 애매할 뿐 아니라, 이를 안다고 해도 현실에서 진짜 예도 적거니와 그 실현 조건이나 효과들을 묻지 않고 묻지 못하기에, 경험적인 일상예문화의 대부분은 그 관심과 물음에서 비켜간다. 이런 '대부분'을 포함하여 우리 사회의 경험적인 일상예문화, 일상만남문화 혹은 일상인간관계문화를 구체적으로 물을 필요성은 그만큼 커진다.

(2) 이때 · 이곳의 '삼중 분리'의 삶 현실 묻기

이중 분리를 다시 잇는 방법은 무엇보다 물음이 이때 · 이곳의 삶 현실로부터 출발하는 데에서 찾아진다. 그러나 연구가 우리의 삶 현실로부터 출발한다 해서 실증주의 또는 '긍정주의'(positivism)적으로 주어진 '사실들'(facts) 속에 빠져 갇히고 얽매일 수는 없다. 유교와 기존의 유교연구 그리고 삶 현실의 문제들을 드러내고 넘어서려는 예 철학에서, 현실을 외면外面하는 현실 초월도 현실을 대면對面하다가 현실에 갇히는 방법도 모두 문제이므로 '대면적 초월'의 개념이 이야기된다. 현실을 대면하면서 동시에 초월하는 방법은 '안에서 밖으로서 머물기'의 전략이라 할 수 있다. 이런 대면적 초월의 방법은 서구 중심주의적 접근과 전통 중심주의적 접근에 대한 반성에도 해당된다.

예 철학은 '위 / 아래'의 축과 이로부터 파생된 '내 / 외'의 축을 분석의 출발점으로 하여 사람만남들 / 사람관계들의 구성과 실천들인 예사회화, 예문화를 보다 더 묻고 밝힐 수 있는 새로운 개념들을 계속 찾아간다. 예 철학은 이를 통해 "인역人役"(사람에 부림당하기), "물역物役"(물질에 부림당하기)의 기제로 이어지는 권력관계, 이해관계의 존재방식 / 작용방식 속의 소외나 탈-소외 또는 사람크기, 세상크기의 작아짐 / 커짐을 주목하고 묻는다.

식민지와 분단, 압축된 근대화 과정 속에서 이 땅의 삶이 '본래'로부터 많이 분리되고 소외되어 '작아져' 있고, 이 땅의 인문학 · 철학이 이런 분리된 삶으로부터 다시 분리되고 동서로 더 분리되는 삼중 분리의 현실을 더 묻고 파헤치면서, 다시 그 이음에의 길을 모색하는 데에 예 철학은 주목한다. 삼중 분리관계를 묻는 예 철학은 이때·이곳의 예사회화 현실, 즉 함께하는 삶 속의 예문화, 만남문화, 예 관계들에 대해 무엇보다 위/아래의 '권력기제'(올리기/내리기) 또는 내/외, 안/밖, 겉/속의 '기호기제'(보이기/감추기)를 중심으로 다양한 내용과 방식의 수직적 사회화 질서 또는 지배질서의 생산/재생산 방식에 관심 갖는다.

예 철학이 다룰 수 있는 우리사회의 예문화 현실의 예를 하나 들어보자. "요금이나 내고 타 이 ㄴ-x-ㄴ아!" 이는 2007년 3월 서울의 지하철 3호선에서 20대 중반 정도의 여성이 60대 후반 정도의 여성과의 자리다툼 중에 한 폭력으로 내가 직접 들은 충격적인 내용이다. 하나의 '작은 대화', 대화단절, '작은 소통' 혹은 '작은 만남'은 이 땅에서 만나면서 함께하는 삶의 많은 문제들을 함축하고 있다. 이러한 '작은 만남'의 한 예가 이 땅의 일정한 사회화 질서의 총체적 문제의 효과라 할 수 있다면, 이는 간단히 도덕이나 예절의 문제로 환원될 수 없는 문제로 된다.

트이다·성기다 등의 뜻이 있는 소疏와 통하다·오가다·꿰뚫다 등의 뜻이 있는 통通으로 구성된 소통은 우선 '물질이나 기호가 막힘없이 오감'의 뜻을 가진다. 가정에서 세대 간, 부부 간 대화의 단절로 말미암아 가출이나 이혼이 늘고, 정당 간의 합리적 소통의 부재로 말미암아 정치의 표류는 거듭되어 사회적 손실은 늘어가고, 직장에서 상사와 부하 간의 불합리한 소통으로 감당키 어려운 스트레스는 쌓이며 일의 능률은 떨어지고, '물질크기'에 매개되는 과시와 무시 속의 소통에서 진정한 사람크기는 한 없이 작아진다.

현재 이 땅에서의 만남은 그 질과 양에서 '작다'고 할 수 있다. 특히 위·아래 사이의 소통에서 그렇다. '함께 속의 따로따로'적 만남질서 속에서 대화부족이나 대화파행 등의 '작은 대화' 내지 '막힌 소통' 등의 소통장애가 심해지면, 가출·이혼·타살·자살·성폭력·폭행과 폭언·왕따·발병·저 출산·파업·방화·부패·환경파괴·전쟁 등 사회적 삶에서 막대한 혼란과 손실을 가져오게 되고, 그런 만큼 우리 혹은 우리의 삶은 '작아지고' 불행해진다.

'작은 삶', '작은 사람', '작은 만남', '작은 소통'은 무엇보다 다양한 종류의 "사회적 행동능력"(gesellschaftliche Handlungskompetenz, Haug)이 '지나치게' 편중된 '작은 세상'에서 기인한다. '작아진 세상'이 '작은 사람들'을 구성하고 작아진 사람들이 작은 세상을 더 작아지게 한다(순자의 "以小重小" 참조). 작은 세상에서 작은 사람들로 살아가기가 바로 작은 삶이고, 바로 이런 작은 삶의 구체적 (재)생산 방식에 예 철학은 주목한다.

만남의 주체들 사이에 설치된 다양한 내용과 방식의 정신적 / 물질적, 공간적 / 시간적, 보이는 / 안 보이는 나뉨 / 갈림 / 벽 / 문 / 거르개(filter) / 경계선들이 만남과 소통을 작게, 어렵게 한다. 이렇게 어려워진 소통은 다시 소통의 주체들 사이의 벽을 더 높게 만든다. 사람(크기)의 나뉨은 만남의 나눔을 가져오고, 반대로 만남의 나눔은 사람(크기)의 나뉨을 강화한다.

소통의 문제를 '매체의 이론'(예를 들어 Shannon)이나 '의사소통행위론'(Habermas)을 비롯한 사회과학적 접근이나 기타 일반 기호학 차원 등에서 접근할 수 있을 것이다(Krallmann · Ziemann, 2001 참조). 그러나 예 철학적 접근은 이들을 참고하고 원용하되, 다양한 내용과 방식의 사회적 행동능력이나 권력 크기의 나눔 / 나뉨과 소통과의 상관관계에 더 주목한다. 이는 자본과 노동, 국가와 국민, 부모와 자식, 선생과 제자, 상사와 부하 혹은 내부 사람과 외부 사람, 남녀, 노소 등 여러 '자리 크기'들 사이를 나누고 합하는 만남문화·예문화를, 특히 다양한 '위 / 아래' 나뉨에서 소통의 문제를 중심으로 묻는다. 우선은 위 / 아래의 개념을 이론적 경험적으로 더 밝히고, 이들 위 / 아래 나뉨 사이를 트는(通) 혹은 막는(塞) 정신적 물질적 거르개 또는 경계선들의 작용방식과 (재)생산방식을 무엇보다 각자의 자리크기 관리의 '권력전략'이란 관점에서 밝히는 일에 주목한다. 여기에서 예를 들어 하버마스의 "의사소통적 합리성", 아도르노의 "동일성" 개념 등이 함께 이야기될 수 있다.

우리의 일상을 조금만 들여다보아도, 가짜 자격증이나 가짜 박사학위에서 시작하여 계약서 없는 관행을 이용하여 나중에 '오리발' 내놓기, 쉽게 공약空約으로 변하는 선거공약, 중간에서 '떼어 먹는' 횡령이나 급식비리, 돈은 갔는데 상품은 오지 않는 인터넷 유령회사, '속이는 알림' 속의 턱없이 비싼 휴대폰 이용요금, 접촉사고 후 논쟁에서 힘 있는 사람들 혹은 '목소리 큰 사람들'의 '밀어붙이기', 겉을 꾸며 우선은 속도 겉과 같게 보이려는 전시행정, 비싼 자재 '빼돌리는' 건설현장 등 속과 겉이 다른 '얼렁뚱땅'의 '작은 만남' 방식의 사례는 셀 수 없이 많다.

빠른 산업화와 도시화, 식민지와 분단, 지식정보 시대의 시간·공간 개념의 급변, 넘치는 "시뮬라크르"들, 대중매체 속의 빠른 속도와 거짓·비현실·선정주의, 주입식 교육이나 권위주의 등의 영향이 이런 얼렁뚱땅의 만남문화에 하나의 방식으로 이어진다. 철학의 연구주제로 아주 생소한 그러나 현실에서는 아주 익숙한 얼렁뚱땅의 사전적 의미는 "슬쩍 엉너리를 부리어 얼김에 남을 속여 넘기는 모양"이다. 착실·확실·충실充實·충실忠實·성실·진실 등과 반대되는 '실實 없는' 사람만남의 방식인 얼렁뚱땅은 사태를 지각하고 생각하고 따져 볼 기회도 없이 얼떨결에, 사리와 논리를 스스로는 알지만 상대는 모르게 하기 위해 빠르게 그러나 동시에 슬그머니 현재의 위기를 건너 뛰어넘으면서 상대에 손실을 가져오는 것을 통해 자신의 이익을 늘이는 하나의 '작은 만남' 방식이라 할 수 있다.

이때·이곳의 삶을 만남문화, 예문화, '사회적 인간관계들' 혹은 '인간적 사회관계들'을 중심으로 묻는 예 철학은 이 땅에 만연한 얼렁뚱땅의 만남문화를 비켜갈 수 없다. 물질크기만으로 사람크기와 삶의 크기가 재어지는 '비-본래적' 작은 세상을 잘 묻고 드러낼 때, 얼렁뚱땅의 만남문화도 많이 극복될 수 있을 것이다. 예 철학적 접근은 얼렁뚱땅 문화의 생성과 기능, 재생산의 조건과 방식, 효과들을 만남, 나눔 / 합함, 위 / 아래, 소통, 겉치레, 기호, 시뮬라크르, 이미지, 의미, 참 / 거짓, 비현실적 현실성, 늘임 / 줄임, 보임 / 감춤, 빠름 / 느림, 이익 / 손해 등의 개념으로 역사 · 문화 · 지리 · 정치 · 경제 · 윤리 등을 아우르는 중층적 차원에서 사실적으로 논리적으로 엄밀하게 묻고 검토해갈 수 있을 것이다.

지시물의 '부재' 속에서 지시물의 타자로서 지시물의 '존재'를 지시하고 재현하는 기호들의 의미작용을 통하여 일정한 것을 일정한 방식으로 보이고 감추면서 나눔과 합함 그리고 속도의 조절 속에서 만남상대의 삶크기, 사람크기를 줄여가는 얼렁뚱땅의 만남방식은 하나의 '기호전략'이라고도 할 수 있을 것이다. 예 철학하기는 특히 이러한 기호전략이 다양한 경계선들로 나뉜 사람들 사이의 만남을 어떤 방식과 내용으로 나누고 합하면서 조절해 가는지를 집중적으로 물어가면서 그 방법론을 심화시켜 갈 수 있을 것이다.

3) 분리와 결합의 변증법

(1) '사람크기'의 나눔 / 나뉨 질서

삼중 분리 속의 예사회화, 특히 일상의 예문화 · 만남문화를 묻는 예 철학은 특히 사람크기, 물질크기에 매개되는 '사람 작아짐', 사람 소외의 "사회적 제 관계들의 총합"(das Ensemble gesellschaftlicher Verhältnisse, Marx)에 주목한다. 여기에서 사람 작아짐, 사람 소외는 한 사회의 한 구체적 구성원의 사람크기, 삶의 크기 혹은 "사회적 행동능력"의 크기가 작아지는 일로 작은 세상 질서의 결과이면서 동시에 작은 세상 질서를 결과하기도 한다.

예 철학이 소외된 '작은 삶' · '작은 사람' · '작은 세상'의 '비-본래'를 지양하고 '큰 삶' · '큰 사람' · '큰 세상'의 '본래'를 지향하려 할 때, 작고 큰 '크기'(Grösse)의 개념은 예 철학적 물음의 기초가 된다. 그리고 크기, 특히 사람크기를 나누는 '나눔'(分 / 別)의 개념은 전통 신분사회 속 예 개념의 출발점이 된다. 사람 나눔은 무엇보다 다양한 종류와 방식의 사회적 행동능력들의 크기에서 사람들을 '큰 사람'(大人), '작은 사람'(小人) 또는 '윗사람'(上), '아랫사람'(下) 등으로 나누는 일이다. '외적 크기', '내적 크기' 등 예가 주목하고 강조하는 크기의 다른 나눔 / 나뉨들은 사람크기의 나눔에서 하나의 방식으로 파생된다.

함께하는 삶에서 싸움 또는 갈등을 유발하는 이 나눔 / 나뉨들은 필연적으로 하나의 '합함' 내지 조화를 요청하고 추구하게 된다. 동東이든 서西든, 고古든 금今이든, 하나의 구체적 예사회화 질서에서의 '긴장된 경계선들'에 매개되는 이런 '나누는 합하기' 혹은 '합하는 나누기'의 소외 질서가 예 철학의 이론적 중심 관심이다.

예 철학하기에서 중요한 개념들을 조금 나열해 보자. 이것은 예, 인륜, 만남 / 관계, 떠남 / 떨어짐, 나눔 / 합함, 사람크기 / 물질크기, 내적 크기 / 외적 크기, 삶의 크기, 세상 크기, 수신修身, 주체구성, 권력, 기호, 위 / 아래, (제)자리, 미적 공간, 이데올로기, (탈)소외, 무의식, 욕망, 정치적-윤리적, 올리기 / 내리기, 보이기 / 감추기, (예)사회화, 무리 짓기(羣), (예)문화, 인역人役 / 물역物役, 분이합分而合, 하나중심주의 / 모두중심주의, 경계선, 차이 1(수평 · 다양 속의 차이) / 차이 2(수직 · 획일 속의 차이), 조화 1(수평 · 다양 속의 조화) / 조화 2(수직 · 획일 속의 조화), 초월 1(현실 대면적 초월) / 초월 2(현실 외면적 초월), 미화 1(표리 상합의 미화) / 미화 2(표리부동의 미화) 등이 된다.

(2) '사람-되기'와 '작은 세상'에의 자발적 복종

남을 대하고 만나는 방법으로서 예를, 일반적으로는, '남을 올리고 자기를 내리는 사람 만남의 방식 혹은 법'이라고 이해할 수 있다. 그러나 수직적으로 분리된 전통적 신분사회에서 예는 만남의 주체와 객체의 신분 혹은 사회적 '자리' 또는 '크기'에 따라 그 내용과 방식을 달리 한다. 유교적 사회구성 원리로서 예의 출발점인 나눔/나뉨은 수직적 나눔/나뉨이요, 힘이나 권력에서 비대칭적인 나눔/나뉨이기 때문이다.

그런데 일정한 방식으로 역시 수직적으로 분리된 현대 사회에서 수직적으로 분리된 자리들을 '감안'하(려)는 이런 만남의 법이 사라졌다기보다는 그 방식을 달리 한다. 수직 분리의 방식이 변한 만큼 같은 만남 법은 다른 강조 질서와 다른 의미 질서 속에서 다른 옷을 입으면서 기능한다. 민주를 추구하고 분화된 이 시대에도 다양한 내용과 방식의 위아래 분리의 논리가 존재하므로 양자 간의 친화성과 차이를 묻는 일도 예 철학하기에서 중요하다. 시대의 같음과 다름, 만남법의 같음과 다름을 묻는 '열린' 유교연구는 옛날이나 지금의 우리뿐만 아니라 다른 문화들의 사회화 질서를 더 묻고 더 알 수 있게 할 수 있다고 본다.

다양한 기구들(Apparaten)을 통한 다양한 배움과 가르침의 기회를 제공하는 다양한 사회적 삶의 실천들 속에서, 각자의 사회적 크기 또는 자리에 상응하는 '올바른' 행동과 그 '의미'(Sinn)에 관한 지식은 실천적으로 연습되고 길들여지고 내면화되면서 이데올로기적 예 윤리주체는 구성된다. 이렇게 구성된 "주체/종복"(Subjekt)은 '자발적 복종' 속에서 기존의 '작은' 수직적 지배 질서를 '스스로' 떠맡음으로써("中心悅而誠服", 맹자) 일정한 내용과 방식의 비판과 타협을 전제하는 '조화로운 분리'의 기존 사회화 질서를 재생산할 수 있다("大凝", 순자).

전통사회에서나 현대사회에서 힘 또는 권력에서 비대칭적인 나눔/나뉨의 (재)생산 기제를 묻는 예 철학은 사회적 제도들과 기존질서에의 길들기/길들이기를 통한 작은 세상에의 자발적 복종 속에서 기존의 수직적 지배 질서를 스스로 떠맡(으려)는 예 주체구성 속의 기존질서 (재)생산 기제를 주목하고 묻는다.

(3) 보이기 / 감추기, 올리기 / 내리기의 권력관계

예 철학하기는 '위와 아래', '겉과 속'을 아울러 물을 수 있는 예 개념으로 사람크기의 나뉨과 물질크기의 나뉨 혹은 그 나뉨 속에서의 만남을 이론적으로 함께 생각할 수 있게 해준다. 여기에서 '올리기'와 '내리기'의 개념은 크기에서 위아래 혹은 대소大小로의 나눔 / 나뉨의 중요한 작동방식이고, '보이기'와 '감추기'의 개념은 위아래 축으로부터 파생된 내외 축의 기능방식이라 할 수 있다. 올리기와 내리기의 '권력전략', 보이기와 감추기의 '기호전략'은 만남의 크기 질서, 권력 질서 속에서 자신과 남의 힘 크기를 키우고 줄이면서 관리하는 중요한 기제이다. 그리하여 보이기와 감추기의 기호전략은 '나를 보는 남의 눈'과 '남을 보는 나의 눈'에 민감하고, 올리기와 내리기의 권력전략은 나와 남의 사회적 행동능력의 크기를 키우고 줄이는 내용과 방식에 민감하다.

과시, 무시, 겉치레, 예 등의 문제를 '예문화' 또는 '예사회화'라는 개념으로 보다 포괄적으로 접근하려는 맥락에서, 우리 사회에 만연한 과시와 무시 속의 사람 만남 방식을 우리는 앞 장에서 정리해 보았다. 이러한 과시 · 무시의 만남문화에서는 만남의 행위자가 만남의 상대보다 아래일 때는 상대인 위와 차이를 줄이고 없애 같게 되거나 그보다 위로 되려 하고, 상대와 같을 때는 '수직적 차이'를 내어 위 자리를 점하려 하고, 상대보다 위일 때는 위를 유지하거나 자신의 자리를 더 높이려 한다. 위로 올라가려는 주관적 욕망은 아래는 위를 계속 따라가야 하고 위는 따라오는 아래로부터 계속 도망가야 하는 '사회적 강제'의 결과다. '위아래의 구별 짓기'를 요청하는 사회적 강제 속에서 만남의 행동주체들은 위로 되어 아래를 누를 수 있을 때 혹은 적어도 위와 같은 수준으로 될 때 안심하게 된다.

과시와 무시는 경쟁 속에서 하나의 방식으로 나 자신의 권력을 키우거나 관리하는 전략으로 그 목표는 결국 '자기 올리기' 혹은 '자기가 아래로 안 내려지기'가 된다. '자기를 내리고 남을 올리는' (이론) 예의 표방

도 현실적으로 하나의 소외 질서 속에서 속으로는 대부분이 결국 자기 올리기 혹은 자기가 아래로 안 내려지기로 향한다. '예'라고 해서 봤더니 그 속은 과시, 무시로 이어지는 '비례'에 불과한 경우가 많다. 아니, 과시·무시 속에—형식적 차원이든 내용적 차원이든—예 요소들이 하나의 방식으로 끼어들어 있다. 이는 예를 끼고, 업고 과시·무시가 일어남을 의미한다. 예를 무시하면 과시·무시를—적어도 효과적으로는—할 수 없게 된다. 그러므로 '예 속의 과시·무시' 또는 '과시·무시 속의 예'를 말할 수 있게 된다.

이렇게 자기나 남을 올리고 내리기와 보이고 감추기에서 서로 같은 형식이 예, 과시, 무시를 함께 물을 수 있는 근거가 된다. 형식이 같으므로, 속의 의도와 표방에서 표리가 쉽게 달라질 수 있는 실천 예, 현실 예는 과시나 무시로 쉽게 이어질 수 있다. 과시, 무시처럼 작은 속을 크게 보이거나 큰 속을 작게 보이면서 속을 그대로 보이지 않는, 않아야 하는, 않을 수 있는 예 자체가 표리부동한 것이다. 나와 남 가운데에서 누구를 올리거나 내리기 위한 다르게 보임이냐가 (이론) 예, 과시, 무시를 가른다. 그러나 현실 예는 결국 자신을 올리는 과정이기 쉽기 때문에 현실 예와 과시, 무시 사이의 경계는 쉽게 무너질 수 있다. 이런 현실 예가 '진짜 예'가 아니라고 하면서 묻지 않는다면 그만큼 우리의 현실은 간과된다.

전통적으로 예는 보이고 감추는 형식에서뿐 아니라 '위아래'의 내용에서도 과시, 무시로 쉽게 이어질 수 있다. 내용적으로 전통 예는 기존의 수직적 사회화 질서를 많이 '감안'한다. 내용적 측면에서 '위아래의 나눔/나뉨'으로 향하는 예의 '별別' 또는 '분이합分而合' 개념 혹은 기타 수직주의적 요소들도 또한 결국 위아래의 권력관계의 한 작용방식인 과시, 무시의 기제로 이어질 수 있다. 과정의 형식과 내용에서 (현실) 예와 과시, 무시 사이의 만남은 자기 올리기 혹은 자기가 아래로 안 내려지기라는 목적에서 다시 만난다.

과시, 무시의 현실이나 현실 예의 보이기 / 감추기를 통한 자기 올리기는 남 내리기로, 남 내리기는 다시 자기 올리기로 쉽게 이어질 수 있다. 사람만남의 서로 다른 방식인 과시, 무시, 예에서 — 그 대상이나 주체가 남이든 자기든 — 보이기 / 감추기, 보기 / 안 보기, 올리기 / 내리기, 위이기 / 아래이기 등의 권력기제가 중요하다. 과시나 무시 혹은 현실 예에서 자기나 남의 장점 / 단점들 또는 크기들이 드러내지고 감추어지면서 양적으로는 부풀려지거나 축소되기도 하고 질적으로는 미화되거나 추화되기도 한다. 이런 전략들의 관심은 결국 자기 권력의 조직 또는 관리의 전략으로 향한다.

예 요소가 섞여 있는 과시, 무시의 현실 예문화 질서는 만나는 사람들 사이의 '구별 짓기'를 통하여 이들을 수직화하고(vertikalisieren) '위아래' 관계를 형성한다. 이는 하나의 지배관계를 형성하고 유지하거나 하나의 지배관계를 벗어나려 하는 것으로 이어진다. 여기에서 '지배관계를 벗어나려 함'은 지배관계 자체를 해체하고 벗어나려 함이라기보다 자신이 남의 위가 되어 자신이 남의 아래가 되던 지배관계를 벗어남을 말한다. 그러므로 여기에서 '지배관계를 벗어나기'는 곧 '지배관계에 빠지기' 또는 지배관계를 추구하기인 것으로 드러난다. 이런 지배관계 속에서는 위아래만 있을 수 있고 위아래만 있으려하고 위아래만 있어야 하는 소외된 예문화 질서가 말해질 수 있다.

우리 사회에서 물질크기를 공통적으로 최고의 가치로 인정하지 않는다면 물질적 과시, 무시는 기능할 수 없을 것이다. 큰 물질에 부림당하고('物役') 물질에서 큰 사람에 부림당하는('人役') 사람 만남의 소외질서는 물질크기의 나뉨과 사람크기의 나뉨을 전제하고 결과한다. 물질크기 이데올로기의 사회화 질서 속에서 태어난 하나의 사회구성원이 하나의 물질크기 이데올로기의 '주체로 크면서' 혹은 주체로 구성되면서 물질크기 이데올로기에 다시 빠지게 된다. 사회와 사람을 이런 방식으로 보고 평가

하는 것에 젖은 '작은 세상'에서 태어난 한 사람은 쉽게 물질크기의 이데올로기 주체로 구성되고 '작은 사람'으로 길들여지면서 물질크기 이데올로기에 다시 빠지게 된다.

우리가 계속 물어야 하는 문제는 이제 이런 물질적 과시 속의 사람소외 질서를 지양할 수 있는 사회적 삶의 물질적 정신적 제 조건들이 구체적으로 무엇이냐 하는 것이다. 예 철학은 겉치레적, '비례非禮적' 사람관계를 벗어나기 위해 '수직주의적' 힘 관계 질서와 이와 얽힌 제도와 예문화 관습을 함께 문제 삼는다. 물질크기에 부림당하는 소외를 벗어나기 위한 기본 전제는 무엇보다 물질크기의 삶에서 어려움이 없어야 할 것이다. 이는 맹자가 말한 '항산恒産 / 항심恒心'의 생각과 많이 통한다.(6장 4.2절에서 많이 따왔음)

(4) '나누는 합하기' 혹은 '합하는 나누기' 질서의 (재)생산 기제

예는 다양한 내용과 방식의 사람크기, 세상크기, 삶의 크기, 물질크기, 외적 크기, 내적 크기 등의 나눔 / 나뉨과 이의 결합에 관심을 가진다. 그리고 예 철학은 이런 '나눔 / 나뉨'과 그 경계선들 속에서 일어나는 다양한 내용과 방식의 실천적 이론적 사람 만남들의 전체적 작용 맥락에 관심을 가진다. 사회적 자리들의 크기에서 분리와 나눔 / 나뉨은 하나의 방식의 '합함'을 요청하게 된다.

만남을 묻는 예 철학의 방법은 이런 나눔 속의 합함에 주목하면서 일정한 한 사회의 분리질서가 일정한 방식으로 재생산되는 기제를 묻는다. 여기에서 합함의 근거는 주어진 '삶의 방식'에 대한 사람들의 '동의 / 합의'(consensus)를 끌어내고 이들을 각각의 하나의 '위' 또는 '가운데'에 복종시킬 수 있는 '예의 힘'에 있다. 예의 힘은 다양한 종류와 방식의 위아래가 '각자의 자기자리에 각각 머묾으로써' 그들 관계가 분리되지만 단절되지 않는 '따로따로 속의 함께'의 효과로 이어진다.

예 철학은 우리의 삼중 분리의 이론적 실천적 삶 현실에 주목한다. 예 철학은 이 땅에서 철학하기의 이때와 저때 사이 그리고 이곳과 저곳 사이의 분리를 잇고, 특히 다양한 내용과 방식의 '위아래' 사이의 크기 나눔을 통한 '본래적 삶'으로부터 분리되는 현실 삶을 다시 잇는 길을 체계적으로 묻고 찾아간다. 여기에서 다양한 내용과 방식으로 다양한 내용과 방식의 (사람)만남을 나누고 잇는 경계선들의 생성, 작용, 소멸의 논리가 중시된다. 분리가 경계를 만들어 내고 경계가 다시 분리를 만들어 내기 때문이다.

유교적 예사회화의 물음은 사회적 행위 주체들이 서로 다른 힘의 크기들로 나뉜 가운데 결합하는 사회적 삶을 어떻게 구성해 나가야 하고 구성해 나갈 수 있는지에 초점을 맞추고 있다. 유교는 '위아래'나 '대소'의 권력 관계를 하나의 방식으로 문제 삼지만 혹은 문제 삼는다. 동시에 이런 수직적 권력 관계는 하나의 방식으로 유교에 의해 추구된다. 유교가 '내적 크기'(知·德 등)의 논리로 '외적 크기(지위, 소유 등)'를 부정하지만 혹은 부정하면서 동시에 외적 크기를 하나의 방식으로 긍정하기 때문이다. 위로서 혹은 아래로서 상대방을 각각의 방식으로 잘 배려·존중하면서 혹은 배려·존중하기에 위아래가 '각각 제 자리에 머물고 제 자리를 지키는' 것이 예사회화의 요지이다. 여기에 '수직 속의 배려' 나아가 '수직을 배려하기'의 개념이 들어 있다.

사람들을 끌어 모으고 복종시킬 수 있는 힘이 있는 '예의 힘'은 동시에 '힘의 예'이기도 하다. 이런 예의 힘은 다양한 종류의 위아래가 각자의 자기자리에 각각 머묾으로써 이들 관계가 '분리'되지만 '단절'되지 않는 '따로따로적 함께'의 효과로 향한다. 이런 예사회화 질서에서 (수직적) 분리 없이 결합을 생각할 수 없듯이, 결합 없이는 분리를 생각할 수 없다. 분리는 결합의 전제 조건이요, 결합은 분리의 전제 조건인 셈이다. 예 철학은 끊임없이 분리와 결합의 변증법을 묻는다.

소외적 예사회화 질서의 이러한 '따로따로적 만남' 혹은 '만남 속의 떨어짐'의 제 맥락을 학문적으로 엄밀하게 계속 묻고 따지면서 넘어설 필요가 있다. 이를 위해 수직적 획일적 지배관계적 차이(차이 2)를 넘어 수평적 다원적 다문화적 차이(차이 1)로 향하는 일은 수직적 획일적 지배관계적 조화(조화 2)를 넘어 수평적 다원적 다주체적 조화(조화 1)로 향하는 일로 이어진다. 수평적 다원적 다문화적 차이 속에서 수평적 다원적 다주체적 조화를 추구하는 것이 우리가 추구하는 '큰 삶'의 사회화질서일 것이다. 우리 사회에 만연해 있는 표리부동의 겉치레(미화 2)를 넘어 표리상합의 미화(미화 1)로 향하고, 이중적 분리 속의 기존 철학이 빠져 있는 현실 외면적 초월(초월 2)을 넘어 현실 대면적 초월(초월 1)로 향하는 일도 이 방향으로 이어진다.

그런데 이러한 유교적 '나누는 합하기' 또는 '합하는 나누기'의 이데올로기적 사회화가 과거나 유교, 나아가 기타 동양 사상에만 한정되는 사회화 방식은 아니다. 그런 만큼 유교적 사회화의 방식을 묻는 예 철학하기의 이론적 실천적 의미는 커진다고 할 수 있다.

(5) '하나중심주의'에서 '모두중심주의'로

예를 여러 종류의 위아래 사이의 '올바른' 만남 방식 혹은 이런 만남과 관계를 조율하는 '올바른' 길(道)이라고 이해할 때, 여기서 올바름은 유교적 시각에 제한된 혹은 갇힌 올바름이다. 이 갇힘과 제한을 의식할 때에 새로운 개념의 예가 말해질 수 있다. 함께하는 삶을 사회적 만남 또는 관계 개념으로 접근하려 함에도 불구하고 기존의 예학·예론의 한계는 무엇보다 일정한 방식으로 '위'와 '개인의 내면' 또는 정신이나 당위에 치중하고 나아가 '옛 성현'에 매몰되고 마는 방법에서 찾을 수 있다고 했다.

이러한 기존의 예 개념을 거르고 다듬고 키워 지양하면서 예 개념의 외연을 넓히고 새로운 개념의 예를 찾아간다면, 이는 다양한 사람 만남들에서 다양한 위아래 간 수직적 차원들을 초월하여 이를 다양한 수평적 차원들로 전환하는 예이고, 사람 만남을 좁히는 것이 아니라 넓히는 예이며, 나아가 목소리 없는 미래의 사람이나 자연을 만나는 차원까지 포함하는 예가 될 것이다. 이는 '하나 중심주의'에서 '모두 중심주의'로 향하고 '큰 만남'과 '큰 소통'을 지향하는 개념이다. 그렇다면 이는 만나면서 함께하는 우리의 물질적·정신적 삶을 전체적으로, 체계적으로, 비판적으로 묻고 파악하고 넘어설 수 있는 방법론적 개념이어야 한다.

이런 맥락에서 제한된 또는 갇힌 예 개념이 아니라, 보다 넓고 열린 '예문화'와 '열음'의 개념이 이야기된다. 이 개념들은 동과 서, 고와 금 그리고 철학과 현실을 잇고 통일하면서 보다 '큰 세상'에서 보다 '큰 사람'으로 보다 '큰 삶'을 살아가는 길을 찾아가기 위한 이론적 실천적 관심으로 이어진다. 방법론적 차원에서 기존의 예학·예론을 훨씬 넘어서는 예 철학은 특히 일상예문화 속에서 사람크기, 물질크기에 매개되고 매몰되는 사람 소외, 사람 작아짐에 주목한다. 여기에서 사람 소외는 역사적으로 한 구체적 사회 속의 어떤 한 구성원의 사람크기, '삶의 크기' 혹은 '사회적 행동능력의 크기'가 작아지는 것을 이름이다. 예 철학은 '상하'의 축과 이로부터 파생된 '내외'의 축을 분석의 중심 개념 축으로 동원하고, 다시 이들과 일정한 방식으로 연결되는 '올리기'와 '내리기' 그리고 '보이기' 와 '감추기' 등 새로운 개념들을 찾아가면서 사람 소외, 사람 크기, 세상 크기를 묻는다.

이런 문제의식에서, 이론 있는 실천 또는 실천 있는 이론 속에서 사람 키우기의 조건으로 세상 키우기, 세상 키우기의 조건으로 사람 키우기를 내세우고 보다 '큰 사람만남'을 찾아가는 '열음의 길'은 사리/윤리/물리/논리 등에 대한 기존의 관념체계, 가치체계에 붙잡히지 않고 자유롭게 이를 넘나들 수 있는 '생각 열음', '생각 나눔', '생각 키움'의 이론적 실천적 방법으로 이어진다. '열음'은 우선 닫히고 갇히고 막힌 것을 열고

터서 통通하게 한다는 의미를 갖는다. 또한 열매를 뜻하는 열음은 철학이나 인문학이 쉽게 빠져드는 관념이나 사변에 머물지 않고 구체적 열음(實)을 맺는 이론적 실천적 작업을 가리킬 뿐 아니라, '열-띤 소리'로서 열음熱音은 우리의 '작은 삶'의 (재)생산 방식에 대한 서로의 생각을 함께 열정적으로 나누고 따지면서 이론과 실천 속에서 보다 '큰 삶'을 진지하게 찾아감을 가리킨다.

나는 우리의 삶 현실을 '더 많이' 묻고 '더 크게', 더 좋게 바꾸려는 예철학하기의 이론적 실천적 맥락에서 사람 키우기의 조건으로서 세상 키우기, 세상 키우기의 조건으로서 사람 키우기의 길을 닦고 실현하는 것을 구체화하기 위해 '생각 열음, 생각 나눔, 생각 키움'의 자리인 〈열음 예문화연구소〉를 운영하면서 〈열음 학당〉의 일을 준비해왔다.

'예문화'가 과거가 함께하는 우리의 현재를 사실적으로 더 묻고 더 밝힐 수 있는 개념이라면, 탈-소외를 통한 인간성 회복을 위한 보편성과 수평성, 다원성, 배려, 자유, 소통 등을 지향하는 '열음' 개념은 우리의 미래를 더 생각할 수 있는 개념이라고 할 수 있다. 열음은 위・아래의 분리가 아니고, 부리고 섬기는 '사사使事'가 아니고, 스트레스 주고 쓸데없는 짐과 같은 형식이 아니라, 서로를 하나의 인격으로 존중하고 배려하는 '새로운 예' 개념에 기초한다. 새로운 예 혹은 해방 예는 서로 '다른' 사람들이 서로를 '같은' 사람으로 배려하고 존중하고 중심으로 놓으려는 '모두중심주의' 또는 '서로중심주의', '함께중심주의'를 추구하기 때문이다.

우리 삶을 작게 하고 크게 하는 권력관계나 소외 / 탈소외의 논리에 주목하고 사회경제적 측면을 감안하면서 더 정교한 분석과 설명을 위해 사실적으로 논리적으로 그 하위 개념들을 계속 찾고 정밀화할 필요가 있다. 이럴 때, 동양철학과 서양철학이 서로에 그리고 지금여기의 현실에 자신을 열면서 '동양철학과 서양철학 사이'의 나뉨(제3분리)과 '철학 일반과 현실 사이'의 나뉨(제2분리)은 다시 이어짐으로 나갈 수 있을 것이다.

그리고 이럴 때, 우리의 삶 현실의 분리 질서, 소외 질서(제1분리)는 보다 잘 물어지고 보다 잘 읽어지면서 진정한 통합(조화 1)과 탈소외로 향할 수 있을 것이다.

4. 나오는 말

삼중 분리를 넘어서 이때·이곳의 삶 현실의 분리구조, 소외구조를 구체적으로 주목하고 묻는 일은 이 땅의 인문학 소외의 탈출구를 구체적으로 찾는 하나의 시도로 이어질 수 있다. 이러한 탈출구 찾기를 통한 예 철학하기의 '현실 키우기'는 '인문학 키우기'로 이어지면서 우리학문의 식민지성을 벗어나고 주체성을 확립하는 하나의 중요한 계기가 될 수 있을 것이다.

또한 이때·이곳으로부터 '너무 떨어져서' 저때나 저곳에 치우쳐 묻거나, 아니면 이때·이곳에 '너무 붙어서' 과학기술과 자본증식의 학문에 치우치고 마는 우리의 학문현실의 균형 유지 차원에서도 예 철학하기는 중요하다고 본다. 주체적이고 독창적인 한국철학/우리철학만이 세계철학일 수 있다. 진정한 우리철학하기의 한 방식으로서의 예 철학하기 방법론 찾기의 성공은 국외적으로도 우리와 비슷한 학문적 역사적 전통의 동아시아 유교사회에서는 물론 세계의 인문학계, 철학계의 주목을 받아낼 수 있을 것이다.

예 철학하기는 우선 우리의 구체적 삶을 우리말, 우리 개념, 우리 방법으로 구체적으로 묻고 개선하려는 시도다. 예 철학하기는 현실을 대면하되, 현실에 얽매이지 않고 현실의 '작음'을 넘어서려는 현실대면인 동시에 현실초월의 방법이다. 이는 현실을 대면하고 동시에 초월하는 방법이기에 '대면적 초월'의 방법으로서 '안에서 밖으로서 머물기'의 전략이다.

'저때'와 '저곳'에서의 철학인들이 각각 그들 '자신의 현실'은 많이 묻지만, '이때'·'이곳'의 우리의 삶 현실은 물어주지도 않고 물어줄 수도 없다. 저때와 저곳의 그들이 묻는 그들의 현실이 우리의 현실과 많이 겹치기도 하지만 우리의 현실은 아니다. 그럼에도 바로 이러한 '겹침'이 예 철학이 저곳과 저때에 주목하게 하고 자신을 열게 만들기도 한다.

그러므로 현실로부터 분리되어가는 이론('제2분리', '제3분리')과 '본래'로부터 분리되어가는 현실('제1분리')을 묻는 예 철학하기는 저때와 저곳을 하나의 방식으로 '타고' 이들에 늘 자신을 열음 속에 자신을 보다 잘 묻고 잘 보면서 자신을 방법론적으로 '키우기' 위해 노력한다. 이런 문제의식에서 예 철학하기는, 앞에서 언급한 것처럼, 이때와 이곳에 '맞게' 우리의 전통철학 / 전통사상의 통찰과 서양의 철학이나 사상들의 업적을 비판적으로 수용하는 데에도 큰 관심을 기울인다. 물론, 현실을 대면하되 동시에 초월하는 '대면적 초월'의 방법은 전통과 서양의 사유방식을 만나는 데에도 적용된다.

아직 시론의 성격을 띠는 예 철학하기의 물음은, 동시에 우리의 전통철학의 통찰과 서양의 인문학·철학의 업적을 하나의 방식으로 비판적으로 수용한 결과이기도하다. 결국 예 철학적 물음의 의미와 사활은 예 철학이 우리의 '작은 삶'을 얼마나 잘 '물어낼 수' 있고 '키워낼 수' 있는지에 달려 있다고 할 것이다.

03

셋째 벼리

원전 찾기

셋째 벼리

세종 때 두 노래가 우리말글 살이에 끼친 은덕

김 정수

1. 들머리

세종 큰 임금은 훈민정음을 만들고 나서 "하늘을 다스린 미리들의 노래"(龍飛御天歌, "미리 노래"로 줄임 / 1445)와 더불어 "즈믄 가람을 비춘 달의 노래"(月印千江之曲, "달 노래"로 줄임 / 1447)에 말과 글에 대한 자신의 깊은 뜻을 나타내었다. 미리 노래는 정음을 만들고 반포하기 전에 제일 먼저 정음을 활용한 첫 작품으로 신하들을 시켜 짓게 한 것이고, 달 노래는 정음을 반포하자마자 세종이 수양 대군을 시켜 지은 〈석보상절釋譜詳節〉(1447)에 부쳐 몸소 지은 찬불가인데, 이 두 노래는 우리말의 역사에서 아주 독특하고도 드높은 자리를 차지하고 있다. 미리 노래는 조선 왕조의 뿌리를 밝히고 훗날이 더욱 더욱 피어나기를 기원한 노래로서, 달 노래는 불교의 깊은 유래와 이치를 높이고 당대 조선 왕실 사람들의 믿음을 다진 노래로서, 역사와 종교가 그 본령일 것이며 문학 방면의 가치가 더 큰 것이겠으나, 언어학의 시야에서만 다루는 것이 죄송하다. 〈훈민정음訓民正音〉(1446)이란 책 한 권이 한겨레의 말글 살이에 끼친 은덕은 이루 말할 수 없는 것이거니와, 같은 때 지어진 이 두 노래는 〈훈민정음〉에 선포된 글쓰기의 원칙과 한겨레의 말글 살이를 위한 세종의 꿈을 실현한 문헌으로서 특히 오늘날 한겨레의 글살이에 끼친 은덕 또한 크나큰 것인데 충분히 이해되어 있지 않으며, 심지어 국어학계에서 왜곡되기까지 했다.

2. 한글만 쓰기의 본보기

달 노래는 다음과 같이 한자말도 토박이말과 같이 한글로 적고 한자는 작은 글자로 받쳐 적었다. 한자말을 미리 노래(1445)에서는 한자로만 적었고, 석보 상절(1447)로 비롯한 당대 다른 문헌에서는 거의 다 한자로 적고 그 소릿값을 작은 글자의 한글로 받쳐 적었다. 이것은 틀림없이 세종이 갓 만든 새 글자만으로 글을 쓰고 책을 내고 싶다는 마음의 표현이자 또한 장차 한겨레가 새 글자만으로 글자 살이를 하게 하고 싶다는 참으로 머나먼 꿈의 표현이었을 것이다.

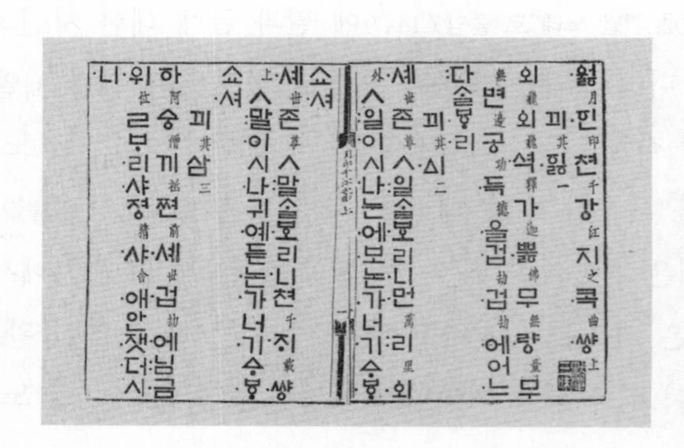

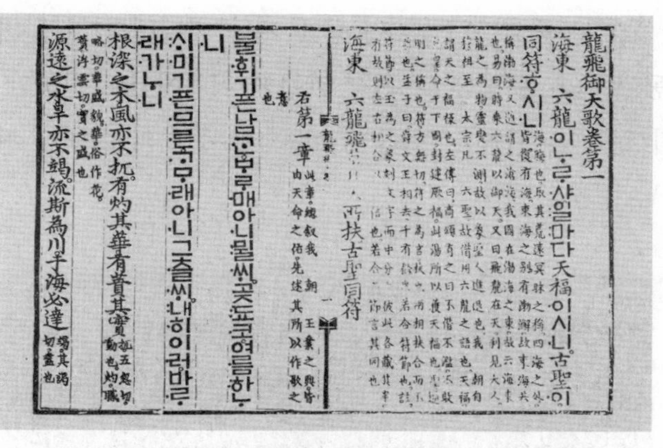

龍飛御天歌卷第一

海東 六龍이 ᄂᆞᄅᆞ샤 일마다 天福이시니 古聖이 同符ᄒᆞ시니

불휘 기픈 남ᄀᆞᆫ ᄇᆞᄅᆞ매 아니 뮐ᄊᆡ 곶 됴코 여름 하ᄂᆞ니

ᄉᆡ미 기픈 므른 ᄀᆞᄆᆞ래 아니 그츨ᄊᆡ 내히 이러 바ᄅᆞ래 가ᄂᆞ니

根深之木 風亦不扤 有灼其華 有蕡其實

源遠之水 旱亦不竭 流斯爲川 于海必達

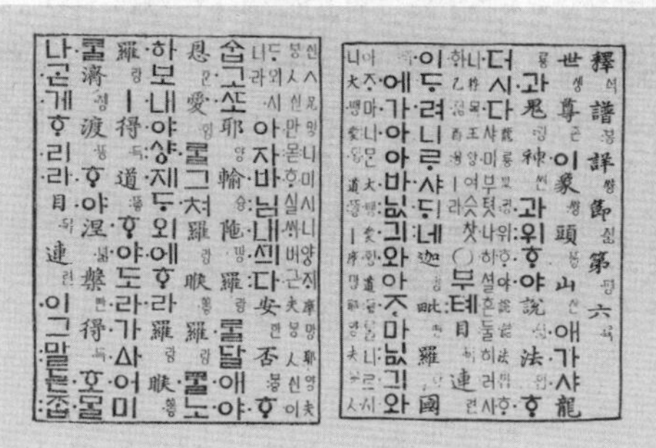

釋譜詳節第六

세종의 이런 꿈이 얼마나 비현실적인 것이었는지는 심지어 이 달 노래와 석보상절을 합쳐 만든 〈월인석보〉(1459)에서조차 달 노래의 한글만 쓰기를 따르지 않은 사실로도 알 수 있다. 아들인 수양 대군을 포함한 모든 신하는 예외 없이 한자 중심의 글 쓰기를 하고 있으니 말이다.

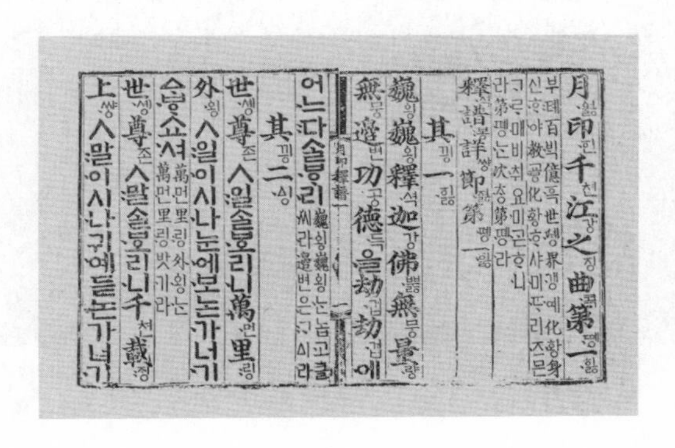

月印千江之曲第一

釋譜詳節第一

其一

巍巍 釋迦佛 無量無邊 功德을 劫劫에 어느 다 ᄉᆞᆲᄫᆞ리

其二

世尊ㅅ 일 ᄉᆞᆲ보리니 萬里外ㅅ 일이시나 눈에 보논가 너기ᅀᆞᄫᆞ쇼셔

世尊ㅅ 말 ᄉᆞᆲ보리니 千載上ㅅ 말이시나 귀예 듣논가 너기ᅀᆞᄫᆞ쇼셔

한글만 쓰기는 이로부터 100년 넘게 지나 아낙네의 글에 비로소 나타난다. 그동안 나온 불경 등의 온갖 간행물 어디에서도 한글만 쓰기는 이루어 지지 않았다. 다음은 이 응태李應台(1556~1586)의 아내가 지아비의 무덤에 써 넣은 추도문이다.

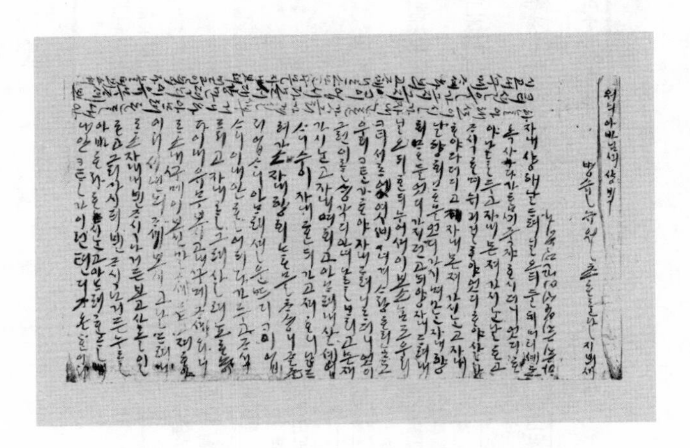

다음은 채 무이蔡無易(1537~1594)의 아내 순천 김 씨의 편지로서 역시 16세기의 문헌이다.

다음은 본격적인 저술에 한글만 쓰기가 이루어진 17세기의 사례로서 효종孝宗(1619~1659)이 지은 인조仁祖(1595~1649)의 행장 곧 전기이다. 효종의 왕비인 인선仁宣(1618~1674) 왕후가 쓴 것이라 한다.

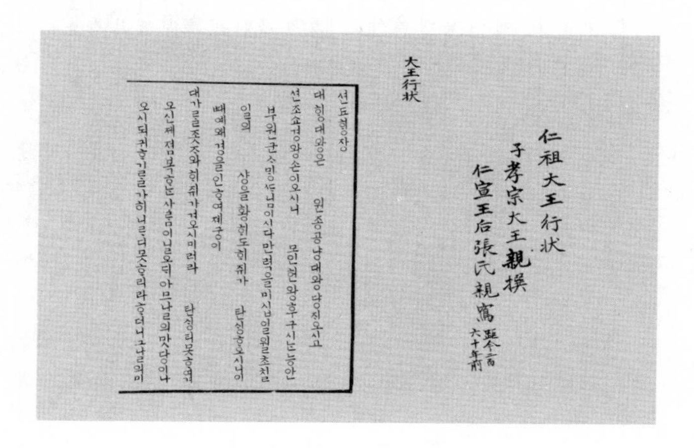
大王行狀

仁祖大王行狀
子孝宗大王親撰
仁宣王后張氏親寫 距今百六十年前

션묘힝장
대힝대왕은 원종공냥대왕 댱ᄌᆞ오시고
션조쇼경왕손이오시니 모인현왕후 구시ᄂᆞᆫ 능안
부원군 ᄉᆞᄆᆡᆼ ᄯᆞ님이시다 만력을미ᄉᆞᆸ일월초칠
일의 샹을 황히도히 ᄌᆡ가 탄ᄉᆡᆼᄒᆞ오시니
ᄣᆡ예ᄭᅬ 졍을인ᄒᆞ여 ᄌᆡ궁이
대가ᄅᆞᆯ좃ᄌᆞ와 ᄒᆡ쥐가 겨오시미러라 탄ᄉᆡᆼ리 못ᄒᆞ여셔
오신ᄌᆡ 졈복ᄒᆞᄂᆞᆫ 사ᄅᆞᆷ이 니ᄅᆞ오ᄃᆡ 아모나ᄅᆞ의 맛당이나
오시되 귀ᄒᆞ기ᄅᆞᆯ 가히 니ᄅᆞ디 못ᄒᆞ리라 ᄒᆞ더니 그나ᄅᆞ의미

다음은 임금이 백성들을 가르치는 윤음綸音(1757)의 하나로서 한글만 쓰기가 300년이 지난 18세기에 들어서야 정부의 공식 간행물에 시작되었음을 보여 준다.

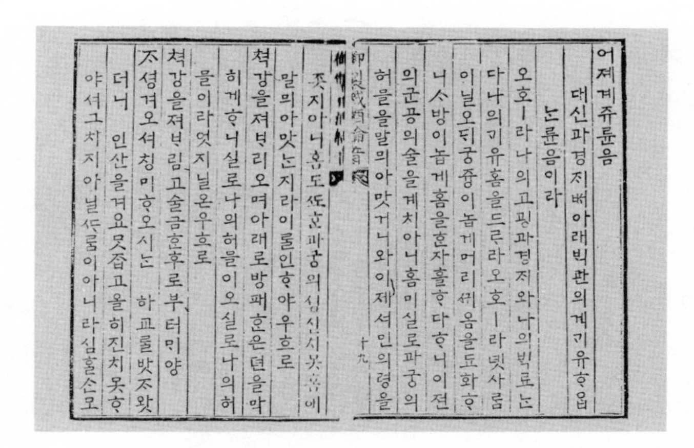
어제계쥬륜음
대신과경지뼈아래빅관의게 기유ᄒᆞ옵
논륜음이라
오호ㅣ라 나의고핑과경지와 나의빅료ᄂᆞᆫ
다나의미유홈을드ᄅᆞ라 오호ㅣ라 녯사ᄅᆞᆷ
이닐오ᄃᆡ궁즁이놉게머리ᄡᅴ옴을도화ᄒᆞ
니ᄉᆞ방이놉게홈을ᄒᆞᆫ자흘ᄒᆞ다ᄒᆞ니이젼
의군공의술을계치아니홈미실로파궁의
허믈을말믜아맛거니와이제셔인의령을
十九
御製戒酒綸音
좃지아니홈도ᄯᅩᄒᆞᆫ파궁의심신시ᄆᆞᆺᄒᆞ에
말믜아맛ᄂᆞᆫ지라이ᄅᆞᆯ인ᄒᆞ야우흐로
척강을져ᄇᆞ리오며아래로방패ᄒᆞᆫ은뎐을막
히게ᄒᆞ니실로나의허믈이오실로나의허
믈이라엇지닐온우흐로
척강을져ᄇᆞ림고술금ᄒᆞᆫ후로부터미양
조셩겨오셔칭미ᄒᆞ오시ᄂᆞᆫ 하교ᄅᆞᆯ밧조왓
더니 인산을겨요뭇ᄌᆞᆸ고올히진치못ᄒᆞ
야셔그치지아닐ᄯᆞᄅᆞᆷ이아니라심ᄒᆞᆯ손모

다음은 역시 백성을 교화하기 위해 간행한 오륜행실도五倫行實圖(1797)로서 18세기 한글만 쓰기의 본보기다.

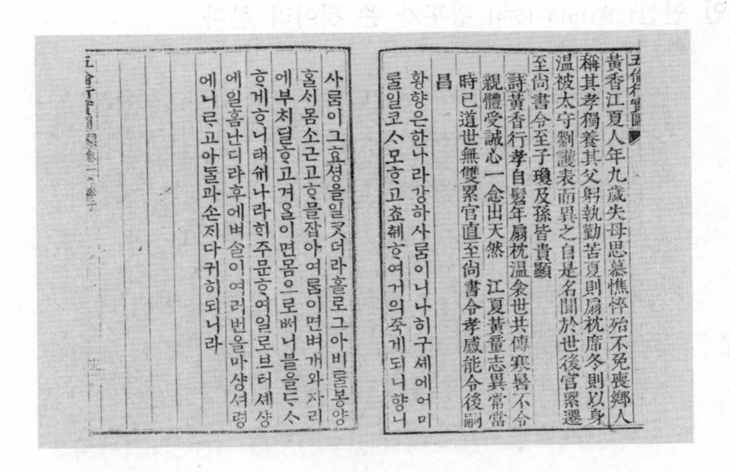
五倫行實圖
黃香江夏人年九歲失母思慕憔悴殆不免喪鄕人
稱其孝獨養其父躬執勤苦夏則扇枕席冬則以身
溫被太守劉護表而異之自是名聞於世後官累遷
至尙書令至子瓊及孫皆貴顯
詩黃香行孝自髫年扇枕溫衾世共傳寒暑不令
親體受誠心一念出天然　江夏黃童志異常當
時已道世無雙累官直至尙書令孝感能令後嗣
昌
황향은한나라강하사ᄅᆞᆷ이니나히구셰에어미
를일코ᄉᆞ모ᄒᆞ고쵸췌ᄒᆞ여거의죽게되니향니
사ᄅᆞᆷ이그효셩을일ᄏᆞᆺ더라홀로그아비ᄅᆞᆯ봉양
ᄒᆞᆯ시몸소근고ᄒᆞ믈잡아여ᄅᆞᆷ이면벼개와자리
에부체질ᄒᆞ고겨울이면몸으로ᄡᅧ니블을ᄃᆞᄉᆞ
ᄒᆞ게ᄒᆞ니태슈나라히주문ᄒᆞ여일로브터셰샹
에일홈난디라후에벼슬이여러번올마샹셔령
에니ᄅᆞ고아ᄃᆞᆯ과손ᄌᆞ다귀히되니라
五倫行實圖卷一 孝子

다음은 옛 소설의 대표라 할 춘향전 가운데서도 가장 오래되고 정제된 남원 고사南原 古詞(1864~1869?)로서 한글만 쓰기가 우리 소설의 전통으로 19세기에 확립되었음을 보여 준다.

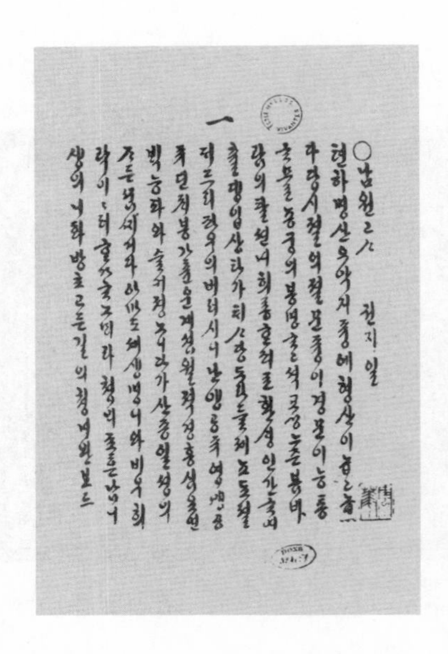
○남원고ᄉᆞ　권지일
텬하명산오악지즁에형산이놉고놉다

다음은 한글의 덕을 가장 많이 입고 한글 펴기에도 가장 크게 이바지한 예수 셩교 젼셔(1887)로서 19세기 한글만 쓰기의 사례다.

맛더복음뎨일쟝

답라함의자손다빗의후에예수키리쓰토의족보라압라함이이삭을낫코
이삭이야곱을낫코야곱이유다의형뎨를낫코유다가다말씨를위ᄒᆞ여바
릿파사라를낫코발릿은이슬옴을낫코이슬옴이아람을낫코아람이아마
나답을낫코아미나답이낫숀을낫코낫숀이살몬을낫코살몬이라합씨를
위ᄒᆞ여보옷슬낫코보옷시룻을위ᄒᆞ여오벳을낫코오벳은옛시를낫코옛
시는다빗왕을낫코다빗은우라의처를위ᄒᆞ여솔노몬을낫코솔노몬은로
보암을낫코로보암은아비아를낫코아비아는아삽을낫코아삽은요사밧
을낫코요사밧은요람을낫코요람은오시아를낫코오시아는요아담을낫
코요아담은아핫을낫코아핫은이시갸를낫코이시갸는마낫세를낫코마낫
손아못을낫코아못은요시아를낫코뵈셩이바부론에올무를본셕여요시
아예호냐와그동싱을낫코뵈셩이바부론에올문후에예호냐살나뎰을낫
코살나뎰이소로바벨을낫코소로바벨은아비웃을낫코아비웃은일니아
킴을낫코일니야킴우아솔을낫코아솔은사독을낫코사독은아힘을낫코

이와 같이 세종이 오롯이 달 노래 하나에 본을 보인 한글만 쓰기는 적어도 100년이 지나서 아낙네의 편지 따위로 시작되었고, 300년이 지나서야 공식적인 문서에서 실현되어 여러 방면에 전면적으로 확산되어 갔으며, 500년이 넘은 오늘에는 거의 모든 방면의 글 쓰기를 지배하기에 이르렀다. 한자 쓰기를 마지막까지 고집하던 보수적인 일간 신문이며 정부의 법률 문서들이 한자를 외면하는 일반 대중의 압력을 견디지 못해 굴복했으니, 이제 한글만 쓰기는 아무도 막을 수 없는 대세가 되고 말았다. 전통문화의 보전과 동양 문화권의 교류를 위해서 한자 쓰기를 주장하던 학파와 세대는 이제 설 자리가 남아 있지 않다. 한글만 쓰기를 부르짖으며 목

숨을 걸어온 학파는 이제 같은 구호를 외칠 필요가 없게 되었다. 당대의 아무한테도 강요하지 않았던 세종의 꿈은 500년 세월을 넘어 완전하게 이루어지고 말았으니, 실은 허망한 꿈이 아니라 아주 멀고 먼 계획이었던 셈이다. 이 계획을 반대하던 이들이 반대하지 않았더라면, 이 계획에 동조하던 이들이 그다음 단계의 언어 정책을 세우고 앞질러 추진해 왔더라면, 우리는 한층 높은 차원의 말글 살이에 들어설 수 있었을 것이다.

3. 한글 맞춤법의 이상형

미리 노래와 달 노래에는 당대의 다른 문헌에는 전혀 없는 두 가지 맞춤법이 나타나 있다. 하나는 "곶(미리 2), 빛나시니이다(미리 80); 세 낱 붚(달 40)" 등에서처럼 이른바 "여듧 받침 쓰기"에 벗어나는 ㅈ, ㅊ, ㅌ, ㅍ 받침들이 적힌 것이고, 다른 하나는 "눈에(달 2), 일을(달 9), 몸애(달 416), ᄌᆞᆼᄋᆞᆯ(달 229), ᄌᆞᇫ을(달 188); 안아(달 241), 즘ᄋᆞ며(달 423)" 등에서처럼 ㄴ, ㄹ, ㅁ, ㅇ, ㅿ 등으로 끝나는 임자씨나 줄기 등과 잇따르는 토씨나 씨끝의 경계가 눈에 보이도록, 바꿔 말하면 실사와 허사의 경계를 ㅇ 초성으로 분철하는 것이다.

이처럼 두 노래에만 나타나는 맞춤법은 형태소를 분석하고 대표 형태를 고정시키거나 시각적으로 드러나게 하는 것으로서 바로 오늘날 맞춤법의 원형이다. 다만 이치는 같으나 철저하지는 못하다는 점에서 이 기문(1963: 68-85)이 이를 '세종의 이론적인 경향이나 개인적인 표기 경향이 반영된 시험'이라 하거나 두 노래에 국한되었다는 점에서 예외로 덮어 두며, 아울러 이 예외적이며 시험적인 맞춤법과 맥이 통하는 조선어학회의 "한글 맞춤법 통일안"도 '시험 단계에 머물러 있으며 대중의 문자 생활에 적합할런지 의문스럽다' 한 것은 세종의 이상을 시험으로, 현대 맞춤법의 원형을 예외로 돌려 짐짓 폄하하는 것이다.

조선어학회의 한글 맞춤법 통일안을 끊임없이 공격한 우리 국어학계 일파의 일관된 논지는 이 두 노래에 시범되고 통일안에서 완숙한 형태주의가 너무 이론적이고 학술적이며 일반 대중에게 너무 복잡하고 어려우니 음소주의로 간소화해야 한다는 것이었다. 그런 이념이 앞서 있으므로 〈훈민정음〉의 본문과 해례에서 원칙으로 밝혀져 있고 미리 노래와 달 노래에 충분히 실현되어 있는 형태주의를 짐짓 무시하고 해례에서 허용되고 석보 상절을 비롯한 대다수 문헌에 적용된 음소주의를 다시 없는 통칙이라 부르며 과장해 온 것이다.

〈훈민정음〉 본문에서 '종성에 초성을 다시 쓴다[終聲復用初聲].' 한 것은 초성과 종성의 동질성을 인식한 음운론인 동시에 모든 초성을 종성으로 다시 쓸 수 있다는 맞춤법의 원칙으로서 종성 풀이에서 'ㆁ ㄴ ㅁ ㅇ ㄹ ㅿ 여섯 자는 평성, 상성, 거성의 종성이 되고 나머지는 "모두" 입성의 종성이 된다.'로 거듭 선포되었다. 바로 잇대어 '그러나 ㄱ ㆁ ㄷ ㄴ ㅂ ㅁ ㅅ ㄹ 여덟 자로 족히 쓸 수 있다.'로 허용 규정이 선포되었다. 아울러 예시하기를 '"빗곶, 엿의 갗"은 원칙이나 "빗곳, 엿의 갓"으로도 쓸 수 있다.' 한 것이다. 음소주의를 주장하는 이들은 바로 이 허용 규정에만 시선을 고착시키고 반쪽을 전부인 양 왜곡하고 과장해 왔다. 그러나 주시경은 홀로 형태주의를 발견하고 〈훈민정음〉의 본문과 미리 노래에서 그 전거를 찾아 굳세게 주장하며 당대의 유지들과 제자들을 설득하는 일에 헌신했다. 요컨대, 오늘날 한글 맞춤법의 형태주의 원칙은 주시경이 발견하고 보급한 것이지만, 그 뿌리는 〈훈민정음〉의 본문과 해례에 명시되어 있고, 미리 노래와 달 노래에 충분히 예시되어 있는 사실로 보아 애당초 세종이 확립하고 희망했던 이상이었음을 알 수 있다.

4. 우리말의 죽살이를 벗어나는 길

한자는 훈민정음이 나오기 전 수천 년 동안 문화의 축적과 교류며 일반적인 글자 살이를 가능하게 하고 풍부하게 해 왔으며, 훈민정음이 나온 뒤로도 수백 년 동안 변함없는 이바지를 해 왔다. 한자는 그림에서 출발한 것이기에 쓰고 외우기는 어려워도 써 놓은 다음에는 단숨에 알아보기가 쉽고, 한 자 한 자가 모두 뜻이 있기에 이리저리 조합하며 새로운 표현과 용어를 만들어 내기에 편리하다. 무엇보다도 거대한 중국의 다채롭고 깊고 오랜 문화가 깃들어 있기에 더욱 매혹적이고 신비롭기까지 하다. 하나하나에 아무런 뜻도 없는 로마자가 서양 문화와 문물의 배경을 지닌 덕에 우리들 눈에 매력적으로 보이는 점을 견주면 한자는 더더욱 위대하게 여기지 않을 수 없다.

그러나 오늘날 우리가 다루는 한자는 아무리 위대해도 우리말과 동떨어진 글자다. 한자의 아득한 기원에 대해서는 상반된 가설이 나와 있지만, 오늘의 한자는 100퍼센트가 중국말을 위한 것이며 중국말에 속한 것이다. "외갓-집, 낙숫-물, 고목-나무" 등과 같이 어렵지도 않은 한자에 뜻이 같은 토박이말을 예사로 덧붙여 쓰는 것이며, "자문, 사사, 반증" 등의 유식한 한자말을 유식한 사람들이 예사로 잘못 쓰는 것은 우리들에게 한자의 뜻이 직감되지 않기 때문이고, 어렵지도 않은 한자들이 유식한 사람들에게 직감되지 않는 것은 한자가 우리들에게 영원한 이물질임을 뜻한다.

우리가 수천 년 동안 이런 한자의 힘에 눌리고 매혹되어 사는 동안 무수한 토박이말이 사라져 갔고 사라져 가고 있다. 아흔 아홉 너머부터는 백, 천, 만, 억, …… 온통 한자말이다. 하루 이틀 너머부터는 3일, 4일, …… 한자말로 기울어 버렸다. 가람은 강에, 뫼는 산에 덮이고 말았다. 한자 동호인들은 국어사전에 한자말이 7할이므로 한자를 버릴 수 없다고 주장한다. 오늘날은 서양말이 토박이말 영역을 범람하며 죽이고 있다. 이

대로 가면 토박이말은 점점 더 오그라들 수밖에 없다. 이런 우리말의 죽살이를 내버려 둘 것인가?

우리말의 역사를 거슬러 오르면 사정이 밝아진다. 임신 서기석(552?~612?)은 오래전 우리말의 사정이 아주 달랐음을 보여 주는 귀한 문헌이다.

이 빗돌에 새겨진 글은 다음과 같다.

壬申年六月十六日 二人幷誓記 天前誓 今自三年以後 忠道執持 過失无誓 若此事失 天大罪得誓 若國不安大亂世 可容行誓之 又別先辛未年七月廿二日 大誓 詩尙書禮傳 倫得誓三年

[임신년 6월 16일에 두 사람이 함께 서원하며 적되, 하늘 앞에 맹세하니, 이제부터 세 해 뒤로는 충성의 도리를 잡아 지키고, 잘못 잃음이 없도록 서약했다. 만일 이 일을 잃으면 하늘에 큰 죄를 얻기로 서약한다. 만일 나라가 편안치 않고 크게 어지러운 세상이 되면 반드시 모름지기 (충성의 도리를) 행하기로 서약한다. 또 따로 먼저 신미년 칠월 이십이일에 크게 서약하기를, 시, 상서, 예기, 좌전을 차례로 습득하기로 서약하니 3년으로 하였다].

이것은 한문이 아니다. 한자로 우리말을 적은 것이다. 역사학자들이나 국어학자들이나 이 글이 하도 특이해서 서기체라 하며 이상한 예외로 돌려놓고 있을 따름이나, 이것은 오랜 옛날 우리 조상들의 한자 쓰기가 오늘처럼 중국말에 예속하지 않은 때가 있었음을 보여 주는 증거다. 향찰, 이두, 구결 등은 중국말에 대한 예속의 정도가 차츰 심해진 단계들을 반영한다. 향찰은 한자의 뜻과 소릿값을 자유롭게 섞어 쓰며 문장을 짓는 것으로서 신라의 노래를 적은 것이 남아 있다. 한자의 소릿값이 바로 중국말에서 온 것이므로 이 소릿값의 비중이 중국말에 대한 예속의 정도를 뜻한다. 이두는 한자의 뜻과 소릿값을 이용해서 특정한 낱말을 적는 것으로서 주로 공문서 등에 쓰므로 '관리의 토'란 뜻이다. 구결은 경전 부류의 전형적인 한문에서 마디를 끊어 가며 읽기 쉽게 하려고 우리말의 토씨나 씨끝 따위에 해당하는 것을 한자의 뜻과 소릿값을 이용해서 적는 것으로서 우리말의 비중이 토씨 따위에 국한되도록 가장 적게 된 것이다. 오늘 우리가 쓰는 한자는 뜻으로 읽는 법이 없고 완전히 고대의 중국말에서 들어와 굳어진 한자음으로만 읽는다. 이것은 중국말에 100퍼센트가 예속된 한자 쓰기인 것이다.

한자 쓰기가 이처럼 변천하는 동안 미리 노래는 적어도 15세기 전후에 한자 읽기가 오늘과 상당히 달랐다는 것을 보여 주고 있다.

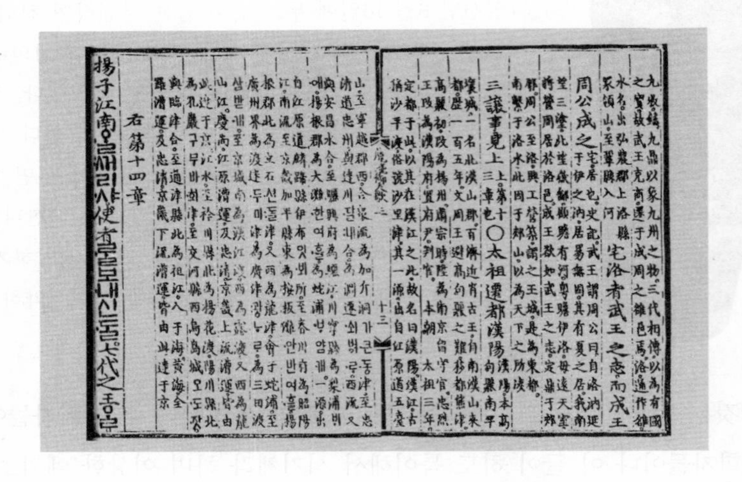

周公成之 宅洛者武王之志而成王

○太祖還都漢陽

右第十四章

여기 한강 유역의 여러 땅이름을 한자로 적을지언정 읽기는 한자음이 아니라 토박이말로 읽어야 하는 경우가 상당하다는 것을 한글로 토를 달아 보이고 있다. "加斤洞 가큰동津 … 達川 달내 … 淵遷 쇠벼ᄅᆞ … 梨浦 ᄇᆡ애 … 大灘 한여흘 … 蛇浦 ᄇᆡ얌개 … 伊布 잇뵈所 … 按板灘 안반여흘 … 立石 션돌津 … 渡迷 두미津 … 廣津 광ᄂᆞᄅᆞ … 三田渡 삼밧개 … 孔巖 구무바회津 … 烏島城 오도잣." 오늘날도 이와 같은 땅이름이 살아 있는 곳이 전국에 상당히 있다. 한밭[大田], 빛내[光川], 머구남골[梧桐里] 등이다.

우리는 한자말에 묻혀 버린 땅이름들을 도로 파내고, 한자로 지은 사람 이름을 새김으로 읽어 부르며 토박이말을 되살리는 노력이 필요하다. 그러한 본보기로 앞서 "하늘을 다스린 미리들의 노래"[龍飛御天歌], "즈믄 가람을 비춘 달의 노래"[月印千江之曲]를 내세웠던 것이다. 다른 본보기로 "김 고들빼기"[貞秀]라는 이름을 들 수 있다. 이것은 한자말 속에서 토박이말의 비중을 높여 가는 한 방안이 될 수 있다.

5. 마무리

훈민정음을 만들자마자 세종이 신하들을 지시해서 지은 미리 노래와 세종이 몸소 지은 달 노래는 그 내용보다는 특이한 한글 쓰기로 오늘날 우리들의 말글 살이에 막대한 은덕을 끼치고 있다. 우선 달 노래로 보인 한글만 쓰기의 이상은 강제하지 않았어도 한글 자체의 저력에 힘입어 500년 만에 완전하게 실현되었다. 두 노래에 예시된 형태주의 맞춤법도 〈훈민정음〉의 원칙으로 확립되기는 했으나 역시 강제되지 않은 탓으로 차선책으로 허용된 음소주의 맞춤법에 밀려 있기를 500년 가까이하다가 주시경에게 재발견되어 조선어학회의 맞춤법으로 되살아나서 오늘날 우리들의 말글 살이를 가장 바람직하게 이끌어 주고 있다. 미리 노래의 주석 부분에서 땅이름을 한자로 적고도 새김으로 읽게 한 사례는 죽어 가는 토박이말을 되살릴 수 있는 여지가 있음을 보여 준다. 그러므로 세종 때의 두 노래는 결국은 한자를 밀어 내고 우리들의 글자 살이를 독점한 한글의 출발점이었으며, 가장 이상적인 형태주의 맞춤법의 원형을 예시한 깃발이었으며, 우리말의 죽살이를 벗어나게 할 열쇠가 보관된 비밀 창고였음을 알게 되었다.

참고 문헌

국립 중앙 박물관, 『겨레의 글 한글』, 2000.

김 정수, 『한글의 역사와 미래』, 열화당, 1990.

서울대학교 대학원 국어 연구회, 『국어사 자료와 국어학의 연구』, 문학과 지성사, 1993.

안 병희, 『국어사 연구』, 문학과 지성사, 1992ㄱ.

안 병희, 『국어사 자료 연구』, 문학과 지성사, 1992ㄴ.

이 기문, 『국어 표기법의 역사적 연구』 한국 연구 총서 18, 한국연구원, 1963.

이 기문, 『개화기의 국문 연구』, 일조각, 1970.

조 건상, 『청주 북일면 외남리 순천 김씨 묘 출토 간찰고』, 수서원, 1982.

허 웅, 『용비어천가』, 정음사, 1956.

허 웅, 『우리 옛말본, 형태론』, 샘 문화사, 1975.

허 웅, 「'인조 대왕 행장'의 언어 분석」, 『애산 학보』 1, 애산 학회, 1981.

허 웅 · 이 강로, 『주해 월인천강지곡 상』, 신구문화사, 1963.

셋째 벼리

『석보상절』로 본 우리말 '줄글' 표현

김두루한

1. 머리말

우리말 줄글(산문)의 겉꼴은 어떤 모습이었는가? 예로부터 '입말'을 '글말'로 적고자 힘쓴 우리 겨레는 '세 나라 때'와 '고려'를 거쳐 '조선'에 이르기까지 한자 줄글을 쓰거나 이두 줄글을 썼다. 그런데, 한자의 소리나 뜻을 빌려 우리말의 차례로 낱말을 벌리고 이에 토나 씨끝을 덧붙인 이두 줄글의 불편함을 딛고 조선 초기 15세기에 들면서 드디어 '훈민정음'을 만들었고, 비로소 '입말'을 '글말'로 맘껏 적을 수 있는 바탕을 마련했다.

우리는 이 글에서 특별히 '석보상절'을 살피고자 한다. 무엇보다 '석보상절'은 '불경'을 훈민정음으로 '언해'한 첫 '줄글' 작품으로서 그 '글모

습'이 다른 '언해'와 견주어 자유롭다고 여겨왔기 때문이다.[01]

그런데, 흔히 15세기 무렵의 글월 모습은 문장의 길이가 현대말과 달리 유달리 고불고불 긴 '달팽이 구조'라거나 "단문은 거의 없고 복합문과 합성문이 뒤얽힌 복잡한 구조"로 알려졌다. 그리고 "사건 또는 사고 속의 '한 단락은 한 문장'으로 표현함이 원칙이었던 것으로 믿어진다."고 하거나 '한문의 대역문이란 특이성' 정도의 지적에 그쳤다.[02]

하지만 오늘날 '줄글'을 어떻게 써야 바람직한가란 물음을 놓고 고민하는 처지에서 보더라도 '훈민정음'으로 씌어진 15세기 우리말 줄글 표현은 어떠한 것인지를 다루어야 한다고 본다. 그래서 이 글은 '석보상절'에 나타난 줄글 표현이 왜 길어졌는지를 새롭게 살피며 실제 줄글의 모습은 어떠한지, 그 까닭은 무엇인지를 밝히고자 한다. 아울러 'ᅀᅡ'로 본 씨끝의 발달을 다루며 우리말 이음씨끝이 발달한 까닭은 무엇인지를 밝히고자 한다. 오늘날 이음씨끝으로 쓰이고 있는 '-야말로, -야만'의 '옛말꼴'인 'ᅀᅡ'의 쓰임새와 이것이 발달된 모습을 살펴보면 여러 씨끝들이 덧붙어 이음씨 구실을 맡는 줄글의 모습이 좀 더 뚜렷이 드러나리라 생각하기 때문이다.

2. '석보상절'의 글월은 왜 긴가

'석보상절'의 글월이 긴 까닭을 살피는데, 그 실마리로 '석보상절'의 뜻을 새길 필요가 있다. '부처님의 전기를 중요한 것은 자세히, 덜 중요한 것은 간결히 썼다' 는 것인데, 실제로 밑글의 내용뿐 아니라 게송 내용까지도 더덜을 보여 주고 있다. 그런데, 뒤침끼리서낭이야기말꽃으로서 '석보상절'은 이야기(소설)의 성격을 띤 작품들이 적지 않게 실려 있다. 이를테면 석보상절 권 11에 실린 인욕태자전이나 녹모부인전과 같은 작품이 그러하다. 그래서 우리는 먼저 권 11의 밑글로 삼고 있는 '인욕태자 이야기'를 들어서 그 뒤침의 모습을 살피고 다음으로 밑글인 '한자 줄글(한문)'을 '언해'한 데 따른 '석보상절'의 모습을 살피며 글월이 길어진 몇 가지 까닭을 밝히고자 한다.

1) 낱낱의 이야기를 넣어 다시 짰다

석보상절은 불교의 '끼리서낭이야기말꽃'에 속한다.[03] 짜임새와 속뜻을 제대로 갖춘 작은 이야기말꽃들이 여러 마리 들어앉아 있기 때문이다. '안락국태자전', '목련전', '선우태자전', '사리불항마기', '인욕태자전', '녹모부인전', '아육왕전'이 소설 수준의 전형적 작품으로 꼽히는 것이다.

(1) 불전설화(佛典說話)에 입각하여 목련구모담(目連救母譚)·성녀구모담(聖女救母譚)·인욕태자구부담(忍辱太子救父譚)·자동녀양모담(慈童女養母譚) 등을 효자불공구친설화(孝子佛供救親說話)라 명명하여 〈심청전〉의 근원설화로 보았다.

그런데 (1)에서 보듯이 '인욕태자 이야기'는 다른 불전 설화와 함께 '심청전'의 근원 설화로 여기는 이도 있다.[04] 그래서 '인욕태자 이야기'가 들어 있는 권11을 예로 들어 석보상절에서 밑글을 받아들인 모습을 살펴보자. '약사경'이나 '법화경' 같은 한 경전을 밑글로 삼은 '석보상절'의 현전본 중에서 이야기(삽화)들의 밑글이 모두 확인되는 것은 석보상절 권11뿐이기 때문이다.[05]

〈표 1〉 석보상절 권11의 짜임새와 밑글(저경)

이야기(삽화)	장째	밑글(저경)
(가) 도리천 위모 설법	1ㄱ1-1ㄱ6	석가보 우전왕조석가전단상기 제23 [증1아함경]
	1ㄱ6-3ㄴ5	석가보 석가모마하마야부인기 제16 [불승도리천위모설법경]

(나) 지장경 설법	3ㄴ5-5ㄱ6	지장보살본원경(당실차난타역) 도리천궁신통품 제1
	5ㄱ6-10ㄱ4	지장보살본원경 분신집회품 제2
(다) 우전왕과 파사닉왕의 불상 조성	10ㄱ4-10ㄴ7	석가보 우전왕조석가전단상기 제23[증1아함경]
	10ㄴ7-11ㄱ3	석가보 파사닉왕조석가금상기 제24[증1아함경]
(라) 석존의 염부제 귀환	11ㄱ3-13ㄱ6	석가보 석가모마하마야부인기 제16 [불승도리천위모설법경]
(마) 금상의 불사 부촉	13ㄱ6-14ㄴ4	석가보 우전왕조석가전단상기 제23[관불삼매해경]
(바) 칠보탑이 땅에서 솟아나옴	14ㄴ4-17ㄱ8	대방편불보은경(실역인명) 권3 논의품 제5
(사) 인욕태자의 효양행[본생담]	17ㄱ8-24ㄱ5	
(아) 녹모부인의 공덕행	24ㄱ5-43ㄴ	

〈표 1〉에 따르면 '인욕 태자 이야기'는 뒤친이(역자)를 모르는 경전인 대방편불보은경 7권 9품 중 3권의 논의품 제5에 실린 것이다. 각 품의 내용이 서로 이어지지 않아 마치 여러 경전을 모아 놓은 것 같은 이 경전은 현재 전하는 석보상절과 월인석보를 구성하고 있는 여러 불전 중에서 '석가보'와 '법화경' 다음으로 그 분량 면에서 큰 비중을 차지한다.06

(2) 부처님이 도리천에서 염부제로 돌아오자, 우전왕을 비롯한 대중들은 부처님을 영접하였다. 부처님은 삼매에 들어 보탑(寶塔)을 땅으로부터 솟아나게 하였다. 미륵 보살은 대중들이 그 인연을 궁금해 하는 것을 알고 부처님에게 설법을 청했다. 부처님은 과거에 바라나국(波羅奈國)의 태자가 자신의 몸을 희생하여 부왕의 병을 구한 과거의 인연으로 보탑이 솟아나게 되었다고 설했다. 이어서 부처님이 어머니 마야와 부처님과의 전생의 인연을 설하고, 아난에게 부모와 착한 벗의 은혜를 생각하고 은혜를 알며 항상 은혜를 갚아야 한다고 설하자, 대중들은 부처님의 설법을 듣고 기뻐하였다.

그 내용은 (2)에서 보듯이 석존이 대방편으로 부모의 은혜에 보답하고 악우惡友를 사랑하며 자선을 행하는 것 등에 대해 설법한 내용이다.

그러면 다음 (3)을 살펴보자.

(3)

가) 석가보 제23+석가보 제16→나) 지장경→다) 석가보 제23+석가보 제24→라) 석가보 제16→마) 석가보 제23→바), 사), 아) 대방편불보은경 논의품 제5

(3)은 〈표 1〉에서 권 11에 담긴 각 이야기(삽화)의 밑글이 무엇인지를 따로 보인 것이다. 석보상절은 이처럼 여러 경전들의 내용을 낱낱의 이야기(삽화)로 떼 내어 그 시간 흐름에 따라 전체 문맥에 맞게 다시 짠 것임을 알 수 있다.

그러므로 '석보상절'은 이제까지 단순히 '한자줄글'을 뒤친 것으로 본 것과 달리 '이야기말꽃(구비문학)'으로서 '입말투' 표현이 담긴 점을 새롭게 다루어야 한다고 본다.

2) 글월이 길어진 몇 가지 까닭

석보상절의 글월은 실제 어떤 모습인가? 석보상절의 글모습을 대표하는 한 대목을 먼저 살펴보기로 하자.

(4) 목련이 그 말 듣ᄌᆞᆸ고 즉자히 입정ᄒᆞ야 펴엣던 ᄇᆞᆯᄒᆞᆯ 구필 ᄊᆞᅀᅵ예 가비라국에 가아 정반왕ᄭᅴ 안부 ᄉᆞᆲ더니 야쉬 부텻사자 왯다 드르시고 청의를 브려 긔별 아라오라 ᄒᆞ시니 라후라 ᄃᆞ려다가 사미 사모려 ᄒᆞᄂᆞ다 ᄒᆞᆯᄊᆡ 야쉬 그 긔별 드르시고 라후라 더브러 노ᄑᆞᆫ 누 우희 오ᄅᆞ시고 문ᄃᆞᆯᄒᆞᆯ 다 구다 ᄌᆞᆷ겨 뒷더시니 목련이 야슈ㅅ궁의 가 보니 문ᄋᆞᆯ 다 ᄌᆞᄆᆞ고 유무 드류ᇙ 사ᄅᆞᆷ도 업거늘 즉자히 신통력으로 누 우희 ᄂᆞ라올아 야수ㅅ 알ᄑᆡ 가 셔니 ㉠야쉬 보시고 ᄒᆞᆫ녀ᄀᆞ론 분별ᄒᆞ시고 ᄒᆞᆫ녀ᄀᆞ론 깃거 구쳐 니러 절ᄒᆞ시고 안ᄌᆞ쇼셔 ᄒᆞ시고 세존ㅅ 안부 묻ᄌᆞᆸ고 니ᄅᆞ샤ᄃᆡ 므스므라 오시니잇고(석보상절 권6:2-5) -223자

(4)와 같은 모습의 '석보상절'의 글월을 두고 글월이 길어진 까닭에 대

해서 몇 가지 논의가 있었다.

먼저 려증동(1975)은 한국 사람의 인식 능력을 넓고 깊게 논리스레 조직하는 힘이 '이음씨'에 달려 있다는 관점에서 "끊고자 하더라도 끊을 수 있는 그 이음씨가 자라나지 못했기 때문 "이라고 했다. 그 터무니(근거)로 "권 13에 900 낱내가 되는 길이의 글월이 있으며, 머리말에서는 120 낱내가 되어 있음"을 들고 있다.07

다음으로 김종택(1983)은 (4)를 놓고 월을 복합적이며 유기적으로 길게 구성하는 이음씨끝을 폭넓게 쓰지 못했다는 관점에서 "풀이말을 중심으로 홑월이 단순히 이어진 것인데, 이것은 풀이말들을 일일이 끊어서 다른 월로 독립시킬 수 없으니 같은 이음씨끝을 되풀이해서 쓰게 된 것"으로 봤다. 예컨대, (4)의 ㉠에서 보듯이 '-고', '-아'가 겹쳐져 쓰인 것은 월을 짧게 끊는 기술이 발달하지 못했기 때문이 아니란 것이다.08

그리고 안병희 · 이광호(1990)는 "한문 자체에 있다기보다 논리의 명료함과 간결한 표현의 추구 정신이 미약한 (우리말의) 전근대성에 원인이 있다."고 했다.09

한편 김미형(2005)은 "한 단락을 이루는 한문 문장의 논리적 관련성에 따라 접속사(이음씨)가 필요한데, 국어에서는 연결어미(이음씨끝)를 쓰게 된 번역 형태에서 비롯되었기 때문"이라 했다.10

마지막으로 김기종(2005)은 석보상절을 엮을 때 추천 의식인 전경 법회 轉經法會에서 많은 승려들이 함께 소리 내어 읽는 대본으로 쓰려 한 것을 주목하였다. 그래서 석보상절의 엮은이는 한 경전의 내용으로 하나의 이야기(삽화)를 짤 수 있음에도, 문맥을 벗어나지 않는 범위에서 되도록 많은 경전의 내용을 요약하고 발췌하였다고 하였다. 그래서 여러 경전에서 하나의 이야기를 짤 때 흐름이 끊김을 막고자 다른 밑글의 낱말을 하나로 만들거나 바뀌는 경전 부분의 마지막 낱말을 이음씨끝으로 처리하게 되었다고 봤다.11

그러면, '훈민정음'을 만든 뒤 처음 '언해'한 '석보상절'의 뒤침의 모습은 어떤 것일까? 이 물음을 놓고, 학계에서는 여느 '언해'처럼 '한문의 맞옮김'으로 보는 쪽과 이와 달리 오늘날의 '우리말 글월'과 견주어 크게 다르지 않다고 보는 쪽으로 나뉘고 있다.

먼저 '한문의 맞옮김'으로 보는 쪽부터 살펴보기로 하자.

김종택(1983)은 "현실적으로 긴 문장을 쓸 수 있는 사람이 짧은 문장을 쓸 수 없는가?"를 묻고, 석보상절의 도처에 협주의 형식으로 무수한 단문들이 삽입되어 있는 것을 보면, "문장을 짧게 끊을 수 없었던 것이 아니라, 짧게 끊어서 표현하지 못할 다른 연유가 있다"며 "중국말 밑글과 호흡 일치를 위한 노력"이라고 봤다.

(5) 언해글인 석보상절의 글월이 길어진 까닭

"월을 좀더 겹쳐서 유기성 있게 짤 수 있는 힘이 모자랐다. 바꾸어 말하면 지나치게 짧아지는 것을 피하기 위해서 애쓴 월이며, 이것도 중국어 밑글과 같이 호흡하려는 노력이다. 길게 이어지는 겹월을 짤 수 없어도 숱한 홑월을 평면으로 이음으로써 겉꼴로 보아 긴 글을 만든 것이다."

그러면 '언해글'인 까닭에 바탕말인 중국말의 간섭을 크게 받아 15세기 당시 한국말의 산 모습으로 보기 힘들다는 (5)과 같은 풀이는 옳은 것인가? 곧 '석보상절'은 다음과 같은 '언해글'이 지닌 한계로써 15세기의 자연스러운 입말을 나타내지 못한 것일까? 요컨대, 석보상절에서 비롯되는 '입말'과 '글말'의 벌어짐은 뒤이어 쏟아져 나오는 수많은 언해글에서도 그대로 답습되어 이어진다고 봐야 할까?

〈표 2〉 석보상절을 비롯한 언해글의 특징[12]

월의 쓰임	보기	비고
조건월	내 태자를 셤기ᅀᆞᄫᅟᅩᄃᆡ 하ᄂᆞᆯ 셤기ᅀᆞᆸ듯 ᄒᆞ야 (석상6:4) 사리불이 무로ᄃᆡ 여ᄉᆞᆺ 하ᄂᆞ리 어늬ᅀᅡ ᄆᆞᆺ 됴ᄒᆞ니잇가(석상6:35)	풀이씨가 겹친 조건월

	“예쉬 ᄀᆞᆯᄋᆞ샤ᄃᆡ, 내 때는 아직 니르지 아니ᄒᆞ엿거니와 너희 때는 ᄒᆞᆼ샹 잇ᄂᆞ니(요한복음 7:6)”과 같은 성경의 표현에서 흔히 볼 수 있다.	
따옴월	닐오ᄃᆡ 금으로 ᄡᅡ해 ᄯᆞ로ᄆᆞᆯ ᄢᅳᆷ 업게 ᄒᆞ면 이 동산ᄋᆞᆯ ᄑᆞ로리라 〈ᄒᆞ더라〉 (석상6:24) 사리불이 무로ᄃᆡ 여슷 하ᄂᆞ리 어늬ᅀᅡ ᄆᆞᆺ 됴ᄒᆞ니잇가(석상6:35)	어미풀이씨(모문동사)가 나타나지 않은 표현
하임, 입음월	부텨 니ᄅᆞ샤ᄃᆡ 자ᄇᆞᆫ 이리 무상ᄒᆞ야 모ᄆᆞᆯ 몯 미듫 거시니 ..... ᄒᆞ시고 다시 설법ᄒᆞ시니 羅雲의 ᄆᆞᅀᆞ미 여러 아니라 (석상6:11) 그 나랏법에 보시호ᄃᆡ 모로매 동녀로 내야 주더니(석상6:14)	풀이씨의 한 요소(도움줄기)로 나타난 보기
	‘태’의 모습이 뚜렷하지 않은데, 중국말에서는 풀이씨가 중화된 형태로 나타난다.	
셈숱말(수관형사)이 임자말에 앞선 월	급고독장자ㅣ 닐굽 아ᄃᆞ리러니 여슷 아ᄃᆞᆯ란 ᄒᆞ마 갓 얼이고 (석상6:13) 사위국에 ᄒᆞᆫ 대신 수달이라 호리 잇ᄂᆞ니(석상6:14)	셈숱말이 임자말에 앞서는 풀이씨로 통합되고 만다.
	오늘말에서는 ‘아들이 일곱이다’와 같이 ‘임자말+풀이말’의 짜임새가 마땅할 것이나	
지움월, 물음월	태자ㅅ 법은 거즛마ᄅᆞᆯ 아니 ᄒᆞ시ᄂᆞᆫ 거시니(석상6:24) 우리 모다 ᄌᆡ조ᄅᆞᆯ 겻고아 뎌옷 이긔면 짓게 ᄒᆞ고 몯 이긔면 몯 짓게 ᄒᆞ야지이다(석상6:26)	물음말 ‘엇뎨’, ‘어느’의 쓰임이 오늘날과 다르다
	오늘말에서 ‘아니’는 대체로 풀이씨를 뒤따른다	

다음은 이와 달리 오늘날의 ‘우리말 글월’과 견주어 크게 다르지 않다고 보는 쪽을 살펴보자.

(6) 〈석보상절의 뒤침(번역) 태도〉 ‘방편품’의 ‘십여시(십여시)의 요해’ 부분[13]

ㄱ) … 可見이 爲相이오 相本이 爲性이오 形具 ㅣ 爲體오(법화경언해)

ㄴ) … 相ᄋᆞᆫ 양ᄌᆡ니 봃 거시 相이오 相ㅅ 根源이 性이오 體ᄂᆞᆫ 웃드미니 얼굴 ᄀᆞ줄씨 體오(석보상절)

ㄷ) … 보논 거시 相이오 相ㅅ 根源이 性이오 얼굴 조미 體오(월인석보)

ㄹ) … 어루 보미 相이오 相ㅅ 미티 性이오 얼굴 조미 體오(법화경언해)

(6ㄱ)은 ‘법화경요해’에 토를 단 입겿글이고, (6ㄴ)은 석보상절, (6ㄷ)은 월인석보, (6ㄹ)은 법화경의 ‘언해글’이다. (6ㄱ)에 견주어 (6ㄴ)은 겉

꼴로 보아 뒤친 글의 길이가 (6ㄷ, 6ㄹ)의 두 글발보다 길어졌다. (6ㄷ)은 밑글을 싣지 않고 (6ㄹ)과 같은 식의 뒤침임을 알 수 있고, (6ㄹ)은 밑글에 충실하게 맞옮김(직역)을 한 것이다. 여기서 '석보상절'은 '서序'에서 "……ᄯᅩ 정음正音으로ᄡᅥ 인因ᄒᆞ야 번역飜譯ᄒᆞ야 사기노니 사ᄅᆞᆷ마다 수ᄫᅵ 아라 삼보三寶애 나ᅀᅡ가 븓긧고 ᄇᆞ라노라"고 밝힌 것처럼 씨ᄋᆞᆯ(백성)들을 대상으로 '쉬운 글'로 '뜻옮김'을 한 것임을 알 수 있다.

아울러 새로운 글자인 '훈민정음'으로써 '불경'을 뒤치며 새로운 줄글 쓰기를 해 본 것이라 할 수 있다.

(7) 〈석보상절의 글모습〉

ㄱ) 昔阿僧祇劫時에 有菩薩爲國王하니 (其父母早喪)하야 讓國與弟하고 捨行求道할새

ㄴ) 녯 阿僧祇 劫 時節에, ᄒᆞᆫ 菩薩이 王 ᄃᆞ외야 겨샤 나라ᄒᆞᆯ 아ᅀᆞ 맛디시고 道理 ᄇᆡ호라 나아가샤.

흔히 (7ㄱ)처럼 고려 시대에 새김 입겿(석독 구결)이나 내리 입겿(순독구결)을 달듯이 토를 달 수 있다. 그런데, 이런 영향도 받지 않고, '석가보'를 (7ㄴ)처럼 우리말로 바로 뒤친 것으로 보인다. 대체로 '석보상절'은 이제는 쓰이지 않는 옛말 또는 월을 끝맺는 맺음씨끝이 있어 낯선 느낌이 들기도 하지만, 좀 어렵게 느껴지는 낱말 뒤에 바로 풀이가 나와 있고, 그 밖의 한자말도 '시절, 왕, 도리, 심산, 과실…' 등 오늘날도 흔히 쓰이는 쉬운 낱말들이며, '마주 이야기(대화)'의 월도 그리 어렵지 않다.

그래서 밑글을 그대로 맞옮긴 '법화경 언해'의 월보다 오히려 쉽고 친한 느낌이며, 오늘날 월과도 크게 다르지 않아 보인다.14

한편 세 글발에서 같은 낱말이 붙박이말(고유어)과 한자말로 옮겨진 것을 셈해 보면 뒤침의 모습을 짐작할 수 있다.

〈표 3〉 석보상절의 뒤침 낱말(어휘) 견줌

글발	서품		방편품	
	붙박이말	한자말	붙박이말	한자말
석보상절	36	12	44	7
월인석보	24	24	22	29
법화경 언해	5	33	20	31
모두	75	69	86	67

〈표 3〉에서 보듯이 '석보상절'은 붙박이말이 '월인석보'에 견주어 훨씬 많이 쓰인 반면, 한자말은 월인석보에 견주어 약 35.8% 적게 쓰였음을 알 수 있다.(김영배, 2002)

그렇다면 '석보상절'의 글월은 왜 길어졌다고 할 수 있는가?

첫째는 '석보상절'은 누구나 쉽게 읽고 뜻을 새길 수 있도록 뜻옮김으로 '뒤친' 것이기 때문이다. 이것은 입말을 글말로 적고자 힘써 온 역사 속에서 입겿글처럼 토를 다는 것이 지닌 불편하고 복잡한 문제를 풀려는 흐름과도 이어진다.

둘째는 '석보상절'은 낱낱의 이야기가 전체 문맥에 맞게 다시 짜면서 길어졌다고 할 수 있다.

셋째는 '석보상절'은 '글말 대본'에 따라 '맞옮김'한 여느 '언해글'과 달리 중국말(한자 줄글)의 간섭보다 많은 사람들이 소리 내어 읽는 대본으로 쓰려고 많은 경전을 요약하고 발췌하며 이음씨끝으로 처리한 경우가 많다고 할 수 있다.

넷째는 '석보상절'이 수많은 여느 언해글과 달리 쉽고 친한 느낌으로 붙박이말을 살려 쓰면서 길어졌다고 할 수 있다.

다섯째는 '석보상절'은 새로운 글자인 '훈민정음'으로써 '불경'을 뒤치며 새로운 '우리말 줄글 쓰기'를 해 본 것이다. 하지만 뒷날 '뒤침'보다 '언해'에 그친 채 오늘날까지 이어지지 못해 아쉽다.

여섯째는 '석보상절'은 '이야기말꽃(구비문학)'을 담고 있다. 권 11에 실린 '인욕태자 이야기'나 '녹모부인 이야기'에서 보듯이 '입말투' 표현이 두드러져 길어진 것이다.

3. 우리말 이음씨끝은 왜 발달했나

3장에서는 석보상절에 나오는 'ᅀᅡ'를 보기로 들어 '덧붙임'이란 표현 원리에 터잡아 한말 이음씨끝의 '발생'이나 '발달'을 생각해 보고자 한다. 먼저 려증동(1974)에 힘입어 '석보상절'이 한말의 질서를 발견할 수 있는 '가능성'이 큰 것으로 보고, 15세기 한말에서 'ᅀᅡ'란 씨끝에 대해 주목하고 오늘날 이음씨끝으로 쓰이고 있는 '-야말로, -야만'의 '옛말꼴'인 'ᅀᅡ'의 쓰임새와 이것이 발달된 모습에 비추어 우리말에서 이음씨끝이 발달한 까닭을 살펴보기로 한다.

1) 'ᅀᅡ'로 본 씨끝의 발달

먼저 다음 보기를 보며 'ᅀᅡ'가 지닌 말본스런 뜻을 살펴보기로 하자.

(8) 'ᅀᅡ'가 지닌 말본스런 뜻
　ㄱ) 이제야 말하리라
　ㄴ) 그 여자야말로 미인이다.

(8)에서 보듯이 오늘날 '(이)야', '(이)야말로'(홀소리 뒤)로 쓰이는데, 최현배(1971)는 "무엇을 특별히 들어 말하는 도움 토"로 보았는데, "'강조'의 뜻을 나타내며 (다짐확인)하는 도움토"라 할 수 있다.

그런데, 옛말에서도 매임꼴(구속법)로 '당연'의 뜻을 나타내는 '-아ᅀᅡ'로 쓰였다.[15] 이음씨끝 '-아'에 '국한, 강조'의 뜻을 나타내는 도움토씨 'ᅀᅡ'가 결합하여 이룬 것인데, '-아'와는 꽤 다른 말뜻으로 쓰여 독립된 이음씨끝으로 다룬다. 이제 '석보상절'에 쓰인 보기를 들면 다음과 같다.

(9) ㄱ. 제불도 출가ᄒᆞ샤ᅀᅡ 도리ᄅᆞᆯ 닷ᄀᆞ시ᄂᆞ니(석상6:12)
ㄴ. 성인ㅅ 도리 ᄇᆡ화ᅀᅡ ᄒᆞ리니(석상6:3)
ㄷ. 여래ᄭᅴ 어셔 가ᅀᆞᄫᅡᅀᅡ ᄒᆞ리로다(석상23:40)

(9)에서 보듯이 (앞)마디와 (뒷)마디를 이어 주는, 이음씨끝의 구실을 하고 있는데, 'ᅀᅡ'의 발달 모습은 다음과 같이 정리하여 확인할 수 있다.[16]

〈표 4〉 'ᅀᅡ'의 발달

15세기	ㄱ. 제불도 출가ᄒᆞ샤ᅀᅡ 도리ᄅᆞᆯ 닷ᄀᆞ시ᄂᆞ니(석상6:12) ㄴ. 성인ㅅ 도리 ᄇᆡ화ᅀᅡ ᄒᆞ리니(석상6:3) ㄷ. 여래ᄭᅴ 어셔 가ᅀᆞᄫᅡᅀᅡ ᄒᆞ리로다(석상23:40)	(앞)마디와 (뒷)마디를 이어 주는, 이음씨끝의 본래적인 기능을 한다.
16세기	ㄱ. 나ᄂᆞᆫ 셔울 도ᄌᆞᆨ을 텨야 강남 갈 거시니 티면 이사홀 ᄂᆡ(친언 6) ㄴ. 네 보람 두어샤 대되 편안ᄒᆞ리라(노번 하:65ㄱ) ㄷ. 셰존하, 어믜 은과 덕과를 엇뎨 ᄒᆞ야사 가ᄑᆞ리잇고?(은중-구:3ㄴ) ㄹ. 남진도 더욱 노ᄅᆞᆯ ᄎᆞ므며 겨집도 더욱 슌ᄒᆞ요ᄆᆞᆯ 닐위예아 지븨 되 폐티 아니ᄒᆞ리니(경민-중4:ㄴ)	음운변천의 일반적인 흐름으로 바뀐다.
17세기	ㄱ. 고인이 니ᄅᆞ되 ᄌᆞ식을 길러야 보야흐로 부모 은혜를 안다 ᄒᆞ니라(박해 상:51) ㄴ. 그 ᄠᅳ들 혹란케 말며 글 보기를 다 통ᄒᆞ야사 비로소 가히 글지이를 ᄇᆡ홀 거시니라(가례 2:26ㄱ)	'-아야'로 굳어진다 '-아사'가 공존
18세기	ㄱ. 네 그저 고지식ᄒᆞᆫ 갑슬 닐러야 우리 공젼 주기 됴흐리라.(박신해 1:10ㄴ) ㄴ. (경신) 평히 ᄒᆞ고 쉽게 ᄒᆞ야 ᄇᆡᆨ셩을 친근케 ᄒᆞ야사 ᄇᆡᆨ셩이 반ᄃᆞ시 도라오ᄂᆞ니라(십구 1:84ㄱ)	'-아야'와 '-아사'가 공존
19세기	ㄱ. 옷 아 ᄌᆞᄂᆞᆫ 외 이와 뎜을 합ᄒᆞ여시니 쟝음이 되어야 올코, ᄋᆞ리 ᄋᆞ ᄌᆞᄂᆞᆫ 뎜뿐이니 단음이 되어야 올흘지라.(국문:47) ㄴ. 우리 나라 사람의게ᄂᆞᆫ 우리 나라의 국문이라야 ᄒᆞ지요(노독 1:46)	대부분 '-아야'로 실현

2) 우리말 씨끝은 '긴장 표시'의 덧붙임

과연 15세기 사람들의 의식 속에서 'ᅀᅡ'는 어떤 뜻으로 쓰였을까? 석보상절에서 쓰인 'ᅀᅡ'의 모습을 정리한 것으로 그 까닭을 살펴보고자 한다.[17]

(10) 어떤 말 뒤에라도 붙을 수 있는 'ᅀᅡ'의 쓰임새

<table>
<tr><td>ㄱ</td><td>라후라ㅣ 득도ᄒᆞ야 도라가ᅀᅡ 어미를 제도ᄒᆞ야 열반 득호ᄆᆞᆯ 나ᄀᆞᆮ게 ᄒᆞ리라(석상6:1)
☞'라후라가 도리를 얻어서 돌아가야만, 어미를 건지며 열반 얻기를 나와 같게 할 것이다'</td><td>풀이씨 '돌아간다'란 말에 'ᅀᅡ'를 붙여서 힘을 준 것</td></tr>
<tr><td>ㄴ</td><td>이 각시ᅀᅡ 내 얻니ᄂᆞᆫ ᄆᆞᅀᆞ매 맛도다(석상6:14)
☞'이 각시야말로, 내가 얻고자 하는 그 마음에 맞는 것이로다'</td><td>임자씨 뒤에 붙어 '-야말로'의 구실뜻</td></tr>
<tr><td>ㄷ</td><td>ᄇᆡ 브르긔 ᄒᆞ고ᅀᅡ, 법미로 내종에 편안코 즐겁긔 호리라(석상9:9)
☞'배가 부르도록 하고서, 법미로 마침내 편안하고 즐겁도록 하리라'</td><td>'ᅀᅡ'가 오늘의 '-서'로 통하는 구실</td></tr>
<tr><td>ㄹ</td><td>그제ᅀᅡ 수달이 설우ᅀᆞ바(석상6:21)
☞'그제야, 수달이 서러워'</td><td>어찌씨에 붙은 경우 오늘의 '-야'</td></tr>
<tr><td>ㅁ</td><td>어듸ᅀᅡ 됴ᄒᆞᆫ ᄯᆞ리 양ᄌᆞ ᄀᆞᄌᆞ니 잇거뇨(석상6:13)
☞'어디서 좋은 딸이 모양 갖춘 사람으로 있을까'</td><td>오늘의 '-서'</td></tr>
<tr><td>ㅂ</td><td>수달이 무로ᄃᆡ 여슷 하ᄂᆞ리 어늬ᅀᅡ, ᄆᆞᆺ 됴ᄒᆞ니잇가(석상6:35)
☞'여섯 하늘이 어느 것이 가장 좋을고'</td><td rowspan="2">어떤 구실에도 들어가지 않는 보기</td></tr>
<tr><td>ㅅ</td><td>사리불이 ᄒᆞ오ᅀᅡ 아니 왯더니(석상6:29)
☞'사리불이 홀로 오지 않았더니'</td></tr>
<tr><td>ㅇ</td><td>부텻 덕이 지극ᄒᆞ샤ᅀᅡ 이 사ᄅᆞ미 보ᄇᆡᄅᆞᆯ 뎌리도록 아니 앗기놋다 ᄒᆞ야(석상6:25)
☞'부처의 덕이 지극하기 때문에 이 사람의 보배를 저토록 아니 앗기도다'</td><td>오늘날 '때문에'의 구실뜻을 지닌다</td></tr>
</table>

그런데, (10)에서 '사'만을 보고서 어떤 조건을 나타내는 '-야', '-야만', '-야말로', '-서', '-때문에', '느낌만 지닌 것'과 같이 여섯 가지 쓰임새가 나타남을 알 수 있다. (10ㄱ)을 보기를 들면 '힘줌'으로 덧붙으며 어떤 조건을 뜻하는 '-야만'이란 구실이 생긴 것이다.

(11)

ㄱ. 다시곰 솔ᄫᆞ도, 제여곰 인연으로(석보6:)

ㄴ. 지조돌 겯고아 뎌옷, 이긔면 짓게 ᄒᆞ고(석보6:)

ㄷ. 정법이 이ᅌᅥ긔곧, 다 업스리라(석보23:)

한편 '덧붙임'의 또 다른 보기를 들 수 있다. (11ㄱ)은 '다시'에다가 힘주기(강조) 위해 '곰'이 덧붙여 쓰인 것이다. 반면 (11ㄴ-ㄷ)은 앞말로부터 떨어지거나 떨어지려고 하는 모습으로 '석보상절'에 나타나고 있다. 이를테면 '사리불이 총명ᄒᆞ고 옷 신족이 ᄀᆞᄌᆞ니' 같은 경우이다. 이것들은 재빠른 시간 구실로 나타나면서 떨어지게 된 것으로 보인다.[18]

아무튼 15세기 한국 사람들의 의식 속에서 '사'는 '힘주기' 위하여 또는 그럴 필요가 있을 때 나타난 것이라 할 수 있다.[19]

그러면 '힘주기'란 우리말 이음씨끝의 발달과 어떤 아랑곳(관계)이 있을까? 무엇보다 한국말의 '힘주기'는 '말차례'로 뜻의 셈여림을 정하는 서양말이나 차이나말과 견주어 봐야 할 것이다.

〈표 5〉 한국말과 서양말 및 차이나말의 쓰임새 견줌

한국말			딴나라말	
			차이나말	서양말
	말할이 / 글쓴이	듣을이 / 읽는이	말할이 / 글쓴이	듣는이 / 읽을이
원리	힘주기	긴장 받기		
방식	씨끝을 뒤에 덧붙임		낱말벌림	

월이음	이음씨끝	이음씨
말차례	임자말+(부림말 / 도움말)+풀이말 난 널 사랑해.	임자말+풀이말+(도움말 / 부림말) I love you.
생각하는 방식	작은 것부터 큰 것, 덜 중요한 것부터 더 중요한 것	큰 것부터 작은 것, 더 중요한 것부터 덜 중요한 것

그러면 한국말의 '씨끝'은 어떻게 발달하게 되었을까? '인도유럽말'이나 중국말에서 '말차례'가 뜻의 강약을 결정짓는 것과 달리 한국말은 '힘주기'의 욕구를 대신하는 '덧붙임'의 운동 방식으로 나아가게 된 것으로 보인다. 그래서 '된소리되기와 거센소리되기'의 '느낌'으로 '긴장'을 풀 수 있는 쪽으로 간 것이다. 'ᅀ'의 쓰임새에서 보듯이 '씨끝'이 늘어날 가능성이 커진 것이다.

〈표 4〉를 보면, 긴장 표시였던 'ᅀ'가 후대로 내려오면서 이음 구실을 하는 '씨끝'으로 바뀌었다고 할 수 있다. 예컨대, '-에서야말로'에서 보듯이 '긴장+긴장+긴장+긴장'의 덧붙임이 세월의 흐름에 따라 일정한 모습으로 굳어지고, 그것이 마침내 이음 구실을 하게 되었다고 할 수 있다.[20]

이렇게 보면 한국말에서 '독립된 이음씨'가 '자라나지 못한 것'은 '긴장 표시의 원리'로 풀이할 수 있다. 그러면, 한국말에서 굳이 '이음씨'를 세워야 하는가란 물음을 떠올릴 수도 있다.

먼저 이음씨가 지닌 성격을 되새겨 보자. 서양말인 잉글리시에서 이음씨는 'and, but, or, for, as, thoug'를 비롯해 여러 가지로 나타난다. 예컨대, 다음과 같은 월의 쓰임새를 들 수 있다.

(12)

ㄱ. Time **and** tide waits for no man.

ㄴ. **Not only** food **but also** shelter is needed for the homeless.

ㄷ. Everything depends on **whether** he will come here on time.

그런데, (12)를 한말로 옮길 때 '-와 / 과'나 '-뿐만 아니라', '인지 어떤지' 등의 표현이 '토씨'나 '씨끝'으로 나타난다고 해서 '논리'보다 '감성'에 치우치게 된다고 볼 수 있을까? '이음씨'가 따로 필요하다고 보는 것은 서양말의 '관점'으로 본 것이다. 다시 말해, '나 오늘 이발했어.'란 보기에서 알 수 있듯이 한국말의 쓰임새는 '움직임이나 일'을 누가 했는지 '서양말'과 다를 뿐이다. 이런 현상은 '우리(집단)'를 '나'보다 중요하게 보는 우리 문화의 한 측면이 드러난 것이다.[21]

(13)

ㄱ.(난) 널 사랑해.

ㄴ. I love you.

(13)에서 보듯이 한말이 지닌 '줄임(생략)' 현상도 들 수 있다. 이것은 필요한 말만 나타내고 웬만한 말은 줄여 버리는 특성을 말한다. 흔히 서양말에서는 '임자말-풀이말-부림말'이 다 갖추어진 '선의 연결'을 보인다. 그 중 일부라도 잘라 버리는 것은 특별한 경우를 빼놓고는 허용되지 않는다.

그런데, 한국말은 '줄글'이 지닌 '선의 논리'와 달리 '점의 논리'에 따른다고 본다. 이것은 둥글고 부드러운 것을 좋아하는 우리 겨레의 '느낌'(감성)에 치우친 성향을 잘 드러낸다. 여기 저기 흩어져서 여러 모로 이어질 수 있는 가능성을 지닌 것이다.[22]

그러면 이음 구실을 이음씨끝이 맡아 나가는 경우와 그 이음 구실을 이음씨가 맡아서 하는 경우는 과연 어떻게 다를까?

려증동(1974)에서는 "사람의 인식능력을 넓고도 깊게, 그리고 론리스리 조직하는 힘은 이음씨에 달려 있다."고 했다. 이음씨가 어떤 생각과 생각 사이를 관계 지우면서 곧게스리 이어주는 구실에 새롭게 눈떠야 한다고 봤다.

그런데, 한말은 글월 짜임새가 '하고자 하는 말'을 맨 마지막에 나타낸다. 말차례가 서양말이나 차이나말과 반대되는 것이다. 이와 같이 이유나 조건 등을 나타내는 '딸림마디(종속절)'가 앞에 오고 '으뜸마디(주절)'가 뒤에 놓이는 방식이 지닌 '좋은 점'을 몇 가지 들면 다음과 같다.

(14)

ㄱ. 물 흐르듯 생각하는 방식을 낳는다-작은 것부터 큰 것, 덜 중요한 것부터 더 중요한 것

ㄴ. 마루느낌(절정감)을 만든다-점차 분위기를 높이다가 마지막에 가장 중요한 것을 드러낸다.

ㄷ. 마음속 충격을 늦춘다-거절이나 부정의 표현 등에서 뒤로 미루어 충격을 줄인다.

ㄹ. 끝까지 마주이야기를 듣게 한다-중요한 내용이 끝에 나타나므로 남의 말을 끝까지 다 듣고 요지를 알게 만든다.

(14)에서 보듯이 우리는 우리말이 지닌 보람(특성)을 새롭게 알아야 할 것이다. 우리말은 우리 겨레의 삶(문화)을 드러내는 거울이고 우리가 생각하는 방식이 담긴 샘터이기 때문이다. 우리가 주고받는 뜻의 셈여림을 '말차례'로 정한 인도유럽말이나 중국말과 달리 '한말'은 어떤 소리값이 있는 것을 앞말에 덧붙이는 '힘주기' 방식으로 나타는 것이 다를 뿐이다. 그래서 피어난 '씨끝'의 발달 원리는 '긴장 표시의 덧붙임'인 것이다. 따라서 우리는 오늘날까지 "사람의 인식능력을 넓고도 깊게, 그리고 론리스리 조직하는 힘은 이음씨끝에 달려 있다."는 사실을 잘 알고 여러 이음씨끝들을 잘 부려쓰며 우리말 '줄글'을 바로 쓰려고 더욱 힘써야 할 것이다.

4. 맺음말

이 글은 15세기 한말의 바른 모습이 담겨 있는 '석보상절(1447)'의 '줄글' 표현을 살핀 것이다. '석보상절'을 다룬 까닭은 여느 '불경 언해'에 견주어 좀더 우리말의 모습을 잘 알 수 있는 '뒤침(번역)'으로 엮은 것이므로 오늘날 '줄글'을 어떻게 써야 바람직할 것인가란 물음에 답하는 실마리가 된다고 봤기 때문이다.

2장 "'석보상절'의 글월은 왜 긴가"에서 다룬 것은 다음과 같다.

먼저 1) '낱낱의 이야기를 넣어 다시 짰다'에서는 권11에 실린 '인욕태자 이야기'에 대해 살폈다. 그래서 흔히 석보상절은 석가의 전 기인 '석가보'나 '석가씨보'나 '법화경' 등의 밑글에서 골라 엮은 것이라 했는데, 다른 불전 설화와 함께 심청전의 근원 설화로 여기는 인욕태자전과 같은 '이야기'가 실려 있음을 강조하였다. 그래서 '석보상절'이 이처럼 낱낱의 이야기를 넣어 다시 짠 것을 밝힘과 아울러 앞으로 '이야기말본'의 눈으로 그 뒤침의 모습을 더욱 자세히 살피려는 뜻을 다졌다.

다음으로 2) '글월이 길어진 몇 가지 까닭'에서는 이제까지 '석보상절'을 다룬 몇 가지 논의를 살피고 그 까닭을 다음과 같이 종합해 보았다.

뒤친 뜻	① 누구나 쉽게 읽고 뜻을 새길 수 있도록 뜻옮김으로 '뒤친' 것이기 때문이다.
펴낸 뜻	② '소리 읽기' 대본으로 쓰려고 많은 경전을 발췌하며 이음씨끝을 썼기 때문이다.
짜임새	③ 낱낱의 이야기를 전체 문맥에 맞게 다시 짜면서 길어졌다고 할 수 있다.
입말부림	④ '이야기말꽃(구비문학)'으로서 '입말투' 표현이 두드러져 길어진 것이다.
낱말부림	⑤ 여느 언해글과 달리 쉽고 친한 느낌으로 붙박이말을 살려 썼기 때문이다.
값매김	⑥ 새로운 글자인 '훈민정음'으로써 '우리말 줄글 쓰기'를 처음 해 본 것이다.

3장 '우리말 이음씨끝은 왜 발달했나'에서 다룬 것은 다음과 같다.

먼저 1) 'ㅿ'로 본 이음씨끝의 발달에서는 오늘날 이음씨끝으로 쓰이고 있는 '-야말로, -야만'의 '옛말꼴'인 'ᅀᅡ'가 (앞)마디와 (뒷)마디를 이어주는 이음씨끝의 구실을 하고 있음을 보이고, 'ᅀᅡ'가 세기마다 어떻게 쓰였는지를 살펴보았다.

다음으로 2) 우리말 씨끝은 '긴장 표시'의 덧붙임에서는 석보상절에 쓰인 'ᅀᅡ'의 여섯 가지 모습을 살피고 한국 사람들의 의식 속에서 'ᅀᅡ'는 '힘주기(강조)' 원리로 나타난 것[23]으로 보았다. 그래서 이것이 들을이나 읽는이에게는 '에서야말로'에서 보듯이 '긴장+긴장+긴장+긴장'의 표시가 되면서 '이음 구실'을 지니게 된다고 보았다. 또 이처럼 말뜻을 주고받을 때 씨끝이 덧붙는 방식을 쓰는 한말에서 "사람의 인식능력을 넓고도 깊게, 그리고 론리스리 조직하는 힘은 이음씨끝에 달려 있다."는 사실을 잘 알아야 함을 밝혔다.

이에 따라 '석보상절'로 본 우리말 '줄글'의 흐름에 비추어 오늘날 '월을 짧게 쓰는 것'을 내세우는 것이 어떤 뜻이 있는지를 비롯한 여러 이야기를 좀더 뚜렷이 밝히고 드러내는 데 더욱 애써야 할 것이다.

1. '석보상절'의 '인욕태자 이야기' (15세기 한말의 줄글)

부톄 미륵보살ᄃᆞ려 니ᄅᆞ샤ᄃᆡ 디나건 불가사의 아승지겁에 비바시여래의 상법 중에 나라히 이쇼ᄃᆡ 일후미 파라내러니 파라내대왕이 어디르샤 정법으로 나라ᄒᆞᆯ 다ᄉᆞ리시니 여쉰 소국에 위두ᄒᆞ얫더시다 왕이 아ᄃᆞ리 업스실ᄊᆡ 손 신령을 셤기샤 열 두 ᄒᆡᄅᆞᆯ 누흙디 아니ᄒᆞ샤 자식ᄋᆞᆯ 구ᄒᆞ더시니 제일부인이 아기ᄅᆞᆯ ᄇᆡ여 나ᄒᆞ시니 그 태자ㅣ 단정ᄒᆞ고 성이 됴하 진심ᄋᆞᆯ 아니ᄒᆞᆯᄊᆡ 일후믈 인욕이라 ᄒᆞ시니라 인욕태자ㅣ ᄌᆞ라아 보시ᄅᆞᆯ 즐기며 총명ᄒᆞ고 중생ᄋᆞᆯ 골오 어여ᄢᅵ 너기더니 그ᄢᅴ 여슷 대신이 이쇼ᄃᆡ 성이 모디러 태ᄌᆞᄅᆞᆯ 새와 ᄒᆞ더라 그 ᄢᅴ 대왕이 중ᄒᆞᆫ 병을 어더 겨시거늘 태자ㅣ 신하ᄋᆡ긍에 가 닐오ᄃᆡ 아바닚 병이 기프시니 엇뎨ᄒᆞ료 신하ㅣ 닐오ᄃᆡ 됴ᄒᆞᆫ 약ᄋᆞᆯ 몯 어들ᄊᆡ 명이 아니 오라시리이다 태자ㅣ 듣고 안닶겨 ᄡᅡ해 그우러 디옛더라 여슷 대신이 논의호ᄃᆡ 태자ᄅᆞᆯ 더러ᄇᆞ리디 아니ᄒᆞ면 우리 내종내 편안티 몯ᄒᆞ리라 ᄒᆞᆫ 대신이 닐오ᄃᆡ 내 방편으로 더로리라 ᄒᆞ고 태자ᄭᅴ 가 닐오ᄃᆡ 내 요ᄉᆞᅀᅵ예 여쉰 소국에 가 약ᄋᆞᆯ 얻다가 몯호이다 태자ㅣ 닐오ᄃᆡ 얻는 약이 므스것고 대신이 닐오ᄃᆡ 나다가며브터 진심 아니ᄒᆞᄂᆞᆫ 사ᄅᆞᄆᆡ 눉ᄌᆞᅀᆞ와 골수왜니이다 태자ㅣ듣고 닐오ᄃᆡ 내 모미 쌔ᄌᆞᆺᄒᆞ도다 대신이 닐오ᄃᆡ 태자ㅣ 그런 사ᄅᆞ미시면이 이리 어렵도소이다 천하애 앗가ᄫᆞᆫ 거시 몸 ᄀᆞᄐᆞ니 업스니이다 태자ㅣ 닐오ᄃᆡ 그ᄃᆡ냇 말 ᄀᆞᆮ디 아니호니 오직 아바닚 병이 됴ᄒᆞ실씨 언뎡 모ᄆᆞᆯ 백천 디위 ᄇᆞ료민ᄃᆞᆯ 므스기 어려ᄇᆞ료 대신ㅣ 닐오ᄃᆡ 그러면 태자ㅅ ᄠᅳᆮ다히 호리이다 그ᄢᅴ 인욕태자ㅣ 깃거 어머닚긔 드러가 ᄉᆞᆯ보ᄃᆡ 이제 이 모ᄆᆞ로 깃거 어마닚긔 드러가 ᄉᆞᆯ보ᄃᆡ 이제 이 모ᄆᆞ로 아바님 위ᄒᆞ야 병엣 약ᄋᆞᆯ 지수려 ᄒᆞ노니 목수미 몯 이실까 너겨 여희ᅀᆞᄫᆞ라 오니 원ᄒᆞᆫᄃᆞᆫ 어마니미 그려 마ᄅᆞ쇼셔 어마니미 드르시고 안답ᄭᅵ샤 낫ᄃᆞ라 아ᄂᆞ샤 것ᄆᆞᄅᆞ죽거시ᄂᆞᆯ ᄎᆞᆫ 믈 ᄲᅳ리여ᅀᅡ ᄭᆡ시니라 그 ᄢᅴ 태자ㅣ 대신과 소국왕ᄃᆞᆯᄒᆞᆯ 블러 대중 중에 닐오ᄃᆡ 내 이제 대중과 여희노라 ᄒᆞ야ᄂᆞᆯ 대신이 즉자히 전다라(栴陁羅)ᄅᆞᆯ 블러 ᄲᅧ를 그처 골수 내오 두 눉ᄌᆞᅀᆞᄅᆞᆯ 우의여 내니라 그 ᄢᅴ 대신이 이 약 ᄆᆡᇰᄀᆞ라 대왕ᄭᅴ 받ᄌᆞᄫᆞᆫ대 왕이 좌시고 병이 됴ᄒᆞ샤 이 말 드르시고 놀라 신하ᄃᆞ려 무르샤ᄃᆡ 태자ㅣ 이제 어듸 잇ᄂᆞ뇨 대신이 ᄉᆞᆯ보ᄃᆡ 태자ㅅ 모미 상ᄒᆞ야 명이 머디 아니ᄒᆞ시이다 왕이 드르시고 ᄡᅡ해 디여 우르샤 모매 몬지 무티시고 태자ᄭᅴ 가시니 ᄒᆞ마 명종ᄒᆞ거늘 왕과 부인괘 신하와 백성과 무량 대중이 앏뒤헤 위요ᄒᆞ얫더니 어마니미 태자ㅅ 우희 업더디여 슬흐시더라 그ᄢᅴ 부왕과 소왕ᄃᆞᆯ히 우두전단향 남ᄀᆞ로 태자 ᄉᆞᄅᆞ시고 칠보탑 셰여 공양ᄒᆞ더시니라 세존이 미륵보살ᄃᆞ려 니ᄅᆞ샤ᄃᆡ 파라내대왕ᄋᆞᆫ 이젯 내 아바님 열두단이시고 그 ᄢᅵᆺ 어마니ᄆᆞᆫ 이젯 내 어마님 마야ㅣ시고 인욕태자ᄂᆞᆫ 이젯 내 모미라 보살이 무량 아승지겁에 부모 효양ᄒᆞᅀᆞᄫᆞᄃᆡ 오시며 차바니며 지비며 니블쇼히며 모맷 골수 니르리 ᄲᅧ호미 이러호니 이리ᄒᆞᆫ 인연으로 성불호매 니르로니 이제 이 탑이 이 ᄡᅡ해셔 소사나ᄆᆞᆫ 곧 이 내 부모 위ᄒᆞᅀᆞ바 목숨 ᄇᆞ려늘 곧 이 ᄯᅡ해 탑ᄋᆞᆯ 세여 공양ᄒᆞ시더니 내 이제 성불ᄒᆞᆯᄊᆡ 알ᄑᆡ 소사냇ᄂᆞ니라 / 『석보상절』 (권 11: 17ㄴ-23ㄱ)

2. ‘석보상절’의 ‘인욕태자 이야기’ (오늘말로 옮긴 글)

부처님이 미륵보살더러 말씀하시기를, 지난 불가사의 아승기겁 (전)에 비바시여래의 상법 중에 나라가 있었는데, 이름이 바라내였다. 바라내대왕이 어지셔서 정법으로 나라를 다스리시니, 예순의 작은 나라들에 으뜸이셨다. 왕이 아들이 없으시므로 손수 신령을 섬기시어 열두 해 동안 느즈러지지 아니하시고 자식을 구하셨는데 제일부인이 아기를 배어 낳으시니, 그 태자가 (모습이) 단정하고 성품이 좋으며, 성 내는 마음이 없으므로 이름을 인욕이라 하셨다.

인욕 태자가 자라서 보시를 즐기며 총명하고 중생을 고루 가엾게 여기더니, 그 때 여섯 대신이 있었는데, 성품이 모질어서 태자를 새암하였다. 그때 대왕이 중한 병을 얻어 (앓고) 계셔서 태자가 신하(들)에게 이르되, 아버님 병환이 깊으시니 어찌하리오? (하니) 신하가 이르되, 좋은 약을 얻지 못하므로 명이 오래지 아니하실 것입니다. (고 했다) 태자가 (그 말을) 듣고, 애타하여 땅에 굴러 넘어졌다. 여섯 정승이 의논하되, (저) 태자를 덜어버리지 아니하면 우리가 마침내는 편안치 못할 것이다. 한 정승이 이르되, 내가 방편을 써서 덜어버리겠다 하고서는 태자께 가서 이르기를, 제가 요사이에 예순 소국에 가서 (대왕의) 약을 얻어 보았으나, 구하지 못하였습니다. (고 했다.) 태자가 이르되, 얻으려 하는 약이 무엇인가? (하니,) 정승이 이르되, (세상에 태어) 나면서부터 성내지 아니하는 사람의 눈동자와 골수입니다. (고 하니,) 태자가 듣고 이르되, 내 몸이 (그와) 비슷하도다. 정승이 이르되, 태자가 그런 사람이시면 이 일을 어렵습니다. 천하에 아까운 것이 몸 같은 것은 없습니다. 태자가 (또) 이르되, 그대들의 말과 같지 아니하니, 오직 아버님 병환이 좋아지신다면 (이) 몸을 백·천 번 버린들 무엇이 어렵겠느냐? (고 했다.) 정승이 이르되, 그러면 태자의 뜻대로 하겠습니다. (고 했다.) 그 때 인욕태자가 기뻐하여 어머님께 들어가 아뢰되, 이제 이 몸으로 아범님 위하여 병환 (고칠) 약을 지으려 하니 목숨이 있지 못할까 여겨 이별하러 왔습니다. 원컨대 어머님께선 (저를) 그리워하지 마소서. 어머님이 들으시고 애타하시어 내달려가 안으시고 까무러치시니, 찬물을 뿌려서야 깨셨다. 그 때 태자는 정승과 소국의 왕들을 불러 대중 중에 이르되, 나는 이제 대중과 이별한다. 고 하니까, 정승은 곧 전타라를 불러 뼈를 끊어 골수를 빼내고, 두 눈동자를 움켜 내었다. 그 때 정승은 약은 만들어 대왕께 바치니, 왕이 (약을) 드시고 병환이 좋아지셔서 (그동안의) 말을 들으시고는 놀라서 신하더러 물으셨다. 태자는 지금 어디

있느냐? 정승이 아뢰되, 태자의 몸이 (매우) 상해서 목숨이 멀지 아니하십니다. 왕이 들으시고, 땅에 거꾸려져 우시며 몸에 먼지를 묻히시면서 태자한테 (달려) 가시니, 이미 (태자의) 목숨은 끊어졌거늘, 왕과 부인과 신하들과 백성과 무량한 대중이 앞뒤에 둘러쌌는데, 어머님이 태자 위에 엎드려서 슬퍼하셨다. 그 때 부왕과 소국의 왕들이 우두전단향 나무로 태자의 (시신을) 사르시고 칠보탑을 세워 공양하셨다. 세존이 미륵보살더러 이르시되, 바라내대왕은 지금의 내아버님 열두단이시고, 그 때의 어머님은 지금의 내 어머님 마야이시고, 인욕태자는 지금의 내 몸이다. 보살이 한량 없는 아승기 겁에 부모를 효양하되, 옷이며 음식이며 집이며 이불과 요이며, 몸의 골수에 이르기까지 써서 (효양)함이 이러하니, 이런 인연으로 성불함에 이르니, 이제 이 탑이 이 땅에서 솟아남은 곧, 이것이 내가 부모를 위하여 목숨을 버렸으므로 곧, 이 땅에 탑을 세워 공양하셨는데, 내가 이제 성불하므로 앞에 솟아난 것이다.(세종대왕기념사업회, 『(역주) 석보상절』 제 6, 9, 11 권, 수목문화사, 1991. “( )”는 보충하는 말을 표시한 것입니다.)

원전찾기

셋째 벼리

노래의 샘, 말의 길
-우리 시가의 본바탕-

윤덕진

1. 이끄는 말

시조는 조선조 일대를 이어온 대표적인 시가였으며 작품 수가 수천에 이를 만큼 거대한 생산량을 과시한다. 시조를 노래 부른 방식은 시형식 정착기인 15~16세기부터 가곡의 대엽조大葉調에 의지하여 왔고, 18세기 이후 가곡의 여러 가지 변태가 생기는 것과 함께 "시절가조時節歌調"라는 새로운 취향의 악곡이 생기면서는 거기에 맞추어 즐겨오기도 하였다. 오늘날의 시조창은 이 시절가조가 이어져 내려온 것이다.

시조창은 평시조-사설지조-지름시조를 기반으로 하면서 사설지름, 엮음지름 등이 파생되는 한편 각시조刻時調, 우시조羽時調 등 주로 한시를 얹어 부르는 아정한 곡태가 따로 있으며 여기서는 우조지름이 파생된다.

또한 중허리, 온질음 등의 변태를 보이기도 한다. 시조가 고-평-저의 3음을 기반으로 하는 자연스런 악조인 것은 정악인 가곡과 비슷하지만 반음을 올려서 떠는 전성轉聲을 많이 사용하여서 민속악적 분위기를 지니는 개성을 갖고 있다.

실제로 대면하기 위하여 시조창의 특징을 잘 지적하여준 구절을 인용하여 보기로 한다.

> 초장 첫 머리부터 꿋꿋하게 밀어 나가다가 제 3박에서 점약(漸弱)으로 되면서 목을 떨고 4박에 가선 목을 꺾어가지고 E로 내려뜨린다. …… 제3박에서 목을 떠는 것은 소리의 힘이 차차 약하여간 뒤에 여운 같이 자연지세(自然之勢)로 그렇게 되는 것이지 결코 함부로 아무데서나 떠는 것이 아니다. 음이 강할 때에는 떨 여지가 없고 약하여진 때에 떠는 것은 전기(前記) 송풍(松風)의 음악에서도 그리하여 이것이 자연의 이치에 맞는 것이라고 생각한다. 또, 1박-2박은 긴장하였다가 3박에서 이내 이완으로 흘러버리지 않고 가사 관계로나 음세로 보아서 제4박에서 한 번 살짝 부딪혔다가 즉, 꺾었다가 이완으로 흘러가는데 이러한 현상은 이 대목에서만 맛볼 수 있는 특색이다. 이와 같이 소리에 힘을 넣고 빼는 것 즉, 다이내믹(dinamic)은 시조의 생명이요, 멋인 것이다.01

위의 특징을 아래의 악보를 통하여 구체적으로 확인할 수 있다.(石庵 鄭坰兌 譜)

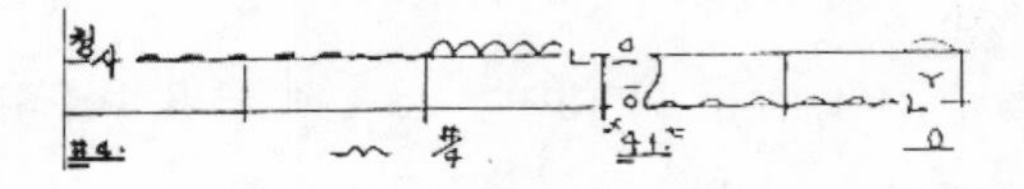

음절이 분리되어 자모의 음운으로 발성되는 현상을 목격하게 된다. 특히, 3박 끝이나 5박 끝의 경계에 놓인 "ㄴ" 음은 종성으로서 독립적인 발성을 유지한다. 초성이 중성과 어우러지며 종성이 홀로 남는 현상은 "어단성장語短聲長"의 특색이 실현되면서 이루어지는 것이다. 영언永言 곧 소리를 길게 끎으로써 음성적 실체가 드러남을 노래의 본질로 삼은 것이

우리 시가의 전통이다. 위에서 제1박서부터 3박에 거쳐있는 "사" 부분에 대한 발성법과 그 분위기를 시조 창본의 해설을 통하여 알아보자.

> 이 부분은 "한운출수(閑雲出峀)" 즉 헌건스럽게 씩씩하고 여유있게 꿋꿋하게 밀고 나가야 하는 부분이란 뜻이다. 호수에다 돌을 던지면 물결이 쳐서 살랑살랑 거리듯 흔드는 소리가 나와야 한다. 그렇게 대박 3을 나가다가 '산'의 마지막 자음인 'ㄴ'을 발음해주고 네 번째 대박부터는 낙착법(내림법)으로 '으'에서 아래 'ㆆ(硬音)'으로 위에서 아래로 떨어지는 소리이다.02

위의 예에서 네 째 박의 "으"는 음정상 한 단계 떨어지는 과정에서 음운의 변천을 겪는다. ㅇ-ㆆ-ㅎ의 이동 과정이 드러나면서 "ㆆ" 음의 실체를 확인하게 된다. 소리의 지속 시간을 늘리면서 음가의 실체—음운론적 변별 자질 —를 드러내는 것이 우리 노래의 본질에 해당된다. 여기서의 음운론적 변별 자질은 구체적으로 음소를 가리킨다. 독립적이고 절대적 기준을 가진 음소 조건이 실현되는 것이 음성언어로서의 우리말이며03 말을 늘이는 과정에서 음소 조건이 확인되는 현상이 곧 노래로서 드러난다고 볼 수 있다. 따라서, 『훈민정음』에 대한 다음과 같은 언급을 유의하게 된다.

> 글자의 운은 청탁(淸濁)이 잘 분별되고 악곡으로 노래하면 율려가 잘 어울리는 것이 일부러 하지 않아도 갖추어 지지 않음이 없고 어디든 가서 닿지 않음이 없다. 비록 바람소리, 학울음과 닭울음, 개짖음이라도 모두 써낼 수 있다.04

율려律呂는 양률陽律과 음려陰呂의 어울림을 가리키니 "일부러 하지 않아도 갖추어 지지 않음이 없"다함은 말 자체에 율려가 깃들어 있다는 의미이다. 『훈민정음』에서 아래와 같이 지적한 것이 같은 맥락으로 이해된다.

> 첫소리와 가운뎃소리와 끝소리가 합하여 이룬 글자를 가지고 말하면, 움직이고 고요함이 서로 뿌리박고, 음과 양이 사귀어 변하는 뜻이 있으니, 움직이는 것은 하늘이요, 고요한 것은 땅이요, 움직이고 고요한 것을 겸한 것은 사람이다. …… 첫소리는 피어나 움직이는 뜻이 있으니 하늘의 일이요, 끝소리는 그쳐 정(定)하는 뜻이 있으니 땅의 일이요, 가운뎃소리는 첫소리의 생하는 것을 받아서 끝소리의 이루는 데에 접(接)하니 사람의 일이다. 대개 자운(字韻)의 요긴함이 가운뎃소리에 있으니, 첫소리와 끝소리가(가운뎃소리)와 합하여서 글자의 음(音)을 이루는 것이 마치 하늘과 땅이 만물을 생하고 이루되, 그 마르재어 이루고 보필하여 돕는 것은 반드시 사람의 힘에 자뢰함과 같다.[05]

위의 지적은 세 가지의 음소가 어우러져 하나의 소리마디(음절)를 지어내는 과정에 대한 것이거니와, 이 과정을 확인하여 그 가운데에 깃든 자연의 이치를 드러내는 일이 곧 말을 늘이어 노래하는 것이기에 "일부러 하지 않아도 갖추어 지지 않음이 없음" 곧, 자연自然을 음악의 기본 원리로 삼았다.[06] 시조창의 빠르기는 1분간 40정간, 곧 메트로놈 50박 가량으로 산정되거니와 선초에 불리던 만대엽慢大葉의 후신으로 추정되는 가곡의 이삭대엽二數大葉은 시조창보다 두 배 느린 1분간 20정간으로서 이런 정도의 완만한 속도에서 발성되는 음절은 최소한의 음소 단위로 환원될 뿐만 아니라 유사한 계열의 인접 음소와의 경계로까지 발성 영역을 확장하게 된다. 앞서 시조창 악보에서 보았던 자모 음운의 독립적 발성이나 ㅇ-ㆆ-ㅎ의 이동 과정 따위가 위의 사실을 잘 보여주고 있다.

『훈민정음』이 제시한 우리말의 음악성에는 청탁고저의 음성학적 변환에 대한 배려도 곁들여 있다. 이 경우는 음절 간의 음성적 영향관계를 따진 것으로 다분히 고립어로서의 중국어를 의식한 결과로도 보이지만 본래의 의도는 "글자의 운은 청탁淸濁이 잘 분별되고 악곡으로 노래하면 율려가 잘 어울리는" 우리말의 특색을 살리고자 한 데 있다. 우리말의 음악성을 실증하고자 제작된 것이 〈용비어천가龍飛御天歌〉로 여겨지거니와 여기에 사용된 방점들은 고저를 뚜렷이 표시하여 시어의 낭송 자체를 악곡화 하게끔 고안되어 있다. 실제로 후대에 〈용비어천가龍飛御天歌〉가 낭송 가창의 대본으로 사용된 사실을 확인할 수도 있다.

지금까지 우리말에 내재되어 있는 음악성이 실제 노래로 구현된 사례를 짚어보면서 우리말과 노래의 관련을 모색하는 단초를 열어 보았다. 이제 전통적으로 노래에 대한 인식이 변해 나오는 과정을 더듬어보면서 앞에 일으킨 문제를 확대해 보고자 한다.

2. 전통 가악관을 통하여 보는 우리 노래와 말의 본질

우리 노래에 관한 가장 이른 기록은 중국측 사서에 드러나는 가무歌舞에 대한 것이다. 곧, 동이東夷 가악의 특성을 중국과 대비하여 기술한 대목들이다.

> 東夷之樂曰, 侏僸, 言陽氣所適, 萬物離地而生也(「周官 」春官 注疏)
> 東夷之樂曰, 離, 持矛舞, 助時生也(「樂元語」)

"侏僸", "離" 등으로 불리는 동이 악곡의 내용을 설명하고 있는데, "양기에 어울려 만물이 땅에 붙이어 삶[陽氣所適, 萬物離地而生]"이나 " 때에 맞추어 자라남을 돕는다[助時生]."나 모두 "만물萬物이 생발生發하는 성용聲容이 있"음을 가리키며, 이 "호생好生의 천성天性"은 인애仁愛로 요약될 수 있다.[07] 이러한 설명을 들으면서 문득 다음과 같이 특정 악곡에 대하여 구체적으로 언급한 대목을 떠올리게 된다.

> 서경(西京)은 고조선(古朝鮮) 곧 기자(箕子)가 봉(封)해진 땅이다. 그 백성들이 예의로 사양함을 익혀서 임금을 높이고 위를 가까이하는 의를 알았다. 이 노래를 지어서 인자한 은택이 가득히 번어서 초목에까지 미쳐, 비록 꺾이어 덜어진 버들이나 또한 살려는 뜻이 있음을 말하였다.[08]

여기서 "살려는 뜻[生意]"은 "살아있음을 살린다[生生]"는 말이니 곧 "만물을 어질게 사랑한다[仁愛]."는 의미이다. 이 의미는 또 다른 노래로도 이어지니, 신라 가악의 시초가 되는 〈도솔가兜率歌〉에서 그 맥락을 찾아볼 수 있다. 〈도솔가兜率歌〉는 신라 초기의 제도 정비 과정에서 유리왕儒理王(弩禮王)에 의해 지어진 노래로서 그 의미가 "민속환강民俗歡康"에 두어져 있다. 백성들의 자발적인 기쁨이란 "살려는 뜻[生意]"과 같은 맥락으로 통한다. 이에 가명 〈도솔兜率〉을 "안安 · 환歡 · 녕寧"의 뜻으로 옮겨 풀 수 있으며09 작자의 왕호를 "누리"10 곧 지상의 세계로 이해할 수 있다.

상대 가악의 시초에서 드러나는 의미들, 인애仁愛, 화평和平 등은 후대의 가악에서 고악을 전범으로 삼으면서 추구하였던 예술적 이상과 통하기도 한다. 우리 시가 발전사의 근대인에 해당하는 18세기 가객들의 가집 서발에 드러나는 고악에 대한 이상 설정이 이 유구한 의미를 잘 전하고 있다. 가집의 단초를 연 『청구영언青丘永言』 서문(鄭潤卿 씀)에서 고대에 노래를 하려면 반드시 시를 써서, 노래하여 문장이 되면 곧 시이고, 시를 관현에 올리면 노래가 되었던 "시가일도詩歌一道"11의 이상을 설정하고, 동 가집의 절목節目에서 이 이상이 악조로 실현되는 상태를 정대화평正大和平12이나 웅심화평雄深和平13 등의 풍도형용風度形容으로 표현하였을 때에 고악으로부터 비롯된 인애仁愛, 화평和平 의 의미가 전하여진다.

이 의미가 음악에 도취하는 심미적 경지와 관련하여서는 다음과 같이 확장되어 설명되기도 하였다.

> 평조만대엽은 모든 악곡의 조종(祖宗)으로서 순순히 한가하며 여유롭고, 자연스레 평탄하고 담담하여서, 만약 깊이 경지에 든 자가 연주하면 곧 남실남실히 봄구름이 하늘에 떠 있는 듯 하고 활씬히 봄바람이 들판을 스치는 듯하며, 또한 천년 묶은 이무기가 여울 아래 뇌까리는 듯하고, 반공에 솟은 두루미가 솔숲 새에 우는 듯하니, 곧 이른바 그 삿되고 더러움을 씻고 그 떼 지어 막힌 데를 녹혀 황홀히 요순시절에 살고 있는듯 하다는 것이다.14

역대의 거문고 악보와 관련 문건을 취합한 『현금동문류기玄琴東文類記』를 통해 고악의 전통을 모색하였던 이득윤李得胤(1553~1630)이 정두원鄭斗源(1581~?)과 음악을 논한 서書에서 펼쳐 보인 견해이다. 앞뒤 문맥으로 보아 만대엽慢大葉에 대한 당대의 부정적 평가를 박론駁論하기 위한 글이다. 여기서 만대엽의 악조적 특징으로 지적한 "종용한원從容閑遠"과 "자연평담自然平淡"은 고악의 실제 내용을 요약한 것으로 받아들여도 무방할 것이다. 이 내용과 유사한 개념이 18세기 이후의 가곡 가집에서 가악풍도歌樂風度의 형용에 흔히 쓰인 것을 보면, 고악에 기반한 정풍 가악의 근본이 되는 이념으로서 계속 유용하였음을 알 수 있다. 이를테면, 현전하는 가곡 곡목에서 메트로놈 30박 정도의 가장 완만한 곡태를 보여주는 이삭대엽二數大葉에 대한 풍도 형용은 "공자님이 제자를 모아 놓고 가르치는 듯, 비바람이 순조로운 기색[杏壇說法 雨順風調]"으로 나타나는데, 이를 악보 상으로 확인해보면 옆의 악보와 같은 모습으로 드러난다.15

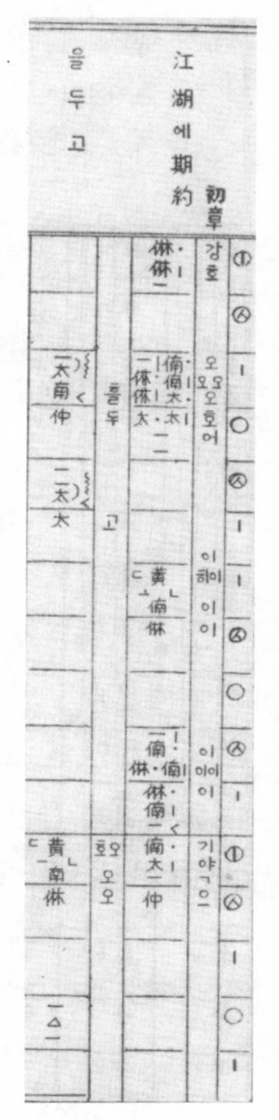

저음부에서 시작되는 발성이 모음을 길게 늘이며 이어지다가 12음계의 중간음에 해당하는 중려仲呂(Fa와 Sol 사이 음)음에서 고조되어 6박을 지속한다. 이 고비를 지나며 하향하는 선율은 원래의 시작하던 음으로 회귀하며 초장을 종지한다. "강호에 기약을 두고" 한 구절을 노래하는데 32박이 소요되었다. 평조의 특징으로 지적되었던 "웅심화평雄深和平" 이 여지 없이 실현된 경우라 하겠다. 이 특징을 이루는 주요한 요인으로 아무래도 모음을 길게 끌어나가는 발성법을 먼저 들어야 할 것이다. 현전하는 범패나 영가무도詠歌舞蹈 같은 노래들이 의미 없는

모음의 발성을 주로 한다는 사실을 참조하면 모음을 길게 끌어나가는 발성법은 노래의 원형적 형태에서 유래하였다고 추측해 볼 수도 있다.

여기서, 향가 쪽으로 관심을 돌려 노래의 원형과 관련되는 특질을 짚어볼 때에, 신라 초기 가악인 〈도솔가兜率歌〉에 대한 "차사사뇌격嗟辭詞腦格"이라는 언급을 유의하게 된다. 차사嗟辭를 후의 본격적인 단계의 향가들에서 결구에 반드시 수반되었던 감탄음을 가리키는 것으로 이해하고 나면 사뇌격詞腦格은 사뇌가의 근본적인 특질, 곧 사뇌가를 부를 때 가장 먼저 적용되는 발성법과 관련되는 사항으로 파악되어 혹시 모음을 길게 끌어나가는 발성법을 가리킨 것은 아닐까 의심해 보게 된다. 향가의 악곡에 관한 정보가 극히 제한된 상태에서 『삼국유사』의 구법句法은 소중한 단서로 삼지 않을 수 없는데, 이른바 10구체의 10개 구획은 대체로 정연하게 배열되어 있어서 이들이 각기 동일한 단위의 악절에 대응하였으리라는 추정을 해 보게 한다. 이런 가운데, 첫 구가 늘 짧은 단위로 드러난다는 사실이 관심을 끄는데, 이 부분에 대하여 모음을 길게 끌어나가는 발성법이 적용되었으리라는 유추를 내리는 일은 후대의 가곡이나 시조의 예에 비추어 크게 무리가 가지 않는다고 본다.

우리 노래의 본디 모습을 근세의 가곡으로부터 거슬러 올라가며 찾아보았다. 노래를 "영언永言"이라 규정하였듯이 우리 노래의 바탕에는 소리를 길게 늘이어 악조화하는 방식이 자리 잡고 있으며 이 방식을 실현하는 음소적 실체는 모음이었음을 확인하였다. 이번에는 자음을 포함하여서 음성적 특질을 배려하면서 악조에 맞추어 말을 놓는 방식에 관하여 살펴보겠다. 우리말의 비음운 음소인 장단, 고저, 강약 등등은 실제 언어 사용에 있어서 변별적 자질을 발휘하지 못하기 때문에 음운으로 인정받지 못하는 것으로 알려져 있다. 그러나, 이는 규범 문법의 장벽에 의하여 연음과 같은 실제 언어 현상이 가려진 경우라면 유효하지만, 노래처럼 언어를 원형적 상태로 회귀시키는 쓰임새에 있어서는 자모가 융통하게 교섭하여 음운적 실체를 드러내었던 사실이 확인되었던 것처럼, 사정이 달라지는 것으로 보아야 한다. 장단, 고저를 구별하여 말을 배열하여서만이 악조의 조화로움이 허용될 뿐만 아니라, 이를 어겨서는 아예 노래로서의 요건이 갖추어지지도 않는 사실을 실제에서 확인할 수 있다. 다음과 같은 설명이 이 사실을 예거한 것이다.

> 朝鮮語의 高低音은 「섬」(島)이 高 하고 「섬」(石)은 低 하며 長短音 으로도 「밤」(栗)은 長音이오 「밤」(夜)은 短音이다. 强弱音은 普通音에는 不分明하나 文章上 또는 修辭上에는 있으니 「붓이 아니라 冊이다」할 때는 「冊」이란 말이 强하며 「나비가 춤춘다」하면 「나비」와 「춤」은 强하게 나온다.[16]

위의 예는 실제 노래에 있어서 엄격하게 준수되고 있으니, 예를 들어 평시조 〈한산섬 달 밝은 밤〉에서 "섬[島]"은 결코 미리 내려가서 소리 낼 수 없고, 중허리시조 〈산촌에 밤이 드니〉에서 「밤」[夜]은 "이" 에 바로 붙여야지 조금이라도 끌어서는 아니 되는 것으로 연행되고 있다. 만일 이를 어긴다면 악조가 흩뜨려져서 제 가락을 유지할 수 없게 된다. 이처럼, 당연한 언어현상을 악조에 반영하는 것은 미리 정해진 규식에 따르는 것이 아니라 노래를 하다보면 자연히 그리될 수밖에 없는 일종의 자연스러운 관습이다. 하나의 악곡에 서로 다른 여러 가사를 넣어서 노래할 수 있는 것이 가곡이나 시조의 관습일 뿐 아니라 고려속가, 또한 그 관습을 지니고 있다. 향가 또한 그런 관습을 유지하였던 것은 이른바, 10구체의 정연한 형식이 여러 작품에 반복되어 적용되고 있음으로 확인된다. 이런 때, 하나의 악곡에 의존하면서도 작품마다 서로 다른 분위기를 지니게 되는데, 이는 각 작품의 말붙임새가 결코 같을 수가 없기 때문에 그러하다.

악곡에 말을 붙일 때에 언어의 특성을 배려해야 하는 것은 우선은 악곡에 맞추어야한다는 필요에 부응하여서이겠지만, 근본적으로는 정서의 다양한 표출에 따르는 언어의 변환이라는 자연스러운 절차라고 할 수 있다. 시조 한 줄의 형성 방식을 보통 3·4·4·4로 규정하기도 하지만 실제 작품에서는 이를 준수하지 않고 다양한 변태로 드러나는 것을 보아도 이를 알 수 있다. 그 다양한 변태의 안에서는 일상어의 음절을 늘이거나 줄임으로써 시적 분위기에 어울리는 시어로 재창조하는 작업이 이루어지기 마련이다. 다음은 그 실례에 해당하겠다.

이것은 → 이것으란
배없다 → 바이없다
한다 → 하느슨다
했다 → 하돗다
어디오 → 어디메오

이라하거늘 → 이라커늘
가련다 → 갈다
그것이 좋은가 → 긔조흔가
잠을 못들어 → 잠못들어
행여 그것인가 → 행여긘가[17]

위와 같은 음절수 조절뿐만 아니라 "무슨일→무스일", "어찌할고 → 어이할고", "알았더면→아돗드면"처럼 음조를 조정하는 일도 있는데, 이런 작업을 통하여 하나의 시적 분위기에 통합되는 부분들을 지닌 온전한 한편의 작품이 만들어지게 된다.

3. 고려속요의 말붙임새

고려속요는 온전한 우리말로 짜여져 있어서 훈민정음 창제 이전의 우리말, 특히 노래말의 쓰임새가 얼마나 가다듬어져 있는가를 잘 보여준다. 위의 사례들을 고려 속요에 대입하여 그 쓰임새의 모양을 살펴보기로 한다. 우선, 음절수 조정의 사례를 보면, 다음과 같다.

므슴다 錄事니ᄆᆞᆫ 녯 나ᄅᆞᆯ 닛고신뎌(〈동동〉 제5연)

"므슴다"는 "어찌하여"라는 감탄 의문사인데 "므슴"에 "다"라는 강조사를 붙여서 어세를 강하게 하였다. 후의 시조 종장에 "엇더타 凌烟閣上 뉘 얼골을 그릴고"[18]로 쓰인 예와 의미로 상통하는데, 이때의 의문은 응답을 요청하는 것이 아니라 해소할 수 없는 정황에 대한 감동적 표출을 위한 것이다.[19] "므슴"이 의문 관형사로 흔히 쓰이고, "므슴다"는 〈동동〉에서만 찾아지는 것을 보면, 이 의문부사는 고려조에서만 통용되었다는 시기적 한계를 지을 수도 있다.

"녯"은 후대에도 흔히 쓰인 관형사인데 시 속에서는 특히 회억의 정서를 집약적으로 표출하기 위하여 많이 쓰였다. 일상어 가운데에서도 과거를 회상하는 순간적 정서가 개입하는 것을 보면 이 말은 애당초 시어로서의 자격을 구비하고 있었다고 보아야겠다.

"닛고신뎌"의 "ㄴ뎌"는 통상적으로 감탄을 나타내는 종결어미로 쓰임이 확인된다. 〈정과정곡〉 삼엽三葉, 사엽四葉 부분의 "ᄆᆞᆯ힛마리신뎌 ᄉᆞᆯ읏븐뎌"의 "ㄴ뎌"를 같은 용례로 확인할 수 있다. 문제는 "고시"인데 "머리곰 비취오시라", "어느이다 노코시라"(〈정읍사〉)나 "쌍화점에 쌍화사러 가고신댄"(〈쌍화점〉)에서 같은 용례가 확인된다. 향가에서도 "惱叱古音多可支白遣賜立"(닏곰다가 ᄉᆞᆲ고샤셔 / 사ᄅᆞ고시서[20]: 〈원왕생가〉)나 "今呑藪未去遣省如"(열ᄯᅳᆫ수메 가고쇼다: 〈우적가〉) 등에서 유사 용례가 잡히는 것을 보면, 사용이 오래 지속된 것으로 파악된다. 원망을 나타내는 존칭이 후대에 "시고"로 나타나는 것을 보면, "고시"는 향가 및 고려속요 단계까지만 쓰인 것으로 판정할 수 있다.

위와 비슷한 사례를 다음과 같은 구절에서도 찾을 수 있다.

> 그 바미 우미 도다 삭나거시아(〈정석가〉 제2연)

"시거"와 "거시"가 통용되는 사례를 보건대, 여기서의 "거시" 선택은 어미 "아"와 맞추어진 음조 조율의 결과로 볼 수 있다. 이 구절이 반복구로서 정서적 분위기가 빠르고 가벼운 쪽이라는 사실을 고려하면 "시거"는 선택에서 제외될 수밖에 없다. 한편, 이 구절의 모음 변환은 맨 앞의 "ㅡ"를 떼어놓고 볼 때에 "ㅏ-ㅣ→ ㅜ-ㅣ→ ㅗ-ㅏ → ㅏ-ㅏ-ㅓ-ㅣ-ㅏ"로 드러나 일정한 굴곡을 감지하도록 이루어져 있다. 이 굴곡은 다음과 같은 후렴구의 무의미 단계로 전환되는 길목에 서 있는 것으로 볼 수 있다.

> 노오나너니나로노오오나니로나니로나이니로나니로이너어나니나로노오오너니너로나로나너에나노나노나니나로노나니나로나(〈군악〉, 『육당본 청구영언』)

후렴구에는 본사에서 충족되지 못한 정서를 극대화하는 역할을 수행하기 위한 장치가 두어진다. 모음의 굴곡진 변화를 통하여 심곡心曲의 구비마다 서린 여향餘響을 들추어내게 된다. 본사의 의미는 이 무의미 구절을 통하여 명기 이전의 원상태- 곧 정서의 바탕으로 돌아가게 된다. 시인이 전하고자 하는 궁극적인 내용은 이것인지 모르겠기에 후렴구나 감탄사에 시의 전체 내용이 축약되어 있다는 지적이 허황된 것만은 아니다.

지금, 이야기하고자 하는 바는 모음의 굴곡진 추이가 곧 정서의 추이에 대응한다는 논리인데, 앞서 꺼내었던 음절수 조절이나 음조의 조절도 모두 이 논리에 통합된다는 쪽으로 발전시켜 보고자 하는 것이다. 하나의 사례를 또 들어 논지를 굳혀 나가보자.

> 가다가 가다가 드로라
> 에정지 가다가 드로라(〈청산별곡〉 제7연)

일부러 두 줄로 적어 대비한 결과, "에정지" 가 도드라져 보인다. 두 줄의 전체 흐름이 "ㅏ" 음을 기조로 하면서 고른 3음절 배분으로 이루어져, 결국[結局]에 이르지는 못하고 지속되는 정서를 드러내고 있다. "에정지"의 말뜻이 무엇이냐는 논리적인 사고가 개입할 여지가 없다. 다만, 3음절을 충족하기 위한 가식이 있지 않았느냐는 추측을 "에" 음의 구획화-

장음 내지 강음으로 "정지"와 구별되는-에서 일으켜 보게는 된다. 제8연의 내용으로 보건대 이 화자는 청산(또는 바다)에 당도하지를 못한다. 음성과 관련된 여러 가지 배려는 진행 중인 여정과 그에 수반되는 정서를 통합하기 위한 방안이기도 하다.

위와 같이 살펴보면서, 〈청산별곡〉의 각 연에서 다채롭게 펼쳐지는 율조의 변환은 전체적으로 3음보격을 기반으로 하면서 그 안에 3-3-2, 3-3-3형의 음절 배분을 교체하여서 기대와 좌절, 원망과 비탄의 굴곡진 정서를 표출하기 위한 것이며, "ㄹ" 음을 기조로 하는 후렴구는 이러한 정서의 양면을 통합하여 하나의 인상으로 제시하고 있다고 할 수 있다.

고려속요 가운데에는 일상어이면서도 시적 축약의 분위기를 지닌 어휘를 적절히 찾아 쓴 사례가 빈번하다. 고려시대 청자나 불화에서 감지되는 높은 예술적 경지는 생활이 곧 예술이었던 단계로까지 이어졌다고도 볼 수 있는데, 일상어의 시적 사용은 그런 경지에서 이루어진 것으로 볼 수도 있다. 속요의 민속적 특질이 궁중에서 수용될 수 있었던 경로도 그 지점에서 찾아볼 수 있을 듯하다. 다음의 사례에서 확인하여보자.

> 여히므론 아즐가 여히므론 질삼뵈 ᄇᆞ리시고
> 위 두어렁셩 두어렁셩 다링디리
> 괴시란ᄃᆡ 아즐가 괴시란ᄃᆡ 우러곰 좃니노이다
> 위 두어렁셩 두어렁셩 다링디리(〈서경별곡〉 제3·4연)

조흥구 "아즐가"를 첫 마디와 결합하여 들뜬 분위기에 이별의 예상이 가려지도록 하면서 곧 흥겨운 후렴구를 덧붙임으로써 영원한 만남에 대한 기약만이 남도록 하였다. 마치 일상의 중대사를 방기하고 오직 애정상사에 몰두하는 화자의 모습을 소리로 표시한 것 같다. 여성의 본업인 방적을 팽개치고 님을 따르는 것은 자신에게도 경이로운 행위이기에 남이 한 듯이 존대법을 쓰게 되었다. "우러곰"(울면서)도 흔히 쓰이는 말이지만 여기서는 님에의 경도에 의하여 전일화된 행위를 대표하는 것으로서 피동적 의미가 내포되었다. 그 표지를 "곰"이라는 접미사가 맡아 하고 있다. 이렇게 볼 때에 "ㅂ리시고"나 "우러곰"은 일상어이면서도 시적 분위기에 어울리는 쓰임새를 지니게 되었다고 할 수 있으며, 따라서 3음절이나 4음절의 조어도 그 쓰임새에 맞추어져 있다고 볼 수 있다.

4. 우리말을 노래 속에 살려 쓰는 길

19세기 말에 우리나라에 처음 들어온 선교사들은 도처에 들리는 유장한 가락의 노래에 경이를 금치 못하였다. 이렇게 느리고 유유한 노래를 그들은 처음 들었던 것이다. 그러나 사실은 그들이 들었던 것은 조선조의 끄트머리에서 가장 빨라진 가락의 노래였다. 사설시조－휘모리시조로 빨라지는 가락은 20세기를 넘어서 어디로 갈 수 있었던 것일까? 20세기 초두의 문명 충돌은 시조에도 충격을 가하였다. 사람들은 이 느린 노래를 외면하기 시작했다. 달콤한 서양 노래의 유혹에 곧잘 함몰되었다. 그렇다고 시조가 일조에 민멸되거나 한 것은 아니었다. 육당, 춘원은 그대로 시조를 듣고 즐겼으며 그 흥겨움의 연장선상에서 새로운 문화를 재료로 시조를 지어내었다.

찾는 듯 뷔인 가슴 바다라도 담으리라
우러 님 크신 사랑 그지 어이 있으리만
솟는 채 대시옵소서 벅차 아니 하리다(최남선, 〈궁거워〉 3)

분절된 의미를 받아들이는데 익숙한 요즘 사람들을 어리둥절하게 하는 말쓰임새이다. 그러나 불과 40, 50년 전만 해도 우리는 이런 식으로 말을 했었다. 너와 나의 관계를 따져서 재는 말이 아니라 너도 듣고 나도 듣고 그리고 너도나도 아닌 "님"이 들으라는 말을 할 줄 알았다. 위의 시조는 『백팔번뇌百八煩惱』에 들어 있는 작품이다. 그 발문에서 벽초碧初 홍명희洪命憙는 이렇게 썼다.

육당(六堂)은 님이 있다. 애틋하게 사랑하는 님이 있다. 12,3세 때가 사랑의 싹이 도든 뒤로부터 나히 들면 들수록 더욱이 연연(戀戀)하야 차마 잊지 못하는 님이 있다. 그 님이 있지 아니하더라면 육당은 염불삼매(念佛三昧)로 정토를 흔구(欣求)하야 필경불퇴(畢竟不退)에 이르고 말앗슬지도 모를 일이다. 육당의 님은 구경 누구인가? 나는 그를 짐작한다. 그 님의 닐음은 「조선」인가 한다. 이 닐음이 육당의 입에서 떠날 때가 업건마는 듯는 사람은 대개 그 님의 닐음으로 불으는 것을 깨닷지 못한다.

16,17세기의 "님"은 주로 임금을 가리켰다. 임금이 곧 나라였던 때이기 때문이다. 국권을 상실하였을 때 그 "님"은 나라가 되었다. 나라가 모든 것이기 때문이었다. 지금 우리에게는 무엇이 "님"인가? 우리는 더 이상 님을 외칠 필요가 없는 풍요한 시대에 살고 있는가? 그러나 이 시대를 풍요라고 한다면 풍요는 곧 혼돈의 동의어이다. 혼돈을 돌이켜야 한다. 혼돈을 정제된 질서로 돌이켜, 틀 지워 "갇혀 있는 자유", "복종하는 자유"를 찾아야 한다. 한용운의 〈노래〉에 "남들은 자유를 사랑한다지마는 나는 복종을 좋아하야요 / 자유를 모르는 것은 아니지만 당신에게는 복종만 하고 싶어요 / 복종하고 싶은데 복종하는 것은 아름다운 자유보다도 달금합니다. 그것이 나의 행복입니다."가 있지만 이 시인의 독특한 가락의 울림 뒤에는 다음과 같은 시조가 깔려 있기도 하다.

어여쁜 바닷 새야 너 어디로 날아오나
공중의 어느 길이 너의 길이 아니련만
길이라 다 못 오리라 잠든 나를 깨워라

갈매기 가는 곳에 나도 같이 가고지고

가다가 못 가거든 달 아래서 자고 가자
둘의 꿈 깊은 때야 네나 내나 다르리(수필, 「명사십리행」에서)

김윤식 교수가 가사의 율문적 특징을 “그치지 않는 민족의 혈맥”이라고 간파한 것처럼 시조의 가락은 면면히 우리 핏줄 속에 흐르고 있다. 다만 우리의 정신이 혼돈에 묻혀서 이 가락을 잊고 있을 따름이다. 이 가락은 조선조의 선비들이 잘 가다듬어 놓은 것이기에 다음 시조처럼 선비의 마음을 표현할 때에 적절한 울림을 갖게 된다.

븨인 골 외로운 싹 넷 뿌리를 구지 지켜
맑아도 맑은 향내 남 모른다 꼿 안 피랴
자랑에 살랴는 무리 이 뜻 어이 알리오(정인보: 〈蘭花詞 1〉)

시를 듣고도 아무런 감흥을 느끼지 못하게 된 시절에 잃어버린 가락을 되찾는 길이 시조 속에 잠재해 있을 것이다. 먼저 우리가 과연 무엇을 잃어버렸는가를 알아야 찾을 길이 보일 것이다. 시조의 형식적 특징을 헤아리면서 그 길이 드러날지도 모르겠다. 시조 형식을 대표하는 규정은 “3장6구三章六句”이다. 곧, 석줄이면서 각줄이 두 마디로 나누어지는 현상을 형식의 기저로 하는 것이 시조이다. 석줄로 말하는 방식은 금세 되찾을 수 있다. 3이라는 단위는 우리 민족이 세계를 규정하는 기본 방식이다. 너와 나의 차별을 넘어선 우리의 공유, 슬픔과 기쁨을 넘어선 웃음의 해소, 나아가 삶과 죽음을 넘어선 소통 등등을 그 방식의 대표적인 실현 양상으로 들 수 있다. 오늘날에도 석줄시는 가장 빠르게 회복될 수 있기 때문에 혹자는 석줄만 구비하면 시조를 되찾는 것으로 오해하기도 한다. 이는 석줄이 어울어지는 관계가 무수하다는 사실을 잠깐 잊은 소치이다. 또는 한 줄 가운데 이루어지는 앞뒤구의 변환이 석줄 사이의 관계를 보다 긴밀한 관계망 속에 짜 넣는다는 사실을 외면한 까닭이다.

두 마디, 곧 한 줄에 해당하는 문장을 양분하는 방식은 시조시에만 있는 것이 아니라 외국시의 경우에도 반행(half-line)이라는 규정이 엄존한다. 한 행을 병렬적으로 반분하는 요인은 단순한 길이의 제한이 아니라 강세나 고저 같은 율격의 기저자질이어서 낭송자는 양쪽 반행 사이에서 균형적인 미감을 체험할 수 있다. 시조시의 향유자는 이 미감의 상태를 어떻게 인식하는가? 앞서 든 예의 시조들을 보면서 우선 중간 부분의 큰 쉼이 앞 뒤구의 연계를 선명하게 제시하고 있는 것을 알 수 있다. 이를 통하여 느끼는 균형감은 다른 나라의 시에서 느끼는 것과 다르지 않다. 문제는 앞 뒤구 각각의 상태가 병렬적인 양태가 아님으로써 생기는 변화의 조짐이다. "3·4·4·4"의 공식이 정합하는 사례가 거의 찾아지지 않는 것이 시조 시어 배열의 실태이다. 앞서의 시조들을 들여다보아도 앞구와 뒷구의 양태가 같은 것은 하나도 찾아지지 않는다. 같되 같지 않음, 또는 불균형의 균형과 같은 모순 명제로써만이 해소될 수 있는 정황이다. 노산鷺山 이은상李殷相이 시조 시형을 "정형이비정형定型而非定型"이라 한 것이 이 사정을 가리킨 것이다.

이 같은 규정 유보의 형식은 민요나 판소리와 같은 민속악 계열의 노래에서 쉽게 찾아볼 수 있다.[21]

초	제	반	서	어	아
생					
	가	달	마	화	나
	무	만	지	농	농
달	슨	큼	기	부	부
이				들	들
반	반	남	놈	말	말
		앗	뱀		
달		네		들	들
이	달		이	소	어
로	이		가		
다	냐				

일반 농부가(중머리)에 비해 비교적 리듬의 변화가 적은 〈자진농부가〉의 말붙임새를 위의 도표로 분석해 보면 중간 경계를 중심으로 3자, 4자, 5자의 결합태가 다양한 것을 알 수 있다. 또, 다음과 같은 판소리의 자진모리 부분을 보면 시어 배열에 있어서 앞의 민요와 동일한 다양성을 보이면서 더 나아가 쉼의 계기를 활용한 변태를 강화함을 확인할 수 있다.

이	귀	가		가	건	춘	춘
	를	만		만			
별		히	춘			향	향
을	대	살	향	가	넌	어	어
하				만		머	머
는		짝	방		방	니	니
구		을	영	나	춘	나	나
나				온	향	와	온
	고	라	창				
⊗	들	서	밖	다	모	⊗	다
	으						⊗
	니	⊗	에	⊗	⊗		

이번에는 2자까지 가담할 수 있음으로써 결합의 양태를 보다 다양하게 하였다. 최대 가능성의 5자와 최소 가능성의 2자를 같은 단위 안에서 동등하게 다루는 요인은 우선 음악적인 것으로 파악할 수 있다. 같은 악곡 단위에서 긴 말은 잇달아, 짧은 말은 늘이어 발성하는 규칙은 보편적인 것이라고 할 수 있다. 그 규칙을 성립케 하는 심미적 요인을 드러나게 한다면 그를 시조에도 적용할 수 있을 것이다. 이혜구는 이를 "權變하는 創作性・生命力의 尊重・自得의 精神"으로 정리하였다. 이를 앞서 살펴보았던 고악古樂의 이상인 인애仁愛, 화평和平에 상통하는 개념으로 읽을 수 있다.

5. 맺는 말

시조시가 고착된 정형률에 의거하지 않고 한국 시가의 전통에 내재해 있는 인애仁愛, 화평和平의 정신과 그를 활용한 창조성에서 우러나오는 것이어야 한다면, 시조시의 어사는 글자 맞춤이 아니라 정신이 배어 있는 자연스러운 언어 유로에 해당하는 것이어야 함을 확인할 수 있다. 이를 실현하고 있는 사례는 여러 군데에서 찾을 수 있지만 특히 다석多夕 유영모柳永謨를 통하여 어느 경우보다도 뚜렷한 정신과 언어의 결합을 볼 수 있다.

〈참〉
참 찾아 예는 길에 한참 두참 쉬잘참가
참참이 참아 깨 새 하늘끝 참 밝힐거니
참든 맘 찬 빈 한아침 사뭇찬 잠 찾으리

〈말〉
말아 말 물어보자 나타고 갈 말 네게 맷으니
내 풀어내 내가 타고 나갈 말을 내가 탈다
고르르 된 말씀이기 가려보문 되리라

〈그리움〉
그이 그늘 그리움이 그날 끈이 우에 높고
저 밤낮 맑힘이 저녁 하늘 아래 깊더니
이누리 건네여 제 그늘에 든이라

위의 세 작품은 각기 진리와 언어 그리고 그 둘의 근원인 신앙에 대한 것이다. 전반적으로 어원학적 사유가 어사 선택을 지배하고 있으나, 인위적인 모색이 아니라 자연스러운 유출임을 볼 수 있다. 현대 시어가 잃어버린 고졸古拙을 통한 순수미를 보존하고 있다. 이는 다석 시어가 고시조에 통하는 통로를 마련하고 있다는 의미로 받아들일 수 있다. 어원학적 사유의 연장선상에는 신조어인 듯한 말들이 놓여 있거니와 이들은 꾸미어 쓴 말이 아니라 본디 쓰던 말로서 잊혀진 것들을 되살린 것이다. 앞서 고려속요 가운데에서만 보이는 개성적인 시어에서 그 자취를 읽을 수 있다. 나아가 향가 속의 잊혀진 말들이 지닌 전우주적 교감에 바탕한 큰 울림도 그 자취를 더위잡아 되찾을 수 있을 것이다. 노래와 말이 둘이 아니고 하나됨의 경지를 보존하고 있는 모습을 목도하고 있다면, 그 하나됨의 근원을 찾아가는 일도 불가능하지만은 않을 것이다.

오규원의 날이미지시와 상징어의 기능
-우리말로 시(詩)쓰기의 예 1-

박경혜

1. 들어가는 말

모든 예술행위가 그렇듯이 시 쓰기와 시 읽기의 궁극적인 목적은 시 텍스트를 매개로 하여 시인과 독자가 '사무침'01을 주고받는 것에 있다. 그런데 진정한 소통이 이루어지려면 무엇보다 시인이 간곡하게 표현하고자 하는 내면의 '사무침'이 전제되어야 한다. 그의 안팎에 도사린 절실한 문제들에 대해 말하지 않고는 못 배길 '할 말'을 잔뜩 가지고 있는 이가 시인이고 시인은 마땅히 이같은 시인됨의 자세를 지녀야한다. 시는 이런 '사무침'을 논리적 형식이 아닌, 미적인 언어형식, 곧 정서적인 언어형식으로 표현한다. 이것이 바로 학문과 다른 시 고유의 결정적인 차이점이다.

그런데 문제는 시에 담길 내용적 측면에서의 '사무침'의 진정성과 강도를 어떤 방법 또는 어떤 언어형식을 가지고 독자에게 통할 수 있게 하느냐의 문제, 즉 전달의 방법에 놓여진다. 극단적인 예로서, 한자나 일어 또는 영어로 쓰여진 시로써는 시인과 한국인 독자가 통할 수 없고, 우리말로 쓰여진 현대시라 할지라도 한자로 된 추상적 관념어가 빈번하게 등장한다거나 생경한 번역투의 어휘와 문장을 통해 서로가 사무칠 수 없음은 물론이다. 특정한 민족이 사용하는 언어를 제대로 이해한다는 것은 그 언어를 구성하는 어휘들의 사전적 의미는 물론이고 그것이 연상하게 하는 특유의 감정, 정서, 느낌이나 문화적 환경, 역사 등 보이지 않는 그 언어를 둘러싼 모든 조건을 이해함을 뜻한다. 그런 의미에서 그 민족이 오랜 동안 자리잡고 살아온 공간과 겪어온 시간들과 그 속에서 형성돼온 바로 그 민족의 생활세계 고유의 문화적 습속과 사람냄새가 속속들이 배어 있는 언어야말로 사무침의 근원이 될 수 있지 않을까? 그렇다면 구체적으로 어떤 언어가 시를 읽는 독자를 사무치게 할 수 있을 것인가? 구연상 교수는, 그 쓰임의 역사가 깊어 그 말을 듣는 이가 쉽게 이해할 수 있는 말, 자연스럽게 입에 붙은 말, 삶이 무르녹아 있어 서로의 가슴에 와 닿는 말이 바로 사무침이 담긴 말이라고 언급한다.

> 사무침이 '두루 그리고 고루' 일어날 수 있는 말은 대체로 그 쓰임이 오래된 것이기 십상이다. 그 쓰임의 역사가 깊은 말일수록 그 말 자체에 담긴 뜻도 그 말을 쓰는 보다 많은 이들에게 사무치기 쉽고, 그렇게 보다 많은 이들에게 써먹힐 수 있는 말일수록 매우 자연스럽게 말해진다. 말쓰임의 자연스러움은 말과 말하미가 하나가 될 정도로 가까워졌을 때 가능하다. 이때 말의 마디는 매끄럽고 부드러워 원하는 방향대로 자유자재로 휘어질 수 있다. 우리는 자유로운 말을 통해 자기를 마음껏 나타낼 수 있다. 사무치지 않는, 국물도 없는, 맛이 없는, 가슴으로 와 닿지 않는, 삶이 녹아들어 있지 않은, 달리 말해, 머리로만 주고 받는 말은 자기를 제대로 드러낼 수 없다.[02]

쓰임의 역사가 오래된 말, 그래서 우리가 자유자재로 자신을 표현할 수 있고 그 말을 들었을 때 온몸과 마음결에 숨겨진 섬세한 울림통을 건드리며 서로를 사무치게 하는 말, 그것은 바로 우리가 일상생활 속에서 자연스럽게 쓰고 있는 의성어와 의태어[象徵語]들이다. 서구어나 한자어에 비해 한국어에서 특히 발달된 어휘들인 의성어·의태어는 일반적으로 문어체보다는 구어체에서 일상적으로 사용되어왔지만, 근래 신문기사(특히 표제어로서), 광고, 책의 제목, 통신언어 등에서 폭넓게 활용되고 있는 것을 볼 수 있다.

한국문학작품 속에서의 상징어 사용의 역사는 매우 오래되었다. 한글로 지은 시조, 가사, 판소리, 고대소설, 근·현대 소설 / 시, 동요 / 동시에 자주 등장해온 상징어들은 '사무침'을 나눌 수 있는 우리말의 보물창고가 돼오고 있다. 그러나 지금까지 이루어진 문학작품 속에서의 상징어에 관한 연구는 그것이 단순히 용언을 꾸미는 말로써, 모음이나 자음의 변이와 교체를 통해 말의 풍요로움과 재미를 선사하거나 각운 등으로 시행의 리듬을 살린다든가 하는, 즉 단순한 수사학적 수단으로 기능한다거나 하는, 문장이나 시행의 단위를 벗어나지 못한 채 논의되어온 편이다.

한 시인의 한 편의 시 텍스트라는 문맥 속에서 어떤 성격의 상징어들이 어떤 관계를 형성하면서 이미지와 리듬을 구축해가며 특정한 정조情調(tone)와 의미를 형성해 가는지, 또 한 편의 시 텍스트라는 텍스트내적 문맥을 넘어 또 다른 시 텍스트들과의 관계를 통해 한 시인의 상징어 사용의 패턴은 어떤 것인지, 동시대의 다른 시인들의 작품과는 어떤 차이를 나타내는지 등의 차원에서는 아직 연구가 미흡한 듯하다. 이런 현상의 근원에는 현대의 시인이라면 누구도 자유롭지 못했을, 이미지를 중시하는 모더니즘의 시적 방법론 곧 이미지=묘사, 회화성이라는 생각이 깊이 뿌리박고 있기 때문이다. 또한 상징어가 시적 이미지를 형성해내는 가장 생생하고 기초적인 언어자료임에도 불구하고 이미지와는 별개의 영역에 있는 것으로, 어쩌면 낡은 시적 방법론으로 치부해온 것에 원인이 있는 듯하다.

이 글에서는 '90년대 중반 이후 상재된 오규원 시인(1941~2007)의 시집들[03]을 대상으로, 상징어들이 형성해내는 이미지의 갈래 및 공감각적 현상과 의미의 관계, 은유적 방법이 아닌 환유적 방법으로서의 의성어·의태어의 기능 등을 고찰하려 한다. 그러나 성기옥 교수의 지적대로 시적 언어로서의 상징어는 시 언어의 전부가 아니라, 한 부분으로서의 미적 기능을 담당할 뿐이다.[04] 그러므로 시 텍스트를 형성해가는 원리인 시어선택과 배열에 있어, 선택된 상징어의 이미지적인 특성과 의미뿐만 아니라 다른 낱말들과의 관계 및 텍스트 내적 문맥 곧 통사적 배열관계를 중시했다. 한편으로 상징어가 일반어에 비해 뛰어난 대상 재현 기능을 지닌다는 특성 때문에 오히려 상징어가 오규원의 날이미지시 전체를 설명할 수 있는 유일한 도구가 될 수 없다는 한계를 언급하지 않을 수 없다. 왜냐하면 오규원의 날이미지시들의 많은 부분이 상징어의 감각적 이미지만으로 드러낼 수 없는 세계를 부사, 동사 등의 낱말들로써 그려내고 있기 때문이다. 따라서 오규원의 후기시의 시적 맥락이 손상되지 않도록 상징어만이 보다 큰 효과를 낼 수 있는 시들을 다른 주요한 시들과 함께 고찰할 수밖에 없었다는 점을 미리 밝혀둔다. 또한 이런 작업은 '90년대 중반 이후 몇몇 시인들의 시에서 두드러진 상징어 활용에 대한 고찰의 일환임을 미리 밝혀둔다.

오규원 시인은 시의 방법이나 전략[05]에 있어서나 언어(한국어)에 대한 자각이 두드러진 시인으로 인식되어왔다. 특히 그가 후기시에서 시 언어로서의 상징어를 선호한 것이 의식적인 시적 전략인지에 대해서 필자는 확신하기 어렵다. 그러나 새로움과 위반의 충동이 '90년대 이후 현대시의 두드러진 중심원리이며 시인들의 다양한 시적 전략이 그런 현상을 반영한다고 볼 때, 오규원은 새로움과 위반의 충동을 역설적인 방식으로, 다시 말해서 자신이 부려써온 모국어 아니 탯말[06]의 시적 기능에 대한 새삼스러운 자각을 '그 옛날의 시작'이라는 방식으로 드러내는 게 아닐까 추측해 본다.

2. 본말

1) 비유법으로서의 성유聲喩(Onomatopoeia)의 특성

의성어와 의태어는 엄밀한 의미에서 일반어휘와 마찬가지로 자의적인 기호이다. 예컨대 개구리의 울음소리를 꼭 '개굴개굴' 하는 소리로 듣고 표기할 이유는 없는 것이다. 개구리 울음소리를 비롯하여 동물 또는 사물들이 내는 소리는 언어권마다 그 언중들에 의해 각기 다른 소리로 들려지고 표기될 뿐만 아니라, 한국어를 쓰는 사람들조차 사람에 따라 그 소리를 달리 듣고 그에 따른 표기를 할 수 있기 때문이다. 그러나 특히 의성어는 언어기호의 음성형식과 그 의미내용 사이에 필연적인 관계가 성립한다고 인식되어 왔다. 그 이유는 의성어의 발생과정에서 들리는 소리를 가능한 한 가장 유사한 음성으로 표현하려는 동기가 작용하므로 필연성을 갖는다는 믿음을 갖게 된 것일 것이다. 또 한 가지는 의성어의 음성형식이 언어권마다 달리 표기된다는 차이가 있지만 그것이 나타내는 소리는 어느 정도 서로 유사하다는 점을 들 수 있다.

한편 비청각적 감각을 묘사하는 낱말들인 의태어는 필연성의 기준으로 보면 의성어와 전혀 다르다고 할 수 있다. 의태어는 언어의 발생과정에서 음성형식과 의미의 연합에 필연성이 전혀 없을 뿐더러 더구나 묘사대상이 소리가 아닌 까닭에 음성적 유연성도 있을 수 없는 것이다. 발생과정으로 볼 때 의태어는 오히려 일반어휘와 같다[07]고 보는 것이 정확하다.

다만 일단 어떤 낱말이 의태어로 성립되면 그 언어권의 사용자들에게 필연적인 느낌이 들게 하기 때문에 의성어와 같은 것으로 다루어졌다고 볼 수 있다. 결국 의성어란 일반어휘 및 의태어에 비해 음성형식과 의미내용 사이에 상대적으로 필연성을 지니게 된 낱말이며, 의태어란 양자 사이에 필연성은 없지만 특정한 언어권에서 일종의 관습화된 필연성을 갖게 된 낱말이라고 할 수 있다.

이런 차이에도 불구하고 의성어와 의태어는 특정한 대상의 소리, 모양, 동작, 상태 등을 가능한 한 생생하게 묘사하려는 공통의 동기를 지닌다는 점에서, 그리고 형식적인 면에서 볼 때도 반복형이나 파생어, 다양한 변이형을 만들면서 시적 언어로 기능한다는 점에서 같은 부류로 다룰 수 있다고 본다. 그런 의미에서 의성어와 의태어의 시적 기능은 첫째, 대상의 묘사에 있다고 본다. 이 말은 시의 문맥 속에서 의성어와 의태어가 (다른 어휘들을 수식한다거나 또는 서술어로 쓰이면서) 일반어휘보다 한층 더 생생한 묘사력을 지니고 있음을 의미한다. 묘사는 진술과 함께 시의 두 가지 기본적인 언술방식으로서 시의 제재에 따라 어느 한 가지 방식을 선택한다거나 아니면 두 가지 방식을 병행하는 것이 일반적이다.

묘사는 설명적인가, 암시적인가, 또는 주관적인가, 객관적인가의 구체적인 묘사방법의 차이는 있을지언정 가장 기본적인 시적언술방법이다. 그런데 시에서는 그 내용이 실제로 존재하는 현실의 대상이건 시인 내면의 상상적인 어떤 것이건 그것을 얼마나 생생하게 언어로 그려내느냐에 따라 시적 성패가 갈라진다. 시인이 대상에 대한 묘사를 통해 언어로 그려낸 것, 다시 말해 '언어로 어떤 대상을 묘사한 것' 바로 그것이 시의 이미지 또는 이미저리(이미지 郡)를 만들어낸다. 시는 표현하고자 하는 어떤 관념, 정서, 사상, 실제경험, 상상적 체험 등을 직접적으로 진술하지 않고 그것들을 구체적으로 형상화할 수단을 찾는데 그것이 바로 이미지이다. 이미지는 표현하려는 어떤 추상적인 내용을 다양한 언어적 이미지로 생생하게 감각화, 육화한[08] 것이다. 시에서 이미지는 결국 시인이 말하고자하는 바를 극적으로 전달하기 위한 전략이고, 독자가 시에서 제일 먼저 만나게 되는 것이 이미지 내지 이미저리이다.

직유, 은유, 상징, 환유, 제유, 활유, 풍유, 인유, 성유 등의 비유법들은 이와 같은 이미지를 만들어낼 수 있는 시적 기법들이다. 비유 혹은 비유적 언어란 축어적 언어 혹은 일상적 언어의 법칙에서 이탈되는 것을 뜻한다. M. H. Abrams는 비유를 (1)사상적 비유 또는 의미의 비유(직유, 은유, 상징, 환유, 제유, 활유, 풍유, 인유, 성유)와 (2)수사학적 비유(도치, 과장, 대조, 열거, 반복, 영탄, 반어, 역설, 모순어법)로 나누고, (1)은 표준적 의미를 변화시키고 확장시키는 효과를 가져 오고 (2)는 표준적 어법에서 이탈하는 목적이 낱말의 의미가 아니라 수사학적 효과와 낱말들의 질서에 있다[09]고 말한다. 여기서 Abrams가 의성어와 의태어에 의한 성유를 시 낱말들의 축어적 의미를 변화시키고 확장시키는 사상적 비유로 분류하고 있다는 것에 주목하고자 한다. 그러므로 둘째, 의성어와 의태어는, 시 낱말들의 축어적 의미를 변화, 확장시키는 사상적 비유인 성유로서 시의 이미지를 형성하는 기능을 갖는다고 본다.

아래의 내용 중 전자는 성유聲喩(Onomatopoeia)에 대한 Abrams의 정의이고, 후자는 오규원이 그의 『시작법』에서 성유에 대해 설명한 내용이다(비유에 관해서 오규원은 Abrams의 구분법을 수용하는 것으로 보인다).

> 의성법(擬聲法, echoism)이라고도 불리는데, 광의와 협의 두 가지 용법으로 사용된다. (1)협의이면서도 보다 더 일반화된 성유법은 ……지시하는 소리를 닮은 음성을 가진 단어나 단어의 결합을 가리킨다. 그러나 비경구적(非經口的)인 음성을 경구음성(經口音聲)에 의해 정확하게 복사할 수는 없다. 그러므로 외면상의 유사성은 그 음성에서도 오지만, 의미나 발화의 느낌에서도 오는 것이다. (2)넓은 의미에 있어서의 성유법은, 소리는 물론 부피나 동작이나 힘 등, 어떤 면에서건 그 지시대상과 일치하는 것처럼 보이는 단어나 구절에 적용된다.[10]

성유(聲喩, onomatopoeia)는 표현하려는 대상의 소리·동작·상태·의미 등을 음성으로 모사模寫하는 비유이다. 그러니까 음성 상징 sound symbol이다. 어떤 음이 그 언어가 지시하는 대상·소리·뜻을 함께 드러내주기 때문이다. 우리가 '졸졸졸, 졸졸졸'이라는 표현을 할 경우, 이 성유는 시냇물(또는 그와 유사한 종류)이라는 대상과 소리와 시냇물의 의미까지 모두 나타내고 있는 것이다. 일반적으로 성유라고 할 때는 사물(대상)의 소리로 표현하는 의성 onomatopoeia과 사물의 동작·상태·모양 등을 본떠서 하는 의태 mimesis를 모두 지칭하지만, 둘은 다소 차이가 있다.[11]

Abrams의 설명 중에서 특기할 것은 의성어가 근본적으로 대상과 언어기호 사이에 절대적 필연성을 갖고 있지 않다는 점을 언급하고 있다는 점이다. 곧 비언어적인 소리를 언어기호로 정확하게 복사할 수는 없다는 것이다. 이 말을 부연한다면 만일 가을숲의 낙엽을 밟는 소리를 '버석거렸다'로 혹은 '바삭거렸다', '파삭거렸다', '빠삭거렸다' 등 어떤 것으로 표현하든 표현주체는 실제의 소리와 유사한 범위 내의 언어기호로 표현할 자유가 있다는 의미가 된다. 또 각각의 언어기호는 표현주체의 기분, 느낌, 정서, 심리상태에 따라 음성이나 양성모음 또는 평음, 격음 등이 선택되며 그 선택된 언어기호에 따라 의미나 느낌의 결이 달라질 수 있다[12]는 의미도 된다. 그런 의미에서 Abrams의 견해에 의거하면 셋째, 의성어와 의태어는 그것이 묘사하는 지시대상·소리(또는 동작·상태·모양)·뜻뿐만이 아니라 화자의 느낌, 기분, 정서, 심리상태까지 드러낼 수 있는 이미지를 만드는 낱말이라고 볼 수 있다.

한편 의성어와 의태어가 묘사하는 대상의 소리, 모양, 동작 등의 음성기호는 또한 그 시적 맥락에 따라 한 가지 감각적 이미지를 만들어내는 것이 아니라 두 가지 이상의 공감각적 이미지를 만들어내기도 한다. 예를 들어 "발로 '툭' 찼다."의 문장에서 '툭'은 의성어지만 그 낱말을 읽는 순간 발로 어떤 것을 차면서 내는 소리와 함께 행위주체의 동작(시각적 이미지)을 떠올리게 하는데, 의태어의 경우엔 의성어에서보다 더 빈번하게 공감각적 이미지가 만들어질 수 있다. 그 까닭은 의태어는 청각을 제외한 모든 감각을 나타낼 수 있는 낱말이기 때문이다. 즉 의태어는 시각 이미지뿐만 아니라 청각, 촉각, 후각, 미각, 근육감각, 기관감각, 나아가 심리감각을 나타내는 다양한 이미지를 포함하기 때문이다. 가령 "그녀는 커피잔을 들고 '킁킁거렸다'"의 문자에서 '킁킁거렸다'는 의성어이면서 동시에 의태어가 되며, 의태어로서의 '킁킁거렸다'는 또한 시각이미지(동작)와 후각이미지(커피향)를 동시에 연상하게 한다. 따라서 넷째, 이와 같이 감각의 전이에 의해, 의성어와 의태어는 서로 넘나들며 공감각적 이미지를 생성하기도 하고, 또 단독으로도 공감각적 이미지를 생성함으로써 묘사대상의 이미지를 생생하게 형상화할 수 있다고 본다. 이것은 한편으로 전달의 측면에서 보면 묘사대상에 대한 독자의 감각적 지각을 확장시키는 결과를 낳게 된다.

그런데 의성어와 의태어가 불러일으키는 공감각적 이미지는 여타의 비유들, 곧 직유, 은유, 환유, 제유, 상징, 인유 등의 비유를 통해 생성되는 이미지와는 근본적으로 다르다. 성유를 제외한 비유들의 공식은 다음과 같다.

> [직유]A(원관념)는 B(보조관념)와 같다, [은유]A는 B이다(=B의 A, B인 A), [환유・제유・상징]A는 은폐되고 이미지인 B만 제시, [인유]A와 B의 대비와 대조

위의 공식에서와 같이 직유와 은유는 두 항의 차이를 전제한 유사성의 원리에 의해 연결되며, 상징은 유사성보다는 차이성을 중시하며, 환유와 제유는 인접성의 원리에 의해, 인유 또한 두 항의 차이성과 유사성을 그 원리로 삼는다. 특히 비유의 핵이라 할 수 있는 은유는 '한 종류의 사물을 다른 종류의 사물의 관점에서 이해하고 경험하는 방법'인데, 예를 들어 〈시간은 돈이다〉라는 은유는 시간을 돈의 관점에서 구조화한 대표적인 예가 된다. 이때 시간은 돈과 관련해서 쓸 수 있는 말들, 곧 소비하다,

투자하다, 아껴 쓰다, 유익하게, 비용이 들다 등의 속성을 가진 것으로 표현될 수 있다.[13] 중요한 것은 성유를 제외한 다른 비유들이 모두 원관념인 A를 그것과 유사한 혹은 다른 어떤 B로써 대신 표현한다는 것이다. 물론 우리의 개념체계 자체가 대부분 은유적 사고에 기초를 두고 있다는 점을 염두에 두더라도 이런 비유들은 결국 원관념(관념, 감정, 사상이 원관념이 될 수도 있고, 실제경험이나 상상적 경험, 그리고 사물, 이미지 등이 원관념이 될 수도 있다)과 거리를 갖게 되는 결과를 낳는다. 그것은 비유를 사용하는 주체의 주관성이 강하게 작용한 결과이기도 하다. 성유는 원관념을 다른 어떤 관념이나 이미지 혹은 사물로 대신 표현하지 않고 그것의 소리, 모습, 표정, 운동, 동작, 상태, 색채, 냄새, 맛 등의 감각적 지각을 음성기호로 모방한다. 가능한 한 원관념의 감각들을 언어로 재현해내려는 동기에서 성유가 발생한 것이다. 그러므로 다섯째, 성유는 (사상적)비유이되, 다른 비유들과는 달리 묘사대상인 원관념을 다른 대체 관념이나 대체 이미지로 표현하는 것이 아니라 원관념에서 촉발되는 생생한 감각적 지각을 음성기호로 재현해낸다고 본다. 이상으로 의성어와 의태어의 시 언어적 기능을 묘사로서, 말의 의미를 바꾸는 사상적 비유로서의 이미지로, 또한 지시대상 및 의미와 더불어 표현주체의 감정・느낌・정서를 나타낼 수 있는 음성상징으로서의 이미지로, 그리고 양자가 서로 넘나들며 공감각적 이미지를 생성하는 기능을 살펴보았다. 그리고 마지막으로 여타의 비유법의 표현방식과 달리 성유는 대상을 지시하는 단순한 기호(개념적 언어)가 아니라 대상(사물, 자연)과 언어를 일치시키려는 의도가 담긴, 일종의 형상形象[14]으로서의 언어를 지향하는 특성을 갖는다고 필자는 보았다.

오규원의 날이미지시에서 위와 같은 특성을 지닌 의성어와 의태어[15]가 어떤 이미지를 만들어내면서 여타의 비유법과는 다른 독특한 시적 효과를 창출해내는지, 나아가 시의 의미 형성에 어떤 기여를 하고 있는지에 관해 고찰하고자 한다.

2) 은유에서 환유로(사실적인 '정조情調', '심리'의 창출)

오규원 시인[16]은 1968년 시 "몇 개의 현상現像"으로 등단하였다. 그는 초기에는 내면탐구를, '70년대, '80년대를 거쳐 2007년 작고하기까지 문명비판 및 기성관념의 해체라는 시적주제를 일관되게 탐구해왔다. 한국의 현대자본주의사회를 지배하는 외적 · 내적 관념의 해체라는 인식론적인 주제와 더불어 특히 그가 한국시사에 남긴 두드러진 족적은, 시의 언어에 대해 근원적인 물음을 던지면서 그에 따른 시 형식에 대한 실험과 탐구를 계속해왔다는 점이다. 그런 의미에서 초기부터 작고하기까지 일관된 그의 시적 주제 중 가장 큰 비중을 차지해온 것이 바로 언어와 시쓰는 행위 자체에 대한 자의식적인 물음과 성찰에 관한 것이었다. 그런 그가 '80년대 말까지 사물이나 현실을 인식하는 수단으로 삼은 것은 전통적인 시의 방법인 '은유隱喩'의 방식이었다. 초기에 그가 선호한 것은 은유 중에서도 유사성에 기초한 치환은유보다는 차이성이 두드러진 병치은유였다. 이것은 전통적인 은유의 공식을 따르면서도 한편으로 그것을 해체하려는 시인의 모순적인 태도를 반영한 것이라 볼 수 있다. 그럼에도 불구하고 1987년에 상재된 다섯 번째 시집인 『가끔은 주목받는 生이고 싶다』(문학과지성사)에 이르기까지 그가 줄곧 시적 인식의 수단으로 삼은 것은 은유적 방법이었다. 중기시에서도 은유의 테두리 안에서 아이러니의 방법을 수용했거니와 특히 그의 상품 · 광고시는 물신자본주의사회의 도구화된 언어에 대한 재해석이면서 또한 그것을 수단화되기 이전의 언어로 되돌리려는 시도였다.

한편 그는 1991년에 상재된 시집 『사랑의 감옥』(문학과지성사)에서 종래의 현실인식 또는 사물인식 방법이자 언어적 방법인 은유와 그에 근거한 해석방식에 대해 회의하며 새로운 방법을 제시한다.

…우리의 담론 체계를 지배하는 것은 관념이며, 그것의 체계이다. 이 관념체계는 은유 구조가 그 주축을 이룬다. …은유 구조에 의하면 '나는 ○○'이다, '나는 △△'이다, '나는 ××'이다. ……가 모두 가능하다. 그것은 대체 관념이다. 나는 그 대체 관념, 즉 재해석·재구성이 아닌 그 '어떤 것'을 찾고 있다.[17]

그가 내세운 새로운 이론이 바로 환유[18]적 정황묘사 및 해석방식이다. 그가 스스로 '날이미지시'라 이름붙인 환유적인 시에 대해 언급한 첫 산문은 "은유적 체계와 환유적 체계"라는 글에서인데, 은유에 대해 그는, A라는 원관념의 해명을 위해 동원된 B, C, D…… 등의 무수한 대치관념들은 의미론적 유사성에 바탕을 두고 있음에도, 서로 관련이 없는, 파편적인 조각들의 조합에 불과한 것이라고 비판한다(예. 言語는 추억에 / 걸려 있는 / 18세기型의 모자다. / 늘 방황하는 기사 / 아이반호의 / 꿈많은 말발굽쇠다. / 닳아빠진 認識의 / 길가 / 망명정부의 廳舍처럼 / 텅 빈 / 想像, 言語는 / 가끔 울리는 / 퇴직한 外交官宅의 / 초인종이다. -시 「現像實驗」).

반면에 그가 새롭게 지향하는, 환유를 축으로 한 시란 아래의 시(「후박나무 아래 · 1」)에서처럼 어떤 정황 또는 국면을 서술한(묘사한) 어떤 것이다.

잎진 후박나무 아래 땅을 파고
새끼를 낳는 어미 개
싸락눈이 녹아드는 두 눈을 반쯤감고
태반을 꾸역꾸역 먹고 있다
배 밑에서는 아직 눈이 감긴 새끼가 꿈틀거리고
턱 밑으로는 몇 줄기 선혈이 떨어지고

그 위로 어린 싸락눈은 비껴날고

이 시 속에 등장하는 후박나무, 어미개, 새끼, 싸락눈, 태반, 선혈은 '어미개'를 중심으로 한 시간적 공간적으로 인접해 있는 사물들이며, "그 사물들은 어떤 관념(사물)의 해명을 위해 동원된 것이 아니라 한 국면의 연상적 산물이다. 이 사물들이 환유적 의미를 갖는 것은 대치관념으로서의 의미가 아니라 연상되는 관념으로서이다."[19] 여기서 그가 특히 강조하는 것은 연상되는 관념이 '이미지' 또는 '상징'으로 읽어야 하는 어떤 것이란 점이다. 가령 '십자가'가 은유적 상징(전통적인 은유적 비유법에 의한 상징)으로 사용된 시에서 십자가는 대중적 상징의 의미로서, 곧 예수, 수난, 희생 의미로 읽혀진다. 반면에 십자가가 달린 교회를 중심으로 한 어떤 사실적 장면 또는 정황을 묘사해놓은 시를 환유적 상징으로 읽는다면 전자와 같은 인습적 의미 또는 확정된 의미가 아닌, 이미지나 상징 자체가 암시하는 것을 통해, 가능한 의미론적 구조와 운동방향만을 제시해주게 된다.[20] 이로써 명명하고 해석하는 '관념적 언어의 축인 은유적 수사법'에서 '모든 존재는 현상으로 자신을 말하는', 인간이 정한 관념으로 이미 굳어 있는 것이 아니라, 정하지 않은, 살아 있는 의미인 '날이미지와 그 언어의 축'인 환유적 수사법으로 시적 방식이 변화해간다.

오규원의 다소 실험적인 시적 언술 방법을 정리하자면, 환유적 사고는 인접의 길을 따라 형성되므로 문맥은 서술적이며, 서술적 문맥 속에 나타나는 환유적 사물들은 사실이 아니라 사실적인 것 즉 심상화된 사물들이다. 따라서 환유적 축이 지배적인 시의 언어체계는 표상적 의미를 욕망하는 시적 언술이며 반면에 은유적 축이 지배적인 시는 관념적 의미를 중시하게 된다. 결국 오규원이 주장하는 환유적인 시란 '의미적 정황으로서의 현상'을 중시한 것이라 할 수 있다. 여기에서의 현상은 의미 정하기(은유)에 의해 존재하는 것이 아니라, 즉 의미가 정해진 것이 아니라 '의미하기는 하되 무엇무엇이라고 한정적으로 정하지 않아서 그 자체로 살아 있는 의미'[21]인 것이다.

한편 오규원의 시에서 대상의 한 국면을 보여주기인 환유적인 시들에서 의성어와 의태어가 자주 등장하기 시작하는 시기는 시집 〈오규원, 1995〉부터인데, 시 「상징의 삶」이 그 대표적인 예이다.

1) 댓돌 옆 그녀의 한 짝 신발을 덩치 큰 달이 깔고 앉아 있었다
2) 큰 달이 벗어놓은 하얀 바지가 봉창 밑에서 방으로 **서걱거렸다**
3) 방안에 누워 있는 그녀의 가랑이 사이에도 덩치 큰 달이 하나 **스멀스멀** 기고 있었다
4) **우와와와**---뜰에서 고개를 하얗게 쳐들며 팔뚝만한 옥수수들이 울부짖는 광경을 처용은 보았다
5) 옥수수밭으로 무심코 들어선 그의 발에 하얀 꽃반지표 콘돔 상자가 **버썩** 밟혔다

이 시는 모두 3연으로 구성되어 있는데, 상징어는 1연에는 두 개가, 2연과 3연에 각기 하나씩 모두 4개가 등장한다. 총 10행인 시에 상징어 4개(의성 / 의태 / 의성 / 의성)가 시어가 등장하고 있는 것이다. 1991년에 상재된 시집 『사랑의 감옥』에서 시행이 긴 산문적 형태의 시였든지 짧은 형식의 서정시였든지 한 편의 시에 기껏해야 한 개에서 세 개 정도의 상징어가 등장했던 것에 비한다면 그 빈도수가 늘어난 것이 분명하다. 아니 상징어를 사용한 시보다는 사용하지 않은 시가 오히려 더 많았다고 하는 편이 정확하다. 상징어의 빈번한 사용을 통해 시인은 어떤 시적 효과를 만들어내고 있는지 살펴보자.

우선 이 시는 '처용설화' 모티브를 패러디한 시이고, 3인칭 화자가 처용의 이야기, 더 정확히 말하자면 처용이 처한 극적인 상황 — 달[月]에 비유된 역신과 아내의 화간和姦을 확인하고 나서(또는 상상하면서) 그가 보고 듣고 행동한 것들 — 을 하나의 풍경으로 보여 준다. 이 시에는 향가에 기록된 〈처용설화〉의 주인공 '처용'이라는 인물이 등장하여 원전과 유사한 상황을 언어로 연출해낸다. 그러나 이 시에서 묘사된 상황은 원전과는 아주 다르다. 차이를 지닌 반복이다. 문맥상, 아내와 일을 벌이는 것은 역신이 아니라 자연인 달(물론 달은 여성의 섹슈얼리티를 상징한다)이고, 화간을 확인하고 나서 처용은 뜰에 나와 덩실덩실 춤을 추지도 않는다. 그는 다만 울부짖는 옥수숫대의 소리를 듣는다(그것은 결국 처용의 울부짖음이다). 또

마지막 연은 이 시가 원전의 의미를 반어적으로 뒤집는 패러디시라는 것을 여실히 보여준다. 원전에서는 처용의 초탈함에 감복한 역신이 다시는 그의 앞에 나타나지 않겠다는 맹세를 한 뒤 자취를 감춘다. 이후 처용은 결국 주술적인 힘을 지닌 신화적 인물로 격상되고 인구에 회자된다. 그러나 현대의 처용은 아내를 찬탈한 존재를 힘으로 응징하려는 의지도 보이지 않을 뿐더러 그렇다고 초탈한 태도를 취하지도 못한다. 분노를 어찌하지 못한 채 그가 마지막으로 옥수수밭에서 확인한 것은 화간의 결정적인 증거물(콘돔은 성행위의 환유)일 뿐이다.

이 시의 의미는 대략 위와 같이 해석될 수 있을 것이다(해석이란 근본적으로 알레고리적일 수밖에 없다). 그런데 역설적이지만 오규원 시인이 어떤 정황이나 국면을 묘사함으로써 정작 목표로 하는 것은 '표상적 의미'(이미지나 상징 자체가 지향하는 의미, 또는 그것들이 지향하는 의미의 가능성 자체)이지, 읽는 이가 학습을 통해 이미 지니고 있는 앎, 지식, 그리고 개인적 주관과 욕망에 따라 왜곡되고 한정된 관념적 의미가 결코 아니다. 이 시에서 어떤 표상적 의미의 가능성과 그 실마리를 열어주고 있는 것은 등장인물인 처용과 인접한 몇 개의 사물들과 그 사물들의 형태, 동작, 상태, 소리 등의 이미지를 생성해내고 있는 의성·의태어들이다.

2) (큰 달이 벗어놓은 하얀 바지가 봉창 밑에서 방으로)서걱거렸다 : 서걱(의성어 / 단독형; 이음절어) + '거리다' 의 파생동사 : 뜻-문맥상 갈대나 풀 먹인 천 따위가 마찰하는 소리 : 이미지의 종류-청각, 촉각(감촉) : 분위기-어둡고 우울하다(〉사각)
3) (방안에 누워 있는 그녀의 가랑이 사이에도 덩치 큰 달이 하나) 스멀스멀(기고 있었다 : 스멀스멀(의태어 / 동음반복형; 이음절 반복형) : 뜻-살갗에 작은 벌레가 기는 것처럼 근질거리다. : 이미지의 종류-시각(운동), 촉각(감촉)
4) 우와와와---(뜰에서 고개를 하얗게 쳐들며 팔뚝만한 옥수수들이 울부짖는 광경을)처용은 처음 보았다 : 우와와와 : 우(의태어 / 단독형 일음

절어) + 와 + 와와(의성어 / 단독형; 일음 절어 / 부분반복형) : 우-많은 떼가 일시에 몰려오거나 가는 모양. 와-여럿이 한 목에 움직이거나 떠드는 소리(문맥상 울부짖는 소리로 봐야함) : 이미지의 종류-시각(운동), 청각

5) (…하얀 꽃반지표 콘돔 상자가) 버썩 밟혔다 : 버썩(의성어 / 단독형; 이음절어) : 뜻-가랑잎이나 마른 검불 따위의 잘 마른 물건을 밟는 소리 : 이미지의 종류-청각, 근육감각(밟다) : 분위기-행위자의 당황스러움, 절망적인 심리 암시.

위의 네 개의 상징어들은 각기 의성어, 의태어, 의태·의성어, 의성어이지만 이미지로 보면 청각, 시각, 시·청각, 청각적 이미지들이다. 음상의 측면을 보면 서걱〉사각(음성모음 / 양성모음), 버썩〉버석(경음 / 평음, 음성모음)에서와 같이 사물이 내는 소리 또는 사물들이 어울려 내는 소리들은 가볍거나 밝은 느낌의 소리가 아니다. 따라서 그 사물들이 놓인 분위기는 어둡고 우울하다. 더욱이 옥수숫대가 울부짖는 소리는 처용의 내적상황을 이미지로 나타내는 객관상관물로서 세찬 바람을 맞고 한꺼번에 이리저리 쏠리는 모습과 더불어 더욱더 음울하고 기괴한 분위기를 형성해낸다. 이 시에서 의성·의태어의 의미를 읽어내기에 앞서 지배적인 문체소가 되고 있는 것은 바로 상징어들이 빚어내는 섬세한 소리결들과 사물의 모양새들이다. 이들이 모여 한 편의 시에 일관된, 특정한 시적 정조, 기분, 분위기를 생성해낸다.

상징어들이 어울려 생성해내는 시적 정조란 결국 어떤 이미지들이다. 보다 엄밀히 말하면 시적 언어에 의해, 읽는 이의 마음 속에 생산된 직관적 표상 또는 정신적 이미지이다.

그런데 우리말에서 특히 발달되어 있는 상징어 중에서 의성어는 대략 청각적 이미지와 관계되지만, 의태어의 경우 그 이미지가 시각적 이미지에 한정되지 않는다. 우리말에서 의태어로 분류된 많은 어휘들은 앞장에서 언급한 바와 같이 시각적 이미지 외에 후각, 미각, 촉각, 근육감각(근육

의 긴장과 이완의 감각), 기관감각(심장박동, 혈압, 호흡, 맥박, 소화 등의 감각),[22] (여기에 한 가지 덧붙이자면)심리적 감각을 나타낸다. 의성어와 함께 의태어는 그 안에 다양한 감각적 이미지들을 포함하면서 (대상에 의해 촉발된) 그 안의 한 감각이 다른 감각으로 전이되는 공감각적 현상[23]을 나타내는 것을 볼 수 있다.

위의 시에서 청각적 시각적 이미지들은 각기 청각→촉각, 시각→촉각, 시각→청각, 청각→근육감각으로 전이되는, 공감각적 이미지를 만들어낸다. 그런데 여기서 의성어・의태어가 독자의 마음속에 불러일으키는 다양한 감각적 이미지들은 은유적 이미지가 결코 아니다. 은유적 이미지 다시 말해 비유적 이미저리는 비유어로서의 이미저리이다. 원관념과 보조관념을 논의의 핵으로 삼는 은유적 이미저리는 일반적으로 보조관념이 나타내는 이미지를 말하지만, 때로는 원관념－보조관념의 관계가 동시에 이미지로 나타나기도 한다. 두 항이 유사성을 토대로 맺어진다고 할 때 그것은 사실적 유사성[24]일 수도, 개념적 유사성일 수도, 표상적 유사성일 수도 있다.

그런데 은유에서 보조관념이 나타내는 이미지는 단순히 대상을 묘사한 이미지가 아니라 A=B라는 식의 의미를 정하는, 시점을 바꾸어 새로운 관점 속에서 어떤 사물이나 사태를 재정위하는 일종의 인식행위이다. 쉽게 말해 은유에서 이미지는 관념을 전달하는 수단이다. 위의 시의 이미지들은 이미지 그 자체를 위한 이미지로 김춘수가 그의 무의미시론에서 언급했던, 비유적 이미지의 시(곧 관념적인 시)와 대립된 시적 유형인, 서술적(discriptive, 묘사적이란 말이 더 적합하다) 이미지이다. 그가 말하는 묘사적 이미지의 시는 사물이나 대상에 대한 화자의 판단이 중지된, 사물만으로 이루어진, 사물들의 풍경만으로 이루어진 시라고 할 수 있다.

그렇다면 "상징의 삶"이란 시에 등장하는 사물이나 대상들이 어떤 은유적, 상징적 의미도 배제된 축자적인 의미의 이미지 그 자체, 그 사물들의 풍경 자체라고 볼 수 있을까? 오규원의 말을 빌린다면, "모든 존재가 존재의 현상으로 스스로 말하는, 또 그 스스로 말하는 것을 관념이나 사변으로 왜곡하지 않고 옮겨놓은" 그런 것일까? 아직은 아니다. 위의 시는 우선, "모든 존재가 존재의 현상으로 스스로 말하는", 자연의 풍경(실제로 이 시집은 위에서 예로 든 "후박나무 아래서 · 1"과 같은 천진성의 세계라든지 자연풍경을 제재로 한 시가 대부분이다.), 다시 말해 '사실'들의 세계라기보다는 '사실적인 것'의 세계이므로 문자 그대로 대상을 있는 그대로 모방하거나 재현한 것은 아니다. 물론 오규원이 지향하는 현상주의시 또는 환유시는 "눈에 보이는 사실보다 더 무겁고 충격적인 심리적 총량으로서의 사실감"[25]을 전제로 한다. 오규원이 그의 산문에서 누누이 강조하고 있는 것이 그가 지향하는 환유시가, 사진적 시각을 빌려오되 사진의 무차별적 사실복제는 배제해야 한다는 것이기 때문이다. 그러므로 환유시에는 필연적으로 묘사대상의 선택과 생략과 차별화가 개입되어야 하는 것이다.

위의 시는 물론 사실이 아니라 사실적인 세계이며 엄밀히 말하자면 설화적인 세계이다. '처용설화'에 나오는 처용이란 인물이 등장한다는 점에서 이 시는 인유적인 시, 인유 중에서도 모방적 인유 곧 패러디시이다. 그런데 이 시는 처음부터 사실이나 사실적인 대상을 제재로 한 것이 아닌 까닭에 '달'은 축자적 의미의 자연대상이면서 동시에 남성의 성性, 또는 여성의 섹슈얼리티라는 원형상징적 의미를 지니게 되며, 등장인물인 처용의 행위는 원전의 그것과 대조를 이루면서 원전의 의미를 뒤집는, 확정할 수는 없으나 분명 원전과 대조되는 어떤 의미나 관념을 암시한다(따라서 제목도 '상징의 삶'이다). 다만 그런 의미나 관념을 'A는 B이다'라고 말하는 방식이 아니라 인물을 중심으로 그와 인접한 다른 인물, 인물과 사물, 사물과 사물의 관계를 하나의 극적인 정황 속에서 손에 잡힐 듯한 사실감을 통해 창출해내고 있다는 것이다. 물론 그 사실감은 의성어와 의태어가 지닌 공감각적 이미지들이 만들어내는 어둡고 음울한 분위기, 등장인물의 절망적인 감정, 태도 또는 심리를 통해 창출되는 것이다. 이런 이유에서 필자는 위의 시가 은유적인 관념성·사변성을 벗어나기 위해 새로운 화법과 언어를 탐색하고 있는, 과도기적인 형태의 시라고 읽는다.

3) 사실적 날이미지('주렁', '둥글', '우툴')

시집 〈오규원, 1999〉에 이르면, 무엇보다 시적 소재가 전적으로 자연의 사물들로 바뀐다는 점이 이전 시집과의 큰 차이점이라 할 수 있다. 사물은 홀로 또는 따로 존재하는 정물로서, 아니면 사물과 사물의 관계로서, 또는 사물과 인간의 관계로 제시된다. 이들 제재들을 다루는 시적화자의 시점 또한 이전 시집에서와는 달리 사물 그 자체가 스스로의 현상을 스스로 드러낼 수 있도록 시적 화자의 시점을 되도록 배제한, 관찰자의 시점으로 물러나고 있음을 볼 수 있다. 물론 이 시집에는 상대적으로 시적 화자의 생각이 배제된 시들뿐만 아니라 의미가 개입된 시들도 등장하는데, 의미나 관념이 개입되었다는 뜻은 은유로서의 의미나 관념과는 전혀 다른 것이다.[26]

1) 식탁 위 과일 바구니에는
포도 두 송이
오렌지 셋
그리고 딸기 한 줌

2) 창밖의 파란 하늘에는
해가 하나 노랗게 물려 있고

3) 식탁 위 과일 바구니에는
주렁 두 개와
둥글 셋
그리고 우툴 한 줌

4) 창밖의 뜰 한쪽에는
비비추꽃이 질 때도 보랏빛이고
–「식탁과 비비추 –정물 a」 전문

위의 시는 시의 부제가 말하듯이 창을 경계로 밖엔 하늘과 태양, 뜰의 비비추꽃(배경)이, 안의 식탁 위에는 세 가지의 과일들(전경)이 바구니에 담겨 놓여 있는, 언어로 묘사된 정물화이다. 이 시는 시의 연이 진행됨에 따라 시적 화자의 사물을 바라보는 시각의 변화를 그대로 드러내주는, 일종의 메타적 성격을 지니고 있어 흥미롭다. 1)연에서 과일에 대한 묘사는 그 과일의 이름(명사)과 물건을 세는 단위인 개수로서 그려진다. 그런데 2)연에 가면 개수를 세는 단위 앞에는 그것을 형용하는 의태어들, '주렁', '둥글', '우툴'이란 낱말이 나타난다. 명사가 아닌 형용사들이다. 즉 각 의태어들은 '(주렁)주렁한', '(둥글)둥글한', '우툴(두툴)한'에서처럼 형용사로 파생된 의태어들로서, 원래는 이음절이 반복되는 첩어형태지만 괄호로 친 부분(한 음절씩)을 뺀 단수적인 형태로 기술되고 있다. 그런데 문제는 이런 동음반복형, 유음반복형의 의태어(의성어)들은 단독형으로는 자립성을 갖지 못하는 낱말들이라는 것이다. 이들은 일종의 복합어로서 '주렁주렁'은 두 개의 어기인 '주렁'과 '주렁'이 결합된 것이다. 그러나 이런 복합어 중에는 각각 두 개의 형태와 의미를 가진 어기가 결합되는 것이 많지만, 두 개 중 어느 한쪽이 의미가 불분명한 경우('알쏭달쏭', '울긋불긋', '오목조목')도 있고, 두 개의 의미가 다 불분명한 경우('싱숭생숭', '아기자기', '오순도순')도 있다. 위의 낱말 중 '우툴(두툴)'은 뒤쪽 어기의 의미가 불분명한 경우라 할 수 있다.

그렇다면 시인은 왜 이렇듯 의태어의 문법적 관습을 이탈하면서까지 형태로나 의미로나 자립성을 갖지 못하는 단수형태의 의태어들을 동원하고 있는 것일까?

첫째, 단수형태의 낱말은 원래의 첩어형태의 낱말이 갖는 반복, 계속,

강조의 의미를 지니지 않기 때문에, 과일 하나하나 개체의 모습이나 상태를 묘사할 수 있다는 점이다. 둘째, 이렇게 단수 형태로 기술해놓았다 하더라도 그 의태어들의 첩어형태에 익숙해진 독자들은 생략된 부분을 자동적으로 연상함으로써 비어있는 부분을 스스로 채워갈 수 있게 된다는 점이다. 극단적인 경우지만 만일 의태어들의 주어를 생략한다 해도 시의 내적 문맥에 따라 독자들은 '주렁주렁'한 것은 과일류나 소채류라 상상하지 엉뚱한 사물로 상상하지는 않을 것이다. 의태어는 오규원의 시에서 이렇듯 본래의 용법을 벗어나 생략된 낱말 이상의 연상적 이미지를 생성해낼 수 있는, 경제성 있는 시어로 기능하고 있다.

a. 주렁(주렁) – 열매 따위가 (연이어)매달린 꼴. : 시각적 이미지(형태 / 질량감, 곧 무게감) : 〉조랑조랑.
b. 둥글(둥글) – (여럿이 모두)둥근 모양. : 시각적 이미지(형태 / 부피감) : 〉동글동글.
c. 우툴(두툴) – 물건의 면이 움쑥움쑥 들어가기도 하고 불룩불룩 솟기도 한 모양. : 시각적 이미지(형태 / 질감, 곧 재료, 바탕의 질에 따라 나타나는 굴곡 또는 감촉) : 〉오톨도톨

a, b, c는 모두 과일의 형태形態性(Gestalt)[27]로서 시각적 이미지들이다. 하나의 틀(frame) 속의 형태는 형상(Figure)[28]과 배경(Ground)의 관계양상에 따라 달라진다. 3연과 4연의 관계를 따져보기 전에 먼저 1연과 2연의 관계양상을 볼 필요가 있다. 식탁 위 바구니 속에 담긴 과일들이라는 형상[前景]과 창밖의 풍경이란 배경의 관계를 보면, 1연 / 2연과 3연 / 4연의 관계가 변화하고 있음을 볼 수 있기 때문이다. 이 시의 1연에는 과일들의 이름으로 명명된(상식적인 또는 은유적 방법) 사물들이 놓여 있고 2연에서 창밖에는 파란 하늘에 노랗게 물러 있는 해가 떠 있다. 1연의 포도, 오렌지, 딸기라 명명된 과일들은 모두 실제의 지시대상과 함께 그 고유의 형形(shape=생김새 또는 윤곽)과 색채(곧 보라, 주황, 빨강) 이미지를 연상하게 하는 시

각이미지이며, 그 사물들의 배경[後景]은 파랑과 노랑이라는 시각 이미지(색채)로서, 형상과 배경은 실제의 지시대상과 색채, 그리고 색채를 강조한 시각이미지로 되어 있다. 그런데 2연에 드러난 색채 이미지는 순수한 색채로써 형태를 표현한 것은 결코 아니다.[29] 다만 사물의 이름으로 명명된, 은유적인 명명행위에 따라 부수적으로 연상되는 사물의 이미지일 뿐이다. 1연과 2연의 사물묘사는 쉽게 말해 아주 상투적인, 판에 박힌 방식이라 볼 수 있다. 그러나 이제 시인은 시인의 머릿속에 각인되어 있는, (물리적인 것이든 심리적인 것이든 간에 무엇이든)이미 만들어진 사물의 이미지와의 싸움을 시작하는 것이다. 시인이 원하는 것은 사물의 충실한 재현에 있다.

이제 3연 / 4연의 관계를 보면, 3연에서 사물의 모습은 그 이름과 색채가 제거되고 곡선曲線으로 그려진 순수한 기하학적 형체 세 개가 제시된다. 3연은 회화로 치면 연필로 그린 밑그림(木炭畵, 데생)이며 사진으로는 채색(컬러)사진이 아닌 흑백사진과 유사한 기법이다. 회화의 기초인 밑그림은 무수한 선들의 터치가 축적되어 사물의 형상과 배경을 구분 지으면서 또 형상의 형태를 만들어간다. 사진에서는 노출의 미세한 차이에 따라 형상과 배경의 관계가 달라질 수도 있는데, 강조하려는 형상의 형태가 두드러지게 나타날 수도 있고, 그 반대일 수도 있다. 그런데 중요한 것은 밑그림이나 흑백사진의 공간은 선과 색채로 형상화된 공간과는 그 의미가 다르다는 점이다. 밑그림이나 흑백사진의 공간은 그 공간 안에서 사물의 형체는 묘사 주체와의 거리 그리고 기본적인 빛[光源]의 위치에 따라 무수히 달라질 수 있는, 원근법적 · 광학적 기준이 적용된 공간이다. 이로써 이차원적 평면 위에 삼차원적인 입체를 실현하는 것이다. 고전적 재현의 시각이란 재현의 대상인 사물의 유기체적 형체가 분명하게 드러나는 선線과 색채를 중심으로 형태를 형성하는 것을 말한다. 여기서 선은 뼈대이고 색채는 감각인 셈이다.

위에서 다소 장황한 설명을 덧붙인 것은 이 시의 3연의 시각이 어떻게 보면 너무도 익숙한 몇 개의 의태어를 사용한 지극히 단순한 하나의 정물화임에도 시각적 이미지에서 형태를 만들어내는 선과 색채에 대한 시인의 언어적 투쟁과 모색이 뚜렷하게 드러나기 때문이다. 3연에서 화자는 먼저 사물의 외양에서 다양한 색채로 혼합된 그리고 시간적 조건에 따라 순간적으로 변화하는 사물의 색을 벗기고, 그다음에는 무수한 면들로 이루어진 사물들의 무질서한 기하학적 형태를 '주렁, 둥글, 우툴'이라는 하나의 시점으로 통일되고 종합된, '느껴진' 선으로 요약해낸다. 여기엔 광학적 빛에 의해 만들어지는 사물의 밝은 부분과 어두운 그림자도 개입되지 않으며, 그에 따라 식탁 위의 사물들은 고전적 재현에서와는 달리, 현실 속의 과일이라는 지시대상과의 연관성도, 재현의 필수조건인 대상과의 닮음을 만들어내는 삼차원적 입체성도 상실한, 추상에 가까운 이미지로 형상화된다.

시각이미지를 매체로 삼는 모든 예술작품에서 감상자의 시지각에 가장 먼저 각인되는 것이 형태인데, 그것이 중요한 이유는 창작주체와 수용자 모두에 있어 그것이 작품의 주제를 암시하는 뚜렷한 증표가 되면서 작품 이해의 안내자 역할을 하기 때문이다. 이 시에서 시인이 주제로 삼고 있는 것은 1연과 대조된 3연의 사물묘사 방법 그 자체라고 할 수 있다. 그것은 3연에서 묘사대상의 형태가 확연하게 달라지기 때문인데, 배경인 보랏빛의 비비추꽃의 색채 이미지와 대비된 형상들의 모습은 흑백의 무채색 이미지로서, a는 중력에 의해 아래로 늘어진 (포도송이 두 개의) 질량감을, b는 (오렌지 셋의) 부피감을, C는 (딸기 한 줌)의 질감으로만 묘사된다. 화자의 시선은 말하자면 시각(눈)으로 사물의 가벼움 / 무거움, 양감, 질감을, 달아보고 가늠하고 만져보는 것이다.30

인간의 시각은 기본적으로 순수한 시각적 표상을 통해 사물을 보는 것은 아니며 거기엔 늘 과거의 경험(기억)에 의한, 시각 외의 감각이, 나아가

관념이 끼어들기 마련이다. 그러나 여기엔 관념의 그림자가 말끔히 걷혀 있다. 사물의 물리적 존재감을 나타내는 감각인 무게, 질량, 질감 외에 아무 것도 없다. 아니 엄밀히 말해서 공간을 차지하고 있는 사물의 형形 곧 윤곽이나 생김새 외엔 아무 것도 없다. 다만 세 개의 상징어를 통해 사물의 무게, 질량, 질감을 마치 눈으로 만지듯 상상하게 될 뿐이다. 마치 미니멀 아트나 세잔느의 회화에서와 같은 순수한 형태, 곧 이미지에서 모든 연상과 비유, 상징을 제거해버린 순수한 대상의 시각적 형태만(세잔느의 회화는 사물이 지닌 고유의 생명 에너지까지 시각적 형태로 표현된다) 최소한의 언어로 기술되어 있다. 복제미학에서 출발했던 팝아트, 미니멀 아트, 극사실주의(hyper-realism) 회화에 대한 깊은 이해를 지녔던 시인에게 있어 있는 그대로의 실체를 가리는, 인문주의적 의미들은 탈이나 화장처럼 사물의 표면에 붙어 굳어있거나 미끈거리는 "술장식"일[31] 뿐인 것이다.

그런데 이 시의 2)연에서 사용된 세 개의 의태어는 화자의 계산된 시점에 따라 배열되어 있다는 점이 특별하다. 겉으로 보기에는 그저 과일의 겉모습을 순차적으로 묘사한 것으로 보이는 '주렁, 둥글, 우툴'이란 낱말에는 시적 화자의 시점의 이동이 개입되어 있음을 알 수 있는데, 즉 시점은 '멀리에서 가까이'로 이동한다. 원근법을 따르고 있는 것이다. 화자의 위치에서 가장 먼 거리에 있는 것은 '주렁'이다. 그것은 낱낱의 구체적 형태로서의 포도알로서 화자의 시선에 들어오는 게 아니라, 곧 같은 꼴의 그것들이 모여 보다 큰 형태인 '주렁'으로 시선에 포착된다. 그다음이 '둥글'이며, 가장 가까운 거리에 놓여 있는 것이 '우툴'이다. '둥글'은 문맥으로 봐서 '주렁'을 이루고 있는 개체들보다 큰 낱낱의 사물임이 암시된다. 둥그런 작은 개체들이 모여 '둥글'을 이루는 경우는 실제로 드물기 때문이기도 하지만 '주렁'과 '우툴'의 중간에 놓여져 있다는 문맥상의 위치 때문이기도 하다. '우툴'은 화자의 시점에서 가장 가까운 거리에 놓여져 있음을 암시하는데 그것은 시선으로 만져지는 느낌을 주기 때문이다. 여기엔 시각과 촉각의 감각의 결합이 있지만 촉각은 어디까지나 시각에 종속되어 있다.

정리하자면 3연의 공간은 선과 색채의 고전적 재현의 시점을 폐기한, 순수한 광학적, 원근법적 감각으로 포착된 공간이다. 그러나 이것은 대상의 세부까지 무차별적으로 복제해내는 사진적 시각을 의미하는 것은 아니다. 순수한 광학적, 원근법적 시각에 기초한 이 같은 공간은 사물의 윤곽과 함께 어느 한 사물의 부분적인 세부(최소한의 '우툴'의 들어가고 나온 면의 입체적 굴곡)만 부각될 수 있도록 측면이나 후면에 광원이 있는 회화나 흑백 사진의 공간이다. 이것은 현실의 사물을 있는 그대로 재현한 것은 결코 아니다. 여기엔 무수한 스펙트럼을 지닌 실제의 빛의 색채를 몇 단계의 흑과 백의 채도차이로 축약한, 흑백이라는 코드code가 개입되어 있고, 또한 다양한 형태의 선과 색채가 얽혀 만들어내는 사물의 실제모습을 단순한 윤곽으로 생략해버리는 과감한 시선의 코드가 개입되어 있다. 또한 눈으로 만지는 듯한 인간적인 시선이 개입되어 있다. 이것은 사진기-렌즈의 기계적 조작을 통해 무차별적 복제가 아닌, 보는 자의 표현의지를 개입시킨, 코드화의 결과이기도 하다. 사물에의 명명행위와 은유에서 벗어나려는 시인은 이처럼 회화(데생) 및 사진적 시선(흑백의 코드와 사물의 질감을 부각시키려는 사진기-렌즈 조작에 따른 코드화가 개입된)에서 그 방법을 모색한다. 오규원의 사물에 대한 틀에 박힌 시선(은유)을 벗어나려는 싸움은 많은 부분을 조형예술의 시지각적 시선에 빚지고 있다고 필자는 읽는다.

4) 발견적 날이미지('편편하다', '평평하다')

오규원이 추구하는 환유시는 (은유적인 시들에 비해 상대적으로)시인의 생각이 개입되지 않은 순수한 의미의 날이미지의 시라고 할 수 있다. 오규원은 위에서 고찰한 바와 같이 환유시를 쓰기 시작한 초기에 그 방법적 시선을 회화나 사진에서 빌려 오고 있는데, 따라서 그는 사물에의 엄격한 관찰자적 시각을 유지하면서 있는 그대로의 사물의 물리적 사실성을, 복잡한 자연적 형태를 단순화하려는 시지각의 체제에 따라 축약된 사물의 형을 축약된 상징어를 통해 묘사했다고 볼 수 있다. 그런데 시집이 상재된 같은 해에 발표된 「날미이지詩와 관련어」라는 산문에서, 감각적 / 사실적 언어와 관계하고, 왜곡없이 세계와 닿는 '시각적 진실'에도 그 이미지의 층위에 따라 의미의 중량이 달라질 수 있음을 적극적으로 표명한다. 물론 여기에서 이미지에 담기는 의미란 그가 반대하는 개념적 / 사변적 의미가 아니라 어디까지나 사실적 이미지 자체가 환기하는, 독자의 상상에 따라 임의적으로 달라질 수 있는, 정해지지 않은, 가능성으로서의 어떤 의미이다. 이 글에서 시인이 시각적 진실의 출발점으로, 다시 말해서 시각적 진실의 기저 층위로 내세우고 있는 것이 '사실적 현상'이고 그보다 한 층위 상위에 있는 것이 '현상적 사실'이다.

(1) 한 여자가 길 밖에 / 머리를 두고 / 길 안으로 간다
(2) 여자의 치마 끝에서 / 길이 몇 번 펄럭거린다 /
(3) 작고 둥근 자갈과 / 작고 둥근 자갈 위의 길을 지나 / 은행나무 걸린 / 허공 아래로 간다
(4) 길 밖에서 / 메꽃이 하나 이울고 /
(5) 여자가 허공을 거기에 두고 / 길에 파묻힌다
(6) 허공에 기대고 있던 아이가 / 여자의 치마를 길 밖으로 / 잡아당긴다

—「여자와 아이」

시인에 의하면 (1), (3), (4), (5), (6)은 사실적 현상, (2)는 현상적 사실이다. 또 두 개념의 차이는 그 현상이 사실事實을 기반으로 한 현상現象이냐, 현상을 기반으로 한 사실이냐에 따라 달라진다고 한다. 그가 말하는 사실과 현상은 얼핏 보면 시인의 현학취미에서 나온 말놀이 같기도 하다. 그러나 이후 그의 시론에서 그 개념은 사실적 환상, 환상적 사실 같

은 개념으로 발전하면서 보다 정교화되기에 이르는 것을 볼 수 있다. 쉽게 말하면 사실적 현상이란 시간과 공간 안에서, 곧 실제로 일어난 사건이나 현상이며 또 그것이 확실한 현실적 존재감을 가져야 하는 것으로, 해석된다. 또 그 사실적 현상은 그것을 묘사한 언어가 현실 속의 지시대상을 가지고 있어야 한다. 그에 반해 현상적 사실은, 실제로 일어난 사건이나 현상이 아니더라도, 다시 말해 그것을 묘사한 언어가 현실의 지시대상을 갖고 있지 않더라도 그것을 마치 사실인 것처럼 감각적으로 경험하는 것, 또 그와 같은 사실이라 판단된다.

오규원은 위의 글에서 길 위에서 펄럭거리는 여자의 치마로 인해 길이 펄럭거리는 것처럼 보이는 현상적 사실이 일종의 착시현상일 수도 있다고 언급한다. 그러나 시각적 진실은 이런 착시현상 뿐만 아니라 시계視界가 드러내는 어떤 이상현실異常現實도 그대로 수용함으로써 세계에 대한 새로운 이해를 충격한다[32]고 주장하면서 날이미지시의 외연을 확장하고 있다.

그가 말하는 착시현상이나 이상현실은 논리적인 사변성의 세계가 아니라 비논리적인 순수직관의 세계라 할 수 있다. 이것은 날이미지로서의 의미가 주체의 의식에 의해 구성되는 것이 아니라 사실적 현상 또는 현상적 사실들 그 자체로부터 솟아오르는 어떤 것이라는 의미이며, 대상에 대한 순수직관이 먼저 오고 주체에 의한 언어구성은 그다음 문제가 된다는 의미이기도 하다. 그런데 순수직관에 이르기 위해서는, 착시현상이건 이상현실이건 새로운 시각적 진실을 발견하기 위해서는, 주체의 의식 내에서 어떤 변화가 먼저 일어나야만 한다. 시집 〈오규원, 1999〉의 대부분의 시들에서 시적 화자의 시선의 역전과 전도현상을 볼 수 있거니와 이것은 그가 주체(인간)중심의 시선과 관계양식을 거두고 타자(자연사물) 중심의 그것으로 나아갔음을 의미한다.

시집 〈오규원, 1999〉에는, 시 「식탁과 비비추－정물 a」와 함께 또 다른 정물을 묘사한 시 「토마토와 나이프－정물 b」가 마치 연작시인 것처럼 편집·게재되어 있다. 그런데 이 시는 움직임이 없는 사물인 정물을 묘사한 것임에도 「식탁과 비비추」와는 그 양상이 분명하게 달라져 있는 것을 볼 수 있다.

> 1) 토마토가 있다
> 세 개
> 붉고 둥글다
> 아니 달콤하다
> 그 옆에 나이프
> 아니
> 달빛
>
> 2) 토마토와
> 나이프가 있는
>
> 3) 접시는 **편편하다**
> 접시는 **평평하다**

이 시의 공간은 시 「식탁과 비비추」의 경우, 세 개의 과일〈바구니〈식탁〈창밖의 뜰〈하늘의, 시선의 초점이 맞추어진 과일들에서 그것을 둘러싸고 있는 배경들이 원근법적 구도를 이루고 있다면, 이 시의 경우에는 토마토 세 개－나이프－달빛의 정물들이 원근법적 위계질서에 따라 놓여진 것이 아니라 모두 동등한 시각적 가치를 지닌 것으로 나란히 자리잡고 있다. 그 이유는 3연에서 화자는 그 접시의 상태가 편편하고 평평하다고 기술하고 있기 때문이다. 시 「_정물 a」와 시 「_정물 b」는 똑같이 정물을 상징어로써 묘사하고 있음에도 후자에 오면 사물을 바라보는 시인의 시선과 방법이 확연히 달라져 있음을 엿볼 수 있게 된다. 먼저 시적 공간에 자리잡은 형상들의 이미지가 어떻게 변화하고 있는지 살펴보자.

1연) 토마토가 있다 -> 세 개(개수) -> 붉고 둥글다(시각적 이미지 ; 색채 / 형태) ->(아니) 달콤하다(미각적 이미지 ; 약간 달다) -> 그 옆에 나이프 ->(아니) 달빛

2연) 토마토와 나이프가 있는

3연) 접시는 편편하다(한자 便이 중첩된 의태어 + '-하다' = 파생형용사 / 뜻-거리끼거나 어긋남이 없이 편안하다.) -> 접시는 평평하다(한자 平이 중첩된 의태어 + '-하다' = 파생형용사) / 뜻-높낮이가 없이 널찍하고 판판하다.

1)연에는 '아니', '아니'의 부정사가 두 번 등장하는데, 이 시 또한 시 쓰는 과정 자체를 그대로 내보여주는 메타시임을 알 수 있다. 토마토는 제일 먼저 그 색채와 형태(앞에서 언급한 바와 같이 인간의 시지각은 사물의 일반적 감각 특질의 패턴을 통해 단순한 형태로 인식하려한다. 그러나 이것은 지극히 관습적인, 자동화된 시선이다) 다시 토마토는 맛으로 묘사된다. 시각적 인식이 사물과의 일정한 거리를 상정한 것으로서 사물의 외양에 초점이 맞춰진다면 미각적 인식은 사물과의 직접적인 접촉과 융합을 필요로 한다. 이제 화자의 시선은 토마토의 외부로부터 내부로 들어간다고 할 수 있다. 그러나 더 이상은 들어가지 않는다. 시 「-정물 a」에서 사물을 최소한의 구조적 특징으로 제한하려던, 다시 말해 단순한 기하학적 형상으로 묘사하던 태도에서 진일보한 것이지만, '달콤하다' 역시 토마토의 일반적인 감각특질을 벗어나지 못하는 감각일 뿐이다. 토마토와 인접한 공간엔 나이프가 있다. 아니 달빛(이 있다)라고 다시 서술한다. 나이프는 견고한 물질적 사물인 반면 달빛은 비물질적인 빛이다. 또한 달빛은 형상들(토마토와 나이프와 접시)의 테두리를 이루는 시간적 · 공간적 배경이 어둠(하늘) / 밤임을 암시한다. 달빛은 사물이라기보다 토마토와 나이프라는 형상들을 어둠 속에서 떠오를 수 있게 하는 바탕인 어둠(하늘)의 일부이다. 또한 그것은 이 시의 공간에서 형상들에 빛을 반사하는 광원光源으로서, 그 반사된 빛이 없다면 형상

들은 어둠에 묻혀 화자의 시지각에 인식되지 못한다. 그런데 화자는 달빛이 토마토 옆에 있다고 묘사한다. 광원으로서의 배경은 형태를 지닌 물질이 결코 아닌데도 불구하고 옆에 있다고 묘사하는 것이다.

화자는 다시 형상들에게로 시선의 초점을 맞춘다. 초점의 이동은 2)연의 서두에 (아니)라는 부정사가 생략되었음을 암시한다. 2)에서 토마토와 나이프는 이제 그 사물들이 지닌 감각적 특질들로써 기술되지 않고 그저 '있는' 것으로서 기술된다. 3)연에서 토마토와 나이프가 '있는' 장소는 접시임이 밝혀진다. 인간의 시지각은 사물을 바라볼 때 시선을 내뻗어 그것을 만지고, 잡아보고, 그 질감을 탐색하고 또 그것의 맛을 본다. 대상을 보는 인간의 눈은 이처럼 직접 눈에 비치는 이미지에 의해서만 결정되는 것이 아니라 그 시지각을 연장해서 보이지 않는 부분까지 유추해서 볼 수 있다. 또한 인간의 시지각은 매우 선택적이다. 그러나 사진기는 대상에 대해 동등한 민감성을 가지고 모든 세부를 기계적으로 기록한다는 것을 앞장에서 언급한 바 있다.

본다는 행위는 선택적이고 연장적이며 한편으로 하나의 판단을 내포한다. 여기서 시각적 판단이란 지적인 것이라기보다 직접적이고 원초적인, 본다는 행동 그 자체와 직결되는 의식 작용이다.[33] 이 시의 3)연에는 사물들, 아니 사물들이 있는 공간 전체에 대해 화자의 시각적 판단이라고 할 수 있는 낱말 '편편하다 / 평평하다'라는 낱말이 등장한다. '편편하다'의 사전적 의미는 사물들이 서로 거북함이 없이 원만하게 어울려 있다는, 그 관계들 사이의 심리적 음영을 강하게 내포한 뜻이 되며, '평평하다'는 사물들이 널찍하고 판판한 어떤 면 위에 있다는, 단순히 사물들이 놓인 공간의 물리적 성질이 그러하다는 뜻을 담고 있다. 두 말을 종합하면 '사물들이 서로 수직적 위계질서를 이루며 있는 것이 아니라 동등한 관계양상 속에 있어 편안하다, 조화를 이루고 있다'라는 뜻이 될 것이다. 그러나 이 시에서 개념화되기 이전의 어떤 의미를 지향하고 있다고 보여지는 두 개의 상징어는 앞에서 풀이한 사전적인 의미로서보다는 '시각적 판단' 이라는 문맥 속에서 개념이 아닌 이미지로 읽어야 온당하다고 필자는 생각한다.

'있다'는 어떤 것이 어떤 장소에 존재하다, 어떤 것이 어느 위치에 머물러 움직이지 않다 즉 어느 상태를 지속하다의 뜻을 갖는 말이다. 이 시의 형상들은 유기체가 아닌 정물들이므로 두 가지의 뜻이 다 적용될 수 있다. 화자는 접시 위에 있는 토마토와 나이프의 있음을 보면서 — 물론 더 큰 배경인 밤의 어둠과 달빛까지 포함하여 — 배경과 형상을 이룬 소우주의 풍경이 '편편하고 / 평평하다'고 느낀다. 그 느낌은 사물의 표상들을 종합해서 내린 개념적 판단이 아니라 사고과정이라는 매개가 개입되지 않은 순수직관적인 시각적 판단이다. 이것은 한마디로 풍경 자체가 지닌 균형감각이라 볼 수 있다. 엄밀히 말하면 시적 대상들의 공간을 바라보는 화자의 두뇌 속 시각중추에서 작용하는 생리적 감각이지만 화자는 그 감각이 지각된 대상들에서 발생하는 것으로 경험하는 그런 감각이다. 화자는 풍경 속 사물들의 관계양상에서 어떤 힘의 균형을 즉각적으로 감지하는 것이다.

이차원의 회화적 공간에서 사물들의 균형을 결정짓는 것은 빛(밝음 / 어둠)과 위치와 무게와 방향이다. 또한 (기록하는 사진과 달리)모든 회화적 공간의 시각 패턴은 역동적인 힘의 장場이라고 할 수 있다. 시 「-정물 b」의 공간은, 토마토와 나이프〈접시〈달밤의 순으로 구성되어 있으며, 형상인 토마토와 나이프를 접시가 감싸고 또 그 접시는 달밤이라는 바탕으로 감싸여 있다. 먼저 밤의 달빛은 그 부드럽고 순화된 빛으로 인해 모든 사물이 그 개체성을 고집하지 않고 서로를 융화하게 한다. 그러므로 물렁물렁한 물질인 토마토와 날카롭고 단단한 금속성 물질인 나이프는 팽팽한 긴장관계 속에 있는 것이 아니라 편편한 관계 속에 있게 된다. 또한 토마토와 나이프가 놓여 있는 접시는 풍경의 아래쪽에 놓여 있어(화자의 공간묘사는 위에서 아래로 전개된다) 형상들의 무게를 넉넉하게 지탱하고 그럼으로써 형상들에게 아래로 향하는 방향감을 부여하는 것으로 보인다. 따라서 시적 공간은 안정된 수평구도를 유지하게 되고 화자는 묘사대상인 풍경 자체의 구도에 대해 '편편하다 / 평평하다'의 시각적 판단에 이르는 것이다. 이것이 바로 오규원이 그의 산문에서 언급한 "풍경의 의식으로 가득찬 풍경화, 정물의 의식으로 가득찬 정물화, 초상의 의식으로 가득찬 초상화"34가 지향하는 세계가 아닐까 추측된다.

그런데 이 시에는 사물의 감각적 특징이나 형태를 묘사하는 형용어와 함께 '있다 / 있는'이란 낱말이 등장하는 것을 볼 수 있다. 얼핏보아 동일한 이미지를 지닌 것으로 보이는 이 낱말들은 미묘한 차이를 지니면서 '있는 것'의 변화양상을 기술하고 있다. 10연의 첫행에서 '-가 있다'는 시야에 어떤 사물이 들어올 때 그저 하나의 실체로서 어떤 공간 속에 실제로 현존한다는 반사적이고 즉각적인 시각적 이미지이다. 2)연에서 '-와 -가 있는'에서의 있음은 화자의 시선이 새삼스레 발견한, 사물과 사물이 '어울려 있음'으로서의 있음이다. 그 어울려 있음은 사물이 화자의 시선에 드러나 있지 않은 상태에 있다가 돌연한 순간에 그 스스로의 있음을 드러낸 것을 뜻하고, 화자의 시지각이 그 드러낸 것에서 즉각적으로 발견하고 판단한 내용은 그것들이 편편하고 평평하게 있다는 발견이고 깨달음이다.

사물의 형태인 형(shape)은 어떤 형체의 윤곽이고, 인간의 눈은 사진기와는 달리 예민한 시각적 촉수를 뻗어 그 윤곽의 세부까지 지각하게 된다고 언급했거니와 시인은 시 「-정물 a」와 「-정물 b」에서 사물 개체의 형을 주로 묘사함으로써 눈에 의해 포착된 사물의 본질적 특징을 드러내려했다. 그런데 사물의 형태와 그것의 감각적 특징들은 그것이 어떤 위치에 있는지, 어떤 방향성을 갖는지를 알려주지 않는다. 또한 사물이 자리잡은 위치와 방향성에 따라 어떤 힘의 장이 작용하고 있는지 형태만으로는 사물들 간의 역동적인 힘의 관계를 나타낼 수 없다. 이 시는 이미 문자 그대로의 정물들의 풍경이 아니다. 정태적인 정물들이 스스로 홀로 있음의 구체적인(외적인) 형으로서의 있음이 부정되면서 그 형이 어떠하든, 사물은 홀로 있으면서 동시에 주변의 다른 사물에 관계하려는 내적인 긴장을 나타내주고 있기 때문이다. 이 시는 오규원의 시적공간에서 정물은 그 감각적 형태 자체로서 일정한 장력을 표현하는 살아있는 사물로서, 또 사물들 간의 관계는 여러 힘들의 작용－반작용의 역동적 관계로서 나타날 것을 예고해주는 어떤 표본이 되고 있다고 필자는 읽는다.

오규원은 이제 정물이 아닌 주변의 자연 사물들에게로 눈을 돌린다. 그의 눈을 사로잡은 것은 자연사물들이 서로 어떤 관계를 맺으면서 공존하고 있는 어떤 '있음'의 국면들이다. 자연 사물들의 '있음'의 국면들을 바라보는 그의 시선에서 두드러진 것은 첫째, 원근법적인 시각을 볼 수 없다는 점, 둘째, 공간지각 방식이 한층 미시적인 것이 되었다는 점이다. 다수의 시들에서 실제로 원근법적 시각을 폐기함에 따라 형상(전경)과 배경(후경)의 공간이 역전되거나 혹은 그 경계가 해체되어 나타나는 것을 볼 수 있다. 즉 입체적 공간을 이차원적 평면의 그것으로 그려내는 것이다. 이와 같은 시선의 역전은 곧 시인의 세계관의 변화, 곧 생태주의적 세계관으로의 변화와 맞물려 있음을 의미한다.

1) 담쟁이 덩굴이 가벼운 공기에 업혀 허공에서
허공으로 이동하고 있다

2) 새가 푸른 하늘에 눌려 납작하게 날고 있다

3) 들찔레가 길 밖에서 하얀 꽃을 버리며
빈자리를 만들고

4) 사방이 몸을 비워놓은 마른 길에
하늘이 내려와 누런 돌맹이 위에 얹힌다

5) 길 한켠 모래가 바위를 들어올려
자기 몸 위에 놓아두고 있다

-「하늘과 돌맹이」 전문-

위의 시의 공간은 우선 시선의 중심점이 해체되어 있다. 일정한 거리 밖에서 자연의 한 국면을 바라보는 화자의 시선의 중심점이 있어 질서화된 공간구조를 만들어내는 원근법적 시선이 아니다. 공간을 시지각을 통해 인식할 때, 가까이에서 먼 곳으로(혹은 그 반대로), 위에서 아래로, 또는 아래에서 위로, 왼쪽에서 오른쪽으로 이동하는 순서는 물론이고 사태의 선후에 따라 발생순서에 따라 배열한 것도 아니다. 물론 논리적 인과관계 또한 찾을 수 없다. 한마디로 이 시는 각 자연 사물의 있음의 국면들을 공간적으로 병렬해놓은 것이라고 할 수 있다. 이와 같은 공간의 병렬방식에 따라 각 공간들은 원근법적 배치에서와는 달리 동등한 가치를 갖게 되는 것은 물론이다. 모래가 있는 땅에서 하늘에 이르는 공간(모든 지구상의 존재는 그 사이-공간에 존재한다)에는 돌맹이와 바위, 길, 들찔레와 담쟁이덩굴, 그리고 새가 있다. 이들은 각기 땅-하늘이라는 사이-공간의 한 자리를 차지하고 있지만 정지해 있는 것이 아니라 어떤 운동의 상태에 놓여 있다. 각 사물들은 각기 주체(주어)로서 '이동하고 있다', '날고 있다', '만들고', '내려와 ~ 얹힌다', '들어올려 ~ 놓아두고 있다'. 그들의 움직임을 나타내는 용언들은 그들이 잠시도 가만히 있지 못하고 끊임없이 변화해가는 생명체들임을 말해준다. 사이-공간 속에서의 사물의 운동은 또한 그 운동이 시간의 변화에 따른 움직임이라는 것을 암시한다. 그런데 재미있는 사실은 각 사물들의 그 움직임들이 형상과 배경의 뒤바뀜을 통해 오히려 도드라지게 돌출되어 보인다는 점이다. 말하자면 시선의 뒤바뀜(=세계관의 변화)에 따라 화자는 숨겨져 있던 배경의 형상이 스스로를 드러내는, 배경의 '있음'에 대한 돌연한 발견의 경험을 하고 있다는 것이다.

배경은 움직이지 않는 것으로, 형상은 그 움직이지 않는 배경을 바탕으로 그 윤곽과 형태를 떠올리는 것이라 보는 것이 시지각의 상식이다. 그런데 이 시의 각 연을 보면 배경도 움직이고 형상도 움직이는 것을 볼 수 있다. 아니 움직이는 형상보다 움직이지 않는다고 생각되는 배경이 움직이니까 형상보다 배경이 더 도드라져보이게 되는 것이다. 각연의 배경과 형상의 관계를 보자. 공기(=하늘, 허공) / 담쟁이덩굴, 하늘 / 새, 빈자리(=허공) / 들찔레, 하늘 / 돌맹이, 모래 / 바위로 요약된다. 각 연에서 배경이 도드라지는 것은, '공기는 담쟁이덩굴을 업고', '하늘은 새를 납작하게 누르고', '빈자리가 만들어지고', '사방은 몸을 비워놓고 / 하늘은 내려와 ~ 얹히고', '모래가 ~를 들어올리고' 있기 때문이다.

5연을 제외하고 각 형상의 배경을 이루고 있는 것은 공기, 하늘, 빈자리, 사방으로 표상된 텅 빈 공간, 곧 허공이다. 허공은 끊임없이 움직이며 자연 사물들에 작용을 가하는 존재로서 형상들과 마찬가지로 현존하는 실체로 묘사된다. 이 시의 공간은 시각적 관점에서 보면 중력의 법칙을 거스르는 매우 낯설고도 불안정한 구도를 나타낸다. 그것은 각 자연물과 배경의 관계에서 그 힘의 균형이 배경 쪽에 보다 무겁게 실려 있기 때문이다. 다시 말해 배경은 형상을 도드라지게 하는 것이 아니라 반대로 형상이 배경을 하나의 형상으로서(마치 회화의 화면에서 형상의 형태를 오려낸 나머지의 것과 같은) 도드라지게 드러내놓기 때문이다.

이 시집에는 시적 공간에서 배경과 형상의 관계가 역전되어 배경이 더 도드라지거나, 배경과 형상 사이에 힘의 역학관계가 드러나는 시들이 다수 포함되어 있는데, 이것은 물론 시인의 변화된 세계관과 맞물린 시선의 변화 때문이다.

> 산 위에까지 구멍을 뚫고
> 별들이 밤의 몸을 갉아내어
> 반짝반짝 이쪽으로 버리고 있다
>
> —「밤과 별」 중에서

노란 꽃이 진 자리에 생긴 붉은 열매를 챙기고
열매가 사라진 자리에는 허공이 다시 그 자리를 메
우고 있는 날입니다

—「물물과 높이」 중에서

코스모스는 꽃을 들고 바람을
타고 다닌다 몸은 가운데 두고
꽃은 흔들리는 사방에 있다

—「돌」 중에서

하늘은 언제나 집의 밖에 있다
그러나 집은
언제나 하늘 속에 있다
하늘의 속에 깊이 들어앉을수록
집의 밑은 들린다

—「하늘과 집」 중에서

키작은 양지꽃 한 포기 옆에 돌맹이 하나
키작은 양지꽃 한 포기 옆에 돌맹이 하나 그림자
키작은 양지꽃 한 포기 그림자 옆에 빈자리 하나

—「양지꽃과 은박지」 중에서

그러나 공기의 속이 굳었는지
혼자 길을 뚫고 가는 나비의 몸이
울퉁불퉁 심하게 요동친다

—「봄과 길」 중에서

허공을 파고 있는
그 나무 꼭대기에는 새가 한 마리
가끔 몸을 기우뚱하며
붉은 해를 보고 있다
날개가 달린 그 나무의 가지

—「나무」 중에서

허공에서 생긴
새들의 길은
허공의 몸 안으로 다시
들어갑니다

-「새와 길」 중에서

무작위로 뽑은 위의 시에서 드러난 바와 같이 하늘과 땅 사이에서 한 공간을 차지하고 있는 모든 존재들은 예외 없이 허공에서 생겨나 허공과 싸우며 길을 만들며 그 길 위에서 다른 사물과 만나며 그 싸우는 힘이 소진되면 다시 그 허공 속으로 사라지는 것을 볼 수 있다. 그러나 이 시집의 주제나 의미를, 시인의 사물을 보는 시선에 있어서건 독자의 독해방식에 있어서나, 이처럼 생태주의 철학이 지향하는 이념이나 가치로 환원해서 논의하는 것은 의미가 없다. 오규원의 시작詩作은 무엇보다 자연사물의 미시적인 모습과 현상을 면밀히 관찰하는 것에서 시작되고 있기 때문이다. 그의 생태주의적 세계관은 미리 상정된 이념이라기보다 오히려 자연의 현상들을 원근법에 기초한 근대적 시선이 아닌 그것을 뒤집는 새로운 시선을 통해 관찰함으로써 결과적으로 얻어진 것이라고 볼 수 있다.

사람과 허공의 관계 또한 예외는 아니다. 시 「벼랑」은 사람의 몸(형상)과 하늘(배경)과의 관계가 역전되어 나타난다. 그런데 그 관계는 자연사물들과 허공의 관계와는 다른, 좀 더 무거운 의미의 중량을 지닌 것이다. 이미지들에 의미의 중량을 싣게 하는 것이 다름 아닌 몇 개의 의태어들이다.

벼랑 위의 길에서
축 늘어진 하늘을 밟는다
하늘을 **푹푹** 밟아도 그러나 신발
바닥에 하늘이 묻지 않는다
하늘과 부딪히는 윗도리와

아랫도리에도 하늘이 묻지 않는다
그러나
뚫고 가는 어깨와 무릎에
질긴 바람이 **턱턱** 걸린다.

이 시에서 '축', '푹푹', '턱턱'은 모두 의태어들로서 시각적 이미지들이다. 모두 시각적 이미지이면서, '축'은 형태, 질량감(무거움)을, '푹푹'은 연속되는 동작과 깊이감을, '턱턱'은 연속되는 동작, 부피감을 내포한다. 이 중에서 '턱턱'은 청각적 이미지이기도 한데, '갑자기 잇따라 멎어버리거나 무엇에 걸리는 모양, 또는 그 소리'라고 풀이되기 때문이다.(참고로 '축'은 단독형 일음절어, '푹푹'은 단독형 일음절어의 첩어이고, '턱턱'은 동음반복형 일음절반복형임을 밝혀둔다.) 이 시에서 의태어들은 존재론적 은유[35]의 기능을 하고 있다. 존재론적 은유 중에서도 물질은유로서 허공(비물질)은 무겁게 축 늘어져 있고, 푹푹 발에 밟히며, 질긴 바람으로서의 허공은 몸에 턱턱 걸린다. 이것은 존재론적 은유이긴 하지만 본격적인 은유는 아니다. 존재론적 은유는 어떤 경험을 지시, 양화한다는 아주 제한된 목적으로 사용하기 때문에, 다시 말해 비물질적인 것을 개체나 물질로 보는 것만으로는 어떤 경험에 대해 충분히 이해할 수 없기 때문이다. 이 시에서 세 개의 의태어들은 시적주체의 행위를 수식하는 부사로서 '없음'(無, 空)의 확실한 존재감을 물질적으로 묘사하는 기능을 하고 있지만, 이러한 물질적 존재감을 보다 도드라지게 만들고 있는 것이 '그러나 ~묻지 않는다'의 반복되는 기술에 있다. '없음'의 '있음'과 '있음'의 '없음'이 대조됨으로써 만물을 생성・소멸케 하는, 없으면서 있는 허공虛空의 역설적 존재감을 효과적으로 묘사하고 있는 것이다.

모든 '있음'의 존재들은 허공에서 허공으로 가는 길의 도정에 있다. 또한 공간적으로 무한하고 시간적으로 무궁한 허공과 허공을 잇는 한 찰나의 '있음'을 실현하는 존재들이다. 그리고 그 '있음'의 순간은 사람에게는 자주 벼랑 위의 길로 현상한다.

오규원의 시들에서 사람을 포함한 모든 존재는 허공을 파며, 가지를 뻗으며, 열며, 밟으며, 헐며, 뚫으며, 갉아내며, 훌쩍 뛰어넘으며, 밀어 올리며, 들고 서 있으며, 절벽의 하늘에 붙어 있으면서 없는 길을 만들어간다. 또한 안개와 눈과 밤의 어둠과 대낮의 양광으로 시시각각 현상하는 허공은 사물에게 적극적으로 작용하는 어떤 힘으로 현상하면서 그것들이 열어가는 보이는 길과 보이지 않는 길에 관여한다. 그의 시에서 눈에 보이거나 보이지 않거나 길은 살아 있는 모든 존재가 스스로를 실현해가는 방식이며 그 구현체로 나타난다. 먹이사슬의 최기저층에 있는 이끼의 길도 예외는 아니다.

> 경운기가 흙을 움켜쥐며 따라가는 길이
> 그 길 곁 우거진 고마리들이 허리 아래로
> 물을 숨기고 있는 길이 고마리들이
> 물에 몸을 두고 물을 보내는 길이
> **자작자작** 이끼가 올라가는 길이
>
> —「자작자작」 전문

이 시에는 세 개의 길이 병렬되어 있다. 사람이 도구를 사용해 만든 길인, 밭두렁 또는 논두렁의 길과 자연의 길, 즉 고마리(마디풀과의 일년초)들의 가지의 길과 또 물길을 따라 고마리들의 허리 아래에 기생하는 이끼의 길이 그것이다. 화자의 시선은 밭두렁에서 그 길곁의 고마리의 뿌리께로, 다시 고마리의 뿌리께에서 몸통쪽으로 올라가는 이끼를 발견한다. 유기체 중에서 나무는 몸통과 가지와 뿌리의 그 단순한 형태로써 그것을 만들어낸 힘을 명백하게 드러내는 존재이다. 가지와 나뭇잎은 햇빛에의 향성을, 뿌리와 가지는 물과 공기를 끊임없이 빨아들여 그것을 에너지로 바꾸며 성장해간다. 유기체들은 쉬지 않고 에너지를 끌어들이고 내보내는 열린 체제이고 또 한편으로 다른 유기체들과 작용-반작용의 역학관계 속에 놓여 있는 것들이다. 여기에 제시된 세 가지의 길은 가치의 우열관계에 따라 배열된 것은 아니다. 보이는 길과 보이지 않는 길이 제시되어 있을 뿐이다. 이 시의 묘미는 그 보이지 않는 길이 시적주체의 앞에 스스로를 현상하고 있다는 데 있다. 시적 주체는 '자작자작' 이끼가 올라가는 것을 보고 아! 물의 길이 있구나 하고 비로소 보이지 않는 길을 즉각적으로 발견하는 것이다. 일종의 시각적 판단이다.

이 시에서 '자작자작'이란 낱말은 '물이 밑바닥에 점점 잦아 붙는 모양'을 나타내는 의태어(동음반복형; 이음절반복형)로서, 시각적 이미지(운동)이다. 그런데 이 낱말은 '어린아이가 겨우 걷기 시작할 때처럼 위태롭게 걷는 모양'이란 뜻도 된다. 시의 문맥상 두 가지의 뜻을 적용해도 그 시각적 의미는 오히려 그 내포적 의미가 풍부해진다. 시인은 '자작자작'이란 의태어의 다의적인 의미 a.물이 잦아듦에 따라 이끼가 자람(직접적으로 사물의 변화상태를 묘사함) b.서툴고 위태롭게 걸음을 내딛는 어린아이처럼 이끼가 자라오름(간접적으로 어린아이의 걸음, 이동에 비유)이라는 각각의 뜻과 그에 상응하는 시각적 이미지를 활용한 것으로 생각된다.

5) 직관적 날이미지 1('사이'와 '말랑말랑해지는')

위에서 고찰한 바와 같이 시인이 발견한 자연 사물들의 새로운 국면들은, 어디까지나 시선의 갱신을 토대로 하여 사실적이고 객관적인 현상을 면밀하게 관찰한 결과로 얻어진 것이다. 그로 인해 가려져 있던 사물의 세계는 스스로 그 실체를 시인의 시선 앞에 드러내고 시인은 그것을 충실하게 묘사할 새로운 언어를 찾기 위해 고투해왔던 것이다. 앞 장의 시들이 현실의 사실적 현상을 기초로 새롭게 발견한 어떤 의미가 부과된 이미지의 시들이라면, 이 장에서 다룰 시들은 직관적 깨달음을 동반한 상태에서 어떤 사실적 현상을 드러내는 시들이다. 발견적인 날이미지와 직관적인 날이미지는 그 경계가 모호할 수 있다. 실제로 오규원의 시에는 발견과 깨달음의 선후관계가 명확하게 드러나는 시보다는 그 두 사태가 동시에 발생하는 것으로 보이는 시가 더 많다. 그러나 직관적 날이미지는 앞장의 시들에서와 같이 의도적으로 사물의 형상과 배경을 뒤집어본다든가 사물의 현상을 면밀히 관찰하면서 찾아낸 새로운 의미가 아니라 "깨달음이 있고나서야 비로소 보이는 현상을 이미지화한 것"36이다. 다시 말해서 그것은 가시적인 사물의 현상을 통해 비가시적인 어떤 것을 순간적으로 깨닫게 되는, 그런 경험을 이미지화한 것이라 할 수 있다. 시인은 사물과 인간의 '있음'의 현상을, 가시적인 길의 형상으로, 길 위에서의 만남으로, 또 길의 생성과 소멸을 주관하는 허공과의 관계를 통해 그것을 주로 가시적인(공간적인) 이미지로 보여주었었다. 시인에게 이제 '있음' 현상은 사물들의 미시적인 변화를 눈치 채는 일이 되고 있다. 그것은 어떤 사물이 시간적으로 변화하는 궤도를, 다른 사물과의 관계의 궤적 속에서 알아채는 일이다.

> 잔물결 일으키는 고기를 낚아채 어망에 넣고
> 호수가 <u>다시</u> 호수가 되도록 기다리는
> 한 사내가 물가에 앉아 있다
> 그 옆에서 높이로 서 있던 나무가
> <u>어느새</u> 물속에 와서 깊이로 <u>다시</u> 서 있다
>
> —「호수와 나무 —서시」

이 시는 '호수가 다시 호수가 되도록', '높이로 서 있던 나무가 ~ 깊이로 다시 서 있다'는 두 사물의 변화현상이 '다시'라는 부사를 통해 반복된다. 그리고 그 두 현상이 '있는' 소우주 속에 사내는 참여자(호수 곁에서 '~ 기다리는'이 나타내듯이)로서 등장한다. 그리고 사내의 '기다림'을 매개로 두 자연 사물의 변화가 이루어진다. 시인에게 '있음'은 길을 만들어가는 '생성'으로서의 있음이고 멈추어 있는 있음이 아니다. '있음'은 변화 그

자체이며 그것은 다시 말해 시간 속에 있는 '있음'이다. 사내의 '기다림'을 매개로 하여 '높이로 서 있던 나무는 물속에 와서 깊이로 다시 서 있으며, 잔물결 일으키던 호수는 다시 잔잔한 호수가 된다.' 곧 사내가 기다리는 동안 나무는 오후의 그림자를 물속에 길게 던지며 다시 서 있고, 호수는 다시 이전의 모습을 되찾는다. 그러나 '다시'를 통해 그 모습이 바뀐 호수와 나무의 형상은, 호수는 잔물결로 흔들리기 이전으로, 나무는 높이로 서 있던 그 형상으로 돌아간다는 의미에서의 '다시'가 아니다. 다시 말해 호수의 본질이나 실체가 고요함에 있는 것도 아니고, 나무의 본질이나 실체가 높이로 서 있음에 있는 것도 아니다. 그것은 '호수로써 되어-있음'이 '-로써 되고-있음'이다.[37] 본래 주어진 물질적 질료 위에서 완성된 형상으로 되어감 그 자체의 현상으로서의 '다시'이다. 그러므로 '다시' 이전과 이후의 호수는 때깔과 형태와 변화의 나이테를 지닌, 곧 바탈을 지닌 '호수로써 되어-있음'이 자신의 틀에 따라 사름을 지속적으로 되풀이해가는 이행의 과정인, '호수로써 되고-있음'의 한 계기들일 뿐이다.

시집 〈오규원, 2005〉에는 이와 같은 사물의 '있음'의 이행 과정이, 즉 비가시적인 현상 자체의 시간적 계기들이 구체적인 사물의 모습과 행위를 통해, 또한 그들 사이의 어울림을 통해 드러나고 있다.

> 나무가 몸 안으로 집어넣는 그림자가
> 아직도 한 자는 더 남은 겨울 대낮
> 나무의 가지는 가지만으로 환하고
> 잎으로 붙어 있던 곤줄박이가 다시
> 곤줄박이로 떠난 다음
> 한쪽 구석에서 몸이 마른 돌 하나를 굴려
> 뜰은 중심을 잡고 그 위에
> 햇볕은 흠 없이 깔린다
>
> ―「나무와 돌」 전문

사내는 몸속에 있던 그림자를 밖으로 꺼내
뜰 위에 놓고 말이 없다
그림자에 덮인 침묵은 어둑하게 누워 있고
허공은 사내의 등에서 가파르다

—「하늘과 침묵」 중에서

한 아이가 가고 두 그루 나무가 그림자를 길의 절반
까지 풀었다 다른 한 여자 아이가 두 그루 나무 밑에
그림자를 밟아야 하는 길로 오고 그 아이 발밑에서도
그림자는 풀려서 편편하고 부드럽다

—「그림자와 나무」중에서

강에는 강물이 흐르고 하늘은
제 몸에 붙어 있던 새들을 모두 떼어내고
다시 온전히 하늘로 돌아와 있고
둑에는 풀들이 몸을 말리며
자기에게로 돌아가고 있다

—「강과 강물」 중에서

끝을 몸 안으로 말아 넣는 길 하나를 보고 있다
끝을 몸 안으로 말아 넣은 길 하나가
몸을 저녁 밑자락에 묻는 것을 보고 있다

—「강과 사내」 중에서

달이 뜨자 지붕과 벽과 나무의 가지와 남은 잎들이
제 몸속에 있던 달빛을 몸 밖으로 내놓았다

—「지붕과 벽」 중에서

혼자 걸어서 갔다 왔다
명자나무가 숨겨놓은 꽃망울까지
지금은 내 발자국 위에서 꽃망울 그림자가
쉬고 있다

꽃망울 그림자가 꽃망울로 돌아가자면
아직 길이 많이 남아 있다
–「그림자와 길」 중에서

'있음'은 고유한 형태와 빛깔을 지니고 빔-사이에 한 공간을 차지하고 있는 것을 말한다. '있음' 개개의 하나의 물체로서의 존재감 곧 공간적인 현전과, 시간적인 자신의 때 곧 자신의 '사르고-있음'을 나타내는 것이 바로 그림자의 이미지이다. 물리적으로 확인될 수 있는 그림자를 지닌다는 것은 그 '있음'이 구체적인 몸을 지닌다는 것을 뜻한다. 그 몸은 스스로 주체가 되어 생성과 소멸과 변화를 거듭하는 몸이고 그 과정 속에서 늘 다른 '있음'들과 서로 관계하며 영향을 주고 받는 몸이다. 위의 시들에서 사람을 포함하여 나무, 새, 돌, 뜰, 하늘, 풀, 길, 꽃망울은 모두 하나의 살아 있는 몸으로서 자신의 때를 사르고 있음을 볼 수 있다. 그 몸으로써 자신이 주체가 되어 그 현존의 징표인 그림자를 몸 안으로 집어넣고(응축) 밖으로 꺼내며(유출), 또 다른 살아 있는 몸들을 자신의 몸을 빌려 살게 하거나 쉬게 하고 또 떠나보내기도 하면서 홀로 있음과 더불어 있음을 계속하고 있는 것을 볼 수 있다. 이와 같은 더불어 있음이 사람과 사물 사이에서, 사물과 사물 사이에서, 유기체와 무기체 사이에서 구분없이 이루어지고 있는 것이다.

오규원에게 존재 곧 형태와 색깔을 지닌 것들의 '있음'은 '텅-빔'(하늘)과 땅 '사이', 다른 '있음'의 사이에 있음을 의미한다.[38]

붉고 연하게 잘 익은 감 셋
먼저 접시 위에 무사히 놓이고
그다음 둥근 접시가
테이블 위에 온전하게 놓이고
그러나 접시 위의
잘 익은 감과 감 사이에는

어느새 '사이'가 놓이고
감 곁에서 **말랑말랑해지는**
시월 오후는
접시에 담기지 않고
밖에 놓이고

―「접시와 오후」 전문

시 "접시와 오후"에는 감 셋이 놓인 공간이 감 셋〉접시〉테이블〉로 확장되면서 그 공간에 놓인 상태가 '무사히', '온전하게'라는 부사로 치환되면서 그 사물이 '빔-사이'에 제자리 곧 편안한 한 공간을 차지하고 있음을 나타내고 있다. 이것은 시적 주체가 정물이 놓인 공간을 바라보며 내린 시각적 판단이다. 말하자면 정물이 놓인 공간이 평평하지 않아 수평이 기울어졌다거나 정물이 놓여진 위치가 한 군데로 쏠려 있다거나 하지 않고 안정적인 구도를 이루고 있다는 의미이다. 그러나 시적 주체는 이제 가시적인 사물의 모습 속에서 보이지는 않으나 그것으로 인해 오후의 분위기가 확연히 달라지는 어떤 것이 있음을 감지한다. '어느 새'는 이미 있어왔으나 숨어 있던 어떤 것이 갑자기 순간적으로 시적 주체의 눈앞에 발현되는 순간이고 또 시적 주체가 그것을 발견하는 돌연한 순간을 가리키는 말이다.

여기서 시월 오후[39]의 때와 공간을 '말랑말랑하게' 변화시키고 있다는 것은 무슨 뜻인가, 아니 시인이 하나의 의태적인 낱말로서 나타내려하는 이미지는 어떤 것인가 살펴볼 필요가 있다. 또 '사이'가 놓인다는 것은 어떤 뜻의, 아니 이미지로서의 '사이'인지 알아보자.

'말랑말랑해지는' : 의태어 : 시각적 이미지(질감), 촉각적 이미지(감촉), 심리감각(성질)의 공감각적 이미지 : '말랑'(단독형; 이음절어)의 첩어 + '-하다'의 파생형용사 : 뜻- a. 감 또는 토마토 같은 것이 폭 익어서 야들야들하게 보드랍고 무르다. b. 성질이 무르고 맺힌 데가 없어 만만하다. 〈물렁물렁해지는.

먼저 시적 주체가 시월 오후의 때와 공간을, 공간을 포함한 때를, 때를 포함한 공간을 '말랑말랑하게' 감지하는 것은 감 셋이 놓인 접시와, 그 접시가 놓인 테이블이 감 셋의 바탕을 만들면서 그것을 잘 받쳐주고 있다는 것, 또 접시 위의 감 셋에 '사이'가 놓임으로써 이다. 그러니까 때와 공간을 '말랑말랑하게' 만드는 것은 감 셋의 '사이'만을 가리키는 것은 아니다. 감 셋 사이에 '사이'가 놓이게 하기 위해서는 그것을 받쳐주는 접시와 테이블이 전제되어 있다. 그 바탕들 위에서야 비로소 그 위에 있는 감 셋 사이에 '사이'가 놓인다는 뜻이다. 형상인 감을 접시라는 사물이 감싸고 접시는 테이블에 감싸여 있는 바로 그 구조의 무사함, 온전함이 있고서, 형상들 사이에 '사이'가 놓이고 시월 오후가 말랑말랑해진다는 것이다. 아니, 그것은 시간적 선후로써 발생하는 현상이 아니고 동시에 이루어지는 현상일 것이다. 시적 주체는 뒤늦게('어느 새'라는 낱말이 이미 생성되고 있는 것을 그때서야 알아챘음을 암시하고 있다.) 그것을 알아챈 것일 것이다.

그런데 그 '사이'가 어떤 '사이'인지의 그 성격에 따라 때와 공간이 말랑말랑해진다고 말한다. '감 곁에서 말랑말랑해지는' 것이다. 짐작컨대 시인은 시작과정에서 '감처럼'을 '감 곁에서'라고 고쳐 썼을 것이다. 그 이유는 무엇보다 먼저 직유나 은유를 피하기 위해서일 것이고, 그다음에는 '말랑말랑'이란 낱말의 뜻이 감 같은 과실이 폭 익은 상태, 또는 그 겉모양뿐만 아니라 그 성질이 맺힌 데가 없어 무르고 만만한 것을 형용하는 말이기 때문이다. 말하자면 때와 공간의 사태는 감이 지닌 감각적 속성인 물질적 표면의 부드러움과 함께 (시각적 이미지 → 촉각적 이미지 → 심리감각적 이미지의 전이에 따라)그 물질적 바탈인 때와 꼴의 '됨'이 스스로를 완성해가는 과정에서 나타내는 '되고-있음'으로서의, 감의 성질로서 지각되는 것이다. 물론 감이 지닌 바탈의 성질에 대한 감각은 비가시적인 것이지만 '말랑말랑'이라는 의태어의 공감각적 전이에 의해 비로소 일깨워지는 새로운 감각이라고 할 수 있다. 이 시에서 때와 공간의 사태를 감각적으로 묘사하는 '말랑말랑해지는'이라는 하나의 의태어의 기능은 실로 놀랍기 그지없다. 그 낱말은 폭발적인 감각적 확장력을 지니면서 열 마디의 비유로도 충분히 표현할 수 없는 소우주의 순간의 사태를 축약된 한마디 말로써 정교하게 베껴내는 것이다.

그렇다면 이제 때와 공간을 '말랑말랑해지게' 만드는 요인을 제공하는 감과 감 '사이', 다시 말해 사물과 사물 '사이'란 어떤 '사이'를 가리키는지 살펴볼 차례이다.

'사이'의 뜻은 국어사전에 다음과 같이 풀이되어 있다.

1) 한 곳에서 다른 한 곳까지의 공간(예. 마을과 학교 ~를 왕래하다.). -공간적 개념
2) 어떤 것과 다른 것과의 벌어진 틈(예. 글자와 글자 ~. / ~를 띄우다.). -공간적 개념
3) 어떤 때에서 다른 한 때까지의 시간적인 동안(예. 잠깐 ~ / 하루 ~에 많이 달라지다.). -시간적 개념
4) 시간적 겨를이나 짬(예. 잠시 앉아 쉴 ~도 없다.). -시간적 개념
5) 어떤 한정된 모임이나 범위 안(예. 친구들 ~에 인기가 있다.). -관계적 개념
6) 사람과 사람과의 관계(예. 사랑하는 ~ / ~가 좋지 않다.). -관계적 개념

위에서 보듯이 '사이'는 공간적, 시간적, 관계적 개념에 모두 걸쳐 있는 아주 두꺼운 내포적 의미를 지닌다. 그런데 '사이'가 지닌 세 가지 내포적 의미는 서로 독립된 의미라기보다 서로 중첩되는 의미라 할 수 있다. 예컨대, 우리가 흔히 쓰는 관용적 표현 중 '사이(가) 뜨다'란 말은 a. 사이가 멀다, b.[시간적인]동안이 오래다, c.서로 친하던 관계가 서먹하게 되다의 세 가지 뜻을 함께 갖는다. 공간적으로 떨어져 있고 그 떨어져 있는 시간이 오래되면 서로의 관계가 뜨게 되는 것이다. 이것은 위에서 '사

이'를 풀이한 3)과 4)의 시간적 개념의 예들을 보면 더 확실해짐을 알 수 있는데, '잠깐 ~ ', '잠시 앉아 쉴 틈'이란 표현을 자세히 보면 추상적인 시간을 '많고 적고, 길고 짧은'이라는 물체의 분량, 물체의 크기를 나타내는 공간개념에 기대어 표현하고 있는 것을 볼 수 있다. 이와 같이 비가시적인 시간은 공간과 중첩된 것으로써 비로소 인식이 가능하게 되는 것이다. 따라서 어떤 시간도 공간에서 떼어내서 인식할 수 없고, 역으로 어떤 공간도 시간에서 떼어내어 인식할 수는 없다고 할 수 있다.

이제 감과 감 사이에 '사이'가 놓인다는 것의 이미지로서의 의미는 빔-사이(공간)와 때-사이(시간), 관계-사이에 놓인다는 것이라 판단된다. 그런데 빔-사이에 놓임은 그것들이 꼴과 깔을 갖춘 사물로서 같이 '무사하고', '온전한' 자리를 차지하게 된다는 것을 뜻한다. 또한 때-사이에 놓인다함은 그 차지한 자리에서 찰나적으로 그것으로 있다가 다시 텅-빔 속으로 사라져버리는 찰나에 그것들이 같이 놓여진다는 것일 것이다. 그렇다면 관계-사이란 같은 공간, 같은 찰나에 있으면서, 그것들이 사이를 사이좋게 사이 나누면서 조화를 이루고 있다는 뜻일 것이다.[40] 말을 바꾸면 그것들이 주어진 공간이나 시간에 집착하지 않고 천지의 되어감(변화)에 자신을 내맡긴 채 있다는 뜻일 것이다. '잘 익은 감과 감 사이에는'의 구절에서 '잘 익은' 감이란 바로 사물이 자신의 알맞은 자리와, 때와, 사이좋게 사이 나눔 속에 놓여져 자연의 순리에 순응하고 있어 잘 '되고-있음'을 암시하는 말이기 때문이다.

위의 시 「접시와 오후」가 사물간의 관계-사이가 부각된 시라면 아래의 시들은 사물과 사물의 공간-사이가 '밑에서'로 변주되면서, 숲이라는 소우주의 빔-사이를 차지하고 있는 나무들의 공간적 사이를 형상화하고 있다. 물론 이 시에서 강조된 공간-사이에는 때-사이와 관계-사이라는 의미가 중첩되어 있다고 봐야한다.

뜰의 산벚나무 밑에서 뜰의 층층나무와 마가목 밑에
서 홍매화와 황매화 밑에서 고욤과 살구 밑에서 모과
밑에서 자귀나무 밑에서 때죽나무 밑에서 석죽과 돌단
풍 밑에서 고려영산홍과 배롱나무 밑에서 조팝나무 밑
에서 불두화와 화살나무 밑에서 그들이 산다 이 지상에서

가장 얇고
납작한 나무들

–「나무와 나무들」 전문

아래의 시 「뜰과 귀」에서는 뜰이라는 소우주 속에서 공간-사이와 때-사이를 함께 나누고 있는 두 사물들이 병렬되면서, 때-사이가 공간-사이로 현현하는 놀라운 풍경을 보여주고 있다.

뜰의 때죽나무에 이미 와 있는 새와 지금 날아온 새
사이, 새가 있는 가지와 없는 가지 사이, 시든 잎이
있는 가지와 없는 가지 사이, 새가 날아든 순간과 날
아갈 순간 사이, 몇 송이 눈이 비스듬히 날아 내린 순
간과 멈춘 순간 사이,…(중략)…

존재의 '있음'은 무한한 우주의 시간으로 볼 때, "더-이상-있지-않음(지나간 어제)과 아직-있지-않음(오지 않은 올제)"41의 사이의 한순간으로서 있음이고, 없음과 없음 사이를 찰나 동안 잇고 있을 뿐인 있음이다. 위의 시에서 병렬되어 있는 두 사물은 어떤 자리에 이미 와 있거나 지금 막 왔으며, 있거나 없고, 막 왔거나 다시 갈 순간에 있거나, 이동하다 멈추거나 하는, 즉 시간성은 서로 관계를 맺는 두 사물들의 서로 다른 행위나 동작이나 운동하는 모습의 대비를 통해 현상한다.

시 「뜰과 귀」가 다른 사물과의 관계의 변화를 통해 시간성을 드러내고 있다면 시 「양철지붕과 봄비」는 '이미'와 '벌써'라는 과거와 미래 사이의 때-사이를 사물의 존재변화로써 나타내준다.

붉은 양철 지붕의 반쯤 빠진 못과 반쯤 빠질 작정을
하고 있는 못 사이 이미 벌겋게 녹슨 자리와 벌써 벌
겋게 녹슬 준비를 하고 있는 자리 사이 퍼질러진 새똥
과 뭉개진 새똥 사이 아침부터 지금까지 **또닥 또닥** 소
리를 내고 있는 봄비와 **또닥 또닥** 소리를 내지 않고
있는 봄비 사이

이 시에는 붉은 양철 지붕 위라는 바탕을 배경으로 모두 네 국면의 사물의 모습이 묘사된다. 이 네 국면이 모여 하나의 풍경을 이룬다. 시적주체의 시선은 한 국면에서 한 국면으로 이동하고 있다. 그런데 한 국면을 이루고 있는 두 사물은 때-사이 곧 '이미'와 '벌써'의 사이에 엉거주춤한 자세로 놓여 있다. 더-이상-있지-않음과 아직-있지-않음의 사이에 있는 것이다. 그것은 사물이 있던 자리 곧 흔적도 마찬가지이다. 오히려 흔적(사물이 차지하고 있던 공간)에는 사물이 존재할 때보다 더 뚜렷한 시간의 결과 무늬가 새겨지게 되기 때문이다. '녹슨 자리와 녹슬 준비를 하고 있는 자리', 그리고 '퍼질러진 새똥과 뭉개진 새똥'은 사물이 남긴 흔적이고 그 흔적은 바로 '이미'와 '벌써'라는 때-사이의 공간적 실체이다. 시간성은 가시적인 사물과 사물 사이에서 '이미'와 '벌써'를 작동시키고 있을 뿐만 아니라 가시적인 사물과 비가시적인 사물(흔적) 사이에, 또 비가시적인 사물(흔적)과 비가시적인 사물(흔적) 사이에도, 다시 말해서 빔-사이에 있는 모든 존재를 지금의 순간에 머물러 있지 못하게 하는 기제라 할 수 있다. 그렇다면 '또닥 또닥 소리를 내고 있는 봄비와 또닥 또닥 소리를 내지 않고 있는 봄비 사이'란 시간성의 또 다른 모습이다. 이 구절에서 '이미'와 '벌써'의 때-사이가 '또닥 또닥'이라는 의성·의태어의 소리와 움직임으로써 구체화되는 것을 볼 수 있다.

‘또닥 또닥’ : 의성·의태어(단독형; 이음절어의 반복) : 청각적 이미지, 시각적 이미지(운동)

: 뜻-잘 울리지 않는 물체를 잇따라 가볍게 두드리는 소리, 또는 그 모양. 〉도닥 도닥.

텅-빔 안의 비가시적인 사물들은 그 ‘있음’을 소리, 향기, 감촉, 맛으로 나타낸다. 봄비는 그 몸체가 가늘어 사람의 눈에 잘 띄지 않으므로 살에 와 닿는 감촉으로, 어떤 다른 물체에 부딪히는 소리를 듣고 비로소 사람은 그것을 알아채곤 한다. ‘또닥 또닥’은 봄비라는 사물이 스스로를 나타내는 방식이다. 화자는 봄비가 그 공간 속에 ‘있음’을, ‘또닥 또닥’이란 소리로써 확인한다. 그런데 반복되는 그 소리란 바로 눈에 보이지 않는 빗물이 텅-빔 속의 한순간을 이동하다 다른 사물과 관계하는 소리이다. 그것은 공간과 공간 사이의 이동이고, 순간과 순간 사이의 변화이며, 사물과 사물의 관계양상을 드러내는 소리이다. ‘있음’이란 본래 공간, 시간, 관계 사이에서 움직이는 가운데 현상하는 것이기 때문이다. 즉 변화, 생성, 운동, 관계하는 가운데 그 사이 어디쯤에 사물은 존재하는 것이다. 그런데 화자는 ‘또닥 또닥’ 소리가 (어느새) 그쳐 있음을 알아챘다. 문맥상 소리 있음과 소리 없음 사이에 (어느새)가 생략되어 있다는 것을 짐작할 수 있다. 어느새 시적 주체는 소리로써 그 있음을 뚜렷하게 나타내던 있음은 어느새 그 소리와 함께 다시 없음 속으로 사라졌음을 깨닫는 것이다.

이 시는 사물과 사물 사이, 사물과 사물의 흔적 사이, 흔적과 흔적 사이, 없음과 있음 사이를 재빠르게 횡단하는 시간성의 양태를 아주 세세한 사물의 국면들을 통해 보여준다. 이 시가 기승전결과 같은 논리적 구조를 가지고 있지 않은 것은 바로 그 이미지적인 내용 자체가 지닌 특성 때문이다. 공간 사이, 시간 사이, 관계 사이라는 존재양태를 지닌 천지간의 존재들의 삶이란 시작과 끝이라는 완결된 시간성을 지닌다기보다 끊임없는 과정 속에, 그 변화 속에 놓여 있기 때문이다. 이 시의 국면들은 가시적인 사물에서 점차 비가시적인 사물로 바뀌면서 그 의미의 중량이 무거워지는 것을 볼 수 있는데, 마지막 국면에 사용된 하나의 의성·의태어는 어떤 비유보다 효과적인 기능을 하고 있다고 생각된다. 비유로써 나타냈더라면 무거운 철학적 의미에 대한 대체관념이나 재해석에 그쳤을 의미를 하나의 압축된 청각적 이미지로써, 곧 귀에 들리고 또 눈에 보이는 생생한 감각으로 제시하기 때문이다. 다시 말해 '또닥 또닥'은 있음과 없음의 차원을 절묘하게 잇는 매개체이며 관념과 이미지의 완벽한 복합체라 할 수 있다.

시인은 시 「유리창과 빗방울」에서 '척'(의태어)과 '후두둑'(의성·의태어)을 사용하여, '있음'은 그 사물의 질량감 있는 몸짓과 끈적끈적한 촉감으로, 그리고 '없음'조차도 그 탄력 있는 움직임과 소리로써 묘사하는 것을 볼 수 있다. 두 낱말은 각각 생생한 공감각적 이미지를 생성해내고 있다. 실제로 '척'과 '후두둑'은 동시적으로 발생하는 현상이다. 따라서 두 낱말이 각각 생성해내는 공감각적 이미지들은 다시 중첩되면서 사물의 있음과 없음이 공존한다는 역설을 보여주게 되는 것이다.

빗방울 하나가 유리창에 **척** 달라붙었습니다

순간 유리창에 잔뜩 붙어 있던 적막이 한꺼번에 **후**
두둑 떨어졌습니다

'척' : 의태어(단독형; 일음절어) : 시각적 이미지(동작, 태도, 질량감), 촉각적 이미지(촉감)의 공감각적 이미지 : 뜻- a. 물체가 바싹 다가붙거나 끈기 있게 들러붙는 모양. >쩍. b. 몸가짐이나 태도가 천연덕스럽고 태연한 모양. c. 느슨하게 휘어지거나 늘어진 모양.

'후두둑' : 의성어·의태어(단독형; 삼음절어) : 청각적 이미지, 시각적 이미지(움직임)의 공감각적 이미지 : 뜻- a. '후드둑'의 잘못. b. 깨나 콩을 볶을 때 빠르고 크게 튀는 소리, 또는 그 모양. c. 나뭇가지나 검불 따위가 불똥을 튀기며 빠르게 타들어가는 소리, 또는 그 모양. 후두둑-후두둑.

시집 〈오규원, 2008〉에 오면 이전 시들과 다른 시적 변화가 나타나는데, 시의 길이가 짧아지면서 시 안에 담기는 내용 또한 최소의 사건들로 구성되는 것을 볼 수 있다. 위의 시들에 등장하는 사물들의 '있음'을 조건 짓고 있는 것은 다름 아닌 '없음'이고, 또 역으로 '없음'을 조건 짓는 것은 '있음'이었다. 다시 말해서 시인은 '있음'(가시적인 것)과 '없음'(비가시적인 것)의 팽팽한 대결과 긴장을 통해 천지간에 존재하는 '있음'들의 비극적인 존재조건을 노래했다고 볼 수 있다. 그러나 이제 시인은 다시 한 번 사물을 보는 시선을 새롭게 갱신한다. 물론 오규원이 마지막으로 남긴 시들에서 시 「새와 날개」에서처럼 존재의 근원적 비극성을 암시하는 이미지들은 여전히 남아 근원적인 시적 배경을 이루고 있음도 사실이다.

> 가지에 걸려 있는 자기 그림자
> 주섬주섬 걷어내 몸에 붙이고
> 새 한 마리 날아가네
> 날개 없는 그림자 땅에 끌리네

그러나 시 「길」에서처럼 그림자는 이제 '길'에 드리운 허공의 구현체가 아니라 '길' 자체가 되어 길을 열고 수평적인 길을 하늘로 밀어올리는 어떤 힘으로 나타난다.

> 길에 그림자는 눕고 사내는 서 있다
> 앞으로 뻗은 길은 하늘로 들어가고 있다
> 사내는 그러나 길을 보지 않고 산을 보고
> 사내의 몸에는 허공이 달라붙어 있다
> 옷에 붙은 허공이 바람에 펄럭인다
> 그림자는 그러나 길이 되어 있다

존재하는 모든 사물들에 끈질기게 달라붙어 '빔-사이'와 '때-사이'에서의 '사루고-있음'의 덧없음을 일깨우던 허공은 시의 배경으로 물러앉고,

그 대신 허공은 그 끈질긴 힘으로 '사루고-있는' 눈부신 형상들을 전경으로 밀어올리기 시작한다. 자연 사물의 형상들은 그의 시에서 생의 환희와 약동하는 힘과 정밀한 고요로 가득찬 것으로 나타난다. 이제 '없음'은 존재의 비극적인 조건이 아니라 존재를 만들고, 생육하고, 꽃피우게 하고, '있음'의 삶을 새롭게 생성·변화시키는 창조적인 힘을 지닌 어떤 것이 되고 있는 것을 볼 수 있다.

어젯밤 어둠이 울타리 밑에
제비꽃 하나 더 만들어
매달아놓았네
제비꽃 밑에 제비꽃의 그늘도
하나 붙여놓았네

—「봄과 밤」 전문

어제 밤하늘에 가서 별이 되어 반짝이다가
슬그머니 제자리로 돌아온 돌들이
늦은 아침잠에 단단하게 들어 있네
봄날 하고도 발끝마다 따스한
햇볕 묻어나는 아침

—「봄날과 돌」 전문

산뽕나무 잎 위에 알몸의 햇볕이
가득하게 눕네
그 몸 너무 환하고 부드러워
곁에 있던 새가 비껴 앉네

—「나무와 햇볕」 전문

노오란 산수유꽃이
폭폭, 폭
박히고 있다
자기 몸의 맨살에

—「꽃과 꽃나무」 전문

시인은 시 「꽃과 꽃나무」에서 산수유나무가 자신의 가지에 꽃을 피워내는 것이 아니라, 반대로 꽃이 가지(자기 몸의 맨살에)에 아프도록 박히고 있다고 표현한다. 말하자면 꽃나무는 배경으로 물러나고 꽃이 전경에서 또렷한 형상으로 떠오른 것으로 본 것이다. 꽃나무의 '되고-있음'을 폭죽처럼 개화開花하는 꽃의 생명력을 통해 다시 보여주고 있는 것이다. 이 시에서 '폭폭, 폭'의 의태어가 생성해내는 시각·촉각적 이미지의 공감각은 개화가 지닌 역설적 사태를, 즉 환희와 고통이 맞물린 존재의 근원적인 사태를 효과적으로 묘사하는 기제가 되고 있다.

'폭폭, 폭' : 의태어 '폭'(단독형; 일음절어)의 첩어 + '폭' : 시각적 이미지(운동), 촉각적 이미지(통각 痛覺)의 공감각 : 뜻- a. 연해 깊이 찌르거나 쑤시는 모양. b. 암팡지게 연해 쏟거나 담는 모양. c. 앞뒤를 가리지 않는 말씨로 거침 없이 대들어 따지는 모양. 〈푹푹.

아침, 낮, 밤의 하루의 순환, 계절의 순환을 통해 드러나는 사물의 변화와 함께 그 몸을 드러내는 자연은 이제 시인에게 단순한 자연의 반복과 순환하는 정태적인 풍경이 아니라 생성과 재창조를 거듭하는 역동적인 풍경들로 나타난다. 그것은 구체적으로 '때-사이'를 사루며 '되고-있음'을 보여주는 사물들의 '사이좋게 어울려 되고-있음'을 대긍정하는 세계이다. 시집 〈오규원, 2008〉에서는 특히 두 사물 사이의 '어울림'[42]의 형상들이 어우러져 아름다운 풍경을 빚어내고 있는 시가 자주 등장하는데 — 물론 이것은 후기시 전체에 일관된 패턴이라고 할 수 있지만 — 두 사물이 모두 같은 공간과 같은 시간(순간)속에 자리하면서 '누림'의 상태에 있다는 점을 들 수 있다.

1) 나비 한 마리 급하게 내려와
   뜰의 돌 하나를 껴안았습니다.

   -「봄과 나비」 전문

2) 나무 한 그루가 몸을 둥글게 하나로
부풀리고 있다
그 옆에 작은 나무 한 그루도
몸을 동그랗게 하나로 부풀리고 있다
아이 하나가 두 팔로
동그랗게 원을 만들어보다가 간다
새 두 마리가 날아오더니
쏙쏙 빨려 들어가 둥근 나무가 된다

–「아이와 새」 전문

3) 잡목림의 가장자리에
바지를 내린 젊은 여자가
쪼그리고 있다
여자 엉덩이를
빤히 쳐다보고 있는
덤불 속의 산몽화(山夢花)

–「여름」 전문

4) 콩새가 산수유나무 밑을 뒤지고
오목눈이들이 무리 지어 언덕에서 풀씨를 뒤질 때
식탁 위의 감자튀김(올리브유에 튀긴)
내가 뒤지는

–「겨울 a」 전문

위의 시들은 사물들 사이의 '어울림'을 묘사하고 있다. 1)의 시를 제외하고 나머지 시들은 모두 자연과 인간 사이의 '어울림'들인데, 1)에서 뜰의 돌 위에 내려앉는 나비를, 나비가 행위의 주체가 되어 '급하게 내려와' 돌을 껴안는 것으로 묘사한다. 자연 사물들의 '어울림'은 정태적인 조화 속에 있는 것이 아니라, 이처럼 능동적이고 적극적으로 '어울림'의 사태를 생성해 간다. 2)에서 '어울림'은 나무 한 그루의 둥글게 팽창하는 생명력에서 시작되어 다른 나무의 몸으로, 아이의 몸으로, 그리고 새 두

마리로 동심원처럼 퍼져나간다. 드디어 새의 위로 상승하는 힘은 나무의 둥글게 확산하는 힘 속으로 쏙쏙 빨려 들어가 둥근 나무가 되고, 나무와 똑같이 팽창하는 둥근 몸으로 거듭난다. 이 시에서도 '쏙쏙'의 의태어가 만들어내는 운동하는 시각적 이미지는 나무의 우주수로서의 거대한 생명력과 에너지를 물리적으로 확인할 수 있는 것으로 만들고 있다. 이와 같이 오규원의 시에서 존재의 어울림에는 사물과 사람 그리고 생물과 무생물의 차이가 있을 수 없으며, 그 사물들이 자리한 지상과 천상이라는 공간적인 격차도 장해물이 되지 않는 것으로 나타난다.

'쏙쏙' : '쏙'(의태어 : 단독형 ; 일음절어)의 첩어 : 시각적 이미지(운동) : 뜻- 연해 쏙 집어 넣거나 뽑아내는 모양. <쑥쑥.

3)과 4)의 시는 둘 다 자연의 사물과 인간의 '어울림'을 보여준다. 3)의 시는 마치 사람과 같은 자의식을 지닌 곧, 여자의 벌거벗은 엉덩이를 '빤히 쳐다보는' 산몽화의 시선과 수치심을 벗어버린 사람의 모습이 대비되면서 해학적 풍경을 빚어낸다. 그러나 산몽화가 빤히 쳐다본다는 것은 인간의 시선과 같은 종류의 것이 아니라 어떤 의식도 개입되지 않은 투명한 시선이고 말 그대로의 무심한 시선일 뿐이다. 오히려 이같은 표현은 자연에 인간의 것과 유사한 시선을 달아줌으로써 산몽화의 존재감을 부각시키려는 의도적인 시선의 뒤바꿈으로 읽혀질 수 있다. 두 존재의 어울림은 잡목림 속에서 여자가 소변을 보는 사태가 발생하는 바로 그 장소, 그때에 그 곁에 같이 있음을, 서로 어울릴 수 없는 두 존재의 우연한 만남으로서의 어울림이다. 현실 속에서 우리는 이와 유사한 사태를 너무나 자주 만나고 또한 그런 사태에 처한 대상들을 관찰할 수 있는 것이다. 4)는 각기 서로 다른 층위에서 삶을 영위하는 자연 사물과 사람이 서로 떨어져 있는 각각의 장소 곧, '언덕에서 / 식탁에서', 동일한 행위 곧, '풀씨를 뒤지고, 감자튀김을 뒤지는', 두 존재의 겨울살이의 '어울림'

을 보여준다. 위의 시들에서 모든 존재의 층위와 경계는 해체되고 있으며, 특히 인간은 여타의 존재들과 동등한 관계를 지닌 대자연의 한 부분으로 축소되는 것을 볼 수 있다.

시 「한낮」과 「강변」에서는 '소리'로써 사물과 생명체가, 풍경과 생명체가 '어울림'을 나누고 있는 것을 볼 수 있다.

1) 허름한 농가에 털썩 기대놓은
우편물 집배원의
빨간 오토바이
그 위로 매미 울음소리 하나 지나가다
잠시 걸터앉아
'매-' 해보고 가네

-「한낮」 전문

2) 잠자리들이 허공에 몸을 올려놓고 있다
뜰에는 고요가 꽉 차 있다
잠자리들이 몸으로 부딪쳐도 뜰의 고요는 소리가
나지 않는다
쓰르라미가 쓰- 하고 울려다 그만두어버린다

-「강변」 전문

1) '매-' : 맴맴(의성어 : 동음반복형 ; 일음절 반복형)에서 첫 음절의 '매'만 쓴 것. '매-'는 본래 매미의 울음소리가 아니라 양이나 염소의 울음소리이므로 매미의 울음소리의 뜻으로 쓴 것이 아니다. 다만 매미가 울려다 만 그런 소리를 마치 양이나 염소가 우는 것 같은 소리를 낸다는 뜻으로 사용했을 수도 있다. : 청각적 이미지
2) '쓰-' : 쓰르람-쓰르람(의성어 : 유음반복형 ; 삼음절 반복형)에서 첫 음절의 '쓰'만 쓴 것. 매미가 울려다 만 그런 소리를 표현한 것이다.

1)과 2)의 시에서는 의성어인 매미의 '매-'와 쓰르라미의 '쓰-'가 서로 상반된 쓰임새를 나타내면서 '어울림'의 사태를 드러낸다. 두 시의 배경

은 모두 적막함과 고요함으로 충만한 한낮의 풍경들(농가, 강변)이다. 식물이나 사물들의 본래적인 존재방식이 고요함에 있다면 생물은 그 소리로써 '있음'의 징표인 소리를 누군가에게 들려줌으로써 자신을 열고 다른 것들과 어울림 속에 들어간다. 1)의 시에서 매미는 지상의 사물들이 어울려 만들고 있는 적막과 고요의 공간과 때에 잠시 동안 동참하다 다시 어울림의 테두리를 벗어난다. 그 동참의 몸짓이 '매-' 하는 짧은 울음소리이다. 반면에 2)에서 쓰르라미는 '쓰-' 하고 울려다 그만둔다. 그것은 지상(뜰)의 고요가 쓰르라미의 동참을 허락하지 않을 정도로, 그 울음소리가 스며들지 못할 만큼, 견고하고 농밀하기 때문이다. 그러나 쓰르라미가 '쓰-' 하고 울려다 그만두어버린다는 그 몸짓은 자신을 거부하는 지상의 고요에 동참하려는 욕망의 몸짓이며, 비록 울려다 그만두어버리지만 자신의 울음소리로써 울림을 주고받으려는, 어울림을 갈망하며 목울대에 울음을 잔뜩 감추고 있는 그런 몸짓이다.

시인이 쓰르라미가 '쓰-' 하고 울려다 마는 소리를 듣는다는 것은 실제로 침묵으로서의 자연의 소리를 듣는다는 것을 뜻할 것이다. 자연 사물이 언어를 지니고 있다면, 그들의 언어란 동물이나 곤충의 경우 그들이 내는 울음소리 또는 울부짖는 소리 또는 그들 고유의 몸짓들 그 자체일 것이다. 그러나 그들의 울음소리나 몸짓 그리고 많은 여타의 사물들이 내는 다양한 소리들은 사람이 부려 쓰는 어떤 언어로도 있는 그대로 베껴낼 수 없는, 침묵으로서의 의미 그 자체일 뿐이다. 그 발생동기에 있어 일반 언어에 비해 기호와 의미 사이에 상대적인 필연성을 지니고 있다고 믿어져온 의성어조차 자연사물이 내는 소리를 있는 그대로 베껴내지 못하는 것이 이같은 사실을 확인케 한다. 그러나 자연의 소리를 인간의 언어로 있는 그대로 베껴낼 수 없다는 한계는 오히려 시인에게 그 소리들을 자신의 독특한 감각에 따라 새롭게 듣고 표현할 수 있는 자유를 부여하는 계기가 될 수 있다. 실제로 여러 시인들의 경우 기존의 의성어 · 의태어로 표현할 수 없는 자신만의 감각을 나타낼 수 있는 새로운 형태의 상징어들을 끊임없이 만들어내고 있을뿐더러 문학작품들은 새로운 상징어들의 발생지 내지 보고가 돼오고 있는 것을 볼 수 있다. 오규원의 시 「빗방울」은 뜰에 돋는 빗소리를, 마치 낯선 외국어로 구사하는 듯한 소리로 표현하고 있다.

> 빗방울이 개나리 울타리에 솝-솝-솝-솝 떨어진다
>
> 빗방울이 어린 모과나무 가지에 롭-롭-롭-롭 떨어진다
>
> 빗방울이 무성한 수국 잎에 톱-톱-톱-톱 떨어진다
>
> 빗방울이 잔디밭에 홉-홉-홉-홉 떨어진다
>
> 빗방울이 현관 앞 강아지 머리에 돕-돕-돕-돕 떨어진다

다섯 종류의 빗소리는 모두 사전에 없는 신조어들로서, 각 소리마다 똑같은 음절이 네 번 반복되는 첩어들이며, 한 음절을 구성하는 첫 음소만 다를 뿐 중간과 끝의 음소는 'ㅗ', 'ㅂ'으로 통일되어 있다. 따라서 다섯 개의 의성어들은 각운을 이루면서 다섯의 시연詩聯들이 통일감과 연속성을 형성한다. 재미있는 것은 '솝-롭-톱-홉-돕'의 끝 음소들이 모두 자음인 'ㅂ'으로 되어 있어, 각기 다른 첫 음소인, 'ㅅ'(마찰음), 'ㄹ'(유음), 'ㅌ'(파열음; 격음), 'ㅎ'(마찰음), 'ㄷ'(파열음; 평음)음들은 파열음(폐쇄음)인 'ㅂ' 받침에 의해 빗방울의 소리가 모두 한결같이 속삭이는 듯이 작고 닫혀진 음상을 만들어낸다는 점이다. 그러나 모든 닫혀진 음상들은 각기 첫 음소가 지닌 개별적 소리들을 간직한 채 각기 빗방울이 떨어지는 사물의 부피와 무게와 질감을, 다시 말해 빗방울과 접촉(관계)하는 사물들의 사실적 총량을 가감없이 드러내는 기제가 되고 있다. 또한 뜰 안에 실존하는 사물들이 제각기 빗방울과 맞닿아 내는 소리들은 같은 공간과 같은 시時에 함께 존재하는 사물들 사이의 사이좋은-사이를-나누는 관계양상을 함께

드러내는 것이기도 하다.

오규원은 그의 마지막 시집에서 이와 같이 자연의 소리를(실은 침묵의 소리이다) 내용과 형식, 사물과 언어가 완벽하게 일치된 형상으로서의 언어로 베껴내려는 시도를 하고 있다. 사물과 완벽하게 일치하려는 형상으로서의 언어는 의미론적 기능밖에 갖지 못하는 기호로서의 언어(개념적 언어)와 달리 구체적 체험을, 오규원 식으로 말한다면 사실적 현상 내지 환상적 현상을 추상화하고 개념화할 뿐이다. '90년대 이후 줄곧 은유적 방법과 싸워온 오규원에게 있어 사실적 현상과 빈틈없이 밀착한 형상적 언어를 시도함은 그의 날이미지시 탐구과정의 필연적인 귀결점인지도 모른다. '80년대에 눈이 내리는 풍경을 보며, "한 벌의 죄를 더 겹쳐 입고 / 겨울의 들판에 선 나는 / 종일 죄, 죄, 죄, 죄 하며 내리는 / 눈보라 속에 놓인다."[43]고 썼던 시와 위의 시를 비교해보면 그가 반성적 인본주의 내지 은유적 사변성에서 얼마나 멀어져왔는지를 확실하게 알 수 있다. 아니 은유를 부정해온 그간의 싸움이 결국은 아이러니컬하게도 사물과 언어가 분리되지 않고 완벽하게 밀착된 최초의 은유, 진정한 은유를 지향하고 있다는 것을 깨닫게 된다.

6) 직관적 날이미지 2(소외의 '몸짓', '극사실적 환상', '푼크툼')

앞 장의 시들이 주로 비가시적인 자연 사물들 사이의 사태를 깨달음을 동반한 상태에서 가시적인 것으로써 드러낸 것이었다면, 사람들 사이의 사태에서 빚어지는 어떤 깨달음을 묘사하기 위해 시인은 사진과 회화의 새로운 기법을 빌려 활용하고 있는 것을 볼 수 있다. 앞장에서 오규원의 날이미지시에서 발견과 직관의 경계를 확연히 구분 짓는 것이 어렵다고 언급했지만, 그 근본적인 이유는 그의 날이미지시가 어디까지나 현실의 지시대상을 지닌 사실적 이미지에 토대한 것이기 때문이다. 따라서 그의 시는 사실적 날이미지시에서 환상적 날이미지시에 이르기까지 사실성을 중시하기 마련이었다. 사물의 사실성에 충실하기 위해서는 무엇보다 사실에 대한 관찰과 발견에서 출발해야만 하는 것이다. 오규원 시인이 '90년대 시(후기시)에서 사진적 방법 및 양식을 시에 자주 이용해왔음은 주지의 사실이다. 사진적 이미지나 회화적 이미지를 언어로 다시 읽는다든지 사진으로 재현된(또는 변형된) 현실이나 사실을 통해 인간의 시선이 미치지 못하거나 또는 알아챌 수 없는 사실의 보다 사실적인 외양을 묘사해왔다. 사실들의 어떤 국면, 상황, 풍경 등의 묘사는 물론이고, 사물의 원근법적 배치라든가, 삼차원의 현실풍경을 이차원적인 평면에 담는 사진기-렌즈의 특성에 따라 사실적 대상들이 환상적으로 왜곡되어 보인다든가, 배경과 형상을 뒤집어본다든가 등의 방법은 분명 사진기-렌즈의 힘을 빌린 것이었다. 그런데 시집 〈오규원, 2005〉과 〈오규원, 2008〉에 오면 사진기-렌즈가 지닌 특성들을 이용하는 것에서 더 나가 사진적 이미지 아니면 포착할 수 없고, 또 보여줄 수 없는 어떤 사태, 국면을 통해, 여타 장르와 확연히 변별되는 사진적 내용, 곧 '푼크튬Punctum'[44]과 유사한 의미를 형성해내고 있다. 또 더 나아가 사진기-렌즈를 이용해 사실을 보다 더 사실적으로 형상화했던 극사실주의의 방법을 원용하면서 극사실적인 환영 내지 환상적 이미지를 창출해내고 있다. 사진적 이미지와 극사실적 이미지의 세부에서 푼크튬을 불러일으키는 것이 뒤에 논의될 사람들이 무의식적으로 행하는 몸짓들 바로 그것들이다.

사진은 사진에 담긴 어떤 사태를 담아 두고 있던 시간의 흐름을 정지시킨다. 그러므로 과거의 어느 한순간에 정지된 사진의 시간은 사진을 바라보고 있는 현재의 순간과 이어지지 않는다. 사진이 우리에게 던져주는 메시지는 따라서 근본적으로 불연속성과 모호성을 띠게 되는 것이다. 그러나 사진은 또 그런 이유로 역설적이지만 시간의 한순간을 부동 처리하여 간직하게 하고 또 이어 밀려드는 순간들에 의해 그 순간이 지워지는 것을 막는다. 즉 사진은 망각과 죽음의 대항매체라 할 수 있다. 사진은 어떤 단절된 순간의 모습을 그대로 '인용'해 오는[45] 기능을 한다. '번역'이 아닌 '인용'은 사진이 기본적으로 지닌 기록성이라는 기능의 다른 말이기도 하다.

정지와 인용이라는 사진기-렌즈의 방법을 빌려온 것으로 보이는 다음 시의 장면에는 인물에 대한 어떤 정보도 없고 어떤 이야기도 담겨 있지 않는 지극히 평범한 장면임에도 불구하고 '생생한' 느낌과 함께 불연속의 충격을 던져준다. 이 시는 시인이 지극히 평범한 사실적 상황의 정지된 단면과 순간적으로 조우하면서 포착한 이미지라 볼 수 있다. 그런데 독자는 이 장면을 통해 깨달음을 동반한, 송곳처럼 찔러오는 어떤 낯선 감정, 즉 사진에서의 푼크툼과 유사한 느낌을 전달받게 된다. 언어로 설명할 수 없는 그런 느낌은 바로 등장인물들, 곧 아이들의 정지된 몸짓에서 비롯된다.

> 1) 한 아이가 공기의 속을 파며 걷고 있다
> 2) 한 아이가 공기의 속을 열며 걷고 있다
> 3) 한 아이가 공기의 속에서 두 눈을 **번쩍** 뜨고 있다
> 4) 한 아이가 공기의 속에서 **우뚝** 멈추어 서고 있다
> 5) 한 아이가 공기의 속에서 **문득** 돌아서고 있다.
>
> —「오후와 아이들」 전문

이 시의 시적공간 역시 형상에 가려졌던 배경을 마치 깊이를 지닌 삼차원적 입체로서, 즉 물리적 실체로 묘사하고 있다. 아이는 공기(허공)을 '파며', '열며' 스스로의 길을 어렵게 만들어간다. 아이는 이미 그의 앞에 펼쳐진 길을 가는 것이 아니라 보이지 않는 길을 광맥을 캐듯 파가야하며 예비된 수없이 크고 작은 문들을 열어 젖혀 가야 한다. 이 시는 그 길을 파며, 열며 걷는 도정에서 보여주는 세 아이들의 몸짓(Gestus)[46]에 초점을 맞추고 있다. 게스투스는 라틴어로 태도, 몸짓을 의미한다. 이 시는

마치 아이가 걷고 있는 모습을 따라가던 사진기-렌즈의 눈이, 아이들의 한 동작에 초점을 맞춰 셔터를 누른, 정지된 상황을 보여준다. 걷고 있던 (이동) 아이들의 동작은 한순간 동결되어버리고 갑자기 멈춰버린 그들의 동작은 낯설고도 돌연한 몸짓으로 굳어진다. 그러나 여기서의 게스투스는 그들의 사회・경제적 위치를 암시하는 기표로서의 몸짓이 아니다. 게스투스란 연극에서의 최소단위로서, 무대 위에서 연기하는 한 인물의 사회적 특성과 함께 그 인물이 지닌 수많은 이야기를 압축한 의미의 덩어리를 나타내는 기표로 기능한다. 이 시에서 보여주는 아이들의 몸짓은 작가가 작품 속의 인물 또는 배우에게 부여한 의도된 몸짓은 결코 아니다. 이 시에서의 몸짓은 오히려 사회적 의미의 친숙한 몸짓을 깨뜨리는, 낯설고도 기괴한 몸짓이다.

길을 걷던 아이들의 돌연한 어떤 몸짓은 시인의 꾸준한 관찰과 보려는 의지에 의해 포착된 것이라기보다 어쩌면 길을 걷는 시인의 시선을 끌어당기며 갑자기 날아드는, 푼크툼과 유사한 것이라 보아야한다. 아이들의 낯설고 기괴한 몸짓이 주체가 되어 갑자기 시인의 시선을 사로잡고 놓아주지 않는, 그러한 돌연한 경험이다. 사진을 읽어갈 때, 상식적인 앎과 지식으로 설명될 수 있는 스투디움의 안에 작은 요소로 있으면서, 오히려 푼크툼은 스투디움의 틀 밖으로 그 의미를 무한히 확장하는 환유적 작용을 한다. 이 시는 지극히 단순한 몸짓을 나타내는 언어인, 시각적 이미지를 나타내는 세 개의 의태어로써, 상식적인 길의 의미 이상의 의미를 환기시키고 있다.

3연) '번쩍' : 의태어(단독형; 이음절어) : 시각적 이미지(표정, 동작, 태도, 심리) : 뜻– a. 빛이 잠깐 강하게 나타났다 없어지는 모양. / b. 갑자기 정신이 들거나 감각되거나 마음이 끌리는 모양. >반짝. 번쩍–번쩍.

4연) '우뚝' : 의태어(단독형; 이음절어) : 시각적 이미지(동작, 태도, 심리) : 뜻–움직이던 것이 갑자기 멈추는 모양. >오뚝. 우뚝–우뚝.

5연) '문득' : 의태어(단독형; 이음절어) : 시각적 이미지(동작, 태도, 심리) : 뜻- a. 생각이 갑자기 떠오르는 모양. b. 어떤 행위가 갑자기 이루어지는 모양. 문득-문득.

'번쩍', '우뚝', '문득'은 의태어들로서 모두 그 문법적 형태가 같고, 아이의 동작·태도·심리를 내포하는 시각적 이미지들이다. 이 중에서 '번쩍'은 문맥상 아이의 눈의 표정을 나타내는데, 외적인 표정으로 읽을 수도, 내적인 태도나 심리로 읽을 수도 있다. 전자의 경우, 갑자기 눈을 뜰 때 반사되는 빛의 이미지를 연상하게 되며, 후자의 경우에는 심리적인 어떤 변화를 담은 눈의 표정을 묘사한 것이 된다. 그러나 '번쩍'은 전체 시 문맥으로 보아 눈 자체의 물리적 반사작용을 포함한 얼굴의 어떤 표정임은 물론이다. 아이들이 길 위에서 짓는 몸짓들은 아이들이 있는 곳이면 어디서나 볼 수 있는 지극히 사실적이고 평범한 것들이다. 다시 말해서 아이들의 몸짓은 연극무대에서 배우들이 만드는 게스투스 곧 과장되고 극적인 몸짓이 결코 아니다. 아이들의 몸짓은 일종의 소외된 게스투스일 뿐이다. 아이들의 몸짓을 통해 독자는 아이들에 관한 어떤 상세한 정보도 읽어낼 수 없을 뿐더러 얼핏 보아 그들의 몸짓은 실제로 흔히 목격되지만 무심하게 지나쳐버리는, 지극히 무의미한 것들이다. 그들의 몸짓은 사람들의 시선에서 소외된, 속된 말로 아주 썰렁한 몸짓이라 할 수 있다.

그러나 이런 무의미하고 썰렁한 아이들의 작은 몸짓들이, 현실의 자동화된 사실적 현상 속에 숨겨져 있던 세부들이, 돌연히 그 친숙한 풍경을 깨며 시각적 진실을 일깨우는 것이다. 실제로 우리는 평소에 드문 일이긴 하나 그것에 너무나 익숙해져 오히려 권태롭고 무의미해진 삶의 모든 동작들이 풍경의 세부가 되어 꼼짝달싹할 수 없게 우리의 시선을 붙들어 매는 그런 경험을 하곤 한다. 그런 우연한 경험은 우리의 내면 속에 깊숙이 숨겨져 있던 상처를 건드리며 씁쓸한 자각에 이르게 하거나 미처 의식하지 못했던, 은폐되어 있던 삶의 실체와 마주치는 의식의 깨어남의 계기를 만들기도 한다. 그때 우리는 우리가 살고 있는 현실공간이 바로 연극무대와 다르지 않으며, 삶의 모든 몸짓들이 어떤 의미를 지니고 있음을 깨닫게 된다. 이 시의 힘은 단지 두 음절로 이루어진 세 개의 의태어들이 그 언어의 단순함에 반비례하는 중량이 무거운 암시적 의미를 효과적으로 환기시키는 데 있다.

시집 〈오규원, 2005〉의 시들에는, 사람의 외모나 표정이나 자세, 태도, 동작, 행위 등의 세부를 세밀하게 묘사하는 것을 통해, 사람들의 시선에서 소외되어 있었던 일상의 몸짓들이 적지 않게 등장하는 것을 볼 수 있다. 아래의 시에서는 「오후와 아이들」에서와 같은, 즉 일정한 거리를 두고 시선을 고정시킨 채 바라본 현실의 한 국면과 그 국면으로부터 갑자기 돌출되어 나오는 소리나 몸짓이 강한 울림을 던져주는 것을 볼 수 있다.

A. 한 사내가 앞서 가는 그림자를 발에 묶으며
 호프집 앞을 **무심하게** 지나가고 있다
 세 사내가 **묵묵히** 남의 그림자를 길로 밟으며
 호프집 앞을 지나가고 있다
 길 건너편의 플라타너스 잎 하나가
 지나가고 있는 한 사내의 발 앞까지 와서 굴렀다
 한 아이가 **우와하하 하며**
 앞만 보고 뛰어갔다

–「거리와 사내」 전문

B. 길 위로 옆집 여자가 소리 지르며 갔다
 여자 뒤를 그 집 개가 짖으며 따라갔다
 잠시 후 옆집 사내가 슬리퍼를 끌며 뛰어갔다
 옆집 아이가 따라갔다 가다가 길 옆
 쑥부쟁이를 발로 툭 차 꺾어놓고 갔다
 그리고 길 위로 사람 없는 오후가 왔다

–「쑥부쟁이」 전문(시집 〈오규원, 2008〉)

각 시의 상황은 모두가 길 위에서 벌어지는 행위나 사건들이고 얼핏보아 모두에게 익숙한, 행위주체도 보는 사람도 의식하지 못할 만큼 무의미한 풍경일 뿐이다. 남의 그림자를 길로 밟으며 차례로 지나가는 어른의 주위에서 '우와하하' 웃음을 터뜨리며 앞만 보고 뛰어가는 아이나, 길 옆 쑥부쟁이를 발로 '툭' 차고 지나가는 아이나 그들의 동작이나 행위는 일상의 현실에서 흔하게 볼 수 있는 어떤 상황들이다. A와 B의 시는 모두 사실적 현상에 기반을 둔 것이고 특별한 점이 없는 말 그대로 무심한 풍경들이다. 위에서 언급한 바 있는, 우리에게 무척 친숙한 현실 속의 몸짓들이다. 그런데 시인의 시선은 이렇듯 친숙한 풍경을 익숙하지 않은 이미지로 다시 보여준다. 익숙함을 깨는 이미지란, 시에서 사물과 사물, 사람과 사람이 등장할 때 독자의 머릿속에서 자동적으로 연상되는 어떤 '이야기'를 배제하는 것을 말하며, 또 한 가지는 해석하지 않고 그것 자체의 날이미지를 그대로 제시하는 것을 뜻한다. A의 시에는 사내a－사내b－아이의 행위는 같은 공간에서 보여진다는 공통점만 있을 뿐 시간적 연결고리도 논리적 인과관계도 찾을 수 없다. 물론 이 점은 B의 시도 마찬가지이다.

사진기-렌즈의 눈은 현실경험에 대해 순간포착이 가능하다. 또 순간포착은 갑작스러운 체험인 만큼 필연성이 아닌 우연성을 띤다. 롤랑 바르트는 그런 이유 때문에 사진이 지닌 푼크툼이란 '나를 찌르는 우연성'이라고 풀이한 바 있다. 우연적으로 포착된 어떤 상황이란 그 장면들이 필연적인 관계로 연결되어 어떤 구조를 이루고 있는 것이 아니라, 이미지의 파편들의 무질서한 배열일 뿐이다. 그런데 바르트가 말한 '나를 찌르는 우연성'은 간혹 무질서하게 배열된 이미지의 파편들에게서 날아든다. 아무런 인관관계도 없는 이미지와 장면들이 공간적으로 병치되면서 혹은 선후관계를 이루면서 언어의 틀을 벗어나는 어떤 의미의 울림을 던져주는 것이다.

한편으로 사진기-렌즈는 인간의 눈과 달리 대상의 내부가 아닌, 표면의 세부를 즉물적으로 복사해내는 기계적 재현기능을 갖는다. A의 시는 이와 같은 사진기-렌즈의 기능을 효과적으로 도입하고 있다. 앞 사람의 그림자를 밟으며 거리를 걷는 두 사내의 형상은 빛의 원리에 의해 작동되는 사진기-렌즈의 눈에 따라 빛과 그림자의 대조가 두드러진 형상을 만들어낸다. 이것은 인간의 시선에 비춰진 형상과의 확연한 차이라 할 수 있다. 따라서 앞 사람의 그림자를 밟고 가는 사내의 모습은 현실의 그것보다 강하게 부각된 즉물성으로 인해 낯선 풍경으로 변모하게 된다. 이것이 바로 익숙한 몸짓이 낯선 그것으로 보이게 되는 이유라 할 수 있다. 그다음으로 낯선 몸짓을 만들어내는 것은 상징어를 통한 인물의 동작, 소리, 심리의 공감각적 이미지이다. A의 시에서는 의성·의태어인 '우와하하'가, B에서는 의성·의태어인 '툭'이 길 위에서 어른과 아이가 짓는 행위의 대조를 보다 뚜렷하게 부각시키면서, 미확정적인 형태이지만 의미의 코드[47]를 열어주는 역할을 하고 있다. 즉 모호하고 무질서하게 놓여진 세 부분의 파편적인 이미지들을 어떤 구조로 질서화할 수 있는 실마리를 열어주는 것이다.

'우와하하' : 의성·의태어 : 청각적 이미지, 시각적 이미지(동작, 태도, 심리감각) : '우'(부사 – 여럿이 한꺼번에 한 곳으로 몰려드는 모양. / 감탄사 – 시시하거나 잘못된 것을 야유할 때 지르는 소리.) + '와하하'(의성·의태어, 단독형; 삼음절어, 거리낌 없이 크고 떠들썩하게 웃는 소리 또는 그 모양.)

'툭' : 의성·의태어(단독형; 일음절 반복형) : 청각적 이미지, 시각적 이미지(동작, 태도, 심리감각) : 1. 갑자기 튀거나 터지는 소리, 또는 그 모양. 2. 갑자기 떨어지는 소리, 또는 그 모양.

여기서 '우와하하'와 '툭'은 둘 다 의성과 의태를 겸한 낱말이며, 둘 다 청각에서 시각으로 전이되는 공감각적 이미지이다. 또한 시각 이미지에는 그들의 외적인 동작의 뜻과 함께 내적인 태도나 심리가 내포되어 있다. 이 중에서 특히 '우와하하'는 '우'와 '와하하'가 결합되어 상징어를 이룬 낱말인데 '우'가 내포한 두 가지 뜻(특히 야유의 뜻)으로 인해, 아이가 앞만 보고 뛰어가며 거리낌없이 웃는 동작이 '무심하게', '묵묵히' 남의 그림자를 길로 밟으며 가는 사내들의 동작과 묘한 대조를 이루면서 어떤 암시적인 의미를 환기시키고 있다. '툭'의 경우에도 마찬가지로 앞서 길을 지나간 옆집 여자, 개, 옆집 사내의 행위와 대조를 이루면서 쑥부쟁이를 발로 '툭' 차 꺾어놓은 동작이 어떤 내적인 태도와 심리를 환기시키고 있다.

아래의 시 역시 현실 속에서 흔히 볼 수 있는 일상의 몸짓들을 사진기-렌즈의 눈을 이용해 특정한 친숙한 몸짓을 낯선 몸짓으로 다시 바라보게 한다는 점에서 A, B의 시와 유사한 맥락의 시라 할 수 있다. 그러나 대상을 보는 시점이 달라져 있음을 볼 수 있다. 또한 A, B의 시는 상징어를, 아래의 시는 상징어 대신 일련의 부사어를 효과적으로 사용하고 있는 점에서 차이가 난다.

> **묵묵히** 길가에 서서, 아득한 길의 밑을 보고 있는
> 한 사내아이의 뽀얀 이마와, 그 곁에서 한 사내아이를
> **물끄러미** 바라보고 있는 한 계집아이의 까만 눈과, 한
> 계집아이의 어깨에 손을 얹고 있는 또 다른 한 계집아
> 이의 반쯤 가려진 귀와, 세 아이의 길을 가로막고 서
> 서 길 저쪽을 멍하니 보고 있는 또 다른 한 사내아이
> 의 각이 무너진 턱과, 그 사내아이의 들린 왼손 밑의
> 들린 겨드랑이와, 엉거주춤 벌어진 한 사내아이의 사
> 타구니와, 한 계집아이의 볼록한 블라우스와, 또 다른
> 한 계집아이의 반쯤 들린 스커트
>
> –「길과 아이들」 1연

시인은 객관적인 관찰자로서(즉 사진기-렌즈의 눈으로서), 길가에 서 있는 일군의 사내아이와 계집아이에게 다가가 차례대로 그들의 각기 다른 시선

의 방향과, 얼굴 표정과 손과 다리와 몸의 자세와 계집아이의 블라우스와 스커트의 모양새를 훑듯이 보여준다. 다시 말해서 시인의 시선은 사물에게 바짝 다가가 인접한 사물들의 세부를 차례로 훑어가는 무비 카메라의 눈과 같이 움직인다. 그런데 그 눈에 포착되는 일련의 상황은 주체의 행위를 특징짓는 낱말들 곧, '묵묵히', '물끄러미', '멍하니'의 부사들이 나타내듯이 자신들의 몸짓이나 행위에 대한 의식이 없이 무의식적으로 행해지는 그것들이다. 요컨대 이 시의 장면은 사실적 현상에 기반을 둔 것이고 특별한 점이 없는 말 그대로 '무심한' 풍경이다. 위에서 언급한 바 있는, 우리에게 무척 친숙한 현실 속의 몸짓들이다. 그런데 시인의 시선이 이렇듯 친숙한 풍경에 가까이 접근하여 그것을 익숙하지 않은 이미지로 다시 보여줄 때 그 풍경은 무척 낯선 풍경이 된다.

이 시의 시선은 앞서 언급한 시들에서처럼 한 지점에 시선을 고정시킨 채 하나의 국면 전체를 바라보는 것이 아니라, 시선 자체가 대상에 바짝 다가가 이동한다. 다시 말해 사진기-렌즈의 눈은 한 아이씩 차례로 접근하면서 처음엔 신체의 모습을 보여주고 그다음엔 다시 바짝 다가가 아이의 이마를 보여주고, 또 다시 그 옆의 아이의 신체에서 세부로, 그렇게 시선은 피사체로부터 피사체의 전체 형상이 시선에 잡힐 만큼 떨어졌다 가까이 갔다하는 것을 반복하면서, 아이의 이마, 손, 표정, 귀, 턱의 형태, 시선의 방향들, 겨드랑이, 사타구니, 옷의 세부를 보여준다.

이와 같이 반복되는 시선의 운동은 일정한 이미지의 리듬을 만들어내면서, 아이들 각자의 완전한 신체의 모습들을 배경으로 밀어내고 바로 그 일련의 세부들만 또렷한 형상으로 떠오르게 만든다. 말하자면 시선의 거리조정에 따라 신체의 윤곽들은 포커스 아웃focus-out되고 세부들의 윤곽만 포커스 인focus-in되는 그런 이미지를 만들어낸다. 이렇게 하여 익숙한 모습이 전혀 익숙하지 않은, 아주 낯선 모습으로 보여지게 된다. 이것은 영화의 줌-인, 줌-아웃 기법[48]과 유사하다. 피사체를 시선 앞에 가까이 끌어당겨보거나 또는 가까이 다가가서 볼 때 그것의 세부는 클로즈업close-up 되면서 그것이 속한 사람의 인격과는 상관없는 순수한 사물로서의 피사체로 변화한다. 그것은 그 자체로서 어떤 표정을 지닌 사물이 된다는 뜻이다. 말하자면 위의 시에서 이마, 눈, 귀, 턱, 겨드랑이 등은 한 개체를 지시하는 환유적 징표가 되는 것이다. 사진기-렌즈의 눈을 이용한 기법은 오규원의 초기 환유시에서부터 익숙한 것이기도 하다. 이처럼 시인은 익숙한 풍경의 세부에 초점을 두고 묘사하는 것을 통해 친숙한 몸짓을 아주 낯선 몸짓으로 바꾸면서 독자로 하여금 그것에 주목하도록 유도하는 것이다.

신체언어 중 가장 강한 사회적인 의미를 내포한, '손'의 몸짓이 해학적으로 묘사된 아래의 시에서 시인의 시선은 위의 시들에서보다 한층 더 정밀하게 피사체들의 세부에 초점을 맞추어 묘사하는 것으로써 친숙한 일상의 몸짓을 낯선 의식儀式으로 바꾸어놓고 있음을 볼 수 있다. 이 시는 틀 속의 한 부분에만 한정된 사진기-렌즈의 초점 기능을 없애버린, 역설적이나 사진기-렌즈를 이용하여 오히려 인간적 시선을 회복했던, 극사실주의 사진이나 회화와 유사한 이미지를 보여준다.

> 문 앞에서 다른 문이 되어 웃고 서 있는 박만식과 악수를 하고
> 문 뒤에서 몸 반을 지워버린 이훈직과 악수를 하고
> 오른손을 번쩍 들어보이는 김종서와 악수를 하고
> 김종서에게 몸을 반쯤 먹혀버린 박지수와 악수를 하고
> 모자를 벗었다 다시 쓰며 손을 내미는 천동복과 악수를 하고
> 안경 밑의 눈을 불빛이 가져가버린 장병호와 악수를 하고
> 등을 벽에게 맡겨버린 유자강과 악수를 하고
> 한꺼번에 덤비는 김중식과 이차중에게
> 왼손과 오른손을 내밀어 동시에 악수를 하고
> 왼손으로 사타구니를 추스르는 박수길의 오른손과 악수를 하고
> 자기 그림자를 밟고 서 있는 최명숙과
> 남의 그림자를 어깨에 멘 정영자와 악수를 하고

남인숙에게 안겨 있는 방말자와
방말자를 안고 있는 남인숙과 차례로 악수를 하고
눈을 바닥에 내려놓은 조인종과 악수를 하고
한무리를 이루고 있는 이창순과 박찬휘와
주인환과 김신중과 이민국과 악수를 하고
다른 무리를 이루고 있는 송상복과 차대식과
양진미와 함학도와 백기준과 악수를 하고
사람들을 등 뒤에 두고 밖에 차오르고 있는 봄밤을 뒤지고 있는
사공직과 나란히 서서 손이 어두운 악수를 하고

–「봄밤과 악수」 전문

이 시에서는 '악수를 하고'란 구절이 무려 15번이나 반복된다. 따라서 이렇게 반복되는 시적 주체의 행위가 이 시에 규칙적인 리듬감을 형성해 준다. 화자가 악수를 하는 행위는 15번이나 반복되지만 정작 그와 악수를 하는 사람은 그보다 숫자가 훨씬 더 많다. 그런데 이 시의 특징은 화자가 많은 사람들과 차례로 악수를 하고 있지만 그의 시선은 악수를 하는 행위 자체보다 차례로 바뀌는 악수 상대자의 동작들을 세밀하게 관찰하는 데 몰두해 있다는 점이다. 그 시선은 극사실적이라고밖에 볼 수 없을 정도로 정밀하며, 인간의 관점이 끼어들 틈이 전혀 없을 정도로 즉물적이고 기계적이다. 악수는 사람과 사람이 처음 만나 나누는 인사로서 서로가 상대방에게 적의를 가지고 있지 않다는 것을 알리는 신체적 징표이다. 또한 이미 친분이 있는 사람들의 경우 친분을 재확인하는 징표이기도 하다. 그런 의미에서 악수는 손과 손이 맞잡는 단순한 신체적 행위라기보다 사람과 사람의 전인격을 손의 힘과 체온으로 표현하고 전달받는 인격과 마음의 교류라 할 수 있다. 이 시에서 화자와 상대자들이 악수하는 행위는 손과 손의 맞잡음 이상의 것이 되지 못하고 있는데, 그 이유는 주체의 시선의 초점이 상대자들의 외양과 동작에 정확하게 맞추어져 있어 악수하는 행위 자체는 흐릿한 배경으로 물러나고 있기 때문이다.

이 시 역시 악수하는 손들이라는 중심이 되는 형상보다는 그 손을 가진 신체들의 다양한 동작들을 정확하게 묘사함으로써 악수라는 사회적 몸짓을 뒤집어보게 하는 효과를 불러오고 있다. 요컨대 자동화된 사회적 몸짓의 공소함과 무의미함을, 악수하는 주체의 소외된 시선(친숙한 사람들을 하나의 물체로 보는 반-인간적인 시각)을 통해 한층 강하게 환기시키는 것이다. 실제로 여러 사람과 악수를 나누는 사람이 상대자의 동작을 세세하게 관찰하기는 불가능한 일이다. 사진기-렌즈의 눈 역시 틀 속의 어느 한 부분에만 초점이 맞고 그 부분을 제외하고는 포커스 아웃되기 마련이다. 카메라의 기계적 원리가 원근법에 의해 작동된다는 것을 염두에 두고 이 시의 이미지를 본다면 시적주체와 악수를 나누는 모든 사람의 동작에 정확하게 초점이 맞는, 이른바 원근법을 전혀 무시한 평면적인 화면임을 알 수 있다. 사진기-렌즈는 정확하게 보는 것(포커스 인)과 그렇지 못한 것(포커스 아웃)이 있는 반면 이 시의 시선은 모든 것을 정확하게 보고 있기 때문이다. 이런 화면은 현대회화에서 원근법에 기초한 사진기-렌즈의 서열화된 시각주의를 부정하고 사진기-렌즈의 눈이 보지 못하는 것을 보여줄 수 있는 인간시각의 우위성을 회복하려했던, 팝 아트 이후의 극사실주의의 방법49과 같은 맥락의 것이라 볼 수 있다.

「타일과 달빛」이란 시도 위의 시와 유사한 방법을 응용한 시라 할 수 있다. 모임이 파장하면서 집으로 돌아가는 사람들의 일상적 몸짓이 사진기-렌즈의 눈보다 더 정밀한 언어적 묘사에 의해, 철저하게 객관화된 실재로서 드러나 있다.

> 망설이지 않고 신발을 신자마자 성큼 성큼 현관 앞
> <u>타일 바닥에 좌아악 깔린 달빛을 밟고 정성수는 가고</u>,
> 망설이지 않고 앞서 가는 남편 정성수를 따라 급히 신
> 발을 찾아 신고 현관 앞 <u>타일 바닥에 좌아악 깔린 달</u>
> 빛을 밟고 이남경은 가고, 떠날 준비를 마친 유방숙은

남편 김찬제가 신발을 신고 일어설 때까지 기다려 팔짱을 끼고 현관 앞 타일 바닥에 좌아악 깔린 달빛을 밟고 나란히 가고, 혼자 왔다 혼자 가는 조동기는 느릿느릿 신발을 신은 뒤 바지 주머니에 두 손을 넣고 현관 앞 타일 바닥에 좌아악 깔린 달빛을 밟고 잠깐 서서 하늘 한번 쳐다보고 가고, 마주 보고 쪼그리고 앉아 신발을 신은 김종태와 가숙경 부부는 일어날 때도 함께 일어나 현관 앞 타일 바닥에 좌아악 깔린 달빛을 함께 밟고 가고,…(중략)…

시 "봄밤과 악수"와 "타일과 달빛"에는 일상과 세속의 관습적 몸짓이, 그것을 바라보는 시선의 감정이나 주관이 극도로 억제된 채 사람의 동작 자체의 즉물성만으로 보여지고 있다. 또한 시의 리듬을 위한 의태어의 활용이 두드러진다. 시적 주체의 시선의 이동에 따라 '좌아악'('좍'의 늘임말)이란 의태어가 포함된 구절이 반복되면서 빠른 리듬을 만들어낸다.

'좌아악' : '좍'(의태어)의 늘임말 : '좍'(단독형; 일음절어 / '좍좍'(동음반복형; 일음절반복형) : 시각적 이미지(운동) : '좍'의 뜻- 넓은 범위나 여러 갈래로 흩어져 퍼지는 모양.〈쫙.

그런데 위의 시들은 '70년대 이후 추상표현주의에 반기를 들고 시작된 미국의 극사실주의 회화에서와 같이 도시의 퇴폐적이고 비정한 정서가 드러나기보다는 오히려 동시대의 왜소한 소시민들의 초상들이 그 객관적인 실체를 드러내면서 묘한 비애감(pathos)을 노정한다. 이런 점은 시인이 지향하는 날이미지시가 인간을 포함한 세계의 현상을 현상 그 자체로 정확하고 엄밀하게 보려했던 의도와는 어긋나는, 말하자면 세계를 보는 시선에서 개성과 창의성은 물론이고 감정, 주관을 배제하려 했던 시인의 의도를 벗어나는, 일종의 부수적인 효과가 아닐까 한다. 이런 점은 극사실주의가 사진기-렌즈의 눈을 이용하는 동시에 해체함으로써 인간성의 회복과 인간 자신을 무대의 주인공으로 되살리려 했던 것과 같은 의도의 산물인지 알 수 없다. 그러나 날 것으로서의 이미지의 생생함을 극도로 밀고 나가 생생함의 극치를 보여주고 있는 위의 시들에서 그 이미지들이 환기하는 것을 상상할 수 있는 자유는 오직 독자의 몫일뿐이다.

오규원 시인은 그의 산문 「날이미지시와 무의미시의 차이 그리고 예술」에서 날이미지시의 종류를 사실적, 발견적, 직관적, 환상적 날이미지의 시로 나누면서 각기 의미의 중량이 다름에도 불구하고 사실적 날이미지가 그의 날이미지시의 출발적임을 강조했다. 사실적 날이미지를 사실의 거울에 비유한다면 발견적, 직관적, 환상적 날이미지는 사실의 변형에 비유할 수 있는 이미지라 할 수 있다. 그런데 위의 글에서 오규원은 환상적 날이미지를 "사실적 현상의 도움을 받아 뒤에 이어지는 현상이 '환상적 날이미지'가 되는 것, 즉 현상과 환상의 두 차원에 동시에 발을 내려놓고 얻어내는 이미지"50라 설명한다. 다시 말해서 사실적 현상과 환상적 현상을 구별 없이 동일한 차원에 놓고 경험하게 하는 것이 환상적 날이미지의 기능이라고 부연한다. 환상적 날이미지의 예로 들고 있는 시는 다음과 같다.

> 길을 가던 아이가 허리를 굽혀 / 돌 하나를 집어 들었다 / 돌이 사라진 자리는 젖고 / 돌 없이 어두워졌다 / 아이는 한 손으로 돌을 허공으로 / 던졌다 받았다를 몇 번 / 반복했다 그때마다 날개를 / 몸속에 넣은 돌이 허공으로 날아올랐다 / 허공은 돌이 지나갔다는 사실을 / 스스로 지웠다 / 아이의 손에 멈춘 돌은 / 잠시 혼자 빛났다 / 아이가 몇 걸음 가다 / 돌을 길가에 버렸다 / 돌은 길가의 망초 옆에 / 발을 몸속에 넣고 / 멈추어 섰다
>
> —「아이와 망초」 전문

그러나 사실적 날이미지에 기초한, 그것을 바탕으로 비현실적 또는 초현실적인 이미지로 비약하는 환상적 날이미지의 시들은 의외로 그 편수가 미약할 뿐더러 그 환상적 이미지들조차 직관적 날이미지와 거의 구별

할 수 없을 만큼 그 경계가 불확실하다. 이 글에서는 시인이 그의 산문에서 논리화, 체계화하고 있는 구분을 따르지 않고, 환상적 날이미지는 오히려 '직관적 날이미지 2'의 시들에서 찾을 수 있다고 보았다. 그것은 사진과 회화에서의 양식과 기법들, 즉 정지와 인용, 초점의 부각, 반대로 초점을 지우면서 동시에 초점을 극대화한 극사실적 이미지들이 오히려 초현실적인 환영과 환상적 날이미지를 형성해내는 기제가 된다고 보았기 때문이다.

3. 맺음말

지금까지 '90년대 중반 이후 상재된 오규원 시인의 시집들을 대상으로, 상징어들이 형성해내는 이미지들이 날이미지시의 이미지로서의 의미창조에 어떤 기능과 효과를 내고 있는지에 대해 고찰하였다.

첫째, 의성어와 의태어의 시 언어적 기능이 묘사에 있으며, 말의 의미를 바꾸는 사상적 비유로서의 이미지로, 또한 지시대상 및 의미와 더불어 표현주체의 감정・느낌・정서를 나타낼 수 있는 음성상징으로서의 이미지로, 그리고 양자가 서로 넘나들며 공감각적 이미지를 생성하는 기능이 있다고 보았다. 그리고 여타의 비유법의 표현방식과 달리 성유는 대상을 지시하는 단순한 기호가 아니라 사물과 언어를 일치시키려는 일종의 형상形象으로서의 언어를 지향한다고 보았으며 따라서 시인의 새로운 상징어 창조의 가능성을 시사하였다.

둘째, 은유적 방법에서 환유적 방법으로 이동하는 경계에 있는 오규원의 시에 나타나는 일련의 상징어들의 기능은, 현실과 다른 시적 공간이 필연적으로 지녀야할 극적 분위기를 만드는데 있다고 보았다. 그러나 오규원 시의 극적 분위기는 사실적인 정조情調와 사실적인 심리에 기초한 것으로써 그와 같은 극적인 사실성이란 전적으로 상징어들이 빚어내는 섬세한 공감각적 이미지들을 효과적으로 사용한 결과라 보았다.

셋째, 본격적인 날이미지를 형상화하는 데 있어 오규원 시인은 틀에 박힌 언어와의 싸움을 시작하는데, 회화에 비유한다면 일종의 밑그림 그리기의 시기를 맞는다. 이 시기에 시인은 정물을 대상으로 회화(데생) 및 사진적 시선에서 그 방법을 모색한다. 오규원의 후기시는 전체적으로 특히 사진적 시선에 많은 빚을 지고 있다고 보았다. 근대적 사유의 시각적 특성을 대표하는 사진기-렌즈가 재현하는 것은 선과 색채의 고전적 재현의 시점을 폐기한, 순수한 광학적, 원근법적 감각으로 포착된 공간이다. 그러나 사진기-렌즈의 눈은 대상의 세부까지 무차별적으로 복제해내는, 시각적 판단이 배제된 기계적 복제미학을 만들어낼 뿐이다. 사진기-렌즈의 기계적 재현을 극복하기 위해 오규원 시인은 흑백이라는 코드와 형태의 축약과 눈으로 만지는 듯한 인간적인 시선을 개입시킨다. 이것은 보는 자의 표현의지를 개입시킨, 코드화의 결과이기도 하다. 시인으로서의 자신만의 시선과 언어를 찾기 위해 눈밝은 그가 찾아낸 것이 바로 축약된 상징어들이며 상징어 중에서도 '주렁', '우툴' 등의 한 쪽 어기가 생략된, 경제성 있는 상징어들이다.

넷째, 오규원은 이제 정물이 아닌 주변의 자연 사물들에게로 눈을 돌린다. 그의 눈을 사로잡은 것은 자연사물들이 서로 어떤 관계를 맺으면서 공존하고 있는 어떤 '있음'의 국면들이다. 이 시기의 '있음'을 바라보는 시선의 특징은 원근법을 폐기함으로써 공간이 평면화되고 형상과 배경이 뒤바뀌거나 동등한 가치를 지니게 된다. 또한 공간지각 방식이 한층 미시적인 것이 된다. 이같은 변화는 그의 생태주의적 세계관으로의 변화를 의미하기도 하지만 이념이 우선된 것이 아니라 사물에 대한 시선의 갱신을 통해 의식의 변화가 뒤따른 것이라고 보았다. 이 시기의 시들은 주로 '있음'을 조건 짓는 '있음'들의 비극적 조건인 '없음'(허공)이 부각되면서, 다양한 존재들의 길 위에서의 풍경이 허공과의 관계로 현상하고 있음을 볼 수 있다. 또한 시인은 '있음'들의 '사이' 즉, 사물과 사물의 관계로 그 존재를 보는 시선을 확대시켜가면서 그 눈에 보이지 않는 관계 양상들을 드러내기 위해 '편편하다'와 같은, 심리적 내포가 풍부한 상징어를 활용한다. 이런 표현은 관념이 개입되지 않은 순수한 의미의 시각적 판단이기도 하면서 그의 시선이 시각에 한정되지 않고 비가시적인 것에 닿아 있다는 것을 의미한다고 보았다.

다섯째, 이제 시인의 시선은 가시적인 사물의 현상을 통해 비가시적인 어떤 것을 순간적으로 깨닫게 된다. 시인에게 이제 '있음' 현상은 눈에 보이는 공간에서 공간적으로 현상하는 것도 아니고, 사물들의 '있음'이란 '실체' 없음의 순간적인 현현에 불과한 것이 된다. 사물들의 미시적인 변화와 어떤 사물이 시간적으로 변화하는 궤도를, 다른 사물과의 관계의 궤적 속에서 알아채는 일이 그의 시적 과제가 된다. 그는 없음과 있음 사이를 재빠르게 횡단하는 시간성의 양태를 아주 세세한 사물의 국면들을 통해 보여준다. 필연적으로 이 시기의 시들은 가시적인 사물에서 점차 비가시적인 사물로 바뀌면서 그 의미의 중량이 무거워지고 여기서 하나의 의성·의태어가 갖는 비중은 어떤 비유로도 대신할 수 없을 만큼 그 울림의 진폭이 깊고 넓어진다.

이 시기의 시의 또 다른 특징은 시의 길이가 짧아지면서 시 안에 담기는 내용 또한 최소의 사건이나 국면들로 축약된다. 존재하는 모든 사물의 비극적 조건을 형성하던 허공은 시의 배경으로 물러나면서 그 대신 허공은 눈부신 형상들을 전경으로 밀어올리기 시작한다. 이제 '없음'은 존재의 비극적인 조건이 아니라 생성적인 조건이 된다. 자연이 내는 침묵의 소리 속에서 '어울림'과 '어울림'에서의 소외를 드러내는 생략된 의성어들이 주는 무거운 울림은 시인의 귀가 자연의 소리를 들을 수 있게 되었음을, 상징어들을 자유자재로 다룰 수 있게 됨을 뜻한다고 보았다.

마침내 시인은 기존의 의성어·의태어로 표현할 수 없는 자신만의 감각을 나타낼 수 있는 새로운 형태의 상징어를 창출하는 데 이른다. '90년대 이후 줄곧 은유적 방법과 싸워온 오규원에게 있어 사실적 현상과 빈틈없이 밀착한 형상적 언어를 시도함은 필연적인 귀결점이다.

여섯째, 오규원 시인은 '90년대 시(후기시)에서 줄곧 사진적 방법 및 양식을 시에 자주 이용해왔다. 이 경향의 시들에서 시적 대상은 주로 인간에게 초점이 맞추어져 있음을 볼 수 있다. 오규원 시인은 후기시의 많은 부분에서 사진이나 회화를 대상으로 언어로 다시 읽는다든지 사진으로 재현된(또는 변형된) 현실이나 사실을 통해 사람의 눈이 미치지 못하는 사실의 보다 사실적인 외양을 묘사해왔다. 사진기-렌즈의 특성에 따라 사실적 대상들이 환상적으로 왜곡되어 보인다든가, 배경과 형상을 뒤집어본다든가 등등의 방법은 분명 사진기-렌즈의 기계적 시각을 이용한 것이었다. 그런데 시집 『오규원, 2005』과 『오규원, 2008』에 오면 사진기-렌즈의 기계적 특성들을 활용하는 것에서 더 나아가 사진기-렌즈 아니면 포착할 수 없는 정지된 장면, 사태, 국면을 통해, 사진만이 독자에게 줄 수 있는 우연적이고 잉여적인 의미인 '푼크툼'과 같은 의미를 지향하고 있는 것을 볼 수 있다. 또한 사진기-렌즈를 이용하여 사실을 보다 더 사실적으로 형상화했던 극사실주의의 방법을 이용해 극사실적인 환영을 만들어낸다. 사진적 이미지와 극사실적 이미지에서 푼크툼을 불러일으키는 것이 게스투스 곧 사람들의 무의식적인, 소외된 몸짓들이다.

사실적 현상을 충실하게 묘사하는 것에서 출발하여 발견, 직관, 극사실적 환상에 이르는, 오규원 시인의 '시선과 언어에서의 판에 박힌 것들과의 싸움의 도정'은 전통적인 시의 관습적인 의미를 오히려 편안한 것으로 받아들이는 사람들에겐 의미가 없는 일인지도 모른다. 또 관념적 사변과 기계적 복제의 미학 사이 어디쯤에서 끊임없이 그의 시적 위치를 모색하던 시인의 날이미지시가 오히려 낯설고 거북한, 다시 말해 이미지도 아니고 시(전통적인 시를 의미함)도 아닌, 어정쩡한 모습으로 비칠지도 모른다. 또 조형적 · 사진적 이미지의 독법에 익숙하지 않는 사람들에겐 오히려 그의 날이미지시는 은유적인 시들보다 더 독해하기 어려운 텍스트가 될지도 모른다. 실제로 그의 후기시들은, 사무침을 나타낼 수 있는 상징어들을 효과적으로 활용하고 있음에도, 또한 사실성에 기초하고 있음에도, 자연이나 현실을 그대로 재현한 것이 아니라 그 이미지에는 가볍거나 무거운 의미의 총량을 담고 있어 쉽게 접근할 수도 한눈에 읽혀지지도 않는다. 그러나 특히 상징어를 사용한 날이미지시들이 펼쳐 보여주는 예상을 뒤엎는 새로운 풍경들은 오랫동안 그 여파가 남는, 묵직한 충격과 속 깊은 울림을 던져준다. 그가 시도했던 인식과 언어에서의 근원적인 투쟁은 시인됨의 진정성의 한 표본으로 읽힌다.

주

직업, 학문, 문학, 교육_정현기

01 강정인 외, 『난 몇 퍼센트 한국인일까』(서울 : 책세상, 2004); 강정인, 『서구중심주의를 넘어서』(서울 : 아카넷, 2004) 참조.

02 1887년부터 일본 정부가 조선 젊은이들을 일본 유학생을 조선정부 장학금으로 끌어들이는 정책은 식민정책학의 한 책략으로 채택된 식민교육이었다. 2차 대전이 끝난 직후 프랑스가 국제기금에서 돈을 빌려 전 세계 젊은이들을 프랑스 정부 장학금으로 유치하여 프랑스 문화를 가르쳐 알린 내용들은 널리 알려진 국가홍보정책이었다. 프랑스 문학연구 학자 민희식 교수가 그 첫 수혜자였고, 그가 프랑스를 위해 행한 여러 가르침이 그때 받은 혜택의 수백 배가 넘는다는 증언을 나는 본인으로부터 들은 적이 있다.

03 우주에 충만해 있는 모든 소리를 알파벳 기호로서는 도무지 다 기록할 수가 없다는 것이 최석규의 학설이다. 그래서 그는 알파벳이 아닌 음운 체계를 만들어 세계 각국 어느 말이든 기록할 수 있는 이론을 만들어 강의하곤 하였었으나 어느 순간 그것을 마르티네가 자기 것으로 둔갑하여 발표하곤 하였다고 하였다.

04 이 이론은 최유찬 교수가 세운 '관계론'의 연장이기도 하고, 그 변형이기도 하다. 관계론을 좀 더 구체화시켜 능동적이고도 활력적으로 만든 것이 나의 이 날개 이론이다.

05 정현기, 『한국소설의 이론』(서울 : 솔 출판사, 1997), 117~230쪽 참조.

06 고미숙, 『열하일기 웃음과 역설의 유쾌한 시공간』(서울 : 그린비, 2003), 224~225쪽. 고미숙의 이 글은 연암 박지원의 사상을 명쾌하게 짚어낸 저술인데, 이 글 '황금대'에서 기술하고 있는 돈에 대한 생각이야말로 청빈론 사상의 백미를 이루는 장면이다. '느닷없이 돈이 들어올 땐 뱀을 만난 듯이 조심하라.' 이 명구가 청빈론의 핵심이다.

07 정현기, 『한국문학의 제도적 권력과 사회』(서울 : 문이당, 2002)에 수록된 논문 참조.

08 더글러스 러미스 지음, 김종철 · 이반 옮김, 『경제성장이 안되면 우리는 풍요롭지 못할 것인가』(서울 : 녹색평론사, 2002), 59~92쪽. 이 장에서 더글러스 러미스는 1949년 1월 20일 투르만 대통령이 그의 취임연설을 통해 전 세계를 개발된 지역(서양)과 미개발지역(아시아, 아프리카 전역)으로 나누고 미국은 앞으로 전 지구상에 있는 미개발 국가들을 모두 개발하겠노라고 밝혔다고 썼다. 1949년 이전에는 결코 그런 게 없었던 새로운 식민지 개척 패러다임을 투르만은 천명한 것이었고, 실제로 오늘날 이 세계는 그 개발이념 틀에 의해 모든 자연이 착취되어 망가져 가고 있고, 여러 종족이 사라져 가고 있는 실상에 대해서 그는 상세한 통계자료를 통해 그 참혹한 형편을 밝혀 놓았다.

09 정현기, 『포위관념과 멀미』(서울 : 연세대학교 출판부, 2005), 93~126쪽 참조.

10 브루스터 닌 지음, 안진환 옮김, 『누가 우리의 밥상을 지배하는가』(서울 : 시대의 창, 2004), 8~280쪽 참조.

11 디에이치 로오렌스 지음, 김명복 옮김, 『로오렌스의 묵시록』(서울 : 연세대학교 출판부, 1998), 166~185쪽 참조.

12 정현기, 『한국소설의 이론』, 90~116쪽 참조.

13 재일동포 학자 강상중이 쓴 『오리엔탈리즘을 넘어서』라는 책을 읽으면 복택유길이나 그와 같은 탈아입구를 꿈꾸던 지식패들이 조선의 대학생들을 조선 정부의 돈으로 받아들여 왜식문물을 길들

임으로써 충실한 왜국 지시밀정으로 길러 역파견한 사정들이 상세하게 나와 있다. 성적매력이 넘치는 조선 여인, 중국인들의 그 왕성한 성욕을 다 받아들이는 여인이라는 투의 왜식 식민정책학이 왜국 안에 널리 퍼져 있었음을 알 수 있다. 이때의 학문은 남을 먹이로 삼으려는 탐욕자의 앞잡이 번견 훈련일 뿐이다. 일본 초기 유학생들의 대부분이 다 여기에 속하는 앞잡이였음은 황현의 『매천야록』에 개화파 김옥균 일당의 수족들에 관한 행적을 보면 잘 알 수가 있다. 로베르 솔레 지음, 이산빈 옮김, 『나폴레옹의 학자들』(서울 : 아네테, 2003) 참조.

14 막스 베버 지음, 전성우 옮김, 『직업으로서의 학문』(서울 : 나남, 2006) 참조.

15 1939년부터 실행한 일제의 한국말 말살정책과 그에 이은 우리 이름과 성 빼앗기 정책은 오늘날 영어 제국주의에 침탈에 의해 자발적이라는 탈을 쓰고 은연중에 그리고 공공연하게 진행되어 오고 있다. 한국의 미국 지식 숙주들은 전국 대학교에 포진하고 있어서 이 압박의 결과가 어디에 가 닿을지 예측불허이다.

16 강정인, 『난 몇 퍼센트 한국인일까』(서울 : 책세상, 2004년)와 『서구중심주의를 넘어서』(서울 : 아카넷, 2003) 참조. 정치학자인 강정인 교수는 우리나라 지성계가 얼마나 서구화하였는지를 여러 자료와 현실 꿰뚫기 눈을 통해 보여 주고 있다.

우리말로 문화 읽기가 필요한 몇 가지 이유_임재해

01 조동일, 『우리 학문의 길』(지식산업사, 1993).

02 조동일, 『인문학문의 사명』(서울대학교출판부, 1997).

03 조동일, 『이 땅에서 학문하기』(지식산업사, 2000), 5쪽, 「머리말」에서 학문운동을 구체적으로 주장했다.

04 조동일, 『이 땅에서 학문하기』, 5쪽.

05 우리말로 학문하기 모임 · 국립국어원 편, 『우리말로 학문하기의 사무침』(푸른사상, 2008).

06 권재선, 『국어 해방론』(우골탑, 2004).

07 권재선, 『국어 해방론』, 144쪽.

08 김수업, 『말꽃타령』(지식산업사, 2006), 110쪽.

09 김수업, 『배달말꽃 - 갈래와 속살』(지식산업사, 2002).

10 김수업, 『배달문학의 길잡이』(금화출판사, 1978).

11 김수업, 『배달문학의 갈래와 흐름』(현암사, 1992).

12 김수업, 『말꽃타령』, 110~118쪽.

13 최봉영, 『본과 보기 문화이론』(지식산업사, 2002).

14 최봉영, 『한국 사회의 차별과 억압』(지식산업사, 2005).

15 최봉영, 「인문학의 빈곤과 어정쩡한 말의 혁명」, 『우리말로 학문하기의 사무침』(푸른사상, 2008), 75~108쪽에 이러한 전망이 잘 드러나 있다.

16 우리사상연구소 엮음, 『우리말 철학사전』 1-5(지식산업사, 2001~2005).

17 이기상, 「머리말」, 우리사상연구소 편, 『우리말 철학사전』 1.

18 조동일, 『세계 · 지방화시대의 한국학』 7(계명대학교출판부, 2005), 41~42쪽 참조.

19 조동일, 『인문학문의 사명』, 209~226쪽에서 이 문제를 자세하게 다루었다.

20 조동일, 『인문학문의 사명』, 3~25쪽에 걸쳐 '학문론'을 펼쳤다.

21 굿, 김치, 판소리는 외국말로 번역하면 안 된다. 외국어에는 그러한 문화가 없고 말도 없기 때문이다. 우리 고유문화를 나타내는 말은 우리말 소리 값대로 표기하고 말뜻을 풀이해야 한다.

22 임재해, 『하회탈 하회탈춤』(지식산업사, 1999), 19쪽.

23 임재해, 『하회탈 하회탈춤』, 14~16쪽 참조.

24 임재해, 「하회탈의 도드라진 멋과 트집의 미학」, 안동문화연구소 지음, 『하회탈과 하회탈춤의 美學』(사계절, 1999), 69~122쪽.

25 조동일, 『탈춤의 역사와 원리』(弘盛社, 1979)에서, 그동안 가면극으로 일컬어 오던 말을 '탈춤'으로 바꾸게 된 사정을 머리말에서 밝혔다. '탈춤을 가면극에 대신해서 일반적인 용어로 쓸 만큼 확대되었다'고 하면서, 『韓國 假面劇의 美學』(韓國日報社, 1975)에서 가면극이라 했는데, 책 이름에서는 물론 본문에서도 탈춤으로 바꾸어 쓰기 시작했다.

26 徐淵昊, 『山臺 탈놀이』(열화당, 1987)에서 '민속 가면극을 통칭하는 이름'으로 '탈놀이'를 쓰는 것이 바람직하다고 하며, '한국의 탈놀이' 연속 기획물로 5권을 간행하였다.

27 조동일, 『탈춤의 역사와 원리』, 199~209쪽, 「양반과장과 구성의 원리」에서 탈춤의 독창적 구조를 분석하였다.

28 조동일, 『구비문학의 세계』(새문사, 1980), 26쪽에서 구비전승의 갈래를 말, 이야기, 노래, 놀이로 나누었다.

김수업, 『배달말꽃-갈래와 속살』에서 종래의 서사문학, 서정문학, 희곡문학을 '이야기, 노래, 놀이'로 갈래이름을 확정하여 우리말 갈래론을 본격적으로 펼쳤다.

29 조동일, 『카타르시스 라사 신명풀이-연극·영화미학의 기본원리에 대한 生克論의 해명』(지식산업사, 1997), 128쪽.

30 전경욱, 『한국의 전통연희』(학고재, 2004), 420~421쪽.

31 전경욱, 『한국의 전통연희』, 421쪽.

32 전경욱, 『한국의 전통연희』, 421쪽. "한글학회의 『우리말큰사전』에서는 '탈박'을 '탈바가지'의 준말로 보았다. 그러나 탈박과 탈바가지에서 '박'과 '바가지'는 각각 몽골어로 가면과 도구라는 뜻이다. (일부 줄임) 따라서 탈박은 단순히 탈바가지의 준말이 아니다. 또한 '탈바가지'라는 말에 대해서는 바가지로도 탈을 만들었기 때문에 생긴 용어로 생각하기도 했다. 그러나 (일부 줄임) 이러한 방식은 우리 언어적 관습과 부합하지 않는다. '탈나무', '탈종이'라는 말은 없다. 그렇다면 바가지로 만든 탈도 '바가지탈'이지 탈바가지가 아닌 것이다. 그러므로 탈박의 '박'과 탈바가지의 '바가지'는 식물의 열매인 '박'이나 '바가지'와는 관계가 없다."

33 전경욱, 『한국의 전통연희』, 421쪽.

34 '물바가지'를 안동지역 토박이말에서는 '물빽'이라고 한다. '물박'이 'ㅣ'모음 역행동화에 의하여 '물백'이 되고 다시 경음화에 의하여 '물빽'이 된 것이다. '쌀바가지'도 '쌀백'이라고 한다.

35 물바가지나 쌀바가지도 '바가지 물'이나 '바가지 쌀'로 표현 가능하며, 그 뜻도 다르다. 한 바가지 물이나 쌀을 일컬을 때는 바가지 물, 바가지 쌀로 나타낼 수 있다. 그것은 말술과 술말이 다른 뜻으로 성립되는 말인 것과 같다. 말술이 말을 단위로 나타내는 술의 양 곧 한 말 술을 뜻한다면, 술말은 술을 담는 그릇으로서 말을 뜻한다.

36 전경욱, 『한국의 전통연희』, 421쪽.

37 김병모, 『금관의 비밀-한국 고대사와 김씨의 원류를 찾아서』(푸른역사, 1998), 167쪽.

38 김병모, 『금관의 비밀-한국 고대사와 김씨의 원류를 찾아서』, 108쪽.

39 김병모, 『금관의 비밀-한국 고대사와 김씨의 원류를 찾아서』, 167쪽.

40 『三國遺事』 卷第一, 「紀異」 第二, 「脫解王」.

41 아기를 지역에 따라 '얼라' 또는 '얼나아'라고도 한다. 제주도 삼성시조의 경우에는 '을나(乙那)'라고 표기하였지만, 사실은 '알나' 또는 '얼나'와 비슷한 소리값을 지녔다.

42 梁柱東은 『古歌硏究』에서 알지를 어린아이를 뜻하는 '아기' 또는 '아지'로 해석하며 근거로 '송아지', '망아지'를 들고 있다. 알지에서 아지→아기로 발전했다는 것이다. 그리고 미시나(三品彰英)는 『三國遺事考證』에서 알지를 곡물의 낟알 또는 새의 알로서 재생을 뜻하는 것으로 곧 시조의 의미를 지녔다고 풀이했다. 이범교, 『삼국유사의 종합적 해석』 上(민족사, 2005), 173쪽 및 206쪽에서 참조.

43 『三國遺事』 卷一 「紀異」 第一, 新羅始祖 赫居世王, "初開口之時 自稱云 閼智居西干."

44 『三國遺事』 卷第一, 「紀異」 第二, 脫解王, "如赫居世之故事 故因其言 以閼智名之."

45 김병모, 『금관의 비밀-한국 고대사와 김씨의 원류를 찾아서』, 167쪽.

46 김병모, 『금관의 비밀-한국 고대사와 김씨의 원류를 찾아서』, 167쪽.

47 임재해, 『신라 금관의 기원을 밝힌다』, 293~303쪽 참조.

48 임재해, 『신라 금관의 기원을 밝힌다』에서 본격적인 비판을 하였으므로 참조하기 바란다.

49 『三國史記』 卷 1, 「新羅本紀」 第 1, 逸聖尼師今 11年 2月.

50 『日本書紀』 卷1 「神代」 上, 제8단.

51 『日本書紀』 卷9 氣長足姬尊 神功皇后.

52 경주지역에서 발굴된 신라 금관은 금관총, 금령총, 천마총, 황남대총 북분, 진평왕릉(이른바 서봉총), 호암미술관 소장, 경주 교동 등에서 출토된 금관으로서 모두 7점이다. 이러한 수준의 고대 순금 왕관은 전 세계적으로 경주 외에 3점 정도가 더 있다. 그러므로 사실은 대부분의 고대 금관이 경주에 집중 분포되어 있다고 하겠다. 서봉총 금관을 진평왕 금관이라고 하는 것은 이 무덤에서 나온 은합우의 명문을 새로 풀이한 데 따른 것이다. 자세한 것은 『신라 금관의 기원을 밝힌다』, 95~105쪽을 참조하기 바란다.

53 김병모, 『금관의 비밀－한국 고대사와 김씨의 원류를 찾아서』, 168쪽.

54 이건욱 외, 『알타이 샤머니즘』(국립민속박물관, 2006), 152~153쪽.

55 '우리말로 학문하기 2008년 여름 말나눔 잔치'(2008년 8월 29일, JS Theatre)에서 이 내용을 발표했을 때, 지정토론을 담당한 우실하가 제기한 내용이다. 우실하의 토론문, 발표논문집 101쪽을 참조하기 바란다.

56 『三國史記』 卷 4, 「新羅本紀」 4, 智證麻立干.

57 『漢書』 卷94上 匈奴傳 第64上, "匈奴謂天爲撑犁 謂子爲孤塗 單于者 廣大之貌也."

58 정수일, 『고대문명교류사』(사계절, 2001), 259쪽 참조.

59 『三國遺事』 卷一, 「奇異」 第一, 新羅始祖 赫居世王. "或作居西干 初開口之時 自稱云 閼智居西干 一起 因其言稱之 自後爲王者之尊稱."

60 『三國史記』 卷一, 「新羅本紀」 一, 始祖 赫居世居西干. "辰人謂瓠爲朴 以初大卵如瓠故 以朴爲姓 居西干辰言王."

61 『三國史記』 卷一, 「新羅本紀」 第一, 南解次次雄.

62 『三國遺事』 卷一, 「奇異」 第一, 南解王.

63 『三國史記』 卷一, 「新羅本紀」 第一, 儒理尼師今.

64 『三國史記』 卷一, 「新羅本紀」 第三, 訥祗麻立干.

65 『三國史記』 卷四, 「新羅本紀」 第四, 智證麻立干.

66 크네히트 페터, 「문화 전파주의」, 아야베 쓰네오 엮음, 이종원 옮김, 『문화를 보는 열다섯 이론』(인간사랑, 1987), 25쪽.

67 임재해, 「민속예술 비교연구의 몇 가지 문제」, 『아시아 민속예술의 비교연구』(比較民俗學會 주최 2007년 비교민속학회 동계학술대회, 한양여자대학, 2007년 12월 14일), 16쪽.

68 임재해, 「민속예술 비교연구의 몇 가지 문제」, 14~18쪽.

69 William E. Paden, "Elements of a New Comparativism", *Method & Theory in the Study of Religion*, 8 / 1, 1965, pp.7~8; 김종서, 「현대 종교학의 비교방법론」, 『철학사상』 16권 6호(2003), 20쪽에서 '신비교주의의 비교모형에 관한 논의'를 참조.

70 임재해, 「'굿 문화사 연구'의 성찰과 역사적 인식지평의 확대」, 『한국무속학』 11(한국무속학회, 2006), 67~146쪽; 「왜 지금 겨레문화의 뿌리를 주목하는가」, 『比較民俗學』 31(比較民俗學會, 2006), 183~241쪽; 「민속신앙의 비교연구와 민족문화의 정체성」, 『比較民俗學』 34(比較民俗學會, 2007), 537~595쪽; 『신라 금관의 기원을 밝힌다』(지식산업사, 2008), 1~700쪽.

71 임재해, 「한국신화의 주체적 인식과 민족문화의 정체성」, 『한국신화의 정체성을 밝힌다』(비교민속학회 주최 '민족문화의 원형과 정체성 정립을 위한 학술대회 3', 프레스센터, 2007년 11월 1일), 13~59쪽.

72 임재해, 「한국신화의 주체적 인식과 민족문화의 정체성」, 13~59쪽.

73 조동일 교수가 2004년 10월 18일부터 21일까지 臺北 中國文化大學에서 열린 환태평양한국학국제학술회의에서 몽골과학원 어문학연구소 연구원 수미야바타르(Sumiyabaatar)를 만나서 들은 이야

기라고 했다. 조동일, 『세계·지방화 시대의 한국학』 8(계명대학교출판부, 2008), 244~245쪽.
74 조동일, 『세계·지방화 시대의 한국학』 8, 244~245쪽.
75 양민종·주은성, 「부리야트 〈게세르〉 서사시 판본 비교연구」, 『比較民俗學』 34(比較民俗學會, 2007), 411쪽.
76 양민종·주은성, 「부리야트 〈게세르〉 서사시 판본 비교연구」, 411쪽.
77 양민종, 「단군신화와 게세르신화」, 『단군학연구』 18(단군학회, 2008), 24쪽.
78 양민종, 「단군신화와 게세르신화」, 25쪽.
79 양민종, 「단군신화와 게세르신화」, 25쪽.
80 양민종, 「단군신화와 게세르신화」, 22~24쪽 참조.
81 양민종, 「단군신화와 게세르신화」, 26쪽.
82 崔南善, 「不咸文化論」, 『六堂崔南善全集』 2(壇君·古朝鮮 其他)(玄岩社, 1973), 60쪽.
83 崔南善, 『六堂崔南善全集』 2(壇君·古朝鮮 其他)에 수록된 단군 관련 논문 참조.
84 임재해, 『민족신화와 건국영웅들』(민속원, 2006), 50쪽. 환인천제와 환웅천왕의 뜻에 관해서는 이 책 49~51쪽에 걸쳐 자세하게 다루었다.
85 김효정, 「튀르크족의 기록에 나타난 '텡그리(Tengri)'의 의미」, 『韓國中東學會論叢』 28-1(韓國中東學會, 2007)쪽에서 텡그리가 나오는 두 편의 신화를 소개하고 있는데, 모두 천지창조신화에서 하늘나라의 절대 신으로 나온다. 단군신화의 환인에 해당되는 존재가 텡그리이다.
86 박선희, 「고대 한국갑옷의 원류와 동북아시아에 미친 영향」, 『고대에도 한류가 있었다』(지식산업사, 2007), 231~295쪽 참조.
87 박선희, 『한국 고대 복식－그 원형과 정체』(지식산업사, 2002) 참조.
88 윤내현 외, 『고조선의 강역을 밝힌다』(지식산업사, 2006) 참조.
89 임재해, 「고대에도 한류가 있었다－민족문화의 정체성 재인식」, 『고대에도 한류가 있었다』(지식산업사, 2007), 41~46쪽 참조.
90 임재해, 「한국신화의 주체적 인식과 민족문화의 정체성」, 『한국신화의 정체성을 밝힌다』(비교민속학회 주최 '민족문화의 원형과 정체성 정립을 위한 학술대회 3', 프레스센터, 2007년 11월 1일), 50~53쪽.
91 조동일 『세계·지방화 시대의 한국학』 8(계명대학교출판부, 2008) 참조.
92 양민종, 「단군신화와 게세르신화」, 『단군학연구』 18(단군학회, 2008), 5~30쪽.
93 이기환, 「단군신화, 게세르신화, 그리고 몽골 비사」, 『코리안루트를 찾아서 33』(경향신문, 2008년 05월 31일자).
94 이기환, 「단군신화, 게세르신화, 그리고 몽골 비사」.
95 이 내용은 비교민속학회가 주최한 한러학술대회와 시베리아 답사에 참여해서 일행을 안내해준 양민종 교수가 보내온 이메일(2008년 7월 15일자) 내용 가운데 일부이다.
96 Ineshin E.M., Binkovskja O.P., Polockaja L.K., 「생태고고학, 고식물학연구를 통한 바이칼 파톰스크 지역의 고대 거주민 흔적 조사」, 『러시아와 동아시아의 민속문화』(비교민속학회·이르쿠츠크공대 공동주최 '2008 한·러국제학술대회', International Meeting Room in ISTU, 2008년 6월 23일), 18~28쪽 참조.
97 Ineshin E.M., Binkovskja O.P., Polockaja L.K., 「생태고고학, 고식물학연구를 통한 바이칼 파톰스크 지역의 고대 거주민 흔적 조사」, 28~29쪽.
98 Kharinsky A.B., 「프리바이칼과 중앙아시아의 맹주들 : 상호관련성 연구」, 『러시아와 동아시아의 민속문화』(비교민속학회·이르쿠츠크공대 공동주최 '2008 한·러국제학술대회', International Meeting Room in ISTU, 2008년 6월 23일), 8~38쪽 참조.
99 Kharinsky A.B., 「프리바이칼과 중앙아시아의 맹주들 : 상호관련성 연구」, 39쪽.
100 에시포프 교수는 비교민속학회·이르쿠츠크공대 공동주최 '2008 한·러국제학술대회'(International Meeting Room in ISTU, 2008년 6월 23일)에서 「동남아시아 지역 시베리아 종족들의 문화에서 말의 이미지 : 연구사」를 발표했다.

101 김태식, 「『신라 금관의 기원을 밝힌다』를 읽고」, 『단군학연구』 18(단군학회, 2008), 403쪽.

102 김태식, 「『신라 금관의 기원을 밝힌다』를 읽고」, 401쪽.

103 지금까지 우리말로 학문하기로 제시한 네 가지 길 가운데 두 가지만 다루었다. 나머지 두 가지 길은 우리말로 우리문화를 세계화하기와 우리말로 우리 연구방법 개척하기인데, 이 두 문제는 후속 논문으로 발표할 계획이다.

영국 종교개혁에서 토착어(영어)의 역할_양권석

* 여기서 "토착어"는 영어의 vernacular를 번역한 말이다. 공식적 언어가 아닌 원주민의 언어 또는 지역의 언어를 의미하는데, 유럽에서는 17세기까지 공식적, 학술적 저술은 라틴어를 사용했고, 라틴어 이외의 언어로 기록된 것들을, 토착어(vernacular)기록 되었다고 표현해 왔다. 그러나 언어 사회학적 측면에서 보면, 토착어(vernacular)로 지역 언어라는 의미 외에도, 언어의 원시적 형태, 즉 인간이 처음 획득한 발화의 형태를 의미하기도 한다.

01 이 글에서 이해의 편리를 위해서 "영국"이라는 나라 이름을 사용하지만, 지리적으로 잉글랜드, 스코틀랜드, 웨일즈, 그리고 북아일랜드를 모두 다 포함하는 것이 아니다. 이 글에서 영국은 지리적으로는 잉글랜드(England)만을 의미한다.

02 다음 저술들을 참고하라. Benedict Anderson, *Imagined Communities: Reflections on the Origin and Spread of Nationalism*, London: Verso, 1991; Eric J. Hobsbawm, *Nations and Nationalism Since 1780: Program, Myth, Reality*, Cambridge UK: Cambridge University Press, 1992; Adrian Hastings, *The Construction of Nationhood: Ethnicity, Religion and Nationalism*, Cambridge UK: Cambridge University Press, 1997.

03 Adrian Hastings, *The Construction of Nationhood*, 이 책 전체가 베네딕트 앤더슨(Benedict Anderson)이나 에릭 홉스봄(Eric J. Hobsbawm)에 대항해서, 민족주의의 기원을 종교개혁과 르네상스 시대를 넘어 중세시대까지 끌어 올리고 있다. 특히 그중에서도 이 글과 관련하여 제2장 "England as prototype"(pp.35~65)을 참고하라.

04 국가 권력에 의한 확장주의적 시도로 영국 종교개혁을 보는 시각에 대해서는 다음 책들을 참고하라. Christopher Haigh, *The English Reformation Revised*, Cambridge UK: Cambridge University Press, 1987; *English Reformation: Religion, Politics and Society Under the Tudors*, Oxford: Oxford University Press, 1993; Eamon Duffy, *The Stripping of the Altars: Traditional Religion in England 1400-1580*, New Heaven: Yale University Press, 2005.

05 신학계의 일반적인 경향이긴 하지만, 아래로부터 일어나 정신적, 지적 각성 운동의 입장에서 영국 종교개혁을 보는 시각은 다음 책을 참조하라. A. G. Dickens, *The English Reformation*, Pennsylvania: Pennsylvania State University, 1991.

06 헨리 8세로부터, 에드워드 6세, 매리, 그리고 엘리자베스 1세를 거치면서 부침을 거듭하다가, 엘리자베스 시대인 1559년에 수장령(the Act of Supremacy)으로 자리 잡는데, 지금까지도 왕이 영국 교회의 수장이라 하는 것은 곧 국가의 법이 교회의 법 위에 있음을 표현하는 것이 된다.

07 1549년에 반포된 이 통일령에 의하면, 왕의 통치 범위에 있는 모든 교회와 신자는 이 영어 기도서에 따라서 예배하고 기도할 것을 명하고 있으며, 그리고 일 년의 유예 기간을 두고, 그 이후에 이 공동기도서를 변경하거나 어기게 될 때는 상응하는 벌을 받게 될 것임을 명시하고 있다. 통일령의 내용은 인터넷 상에서 볼 수 있다. http://members.shaw.ca/reformation/1549uniformity.htm

08 Benedict Anderson, *Imagined Communities*, p.15.

09 영어 공도문 사용에 반대해서 일어났던 데본(Devon) 지역의 반란 집단은 영어 예배가 천박하고 세속적이어서 마치 아이들 크리스마스 놀이 같고, 그래서 예배의 성스러운 목적을 달성할 수 없다고 비판하고 있다. 영어의 소통성, 명료성 때문에 영어 예배를 받아들일 수 없다는 것이다. 토마스 크랜머의 다음 글을 참고하라. Thomas Cranmer, *Miscellaneous Writings and Letters of Thomas*

Cranmer, edited by J. E. Cox, Cambridge UK: Cambridge University Press, 1846, p.179.

10 John Bradford, *The Writings of John Bradford*, edited by Aubrey Townsend, Cambridge UK: Cambridge University Press, 1848, pp.201~202.

11 Nicholas Ridley, *Works*, edited by Henry Christmas, Cambridge UK: Cambridge University Press, 1841, p.109.

12 창세기 11장 1-9

13 Church of England, ed., *The First and Second Prayer Books of King Edward Sixth*, London: J. M Dent & Sons , Ltd. 1964, p.220.

14 Thomas Russell, ed., *The Works of English Reformers: William Tyndale and John Frith*, Vol 1., London: Printed for Ebenezer Palmer, 1831, p.188, 여기서 윌리암 틴데일(William Tyndale)은 이렇게 말한다. "그들은 성서가 우리말로 번역될 수 없다고 말하는데, 그것은 지나치게 교만한 것이다. 아니 교만한 것이 아니라 못된 거짓말쟁이 들이다. 그리이스어가 라틴어 보다는 영어와 오히려 잘 맞는다. 히브리말의 내용도 라틴어 보다와 영어와 천배는 더 잘 맞는다."

15 토마스 크랜머는 영어 공동 기도서의 서문에서 고대의 것을 복원한다는 의미를 설명하고 있다. 토마스 크랜머가 말하는 복원의 의미는 다음을 참고하라. Church of England, *The First and Second Prayer Books of King Edward Sixth*, London: J. M Dent & Sons, Ltd. 1964, p.3.

16 예를 들면, 영어 공동 기도서를 사용하는 성직자의 역할은, 예배문을 뚜렷하고 명료하게 읽어서 청중이 분명히 듣고 이해할 수 있게 하는 것이라고 설명하고 있고(*The First and Second Prayer Books of King Edward Sixth*, p.22), 영어 기도서를 구입하는 데 어려움이 없도록 가격을 매우 싸게 했던 점을 보면, 청중의 이해와 참여를 분명히 구하는 정책이라고 생각할 수 있다.

17 Josiah Pratt, ed., *The Acts and Monuments of John Foxe*, Vol.5, London: Seeley, Burnside and Seeley, 1877, p.117.

18 헨리 8세가 의회에서 행한 마지막 연설에서는 신자들이 성서를 읽고 배우는 것은 좋지만, 성직자들과 논쟁을 일으키는 사태에 대해서 경고하는 내용을 담고 있다. 다음을 참고하라. Robert Weimann and David Hillman, *Authority and Representation in Early Modern Discourse*, Baltimor: The Johns Hopkins University Press, 1996, p.63.

19 다양한 예가 있지만, 아프리카 줄루족을 위해서 선교하면서, 토착어의 개념들을 성서해석에 적용하려 했던 윌리암 콜렌소(John William Colenso, 1814~1883) 주교가 파문당한 사건은 토착어에 대한 억압과 배제의 대표적인 예라 할 수 있다. 다음을 참조하라. R. S. Sugirtharajah, *The Bible and the Third Word: Precolonial, Colonial and Postcolonial Encounters*, Cambridge UK: Cambridge University Press, 2001, pp.110~139.

20 대영성서공회를 포함한 유럽의 성서공회들이 성서를 지역 언어들로 번역하는 과정에서 토착언어를 폄하하는 번역 정책들이 많이 나타난다. 위에서 인용한 R. S. Sugirtharajah, *The Bible and the Third Word: Precolonial, Colonial and Postcolonial Encounters*, pp.58~59를 참조하라.

메이지기 "individual"이 "個人"으로 번역되기까지__최경옥

* 본 논문은 2007년 5월 일어일문학연구(61집)에 게재된 것을 수정, 보완하여 게재한 것이다.

01 鈴木修次, 『日本漢語と中国』(中公新書 626, 中央公論社, 1981), 2面.

02 『大漢和辭典』에는 '個'와 '箇'를 같은 의미의 한자로 취급하여 '個人'과 '箇人'을 같은 한자어로 취급하고 있다. 이는 『正字通』(明의 張自烈著)에서도 마찬가지이다. 이와같이 '個'와 '箇'를 같은 의미의 한자로 취급하는 것은 현대에도 그대로 이어지고 있다.

03 중국 당나라의 시인.

04 沈國威, 『近代日中語彙交流史』(笠間書院, 1994), 132項.

05 개인용 컴퓨터를 이르는 중국어로, 個人専用電腦로 표기한다.

06 "개인(個人)"의 서양 원어 'individual'의 의미에는 사람을 가리키는 경우와 물건을 가리키는 경우가 있는데, 근대 사상의 정수는 주로 "사람을 가리키는 경우"에 한하므로 여기에서는 사람을 가리키는 경우의 의미에 한정하여 전개하고자 한다.

07 일본에서 발행된 최초의 영화(英和)대역사전으로, 당시 開成所에서 2백 부 발행하였다. Picad, *A New Pocket Dictionary of the English and Dutch Languages*(1843)를 번역한 것으로 편주자는 堀達之助, 보좌인은 西周助 등이다.

08 메이지 이전에 사용되던 'ひとり'의 의미에 대하여서는 고어사전에서의 'ひとり'의 의미를 통하여 확인할 수 있다.
ひとり(一人, 独り)(名, 副) (1)単身, 単独 (2)独身(『例解古語辭典』, 三省堂, 1990)

09 기조(Guizot, 1787~1874)의 『유럽문명사』에서는 문명의 2개 요소를 society와 individual이라고 보고 있다. 물론 현대 일본어에서의 "個人"도 이러한 근대적 의미를 나타내고 있다. '国家や社会、またはある団体などに対して、これを構成する個々の人。'(『日 本国語大辞典』, 小学館, 1981).

10 J.S.Mill의 On Liverty(1859)의 번역서로, 자유민권사상에 영향을 미쳤다.

11 「一身の自由を論ず」 메이지 초기. 여기에는 『도덕록』(Francis Wayland)을 번역한 부분이 많이 포함되어 있다. (『翻訳語成立事情』, 32쪽 재인용)

12 일본어의 경우 표기는 한자로 한다고 해도, 그것을 훈독하여 읽으면 일본 고유어가 된다. 그러므로 일본어의 경우는 한국어와 다르게 한자로 표기했다고 해서 일본 고유어가 없어지는 상황은 발생하기 어렵다.

13 스펜서의 Social Statics를 松島剛(마츠시마고오)가 일본어로 번역한 것으로, 이 책에 대하여 板垣退助(1837~1919)는 자유민권운동의 교과서라고 극찬하였다.

14 『才物譜』(1798)를 증보한 것으로 정확한 편년은 미상이다. 대략 1800년대 초반에 증보된 것으로 추측하고 있다.

글쓰기와 사무침_구연상

01 김철범, 「한문고전의 글쓰기 이론과 그 현재적 의미-이조후기 古文論을 대상으로-」, 『작문연구』 창간호(2005), 101쪽.

02 홍길주, 『沆瀣丙函』 권5 「睡餘瀾筆」 上: "竊以爲盡取紙上之穀, 而焚之然後, 穀可以爲民食, 民可以相保而活, 國可以有是民而有是穀也." 여기서는 김철범, 73쪽 재인용.

03 김삼웅(독립기념관장), 「선비들의 사대 곡필과 주체적 글쓰기」, 『인물과 사상』(2007.10) 살핌.

04 과거 중시되었던 제2외국어로서의 독일어나 러시아어의 운명을 돌이켜 볼 때 영어몰입교육의 운명 또한 그리 밝지 않다. 시대적 필요에 따른 언어교육정책의 유효성은 한시적일 뿐이다.

05 김매순, 『臺山集』 권5, 答士心: "字句之摹而意匠蔑如". 여기서는 김철범, 77쪽 재인용.

06 김철범, 「한문고전의 글쓰기 이론과 그 현재적 의미-이조후기 古文論을 대상으로-」, 79~89쪽 살핌.

07 이태준, 『문장강화』, 임형택 해제(창비, 2005), 22쪽.

08 이태준, 『문장강화』, 28쪽 살핌.

09 이태준, 『문장강화』, 28~29쪽 살핌.

10 이태준, 『문장강화』, 29~30쪽 살핌.

11 이태준, 『문장강화』, 38쪽.

12 이태준, 『문장강화』, 52쪽.

13 신선경, 「대학 글쓰기 교육의 방향 정립을 위한 제언」, 『관악어문연구』 제30집(2005), 51쪽 살핌.

14 신선경, 「대학 글쓰기 교육의 방향 정립을 위한 제언」, 52쪽 살핌.

15 예를 들어, 동덕여자대학교의 〈독서와 토론〉, 숙명여자대학교의 〈발표와 토론〉, 〈글쓰기와 읽기〉, 가톨릭대학교의 CAP(창의력, 분석력, 문제해결력) 등의 과목이 이에 속한다. 이에 대해서는 신선

경, 「대학 글쓰기 교육의 방향 정립을 위한 제언」, 54~55쪽 살핌.

16 전성기, 「학문적 글쓰기 - 임상수사학적 탐구」, 『텍스트언어학』 20권(한국텍스트언어학회, 2006), 390쪽 살핌.

17 최신일, 「해석학, 해체 그리고 글쓰기」, 『철학연구』 제58집(1996), 334~335쪽 살핌.

18 김영민, 「글쓰기의 징후, 혹은 징조의 글쓰기」, 『사회비평』 제34권, 77-91(2002), 84~85쪽 살핌. 여기서는 전성기, 「학문적 글쓰기 - 임상수사학적 탐구」, 394쪽에서 재인용.

19 홍석욱, 「인문학적 사유의 창조성과 '실용성' : 인문학의 위기 극복을 위한 한 가지 제안」, 『동향과 전망』 통권44호, 212-231(2000), 218쪽 살핌. 여기서는 전성기, 「학문적 글쓰기 - 임상수사학적 탐구」, 394쪽 각주에서 재인용.

20 안장리, 「인문학적 사유를 바탕으로 한 장르변형 글쓰기 - 정인보의 唐陵軍遺事徵」, 『동방학지』 제130집, 279-304(2005), 279쪽 살핌. 여기서는 전성기, 「학문적 글쓰기 - 임상수사학적 탐구」, 395쪽 재인용.

21 김영민은 "논문은 유럽의 근대 학문성이 선택한 형식적 성취"이지만, 우리에게는 "강박"으로 군림한다고 말한다. 『손가락으로, 손가락에서 : 글쓰기(와) 철학』(민음사, 1998).

22 신광현, 「대학의 담론으로서의 논문 - 형식의 합리성에 대한 비판」, 『사회비평』 제14권(1996), 180~181쪽 살핌. 여기서는 전성기, 「학문적 글쓰기 - 임상수사학적 탐구」, 402~403쪽 재인용.

23 이승환은 현대 동양학의 자기 반성과 더불어 과거 동양 철학에서 보이는 다양한 글쓰기 형식들을 자랑한다. 그는 우언(寓言), 치언(巵言), 시(詩), 사(詞), 부(賦), 상소문(上疏文), 서간문, 비문, 묘지명, 잡저(雜著) 등을 꼽고 있다. 그는 서양의 논문 글쓰기를, 생각의 투명성을 목표로 하는 "백색의 글쓰기"로서 규정하는데, 이러한 글쓰기는 말과 생각 그리고 뜻 사이의 그 긴밀한 연관성에 주목하지 못하고 있다고 비판한다. 「동양 철학, 글쓰기 그리고 맥락」, 『동아시아 연구 - 글쓰기에서 담론까지』(살림, 1999), 47~48쪽 살핌.

24 최재목, 「인문학, 편집술, 事的 글쓰기 혹은 緣起的 글쓰기」, 『인문연구』 제45·46집(영남대인문과학연구소, 2004), 280~283쪽 살핌. 여기서는 전성기, 「학문적 글쓰기 - 임상수사학적 탐구」, 407쪽 재인용.

25 신광현, 「대학의 담론으로서의 논문 - 형식의 합리성에 대한 비판」, 185쪽 살핌. 여기서는 전성기, 「학문적 글쓰기 - 임상수사학적 탐구」, 407쪽 재인용.

26 조혜정, 『탈식민지 시대 지식인의 글읽기와 삶읽기(1)』(도서출판 또 하나의 문화, 1992, 2004, 증보판).

27 장석주, 「논문이냐, 주체적 글쓰기냐」, 『사회비평』 제34권, 57쪽 살핌. 여기서는 전성기, 「학문적 글쓰기 - 임상수사학적 탐구」, 407쪽 재인용.

28 김영민, 『문화, 문화, 문화』(동녘, 1998), 56쪽 살핌.

29 『논어(論語)』 「위정(爲政)」 14장(章).

30 『논어(論語)』 「계씨(季氏)」 16장(章) : "丘也聞有國有家者, 不患寡而患不均, 不患貧而患不安, 蓋均無貧, 和無寡, 安無傾."

31 『예기』 「예운」 : "大道之行也, 天下爲公, 選賢與能, 講信條睦, 故人不獨親其親, 不獨子其子, 使老有所終, 壯有所用, 幼有所長, 矜寡孤獨廢疾者, 培有所養, 男有芬, 女有所歸, 貨惡其棄於地也, 不必藏於己, 力惡其不出於身也, 不必爲己, 是故謨閉而不與, 盜?亂職而不作, 故外戶而不閉, 是爲大同[대도(大道)가 행해질 때는 천하가 모두 전체사회(公)를 위한 것이었다. 어질고 유능한 사람을 뽑아서 책임을 맡기고 서로 신의를 지키고 친목(親睦)을 도모한다. 자기 어버이만 사랑하거나, 자기 자식만 사랑하지 않는다. 늙은이는 돌보아주는 데가 있고, 젊은이는 써주는 데 있고, 어린이는 길러주는 데 있고, 홀아비, 외로운 이 불구명자는 다 봉양해 주는 데가 있으며, 사내는 짝이 있고, 계집은 돌아갈 데가 있다. 재물은 땅에 버려두지는 않지만 반드시 자기의 사유로 축적하지 아니하며, 힘은 자신으로부터 나오기를 원하지만 반드시 자기만을 위해서 사용하지는 않는다. 그런 까닭에 음모가 없고 도덕이 생기지 않아서 집집이 바깥 대문도 닫지 않는다. 이런 사회를 대동이라 한다]."

32 김철범, 「한문고전의 글쓰기 이론과 그 현재적 의미-이조후기 古文論을 대상으로-」, 89쪽 살핌.
33 홍석주, 『학강산필』 권2 41항: "文以達意爲主, 意以當理爲貴." 여기서는 김철범, 「한문고전의 글쓰기 이론과 그 현재적 의미-이조후기 古文論을 대상으로-」, 89쪽 재인용.
34 김철범, 「한문고전의 글쓰기 이론과 그 현재적 의미-이조후기 古文論을 대상으로-」, 89~91쪽 살핌.
35 홍석주, 『淵泉集』 권16, 與李審夫書: "獨執事之文, 雍容典雅, 雖步趨折旋, 一循古法, 而文從辭順, 未嘗爲一句艱棘語, 此平日 所以..之不暇." 여기서는 김철범, 「한문고전의 글쓰기 이론과 그 현재적 의미-이조후기 古文論을 대상으로-」, 92쪽 재인용.
36 김철범, 「한문고전의 글쓰기 이론과 그 현재적 의미-이조후기 古文論을 대상으로-」, 92~93쪽 살핌.
37 말의 본질을 마름질로 규정하는 것에 대해서는 구연상의 「말의 얼개와 특성」을 살필 것.
38 우리말로 학문하기 모임은 한 해에 두 차례씩 "말 나눔 잔치"를 열어 왔다.
39 『훈민정음(언해본)(1447) 1』
40 『석보상절』(1447) 13:4
41 『신증유합』(1576) 상:1
42 『신증유합』(1576) 하:4
43 "칸막이"는 서로 이어져 있던 공간을 칸살을 질러 칸칸이 막는 일을 말한다. 여기서 "칸막이"는 학문과 일상의 소통이 정체(停滯)를 빚고, 서로 다른 학문 분야들끼리의 대화가 끊기며, 이론과 그 실천이 겉돌고, 역사적 맥락과 실제 현실이 어긋나 있는 사태를 일컫는 말이다. 그렇기 때문에 오늘날 어디에서나 '소통의 바람'이 부는 것이다. 서로 분리할 수 없는 것들을 따로 분할 점령해 온 과학기술은 우리의 삶의 영역들을 새로운 방식으로 재결합시키려 하고 있다. 이는 어떤 의미에서는 "칸막이 부수기"라고 할 수 있지만, 그 위험성은 누구도 예측할 수 없다. 이왕주의 설명을 참조해 말하자면, "칸막이"의 사태는 "동굴 속 유폐"에 비유될 수 있다.(「사람의 무늬와 학문의 소통」, 『새한영어영문학』, 제42권 2호, 2000, 309쪽 살핌) 동굴 속을 아무리 환하게 밝힌다 해도 그것이 또 다른 세계로 이어져 있다는 사실이 어둠 속에 묻혀 있는 한 그 환함은 오히려 위기를 키우는 것일 수 있다. 자신이 처한 상황을 전체적으로 통찰할 줄 아는 능력이 지혜라고 한다면, 우리는 '환한 동굴' 속에서 편안하게 살아가는 데 만족하기보다 밤낮이 뒤바뀌는 '동굴의 바깥'과 소통할 길을 만들어야 할 것이다.
44 조지 커퍼드 지음, 김남두 옮김, 『소피스트 운동』(아카넷 2003), 3장 살핌.
45 J. 크로스화이트 지음, 오형엽 옮김, 『이성의 수사학』(고려대학교출판부, 2001), 제1장 살핌.
46 전성기, 「학문적 글쓰기-임상수사학적 탐구」, 398쪽 살핌.
47 김영진, 『철학적 병에 대한 진단과 처방-임상철학』(철학과 현실사, 2004).

한국인에게 아름다움은 무엇인가_최봉영

01 德, 仁, 義를 『光州 千字文』에는 '큰 德', '클 仁', '클 義'로 새기고 있고, 『石峯 千字文』에는 '큰 德', '클 仁', '올홀 義'로 새기고 있다.
02 오늘날 쓰이는 '따로'는 동사인 '따다'와 '닫다'에 바탕을 두고 있다. '따다'의 옛말인 'ᄯᅡ다', 'ᄲᅡ다'에 바탕을 둔 'ᄯᅡ로', 'ᄲᅡ로'가 '따로'의 뜻으로 쓰이는 동시에 '닫다'의 피동형인 '닫히다'의 옛말인 '다티다'에 바탕을 둔 '닫티', '다티', '닷티'가 '따로'의 뜻으로 쓰였다. 한글학회, 『우리말 큰사전』 권4(어문각, 1992), 「옛말과 이두」 편, 'ᄯᅡ다', 'ᄲᅡ다', 'ᄯᅡ로', 'ᄲᅡ로', '다티다', '닫티', '다티', '닷티' 항목 참고.
03 한글학회, 『우리말 큰사전』 권4, 「옛말과 이두」 편, '아람져', '아름뎌' 항목 참고.
04 한글학회, 『우리말 큰사전』 권4, 「옛말과 이두」 편, '아릿답다', '아릿답다', '아리답다' 항목 참고.
05 한글학회, 『우리말 큰사전』 권4, 「옛말과 이두」 편, '그위' 항목 참고.

06 '답다'는 '다하다'를 뜻하는 동사 '다ᄋᆞ다' / '다으다' / '다아다'와 연관되어 있고, '답게'를 뜻하는 형용사 '다', '다ᄫᅵ', '다이'와 연관되어 있다. 한글학회, 『우리말 큰사전』 권4, 「옛말과 이두」 편, '답다' 항목 참고.

07 한글학회, 『우리말 큰사전』 권4, 「옛말과 이두」 편, '답다', '답ᄫᅵ', '닿다', '다히' 항목 참고.

08 우리는 '같다'와 '답다'와 '닮다'의 차이에 주목할 필요가 있다. '같다'는 나누어져 있는 이것과 저것이 서로 같은 상태에 있음을 말하고, '답다'는 하나인 어떤 것이 본디의 성질을 다한 상태에 놓여있음을 말하고, '닮다'는 나누어져 있는 이것과 저것이 물드는 과정을 통해서 이것 또는 저것과 같아지거나 비슷해짐을 말한다. 옛말에서는 '닮다'는 '덞다'로 '물드는 것'을 뜻했다. 한글학회, 『우리말 큰사전』 권4, 「옛말과 이두」 편, '같다', '답다', '닮다', '덞다' 항목 참조.

09 한글학회, 『우리말 큰사전』 권4, 「옛말과 이두」 편, '이ᄉᆞᆺᄒᆞ다', '이셧ᄒᆞ다', '이셧다', '이대', '이로이' 항목 참고.

10 최봉영, 『주체와 욕망』(사계절, 2000), 74~75쪽 참조.

11 '君君臣臣, 父父子子'는 『논어』 권12, 「顔淵」 편에 나오는 구절이다. 선조 때에 나온 『논어언해』에는 이 구절을 "君은 君ᄒᆞ며, 臣은 臣ᄒᆞ며, 父는 父ᄒᆞ며, 子는 子홈"으로 풀이하고 있다. 君과 君홈에 쓰인 홈은 공경과 공경홈에 쓰인 홈과 같다. 君홈은 임금의 본질에 일치하는 어떤 것, 恭敬홈은 공경의 본질에 일치하는 어떤 것을 말한다. 이때 '홈'은 '다움'과 같은 뜻으로 쓰이고 있다. 정철의 『송강가사』 성주본에 나오는 "ᄆᆞ양 우는 아ᄒᆡ ᄀᆞ와 이 누고 뎌 누구 ᄒᆞ면 얼운답디 아네라"와 같은 구절을 통해 '어른답다'와 같은 용법이 이미 사용되었음을 알 수 있다. 오늘날 '君君臣臣, 父父子子'를 인터넷에서 검색해보면 거의 모든 사람이 "임금은 임금답고 신하는 신하다우며, 아버지는 아버지답고 아들은 아들답다."로 풀이하고 있다.

12 최봉영, 『본과 보기 문화이론』(지식산업사, 2002) 참조.

13 '만나다 / 맛나다 / 맞나다'와 같은 뜻을 지니고 있는 것으로 '맛ᄃᆞᆮ다'와 '맛닐다'가 있다. '맛ᄃᆞᆮ다'는 '서로 마주하여 닫는 것'을, '맛닐다'는 '서로 마주하여 이르는 것'을 뜻한다. 이를 통해 만남은 '맛'에 바탕을 두고 있음을 알 수 있다.

14 꿀맛, 즉 '꿀의 맛'은 꿀에서 얻은 느낌인 동시에 꿀이라는 대상에 대한 앎을 뜻한다. 우리는 대상에 대한 느낌을 대상에 대한 앎으로 말한다.

15 오늘날 한국인이 사용하는 '성격'이라는 낱말은 일본인이 서구어 'character'를 번역한 낱말을 수입한 것이다.

16 정약용, 『與猶堂全書』 제2집, 권2, 〈心經密驗〉, '心性總義' 참조.

17 '제대로'에서 '제'는 '저이'를 말한다. 이때 '저'는 '너'가 마주하고 있는 '나-이것'을 뜻하기도 하고, '그-그것'을 뜻하기도 한다. 내가 '너'에게 '나'를 '저'로서 말하는 것은 '나'를 '그'의 상태로 대상화시키는 것을 말한다. 이러한 '저'는 '내 맛에 따른 나'가 아니라 '있는 그대로의 나'를 뜻한다. 이와 함께 '저절로'는 '저'의 자격을 갖는 '나-이것' 또는 '그-그것'이 '스스로 그렇게 하는 것'을 말한다.

18 '어'가 이쪽과 저쪽이 짝을 이루고 있음을 드러내는 것은 쌍(雙)을 뜻하는 '어우러이 / 어우렁 / 어우렁이'에 잘 드러나 있다. 여기서 '어'는 짝을 말하고, '우러이 / 우렁 / 우렁이'는 짝을 이루고 있음을 말한다. 부모를 '어이' / '어시'라고 말하고 소작인을 '어울이'이라고 말하는 것에서도 '어'가 짝을 뜻함을 알 수 있다. 또한 옛날에 사용하던 거래에서 사용하던 어음(於音)은 '어'의 성격을 잘 드러내고 있다. 어음은 채권자와 채무자가 돈을 주기로 약속한 표시를 가운데에 적고, 한 옆에 날짜와 채무자의 이름을 적어 수결이나 도장을 지르고 두 쪽으로 나누어 가지던 것으로 두 쪽을 맞추어 봄으로써 어음의 진위를 확인하였다. 이두 표기인 어음(於音)에서 '어(於)'는 '어중간(於中間)', '어지간(於之間)', '어언간(於焉間)'에 쓰이는 '어'와 같은 뜻을 지니고 있다.

19 오늘날 어울림에서 말하는 '울리다'는 '울히다'에 뿌리를 두고 있다. '울히다'는 두 가지 방식으로 이루어지는데, 하나는 감싸 안음으로 이루어지는 '울히다(=擁)'이고, 다른 하나는 소리의 울림으로 이루어지는 '울히다 / 울이다(=鳴)'이다. 이러한 '울힘'에 뿌리를 둔 낱말로서 '울(=籬, 藩)', '우리(笠, 棧, 牢)', '우리(=我, 我等)' 등이 있다.

20 『훈몽자회』에서 '嬌'를 '얼울 嬌'로 새기는 반면에 『신증유합』에서는 '嬌'와 비슷한 '媚'를 '얼울 媚'로 새기고 있다. 결국 『훈몽자회』의 '嬌'와 『신증유합』의 '媚'가 같은 뜻으로 풀이되고 있다. 그런데 『훈몽자회』에는 '媚'가 수록되어 있지 않아서 어떻게 새겼는지 알 수가 없다. 그런데 오늘날에는 흔히 '嬌'를 '아릿다울 嬌', '계집애 嬌'로 '媚'를 '아첨할 媚', '아양떨 媚', '아름다울 媚'로 새긴다. 이는 아름다움과 어울림의 관계에 대한 의식이 옅어졌음을 말해준다. 그리고 '아리답다'와 같은 뜻을 지닌 낱말로서 '어리롭다'라는 낱말도 사용되었다. '어리롭다'는 '얼이롭다'를 이어서 소리낸 것으로 '배필로 삼고 싶을 만큼 사랑스럽다'의 뜻을 지니고 있다.

21 한글학회, 『우리말 큰사전』 권4, 「옛말과 이두」 편, '어르다', '얼이다', '얼리다', '어룬', '얼운', '어론', '어운 사룸' 항목 참고

22 한글학회, 『우리말 큰사전』 권4, 「옛말과 이두」 편, '조각' 항목에 따르면 '조각'은 〈옛〉 ①고동. (마른 榮華와 辱괏 지두릿 조가기며 親과 疎왓 큰 마듸니=言語者는 榮辱之樞機며, 親疎之大節이니-〈내훈〉) ②기틀, 낌새. (어딘 사람은 조각을 아라 일 싱각호매 셩실게 하고=哲人知幾ᄒᆞ야 誠之於思ᄒᆞ고-〈번역소학〉) ③겨를, 틈. (空便空隙順便之時=조각〈집람 자해〉) 등으로 설명되어 있다.

23 '그위'는 '그+우(욯)+이'로 이루어진 낱말로 풀이할 수 있다. '그+우+이 / 그+욯+이'에서 '그'는 '이'와 '저'의 상대어인 '그', '우(욯)'는 '아래'의 상대어인 '우 / 욯', '이'는 명사형으로 만드는 토씨인 '이'를 나타낸다. '그우히'가 '그우이'로 변화하고, 다시 '그위'로 변했다고 말할 수 있다. 그런데 '그+우+이'서 명사형 토씨인 '이'를 빼고, '그우'만을 갖고서 '그우실', '그우실ᄒᆞ다'로 쓰기도 하였다. 한글학회, 『우리말 큰사전』 권4, 「옛말과 이두」 편, '그위' 및 '그우실', '그우실ᄒᆞ다'와 연관된 항목 참조. 그리고 이와 비슷한 예는 몇 살을 가리키는 '나이'의 경우에서도 볼 수 있다. '나이'는 본디 '낳+이'로 이루어진 낱말로서 '나+히'의 단계를 거쳐 '나+이' 또는 '나'로 쓰이게 되었다.

24 한국인은 대상을 이, 저, 그에 따라 이것, 저것, 그것으로 구분한다. 한국인은 주체의 영역 안으로 들어와 있는 것을 이것과 저것으로 말하고, 주체의 영역에서 벗어나 있는 것을 그것으로 말한다. 어떤 것이 그 또는 그것의 상태가 되는 것은 주체로부터 거리를 둔 상태에서 그것 자체로 있을 수 있음을 말한다. 한국인은 然을 그러한 것, 自然을 '스스로 그러한 것'으로 새겨온 것도 이 때문이다.

25 조선후기에 선비들 가운데는 朱子가 天理와 人欲, 天理와 私心 등을 公인 이치와 私인 욕망으로 엄격히 구분한 상태에서 '이치를 보존하고 욕망을 막을 것(尊天理, 遏人欲)'을 주장한 것을 비판하면서 公인 그 위와 私인 아름을 욕망으로 통합하고 시도하는 이들이 생겨났다. 예컨대 丁若鏞은 천리와 인욕이 모두 嗜好에 바탕을 두고 있으며, 沈大允은 천리와 인욕이 모두 利欲에 바탕을 두고 있다고 주장하였다. 이들은 嗜好나 利欲에 바탕을 둔 욕구 또는 욕망으로 사람이 사람답게 되는 바를 설명하려고 하였다.

26 한글학회, 『우리말 큰사전』 권4, 「옛말과 이두」 편, '그위'와 연관된 항목 참조.

27 和白에 관해서 『隋書』, 「신라전」에 "其有大事, 則聚群臣, 詳議而定之", 『唐書』, 「신라전」에 "事必與衆議, 號和白, 一人異則罷"라는 기록이 나온다. 화백제도가 점차 사라지게 된 이유 가운데 하나는 지식인들이 한문을 배우고 쓰게 되면서, 한자 낱말을 알고 쓸 수 있는 유식한 사람과 그렇지 못한 무식한 사람이 서로 나누어지게 됨으로써, 소통이 수직적 방식으로 이루어지게 되어, 모두가 고루 그리고 두루 말하기 어려운 사태가 생겨나게 된 것이라고 말할 수 있다.

28 한국인은 밑이 없으면 어떠한 것도 일어날 수가 없다고 생각한다. 예컨대 못은 끝이 뾰족하여 밑을 가질 수 없기 때문에 밑과 바닥이 만나서 밑바닥을 만들 수 없기 때문에 홀로 서는 일이 근본적으로 불가능하다. 이 때문에 한국인은 '못한다-못과 같은 것'을 '할 수 없는 것'으로 말한다. '못한다'는 밑을 갖지 못한 '못'에 뿌리를 두고 있는 낱말이다. 이두에서는 '못한다'를 '못딜ᄒᆞ다'로 표기하고 있다. '못딜ᄒᆞ다'는 '못으로 디는(지는) 것'이 이루어질 수 없음을 말한다. 못은 스스로 어떤 것에 지는 것이 불가능하고, 다른 것이 못에 지는 것도 불가능하다.

29 한국인이 '넘어지다', '쓰러지다', '엎어지다'라고 말하는 기준은 밑에 있다. 그런데 밥그릇과 같은

것은 사람이 이미 밑과 끝을 정해놓았기 때문에 넘어지고, 쓰러지고, 엎어지는 것을 말할 수 있지만, 아무렇게나 굴러다니는 돌멩이의 경우에는 사람이 밑과 끝을 정해놓지 않았기 때문에 넘어지고, 쓰러지고, 엎어지는 것을 말할 수 없다.

30 한글학회, 『우리말 큰사전』 권4, 「옛말과 이두」 편, '다슬다' 항목 참고.

31 오늘날 한국인이 '옷감', '물감', '일감', '땔감', '장군감', '신랑감'이라고 말할 때의 '감'과 '감잡다' 또는 '감잡히다'라고 말할 때의 '감'과 '감냥' 또는 '깜냥'이라고 말할 때의 '감'은 모두 뿌리를 같이하고 있다. 옛말에서는 이러한 감을 '감 資', '감 料' 등으로 새겼다. '감'은 어떤 것을 이루고 있는 바탕을 말한다. 한국인은 이러한 감에 기초하여 上監, 大監, 令監과 같은 한자 낱말을 독자적으로 만들어 사용하였다.

32 무속에서 공반을 공수, 공사라고도 말한다. 공수는 公手 또는 公受, 공사는 公事 또는 公辭로서 '그 위에 있는 公이 스스로 하는', '그 위에 있는 公에서 받은', '그 위에 있는 公의 일', '그 위에 있는 公의 말'을 뜻하는 것으로 말할 수 있다.

『석보상절』로 본 우리말 '줄글' 표현_김두루한

01 '훈민정음'은 창제(1443)되고 난 뒤 운회 번역(1444), 최만리 반대 상소 논쟁(1444), 해외학자 자문(1445)과 '용비어천가(1445)'의 실험을 거쳐 1446년에 책이 나왔다. 그리고 의금부나 승정원의 공식 문서(1446)로 쓰였으며 '문서 담당 하급 관리'의 시험(1446) 과목도 되었다. 그리고 석보상절(1447)은 수양대군(세조)이 "여러 불경에서 엮는 이의 마음대로 골라 내어 이를 언해한 것"으로 권 24에서 보듯이 한자글의 원문이 없는 경우나 입말투로 되어 있는 부분이 보이기 때문이다. 한편 15세기 한국말 자료 가운데서 '석보상절'이 가장 좋은 말미로 두 가지를 들기도 한다. "으뜸글에 매달려 뒤친 것이 아니고 엮는 이의 자유스러움이 많았다는 것과, 그것이 줄글이었다는 곳에 있다"란 것이다. 려증동, 「한국말의 론리(1)」, 『배달말』 제1호(1974), 17쪽.

02 이기문, 『국어사개설』(태학사, 1998), 179쪽. 이숭녕, 『중세국어문법』(을유문화사, 1981), 393쪽.

03 김수업, 『배달말꽃』(지식산업사, 2002), 458쪽.

04 사재동, 「심청전연구서설」, 『어문연구』 제7집(어문연구회, 1971).

05 김기종, 「『석보상절』의 저경과 수용 양상」, 『서지학연구』 제30집(2005), 164~165쪽.

06 김기종, 앞의 책, 166쪽.

07 려증동, 앞의 책, 35쪽.

08 김종택, 「석보상절의 표현구조」, 『배달말』 제8호(배달말학회, 1983).

09 안병희 · 이광호, 『중세국어문법론』(학연사, 1990).

10 김미형, 『우리말의 어제와 오늘』(상명어문학총서5, 제이엔씨, 2005).

11 김기종, 앞의 책, 180~181쪽.

12 김종택, 앞의 책, 127~132쪽.

13 김영배, 「조선 초기의 역경」, 『대각사상』 제5호(2002), 29쪽.

14 김영배, 앞의 책, 35쪽.

15 리의도, 『우리말 이음씨끝의 통시적 연구』(어문각, 1990).

16 리의도, 앞의 책.

17 려증동, 앞의 책, 18~22쪽.

18 려증동, 앞의 책, 22~25쪽.

19 려증동, 앞의 책, 28쪽.

20 려증동, 앞의 책, 33쪽.

21 서정수, 「우리말과 우리 생각의 유형」, 『우리말 우리글』(한양대출판부), 22~25쪽.

22 한국 사람은 '죽도록 사랑하면서도' 한국말로 '난 널 사랑해'란 말을 죽도록 피한다. 아예 표현을 하지 않는 것도 머금은 뜻이나 은근한 맛을 자아내는 '점의 논리'로 볼 수 있다.

23 려증동, 앞의 책, 22쪽.

노래의 샘, 말의 길_윤덕진

01 이혜구, 「시조감상법」, 『한국음악연구』(국민음악연구회, 1957), 156쪽.

02 석암 정경태 해설.

03 진용옥·안정근, 「악리론으로 본 정음 창제와 정음소 분절 알고리즘」, 『음성과학』 제8권 제2호 (2001), 50쪽.

04 字韻則淸濁之能辨 樂歌則律呂之克諧 無所用而不備 無所往而不達 雖風聲鶴唳 鷄鳴狗吠 皆可得而書矣(「鄭麟趾 序」)

05 以初中終合成之字言之, 亦有動靜互根陰陽交變之義焉. 動者, 天也. 靜者, 地也. 兼乎動靜者, 人也.…… 初聲有發動之義, 天之事也. 終聲有止定之義, 地之事也. 中聲承初之生, 接終之成, 人之事也. 盖字韻之要, 在於中聲, 初終合而成音. 亦猶天地生成萬物, 而其財成輔相則必賴乎人也.(「制字解」, 『訓民正音』: 번역은 이정호, 『해설역주 훈민정음』, 보진재, 1986 개정판, 37~38쪽)

06 『악학궤범(樂學軌範)』 서(序)에서 "음악이라는 것은 하늘에서 나와 사람에게 맡기어졌으며, 빈 곳에서 생겨나 자연에 의해 이루어진 것으로서 사람의 마음을 느끼게 하여, 혈맥을 흔들어 섞고 정신을 흘러 통하게 한다[樂也者. 出於天而寓於人. 發於虛而成於自然. 所以使人心感. 而動盪血脉流通精神也]."라고 했다.

07 이상, 인용문과 설명 모두 정인보, 「조선문학원류초본」, 『정인보전집』 제1권(연세대학교출판부, 1983), 263쪽에서 따옴.

08 西京古朝鮮卽箕子所封之地 其民習於禮讓知尊君親上之義 作此歌 言仁恩充暢以及草木雖折敗之柳亦有生意也(〈西京〉, 「志」 제25, 『高麗史』 제71권)

09 정병욱, 『한국고전시가론』(신구문화사, 1982), 66쪽.

10 양주동, 『증정 고가연구』(일조각, 1987), 14쪽.

11 古之歌者必用詩 歌而文之者爲詩 詩而被之管絃者爲歌 歌與詩固一道也

12 羽調 舜御南薰殿上 以五絃琴彈 解民慍之曲 聲律正大和平 淸壯疎暢 玉斗撞破 碎屑鏘鳴

13 平調 雄深和平 黃鐘一動 萬物皆春

14 平調慢大葉者 諸曲之祖 而從容閑遠 自然平淡 故若使入三昧者彈之 則油油乎若春雲之浮空 浩浩乎若薰風之拂野 又如千歲驪龍 吟於瀨下 半空笙鶴 唳於松間 則所謂蕩滌其邪穢 消融其查滯 而怳在於唐虞三代之天矣(李得胤, 「答鄭丁叔」, 『西溪先生文集』 卷2)

15 이주환, 『歌曲譜』.

16 安自山, 『時調詩學』(교문사, 1947), 16~17쪽.

17 安自山, 「시조의 작법」, 『안자산국학논선집』(현대실학사, 1996), 311~312쪽.

18 김종서 작, 『병와가곡집』, 이삭대엽.

19 <u>엇더타</u> 江上風月이 긔 벗인가 ᄒᆞ노라(낭원군 작, 『진본 청구영언』, 이삭대엽) <u>엇덧타</u> 肝腸 석은 물은 눈으로 소ᄉᆞ ᄂᆞᄂᆞ니(주의식 작, 『병와가곡집』, 이삭대엽) 등이 모두 같은 용례이다.

20 류렬, 『향가연구』(박이정, 2003), 118쪽.

21 이하, 도표와 그에 관련된 기본 사항은 이혜구의 「한국음악의 특성」(『한국사상대계』I, 성균관대 대동문화연구원, 1973)에서 빌어 옴.

오규원의 날이미지시와 상징어의 기능_박경혜

01 구연상, 「글쓰기의 목적과 사무침」, 『우리말로 학문하기』(2008학년도 1차 말나눔 잔치, 2008년 2월 29일), 97~99쪽 참조. 필자는 본 논문에서 윗글의 독창적인 용어인 '사무침'과 글의 핵심 논지

를 잠시 빌려 쓰고자 한다. 윗글에서 논자는 글쓰기 일반의 목적을 '사무침'의 소통이라 보고 있으며, '사무침'의 외연적 의미를 확장하여 그 뜻을 '지(知) / 정(情) / 의(意)'가 융합된 깨달음의 상태라 풀이하고 있다. 논자는 윗글에서 글을 쓰기 위해서 글쓰미(논자의 용어)는 먼저 경험세계에 대한 '스스로 이미 사무친 바'를 앞서 갖고 있어야 하고 '사무침'의 원초적 형태인 무정형의 '사무침 덩이'를 누군가에게 전달하기 위해 '스스로 묻고 대답하는' 과정을 거치면서 자아와 세계에 대한 진리의 사태에 이르게 된다고 역설하고 있다.

02 구연상, 「글쓰기의 목적과 사무침」, 99쪽 인용.

03 『길, 골목, 호텔 그리고 강물소리』(문학과지성사, 1995); 『토마토는 붉다 아니 달콤하다』(문학과지성사, 1999); 『새와 나무와 새똥 그리고 돌멩이』(문학과지성사, 2005); 『두두』(문학과지성사, 2008).

*본문에서는 '오규원, 1995', '오규원, 1999', '오규원, 2005', '오규원, 2008'로만 적는다.

04 성기옥, 「의성어 · 의태어의 시적 위상과 기능」, 『새국어생활』 3-2(국립국어연구원, 1993년 여름호), 118쪽.

05 김춘식, 『불온한 정신』(문학과지성사, 2003), 128~129쪽.

"90년대 시인 중 대부분이 자신의 시를 하나의 전략으로 생각하고 있다는 말은 이제 새로운 사실이 아니다. 모든 상황이 열악한 현실 속에서 시인들은 저마다의 생존을 위한 전략을 짜기에 치열하게 골몰하고 있다. 그래서 90년대 시를 앞에 두고 한가하게 '감동'이니 '아름다움'이니 하는 말을 떠드는 것이 얼마나 부질없는 일인가 하는 것은 굳이 자세히 말할 필요도 없을 것이다. …(중략)… 과장된 심리적 위기감이 아니라 명확하게 눈앞에 도래한 '위기' 앞에서 시 창작의 근원적인 문제를 돌아볼 수밖에 없는 것이 지금의 세기말의 현실이기 때문이다."

06 한새암 등, 『전라도 우리 탯말』(소금나무, 2006).

이 책의 저자는 우리나라 각 지방의 방언을 "사람이 이 세상에 태어나 어머니 뱃속에 있을 때부터 배운 말"이므로 '탯말'이라 지칭하고 있다. 또한 탯말은 "누가 누구인가를, 자기 역사를 드러내는 말"이라고 한다. 필자는 한 지역의 방언은 물론이고, 한 민족 구성원들만이 서로 사무칠 수 있는 말들 곧 의성어 · 의태어까지 탯말의 범주에 꾸려 넣을 수 있다고 본다.

07 채완, 『한국어의 의성어와 의태어』(서울대학교출판부, 2003), 15쪽 참조.

저자는 이 책에서 의성어와 의태어에 대한 정의들을 검토하면서, 모방, 시늉, 흉내, 상징, 본뜨다 등의 용어들이 의성어와 의태어의 개념을 드러내기에 적절하지 않다고 하면서, 그 개념을 '의성어란 비분절음을 분절음으로 나타냄으로써 만들어진 낱말'이며, '의태어란 시각 영상을 청각 영상으로, 그리고 그 청각 영상을 분절음으로 바꾸어 나타냄으로써 만들어진 낱말이라고 규정한 견해' (윤희원,「의성어 · 의태어의 개념과 정의」, 『새국어생활』 3-2, 국립국어연구원, 1993년 여름호, 13쪽.)를 수용하고 있다. 결국 저자는 의성어의 필연성은 인정하지만, 의태어란 일반 상태성 어휘와 마찬가지로 그저 대상을 '묘사(描寫)'하는 것이며, 음성과 의미의 자의적 결합에 의하여 이루어진 것이라 본다.

08 김준오, 『시론』(삼지원, 1997), 159~165쪽 참조; 이승훈, 『시론』(고려원, 1983), 124~125쪽 참조.

09 이승훈, 『시작법』(탑출판사, 1995), 172쪽 재인용.

10 M. H. Abrams, 최상규 역, 『문학용어사전』(대방출판사, 1987), 197쪽.

11 오규원, 『현대시작법』, 320쪽.

12 성기옥, 「의성어 · 의태어의 시적 위상과 기능」, 118쪽 참조.

의성어 · 의태어의 아름다움은 본질적으로 패러다임의 수준에서 패러다임 자체가 두드러질 때, 이를 구성하는 여러 어휘들 사이의 미적 상호 작용에 의해 산출된다. 예를 들어 '찰랑찰랑'이란 의성어의 아름다움은 오직 그 낱말이 '철렁철렁', '촐랑촐랑', '출렁출렁'과 더불어 하나의 同義的 語群을 형성하는 특정의 패러다임을 상정할 때 경험될 수 있다.

13 G. 레이코프 · M. 존슨, 노양진 · 나익주 역, 『삶으로서의 은유』(서광사, 1995), 23~28쪽 참조.

14 김유동, 『아도르노思想』(문예출판사, 1994), 47쪽.

15 엄밀한 의미의 어학적 측면에서 볼 때 상징어에서 파생된 파생용언들이 상징어의 개념에 어긋나므로 상징어의 자격이 없다고 본 연구(김홍범, 「한국어의 상징어 연구」, 연세대 박사학위 논문, 1994, 5쪽)와 달리 이 글에서는 상징어가 창출하는 이미지에 주안점을 두므로, 상징어에 '-거리다', '-대다', '-하다', '-이다' 등의 파생접미사가 결합되어 파생용언이 된 낱말들도 모두 상징어의 범주에 포함하여 논의하고자 한다. 또한 국어 어휘의 많은 부분을 차지하고 있는 한자어로 된 의태어들도 상징어에 포함하여 논의하고자 한다.

16 1941년 경남 삼랑진에서 출생. 1965년 『현대문학』에 「겨울 나그네」가 초회 추천되고, 1968년 「몇 개의 현상」이 추천 완료되어 등단했다. 시집으로 『분명한 사건』(1971), 『순례』(1973), 『왕자가 아닌 한 아이에게』(1978), 『이 땅에 씌어지는 抒情詩』(1981), 『가끔은 주목받는 生이고 싶다』(1987), 『사랑의 감옥』(1991), 『길, 골목, 호텔 그리고 강물소리』(1995), 『토마토는 붉다 아니 달콤하다』(1999), 『새와 나무와 새똥 그리고 돌맹이』(2005), 『두두』(2008), 『오규원 시 전집』(전2권, 2002)을, 시선집 『한잎의 여자』(1998)를, 시론집 『현실과 극기』(1976), 『언어와 삶』(1983), 『가슴이 붉은 딱새』(1996), 『날이미지와 시』(2005) 그리고 시창작론집인 『현대시작법』(1990)을 냈다. 오규원은 '90년대 초 지병인 폐기종이 악화되어 약 4년간 강원도 영월에서 요양생활을 하기도 했다. '오규원 무릉日 記'라는 부제가 붙은 『가슴이 붉은 딱새』는 그 시기의 삶의 기록들이다.

17 오규원, 「구상과 해체」, 이광호 엮음, 『오규원 깊이 읽기』(문학과지성사, 2002), 420쪽.

18 오규원, 『현대시작법』(문학과지성사, 1990), 266~329쪽 참조.
저자는 Abrams의 분류에 따라 비유를 의미의 비유와 말의 비유로 나누고, 의미의 비유로서 직유, 은유, 상징, 활유, 인유와 인용적 묘사, 제유와 환유, 풍유와 우화, 성유(곧 의성어와 의태어), 희언법을 들고 있다. 제유와 환유의 차이는, 제유(提喩)는 사물의 일부로서 그 사물의 전체를 나타내는 것이며 그와 달리 환유(換喩)는 사물의 일부로써 그 사물과 관계가 깊은 다른 어떤 것을 나타낸다. 둘의 공통점은 모두 원관념이 숨어 있고 보조관념만 나타나 있다는 점에서 상징과 유사하며 또한 둘 다 인접성의 비유라는 점을 들고 있다. 그런데 비유의 핵심인 은유와 환유는 현대에 와서 단순한 수사학적 기법을 넘어 문장을 구성하는 원리, 예컨대 은유원리 / 환유원리 또는 은유적 체계 / 환유적 체계라는 말로서 그 의미가 확장되어 쓰여지고 있다. 나병철, 『문학의 이해』(문예출판사, 1994), 173~175쪽 참조.
"R. 야콥슨에 의하면, 하나의 문장은 선택의 축 혹은 배열의 축이라는 두 과정이 배합되어 만들어지는데, 선택의 과정은 유사한 여러 단어 중에서 한 단어가 선별되는 방식(계열적 · 연상적 관계 - 유사성의 원리)이며, 결합의 과정은 인접한 구문적 요소와 연결되는 방식(구문적 · 통합적 관계 - 인접성의 원리)이다. 시는 선택의 원리, 곧 단어의 내포적 의미의 차이를 중시하며 이 원리에 의존하는 시들은 시적 기법인 이미지, 은유, 상징 등을 통해 내포적 의미에 대한 '내재적 문맥'의 형성이 매우 중요하다. 그러나 시는 구문적 결합에 의한 인접성의 원리에 크게 의존하기도 하는데, 구문적 진행에 의해 나타나는 의미와 지시대상과의 관계는 환유적인 의미의 인접성을 나타낸다. 다시 말해 대상의 한 부분으로 대상 전체를 지시하는 관계가 성립된다. 구문적인 인접성이 두드러진 시들은 의미적 인접성 역시 현저해진다. 그것은 내포적 의미(혹은 은유)에 의한 시의 내적문맥이 상대적으로 덜 강조되는 대신 대상의 한 부분을 지시하는 언어적 의미와 지시대상과의 관계에 관심이 쏠리기 때문이다."

19 오규원, 「은유적 체계와 환유적 체계」, 『작가세계』 1991년 겨울호, 143쪽.

20 오규원 시인은 그의 산문 등을 통해 '90년대 이후부터 뒤샹 이후의 현대회화 및 사진에 대한 관심을 적극적으로 표명해왔다. 『가슴이 붉은 딱새』(1996)에는 그가 직접 찍은 사진들이 게재되어 있으며, 그는 이 책에서 사진과 회화에 관한 깊이 있는 관심과 전문가 수준의 지식을 내보이고 있을 뿐만 아니라, 사진과 회화의 양식과 환유시를 접목시키려 진지한 모색과 시도를 하고 있다. 그가 특히 사진적 양식을 시적 언술로서 응용해온 것은 특히 사진이 '코드 없는 메시지'(롤랑 바르트)로서 표상적 의미를 지향하기 때문이다. 실제로 후기에 쓰여진 많은 시들에서 그 사물묘사방식에서, 사진적 · 조형적 시각을 분명하게 드러내고 있음을 볼 수 있음은 물론이다. 오규원 시인을 비롯한 동시대의 몇몇 시인들의 시각 · 영상 장르에의 관심은 점차 이미지에 잠식되어 설 자리를

잃고 있는 문학(특히 시)에 대한 위기의식의 표출로 읽혀진다. 그런 의미에서 필자는 오규원 시인의 환유적 시의 방법이 문학내적 문제의식, 곧 인식과 언어에서의 관념화를 극복하기 위한 것과 함께 이 시대의 영상문화에 부응하면서 동시에 깊이가 사라진 영상이미지와는 차별성 있는 새로운 형태의 시를 창조하고자 하는, 야심찬 전략이라 생각한다.

21 오규원, 「날이미지의 시 – 되돌아보기 또는 몇 개의 인용 2」, 이광호 엮음, 『오규원 깊이 읽기』, 425쪽.

22 이승훈, 『시론』(고려원, 1983), 116쪽.

23 정지용의 시 "紅疫"을 예로 들자면, '눈보라는 꿀벌떼처럼 / 잉잉거리고 설레는데, 어느 마을에서는 紅疫이 躑躅처럼 爛漫하다'의 문장에서 이미지는 비유(직유 곧 눈보라는 꿀벌떼처럼)에 의해 발생하는데, 원관념인 눈보라가 청각 이미지에서 시각 이미지로 전이되고 있다. 결국 두 개의 보조관념 다시 말해 두 가지의 감각이 결합되면서 원관념의 이미지를 생생한 것으로 만든다. 이 시에서처럼 원관념이 사물인 경우와 달리 원관념이 추상적인 관념이나 정서, 사상, 어떤 경험, 상상적 체험, 정황 등일 경우 공감각적 이미지는 대상묘사의 차원을 넘어 시적 화자의 심리 내지 의미를 창출하는 기능을 갖게 된다.

24 김상환, 『해체론 시대의 철학』(문학과지성사, 1996), 249쪽.

25 오규원, 「물안개」, 『가슴이 붉은 딱새』(문학동네, 1996), 135쪽.

26 오규원, 「날이미지시와 무의미시의 차이 그리고 예술」, 『날이미지와 시』(문학과지성사, 2005), 199~204쪽 참조.
시인은 날이미지의 종류를 사실적 날이미지, 발견적 날이미지, 직관적 날이미지, 환상적 날이미지로 구분한다. 사실적 날이미지시가 사실적 현상을 그대로 묘사한 시라면 나머지 세 종류의 날이미지의 시들도 마찬가지로 사실적 현상을 토대로 조금씩 어떤 의미들이 부과된 형태의 환유시들이다. 그러므로 은유적인 의미의 시와는 아주 다르다.

27 董政根 편, 『造形構成心理』(태림문화사, 1993), 16~17쪽 참조.
게쉬탈트란 형태, 멜로디, 도형, 일연의 동작 등 전체적으로 통일성이 있는 구조를 갖는 것을 뜻한다. 시각의 형태는 항상 바탕(素地, ground, 배경)에 대해서 도형(圖形, diagram, 형상)으로 나타나게 되어 그 형태성을 이해할 수 있기 된다. 형태심리학, 인지심리학에 의하면 인간이 현실의 사물을 시각적으로 인식할 때, 의미를 확실히 하기 위해서 어느 부분은 생략하거나(둔화), 어느 부분은 강조하여(첨예화) 받아들이게 된다. 따라서 인간의 시지각의 법칙은 어떤 자극이나 패턴이든 가급적 단순한 형태로 보려는 경향성을 갖게 되는 것이다.

28 G. 들뢰즈, 하태환 역, 『감각의 논리』(민음사, 1999), 3쪽.
"형상은 우선 〈드러나 있는 모습〉이란 의미에서 하나의 이미지라 할 수 있다. ……그렇지만 이미지가 의미의 밖의 지시대상을 상정하는 데 반해, 형상에 대해서는 〈어떤 사물의 형상〉이라고 말하지는 않는다. 그래서 사물과 동등한 존재론적 가치를 획득한, 자족적이고 독자적인 상을 형상이라고 하겠다. 어떤 이미지에서 그것이 환기한다고 간주되는 지적이고 개념적인, 혹은 추상적인 요소를 제거하고 남은 것이 형상이라고 하면 알기 쉬울지 모르겠다."

29 G. 들뢰즈, 하태환 역, 『감각의 논리』, 175~176쪽 참조.
회화사에서 색채주의(고갱, 고흐, 세잔느, 프란시스 베이컨 같은 화가들이 지향한, 명암에 의한 가치적인 관계를 색조의 관계로 대치하려는, 그래서 순수한 색의 관계를 가지고 형뿐만 아니라 그림자와 빛, 시간을 주려고 하는 화가들의 한 경향을 지칭한다)는 시각의 특별한 의미를 도출하는데, 그것은 빛-시간의 광학적 시각과는 다른, 색채-공간의 눈으로 만지는 시각을 의미한다.

30 루돌프 아른하임, 김춘일 역, 『미술과 視知覺』(미진사, 1995), 49쪽 참조.
시지각은 대상에 대해 동등한 민감성을 가지고 모든 세부를 수동적으로 기록하는 사진과 달리 능동적으로 대상을 탐색한다는 점에서 다르다. 즉 시각은 주의를 끄는 것에 초점을 맞춘다는 의미에서도 어떤 한 대상과 거래하는 방식에서도 매우 선택적이다. 예컨대 사람은 멀리 있는 대상을 바라볼 때 그 대상에까지 그의 시선을 내뻗는다. 먼 장소에까지 그의 시선을 뻗쳐 사물들을 보고, 그것들을 만지고, 잡아보고, 그 표면을 살펴보고, 그것들의 경계선들을 추적하고, 그 질감을 탐색하려 든다.

31 오규원, 「수사적 인간」, 『날이미지와 시』, 52쪽.

32 오규원, 「날이미지詩와 관련어」, 『날이미지와 시』, 94쪽.

33 루돌프 아른하임, 김춘일 역, 『미술과 視知覺』, 15쪽.
"시각대상을 바라볼 때 의식되는 힘들은, 두뇌의 시각중추에서 생리학적으로 발생하지만, 그것들은 마치 직접 지각된 대상들에 해당하는 것처럼 심리적으로 경험된다. 그러므로 심리학적으로 볼 때 시각적인 힘은 지각, 감각 또는 사고하는 것만큼이나 실재성을 갖는다고 할 수 있다."

34 오규원, 「풍경의 의식」, 『날이미지와 시』, 75쪽.

35 G. 레이코프·M. 존슨, 『삶으로서의 은유』, 49쪽.
"물건과 물질의 관점에서 경험을 이해하는 은유적 방법. 그로써 추상적인 경험을 지시할 수 있고, 범주화할 수 있고, 무리 지을 수 있으며, 양화할 수 있게 된다(개체은유와 물질은유, 그릇은유 등의 종류가 있다)."

36 오규원, 「날이미지시와 무의시시의 차이, 그리고 예술」, 『날이미지와 시』, 202쪽.

37 이기상, 『다석과 함께 여는 우리말 철학』(지식산업사, 2003), 334~335쪽 참조.
꼴(모양새, 형태)과 깔(때깔, 빛깔, 맵시)과 결(우주진화의 나이테, 곧 변화의 나이테)을 갖춘 모든 몬(사물)은 어느 때-사이에 하늘과 땅-사이에 생겨나서 빔-사이에 자신의 자리를 차지하게 된다. 그런데 이런 있음의 양식은 자신의 꼴과 깔로서 자신의 때를 '사르고-있음'이다. 이 '사르고-있음'의 구체적인 양태를 주목해 볼 때, 꼴과 깔을 갖춘 모든 것들이 다 '~로써 되어 있음'과 '~로써 되고 있음'이라는 두 가지 구조계기를 구별할 수 있다. 여기서 '~로써 되어 있음'이란 사물의 물질적인 바탈(구성물질이나 요소)을 뜻한다.

38 이기상, 『다석과 함께 여는 우리말 철학』, 325~326쪽 참조.
존재하는 모든 것은 하늘과 땅 사이에 있다. 이것은 모든 것이 하나의 전체를 이루고 있다는 것을 의미한다. 존재하는 모든 것이 그 안에서 생성·소멸·변화를 입고 있는 빔-사이, 때-사이, 사물-사이를 그 알 수 없는 '비롯'과 알 길 없는 '끝없는 되어감' 전체를 다 포함해서 '하늘-땅' 사이라고 표현한다. 특히 온통 하나로서의 우주 전체를 생성·변화시키며 유지·보존시키는 우주적 생명력, 우주의 신령한 힘, '한얼'을 염두에 둔 표현이다. 그러므로 우리의 있음의 근간을 이루고 있는 구조는 '사이에-있음'이다. 사이에 있는 것은 그 사이를 사이로서 이루어주고 있는 그 가능 조건에 얽매여 있을 수밖에 없다.

39 최창렬, 『어원 산책』(한국학술정보(주), 2006), 268~276쪽 참조.
우주(宇宙)는 일반적으로 지구를 둘러싸고 있는 무한히 넓고도 신비로운 천체공간으로 인식된다. 그 점은 영어, 한자로 표기해도 마찬가지이다. 그러나 근원적인 의미에서 보면, '宇'는 곧 천지사방(天地四方)의 온 공간을 나타내지만 '宙'는 무한히 먼 태고 또는 태초의 과거로부터 오늘에 이르기까지 그리고 무한한 미래로 뻗어가는 시간을 나타내고 있어, '우주'는 곧 모든 천체를 담고 있는 공간의 개념과 그 공간의 변화를 이루어가는 시간의 개념을 동시에 나타낸다고 할 수 있다. 따라서 이 시의 시간적 배경으로 나타나는 '시월 오후'는 하나의 소우주로서의, 시간의 변화를 내포한 공간개념이라 보는 것이다.

40 이기상, 『다석과 함께 여는 우리말 철학』, 195쪽.
"동양의 사상은 일종의 조화사상이다. 천지인(天地人) 조화, 자연조화 같은 말에 있는 조화를 순수 우리말로 표현한다면 '사이좋게 사이 나눔'으로 볼 수 있다. 조화의 사상은 바로 사이좋게 사이 나눔을 말한다."

41 이기상, 『다석과 함께 여는 우리말 철학』, 326쪽.

42 최봉영, 「한국인에게 아름다움은 무엇인가」, 『우학모』(월례 발표지, 2008년 6월 26일), 13~14쪽 인용.
"한국인이 아름다움을 느끼는 것은 이것과 저것의 어울림에서 비롯한다. 어울림에서 '어'는 이것과 저것으로 이루어진 짝을 말하고, '울리다'는 서로 울려 있는 상태를 나타낸다. 어울림은 이것과 저것이 짝을 이루어 잘 울리는 상태에 있음을 말한다."

"한국인이 주체와 대상의 만남에서 빚어지는 모든 일을 어울림으로 이해하는 것은 모든 것은 본디 어울려 있다고 보기 때문이다. 한국인에게 '누리(세상-세계-우주)'는 '누리는 곳'으로서 모든 것이 서로 어울려 누리는 바탕을 뜻한다. ……한국인은 서로 울림을 주고받음으로써 어울림 속으로 들어가 하나의 '우리=울이'를 이룬다."

43 오규원, 『길밖의 세상』(나남, 1987), 102쪽; 오규원, 『가슴이 붉은 딱새』(문학동네, 1996), 60쪽에서 재인용.

44 필립 뒤봐, 이경률 역, 『사진적 행위』(1994), 166쪽.
"'푼크툼'이란 사진 이미지와 관객 사이에 발생하는 일종의 메타감정으로 롤랑 바르트가 언급한 가장 대표적인 사진적 공리이다. 특별히 관객의 주체적 관점에서만 포착되는 이 개념은 대상으로부터 문화적으로 그리고 집단적으로 형성된 앎의 체제(스투디움) 밖에서 나타나는 이상하고 특이한 돌출감정을 말한다. 이는 또한 역사적으로 아우라와 자동생성 개념과 같은 연장선상에 있는 존재론적 개념이다."
롤랑 바르트·수잔 손탁, 송숙자 역, 『사진론』(현대미학사, 1994), 31~32쪽 참조.
바르트는 사진이 담고 있는 내용의 범주를 스투디움(Studium)과 푼크툼(Punctum)으로 나누고 있다. 스투디움은 관객이 그가 지니고 있는 앎, 지식, 문화 등을 토대로 사진에 대해 느끼는 보통의 감정, 거의 길들여진 감정을 뜻한다. 반면에 푼크툼은 스투디움을 파괴함으로써 발생한다. 스투디움에서와 달리 관객이 그 요소를 찾는 것이 아니라 그것이 스스로 마치 화살처럼 사진에서 떠나와 관객을 관통한다. 푼크툼은 라틴어로 점(点)을 뜻하며 푼크툼이라는 단어는 주사, 작은 구멍, 작은 반점, 작은 상처, 그리고 주사위 던지기라는 의미를 가지고 있기 때문이다. 요컨대 사진의 푼크툼은 '관객을 찌르는(그에게 상처를 입히고, 자극을 주는) 우연성'이라고 할 수 있다.

45 존 버거·장 모르, 이희재 역, 『말하기의 다른 방법』(눈빛, 1995), 88쪽.

46 베르톨트 브레히트, 이승진 편역, 『시의 꽃잎을 뜯어내다』(한마당, 1997), 116~119쪽 참조.
게스투스는 하나 또는 여러 사람이 다른 하나 또는 다른 여러 사람에게 하는 몸짓과 표정, 일상적인 진술의 복합체로서 이해된다. 말로만 드러내는 게스투스도 있으며, 이럴 경우 특정한 몸짓이나 표정이 이 말에 들어가게 되는데, 듣는 사람이 이 말에 들어 있는 몸짓, 제스처를 쉽게 파악할 수 있어야 한다. (무성영화에서 볼 수 있듯이) 몸짓과 표정이 말을 포함할 수 있으며, (손 그림자 놀이에서처럼) 단지 몸짓 하나로도 말을 포함할 수 있다. 연극에서 게스투스는 배우가 무대에서 만드는 사회적 몸짓을 가리키는 하나의 기표로서 연극의 최소단위라 할 수 있다.
김석만, 「브레히트의 연출세계」, 『현대문학』(1998년 5월), 95~97쪽 참조.
브레히트 연극의 최소 단위는 바로 이 게스투스이다. 즉 등장인물이 처한 사회경제적 조건 속에서 먹고 사는 데 나타나는 전형적인 그러나 양식적이지 않은 지극히 자연스러운 태도이다. 먹고 사는 환경이 만들어준 그 인물의 작은 태도는 사회적 몸짓인 셈이다. 브레히트가 무대연출에서 가장 심혈을 기울인 측면은 세부 묘사인데, 세부 묘사를 위해 그가 차용한 방식이 게스투스이다. 그는 그의 서사극에서 작품의 극적인 서사를 통해 관객을 긴장하게 하지 않고 오히려 세부 묘사에서 심리적, 정서적 긴장을 하게 하는 것이 관객으로 하여금 등장인물이 처한 사회적 상황을 인식케 한다고 생각했다.

47 필립 뒤봐, 이경률 역, 『사진적 행위』, 166쪽.
"'코드', 혹은 '코드화'란 문화적으로 암시되는 외적 코드작용을 말한다. 다시 말해 특정한 전달을 목적으로 하는 메시지나 자료들을 합법적이고 규칙적인 규정을 갖는 문화적 코드로 통합시키는 행위를 말한다. 이에 반해 '탈코드'는 주로 '코드 없는 메시지'(롤랑 바르트가 언급한 사진의 존재론을 지칭함.)와 함께 쓰이는 술어 용어이다. '코드 없음' 또는 '코드 없이'라는 것은 한 시대 한 사회 내에서 소통되는 문화적 양식에 관계없이 새로운 양식으로 생성되는 어떤 실재성의 외화를 의미한다. 코드 없는 메시지는 기존 소통양식의 그물에 걸리지 않고 배제되었거나 소외되었던 실재가 현실로 전면에 등장하는 어떤 한 신호이다."
그러나 뒤봐의 이론에서와 같이 예술로서의 사진이 지향하는 바가 코드 없는 혹은 코드 없이 새롭게 생성되는 실재성을 표현하는 것이라 해도 실제로 작가들은 그들의 작품에서 틀 속의 세부를 통해 관객의 이해를 위한 코드의 통로를 열어주고 있음을 볼 수 있다. 이것은 관객과의 소통을 위한 최소한의 배려일 수 있고 또 한 가지는 사진이 '코드 없는 메시지'라는 것은 사진의 본질이고 존재론이지 사진의 현실은 아니기 때문이다.

48 카메라에 줌 렌즈를 달면 카메라는 고정된 피사체에 다가가고(zoom in) 멀어질 수 있다(zoom out). 이것은 영화에서 전진 트랙, 후진 트랙촬영과 흡사한 효과를 낼 수 있다.

49 박용숙 편저, 『하이퍼리얼리즘』(열화당, 1984), 33~34쪽 참조.
하이퍼 리얼리즘의 구체적인 방법은, 대상의 객관적 재현을 위해 그 수단으로 일단 사진을 원용하는데, 거기서 그치는 것이 아니라 사진적 영상을 슬라이드로 확대시켜 그대로 화폭에 다시 옮기는데, 그 과정에서 치밀한 손작업을 가한다. 이것은 정밀한 시각에 의한 사진의 환영에 덧붙여 역시 그 못지 않은 정밀한 환영으로, 다시 옮기는 것을 뜻한다. 그리하여 이중적인 환영을 만들어진다. 하이퍼리얼리즘은 그보다 앞섰던 팝 아트와 더불어 방법적으로 대상의 형상성을 지향하는데, 이것은 이전의 미니멀 아트, 추상표현주의가 지워버렸던 대상의 구체성, 즉 대상의 이미지를 되찾는 일이라 할 수 있다. 그러나 그 사실성을 되찾는 방법은 전통적 리얼리즘과는 판이하다.

50 오규원, 「날이미지시와 무의미시의 차이 그리고 예술」, 203쪽.